遍地灯火

——盘点 2019 宜宾文学

周云和　编

中国华侨出版社

·北京·

图书在版编目（CIP）数据

遍地灯火：盘点 2019 宜宾文学/周云和编 . — 北京：中国华侨
出版社，2021.1

ISBN 978 – 7 –5113 – 8352 – 5

Ⅰ . ①遍… Ⅱ . ①周… Ⅲ . ①中国文学 – 当代文学 – 作品综合集
Ⅳ . ①I217.1

中国版本图书馆 CIP 数据核字（2020）第 216470 号

●遍地灯火：盘点 2019 宜宾文学

编　　者／周云和
责任编辑／江　冰
封面设计／成都惟文文化传播有限公司
经　　销／新华书店
开　　本／787 毫米×1092 毫米　　1/16　　印张/19.5　　字数/390 千字
印　　刷／北京军迪印刷有限责任公司
版　　次／2021 年 1 月第 1 版　　2021 年 1 月第 1 次印刷
书　　号／ISBN 978 – 7 –5113 –8352 –5
定　　价／69.00 元

中国华侨出版社　　北京市朝阳区西坝河东里 77 号楼底商 5 号　　邮编：100028
法律顾问：陈鹰律师事务所
发 行 部：(010) 64443051　　传　真：(010) 64439708
网　　址：www.oveaschin.com E – mail：oveaschin@ sina.com

如发现印装质量问题，影响阅读，请与印刷厂联系调换。

《遍地灯火——盘点 2019 宜宾文学》

编 委 会

目 录

（作者按汉语拼音排序）

编 前 语

> 哏啦嘎啦！哏啦嘎啦！两只鹅在背篼里突然发声大叫，叫得伏狮山甚至湾对面的石林，全是旗帜一样猎猎飘扬的鹅声。

> 让所有不切实际的眺望/都石头一样滚蛋吧/忘掉绵延的峰峦，在那里/我的脊骨，会看见自己的遗址

前一节出自小说家周云和的中篇小说《天上有朵好看的云》，后一节出自诗人杨角的组诗《遍地灯火/山野经》。生活往往是艰辛的，思绪往往是沉重的，但这反而让作家、诗人有了对美好更多的向往，反而让作家、诗人有了对未来更多的遥望。

这是宜宾文学 2019 年的一个重要现象：对美好生活、对可期未来的向往与遥望。

诗于宜宾文学，是近几年可以大书一笔的文学景观和文学事件。杨角、麦笛、庄剑、伍荣祥、蒋德均、周小平等，在保持着积年的高产外，2019 年，更是繁花遍开。杨角的组诗《遍地灯火》显示出诗人宽泛的生活感悟，以及对感悟的提纯。"桃树一直在往体外掏东西/掏出桃叶，掏出桃花，掏出桃子/到冬天，它已经没什么可掏/灰蒙的天空下/它最后掏出了枯槁的手指。"《桃枝词》只有五句，却将生命的一个轮回写得壮怀激烈。杨角的诗，总在意料之内给我们带来意料之外的欣喜。这就是一个诗人为什么会长盛不衰的秘密。麦笛的《黑苦荞》一反关于黑色的定见，"在凉山，才能

掂量出/黑色的贵与重……黑色滋养出的苦荞/聚集起来，便足以荡气回肠/披上黑色查尔瓦/惹搭坐拥为五谷之王/里扎则是月亮之下/最美的珍珠"。这首诗，或可看到麦笛的诗正步入化境。庄剑在《虚构的夏日午后》里写道"窗外雨地上的脚印/不介意地被/滴滴答答/恳切而坚韧地冲刷"，庄剑的诗一如以往的单纯，而单纯本就是诗的一种品质。伍荣祥，作为一位书斋里的诗人，其散文诗写得游刃有余，而且在哲思方面有着诗人自己的见证。如《寻物证》中"寻物证，爬上高高的木梯与梦中的墙。我以双手在树丫上找寻，直至让儿时的鸟惊飞，直至梦里醒来。"周小平在写了物理学、化学等自然科学词典后，将触角伸向与当下息息相关的经济。如《经济学词典/放贷过桥》中"碧草青青的春天，走到遍地金黄的秋季，必须途经夏季的津渡。而此岸与彼岸，需要渡，需要舟桥。该放贷了！应放贷了！！"曾元飞的诗显现出工人的博大胸怀，"从涅槃里走进，又从涅槃里走出的/正是一块煤的初愿与命运——/斑斓火焰是灿烂容颜/沸腾海水是一滴泪花"（《面向煤海》）。这首诗的出现，对于宜宾诗坛来说，是不寻常的。因为工业题材的作品，于我们来说久违了。新，是文学的一种特质。一些诗人在 2019 年便试图变化自己。如朱佐芳的（《迎风流泪》）"面对夕阳每落山一次/就要带走人世间一个人，他深信不疑。"走出古典意象，面对生活本质，这是朱佐芳在 2019 年的新质。孟松、陈智泉、林晓波、松林湾等诗人在 2019 年也献出了他们有分量的新

作。

宜宾的小说似乎近两年有些沉闷。其实不然，周云和在 2019 年发表了 2 个短篇小说《无根藤》《杀年猪》，2 个中篇小说《流泪并不是悲伤》《天上有朵好看的云》，这 4 个小说在国内的反映显示出宜宾的小说有着它特殊的地位。文学作品，当然得追求数量，但质量更为重要。诚然犹如列夫·托尔斯泰、狄更斯等既是著作等身的大作家，更是质优的大文豪。但如一生仅写了不到 200 首诗的瑞典诗人托马斯，也一样可以获得诺贝尔文学奖。本书所选的《天上有朵好看的云》可以看到，作家不动生声地把小说里的几个人物的纠缠以及时下的世道和人心娓娓写出。好小说的一个重要标志就是：呈现再呈现。即呈现生活、呈现人物、呈现事件。周云和的小说做到了这一点。在 2019 年，宜宾小说方阵里，出现了一系列可喜的现象。如洪波在 2019 年尝试长篇小说值得我们去点赞。

在散文观念变革和散文写作变化的当今，宜宾的散文顽强地向前行进。萧习华在《解读生命中的蚕》里写道："蚕的生命历经万般苦难，读透生死，犹如苦渡的僧侣历经炼狱之后才能得道，才能取得真经。蚕最后达到生命辉煌的顶点……"由叙事进入哲思，这是萧习华新作的亮点，也是作家向国内散文高标致敬的作品。另外说一句，萧习华的 2019 年算得上高产的一年，而且诗文都有新的光泽。蔡伟在《我以故土寄乡愁》写道："正是和祖辈有着密不可分的联系，我才对这片土地有着独特的情结。今年二十岁，在这片土地上生活了二十年，……我对故乡的一切，再熟悉不过，可以说，我的足迹遍布故乡的每一寸土地。"特别值得一说的是，蔡伟是一位"〇〇后"，只有二十岁的青年人，而且一出手，便是乡愁，而且没有"强说愁"的意味。梁炳青的散文在于它独有的温度和淡淡的哀伤。《隐隐作疼》写了一个当下教育普遍的状况：教育管理与学生求知的渴望形成一种反差，教师则在这种反差的夹缝里隐隐作痛。这是一个有使命感的作家。罗鸣的 2019 年是丰收年，几部单本印行外，本书所选的《"鱼痴"做大亚东鲑鱼产业》《播洒爱的霞光》可以看到作家传记文学写作的新业绩。郑友贵的散文、纪实、诗歌都在继续创作。特别是《家住岸边》这样的纪实作品真切。由此还可看到报告文学、纪实文学在宜宾的成绩。时代和社会需要贴近时代和社会的文学作品，纪实文学，报告文学便是最好的体裁。2019 年，宜宾的文学在此上有很好的作为。

蒋德均既是高产作家，也是多面手，但高产并不等同于粗糙。2019 年，蒋德均除诗外，还以诗论见诸文坛。古典和现代都有所涉及。在《与时间对话的人》里，作者不仅想回答散文诗的地位问题，重要的是关于散文诗的诗学话题。作家写道"在诗歌里体会到一种时间的流逝，生命的回声"，事实上是一种诗学现代阐释。在《网络，诗歌的救星？》一文公允地指出："文学艺术无论以纸质媒介、电子媒介，还是多媒技术的任何方式写作、传播与存在，都必须追求创造和唯美，葆有文学艺术的基本美学品质和美学素养。"也就是说，对诗的要求，无论是纸媒还是电媒，其标准应是一样的。这表明了论者的宽阔视野。刘火在传统文化研究和现代西学介绍两个方面努力。本书所选的唐诗和《金瓶梅》的研究，表明了刘火在古典文论的素养，而且介绍了日本文化在近世对世界文化以及对中国文化的影响。以此可以观察到论者的学术趣味和学术品质。

在诗、小说、散文、评论四个方面，宜宾文学没有缺席。在 2019 年还有两个现象值得记录。一是老树新花，一是新人成长。先说老树新花。2019 年是陈海龙的收获季。其散文、诗歌和随笔都有面世。《从陆路进入越南》可以看到叙事的技巧，《八仙山》《位卑未敢忘忧国》则从不同的侧面看到作家的情怀。刘大如、叶源洪都有新作问世。再说新人成长。前面已述，蔡伟是一位 2000 年出生的新人。"八〇后"的、"九〇后"的都在成长。徐万琪、罗元彬、文乾敏、杨安模等新名字加入，表明文学的薪火相传。

最后要隆重介绍的是两位"八〇后"的青

年才俊宁航一和木浮生。宁航一是宜宾市最年轻的中国作家协会会员。2019年出版了《必须犯规的游戏》新版全套五本，出版新书《超禁忌秘密》第一季、第二季。且《超禁忌游戏》印数已突破百万册，这是一个罕见的数字。由此，宁航一走出了四川、走向了全国。随着宁航一小说的外文出版，宁航一正走向世界。由木浮生的小说《独家记忆》改编的同名网络剧和网络电影在2019年播出，该剧已被广电总局评为2019年年度优秀影视作品，同时还入围了2019年影视剧"金鲛奖"提名。2019年12月，木浮生的小说《世界微尘里》分别获得第五届华语小说"最具影视改编奖"和"最佳男主角奖"。两位青年才俊成为2019年宜宾文学的浓墨重彩！

由于2020年春天的疫情，宜宾的2019年文学盘点，直到5月才动手编辑。或许，正因为如此，宜宾文学的2019年，定会给迟到的2020年春天和夏天带来春花之葳蕤与夏花之灿烂。值得特别纪念的是，2019年的盘点是《宜宾文学盘点》的第十个年头。值此，2019年也是宜宾文学十年盘点的回忆和敬礼。

编　者

2020年5月

2019 年宜宾市作家协会会员
出版专著一览

（按出版时间先后排序）

姓 名	书 名	体 裁	出版社	出版日期
喻 强	《勇者无垠》	小说集	四川民族出版社	2018 年 11 月
李 勃	《感恩》	小说集	四川民族出版社	2018 年 12 月
熊学江	《站在丰碑身后》	评论集	吉林文史出版社	2018 年 12 月
罗 鸣	《碧血丹心郑佑之》	纪实小说	中国文史出版社	2019 年 1 月
萧习华	《献诗或颂词》	诗集	春风文艺出版社	2019 年 2 月
罗 鸣	《亚东魂》	报告文学	西藏人民出版社	2019 年 3 月
吴正和	《时光见证爱情》	小说集	四川民族出版社	2019 年 3 月
蒋德均 廖小勤	《流年时光》（五）	作品集	四川美术出版社	2019 年 6 月
文 生	《慰心集》（七）	随笔	大众文艺出版社	2019 年 6 月
翟礼湘	《高县赋》	辞赋	作家出版社	2019 年 7 月
曹兴华	《休闲文萃》	综合集	团结出版社	2019 年 8 月
徐万琪	《虚实之间》	散文集	香江出版社	2019 年 9 月
罗 平	《宜宾市翠屏区古建筑史话》	文史散文集	四川民族出版社	2019 年 9 月
宁航一	《超禁忌秘密 2》	长篇小说	四川文艺出版社	2019 年 10 月
洪 波	《英风千古梁伯隆》	人物传记	中国文史出版社	2019 年 12 月

2019 年宜宾市作家协会会员
作品入选相关选本一览

（作者按汉语拼音排序）

陈海龙
◎散文《左眼看泸州（三章）》入选《2018 四川散文精选》

陈智泉
◎诗歌《在竹海》入选《2019 四川诗歌年鉴》
◎诗歌《草木志》《一地黄花》入选《2018 四川诗歌精选》

戴宇威
◎人物传奇《铁骨柔肠一诗人》入选《淯水乡贤》
◎散文《长宁野生动物悲歌》入选《箐斋志异》
◎散文《姓名被人记住的感动》入选《中国·天府文学典藏》

梁炳青
◎散文《听得见的声音》入选 2018 年《四川散文精选》

罗 鸣
◎报告文学《有爱相伴超越梦想》入选《四川报告文学精选》
◎散文《亚东藏族歌舞》入选《四川散文精选》
◎报告文学《初心向阳，26 年关爱一路洒阳光》入选《大爱华章》
◎报告文学《播洒爱的霞光》入选《大爱华章》

刘大如
◎报告文学《助人为乐，乐享人生——记四川省第一届"十佳五老"陈国辅》入选《大爱华章——关爱明天十佳五老报告文学集》

廖廷会
◎诗歌《飘落的香樟叶》入选《2019 四川诗歌年鉴》

林晓波
◎诗歌《留守儿童的小作文》（组诗）收入《我们与你在一起》
◎诗歌《龙的脊梁》入选《全球华语诗歌大赛获奖作品集》
◎ 散文诗《一只或无数白蝴蝶》入选《中国散文诗精粹》
◎诗歌《以东坡的韵脚行走》（组诗）入选《2019 年四川诗歌年鉴》

麦 笛
◎诗歌《黑夜是一只口袋》入选《2020 天天诗历》
◎诗歌《酒镇·酒庄·酒道》入选国际诗酒大会诗历

孟 松

◎诗歌《土豆》入选《2019 中国诗歌精选》

◎诗歌《她已学会了为凋谢命名》《像棵韭菜，我有想痛哭一场的冲动》入选《2018 四川诗歌精选》

沈 君

◎诗歌《桃梅迎春赞》入选《南国的诗歌志》

◎诗歌《我若爱你绝不弃你》《我把婚姻给了谁》《梦中的情人》入选《中国当代作家书画家代表作文库》

◎诗歌《轮回》《妈妈，当您老了》入选《感动城市的醉美诗文》

唐秋桐

◎小小说《把那条狗杀了》入选《中国微篇小说年度佳作 2019》

◎诗歌《雨伞》入选有声诗集《红色传承公益工程——爱我中华》

◎诗歌《在舒畅的红枫湖畔》入选《2019 年中外诗歌散文精品集》

伍荣祥

◎散文诗《俗事纷飞》（八章）入选《2018 中国年度散文诗》

◎散文诗《虚弱的翅》（外二章）入选《2018 中国年度作品·散文诗》

◎散文诗《俗事纷飞》（三章）入选《2018 中国年度最佳散文诗选》

◎散文诗《当彩云被遮掩时》入选《中国散文诗一百年大系》

王昌东

◎诗作《风的旗帜写着一个战士的名字》（组诗）入选《我为共和国献首诗》

◎汉俳诗作《荷塘》（组诗）入选《中外汉俳诗选》

◎散文诗《蝴蝶，无人唤醒的沉陷》入选《2019 中国·散文诗年选》

萧习华

◎散文《故乡河边的桤木林》入选《2018 四川散文精选》

杨 角

◎《穿过雪夜的大堂》入选《2018 年中国诗歌精选》

◎《看云》入选《2018 年中国新诗排行榜》

◎《我的大学》《观落日》《在壶口瀑布》入选《2018 中国年度作品·诗歌》

◎《我的大学》入选《2018 中国年度诗歌》

◎《长江零公里：一滴水》入选《中国诗歌 2018 年度诗歌精选》

◎《世象一种》《在水边》入选《2018 四川诗歌年鉴》

◎《山野经》入选《2017 年度公安文学精选》之《麻雀·尊严和自由》

◎《水富旧事》入选《诗意水富》

◎《一杯水里的火焰》入选《一川诗香——长川诗歌馆藏作品》

◎《审美之心达致"畅神"之境——浅析赖咸院诗集〈一个人的安源〉》入选《一个人的安源》

◎《独醉松树下》（四首）：《注册一座山》《龟甲上复活的字》《四门塔春秋》《稼轩先生》。入选《大家阅历——当代诗人写历城》

◎《杨角诗二首》《历史课》《一棵树是羞涩的》入选《北京诗刊》

◎《落日》入选《中国 60 后年度诗选（2018 卷）》

◎《乡下》《看云》入选《2018 四川诗歌精选》

◎《老民警》《审判日》入选《中国公安文学精品文库 1949—2019》

杨安模

◎诗歌《醉》等三首入选《中国诗歌报　临屏诗精华作品选》

朱佐芳

◎诗歌《堂屋》《金秋十月，恰到好处》入选《2018 四川诗歌精选》

◎诗歌《端午节回乡》《父亲的背影》《万民伞》等 5 首入选《2019 四川诗歌年鉴》

庄　剑

◎散文诗《马边　正快马加鞭（组章）》入选《岁月深处的马边》

◎诗歌《虚构的夏日午后》入选《2018 四川诗歌精选》

◎散文诗《我在永嘉读山水（组章）》入选《东方风来》

周邦忠

◎诗歌《我宁愿交出云朵（组诗选三首）》入选《2018 年度优秀诗歌选》

周小平

◎散文诗《经济辞典》入选《2019 年度中国散文诗》

周洪明

◎散文《为残疾员工"量身定制"职业幸福感》入选《助残之歌》

◎诗歌《穿过你的黑暗，抵达你的白》入选《大美无障·爱诗文集》

郑友贵

◎散文《在故乡，在月下》入选《情感文学优秀作家作品选》

◎散文《弟弟的断指》入选《情感文学优秀作家作品选》

◎诗歌《那种歌谣》入选《2019 四川诗歌年鉴》

2019 年宜宾市作家协会会员
作品获奖一览

（作者按汉语拼音排序）

陈海龙

◎散文《位卑未敢忘忧国》荣获四川省作家协会"我和祖国共成长"优秀文艺作品奖

◎散文《太阳之歌》荣获中共四川省直属机关工作委员会、四川省教育厅、四川省地方志工作办公室、共青团四川省委、四川日报社五单位共同主办的"忆沧桑·记奋斗·颂辉煌——庆祝中华人民共和国成立 70 周年"优秀奖

◎文艺评论《解读杨角"头顶国徽行走"》获宜宾市人民政府第十三届阳翰笙文艺奖铜奖

◎散文作品《位卑未敢忘忧国》荣获中共宜宾市委宣传部、中共宜宾市委网络安全和信息化委员会办公室开展的"传递正能量 奋斗新时代"为主题的 2019 年宜宾市网络正能量精品评选一等奖

◎随笔《岁月静好，仍需负重前行》获《宜宾晚报》社"我看电影最后一公里"征文三等奖

◎诗歌《宜宾交警》（组诗）获 2018—2019 宜宾市文明交通作品大赛二等奖

陈智泉

◎诗歌《过泸州记》2019 年 10 月荣获《诗刊》社和国际诗酒文化大会联合主办的"诗意浓香"全球征文大赛"入围奖"

戴宇威

◎（杂文）《"如厕"事小彰沧桑》，2019 年 6 月获得四川省散文学会"纪念改革开放四十周年征文"优秀奖

卢文春

◎诗歌《祖国颂》2018 年 12 月荣获第四届"中华情"全国诗歌散文赛金奖

林晓波

◎诗歌《龙的脊梁》获中国诗歌学会、北京大学中国新诗研究院等举办的全球华语诗歌大赛二等奖

◎散文诗《樱花的自白》获第九届成都白江青樱花旅游文化节主题征文二等奖

◎散文诗《母亲河在奔流》（组章）获省直机关工委、省教育厅、团省委、省志办、四川日报等联合举办中华人民共和国成立 70 周年征文优秀奖

麦 笛

◎2019 年 3 月，长诗《赵一曼》（节选）获《新华文学》《诗潮》《中国诗人》等杂志社主办的"党在我心中，圆我中国梦"诗歌大赛银奖，由《中国作家》主编王山颁奖

◎2019 年 11 月，诗歌《我的二维码》获全国诗歌报刊网络联盟主办的 2019 中国诗经奖之

"十佳作品奖"

◎2019 年 12 月，诗歌《我的二维码》获宜宾市人民政府"阳瀚笙文艺奖"金奖

唐秋桐

◎诗歌《有一种力量》组诗 4 首 2019 年 10 月获全国第三届贾楚风诗歌大赛优秀奖

◎诗歌《在舒畅的红枫湖畔》2019 年 7 月获第六届中外诗歌散文邀请赛一等奖

文 生

◎随笔集《慰心集》（七）2019 年 10 月获得四川省写作学会二等奖

王昌东

◎诗作《风的旗帜写着一个战士的名字》（组诗）获诗刊社主办的 2019 年度"我为共和国献首诗"优秀奖

◎诗作《我要把热烈的掌声献给我的祖国》获 2019 年度四川省委宣传部、四川作家协会"我与共和国共成长"优秀作品

◎诗作《鹤壁，流淌着诗经的血液》获 2019 年度第五届"中国诗河·鹤壁"全国诗歌大赛提名奖

◎散文《邮路叮当》获中国邮政总公司、《中国邮政报》2019 年度"我与共和国共成长"全国散文征文大赛三等奖

◎诗作《我为农家乐写首诗》获星星诗刊主办的 2019 年度"岳池农家乐"全国诗歌大赛优秀奖

◎小小说《一只兰草紫砂壶的故事》获浙江栗阳市政府主办的 2019 年度"天目湖·紫砂壶"故事大赛二等奖

萧习华

◎短篇小说《这是我的世界》2019 年 12 月获第二届中国工业文学作品"光耀杯"大赛短篇小说类网络人气奖

杨安模

◎现代诗《故乡的声音》2019 年 6 月获第七届中华嫘祖母亲节"爱我中华"征文赛二等奖

◎散文《春回石海》2019 年 12 月获四川省司法厅、生态环境厅第二届"美丽中国，我是行动者"征文赛三等奖

袁秀丽

◎歌词《妈妈的爱》2019 年 4 月获"非常梦想"——四川省第三届农民工原创文艺作品大赛音乐类（歌词）优秀奖

◎散文《父亲的读书梦》2019 年 10 月获宜宾市总工会"职工好网民 助力文明城"征文一等奖

朱佐芳

◎诗歌《迎风流泪》2019 年 11 月获宜宾市市政府第十三届阳翰笙文艺奖铜奖

庄 剑

◎散文《留在岁月里的记忆》2019 年 4 月获四川省报纸副刊好作品一等奖

◎散文诗《我在永嘉读山水》2019 年 5 月获中国文化记者温州采风征文二等奖

◎散文《留在岁月里的记忆》2019 年 10 月获宜宾新闻奖一等奖

郑友贵

◎散文集《一路行走》2019 年 10 月获"第二届国际东方散文大赛优秀奖"

作者简介：

　　陈海龙，四川省作家协会会员、四川省报告文学学会会员、中国航空作家协会会员。宜宾市作家协会副主席。

　　曾在《红岩》《西南军事文学》《四川文学》《星星》《散文选刊》《文学自由谈》《青年作家》《滇池》《鸭绿江》《神剑》等刊发表文学作品近百万字。散文作品《寿头》获首届四川省散文奖。有作品入选同济大学诗歌教材《一江春水》（同济大学出版社2012），《另一种天问》（上海财经大学出版社2016）。

从陆路进入越南

◎陈海龙

　　出国的第一站选在越南，这是连我自己都没有想到的事情。普通的老百姓40年前想出国，那基本上就是做梦，我连这样的梦也没有做过。出国，想都不敢想的事情，语言不通，举目无亲，你出国去干哪样？再说，你包包里那点钱钱，去了还想回来不？

　　特别佩服旅行社，那宣传硬是搞得好，双飞，七天六夜，只要1489元，越南游。动心了，于是，看都没有看，便报了名，时间就定在了2018年10月20日这个团。出国，对我这样的普通老百姓来说，应该算得上是大事情，特别是"第一次"出国，那意义就更不是一般的，用激动人心来形容自己的心情。一点儿也不过分。

　　旅行社短信通知是在宜宾机场集中，乘坐上午11点15分的飞机，9点必须到机场。头天晚上，我反复计算了好多次时间，只能提早，不能迟到。于是，早上6点便起床，匆匆忙忙吃了点东西，从江北家里坐4路公交车到市区南门桥，再从南门桥转8路公交车直达机场。

　　拖着一个大的旅行箱上车，虽然有几分吃力，但是心情很愉快，转上8路公交车后，麻烦就来了，本来是直达机场的公交车，到半路它不走了，要返回市里来。司机说，前面这一段路在维修，限高，公交车不让过，所有到机场的乘客只有下车，步行800米，走过桥，再到桥那边去继续乘坐8路公交车。

没有车，这一下就乱套了，空手还好，偏偏又拖着一个旅行箱。这段"步行街"考验人的意志，昨晚下了点小雨，路面又在施工，到处都是稀泥砖石，几乎是寸步难行。不好走，硬着头皮也得走，要准时赶到机场，我知道，飞机是不会等我的，要想出国去风光，看来先吃点苦是应该的事情。

我们这个团有29人，我是第8个到达机场的，谢天谢地，没有迟到，虽然累出一身汗，想到马上就可以坐飞机出国了，感觉还是很值得的。

拿到机票，我傻眼了，机票的目的地是广西南宁。找导游问，不是说越南游，双飞吗？

导游说，是啊，是双飞，宜宾到南宁的双飞。到南宁后，我们坐旅游大巴，从陆路进入越南。导游说得天衣无缝。

怪只怪自己粗心，没有仔细看清楚他们的宣传单，以为一飞机就到河内了。不过我想，从陆路进入越南也好，用自己的脚步体验一下"通关"的滋味，真的要从天上飞过去，什么都看不见，反而还是个遗憾，常常感觉阿Q始终在与我交流。

要不给机场评一个先进集体，良心上真的过不去。宜宾机场虽然小点，但功能强大，就说安检吧，足足就搞了我半个小时。旅行箱要打开，里面的雨伞、饭盒所有可疑的东西，一样一样地都要仔细检查，身上自然更要检查，用仪器、用手摸，左转、右转……感觉自己不是出门旅游的游客，而是一个正在被警察送进监狱的逃犯，心里十分的抵触，但制度如此，又无可奈何，低头配合是唯一的选择。

11点，终于上飞机了。一个半小时的航班，无话可说，待在自己的座位上，听旁边那几个妇女兴奋的对话。

你换越南的钱没有？

没有。到时找导游换，他那里有。

听说是100元人民币可以换60多万越南盾。

60多万？数清楚都难。一个妇女惊叫起来。干脆不换算了，我也不买东西。

还是换点，留几张越南的钱做个纪念也好嘛。

……

下午1点，飞机安全降落南宁吴圩国际机场，换不换钱的事情，妇女们还没有讨论完毕。

南宁机场出口有人来接，不是本地导游，是旅行社开大巴的司机一个人。我问他，导游咋个不来呢，他说，导游在北海的酒店等我们。宜宾阴湿寒冷，而南宁阳光灿烂，天气极好，让人心情愉快，特别是对我们这些刚刚从四川盆地冲出来的人，居然有一种从"敌占区"到了"解放区"的感觉。有钱真好，一下子就飞到千里之外，换了一个天地，初冬时节，在南宁仍然能够享受到艳阳高照。

人到齐了，旅游大巴刚要开动，一个老婆婆惊喳喳地叫起来："我的包包，我的包包不见了！"全车人跟着查找，行李架上，放旅行箱的地方，彻底翻遍了，都没有。

你好好想一下，是不是掉在飞机上了？

没有。我拿下来了的。我取行李的时候，还背着的。

背着的？会到哪里去呢？

包包里面的东西重要不嘛？不重要就算了。天气好热，大家都急着要走。

我的护照、身份证，都在包包里。老婆婆汗水大颗大颗地往下滴。

这一下，全车人真的都急了，如果是一点钱丢了，大家还可以帮忙想办法，护照、身份证丢了，还出什么国，回宜宾去都有问题。赶快回去找！司机和老婆婆一起跑向机场，整个团就在车里干等着。

我想起来了，是不是她上卫生间的时候……一个妇女冲下车，跑着追了过去。

十月的南宁，阳光格外充足，太阳坝底下是不能站人的，只有站在树荫下。停车场距离机场候机大厅大约有500米的距离，半天不吃不喝，全车人又渴又饿，无奈地看着前方。

回来了，回来了。老婆婆他们终于从路那头快步走回来了，怀里抱着那个包包，满脸幸福的样子，大家于是也跟着兴奋起来。

还是好人多，老婆婆说。有人在卫生间捡

到，交给了机场保安，真是菩萨保佑啊。

真要落了，你咋个办嘛？有人在逗老婆婆。

凉拌。老婆婆说，我菩萨供得高，耽搁大家的时间了，对不起、对不起。

要不你就给大家唱首歌补偿一下，如何？

只要你们喜欢，唱就唱，老婆婆拉开架势，吼了起来："越南中国，山连山、水连水……"

路上的旅游大巴全是中国游客，一车接一车地往越南飞奔。操着南腔北调的口音，穿着色彩斑斓的衣服，拉着各式各样的旅行箱，完全是中国春运的派头，喜庆、热闹，好像是在赶集或者是去参加一个大型的聚会。

从早晨6点到下午6点，今天整整在路上奔波了12个小时，躺在酒店的床上，想想这一天，感觉很奇妙，一下子就到了几千里之外。后面的行程是清楚的，在东兴口岸过关，步行走过中越友谊大桥，进入越南芒市，直达下龙湾，再从下龙湾飞奔河内。

导游说，越南没有高速公路，旅游大巴只能开30到40公里每小时，他们的发展速度起码要晚我们中国20年。我对这个很感兴趣，这等于是让我们看看20年前的自己。

人民币在越南能不能用？大家对这个很关心。

通用。导游说，不过大家少换一点越南盾在手边也行，小摊小贩那里用，方便。我还在担心没有换外币，后来的事实证明，人民币在越南通吃，连小摊小贩都争着要，越南盾每一天都在浮动、变化，而人民币是稳定的，一种自豪感立刻涌上心头。瞬间，我感觉我自己成了大款土豪。

走在中越友谊大桥上，导游说，前面就是越南芒街，再往前走15公里，如果你的手机没有开通国际漫游的话，手机就只能当手表用了，那边已经没有中国信号。我的心一下子失望到了极点，跨出国门，没有中国信号，我们瞬间就成了孤儿，我恋恋不舍地回头望着东兴中国海关上那面鲜红的迎风招展的国旗，那矗立在国境线上的花岗石界碑，泪水止不住地流了下来。

出门旅行的喜悦、痛苦、环境的对比，教会了我们很多东西，很多书本上学不到的东西，"行万里路"不仅仅是游山玩水，在号称"海上桂林"的下龙湾，我看见了苏联飞行员的塑像，在首都河内，我瞻仰了胡志明主席的遗容，今生能够走进这个同志加兄弟的社会主义国家，也算是圆了我的一个好奇梦。

越南导游是一个矮矮的胖乎乎的小青年，中国话说得不是那么流畅，但一说一个笑，深得中国大妈的喜爱，成了我们旅行途中的开心果。他反复地给我们说，越南赶不上中国，没有办法比较，你们就当成来乡村游玩好了。但是，他知道的中国消息也很灵通，连李咏刚刚去世都清楚，让我不得不佩服他干这一行的不容易！大妈们都争着给他介绍媳妇，他说，中国姑娘太贵，在越南4万元人民币就可以找一个了，他这一说，让车上的中国小伙子，一下子欢呼起来，似乎个个都准备成为越南女婿。

多少年、多少次都总想走出去看看这个花花世界，看看外国的月亮是不是比中国的圆。真的有了这种机会，当你的脚要踏出国门的时候，当你明白你马上就不在"中国信号"的范围内时，你才会真正地感受到离家的痛苦，"中国"这个词的温暖，母亲的真正含义。

一天只有24个小时，24个小时对于人的一生来说，也许微不足道。最普通的一天，似乎也可以创造"奇迹"，伍子胥过昭关，因为心里急，仅仅一个晚上，头发胡子都白了，这就是一个例子。出生的那一天、上学的那一天、参加工作的那一天、结婚的那一天、生儿子的那一天……无数个一天，串联起人生的轨迹，每一个平凡的节点，都值得我们留恋。

对普通人来说，哪里会遇到那么多惊心动魄的大事情，平淡才是生活的本色。只要还有一点值得你回味的地方，只要你平安、还活着，能够为自己和他人做一些事情，这个世界，就是你的全部。

2018年10月20日，本来就是一个平平常常的日子。由于角色的变换，我以一个游客的视觉，开始重新翻阅中国40年的日历，当所有的人都在向前看的时候，我在今天回首，看到了一幕幕鲜活的历史画面，一行行清晰沉重的脚迹。坦率地说，从陆路进入越南，就等于是进入 40 年前的中国。这种感觉很奇妙。

我出国了，又回来了。除了增加一点谈资外，我还是我。

但我应该要记住这个日子：2018 年 10 月 20 日。

（原载《四川文学》2019 年第 8 期）

扑朔迷离僰王山

从空中俯瞰川南大地，无疑就是一幅巨大的泼墨山水；从地面进入蜀南竹海，到处都是纵横交错的绿荫长廊，你一旦进入这一片风景区，就等于淹没在了金山银山的怀抱中，你能够走出来，但你的心，永远无法走出来！

僰王山是蜀南竹海边缘的一个景点，满山的翠竹让我误以为已经闯进了它的核心区。山上植被以竹为主，她像一个清秀的村姑，独自行走在烟雨蒙蒙的田坎路上。僰王山的神秘来源于僰人，这个在史学界争论已久的谜团，至今没有明确的答案。谁也不知道这个弱小民族为什么会突然消失、高悬在绝壁的悬棺、没有文字记载的一段空白历史，牵动着无数游人探索的欲望。

僰王山不大、也不雄奇，我惊异的是那些裸露的岩石，为天下罕见的千层岩，剖面清晰，纹理毕现，如同卷卷天书层层堆积起来，令人叹为观止。那些看不见的文字，被挤压在大山的最深处，无人破解，让传说漫天飞舞。

僰王山是会说话的，在千百万年的重压下，它依然挺立着不屈的身躯，昂扬着高贵的头颅。无数条溪流在山中奔涌、喧哗，割裂着坚硬的岩石，飞珠溅玉的突围，洗净历史的血迹，滋养着苍茫的土地。群山莽莽、树木葱葱，鸟语花香的华丽外衣下，我相信，溪流只是表面的一个符号，地火依然在地下奔突。

不得不说飞雾谷、不得不看飞雾洞，这藏在深闺的秘境，毫无疑问应该是僰王山最耀眼的明珠。要是没有本地人的引导，你就是走到它的面前，也未必会发现它的存在。

这里是一个超尘脱俗的迷宫，烟雾腾空，捣珠崩玉，奇幻迭出，景景妙绝。僰王山峡谷中绚美的诗情、画意，如同精灵，不停地扑面而来，从我的感官中一滑而过，悄然难觅，灵感时时闪现，稍纵即逝，天籁般的旋律在竹林中回响，让红尘中人为之瞠目结舌。

震撼！地狱与天堂的全部场景，被浓缩在一个狭窄的空间，你会在瞬间上天入地。不断涌出的浓雾，人迹罕见的野径，峰回路转的画面，奇花异草的环境，把你带入远古的梦幻之中，移步换形，涉足成趣，步步震撼。

站在细雨蒙蒙的洞内，一线金光从天而降，斜插进洞穴的深处，除了水的欢呼声外，不时有阵阵悦耳的鸟鸣扑入洞中。举目四顾，神话般奇特的洞壁，不停地变化着新的风景，让你目不暇接，惊叹连连，除了震撼还是震撼！

我不是史学家，无意去翻动那些带血的古迹，我不是地理学家，不想去考证那些尘封的脚步。人类在历史的进程中、在大自然面前，实在过于渺小。悲壮也好、惨烈也好，都早已融入僰王山宽阔的怀抱。我相信，在这片大山之中，一定会有无数的魂魄在飞舞，继续演绎着生存与苦难的故事。

据当地老百姓说，这里原来叫博望山，改称"僰王山"是口误还是史实已经不重要了，现在重新认识僰人在这片土地上创造的辉煌，体现了我们对弱小民族理性的尊重，体现了我们对真实历史的认知和回归。

无论树木多么葱茏，真相是永远无法掩盖

的；无论流水多么无情，魂魄总会在山水中保存下来。我听到山的呻吟、水的怒吼，在漫山遍野的翠竹林中，古老的沙椤依然健在，充满生机，笑看着人世间的匆匆过客。

岁月漫漫，朝代更替，世事翻新，唯有山水依然激情飞扬，与岁月永存。游走在这一片青山绿水中，一步步穿越僰王山的层层惊喜，山间的竹叶、苗家的芦笙、篝火的呼唤，我们似乎会在米酒的清香里，自然醒来，看清喜鹊飞过的痕迹，寻找到僰王山的过去与未来。

竹，有节而无心。遨游在浩瀚的竹海石海洞穴之中，除了眼花缭乱可以形容我的心境外，那个互相支撑、顶天立地的"人"字，使劲地拍打着我的眼帘，翠绿已经覆盖了我的世界、融进了我的血液，穿透了我的灵魂。

（原载《四川日报》2019年3月15日）

八仙山

八仙山是个谜，一个解不开的谜。梦一样朦胧，令人勾魂摄魄。

龙华镇八仙山海拔891米，位于古镇西面。它没有华山的险峻、没有峨眉的秀美、没有泰山的高贵、没有黄山的地位。它平平静静地生活在古镇这个大家庭中，用几千年的忠诚，陪伴着龙华人后辈的子子孙孙。也许正是由于这种忠诚，赢得了历朝历代慕名者的厚爱。

八仙山常年白云缠绕，恍若仙境。山顶上还有一望无垠的茶园，站在高处，可远眺老君山，近观五指山。八仙山丹霞洞窟群，由9个洞窟组成，皆为佛教和道教遗迹，每洞皆镌有匾对，雕刻精美。大多数外地游客来龙华，都要攀登八仙山，似乎不登八仙山，就等于你没有到过龙华，就像不逛南京路，就等于你没有到过大上海一样。小镇中每天要登八仙山的人也不少，身着短袖、背心的当地人，习惯于快步登山，1769步石梯路，一个多小时就能往返。但对于游客而言，徒步攀登千余步石梯，却需要花费1个多小时。

八仙山，何以会有如此巨大的魅力？

并排屹立着的八座大山，端庄厚重，气度非凡，它从不激动，也不声张，一任善男信女，叩首焚香。一边是兴高采烈的香客上去，一边是踌躇满志的游客归来，在这滚滚红尘之中，八仙山见证着龙华古镇辉煌的成长史，慢慢地成为一张漂亮的小镇名片。

大概是常年生活在山区的缘故吧，已经记不清楚爬了多少回山。穿行其间，除了感到个人的渺小与无知外，我竟然丧失了与它沟通的能力。在那千疮百孔的路面下，我听到八仙山低沉的呻吟；在那人工打造的栈道里，我看到八仙山流血的骨肉。

踏上登山的石梯，似乎从中还能找到泰山的影子。那敞开的山门，给了我游子归家的自豪感。在这个三县交界的古镇中，在这个群山环抱的环境里，呼吸着自由的空气，能够顶礼膜拜世界第一立佛，感觉真好！那满山的青松翠竹一下子变得无比的友善，连路边青翠的小草，也温柔地抚摸着我粗糙的大脚。我们真的很幸福，可以随时来翻看这本厚厚的历史大书。每一级台阶就是一本翻开的书，每一处弯道都藏着一个动人的故事。

我在后山的小路上找到了峨眉的秀美；我在龙华寺的大厅中，找到了泰山的高贵；我在立佛的石壁上，找到了黄山的地位；我在丹霞洞的塑像下，找到了凝着有血有肉的向往；我在禹帝宫的廊柱前，找到了华夏儿女浓浓的香火味。

八仙山的早晨，是被山鹧鸪喊醒的；八仙山的夜晚，是被大小龙溪催眠的。漂洋过海的八位仙人，定居在这里，与古镇为伴，青翠了一群子孙。辛勤的汗水从山路上流下来，滋养着桥头的黄桷树。八仙山在云雾中舞蹈，在风雨里唱歌，听立佛论经说道。无论是在腥风血雨的岁月，还是在平平常常的日子里，我们与它始终依然不离不弃。

关上门窗，它还是站在那里，告诉我太阳与月亮的消息，几千年岁月，它宠辱不惊，笑看风云变幻。八仙山这个名字太美，压得我喘不过气来，我想推开面前这扇巨大的屏风，看藏在山背后诱人的精彩！

春到八仙山，到处山花拦路。夏游八仙山，遍地绿荫蔽日。秋登八仙山，极目天高地爽。冬览八仙山，银装素裹与山光水色交相辉映。松柏枝头，画眉鹦鹉唱响山野；林间小道，锦鸡白兔穿行其间。回首山下古镇，白日炊烟绕梁，三溪如链；夜间万家灯火，如画如诗。水墨龙华，川南古镇，人间风情，尽收囊中。

在老人们的眼睛里，八仙山是一位熟悉的棋友；在年轻人的心目中，八仙山是月光下的红娘；在孩子们的画图板上，八仙山是神仙居住的地方。白领从中读到原生态；蓝领从中读到休闲心。文人赞美它是城市的绿肺，山民称它为自家的后花园。外地的客人干脆什么也不说，扎扎实实地"玩了一盘"，留下几十年也说不完的"安逸！八仙山硬是安逸……"的话题，留下一大把花花绿绿、得意忘形的照片。

寻根者，捧一把泥土；旅游者，尝一口山泉。四海归家的游子捡一片红豆杉，放进贴心的口袋，摘一芽青茶，含在口中。任山风扑面，看绿树丛中飞檐斗拱，任喜雨浇头，观眼前大地万般锦绣，三桥两溪围一镇，深山明珠一望收。

山中有佛，佛在山中。山是一尊佛，佛是一座山。山即是佛，佛即是山。都说：游山如读史，这应该就是龙华八仙山的魅力所在吧！

推开南窗，满眼一片新绿，金山银山八仙山啊，我有多少话想要对你说。

（原载《川江都市报》2019 年 6 月 29 日第 6 版）

位卑未敢忘忧国

我出生那年，共和国已经 3 岁了，我工作那年，共和国已经 22 岁了。当汽车将我们从"广阔天地"一下子拉进厂区的时候，连我自己也没弄清楚究竟到了什么地方。那些年，神秘的军工企业都藏在大山深处，无论工厂还是个人、"隐姓埋名"的生活是我们唯一的选择。

能够进厂当航空工人，是想都没有想过的事情。"苗红根正"的命运将我推进工厂，封闭的生活环境驱动着我只能沿着既定的轨迹前行，上班、下班、吃饭、睡觉……这机械刻板的光阴一晃就是 40 多年。当我将三分之二的人生涂抹在大三线画廊的调色板上，我才突然发现，在我的血液中已经注满了航空人默默奉献的基因。

市场经济的大潮拍打着蓝天，航空企业的舰队艰难地在马六甲海峡中顶着风浪，小心地探索着航线。不少智者纷纷下海，众多文友毅然南飞。清贫的口袋难以抵挡物欲的诱惑，可真说要走，我居然还有几分割舍不下。漫步在这大山深处的厂区内，那山、那水、那并不宽阔的道路，那陈旧熟悉的房屋，一草一木，总是那样亲切，那样生动。原来，不知不觉之中，我还是深深地爱着大三线的。

房买了，根就扎进脚下这片厚土，注定此生不会再有更多的传奇故事，但潜意识里时常还流动着一种不平，"外面的世界很精彩""冬季到台北来看雨"，动人的歌声夹杂着迟迟发不出的工资、越来越少的劳保、下岗分流的传说，那个冬天便变得格外寒冷，心情便变得更加复杂。

面对着一片抱怨声，我却马上又变成了企业的辩护人，大声呼吁：困难是暂时的，阵痛是必然的，比我们苦的厂子大有人在。

乐于清贫，生命便清澈得像蓝天一样明净，靠山、近水、扎大营，平平淡淡过一生。

父辈如此，我也如此，我是航空人。

每当我仰望蓝天，我总有一种自豪之感，能将人生的理想写在蓝天之上的人，应该说是十分幸运的。拥有者也许体会不到，失却者却有深深的感受。

我是航空人。即使现在退休了，我还是航空人。我要把接力棒交给下一代，交给我的儿女们。

女儿出生于1978年，她运气真好，遇上了中国历史上一个波澜壮阔的伟大时代。而我，却没有这样幸运。

1998年，女儿考上了南昌航空工业大学，以一个本科生的姿态，走进了我们"自己的学校"，延续着我的航空情结。

女儿走进昌航，那张喜庆的录取通知书标注着三线人对航空事业的执着与梦想。当我们从雾都重庆上船，穿越世界闻名的长江三峡，放舟江汉平原，从九江码头登上江西的土地，飞扑南昌的旅程中那无数艰难的险滩、那震撼世界的大坝、那气势恢宏的武汉三镇、那响彻云天的纤夫号子、那气壮山河的抗洪场面、那风景如画的庐山景区、那温暖如家的昌航校园……这一幕幕如歌的行板，似乎都在向我张扬着航空人拼搏与腾飞的梦想。

怀着崇敬的心情我走进南昌，去寻找先辈们当年浴血的战场。怀着不变的追求我带着女儿求学南昌，去探索航空人痴心不改的创业方向。当美丽的校园展现在我的眼前，便一下子勾起我许许多多关于蓝天、关于共和国的遐想。那展翅腾空的第一架战鹰，是从南昌城头飞向共和国的大空啊，中国航空工业便谱写出最为华美的第一章。

我站在国旗下，远望着这幢18000平方米的教学大楼，就像望着我们自己生产的一架飞机，心中立刻升腾起一种自豪的感觉。

那翠绿的草坪、那整齐的花木、那气度不凡的台阶、那宽阔平坦的大道……构成协调的优美环境。生活在这里的学子，无疑是时代的幸运儿。岁月，在艰难中流逝。对苦日子的回忆，使我们百倍地珍惜得来不易的今天。

70年的变化是巨大的，时代在变、观念在变、环境在变，唯一不变的是航空人那艰苦创业的情怀、无私奉献的品质。

我热爱大三线。无论生活中充满忧伤的旋律，还是充满欢乐的音符。我知道，只有用欢乐与忧伤去谱写人生的篇章，生活才会更加多彩动人。尽管青春很无奈，我们仍在大山深处的洞穴中，找到岁月的辉煌，找到生命的坐标，找到沟通天地间那道迷人的彩虹。

航空人手捧鲜花的背后有泪水有汗水，这是热爱生活者的"专利"，属于乐观进取的人。唯有热爱生活的人，他的理想之帆才会鼓满希望的劲风。

或许"追求"比真正的"获得"更美，因为前者有憧憬或梦想，"人是要有一点儿精神的"。呛几口海水，走几段弯路，吃几个苦涩的青果子……生活里充满了风霜雨雪，在这无奈的精彩变幻中，失落，应是生命长河新的起点，我们逆风腾飞。

我热爱大三线。热爱生活就能越过世俗冰凉的峡谷，就能领略驼铃穿越死亡之海的喜悦，当你已经将全部的生命献给蓝天，你就会感受到祖国跳动的脉搏。

面对灯红酒绿的世界，面对官场上的匆匆过客；面对广阔无垠的蓝天，面对几代人为之奋斗的航空事业，我已经无悔地做出庄严的选择。

大三线给了我一个温暖的家，航空工业给了我一个施展才华的舞台，改革开放让航空梦变成现实，能够生活在这个和谐幸福的大家庭中，终身报效祖国是三线人共同的心声！

我家在长城以南、广东省韶关以北、京广铁路以西、甘肃乌鞘岭以东……

位卑未敢忘忧国。我是大三线的航空人！

（荣获四川省作家协会"我和祖国共成长"优秀文艺作品奖，全省获奖散文作品10篇，排名第二）

锦官城

东郊的菜地下乡了
把一段沙河
孤零零地扔在那里

过去无聊透顶的曹家巷
现在摸着天上的白云玩耍

谁把猛追湾
打扮成妖娆的小姐
在红星桥畔
招蜂惹蝶

锦江水太清
鱼儿在火锅中游来游去
广场的坝坝舞
踩痛了老头的琴弦

龙泉山上的桃花
在满城灯火中撒野
拆了的皇城无语
矗立的望江楼也无语

（原载 2019 年 7 月 7 日《华西都市报》A6 版）

作者简介：

　　陈智泉，男，四川宜宾高县人，四川省作家协会会员，曾在《诗刊》《星星》《四川文学》《绿风》《诗潮》《青年作家》《四川诗歌》《新诗》《草地》《山东诗人》《北京诗人》等多家报刊发表作品。已出版诗集《独弦琴》《秋水谣》《风吹陌巷》，即将出版诗集《远山如黛》小说集《远山，在落雪》。

远山如黛（组诗）

◎陈智泉

在竹海

想说是，人在竹海，你就没有必要
打着马儿赶往南山去了
南山太南，要走好远的路程
何况，陶先生好静
早把世外的那个桃源
耕种成了不食人间烟火的圣境
还是这竹海，有琴蛙鼓噪，离红尘近
你可以在竹山上搭一座竹寮
可以娶竹为妻，可以养一群竹子一样的儿女
也可以像竹海深处的周华聪们一样
抱一本书，幽居于竹箐斋里
说竹子一样的话，写竹子一样的诗
做竹子们做的事情……

在忘忧谷，怀人

我就不信，有人会在大白天，隐身在青山
    里
却要秉一支支烛去到黑夜的竹丛玩到天明
据说，一些人，已在昨晚的萤火中走失
他们在春风里放荡，他们指着桑树骂槐
他们诅咒露珠是水的私生子，他们
疯够了，就干一些我们也曾想干的事情
他们在低矮的竹檐下，弹琴的弹琴
煮酒的煮酒，打铁的打铁……
他们从傲骨中嗄出一声声长啸
湮没在昨夜的清辉里
山谷依然很静，风吹着竹丛里的石头
游人的脚步覆住了夜空下面那些虫鸣的灰
    烬
水车已旧得不识人间的风情，只听得
竹筒倒出的水，砸在青石板上
溅起清幽幽的噼啪声

短松冈

起风了
一枚枚短松冈上的松针，成群结队
纷纷扑向林中的墓地
草丛里，一些我爱过的，或者爱过我
又纷纷离去的
此刻，也一样被我们所念及
我们无言所说，就像默默的松针一样
我们荡漾在十万亩黄金的涛声里
我们只是默默地念叨：
起风了

每棵草木都是前世的兄弟

夜凉如水。我的大哥
那个不胜酒力的老男人，嘟哝着

丢下一场院醉朦朦的庄稼话和月色
去到老屋的木楼上睡了
房前是鬼冬哥们栖息的香樟树，屋后
是通往墓地的竹林
"他们都是从泥土下面的骨头里长出来的
每棵草木，都是前世的兄弟！"
唠叨出这句话时，这个已被烧酒
快要放倒的山里汉子，深邃得
就像一个满腹经纶的圣人

暮　晚

高高的山梁上，暮烟是最后的布景
倦鸟归林，霞彩散落一地
一生对牛弹唱的人，喝斥着他的牛
一步步向龙头山那边的墓地走去
铿锵锵，他不唱西皮与散板
也不唱落花与流水，一鞭子下去
他和他的牛，就和留守竹林里的家
近了，近了……
旷野岑静，墓园岑静
一个人的背影里，偌大的山塬
野草掩埋了落日的余晖

远山如黛

无人的丘岗，并不寂静
塔影在松涛的怒号里，将人间的大美
一层一层地裸露给蔚蓝的旷野
薄雾从河谷缓缓地升起来，夕晖
给峰峦抹上袈裟的颜色，远山如黛
万物肃穆而祥和，飞鸟划出云霞的残骸
满地的虫鸣，让清凉的山野愈加清凉
让辽阔的香气愈加辽阔，当那一声惊鸿
落定之后，你不得不开始怀疑
缥缥缈缈的烟云霞霭背面，还有数不清的
苍茫，废墟，和暮色……

路过谢家大院

石门尘封了四季
印满苍苔的天井打开破败的光阴

断瓦。残垣。延续至今的柳体
说一段往事在墙上与日月同等的光辉

路过大院时，我们一起谈论
阳光，白云，牌坊下面的欧家河

那里横躺着老迈的锁江桥，五尺道
马帮的铃铛一路响过沙河驿

在越溪河岸看油樟林

此时，雾已散尽
我们站在越溪河岸
层层叠叠的油樟，尽收眼底
面向河水，没有什么比在青山里停留
更让肉身感觉是匆匆的过客
而油樟则不一样
白鹤落上它的枝头，它仍站在那里
一动不动，流水带走的
只是越溪河中的影子

（刊于《诗刊》2019 年 5 月号下期"银河"栏目）

一地黄花（组诗）

草木志

万物有灵。一株草，不会轻易喊出身上的
　　疼痛
一棵树，不会轻易裸出体内的碎片和废墟

面朝空山，落叶向大地一次次派发生与死
　　的
通行证

雨落尘世，风过大野

人间经历了多少苦难，他们
就经历了多少痛哭涕零

古道人家

他说，走古道，有青苔，分不得心
好几回，险些儿就丢了性命
见过劁猪，劁牛，劁狗
没见过劁人，古道上跑的汉子
一个也没有阉过命根，说起火把山上
美如仙子的桃花，他格外亢奋
掰起一根根指头，如数家珍：
张三嫁到了叙府，李四嫁到了澳门
就连民国时候，最撇火的一朵
也做了龙神坳那边的
压寨夫人……

一地黄花

一片瓦蓝瓦蓝的天空下面，无论如何
我也喊不出她们曾经喊过的姓氏
即便想入非非，也难勾勒她们
消遁了的露珠一样的泪痕，就像

满目苍茫的鹤唳滴入尘世让我纳闷
究竟是我误入了歧途
还是上苍故意布下的迷魂阵
在这里，我的瘦骨伶仃的土地
怎会养育如此众多的美人

（刊于《天津诗人》2019 年夏之卷）

作者简介:

　　蔡伟,笔名闲筝,二〇〇〇年生,川南叙州古罗场人,祖籍湖南。作品散见《中国青年报》《四川文学》《延河》《四川农村日报》《当代职校生》等。成都农业科技职业学院学生。

只不过是一场目送
——2018年10月20日,我永远记忆深刻的一天

◎蔡　伟

　　十月的江安河畔,已经有了一丝凉意。校园里,桂花还留有残香,柳树的叶子正当绿。夜晚的农院,华灯初上,还蛮有诗意。

　　"终于又到周末了,真好。"周五晚上,开完班长团支书会,已经快十点,走出分院会议室,我对团支书说到,长叹了一口气。突然,电话响了,是母亲打来的。我已经好久没陪母亲了,虽然说我在温江,母亲在双流,但我也很少过去,想来还是挺对不起母亲的,原来距离远,很少陪她,现在隔得近,还是没陪她多少。

　　"喂,妈。什么事?"

　　"明天周六,你过来玩吧,你爸叫你过来说买点好吃给你吃,上次看到你说你瘦了,天天都在叨我,让我给你打电话叫你在学校吃好点。"

　　"哦,好,明天再说,妈。我才开完会,还没吃晚饭,还要吃饭,我先挂了。"我向来如此简洁,不喜欢啰唆,对母亲也是。

　　周六早上,七点半从睡梦中醒来,再也睡不着,这是在学校来以后养成的习惯,到了时候肯定会醒。今天我打算去双流,去陪陪父母,给他们做顿饭。便起床打热水,洗头刷牙换衣服,离开寝室已经九点。虽然温江和双流毗邻,到母亲那里,坐公交和地铁要转几次车,我很少打车,没有急事,坐公交这种时光对于我来说很享受。自己一个人从学校骑单车到杨柳河地铁站,坐四号

线到文化宫转七号线，最后在三瓦窑出站，坐两次公交才到母亲租住的花红小区。到时，已经快十二点，家里没有人，父亲和母亲每天早上六点出门上班，只有晚上才在家吃饭。洗了澡后独自吃了午饭，休息了一会儿，看表，已经下午四点。这时我才慌张地出门买菜，他们在六点半就要回来，早点做好晚饭，吃了以后好早点休息，毕竟每天都那么早上班。出门后到后边的白家菜市去，到了后，各种吆喝声、喇叭声相互充斥着整个菜市，一路的菜琳琅满目，花花绿绿，转了一圈，买了一条鲤鱼，半只兔子和一个萝卜，还有一些佐料。回到家，就开始忙活起来，煮好米饭，红烧鱼和麻辣兔子已经上桌，母亲前脚刚到家，父亲就回来了，我三下五除二就把萝卜丝炒好了。父亲已经在喝酒了，母亲在给我盛饭。

"菜做得不错，色香味都有。"父亲微醺地说到。父亲喝不了太多的酒，一喝就醉，醉了就蛮不讲道理，语无伦次。他从前不是这样，我觉得他是在上次车祸以后出了问题，那次脑袋出了很多血，县医院用了十二个小时好不容易把他从鬼门关拉了回来。

"你一个月要用多少生活费？在学校感觉怎么样？又不去考驾照，放假叫你去又不去。把辅导员电话给我，我要打电话给他问问你到底什么情况。"父亲对我又开始盘问起来，我板着脸，我之所以很少过来，是因为我很不喜欢他这样，吃个饭就喜欢叨叨叨。至于辅导员电话，我一直没给他，他喝了酒就喜欢到处打电话，我怕他喝了酒以后给辅导员打电话胡说八道，让我给辅导员留下不好的印象。

"哎呀，烦不烦？我自己的事，我自己知道，辅导员电话，没有。"我已经不耐烦了。

"没有？没有的话，你的生活费也没有了，你自己看着办。"父亲威胁的语气说到，而我却彻底怒了。

"没有就没有，好稀奇。"筷子一放，我就去了卫生间洗澡。父亲还在那里叨，母亲就开始埋怨他，说我好不容易过来，非要这样。父亲没听进去母亲的埋怨，反而叨得更加大声。

我洗完澡出去，"不管就不管，有什么大不了的。你不想管，你当初生我来干吗，你结婚干吗，你干吗不一个人过？我走就是。"我歇斯底里向父亲吼去。

"滚，滚远点。"父亲也彻底怒了，把酒杯打碎了，满地都是。

我开始进房间收拾衣服，把所有东西都收拾好准备带走，真是那种离家出走的感觉。走出房门，父亲还在那里叨，我又说了两句。父亲竟过来想打我，我也挥舞着拳头。母亲就开始骂父亲，也开始教训我，最终父亲被母亲骂的不吱声了。我当时正在气头上，没听母亲的劝阻，拖着箱子，拎着大包小包地下楼了。我的东西真的太多了，一个箱子，一个背包，两手还提着口袋，可那时候已经晚上十点，拎着这么多东西，又那么晚了能去哪里。其实我也没打算真的走，就坐在楼下的花台边。没一会儿，叔叔就来了。见了我，就坐在我旁边，问我怎么回事，我就尽情给他倒苦水，他便一直劝我。

"孩子，你为什么要给你爸一般见识呢？你难道才知道他喝了酒经常那样吗？我们都知道他是那个德行，喝了酒什么都不管，不喝酒什么事都没有，正因为这样，我们都让着他，什么事都在他没喝酒的时候说。你也做得不对，不论怎样他是你爸，是给你生命的人。别生气了，赶紧回去，认个错，尽管是他的原因多一些。"叔叔苦口婆心地安慰我，可我仍在气头上不肯回去。叔叔拍了拍我的肩膀，便上楼去看家里的情况。不久，姑姑也打电话来了，估计，这会儿父亲已经把所有亲戚的电话都打遍了。

"侄儿，快回去，你爸又在向我们发脾气了，说什么我们惯坏了你，还说什么我们三个姐姐对不起他。我们不知道还要怎样，才算对得起他。快回去，别想那么多了，他始终还是你爸，遇到这么一个兄弟，我们也伤心，还不是只有让着他。"姑姑的话里有太多的无奈，但有一点不可否认：血浓于水。不论父亲怎样，姑姑都明白这四个字所蕴含的意义。

不知不觉已经到了深夜，小区里几乎没什么人了，只有几个灯发着暗淡的光。十月的成都，深夜已经有了让人起鸡皮疙瘩的冷，不禁抱紧了怀里的背包。母亲可能还没睡，我冲出家门时，她早已经流下了眼泪。母亲这一生，为我也是受尽了委屈，我也不愿意看到她再因为我受委屈。在内疚中，我拨通了母亲的电话，母亲真的还没睡，还在为我留门，因为我出门时，把钥匙砸向了父亲。

"喂，妈……"我突然有种特别委屈的感觉，可能是那种无家可归的感觉，竟哭出了声。

"快回来，傻孩子。你爸是个什么人你还不知道吗？他喝了酒就那样，过一会儿就没事了，他现在酒醒了，他还在伤心呢。快点回来，都快两点了，我明天还要上班呢。"母亲很慈爱地说道，话语里流露着疼爱之情。

"那……妈，你下楼来给我拎一下东西，我就在楼下花台边。"我恳求到，也无比愧疚地说道。母亲因为我，辛苦了一天到现在还没休息，还因为我拎不完东西要麻烦她，但我因为太困实在拎不起那些行李了。

回到家，简单洗漱后，我倒下床就睡着了，实在太困了。睡梦中，突然听见隔壁父亲在问母亲："他在哪儿?"我发现父亲还是很关心我，可能只是不善言辞，把爱都转化为了拳头。

"哎呀，在隔壁睡着呢，快睡你的吧。"母亲有些疲惫，不太愿意搭理父亲。父亲听到说

我在隔壁以后，也没再说什么就睡了过去。倒是我，再也睡不着，一看时间，四点二十一。

"我们都不善表露，可我们心里全都清楚，这就是血脉相传的定数。我心里有满满的爱，可是说不出，只能望着你远去的脚步，给你我默默的祝福。我心里有满满的爱，可是说不出，你是世间唯一的男人，让我牵肠挂肚……"这首《父子》突然从我脑中划过，不经潸然泪下。

静下心来想，我能有今日，全拜父母所赐，是他们的辛勤养育、忠孝之德、惜福节俭，才让我有今天的好生活。饮水思源，知恩报恩，父母是我的根。我唯有学习圣贤文化并在生活中力行，与父母一起完成积善传家、重树家风家道的使命，才是对父母最好的尽孝，而不应该是赌气和叛逆。

龙应台说："所谓父女母子一场，只不过意味着，你和他的缘分就是今生今世不断地在目送他的背影渐行渐远。"父母的一生对我只不过是一场目送，送我去更远的地方，而看到那根根白发往外蹿、渐渐老去的父亲和那劳累了大半辈子的母亲，我下定决心，从今以后，我试着忍让父亲，不跟他一般计较，试着做一个孝顺的孩子，不让母亲为难。再说，用不了几年，我也有做父亲的那一天；我更不希望等到"树欲静而风不止，子欲养而亲不待"的地步才追悔莫及！

辗转反侧，心情平复下来，天就亮了。2018 年 10 月 20 日，我永远记忆深刻的一天。

（原载 2019 年第 7 期《四川文学》）

我以故土寄乡愁（外一篇）

川南腹地，荣宜关隘，苍翠掩映间，越溪河穿境而过的一方土地，养育了三万多勤劳的人们，也养育了我辛劳的祖祖辈辈和我。

故乡坐落在四川省宜宾市最北部，典型的亚热带季风气候的农业小镇，连接宜自（宜宾自贡）两市，是革命烈士郑佑之的故乡。两百多年前，先人自湖南永州，过贵州经四川叙永到达宜宾，再北上定居在古罗镇。从此，祖辈便与这块土地产生了紧密的联系，我的根也深深扎在了古罗镇的田地里。

正是和祖辈有着密不可分的联系，我才对这片土地有着独特的情结。今年二十岁，在这片土地上生活了二十年，见证了这片土地变迁的二十年。我熟悉她的山山水水，熟悉她的大街小巷，熟悉她的泥土的芳香……我对故乡的一切，再熟悉不过，可以说，我的足迹遍布故乡的每一寸土地。

小时候，总觉得这片土地很神奇，因为她总能带给我意想不到的惊喜，因为她总会有我喜欢吃却吃不完的东西。有两个我那么高的甘蔗，有酸酸甜甜的橘子，还有绿皮球一样的西瓜……读幼儿园的那几年，每天下午放学，奶奶每天来接我总会给我带吃的：从樱桃、枇杷、李子到梨子、橘子再到甘蔗，一直不会重样。那时，总觉得只有这里的土地才会长出这么多诱人的果实，我真的好爱好爱她。

十年前从家里到镇上，有一截小路，才会上大路，不过全是泥巴路。每逢下雨天，泥泞不堪，上学要么是爷爷奶奶背，要么是穿水胶鞋到学校，再拿干净鞋子出来换。路上的稀泥和积水，是我和小伙伴放学后的乐趣。把稀泥捏成各种模样，然后一脚踩下去；穿着水胶鞋，故意在积水上猛地踩一脚，水溅满小伙伴全身，小伙伴随手揉起一个泥团，"啪"，我的书包上、身上全是稀泥。疯玩之后各自回家，

一边被奶奶骂，一边脱下脏的衣服裤子。最近几年，泥巴路全部被硬化修成了宽敞的水泥路，可那种玩泥巴的记忆却只能永远定格在脑海。

故土虽难离，生存更重要。廉价的农产品，高昂的农资，许多农民辛苦一年下来入不敷出，许多年轻人远走他乡谋生计。昔日的良田变成了荒田，留下了老人和儿童，乡村变成了空壳的乡村。看着这满山撂荒的田土，看着这空壳的乡村，我的心一次又一次凛然起来。

这几年来，在乡村振兴的时代背景下，镇党委政府积极规划，全镇三万多人民铆足干劲。开发荒山，实施间作套作，满足口粮自给自足的同时，油茶、花椒、花海产业应运而生，红色文化小镇已经初具雏形。街上路灯多了，行道树多了，街道变干净了，安保更有保障了。现在故乡已经跻身全省卫生乡镇和全省安全社区。在政策的支持下，陆续有年轻人开始返乡，为故乡的发展注入新的活力。许多民生政策落地生根，爷爷奶奶每个月能领到养老保险，每次回家奶奶都会念叨说：老子一定要多活几年，好好享受一下国家的好政策。

正青春热血，对这片土地孜孜情深，希望有朝一日能为故乡发展出自己的一份力。随着全省县域经济发展的改革，故乡被撤销。从此以后，丢了故乡，不知道我的灵魂还能否沿着经脉返回到故乡。

八月上旬回到故乡，待了十二天，我用了一周去适应天热蚊虫多的环境。自从高中开始，我就离开故乡，至今已经是四年多，我承认我开始被异化，开始不适应故乡，开始背叛生我养我的土地，那种心情，不只是负罪感能说清的。十二天里，我深入到田间地头，深入到油茶、花椒基地，细看故乡的变化，用笔记录下故乡最后的影子。

对于故乡，我割舍不下的还有我的亲人。在家里，不适应爷爷奶奶的生活作息，也开始厌烦奶奶的唠叨，一心想要逃离，可我依旧待着陪他们到了不得不离开的那一天。现在想想真是可笑，为什么想要逃离呢，又有什么理由逃离呢。上高中以来，对于故乡，一年十二个月，我待的时间不到两个月；对于亲人，更是见一面少一面，毕竟岁月易老天难老，许多亲人或许自那一见就是永别，包括年逾耄耋的爷爷奶奶。对于死亡，谁又能说得清呢？十年前外公的离开，送葬的那天起让我明白，死亡是不可阻挡的，但也是不可怕的。

走过很多地方，唯有故乡才能让灵魂安歇；见过很多的人，唯有故乡的乡亲父老才最亲切。树高千尺，叶落归根。无论我走到哪里，飞的多高多远，总有一天也会回到故乡，那片生我养我的桑梓地，同祖辈一起长眠于这块土地，默默守护。

远去的火柴

前两天无意间看到一盒火柴，对于这个好多年再没看到过的物件，我来了兴趣。抽出一支，搁在擦边上，怎么擦也擦不燃，却勾起了对火柴仅有的那点儿时记忆。

小时候，在川南老家农村，乡亲们做饭烧菜，还有爷爷抽旱烟，几乎全部是用柴火，生火的火源就是火柴。

那时候是没有打火机的，大家使用的是铝皮的煤油打火机。煤油贵不说，打火机还总漏油，放在身上，会经常漏出一股煤油味儿。火柴就特别便宜，两毛钱一盒，还是梅花牌的，揣在身上也方便。在杂货铺中和地摊上，或是村东头的那个小卖部里，常能寻得它的踪迹。

虽然便宜，火柴却也做了粗细包装。小商小贩刚买回来的时候，是一个稍微大点却很薄的瓦楞纸盒子，盒子上什么也没有，是为粗包装；然后用绿色的牛皮纸包装，一个包装里面差不多有二十小盒火柴，最后才是装火柴的小盒子，是为细包装。深蓝色的盒面，白色的梅花，一小盒里面估摸着就二三十根火柴。那时，我们家常常是买牛皮纸包的，里面有二十小盒，够家里一个季度的做饭烧菜以及燃烧地里的杂草所需。一次买那么多，保存过程中要特别注意干燥，一旦放的地方太潮湿，一整盒就用不了了。就算里面火柴还可以用，盒子上的擦边也擦不着火。

记得五岁那年夏天，某天中午，太阳正是特别毒的时候，奶奶还在地里忙碌。我一个人在家里，为了让奶奶回家就有饭吃，我搭着板凳上灶台给奶奶做饭。之所以要搭板凳，因为我那时还没有家里的灶台高。一切准备就绪，火柴却被我打湿了，怎么也擦不着。恰巧家里只有那最后几根火柴，饭没做好倒整得一团糟。奶奶回来看见后，我直接被扔到了门外，狠狠地打了一顿。最后，我哭着喊着奶奶别打了，去拿着仅有一块零花钱，屁颠儿屁颠儿地去村东头的小卖部买了一小盒火柴回来才交了差。这是我因为火柴挨的唯一一次打，令我记忆深刻。

火柴地位的被冲击，大约在十几年前，那种滚动摩擦生火的打火机开始席卷火柴市场。这种打火机用的是液体气，用完了可以再加液体气，特别方便，也特别便宜，逐渐被寻常百姓所接受。两三年后，火柴开始退出市场，地位渐渐被打火机替代。

如今，火柴已不复存在，从街头巷尾的杂货铺和地摊上消失，连同火柴一起消失的还有村东头的小卖部和经营小卖部的周婆婆。它伴随着我这代人最后的童年记忆消失得无影无踪。

（原载 2019 年第 11 期《延河》下半月刊）

慈竹林里的乡愁

川南多丘陵，丘陵生慈竹。川南小镇的红土壤和亚热带季风气候，独特的地理位置造就了独特自然资源。那一沟一壑中，总零星散布着几片慈竹林。不用刻意安排生长，随处可见。

在小镇，富有智慧和创造的人们，从竹笋到竹子再到竹枝竹叶，把慈竹全都用到了生产生活中；而那一片片慈竹林，也为单调乏味的童年平添了几分乐趣，成为了儿时的乐园。

每年四月，一场春雨过后，在地里蓄积养分已久的慈竹笋摇摇晃晃，探头探脑地冲出地面。一个个笋壳略显泛白的慈竹笋，随着气温的回升，不出半个月，就有三十厘米高。那时，是慈竹笋最鲜最嫩的时候，正好吃笋。每年，奶奶总会拿一把弯刀，背一个背篼，在早上十点进慈竹林砍笋。不一会儿，就能砍满满一背篼。脱掉笋壳，切成薄片，丢进锅里用沸水煮二十分钟，捞出用清水漂一个小时。午饭时，抓一点竹笋沥干和猪肉炒，那味道是真鲜。

慈竹质硬，柔韧，不同于竹膘很厚的硬头荷竹和碗口大小的斑楠，非常适合制作农具。家里从吃饭的筷子，到刷锅的刷把，再到处理杂草的竹耙、扇风的竹扇、捆扎柴火的竹篾条，盛放农作物的背篼、淘篼、箩筐……太多太多，都是慈竹制成的。可以说，慈竹跟农人的生产生活密不可分。小时候，爷爷总会趁着农闲，砍几根形态可掬的慈竹制作成家里需要的农具。竹有当年长成的，也有长了好几年的，看竹生长的年龄，全靠爷爷的经验。用慈竹制作农具，是一门有技术含量的活儿，不是一般人或者是机器能完成的。一个背篼箩筐的制作，往往需要好几天，考量的不仅是制作人看竹砍竹、削竹篾条的功夫，还有制作人的耐心。随着纷纷扰扰的时代变迁，这门手艺已经开始停留在老一辈人的手中，许多的年轻人不

肯学，当然，也包括我。回到小镇，常常还能看见几个老者坐在路边，售卖自己制作的农具，一个个农具特别精致，足可以看出制作人的功底。走到那里，我常会驻足，有时也会买上一把竹扇，一把竹签刷把，也算是对这门手艺的尊重与致敬。

从小到现在，小镇农村做饭多用柴火，竹枝竹叶是很好的燃料。开春以后，竹叶会随着悄然而至的春风纷纷落下，在地上铺下厚厚的一层。那就成了我和小伙伴的乐园，在上面滚来滚去，做游戏，玩纸牌。那时，奶奶总会把我们呵斥开，用竹耙和背篼装竹叶回家生火，顺带还会带点竹枝回家，可作柴火。

我最大的乐趣，不仅仅是在慈竹落下的竹叶上嬉戏打闹，而是那竹林里还藏着一道美味和玩具——竹虫。小时候还在小镇，经常中午趁爷爷奶奶睡午觉的时候，带着爷爷给我做的竹篾篼跑进竹林捉竹虫。跑累了，捉一个大的竹虫，把前面最大的足的钩折断，再顺手折断一根细细的竹，插进中空的足，随手摇晃竹虫便张开翅膀送来凉风。

和竹虫一样富含高蛋白的，是它生活在竹笋里的幼虫。和竹虫一起，可炸可烧。用油炸，炸好加一点酸辣椒和香葱翻炒，黄亮亮的，辣乎乎的，是不可多得的美味。

一切的记忆，早已停留在了上高中前。

随着年岁的增长，早已经不在进竹林打滚捉迷藏，也再也没有捉过竹虫。杂草疯狂的肆虐空壳的乡村，乱砍乱发导致的生态破坏，就连最普通的慈竹笋，也再没吃过。

在街上，看见两个卖竹制农具的老者，想着满目荒凉、杂草横行的空壳乡村，我的心凛然起来。疯狂肆虐我的内心还有乡愁，遍布全身。

（原载 2019 年 8 月 27 日《中国青年作家报》）

南望故乡

人，越长越大，离家越来越远，到了一定的年纪，家乡变成了故乡，回不去的故乡。

第一次离家，是在七年前。汽车前行，故乡抛在后面。看着远去的故乡，看着目送的亲人，生于斯长于此，十二年来第一次离开生我养我的土地，离开父老乡亲，泪水夺眶而出。

小时候上幼儿园，每天爷爷送我，蹦蹦跳跳跑到学校。期待着下午放学，老师送我们到陈湾，奶奶早已坐在老张家外的石头上，钟爱的是奶奶给我带的甘蔗，甘蔗的皮已经被奶奶刮得干干净净，拿着就啃。故乡的甘蔗用有机肥，那甜，是沁入心脾的。柚熟橘甜的季节，黄灿灿的柚子和半熟的橘子挂满了枝头。小时候，和伙伴们到处吃橘子，东家的橘树去摘几个，西家的橘树去摘几个，为了树顶那个最大最红的橘子，从树上摔下来也毫不在乎。在树上荡秋千，在树下下棋。吃撑了，我们就到处扔。吃饱了，玩够了，一身衣服全是泥，悻悻地回家，少不了一顿臭骂。

国庆回家看到路边黄青相交的苍耳，那时候扔苍耳也是我和伙伴们的一大乐趣。下午放学，三五成群，男生女生一起回家。在路边抓一把，悄悄扔在女孩子的头上，装作不知情的样子，被发现后少不了的是反击，甚至是挨打。那时候我们一起回家，喜欢一个人用棍子把所有人的书包挂在两边挑着走，你累了我来，我累了你来；喜欢一起在路边做作业，喜欢到小伙伴家去玩。分别时，我们还会相互约定明天什么时候一起去上学。

光阴似箭，倏然间，我们已经不再孩童，不再有那种童心。为了学业，为了工作，为了各自的生活打拼，那种乐趣早已无影无踪，成了人生中宝贵的回忆。

对于故乡，久久地离开，俨然成了一种背叛；身处异乡，那种负罪的疼痛感不可名状。真怕有一天回到故乡，忽然感觉自己好像又来到了一个陌生的地方——故乡变成了另一个异乡。

回到故乡，见到久违的父老乡亲，他们给我打着招呼，听着这熟悉的乡音，吃着可口的饭菜，感受着这浓浓的乡情，心情突然好了许多。那些承载了儿时记忆的老屋池塘，那些在异乡魂牵梦绕的大树小河，能在满怀疲惫，眼里搁着酸楚的泪，揣着一腔乡愁的时候为我"抚平创伤"。这里有可爱的人，有我熟悉的一切，我的肺最适合这里的空气，这里的水最适合我满腹酸水的胃。我爱这片土地，我爱这里的人，这里是生我养我的土地。

长大以后才明白，原来家在心里，心在疼处。双鬓全白的爷爷奶奶，老去的爹娘以及父老乡亲，终将长眠于这片土地。我，也终会长眠于这片土地，因为叶落要总要归根，因为我爱着这片深情的土地，或许只有这样，才对得起世世代代在这片土地上耕耘的祖辈，灵魂才能得以安放。

（原载 2019 年 3 月 16 日《华西都市报》）

寻报记

3月16日，一篇小散文被某都市报刊发，激动得那天参加分院运动会，冲了个400米第一名。

新媒体蓬勃发展，获取信息的来源已相当丰富。纸媒越来越少，想买一份报纸也变得不容易。所以文章是见报了，但报社却不寄发样刊，我无法看到文章变成的铅字，还是有些遗憾。

我太想把这份刊发了我文章的报纸买来给青春留个纪念！于是就利用休息时间到处找报刊亭，找邮局，却都无功而返。问学校的分院，分院也没有；问学院招生办的朋友，也没有。突然记起图书馆阅览室好像有，就跑去找。这里有是有，但不管怎么说，磨破嘴皮子，都不能给你。

找了一天，中午饭都没顾上吃，在高德地图上找到一个报刊亭，离学校十多公里。行吧，只要能买到，这点距离不算啥。坐公交，好不容易找到了那个报刊亭，虽然出售的物品杂乱，我还是相当激动。

"有报纸吗？"

"没有。"

"奇怪了，你名字叫报刊亭，怎么没报纸呢？'报刊亭报刊亭'，应该是有报有刊啊。"我纳闷。但这里就是没有报纸卖。

回来时，又去邮局问，结果人家的报纸不卖。又急忙问宜宾的朋友，朋友也没有。再问招生办的朋友，说："真没有，老师让你去图书馆看看。"突然崩溃，方圆十里没有报刊亭，还能到哪里买呢。跑了那么远，身心疲惫。回到寝室，刚躺下睡着，宣传部又是发消息又是打电话的，"急事急事，老师找你，赶紧过去"。拖着疲累，又去领到一个差事。

下课后去图书馆写特稿，在图书馆又看到了那份报纸，可还是拿不出去。

后来，打电话发动外地的同学，让他们帮我买那期报纸。第二天，有同学发来消息，说买到了两份报纸。

我终于拿到印有自己文章的报纸，走在春风吹拂的校园，阳光洒满小径，仿佛所有的花都在向我微笑。

（原载 2019 年 5 月 17 日《中国青年作家报》）

作者简介:
　　代加萍，女，1969 年 4 月生，汉族，四川宜宾国企职工，大专学历。喜爱散文、诗歌写作，有作品发表于《四川工人日报》《川煤文艺》等。

高原上的劳作

◎代加萍

家　在高原的南方
为了家里的亲人
我要做更好的自己
更努力地在高原上劳作
让苹果树在冬天浴着霜雪
挂满红彤彤的果
我劳作着思念着憧憬着
每一个夜晚睡得安然
梦里有爱有你们
每一次醒来都获得重生
因为在高原上
我的心意常常与你们相见
请你们思念的时候掬水于手
那是我从雪山留下的灵魂
就像劳作时的平凡用心的技巧
我要活得更执着更温暖
让你们获得长久的欢愉

(原载《川煤文艺》2019 年第二期)

作者简介：

戴宇威，下过乡，进过厂，首届高考考上大学，毕业后在中学执教语文至今。爱好写作，主要为杂文，在《杂文月刊》《杂文报》《散文百家》《四川日报》《青年作家》《中国教育报》《教师报》《教育导报》《四川政协报》《四川工人报》等省级以上报刊发表。出版个人作品集四部，七次获阳翰笙文艺奖。四川省作家协会会员，省杂文学会副秘书长。

姓名被人记住的感动

◎戴宇威

每个人都很在乎别人是否在乎自己的名字，特别在乎自己需"仰视"的人是否在乎自己的名字。如果是身份、地位、名望在自己之上又与自己没啥特殊关系没多少接触的人猝然相见还能喊出自己的名字，谁都可能会欣然感动甚至受宠若惊，甚至会以此向人炫耀。

我也不脱俗，一些多年不见的老师，仅有一面或数面之缘的名人或官员，见面时还能说出我的名字，实在难为他们了，我不会无动于衷，心里还是热乎乎的。然而，在生活中，姓名被人记住真正使我感动乃至震撼的，并不是我需"仰视"的人，却是属于为我一向不大在乎的完全算是活得卑微的人。这人便是我的奶妈及她的子女。

虽然时代大不同，但我的奶妈与艾青成名作《大堰河——我的保姆》中的大堰河很相似。她是县城附近乡下人，没有名字，有点弱智，说不清自己身世，别人叫她李罗氏，推知她夫家姓李，她姓罗。她丈夫早死，遗腹子生下才十来天也死了，很可怜，"有幸"被人介绍到我家给我喂奶。我父母在机关单位上班，托当时学"老大哥"鼓励生育之福，国家把政府工作人员生育事包下了，奶妈的开销由政府负担，包吃之外每月还有 7 元津贴，这在当时算是不错的收入，对她应是不幸中的幸事，说是塞翁失马，也不为过。一年后，为了让她在我家再待下去，或者说让她能多享受点政府提供饭食和津贴的生活，我可喂饭了，母亲还让我兼吊点她的奶。

这样幸福的时光自然不会永久。不久，父亲罹祸，家道中落，这时国家也取消了对"英雄母亲"的奖励政策。我本来就不该再享用由国家提供的福利继续吮着别人的乳汁，我的奶妈却丧失了用她的乳汁哺育人以换得在城里的体面生活，又回到原点。据母亲讲，她也许是奶足的原因，食量真有点像《红楼梦》中刘姥姥戏谑的"老刘老刘，食大如牛"。当时生活不错，吃饭是在食堂坐桌席，吃敞销，早上是花生米下馒头稀饭，中午晚上是四菜一汤，油荤充足，她起码两个人的食量常让同桌的人称奇称羡。给我哺奶期间，她人长胖了，脸色也红润了，就像祥林嫂第一次到鲁镇四婶家变化的那样，成了她贫困艰难一生难得的衣食优渥又清闲轻松的好时光。当突然失去做奶妈的工作，必须回到乡下去，她哭了，极不情愿，而这时城里人谁也养不起一个没吃供应粮的人，何况我家已陷入窘境。不知她一个孤身弱妇，回乡下后，在紧接而来的说不清是天灾抑或人祸、也说不清是非正常死亡抑或"营养性死亡"几多的"三年困难时期"是怎样渡过的。

但她渡过了。在我有记忆时，她还时常到我们家来看看，也曾背着我去她的家住过几天。我还记得，她比我母亲足矮个头，该是矮个子了，穿的是我母亲给她的旧衣服，像笼在她身上的，很不合身；宽宽的圆脸，厚大的嘴唇，总是斜斜地裂着，像是在痴笑，一排没有籁口的黄牙便没遮拦地显露着：实在是其貌不扬，甚至说丑也不为过。但我那时太小，还不会以貌取人，见她总是笑眯眯地看着我，就觉得和善和顺眼。她个子虽不高，但在我幼小的心目中，竟像大山似的，我伏在她的背上，觉得好厚实好宽大，仿佛伏在温柔的摇床上，随着她在乡下坡坡坎坎的小道上一颠一簸地行走，这厚实宽大的摇床竟把我摇入了温柔的梦乡。

当我迷糊中醒来，却是在罩着破蚊帐的草席木床上，天色昏暗，屋子阴森森的，粗大的歪歪倒倒的立柱横梁黑魆魆像巨魔向我压来，

我吓得哇地哭起来，赶快梭下床，要往外跑，然而，四面都是透着缝儿的木板墙，我不知道门在哪里，我更感到孤单和恐惧，仿佛隔离人世，陷于阎罗殿般，哭得更尖厉更惊心了。很快，门开了，奶妈闪了进来，丢下手中的锄头便把我搂住。待我不哭了，她才从黑黝黝的屋角用米升子撮了点谷子，到门外侧边一石磨处，独自推起磨来。磨好后，回到屋子，在门边土灶上将磨碎带糠的米熬起羹来。我因为害怕，总是扯着她的衣襟寸步不离。这米糠羹吃着是什么感觉我没有印象了，只知道每晚都是如此，早上她把我叫起来后，桌上摆的也是这样的米糠羹，只是不知道是头天留下的还是她一早推磨新熬出的。从此她出工就把我带上，她同别的农民在地里挥着锄头，由着我在地边草地上玩。我要喝水，她丢下锄头把我抱到田边用树叶撮水给我喝；我喊饿，她采些说不出名的草果子给我嚼；我困了，她脱件衣服搭在我身上由着我睡。总之要熬到天擦黑才收工，回去还得推磨熬米糠羹。

这次住了多久我不清楚，应是好几天，季节应是在秋收后，因为田里没有庄稼，天气也不冷。后来我才听母亲讲，那时正是最困难时期，她所在生产队虽然离我们县城很近，但属另一县，处该县偏远的角落，也许是山高皇帝远，各种折腾没那么严重，社员还有点吃的，还可自家生火。奶妈是进城看到我说我造孽（可怜），主动提出带我去她乡下混点吃的。如此善良心肠，实在难能可贵，实在值得感念。现在回忆，她的家在一破旧大院的角落，就一间屋子，可能是他前夫"土改"时分得的。

大概是我上小学后，她就再没来过我们家，后打听，她改嫁到叫大坳的地方去了，具体是大坳的哪里，谁也说不清楚。大坳是个山区乡，那时还叫公社，距县城近20公里，交通极不便，想来，以她那不及常人的心智，已不可能再到县城赶场或来看我了。这样，她与我们家失去了联系。随着时间的流逝，我和我家人自然就越来越少地提到她，特别是以后动乱年代的疯狂时期，父亲又首当其冲，家处风雨飘摇之中，我及家人不会有心思去想她；我

下乡后，挣表现，忧出路，没闲情去想她；我成家立业了，奔前程，忙教课，没工夫去想她。再加上弄不清她的真名，夫家姓什么，在哪个村组，甚至是不是在大坳乡也很难说，想寻找也无从寻找。这样她完全淡出了我及我父母的生活视野，大家都不再提及她。

其实，在特定的语境下，收藏记忆深处的奶妈的形影还是会被牵连出，有时不经意间，奶妈咧着嘴龅着一排黄牙痴笑的面容也会像不速之客闯进我的脑海，这不大受看的邋遢相便迅即在我心田荡起复杂的涟漪：有面子观念和虚荣心作怪而滋生的回避想法，有良心拷问而顿生的愧疚自责念头。虽然从雇用角度讲，我吃她的奶，她得够了报酬——政策规定的，是各得其所的互需关系，不存在谁欠谁的情和账，但从道德人伦角度讲，从人之常情讲，我对她应仰视，应该有所回报才是。总之，既想见见她，给她点回报，了却桩心愿，但又不愿她出现在我的生活中，怕人知道我有一个丑陋的奶妈。正是这种复杂矛盾的心理，我曾经并不十分诚心地询问过一次。

那是我一个要好的同学曾在大坳乡任职，我给他摆谈过我奶妈事，托他打听下。也许是这本身不是件什么必得办的事，也许这事本身就无厘头，反正同学没给我回过话，我也没再向他追问。

生活中就有这样的巧合。前不久，我去一乡下朋友家喝春酒。这位朋友我是偶然闯入他的家而相识的，也许是缘分，我和他很谈得拢，便常相往来——其实是我常去叨扰，我把他那儿作为我体验乡村生活，休闲散心的落脚点。自然，这去叨扰，都是在平时，往往是兴之所至，并不是专冲着什么事儿去，因而很随意。而请春酒是乡下相沿已久的习俗，实际是农村人利用正月间的闲暇，把平时难得一聚的亲朋好友及邻里请到家喝酒热闹一下，以维持亲情友情邻里情，自然，这习俗遵循礼尚往来，你请了该我请，因而又称吃转转酒，反正，一个正月间，乡下人的春酒就没多少空隙。朋友早就邀请我去他那儿喝春酒，我也早就想去体验农村请春酒的场景，只是因为他请

春酒总是在正月初几头，而我年年都是到外地岳父母家过年，赶不上时间。今年因别的原因我没外出过年，有了机会领略乡下请春酒的热闹。

我是熟脚，到了后是抄近路从他家屋侧的厨房穿进去。厨房里大锅小锅热气腾腾，好些女人在忙碌，我认出了朋友的妻子打了招呼就进到了侧边的堂屋。堂屋里及堂屋外的敞坝都安满了桌，坐了不少的人。朋友见了我热情地招呼我坐，端上茶就忙他的事去了。天气很好，和煦的阳光无遮无拦地洒在院坝里，增添了新春的喜庆。我喝着茶同周围陌生的人闲聊起来——我不诧生，视每个人为我了解社会的一道窗口，就喜欢同方方面面的人闲聊。

谈着谈着，一个个子不高的中年农妇从厨房走出，寻到我坐的桌旁，用探寻的眼光怯怯地盯着我："你就是戴宇辉？"

我很诧异，但知道她问的就是我——早些年我在乡下时农民都这样喊我。因为我们这儿过去较为闭塞落后，说话很土，词汇量少，语音分辨力较弱，发音音节也很简略，常将一些近音字"合并同类项"般归入一个易于喊出口的字。而我名字中的"威"，在地方土语中很少有这个字音，更难有人将其用在取名中，因而很多人觉得我名字怪怪的，听着别扭，喊着更别扭，自然而然地就将"威"喊成了易喊常用的"辉"。当然，读过几天书的人不会这样。我不认识她，诧异地望着她点了点头，以示认可。同我闲聊的客人也为她的这唐突一问而异样地看着她——一个乡下妇道人家，直呼一个年纪比她大的城里人的姓名，确是失礼的唐突事。

她见我点了头，没有一点乡下妇道人家在城里长者面前的拘谨，盯着我继续直问："你小时是不是有个奶妈？"

我惊了，仔细打量她，宽圆脸，大大的嘴唇，我不可能认识，但在这特定的语境下，却迅即能将面前这个陌生的面孔连接上记忆深处收藏的某个形影，不由得惊奇地反问："你是——"

"我该喊你哥哥，是你奶妈的大女。"她不

亢不卑地应答。

"你怎么在这里？你怎么就知道我是——"我觉得有些不可思议。

"我是试着问一下，没想到果真就是你。"她笑了笑，"我娘说喂过你奶，时常把你的名字挂在嘴上，我早把你名字听熟了。刚才，你在厨房同我小姑子打招呼，有人随意问你是谁，我小姑子说了你的名字，我觉得很熟的，就斗胆来问你。"

原来，我朋友的妻子就是她的小姑子，我们可有着两层关系。她年年都要来这里走人户，我时常来这里叨扰，按理早该相识。可她每年就这一天来，我恰是这一天不曾来，这就是我们有两层缘分却不曾相遇的原因。今天我凑巧来了，若不是从厨房穿过，若不是她也正好在厨房，又若不是有人随意向她小姑问起我，也定会纵使相逢应不识而失之交臂。因为，这么多的客人，这种大场合，主人是不会将客人一一介绍的，最多是向入座的同一桌人介绍，她是为主人帮忙的女人，是不会与我们这样的客人坐一桌的，而且，介绍时，乡下习俗也只是介绍出主客间关系而不会说出姓名，似乎有点为尊者讳，因为客人是尊者。看来，是必然也是偶然，抑或阴差阳错吧。我急切地问奶妈情况。

"早已走了。"她语气很平常，像是回答与她没啥关系的事。

我对奶妈的"走了"倒不感到意外，以她自身境况之差，以她的年纪，"走了"，似乎是理所当然的事。对她那平常的叙述语气，我也不感到意外，一般的丧亲之痛都会随着时间的流逝而趋于平息，何况，传统的孝道家族观念随着长时间社会剧变的冲击多已荡然，还会有多少人会像过去一样为一个已成为家庭负担的老人去世而"如丧考妣"呢？但我总有些感伤，为奶妈卑微如蝼蚁的人生，为不能对给了我哺育之恩的奶妈一点实质性回报。

她讲道，她娘家就在大坳乡的一个村上，家里很穷，她爹也是双腿不便的残疾人，她娘生下了她和三个弟妹，一直就是有一顿没一顿的，没过上一天好日子。她们四姐弟都没读啥

书，也没啥本事，虽然都有了家，但靠外出打工过日子。等正月十五过后，她也要打工去了。

我问她为什么早些年保姆不来找我。她脸上现出丝苦笑，反问道："找你做啥？"见我愣了，她又解释说："我娘不识数，说话有一搭没一搭的，我们几个子女的名字她都喊不出，只是大乖儿、二乖儿（乖儿发儿化音：guair）地喊，只把你的名字记得真切，一时说你落在福窝窝里，一时说你比乡下人还造孽（可怜）。我们也不知道世上到底有没有你这个人，也不知道有你又是怎样一个人。那时我们一家子既不识字，又没出过远门，到了你那县城怕横头都摸不着，到哪儿找你？再说，你奶妈穷得像叫花子样儿，找到你，你不嫌弃？"

她这半是玩笑半是认真的反问一下子点中了我的软肋，仿佛是在讥笑我的虚伪，脸不由得红了起来，不知说什么好。是啊，再穷的人也有面子观念，也晓得点世态炎凉，人情冷暖，没多少人会有刘姥姥能厚着脸皮进大观园的底气，怕自讨没趣，自取其辱。我理解底层人的辛酸，骨子里虽极度的自卑，可外表总还强撑着可怜的自尊——其实，我也曾是这样的人。然而不管怎样，让我震惊的是，心智不全的奶妈对我这个乳儿的记忆竟是刻骨铭心，甚至超过了自己的亲骨肉，这一记忆，竟传承给了她的后人。她——也许还有她的弟妹，不可能知道我姓名是哪三个确切的文字，仅仅凭听熟了的一个不太真切发音，就如同不同的语言仅凭音译，就能刻入脑膜，最终与实体对上了号，这之中，折射出这社会人与人之间微妙而复杂的关系，稍谙人情世故，自是能体会出。

我为我的名字能有人刻骨铭心地记住而感动，虽然，他们是那么渺小，那么不值一道的人。依以后他们能外出打工的能力和信息采撷传递的便捷，要证实有没有我这个人乃至找到我这个人，是不难的事，但他们压根儿就没刻意地寻找过我。今天的相遇纯是偶然，她听到我的名字就赶紧来问我，也不过是要证实她母亲常叨念的是否真切，也就是这人世间是否真有戴宇辉（威）这个人。而我却失去了认识她

们的最佳时间——在城乡二元管理体制下，城里人可是有身份的象征，作为处境困难又贫穷的乡下人，能有个沾亲带故的城里人，即使不能获得点实质性的帮助，就是向人说起来，也是有面子的事。我无论过去还是现在，都没有能力改变奶妈及她家人的命运或状况，但给予点微薄的帮助还是可能的，最起码，我若在她生前也就是在她及她家人最需要我出现的时候，到她面前喊她一声奶妈，在她子女面前喊一声弟弟妹妹，定会给她们极大的精神慰藉。这一切不可能了，实在让藏有自私之心的我感到羞愧。

看到我的难堪，她反安慰我："现在我们都好多了，打工虽辛苦，但吃穿不成问题，还都修起了房子。我家在大坳的楠木林，到这里就十来里路。过两天该我家办酒还礼（请春酒），我娘家弟妹都要来，我小姑子和你朋友也要来。你不嫌弃，请你也来耍，看看你的几个干弟妹，好歹都是吃过一个妈的奶的。"

我毫不犹豫地表示，到时一定来，还将把我的妻子也带来，让大家认识认识，也让同哺一母之奶的兄弟姊妹团圆团圆。她满意地笑了，说还要帮主人的忙，让我喝好茶，便回到厨房去了。

是啊，我们虽没血缘，但同吃一人之奶，也是一种缘分，义为兄弟姊妹，有此之义，我觉得就该负有某种责任，而我所能尽到的最主要的义务就是了解她们的存在和怎样的存在，让世人对她们的生存状态略知一二。相对于她们，我的生活可能会优裕些，文化和受教育程度肯定要高些，看能否给她们一点力所能及的帮助。就凭她们那样地在乎着我的名字，凭着奶妈给我的超过了给她子女的心力和感情，我该这么做。唯以此，或可弥补下我对她们的回报，让自己歉疚的内心得以释然，安然。

（入选《中国·天府文学典藏》散文卷，2019 年由中国文联出版社出版）

作者简介：

　　郭理坝，四川南溪人。中华诗词学会会员，中国当代文学学会常务理事，四川省诗词协会会员，宜宾市作家协会会员。南溪区作家协会副会长兼秘书长，出版教育专著《感悟》与诗集《秋蝉吟》。在《西藏日报》《参花》《诗词世界》《诗词四川》等报刊上有诗与散文发表。

在父亲坟前

◎郭理坝

　　清明节那一天，站在父亲的坟前，静静地焚香秉烛，父亲生前那音容笑貌，很自然地浮现在我的脑海……

　　父亲九十六岁那年离开了我们，高寿的父亲，一生勤劳，一生艰辛。父亲年轻时，日子过得特别艰难。在那军阀混战，列强入侵的年代，为了躲抓壮丁，父亲十四岁那年就离开了家，到一位远房亲戚地主家当长工。父亲读过三年私塾，能写会算，那些不识字的长工很是羡慕。工头给父亲分工时也特别照顾，很累的农活是不让父亲去做的。年少憨厚的父亲在这远房亲戚地主的家里，也还相对自由，记账算账之类的活也让父亲做。有时候地主老板要上街去买卖什么东西，也让父亲一同前往，因为父亲的心算能力强，地主老板很欣赏父亲的机灵。最让父亲骄傲的一件事，那就是有一次父亲独自一人行走几十里山路，替地主老板送几十两银子到县城去付账。在那兵荒马乱的年代，土匪遍地都是，年少体弱的父亲独自一人带着几十两银子，走几十里的山路，那是十分危险的。那一次父亲单独给地主老板送银子到县城去结账，平安地回去时，得到了地主老板的表扬与信任。父亲生前每每谈及此事时，脸上总是洋溢着得意的自豪。父亲在这位远房亲戚地主家当了十三年长工，直到1949年家乡解放，父亲才回到了久别的家。

　　在地主家当长工时，父亲懂得了读书识字的好处。父亲常常叹息他只读了三年书，没能像有钱人家的子女那样能自由地读书。父亲虽然只读了三年书，却能写得一手我所不及的毛笔字。父亲生前总是笑我读了那么多年的书，还是中学语文教师，写的毛笔字还不如他。父亲说到我的毛笔字时，实在有一点儿让我无地自容。在认繁体字方面，父亲也比我强，一般的通俗小说，父亲是可以看懂的。小时候，夏天的晚上，我总是喜欢听父亲讲故事的。父亲还喜欢唱四川的"车灯"。心情好时，一般是春节期间，父亲还会与同院子里的几位叔子一起唱"车灯"。父亲是领唱，唱的车灯词比几位叔子唱得要多，父亲也比几位叔子唱得好。父亲当年如果有多读书的机会，他老人家也许可以干一番事业。解放了，穷人家的孩子也可以读书了，父亲总是想方设法让我们几姊妹几弟兄多读书。父亲闲暇时，总是在我们耳边念叨"书中自有黄金屋，书中自有美娇娘"之类的。小时候并不懂得父亲老在我们耳边念叨这话的用意，但也还懵懵懂懂地知道读书是有好处的。

解放了，穷人家的孩子可以读书了，但在那个年代，很多农村家庭送孩子读书的意识还是不强的。特别是女孩子，一些家庭是不怎么送她们读书的。即使送去读书，也不会多读几年的。很多农民家长认为，孩子能够识字算账就可以了，多读书没什么用。父亲激励我们多读书，那是我们的幸运。我大姐是在"文化大革命"前一年考上南溪二中的，她是我们村考上县属中学的第一个女孩子，可惜只读了一年就遇到了"文化大革命"，大姐的学业就这样荒芜了，大姐也就在农村务农一辈子了。二姐高中毕业后做了人民公社的广播员。两位姐姐，在那个年代，在我们村，在女孩子中算是学历最高的了。1977年恢复高考，高中毕业已经回乡务农两年的我，参加了高考，又有了读书的机会。两个弟弟读书也很努力，都是读书后离开农村而走上工作岗位的。

父亲将近70岁的时候，才离开他那心爱的农村与心爱的土地。父亲离开土地与我们在一起居住的初期，很不习惯，常常叹息他那种

地的好手艺，没有一个儿子继承。

父亲在地主家当了十三年的长工，在众多工友的带领下，经过严格的训练，父亲确实是一位种地的能手。在人民公社时代，土地由生产队集体耕种，很多人出工不出力，很多土地没有种好，收成不佳，父亲很是心疼。父亲心疼他那种地的好手艺，有劲没法使。好在那时农民还有几分自留地。各家的自留地，由各家自主耕种。我们家的自留地，是父亲展示他那高超的种地技术的基地。什么季节，该种什么了，父亲开始行动了，邻居们便会跟着父亲的节奏行动。尽管邻居们虔诚地跟父亲学习，可是他们的自留地，总是没有我们家的自留地种得好。每年秋收的时候，面对自家的自留地，父亲的心情是很好的，特别是大个子玉米棒子收获了，玉米秆砍了，红苕厢上兼种的红辣椒特别耀眼。出众的玉米与辣椒，有时也会让小偷光顾。眼看就可以收获的果实被小偷抢先一步摘去了，父亲很伤心，一家人也很难过。

在20世纪70年代末，"文化大革命"结束了，党的十一届三中全会召开了，国家改革开放了，土地分到了一家一户耕种，父亲可以开开心心地自主地种庄稼了。我们家的土地在父亲的精心打理下，庄稼长得特别好，收获的粮食特别多。那些年，父亲母亲过上了丰衣足食的日子。父亲种地的技术虽然很好，但是岁月不饶人，六十多岁的父亲已经力不从心了，我们几兄弟节假日回到乡下，也帮不了多少忙，这庄稼真是没办法继续种了。父亲和母亲也就不得不离开他们心爱的土地与我们到城里生活了。

敬爱的父亲，您离开我们了，您那种地的技术我们没能继承，但您热爱土地，热爱劳动，认真做事的品质，一直在潜移默化地熏陶着我们，我们都能在自己的工作岗位上努力地工作……

安息吧，敬爱的父亲！儿女们十分感激您的养育之恩，孙辈们读书与工作也都很努力。

（载《参花》2019年第7期）

郭理坝 ///

退休了，却没了寒暑假

在将要退休时，身边的年轻朋友总是十分羡慕地说："郭老师，您才对哟，快退休了。退休了，天天都是节假日。"听年轻朋友这么说，内心里没有一点儿快感，因为我常常听到一些已经退休的老年朋友讲：退休了，很是失落，一下子从繁忙的工作岗位上闲下来，从单位回到家里，进入社区，没有了繁忙的工作节奏，没有了克服困难的挑战性，没有了完成任务的成就感，没有了从前的生活规律，闲得无聊，很难打发时间，要很长一段时间才能适应新的老年生活。这正是钱钟书在《围城》里所讲的：城里的人想到城外去，城外的人想往城里挤。

我在中学教书几十年，每年的寒暑假是可以自由安排的。二〇一七年三月份退休了，我却没有了寒暑假。退休后还没有空闲两个月，孙女出世了。孙女的到来，我和老伴就没得闲了。儿子儿媳都是中学教师，除了白天上课，还有早晚自习辅导，忙得不亦乐乎。带孩子与做家务，很自然地由我与老伴承担了。家里的经济条件并不宽裕，没有办法请保姆，另外还有一个原因，那就是我老伴既没有打麻将与坐茶馆的习惯，也没有外出旅游的爱好，她特别喜欢带孙女与做家务，她总觉得自己带孙女，自己才放心。没有请保姆，儿子儿媳要上班，我与老伴就有事情做了。两个人分工合作，不是带孙女，就是去买菜做饭打扫卫生，一天到晚忙得团团转。

带孙女与做家务，日复一日，月复一月，机械地重复着昨天的故事。反复做同样的事，特别是反复做家务事，今天做的与昨天做的似乎基本相同，没有一点儿新鲜感。家务事中，买菜做饭是最困难的。过去我还在单位上班时，有时候要责怪老伴弄的饭菜不好。现在退休了，老伴就把买菜做饭的事交给了我。人们

常常说，没有生过孩子的人，就是不知道生孩子的痛苦。正是一个人没有买过菜做过饭，就是不知道买菜做饭的难处。我们这一代人，小时候生活特别困难，食品奇缺，吃了上顿无下顿。在饮食方面没有选择的余地，有什么吃什么，有时候还没有吃的。现在人们的生活条件好了，食品的选择余地多了，常常会为该买什么菜，该怎么做饭发愁。

过去老伴买菜做饭讲究数量，不太考虑质量，冰箱里总是塞得满满的，有时候冰箱里的蔬菜可以吃一个星期，给她讲现买现吃，她总是很难做到。当时在单位上班，忙单位的事，没时间做家务，只得接受老伴对一日三餐的安排。现在有时间买菜做饭，这就自然由我来操办了。人们常说"众口难调"，这话一点不假。一家人，就那么几个人，口味各异，年老的吃得清淡，年轻人却喜欢大鱼大肉。买菜做饭，要让一家人都满意，确实是很难的。一日三餐，天天都要面对，再难，也还得面对。亲自买菜做饭了，才知道买菜做饭是一件吃力不讨好的差事。儿子对饭菜不满意，在饭桌上是直接提意见；儿媳妇对饭菜不满意，在饭桌上以少吃的方式提意见；还是老伴善解人意，我弄什么她吃什么，她的意见相对来说要少一点。值得庆幸的是，我买菜做饭，多数时间是得到一家人肯定的。我买菜的原则是昨天吃过的菜，今天就不重复；其次是一般不买反季节菜；再次是尽可能买新鲜的。做饭是一项技术活，特别是炒菜，很有讲究。蔬菜的清洗，佐料的调配，火候的掌握，盐味的适度，如此等等，拿捏好了，炒出来的菜，才可能清香可口。

还是带孙女好。小孩子，一天一个样，看到孙女一天比一天懂事，很有新鲜感与成就感。现在的孩子是在长辈们的手里捧着成长

的。去年的暑假与寒假，孙女还不能下地行走，儿子儿媳放假在家，四个人围着一个小孩，四个人都有事做，似乎还忙不过来，我也就没了寒暑假的休息了。今年快放暑假时，我与老伴商量好了，暑假，让儿子儿媳独立带孩子，我们回老家好好地清清静静地过一个暑假。天有不测风云，快放暑假时，厕所内预埋在墙里的水管漏水了，应该进行大维修了。大维修，只有安排在暑假里。维修厕所与水管，家里的灰尘重，噪声大，不利于孙女的休息。儿子儿媳让我们把孙女带回老家去住一段时间。

原本是想在暑假里我与老伴回老家清清静静地过一段时间，现在把还不能走路的孙女带着回老家，我们自然没得清静。老家是在七楼，没有电梯，孙女喜欢外面的世界，每天上午、下午和晚上都要带着孙女到楼下、到超市与长江边上去玩耍。每天几次抱着孙女上下楼，确实是很累的；七楼是楼顶，暑假里，自然很热，好在一进门就可以开空调。我们带着孙女回老家时，儿子儿媳说好了，房子维修好了，他们便来接孩子。一天天地过去了，快一

个月了，儿子儿媳还没来接孩子。维修工程，工程量不大，工期却是很长的。原因是现在的维修工人很紧俏，很难请，即使请到了，也不能保证及时维修。一帮维修工人，往往揽着几处维修的活儿，他们总是今天在这家做一点儿，明天在那一家做一点儿。就这样，我们家水管与厕所的维修，足足用了将近一个月的时间。这将近一个月的时间，我与老伴带着孙女在老家，自然没有暑假的轻松滋味。眼看房子维修好了，可以轻松了，孙女又生病了，孙女这一病就是十多天，等到孙女的病刚好时，儿子他们单位组织外出考察，机会难得，儿媳也陪同儿子外出去了，我与老伴又只得继续带着孙女，又是将近十天过去了。这个暑假，只有十多天就要结束了，仅有这十多天，才是我与老伴可以自由安排的时间。

希望总是美好的，待孙女上幼儿园时，孙女大一些了，寒暑假，我与老伴还是可以自由安排的。

（载《参花》2019 年第 7 期）

飞雪中的南溪凤凰大道

地处长江上游的南溪，横跨北纬三十度，冬季暖和，很少下雪。即使下雪，也就只下那么一两天。下一次雪，往往要时隔十年二十年。下雪时，南溪人总是要到户外去赏雪的。前几天听说凤凰大道开通了，我很想去看看。今天星期六，又遇上了下雪，正是欣赏飞雪中的南溪凤凰大道的好机会。

一大早，我从南溪老城最东边的海事处乘公交车到了南溪新城西边的中医院，下车后，去凤凰大道还要走一段泥泞小道。天上是飞雪，地上是泥泞，路很滑，深一脚浅一脚地缓慢前行，溅了一身的泥浆。到了凤凰大道的南端路口，我特别兴奋。眼前的凤凰大道，一眼

向北望去，笔直平坦的六车道，一尘不染地一直延伸到了北方的天边。在冬季，常常与浓雾相伴的南溪，飞雪的光临，浓雾没有了，空气清新了，视野也开阔了。平时雾里来雾里去的我，今天可以清清爽爽地欣赏凤凰大道了。凤凰大道在南溪新城西边的城乡接合部。由南向北，约十里地，北端连接着由宜宾到泸州的快速通道，南端将连接正在修建的南溪长江大桥。六车道东西两侧是开阔的人行道与绿化带，绿化带外面是连绵起伏的小山丘。

谈到六车道，人们可能要笑我少见多怪。要知道，宜宾市南溪区是地处浅丘的川南，山多地不平，历史悠久但经济还不发达，有这么

雪还在不停地飞，但没有影响南溪人观赏凤凰大道的好心情。就在我的前面，凤凰大道两旁的人行道上，已经有了很多行人。他们一边行走一边指点，还时不时地停下来拍照。看得出来他们不仅仅是在赏雪，他们还在欣赏这凤凰大道。说到赏雪，南溪的雪是特别害羞的，轻轻地飘来，亲着行人的脸，吻着行人的唇，触摸着凤凰大道的酮体。在行人与凤凰大道还没有来得及细细感觉时，飞雪已经悄悄地消失得无影无踪了。经过飞雪的触摸与洗涤，水灵灵的凤凰大道显得特别干净与特别有灵气。引人注目的，还有凤凰大道两旁的绿化带与远处的小山丘。一步一景致，十里不雷同。凤凰大道两旁那高大挺立的树木，刚劲有力地支撑着蓝天，让人觉得天高云淡，视野开阔。大树下的小草与野花，争奇斗艳，让人目不暇接，心旷神怡。草坪上还露出了一些石块，虽然是人为的，但却能给人以天然去雕饰的感觉。不同的观赏者，对这些形态不同的石块，自然会有不同的想象空间。远处的小山丘虽然不雄伟，但是很灵动。由于活动的人少，小山丘上的雪容易聚集起来。你看那远处小山丘上星星点点的积雪，虽然没有北方积雪的大气，但是北方的积雪永远也不会有南方积雪的秀美。最奇妙的是凤凰大道中间隔离带的花草，这些花草是有灵性的。隔离带花草的造型，很像一条刚刚从长江腾空出水上岸的巨龙，正在凤凰大道蓄势待飞。凤凰大道北端广场的凤凰雕塑与大道中央隔离带的花草相互映衬，组成了一幅龙凤呈祥图，美轮美奂，栩栩如生，十分动人。

凤凰大道的取名，并不是因为大道北端广场的凤凰雕塑，而是因为大道经过凤凰村。凤凰村有一条小溪流，名叫凤溪。凤溪由凤凰村缓缓地向东流去，穿过南溪古城，汇入长江。南溪古城南有长江，北有凤溪。如果说长江是气吞万里的大男子汉，那么凤溪则是娇小秀丽的小家碧玉。凤凰大道横跨凤溪，向北将南溪到宜宾与泸州的快速通道联系起来；向南通过南溪长江大桥连接着宜宾市南溪区的江南镇与马家乡，再向南可以通往蜀南竹海。

凤凰大道是南溪古城新的亮点，是南溪人走出南溪与超越南溪的重要通道，也是南溪古城欢迎外地人来感受南溪与建设南溪的迎宾大道。

作者简介：

　　洪波，四川省作家协会会员，中国诗歌学会会员。近年在《诗刊》《散文》《星星》《诗选刊》《飞天》《延河》《诗江南》《散文诗》《散文百家》《四川文学》《青年作家》等报刊上发表诗文逾百。作品多次获奖并入选多种文集。

与敌苦斗在渝蓉（长篇节选）

◎洪　波

……

　　10月31日（注：1930年）一大早，梁奉璋、梁仲模、黄开诚等人就在成都春熙路口子花茶店里吃茶候着。因为他们认为，前几天以"共匪精英"被军阀处决的四川大学学生杨国杰，就是在春熙路中山先生铜人下执行枪决的，估计梁伯隆的刑场可能也是在此。

　　上午十点钟，军警行刑的队伍缓缓而出，监斩官为易楚清副官。在大队全副武装的军警队伍里，梁伯隆五花大绑地坐在一辆黄包车上，身着一套庄重的西服（因为他的腿，已被反动军警行刑所伤，行走艰难，执刑人员特地弄了辆黄包车给他坐）。在他的背上，赫然地插着一块"共匪头目"的牌子，梁伯隆神情坦然，精神饱满，一路高呼："劳动人民联合起来！""打倒帝国主义！""打倒国民党反动派！""打倒反动军阀！""中国共产党万岁！"……

　　行刑的队伍没往春熙路方向去，一直出东门外到九眼桥左侧的下莲池，才停了下来。由于行刑的队伍本来就已经很招人眼目了，加之梁伯隆视死如归地一路高呼，临近的许多群众和商家都纷纷围拢过来，看这位被处决的大学校长。下莲池行刑地点周边，一下子聚集了上万民众。其中，也有不少闻讯赶来的西南大学和其他学校的进步青年学生……

在荷枪实弹的军警队伍里，梁伯隆拖着伤势不轻的右脚，非常吃力地被军警押持着走到刑场的中间。他抬眼扫视了下刑场，清清嗓子，高声说道：

"四川的父老乡亲们，我这个大学校长，是一个从川南乡村出来的农村娃，在我成长、求学的道路上，我逐渐认识到，我们身处的这个社会，是一个极不公平、极不平等、极其黑暗的社会，土豪劣绅不劳而获地拿走我们的地租，资本家们坐享我们劳工创造的利润，我们劳苦大众，整天劳碌，可依旧吃不饱、穿不暖，住没房屋，病没钱医，孩子没钱上学……你们说，这是一个啥子世道?!

过去我在江西打军阀、杀土豪，今天军阀杀我。阶级斗争就是如此。请大家相信：胜利是我们的！革命一定能够成功！

俄国十月革命给我们送来了马列主义，中国的劳苦大众，只有团结起来，在中国共产党的领导下，打倒国民党反动派，打倒反动军阀，才能不受军阀、土豪的剥削，人民才能吃饱穿暖，过上幸福的生活……"

他接着用悲壮、洪亮的声音继续讲道："我是为千百万劳苦大众求解放而死的，我感到死得光荣。——革命一定能够胜利！中国的劳苦大众一定要团结起来，去抗争！去战斗！去砸碎现在这个黑暗的腐朽的罪恶的世界，去创造全新的生活和幸福美好的未来……"

他言辞锋利，滔滔不绝，越讲越激烈，越讲越激动，半个小时过去了，一个小时过去了……梁伯隆完全把刑场当作了讲台！当作了战场！他合情合理、激昂尖锐的演讲，句句戳到围观群众的心坎上，讲到大家的心窝窝里，让在场的群众为之动情，为之流泪……

负责监刑的易楚清副官，有好几次试图催促和打断梁伯隆的演讲，但几次都是欲言又止。一个多小时后，亲人为他点燃的一对大红蜡烛快要燃烧完毕，易楚清觉得不能再这样拖延下去，就大声地对梁伯隆说，讲得够多了，不能再讲了！不能再讲了！

梁伯隆再次高呼一声："共产主义万岁！真理万岁！——"随后平静地盘腿坐在梁奉璋等亲人为他准备的一张猩红的毛毡上，回转身从容地对执刑的军警说："请执刑吧。"

行刑的士兵，不知是出于被梁伯隆刑场上的讲话所感动，还是被梁伯隆坦然面对死亡的气势所震慑，太过于紧张而双手颤抖，久久没有扣动扳机。旁边一个监刑的排长见况，随即抬起手枪，枪声响起，梁伯隆烈士的鲜血像溶浆般从胸部一下子喷溅而出，"噗"地洒满地下火红的毡子……

——梁伯隆烈士慷慨就义之时，年仅二十六岁！

……

先贤风范，革命劲节，激励无数来者。笔者不才，有幸与梁伯隆先贤同为川南小盆地底蓬坝人，从小闻听烈士感人事迹，惠风沐浴，受教良多，敬献小诗《红毡》以颂：

红　毡
——致革命先贤梁伯隆烈士

有一种慷慨的赴死
是为了敲响豺狼与罪恶的丧钟
有一种从容的就义
是为了改换那破烂、丑陋的人间

红毡有幸，承您忠骨
红毡无辜，浸透血腥
——您流星般短暂的生命
烛亮未来的道路和行人

璀璨于历史的长空
这一张永不褪色的红毡
——是您最后的宣言
——是您赤诚的信念

（摘自《英风千古梁伯隆》第三章，中国文史出版社，2019年12月）

作者简介：

何卡林，高级教师，四川散文学会会员，宜宾市作协会员。曾在《海燕》《工人日报》《宜宾文学》等各级报刊上发表散文作品近百篇。

街边剃头匠（散文）

◎何卡林

　　小区外的绿树丛中，有一个小小的凉亭，这里闹中取静，是大爷大妈们休息小憩的好地方。平日里，这里很是热闹，因为在亭子一角，有一个仍在沿用着古老技艺给人剃头的地摊。

　　摊主是我的邻居，姓潘，一个年过六十的老头子。他矮矮的个子，精瘦精瘦的身材，脸上两个颧骨高高突起，额头布满皱纹，脸面胡子巴叉的，一点也不讲究；因为几十年都是弯腰站着干活，背已有点佝偻。他常穿着一件老旧的灰色西装，西装里总是套着一件灰得有些发白的春秋衫，头上戴着一顶米黄色的旅行帽，帽子的前檐伸出很长，不注意时就只能看出半截脸来。他在剃头时右嘴角总是叼着一根粗大的叶子烟，如此一来左嘴角就自然地下斜着，嘴巴无法张开，脸就这样一直僵硬着，成天没有多少表情。

　　老潘原来住在一个老旧的居民区里，因为街道要进行棚户改造，货币安置，于是，我们成了邻居。他为人耿直，但十分胆小，生怕得罪人，所以平日里总是笑容可掬的，背本来就有点驼，看上去就更加的和善恭敬；如果乍地在小区里碰见，就是一个糟老头，有他不多，无他也不少。我们是一个单元的邻居，关系好，他遇到什么难事，有时和我说说。老哥早年在一家集体办的理发店上班，后来理发店垮了，得自己想办法找生活，又租不起店子，于是只得继续沿用着他的老手艺，找了一个不起眼的地方，摆起了剃头地摊来。他原来的小摊摆在华荣酒店对面，后来城管说有损观瞻，不准摆了，耐了一段时间，讨人嫌，干脆就近解决，搬到这小区外面的小亭来了。开始时保安还要来撵撵，后来看他也没怎么影响风景，而且很受居民们的欢迎，也就算了。

老潘的摊子很简单，半尺宽的栏杆上摆放着一应的老式理发工具：有沾满头发的手推剪，磨得只剩下一指来宽的剃头刀，断了两根齿齿的木梳子，带有一点点锈迹的剪刀，竹把一头翘起的小棕刷；还有缺了口子的香皂盒，这盒子内放着一块已被棕毛磨刷下去了一个大弯弯的肥皂，头发茬子混杂其间，白色的泡沫皂液淹没了半个盒子。地上的小板凳上，放着一个淡黄的塑料洗脸盆，盆内有两张拧成了一沱的毛巾，这毛巾黄焦焦的，看上去使用的时间已经不短了；洗脸盆旁边摆着两个外壳早已掉了颜色的热水瓶；靠水泥栏杆处一口陈旧的木箱子半开着，里面放着一些备用工具和两本封面上画着美女的书刊；亭子边上放有一个塑料方凳子，这是供剃头人专用的，圆镜子就挂在对面的树上，客人抬头就可以看到。这就是摊主的全部家当。这理发摊说小确实很小，只占了几块地砖的面积和一小节栏杆的台面；说大也可以说很大，苍天是它的顶子，绿树是它的墙壁，清风是它的空调，太阳就是它斑斓的彩灯了。你别看这理发地摊再简陋不过了，可因为老潘是一个地道的老式剃头匠，手艺很好，因此生意却很兴隆，甚至有时还需排队等候。这等候的客人就在亭子里的水泥长凳上坐着，也不着急：有的干脆坐在栏杆上，时而仰望绿树和天空，时而又远眺一下对面的高楼，很是悠闲；年岁小一点的就靠着亭柱上低头玩他的手机，世上的一切早已与他没有什么关系，只有轮着他剃头了，才把手机放下；有的人却是一直就地站着，眼睛盯着师傅手中魔术般飞舞的剪子或剃头刀，一边摆着龙门阵，一边看着剃头匠把一个个圆脑袋上的头发一小撮一小撮地剃了下来。潘师为人厚道，每剃一个头只收5元钱，多的他一概不要，而且没有任何商量的余地。

我有事无事也去他的摊边坐坐，凑凑热闹，开开玩笑，头发长了也照顾照顾他的生意。要说这里的卫生条件确实不敢恭维，但有一种服务是其他那些高档的理发店都没有的，那就是他那修面的跳刀绝技。每次老哥理完发后，都要抹上肥皂水，仔细地给客人修面，修的不但是正脸面，就是耳朵轮廓，鼻子的边缘，后颈项一圈，都要一刀一刀地刮到。在刮后颈窝的汗毛时，他锋利的刀子以极小的幅度弹跳着一路下行，颈项麻酥酥的，很是舒服，不知不觉中，汗毛就离开了它不该生长的地方，让人倍感清爽。虽然如今可以用电动剃须刀给自己刮胡子，但总觉得不彻底，不舒服。于是，我找他剃头就有了合理的理由，何况他已给我剃了多年，头式早已定了下来，总觉得只有他剃的才好看。只是剃完头后，必须回家把头洗一下才行。

老潘平时话不多，但一旦有人夸他的手艺好时，就来了劲，吹嘘起来当年的"伟业"来。他说，他从12岁起就开始跟姐夫学剃头，他的姐夫手艺很好，对徒弟要求严格。他们那时每天都要练童子功，练功很苦，师傅要求徒弟们无事时就手持剃头刀，把手腕悬空站着，一站就是一个时辰，手不能有任何抖动，以保证剃刮时剃刀的平稳和力道；同时又要求手腕灵活，并能够根据各人的长相剃出适当的头式来。所以，像什么学生头、小平头、大分头等他都样样会，剃光头更是他的拿手好戏，就是现在流行的各类发式，只要看上两眼，他就能剃出来。他还说，当年曾有几个当官的就认准要他剃头，全然就是一个明星。每当说到这里，眼睛就笑成了豌豆角。

这话说多了，听的人就烦了，有时甚至就有人给他顶了起来。那天，他在一个新客人面前又开始吹起牛来。我准备调侃他一下，说："潘带带，你格老子空了来吹呦，你的手艺我怕不晓得，你一个剃头匠有这么霸道？"他听后，脸一下子红了起来，说："关你屁事，滚到一边去。"第二天，我路过这里，他突然喊到我，说："何二娃，过来，老子拿一样东西给你看。"说话间，拿出一本书递给我，说："你格老子看看，看我说得是真的还是假的。"看样子他是想证明一下他曾经受过什么严格的训练，是何等的厉害。这是一本毛边纸的石印书，没了封面，用一张牛皮纸包着，早已发了黄卷了边，不知道书名是什么。我打开一看，里面全是些剃头的图解，也有文字说明，什么梳、编、剃、刮、捏、拿、捶、按、掏、剪、剔、活、舒等十八般武艺，一页几个素描图，正面的，背面的，侧面的都有，后面还有文字说明，有技术要点，有功能作用等。我看后也开了眼界，明白了他受过的训练确实非同一般，但又想体验一下他的手法，于是，故意装着不服气的样子说："那你就给老子做来看看？"他二话没说，就在我身上开始表演起来，一会儿捏、拿，一会儿捶、按，说实话，确实力道刚好，很是舒服。他手上做着各式动作，嘴里也没停住，说："你都叫我'带带'。'带带'咋个了？人世间如果没有这一行，还不行，每个人的头发都在往上冒，冒长了不剃，不就回到清朝了？"样子很可爱，像个顽童。他观察到我舒服的表情后，又笑嘻嘻地接着说："怎么样，安逸吧？你当老子学手艺容易，徒弟要出师，这些样样都要学会才行，不会是出不了师的。"我这下算是领教了他的绝活，故意说："那你平常怎个不给我做这个呢？偷工减料，龟儿子。"这一下他收起笑脸，说："才收你5块钱，要做这些？"停了一会儿，他见旁边没人，又悄悄地对我说："过两天在没人的时候你来，我专门为你服务如何？"我听后，点了点头说："要得，到时候我请你喝酒。"这时，他脸上露出得意的神色，自言自语道："今天那些人都敢叫理发师？就只是能够把头发剪得下来，一个就要收几十元，值得到不？"声音不大，但有点愤愤不平的意思。

在客人少了一些时候，潘师就要抽空磨一磨他的剃头刀。他用的是一块质地极细的青石，中间早已磨下去了一个大弯弯。他把磨刀石放在水泥栏杆台面上，敏捷地骑上栏杆，从矿泉水瓶内倒出一点清水在磨刀石上，拿起他那把心爱的剃头刀来，右手持刀把，左手按刀面，将刀子在石头上来回地游动着，姿势很是优美。随着刀与石的摩擦，石上流出一道道灰色的石浆来。那天，我又听他一边磨着刀，一

边又在倒扎其他的理发师。我见不惯了，想杀杀他的威风，说："带带，你不要吹牛呦，看人家锤你，把摊子给你销了。"他说："锤我，你叫来和我比试比试看，看哪个锤哪个！"随即，用大拇指在刀口上轻轻地刮了几下，试试刀刃锋不锋利，然后把刀子往上一扬，做出拼命的样子，动作很是滑稽，有点像那年春晚演小品《张三其人》的那位喜剧演员严顺开。他看我不开腔了，来了精神，笑笑说："这把刀子已经跟了我五年了，天天都要用它，剃的头恐怕有千千万了，你别看它不宽了，但钢火好得很，好用，现在那些也叫剃头刀，磨不了几回，就剃不动了。"他磨完刀，又将刀刃在一块三指来宽的牛皮上反复擦拭，我开玩笑说，"你反复擦它干啥子，跟它有仇啊！"他说："你晓得啥子，这叫'瑟刀'，这瑟过的刀给人剃头才舒服，给嫩娃儿剃胎毛才要得。"之后，他深深地叹了一口气。说："唉，现在哪个还讲这些呦。"

说话间，一阵爽朗的笑声传来，只见一位年轻的妈妈抱着一个胖乎乎的小宝宝向小亭走来，后面还跟着一个老妇人，估计是婴儿的外婆或者奶奶。美女笑着喊道："潘师，麻烦你给我的幺儿剃哈子胎毛，他今天满月。"潘师见状，满脸堆笑地招呼客人坐下，然后把烟从嘴里拿下来灭掉，准备给这个孩子剃胎毛。在剃头行业，给婴儿剃胎毛最难，因为这是一个要求很高的技术活：婴儿好动，肉皮又嫩又柔，稍有一点点不乐意，就又哭又蹬的，不好控制，要是不小心剃伤了，那还了得！但是，给婴儿剃胎毛又很重要。在民间，剃胎毛一般要选择一个好的日子：孩子满月或者满百日那天是个好日子；但是二月二最好，二月二龙抬头，可消除晦气，讨一个好彩头，孩子一生吉祥。以前有的家庭在给婴儿剃胎毛时，还要举行一定仪式，现在不讲究了，但选择一个手艺高超的剃头师傅还是有希望的。可是，现在能给婴儿剃胎毛的师傅已经不多了，理发店里一般都用电推子推，这个天灵盖推不干净，灵性释放不出来，不好。于是，像潘师这样有真功夫的剃头匠就成了稀缺品。我看着眼前可爱的

小宝宝，回想着这些听来的民俗趣事，突然"噔"的一声，什么声音收回了我的思绪，只见潘师打开工具箱，从里面小心地拿出一个红布包来，打开红布包，里面包着一把成色很好的剃刀；之后，他又拿出几个带响声的玩具，手舞足蹈地逗起孩子来，孩子两眼盯着他，哈哈大笑，这时，潘师叫年轻的母亲把孩子的双脚夹稳，把头抱紧，然后拿起那把拴有细红绳、比平日小一些的剃头刀来，在皮带瑟了又瑟，趁娃娃高兴时，口中念念有词，开始下刀。只见那把锋利的小刀在婴儿软软的头皮游动着，不知不觉中，一撮撮柔软的胎毛一一落下，没有几分钟，就顺利地完成了这个孩子一生中最重要的一次洗礼。我以为这就完了，可是，只见他放下剃刀，小心地把剃下的胎毛仔细收集在一起，用一张红布包好，笑嘻嘻地递给了孩子的妈妈，说："这胎毛珍贵，要收好。以前的人讲究，还把这胎毛找人做成毛笔，在参加科举考试时才用它，叫作'状元笔'，吉利。"美女妈妈听后，笑笑地摸了摸孩子的头，也高兴地从怀里摸出了一个红包来，双手递给潘师，连声谢谢后，这才收拾好宝宝慢慢离去。

在剃头业内，给有棕包胡子的人修面是一件很麻烦的事，现在的理发店里大多都不再开设修面业务了，怕的就是这个。但是对潘师来说，这却是小菜一碟。在一个阳光融融的春日，我正好在亭子里玩，不一会儿来了一个大汉。这人有五十多岁，脸上除了眼、鼻、嘴和前额外，就是一脸的胡子，有点像本·拉登。老远就听到他吼道："妈哟，花了千多块钱，买一把电动剃须刀，还是管不倒。还是要来找老把子才要得。"看来他们已是老熟人了。他们开了几句玩笑后，潘师开始理发，头发理完就进入修面程序，只见潘师将棕毛刷在肥皂盒内来回地抹了几下，蘸满了肥皂液，然后将皂液往客人嘴上一抹，不一会儿"本·拉登"的脸上就堆上了一层厚厚的白色泡沫，只剩下两个眼睛眍眍还是本色；随及，潘师把早已磨好的剃头刀再往那条牛皮上来回瑟了又瑟，把客人的脸搬成仰状，就下刀刮去，刀过之处，胡子夹着肥皂泡沫纷纷掉落下来，先是一杠，再是一片，如此在面上走了一遍，脸上立刻变得干干净净，人一下子年轻了好几岁，也变得精神了起来。完事了，"本·拉登"满意地用手在脸上摸了摸，掏了5元钱来递给潘师傅，笑笑后，高兴地扬长而去。

有一天，一个小伙子用轮椅推着一位老人来剃头，老远就听到老潘喊道："李大哥，来了？这段时间气色不错呦！"看样子已是老熟人了。剃完后他对我说："这位老哥有病，瘫了，每个月的这两天都要来剃一次头，他状况不好时，我就上门服务。其他还有几位这样的老人家也是这样，就是再累再晚，只要有人来喊，我就去。人家生了病，本来就痛苦，头发长了不剃，不就成了长毛贼了？这积德的事，多干点好。"说到这里，他叹了口气说："现在那些理发店的小年轻，哪个还干这种事呦。"我听后，才知道他还有这样的品行，后来还听说，他除了上门给生病的老人剃头外，有人死了，只要孝家找到他，他也会应邀上门的剃度。那天我问他有没有这事，他说："有这事，这是让亡人干干净净地升天，好在天堂风光一点。"话毕，他又解释说："不过，给这些人剃度的剃刀都用专用的，不会用来给你们剃头的。"看来，他还是怕受众误会了他，少了生意。

如今的理发店条件是好，但收费也是越来越贵，便宜的一次要二三十块，多的就要上百甚至更多，这对一般的底层百姓来说，也是一笔不小的开支。老潘的手艺好，收费又亲民，所以就有了一个固定的受众群体。有了常客，就不愁没有生意，他一天也能挣个一百八十的。他钱是挣了一些，但也很辛苦，一天要站七八个小时。辛苦归辛苦，但他就是凭着自己手上的真功夫和辛勤的劳作，养大了一双儿女，儿子上大学后在一所中学教书；女儿早已成了家，有了自己的产业。儿女都劝他不要干了，说这把年纪了，站一天很累的。但他说，没事干更累。家人拧不过他，也就算了。

如今，人们的生活水平提高了，许多人都把扮靓形象提上了重要议事日程，于是，各类服务业顺势而生。理发行业是刚需，发展得更快，就连招牌也在不断地变化，原来叫理发店，后来叫发廊，再后来有的美容院也开展了这项业务。这些店子装修都很讲究，工具更是越来越先进，提供的服务也越发丰富，除理发外，洗头、烫头、美容美发、保健按摩，只要能赚到钱，什么项目都在做。发型也不断翻新，王保长（王宝强）剪了一个"马桶盖"，粉丝们就跟着一哄而上，跟着剪"马桶盖"；哪个明星剪一个什么头式，很快大街小巷就有了这个头式。近来，计算机及智能软件又加入了进来，头式可以根据各人的年龄和脸形有针对性地设计，越来越漂亮。

这些都好，是社会进步的表现，但是，一些传承了几千年的精湛技艺，因为要求高，难度大，赚钱少却在渐渐地远去，像剃头行业中的刮脸修面，剃胎毛这些业务，就面临着严峻的挑战。是继承和发展，还是丢弃和离开，成了市场经济大背景下，摆在当代人面前绕不开的课题。如今，像潘师这样收费亲民，技术又好的老手艺人，还在用摆地摊的方式坚守着，我们还有幸可以享受到他的服务，可是以后呢？

秋日的一天，我外出回来，头发长了，准备去小摊剃一下，可是到那里一看，没见老潘的身影。纳闷之时，一个粗大的声音传来："老把子，又要来麻烦你了。"我回头一看，又是"本·拉登"来了。我俩相互笑笑后，一同四处寻找，还以为地摊移了位置。可是一问才知，老潘病了。听到这话，我脑袋轰的一声，随后慢慢地陷入沉思，好多一会儿才回过神来。之后，我买了两斤苹果，焦虑地向医院走去。

（载《海燕》2019 年 03 期）

老去的手艺人（散文）

小区外的凉亭里有一剃头摊，摊主是一个 60 多岁的清瘦老头，姓潘，是我同一个单元的邻居。

春日的一天，我从小亭边经过，老远就听到一阵爽朗的笑声传来，一位年轻的妈妈抱着一个嫩娃娃坐在板凳上，潘师正在准备给这个婴儿剃胎毛。旁边，老张正在遛鸟玩着，眼睛却时不时地扫过来。在业内，剃胎毛最难：嫩娃娃爱动，肉皮又柔软，稍有一点点不乐意，又哭又蹬的，不好掌控，要是不小心剃伤了，那麻烦就大了！我决定去看看，"潘带带，剃胎毛考手艺哟。"算是给潘师打了一个招呼。在川南这一带，人们常把剃头匠戏称为"带带"，这有不敬的意思，一般老熟人才这样叫。潘带带回头望了我一眼，笑笑说："我还说是哪个？麻烦肯定麻烦，但这个重要哟。早些年还要选择一个好的日子来剃。"我问："啥日子才好呢？"他说："娃娃满月和满百日是好日子；但是二月二最好，二月二龙抬头，可以讨一个好的彩头。"老张听后也来了劲："对头，我也听说过，以前要在正堂屋的牌位前烧上香，拜了祖宗以后才可以剃胎毛。"说到这里，他叹了口气："现在哪个还讲究这些哟？就是想找一个手艺好的剃头师傅都难了。理发店用电推子推，天灵盖推不干净，要得啥子哟？"这时，年轻的妈妈也插话了："就是，我都打听了好久，才听我的表哥说，这里有一个剃胎毛的师傅，这才问着一路找了过来。"

潘师听到这里，也来了兴致，说："胎毛不好剃，要练苦功才行。我十二岁拜师学手艺，为了练力道和平稳，每天都要悬腕持刀站着，一站就是一个时辰，为了练灵活和力度，就给冬瓜刮白毛毛，很吃了好多冬瓜汤哟。"

潘师一边说着，一边从箱子里拿出一个带

响声的玩具，比画着做着鬼脸逗起娃娃来，娃娃哈哈大笑，这时，潘师才开始动刀：只见锋利的刀子在婴儿柔嫩的头皮上悠然游走，灰灰的胎毛一小撮一小撮纷纷坠落。突然间，只见娃娃把手一划，小嘴一噜，眼看就要发威。只见潘师的手像被火烙了似的，刀子往空中一举，人向后跳出半步。几乎同一瞬间，婴儿的双脚一蹬，头撞在妈妈的胸口上，惊喳喳地哭了起来。老张大惊道："糟了，这回洗白了！"潘师说："你坏我的名声哟，这点先见之明都没得，还敢吃这个单口啊！"说着，他东睃西望了几眼，走到树下，摘下老张挂在上面的鸟笼，提到娃儿眼前晃了晃。笼中的画眉鸟欢快地跳着，发出清脆婉转的叫声，娃娃一下被吸引住了，渐渐停住了哭闹，很快又笑了起来。潘带带放下鸟笼，立马拿起刀子，继续剃头。如此几个回合，这才终于完成了婴儿一生中第一次庄重的洗礼。老张看着眼前惊心的一幕，大声称赞道："潘带带，你格老子手艺硬是霸道嘎！"

我也附和道："你这么好的手艺，咋个不传给你的儿女或者教几个徒弟呀？"潘带带说："我都想传给他们，他们不学噻。手艺难学不说，还找不到几个钱。现在的人要买房子，要买车子，要养孩子，每次才收 5 元，咋个行啊？"老张插话道："就是，我娃儿也是一样的，当年喊他给我学古建筑维修，他就是不学，没得办法。"

潘带带一边说着话，一边细心地把剃下的胎毛收集起来，用红布包好递给了婴儿的妈妈："这胎毛珍贵，收好哟。"婴儿妈妈笑盈盈地摸了摸孩子光光生生的小脑袋，把胎毛放进提包里，摸出一个红包来，双手递给潘带带，连声谢谢后，才收拾好她的小宝贝慢慢离去。潘带带盯着渐行渐远的婴儿妈妈，一动不动。老张见状，用手在他的眼前一晃，说："你望啥子？看都看不到了？"潘带带说："你晓得啥子，刚才忘了给她说怎样处理胎毛了。以前要把这胎毛找人做成毛笔，在参加科举考试的时候才用它，这叫作'状元笔'，吉利。"

潘带带自知没趣，叹口气说："唉，一代人有一代人的活法，哪个还讲究这些呦。"这时，老张突然像发现了什么，拿起一张刚才他垫座用的旧报纸来，扬了扬说："你们看，这上面还说要弘扬啥子'工匠精神'，叫传承啥子老手艺。"

秋日的一天，我又准备到小亭坐坐，见清风雅静的，没有剃头摊，没有潘带带，唯有老张还在那里遛鸟。我问他："潘带带没摆摊子了啊？"老张摇摇头："生病进医院了，说是很重，可能摆不成了。"我耳朵里"嗡"一声闷响，仿佛遭到了地震：剃胎毛这门手艺，难道就要失传了？

我买了点礼品，心情沉重地朝着医院走去。

（载《工人日报》2019 年 06 月 10 日 06 版）

作者简介：

何芳，网名清荷、可人儿，四川宜宾筠连县人。筠连作家协会会员，江西省诗词学会会员，浙江平湖市作家协会会员。

被江南灌醉

◎何　芳

走进扬州
廊桥水岸
绿树红楼
东关古巷
把海量的我
轻轻　柔柔地灌倒

清风让筋骨都酥软
无一点刚强劲道
心也浸润在
天空那几片微云了
刮一刮　随风飘

哪还禁得住　湖波荡漾
肆意　轻佻
别呀　这一波推一波摇
一波又翻来滚去
酒劲就上了头

泪水竟无端端涌出

开出了三月花
千万朵
花谢　花开
千万朵
地上　枝头
留又不留住　带又带不走

于是
便在深秋里

探春　惜春
写一首
葬花吟
祭不尽的桃花舞
痴痴傻傻　幽幽怨怨
相思便哽了喉

（原载《浙江老年报》2019 年 11 月 12 日）

作者简介：

黄川模，四川省作家协会会员，宜宾市南溪一中就职。诗文散见于《诗潮》《少年文艺》《华西都市报》《巴蜀史志》等。主编或参编《汉语新诗 240 首（1918-2008）》《南溪历代名人录》《中国名镇志文化工程·李庄镇志》《瀛洲阁志》等。

宜宾南溪裴石镇黄家大院：
保存 200 多年的清代民居

◎黄川模

古代庭院民居是古人智慧及其民俗的活化石，具有珍贵的历史文化价值。地处川南的宜宾市南溪区清代民居裴石铺黄家大院，其立柱、石刻、窗花、楼阁风姿典雅，颇具特色。

黄氏与附近精美的节寿牌坊有着怎样的传奇故事？民居背后蕴含着怎样的一部家族兴衰史和社会变迁史？请随笔者沿着老谱文献和田野调查逐步揭秘。

【建筑布局：川南穿斗式木构架古代庭院民居】

宜宾市南溪区裴石镇培农社区 2 组洪家山，有一座保存较好的清代民居黄家大院。

该大院属于川南典型的穿斗式木构架古代庭院民居，坐北向南，正梁高 7 米，筑于约一米的高台石基上，利水防湿，通风采光良好。小青瓦覆盖悬山屋顶，屋脊两端飞檐翘角。

目前，大院建筑整体保存较好，显出古雅、高大、坚固的气势。

大院建筑面积 2000 多平方米，含外围墙以内土地面积约 10 亩。正房 7 间，总长 34 米，进深 12 米（前廊和后院除外），每排九柱落地。排排立柱，架构严谨，榫卯合缝，笔挺如初，里灰外漆，规整统一。

厢房共 6 间，左右对称，总长 27 米，进深 5.5 米（前廊除外），每排六柱落地。正房和厢房原均为一楼一底，木板壁、木楼梯、木楼板，现仅存一间左厢房保持楼阁原貌，楼板高 2.4 米，上楼木梯 14 步。右厢房后面原为马房和杂屋，现已无存。

正房台基立面 4 幅浅浮雕石刻图案为"麒麟吐书""马上封侯""鹿鹤同春""双鹿和鸣"，石雕上部风化严重。正房分排两种镂空雕刻的木质窗花，图案典雅。

所有房间四围皆配石质地脚，其中左厢房后面的 4 间客房（现因破败空置），石质地脚上再配以高约 0.3 米的一圈斜条纹石雕、吉祥图案、花样石雕柱础，屋内外皆有，比较珍贵罕见。

庭院天井原为正长方形，现为纵长方形，上部为石铺地面，中设甬道，比下部水泥地面高 0.2 米。1949 年后，接左右厢房各续修两间对称的教室，比厢房低 5 级石阶。自八字朝门进入，分别由正面、左右面 5 个五级石台阶，通达正房和左右厢房。房屋前廊三方互通，雨天不湿脚。

大院翠竹环绕，绿意盈怀。八字朝门外原植两棵高大桂树，花香扑鼻，1949 年后桂树被砍去。

院后紧临一座约 7 米的高丘靠山，门前一湾田冲，下坡即见一方大水塘，视野开阔，风水极佳。

大院距离清代递铺裴石铺旧址（现属省道 307 宜泸公路）约一公里，既具交通之便，又享田园之幽。

【营造年代：始建于清康熙中后期到乾隆初期】

20 世纪 70 年代，周边居民黄树华（现年 92 岁）、黄学明（现年 68 岁），在拆除黄家大院八字朝门和瓦片检漏时，发现部分砖块和瓦片上有"洪化""李老太爷享用""乾隆元年"的古迹刻字。

洪化，是清初"三藩之乱"时，吴周政权吴三桂之孙吴世璠的年号，时在清康熙十七年至二十年（1678－1681），前后共 4 年。

稍具规模的古代民居建筑，往往需几代人耗时数十年方能最终完成。笔者推测，裴石铺黄家大院备料或始建于康熙中后期至乾隆初期，基本成形于乾隆中后期，最迟于嘉庆时完成。

理由有四：一是上段所述砖瓦上的古迹刻字；二是同治己巳年（1869）刻本《黄氏家谱》所载"洪家山图谱"，第一位是黄进忠（乾隆十二年即 1747 年生），第二位是其子黄永久（乾隆四十三年即 1778 年生），可见，这父子俩在世时，大院已正在修建或基本成形，当时父子俩已基本定居大院；三是大院原住民黄氏回忆说，祖上相传大院是永祖公即黄永久最后修成的；四是现存大院建筑的整体形制特点体现出的时代特色。

【黄氏家族：康熙初年由湖南迁到南溪】

据同治己巳年《黄氏家谱》记载，南溪裴石铺黄氏，自康熙初年由湖南武冈州迁至川蜀，占业南溪县裴石铺。黄昌德为裴石铺黄氏开基始祖，祖传字辈为："真良均同迪，昌全汉宝进。永沐先人泽，长开奕世祥。"

黄昌德，为黄迪尧之子、黄同宝之孙，字得禄，大约生于明崇祯初期，葬裴石铺象嘴，配刘氏，葬裴石铺穆家屋基，子黄全彬、黄全性、黄全柱、黄全梁。

黄全性，康熙元年壬寅腊月生，康熙庚子腊月寿终，葬象嘴，子黄汉富。

黄汉富，生于康熙丁卯五月，雍正丙午十月寿终，子黄宝善、黄宝训。

黄宝训，生于雍正二年甲辰，卒于乾隆二十一年丙子，子黄进忠（正元）、黄进臣（正伦）。

黄进忠，监生，子黄永久。黄永久，南邑武庠，子黄沐贵、黄沐荣。黄沐荣，子黄先椿、黄先麟。

黄先椿,监生,子黄人金、黄人诚。黄人诚,子黄泽益(万全)、黄泽建(敬明)。黄泽益,子黄长文、黄长武(成烈)、黄长谊、黄长远。黄长武,子黄开学。黄长谊,子黄开勤。黄泽建,子黄长周、黄长润。

黄进臣(1751-1831),生于乾隆十六年辛未,乾隆三十六年辛卯中武举,卒于道光十一年辛卯,子黄永亨、黄永孚、黄永超。

黄进臣80岁高寿那天,在众人的怂恿下,提起120斤的官刀,骑马绕黄家大院跑了3圈,结果当晚去世。黄进臣墓前有一对联,"赠公重饮鹿鸣宴也":

辛卯中,辛卯终,花甲全度惟此老;

必得名,必得寿,古稀一旬竟随翁。

上述黄氏中,黄沐荣后裔黄泽益、黄泽建,从清朝末期至民国末期还住在黄家大院,黄长武、黄开学(现年74岁)一家于解放初土改后才因地主成分搬离黄家大院。黄沐贵后裔黄长富(伯阡)、黄开和(学明)一家,则于解放初土改时搬到黄家大院客房居住。黄学明现保存一张1952年政府发给的土地房产证,其中有几句"川南区南溪县土地房产所有证(民地证字第4795号)""第一区装石乡培农村居民黄伯阡,母李氏,妻陈氏,子开和、开会""水田、旱田、土、非耕地、附属物(略)""塘塆头草房伍间,冯家山瓦房肆间,附属物(略)""均作为本户全家私有产业,有耕种、居住、典卖、转让、赠与、出租等完全自由,任何人不得侵犯。特给此证。县长李箴言(印鉴)南溪县人民政府印(印鉴)一九五二年一月十九日发"。

【大院故事:200年间黄氏家族从兴盛到衰落】

黄宝训(1724—1756),中年早逝,遗下黄进忠9岁、黄进臣5岁,孤儿寡母,"白发在堂,黄口在室",处境维艰。

但其妻黄邓氏效法欧阳修之母,守节自持,上奉高堂尽孝,下育幼子尽职。及二子读书成年,黄进忠列为监生,黄进臣得中武举,黄氏一门丕振家声,全赖黄邓氏苦节勤育、教子有方之功。

嘉庆乙亥年(1815)十月廿一日,黄邓氏去世,寿享古稀。经上奏朝廷,皇帝恩准修建节寿牌坊,旌表其德。次年(1816)六月十二,石质牌坊及两根望柱告竣。从此,黄邓氏节寿牌坊精美的石雕艺术和感人的教子故事美名远播,传颂至今。

黄邓氏安葬那天,恰逢江安、南溪二县交界的木头灏赶场。因她的两个儿子黄进忠、黄进臣分别是监生和武举人,场面自然更加讲究和热闹。

具体选择一个什么时辰下葬呢?据说,所请的阴阳先生能"吊天星看天相",说是必须等"鱼上树了、打九槌锣的和戴铁帽子的都到齐了",才能落棺下葬。

结果,左等右等,大家终于看到:一个渔夫腰拴鱼篓爬上树权看热闹,一个阉匠(农村专业阉割牲畜的人)敲着马锣(摊在手掌上使用的特小铜锣)"喽喽喽"地渐渐走近了,一个从木头灏赶场购物回来头顶铁锅的人渐渐走近了。

阴阳先生看到三者齐备,说是吉时已到,终于可以下葬了。此事,周围民众至今仍传为奇谈。

新中国成立前夕,国民党军队第72军某部路过裴石,曾在黄家大院借住一晚。大院主人黄泽建(敬明)曾是国民党党员,曾任旧政权区委书记、名誉乡长,当时在江安南溪各地共有170担谷子的田地,算是地方有名人物。新中国成立初土改划成分时,划为中地主。工作队(或是农协会)成员曾拷问黄敬明:据说国民党军队驻扎那晚,留下了部分枪支给你,留下的枪支藏在哪里了?其实,驻军是不可能留下枪支的。但面对风云变幻的形势,年近六旬的黄敬明哪经得起几番折腾,最后背脊骨都被撬断了,于1952年疼痛而死。其兄黄泽益解放前早已去世。其侄黄长武新中国成立前任过保长，1953 年秋帮三弟黄长谊送粮进城，某人以其所挑粮食不干净为由，诉其对新政权不满，结果于 1954 年被判有期徒刑十年，1964 年刑满释放前患盲肠炎死于新疆乌苏县人民医院，尸骨无收。于是，黄家大院的原住民黄氏家族就此败落下来。

黄泽益之妻包修文，为南溪城书画世家包氏女，其兄弟为包翰臣（多文）。因此，黄家大院正厅神柜前曾悬挂多幅南溪包氏书画，可惜都在新中国成立后损毁遗失了。

南溪晚清书法名家包弼臣的曾孙、台湾铭传大学创始人包德明之弟包德宇，民国时曾任南京银行二级稽核，"文革"初以"台属关系"定罪被劳教，下放到裴石乡培农村 5 队落户。其间，曾被工作队成员关押进黄家大院黑屋子，遭受竹篾抽打，幸亏有周边黄氏从大院后墙的竹篾缝间偷偷送点饭食，才幸存下来。"平反"之初，包德宇向黄家大院周边居民逐户致谢，并置办酒席款待大家。包德宇回城后曾任县侨联副主任、县政协常委等职。

黄泽益的五妹黄泽芝（佩蘅），民国时嫁县城人赵之祥（1903－1994）。赵之祥曾在黄埔军校武汉分校第五期炮兵班学习，1928 年任"南溪农暴"副总指挥，晚年曾任县政协文史委员。

黄泽益的八妹黄泽莲（1912－1984），因一直守阁未嫁，由侄孙黄开学养老送终，72 岁离世。黄开学因此从姑婆口中获得更多祖上信息。

1938 年 2 月，政府在洪家山黄家大院创办裴石乡第二小学校。1985 年，该校有 4 个班，学生 233 人，教师 9 人。1991 年，有 7 个班，教师 16 人。2002 年秋期，学校搬迁到省道宜泸公路旁，更名为南溪县逸夫小学。曾经 64 载的办学经历，对黄家大院的建筑布局既有部分改造、扩建甚至损毁，也有一定的维护、保存作用，同时也成为历届师生记忆的文化坐标。

2013 年，空置了 11 年的黄家大院，经转手由南溪商人罗某购得。

裴石铺洪家山，以前叫冯家山，为何现在周边既无冯氏也无洪氏？黄家大院砖瓦上为何刻字"李老太爷享用"？裴石镇（古为裴市镇）境内为何目前没有一个裴氏？岁月悠悠，风流云散，诸多历史谜团尚待后来者解开。

拥有 200 多年历史的黄家大院，目前处于南溪区月亮湾乡村振兴示范片范围。期待它能在新时代"生态优先、绿色发展"的乡村文化旅游大潮中焕发新的生机。

(刊于 2019 年 3 月 9 日《华西都市报》)

明清南溪县刘侯包三个望族的家风

2018 年 8 月、11 月，坐落于宜宾市南溪区月亮湾景区的"巴蜀家风传承示范基地"，先后荣获"四川十大孝廉文化地标""四川省廉洁文化基地"两项省级荣誉。南溪区的家风底蕴如何？家风基地的魅力何在？为全面贯彻习近平总书记关于"注重家庭、注重家教、注重家风"的讲话精神，2016 年以来，南溪区结合省市相关部署，持续开展"传家风、立家规、树新风"系列活动，引入省社科院智库力量，结合本地实际，持续推进"巴蜀家风传承示范基地"项目建设（主要包括中华家风馆、巴蜀家谱馆、宜宾名人馆、巴蜀家风墙、初心广场等核心人文景点），成立巴蜀家风研究中心，编印《巴蜀家风》学术内刊。

巴蜀家风基地的建设，非常注重对本土家风文化的传承挖掘，最终提炼形成了"孝善、良心、忠义、文明"的南溪家风特色，突出"孝善传家，良心处世，忠义报国，文明礼宾"的南溪家风主题。本文简述明清时代南溪县刘、侯、包三个望族的家风故事，大家对南溪家风的醇厚可见一斑。

清正廉明，"绣衣继美"
——刘门四儒

刘忠，南溪县人。明朝成化甲午举人，成化十一年乙未科进士，做过朝廷户部的副长官。处理事情公平正直，不讲情面。因有奸臣眉州人万安主持朝政，便辞官回家乡。当时的知县陈俊送给他一些做粗活的仆人。刘忠说，我怎么可以劳累家乡的老百姓呢？所以拒绝了。他非常孝敬母亲，儿子孙子多人都先后登上过科举考试的大榜，也都崇拜奉祀先贤祖宗，孝顺父母，友爱兄弟。刘忠撰有《重修漂海楼记》传世。

刘信，南溪县人。明朝成化甲午举人，成化十一年乙未科进士，做过广西地方上的参政官，有清廉的好名声。南方少数民族反叛，刘信去征讨他们时，冒着箭和滚石进攻，因此死在战场上。名列《明孝宗宝训·褒忠节》。

刘景寅（1459—1517），字参之，南溪县人。明朝弘治六年癸丑第二甲第26名进士出身。被任命为户部主事，从政特别清正廉洁，不久升任户部员外郎，做过四川承宣布政使。当时大宦官刘瑾专权，要拉拢刘景寅，刘景寅始终拒绝，以致被刘瑾以撤职相威胁。刘瑾被法办以后，刘景寅升任陕西布政使司右参政。明朝正德十二年，明武宗北征的时候，大大小小的官员都跟着去远征，刘景寅留守城中，因政务过于沉重繁忙，累死在任上。著作有《忠恕轩集》、选辑《陆放翁诗集》。

刘景宇，字承之，南溪县人，刘景寅之弟。明朝正德六年辛未殿试金榜第二甲进士，

任御史，因上书举荐王守仁，没获准，就称病辞职。桂萼（当时高官）写信来请他去做官，也没答应。刘景宇曾经抄写《范滂传》（范为东汉著名正直官员），多次拿到朝堂上去传看。每到年底，他就把政府送给他的财物全部还给有关部门，并写信表示感谢。刘景宇与同科进士、四川状元杨升庵有密切交往和深厚友谊。杨多次畅游和路过南溪，并写下《南溪舟中与刘承之话旧》《过南溪怀二刘参之承之兄弟》《太平时》等诗词。

家风孕育官德，官德反映家风。在南溪城中大街上，从前还有刘门四进士的题名牌坊，上镌"绣衣继美"四字。对"刘门四儒"清正廉明的官德，清代南溪诗人罗维静在其诗《南溪乐府·题名坊》中极力颂扬：

南溪乐府·题名坊
——为明刘忠、信、景寅、景宇也

万安当国，忠不立其朝；
逆瑾当国，寅不受其招；
堂堂绣衣公，英气特立鹗。
朝荐王伯安，晚师范孟博，
眼底何知有桂萼。
风骨棱棱并清峻，杀身成仁让刘信。
吁嗟乎！大峡沟，石子冈，四进士碣屹相望。

士气于今久不扬，请尔来读刘家题名坊！

满门忠勇，义烈千秋
——侯良柱家族

侯良柱（1569—1637），字朝石，南溪县人。明朝天启初年，升迁至四川副总兵。征讨奢崇明父子，收复了遵义城。又与参议赵邦清一起招降了奢寅的党羽安銮。天启六年五月，代替李维新做四川总兵官，镇守永宁。当时奢崇明失败逃奔水西，与安邦彦汇合，贵州的军队多次征剿，都不能剿灭。

明朝崇祯二年，总督朱燮元遣贵州总兵许

成名收复赤水卫，崇明、邦彦带了十多万众来相争。许成名退回永宁，贼寇追杀得很凶。侯良柱偕同监军副使刘可训出战，阻击了敌人，许成名等人又回来增援，贼寇就占据了五峰山桃红坝。过了几天，侯良柱乘贼寇疏忽，跟副将邓玘等人冒着晨雾进逼，贼寇大败。许成名听到山上的响动，也发兵上山。贼寇逃跑到鹅项岭，道路漫长而且狭窄，容不下许多人马。侯良柱和邓玘的大军赶到，贼寇再次大败，死了几万人。奢崇明和安邦彦以及安邦彦的党羽伪都督莫德都被杀死了，侯军还俘虏了他们的死党杨作等几千人。多年的大贼寇被消灭了，当时称之为“西南奇捷”。

崇祯七年八月，晋升侯良柱为左都督，世代因袭锦衣指挥佥事。不久，侯良柱再次任四川总兵官。崇祯八年夏天，总督洪承畴大举征讨贼寇，命令侯良柱扼守贼寇进入四川的道路。在凤县的三江口交战，侯良柱杀敌三百七十多人。第二年冬天，贼寇进攻汉中，瑞王派遣使者请求增援。侯良柱带兵增援，与其他将领一同打退了贼寇。崇祯十年四月，驻守广元，十月，在梓潼县倒马坎拼死阻挡敌军，因寡不敌众而战死，身首异处。

崇祯十三年，侯良柱的儿子、时任指挥的侯天锡伏在皇宫门下说：“臣与贼寇有不共戴天的仇恨，愿意拿钱财置办武器装备，招募选拔精锐的士卒和父亲的旧将，自成一支军队，与贼寇血战，对下洗父亲的耻辱，对上报答国家的恩典。”皇帝十分赞许，任命他为游击将军，安排到杨嗣昌的军队中。不久，杨嗣昌说侯天锡所率领的二百六十亲兵以及召募的五六百人，都是彪悍敢于战斗的人。皇帝更加赞赏他，再增加他一级官阶。

侯良柱的先祖侯千三，于明洪武三年奉旨填蜀入川，落业四川叙州府南溪县治北之波罗池（今刘家镇境）。侯良柱战死后，诰封“太子太保、光禄大夫”。清道光十七年，侯氏后裔重立侯良柱墓碑，时有南溪县令翁绍海题写《观音滩重立侯太保墓碑记》，并祭之以诗曰：

孤忠君不谅，仗节有余哀。国手支残局，天心厄将才。

雪仇空拔戟，抔土望然灰。两世留遗憾，滩声咽怒雷。

侯良柱遗留一笏一刀一袍传世，其中朝笏至今仍存南溪。清代南溪文人包弼臣、曾鹤龄等都写有侯将军“遗笏赞”“刀赞”等诗传世。《明史》有传，方志与族谱均有记述。

从明天启到清咸丰时，侯良柱家族后裔，如侯天锡、侯启胜、侯采、侯拱极、侯个臣等均卓有战功，且多人血洒沙场，为国捐躯，可谓满门忠勇、义烈千秋。

作为南溪侯氏支派的高县侯荫生，在清乾隆四十八年家谱序言中强调侯氏家风：“持家涉世孝为先矣。自叙之后，愿叔伯族弟兄化私仇而敦雍穆，涤蓄怨而跻仁风，勤俭勿忘，诗礼弗缺，一门慈让，百室友恭，一世熙和，万代伟杰，庶几共襄先人之名以不坠，幸甚敬叙。”

时至2013年、2017年，西南侯氏千三公后裔理事会先后为侯千三、侯良柱二祖于南溪原址分别重垒了墓室，重竖了墓碑，其中两副墓联为：

上谷家声延世泽；

西南发脉永昌隆。

良谋定西南，诰命皇封左都督；

柱栋匡社稷，名垂史册总兵官。

“情殷利济”，书画大家——包宽家族

南溪包氏乃北宋名臣包拯后裔支派。他们时刻牢记先祖包拯家训：“后世子孙仕宦，有犯赃滥者，不得放归本家；亡殁之后，不得葬于大茔之中。不从吾志，非吾子孙。仰珙刊石，竖于堂屋东壁，以诏后世。”从下面所引1945年抗战胜利时南溪包氏祠堂的三副楹联，可窥见其严谨家风之一角：

理学名臣第；

状元宰相家。

孝友传家，诗书裕后；

龙图肇绪，燕翼贻谋。

不修祀典又逾廿年，喜今朝时局清平，饮水思源，敢忘祖德；

历数嗣裔已至九代，愿此后子孙和睦，追远慎终，勿坠家声。

南溪包氏始祖包国栋，祖籍福建，自清乾隆初年定居四川南溪。他以宦海沉浮多事而转事工商致富，热心地方公益，扶危济困，深受地方官民敬重。乾隆十七年，带头捐资兴建南溪福建会馆（天上宫）。乾隆二十三年，其长子包鸿积极参与捐资重建"南溪八景"之一的瀛洲阁。乾隆二十九年，包鸿积极参与捐建南溪古城墙。乾隆中叶，包鸿倡捐兴建南溪包氏祠堂。

包鸿后裔包学嵩、包字、包宽、包惠、包融芳、包欣芳、包汝云、包汝谐、包崇祐、包崇金、包赤文、包湛文、包德明、包德宾等等，都是或襄助公益，或醉心书画，或深耕文艺，或献身教育，均能清廉为官，清白做人，不坠清白家声。

民国《南溪县志》载：包宽"尤好扶植寒士，襄助义举"；包融芳"勇于为义，事母尤孝"；包弼臣"宅心仁厚，律己甚严"。

包字，字端，号元圃，南溪县城人，包学嵩的次子。嘉庆三年戊午举人。幼年灵醒悟性高，专心研究经史，有超出常人的见识，写文章挥洒自如，语词高妙明切。知县翁霆霖很看重他的学识和品行，宣传他的名声。参加会试报捷以后，留在京师。父亲去世后奔丧回来，知县胡之富请他修县志。经辛勤劳累地访求探讨，终于理清了头绪，使南溪的历史面目从此清晰、完备。不久任彭水县教谕、名山县教谕。四川都督蒋攸铦也让其子跟包字读书学习文章，对他特别敬重，推荐他升补知县，被任命为福建将乐县知县。在任三年，廉洁爱民，施政没有过失。病死在任上，因为清贫、路远，尸首都运不回家乡，将乐县百姓凑钱安葬了他。

包宽（？—1823），字敷五，号芥舟，南溪县城人。包字之弟。壬午岁贡，性格温和，性情憨厚，为人和蔼善良，能做诗写文章，擅长书法，有治国安民的才干和见识。他的家庭一向殷实富有，对亲友和蔼友善，常常接济左邻右舍，尤其热心扶助贫困的读书人。城西长江筲箕背，河道狭窄水浅滩险，包宽就雇请人工，用铁爪疏挖，用了三个冬春，拓宽拓深了航道，消除了险滩；横在江中有乱石堆，他雇人将它打碎，使过往船只能够安全航行；他还将城东九龙滩的岩石凿开，打下石头，填平低洼，修成道路，以方便纤夫和行人。四川总督蒋攸铦曾经手书"情殷利济"的奖匾赠送给他。道光三年，包宽被推举为"孝廉方正"，送京引见备选，因病死在进京的路上。知县将其事迹奏报朝廷，将他列入乡贤祠接受后人祭祀。道光七年，南溪人在九龙村石望溪修造了"崇祀乡贤包宽之坊"。牌坊至今保存基本完好，属于市级文物保护单位。牌坊立柱东侧的楹联为：

指顾散千金，耻登游侠朱陈传；

头衔宗两汉，不数文场甲乙科。

包融芳，字小和，南溪县人。包宽的长子，岁贡生。天资英俊豪爽，才德不同寻常，精力过人，勇于伸张正义，学识渊博，善于写文章，操守品行刚强正直。精通书法，与父亲包宽的作品同被赞为"形神兼备，有羲献之称"。包融芳对南溪筲箕背航道，进行过更大规模的开凿工程，用桐油渍铁丸系绳沉于江底，上下起动，便于河沙松后随流冲刷，航道水量大增，行船更便利。去世后葬于泸州方山麓。

包欣芳，字云皋，南溪县人。包宽的第五子。道光甲辰乡试第四名举人。咸丰癸丑三甲第80名进士，选为翰林院庶吉士，散馆后改任刑部主事。包欣芳英勇威武的风姿特别出众，通晓经史知识，年少时就以善写文章而名声响亮。南溪地方长官黄懋祺非常器重他，多次聘请他主持琴山书院教席，一段时期内南溪的知名读书人，大都是他的学生。任刑部主事两年便英年早逝，文人士大夫深为惋惜。著有《留云馆塾课》。

包汝云（1826—1891），字晴峰，南溪县人。包融芳之子，包弼臣之兄。少年时期精于宫廷风格的书法，晚年学习大书法家米芾和赵孟頫，又不同于米芾和赵孟頫。画折枝（花卉画的一种）也非常精妙，尤其擅长画急速奔驰姿态，只依性情挥毫疾书，墨迹往往一派飞动气韵。

包弼臣（1831—1917），名汝谐，南溪县人。举人，学正，晚清四川碑学书法鼻祖。自幼学诗文兼习书画。何绍基任四川学政时，赞誉他与罗肃、赵树吉为"叙州三杰"。立志创派，积字盈屋，乡邻称包家有"字岩"，终于创新出独树一帜的"包体字"，因其与流行书风不同，被慈禧和时人斥为"字妖"。光绪十年，任资州学正兼内江训导，开资州一代文风，四川状元骆成骧即其弟子。宣统元年告老还乡，教育子孙，后裔多学有所成。

包崇祐（1857—1907），字铁孟，南溪县人。包弼臣的长子。刚刚二十岁，就被举为孝廉，光绪丙子乡试举人。包崇祐十五岁进学校，会写文章。作诗作赋都有不小的名气。善于画竹石，醉酒以后画竹，意境尤其精妙。他的书法学习魏碑，张之洞见到他的书法作品也非常称赞。名气相当大，人们称他的父亲包弼臣为老包，而特别称他为小包。做过安岳县、成都县的训导。光绪二十六年升用法部主事。五十岁那年，死在任上。

（刊于《巴蜀史志》双月刊 2019 年第 6 期）

作者简介：

黄亚平，笔名光头哥哥，四川兴文人，中学教师，兴文县作协副主席，宜宾市作协理事。爱好广泛，喜爱文学、书法，提倡读写自由。作品散见于一些报纸杂志，或有收录，偶有获奖。

普通生活也有美好诗意
——读王芳的儿童诗

◎光头哥哥

读王芳的儿童诗，如亲临其境，画面感非常强。诗人作为一名幼教工作者，她和孩子们特别的亲近，能更真切的了解孩子，关注孩子。

她是生活在苗乡的儿童诗人，能关注苗家儿童和留守儿童的生活，以清新的儿童视角，写出了许多有苗乡特色的儿童诗，用诗歌真切地表达孩子们对生活的现实感受。在《阿婆的织布机》中，诗人关注的对象是苗家小阿咪。"阿婆阿婆/给我做一件新衣/我要戴上阿妈给我绣的新头帕/我要做花山节上最漂亮的阿咪""阿婆哈哈笑了/傻阿咪/这是你长大后的新嫁衣/那一天你才是苗家最美的阿咪"。在这些诗句中，小阿咪的美好愿望、祖孙之间的亲密无间和浓浓爱意，跃然而出，既有浓浓的生活气息，又有诗意之美。

《出嫁的阿姐》一诗，诗人从小阿妹的视角出发，描绘了一幅幅自然生动的苗家嫁女儿的场景。"歌师唱歌/芦笙吹响/咪猜咪哆跳起了欢乐的舞蹈/香甜的米酒醉了客人/也醉了我家的小黄狗"。这是今天较为常见的现实生活，诗人在不经意间就把读者带入了具有苗乡风情的诗情画意中。

热爱生活者，才能从普通的生活中发现美，才能提炼出生活的诗意。而从王芳的诗歌中，我们随处都能读出生活之美，读出诗人的美好情怀。邱易东先生说过,生活不能臆想,写诗,更不能臆想。王芳的诗歌正是接受了这种思想的精华,将自己对生活的观察、体验和愿望,慢慢呈现,娓娓道来,在不疾不徐的生活中发现美,提炼出诗意!

《一米二》一诗,诗人写一个检票场景,而这个场景很多人都遇到过,唯独诗人发现了美,发现了诗意,提炼出一首充满童趣的诗歌。"妈妈悄悄在我耳边说/把背弯一点""我挺直了腰杆/一米二紧紧挨着我的头/妈妈 妈妈/我已长到一米二/我已长到一米二"。这是一个多么纯真美好的幼小心灵啊!普通的生活瞬间,却又是一首多么美的诗啊!

诗人时时处处将自己置身于生活场景中,她笔下描述出来生活场景自然、真实,表现出来的诗意也才自然而真切。生活很普通,但也有很多美好的瞬间,而这些瞬间,正是诗人诗意生活的源头。

作为一个儿童诗人,王芳有强烈的视觉意识,有敏锐的观察能力,有抒写生活的自觉性。所以,她写出了一首首既充满画面感的、又充满了童真、童趣的儿童诗。

(原载《图书馆报》2019.8.9)

附:王芳儿童诗选

阿婆的织布机

阳光穿过树林
穿过木窗
投射到阿婆的织布机上
阳光像一缕缕金丝线
挂满了阿婆的织布机

梭子像一只灵巧的鸟儿
在金丝线上穿梭
咔嚓 咔嚓

在阿婆的山歌里
鸟儿衔着金丝线从这头穿到那头

咔嚓咔嚓
一朵朵金色花儿在织布机上绽放
一片片绿叶围着金色花儿跳跃
小蜻蜓停在雕花的木窗上
呆呆地看着这绚丽的图画

阿婆阿婆
给我做一件新衣
我要戴上阿妈给我绣的新头帕
我要做花山节上最漂亮的阿咪

阿婆哈哈笑了
傻阿咪
这是你长大后的新嫁衣
那一天
你才是苗家最美的阿咪

咔嚓咔嚓
一朵红云爬上小阿咪的脸庞
咔嚓咔嚓
小蜻蜓弯弯尾巴飞走了

出嫁的阿姐

花喜鹊在苗家吊脚楼上
喳喳叫着
柳树姑娘把长长的辫子
甩进池塘轻轻洗涤
红红对联贴在了大门上
阿姐今天要出嫁

歌师唱歌
芦笙吹响
咪猜咪哆跳起了欢乐的舞蹈
香甜的米酒醉了客人
也醉了我家的小黄狗

银饰哗哗作响
红裙风中飞扬
阿姐牵着阿妈的手
撑开了红油伞
今天苗家最美的咪猜
看呆了天上的片片云彩

迎亲的芦笙催促阿姐
歌师唱起离别的歌谣
阿姐脸上挂满了泪珠
拉着阿妈不肯放手
老猫也围着阿姐喵喵叫着
莫非也不舍得出嫁的阿姐

阿姐像一朵红云
消失在油菜花田尽头
阿爸还在和客人斗酒
阿妈却紧紧拉住我的手
醉醒了的小黄狗
只管撒开四腿
追逐着
一只飞舞的花蝴蝶

一米二

长颈鹿站在绿荫下的检票口
脖子上的红围巾
印着一行好看的数字
一米二

一个红皮球从草坪滚来
弟弟过了检票口
一群鸽子飞过蓝天

妹妹过了检票口
妈妈悄悄在我耳边说
把背弯一点

我挺直了腰杆
一米二紧紧挨着我的头
妈妈　妈妈
我已长到一米二
我已长到　一米二

风孩子

风是个调皮的孩子
它总爱边跑边吼
用手摇小树　小花
把狗尾草踢得东倒西歪

风是个喜欢帮助别人的孩子
蒲公英妈妈让风带孩子们去旅游
风一招手
小蒲公英们一起飞上天
去山谷　去草原　去河滩

风爱玩恶作剧
风筝和它在天上玩得好好的
风却悄悄躲起来
风筝就跌了个大跟斗

风还是个喜欢听表扬的孩子
看呀　风真能干
风干得更起劲了
把发电风叶转得
又稳又快

一条路越走越硬（外五首）

我喜欢看石头的活法
风吹，雨淋，日晒
它们打坐的姿态，都不曾改变
最适合做我的师父

在山顶坐久了
山风走出偏房，为我剃度
那些白云，像我头顶的反光
黄桷树是带发修行的长老
山上的竹木、花果
全是我带发出家的师兄

更多的师兄弟
被逐出山门，还俗下山
只为了却尘缘，做起行者
来来去去的一段路
越走越硬
足够行走一生

我的村庄

至今没有一个村庄是我的
就像没有一片白云属于我
就像我栖息的地方
也是暂时挪用

只好在体内另辟新村
种植一段文字，播撒几个符号
顺便领养一些外来物种
必要的时候
再将它们一一出让

去九子山避暑

九子山上的红茶
没有遗弃沙土
到了见得人的时候
用镂空的光点，扎进腰间
像一个个迎宾的侍女

去九子山避暑的人
坐着汽车的尾气，追赶白云
像追一场初恋
将一些情语，赶进茶山

但也有几个，不合时宜的人
偏要捞出一些，久已不用的词句
如一尺布票、半斤粮票、二两猪肉
替毫无病痛的九子山
贴一些药膏

走过丙安古镇

至今，一排又一排撑柱
将颤巍巍的丙安抬着，漫摇时光
九百多年来
丙安河拄成弯弯的拐杖
坦然地叩击石板路
叩击一扇又一扇原色木门

河水遗漏沙石，星光遗忘纤道
但丙安一直将赤水河背在背上

就连河对面的新镇
还能唱出，丙安渡口的船歌
当然不敢遗忘，赤水河里
曾经游离的火种

站在桥头，清风和流水相告
那些执火而逝的人，正在聚集
仿佛有谁一声令下
他们就会从赤水河里站起来
重走一次，他们曾经
走过的路

大顺店

在丙安
就凭一个店子，全木做的
必然装不完所有历史
但喝茶聊天，饮酒过夜
至今镶嵌在大顺店的筋骨之中

年轻的女店主说
因孩子生病，要远离雾霾
她与丈夫走过一次，就相中这里
辞去北京的工作
入主了大顺店

前任店主们使用的方言
就有了进修的机会

不但成了普通话
还带来些混血的味儿

在石海，与名相遇

多年以后
我仍会记起一个名字
巨大而沉重的石头扛在肩上
看山，看飞鸟，看流云
看僰人们飞檐走壁
山顶的阳光倾情一跳
与天泉一起，玩出泻玉流光
轮转多年，袁家洞隐姓埋名后
天泉洞就漂洋过海了

更名是常有的事
比如《石头记》化作《红楼梦》
成就了研究的理由
因为梦总比石头有意思
比如那个巨大的天坑
装满了岁月，却装不住流水
名曰天下第一漏斗
如今，又摇身成天下第一宝盆
仿佛那里面装的，全是
游客们投进去的金子

（原载《四川诗歌》2019 冬季刊）

作者简介：

蒋德均，笔名文生。研究员、教授（三级）。已出版个人诗集24部，文化散文随笔8部，学术著作5部，发表学术论文100余篇，参编高校文科教材5部9卷，主编或参编文学著作18部，现供职于宜宾学院文艺学部。系中国作家协会会员。

与时间对话的人
——读《伍荣祥诗选》断想

◎蒋德均

1

很想为伍荣祥先生的《伍荣祥诗选》（1982—2015）写点什么。但真正动笔的时候却有些犯难了。何故？一则因为这是伍先生一生的心血文字的选本；二则选本中的文本自身的丰富性与独特性；三则选本收入的更多更精彩的部分是伍先生一生钟爱并精心经营的散文诗。而关于散文诗的话题，至今在学理上存在着争论与分歧。我们知道，中国现代散文诗是受西方现代文学思潮的影响而新文学土壤里诞生并发展起来的新生文体。然而，从它诞生之日起，关于散文诗的身份与面目始终是模糊不清的。散文诗何所属？又何所为？其问题特征何在？这些疑问直接引发了对散文诗文体界定的追问与文类归属的焦虑，不断地给散文诗创作和评论带来困扰。对此，创作界与理论界皆仁者见仁智者见智。大体而言，有"取消论"，比如著名诗人纪弦、余光中等就持此观点，认为应取消散文诗一说；有"悬置论"，比如著名诗人曾凡发等就持此观点，认为不必纠缠于文体分类的理论问题；有"返古论"，比如学术大师王国维、朱光潜等就认为，散文诗古已有之，无须争论。笔者认为，散文诗作为一种文体类型，事实上，它一直以自己的方式存在并发展着。尤其到了现代，涌现了以鲁迅为代表的散文诗大家。我赞同著名散文诗作家灵焚"大诗歌"的提法。他认为，散文诗也是现代汉语诗歌的一个组成部分，从文学体裁大类来说有小说、诗歌、散文和剧本。就如散文中包括了杂文、随笔等，小说包括传奇故事、人物传记等，剧本包括相声、小品一样，现代汉语诗歌也应包括自由体新诗、散文诗和新格律诗等，这些诗歌文本都属于广义的诗歌文学范畴，让散文诗与自由体诗、新格律诗平等地存在于文学大家庭中。所以，在笔者看来，散文诗作为诗歌的一脉这是不可否定也无法否定的。散文诗写作对写作者来说要求是极高的。因此，甚至有人说，最上乘的诗歌才是散文诗。它要求作者将诗人的敏感多情与哲学家的睿智哲思融合起来。著名新诗评论家王光明认为："散文诗是一种独立的文学形式，有自己的性质和特点。散文诗是有机化合了诗的表现要素和散文描写要素的某些方面，使之生存在一个新的结构系统中的一种抒情文学形式。从本性上看，它属于诗，有诗的情感和想象；但在内容上，它保留了诗所不具备的有诗意的散文性细节。从形式上看，它有散文的外观，不像诗歌那样分行和押韵。但又不像散文那样以真实的材料作为描写的基础，用添加的细节，离开题旨的闲笔，让日常生活显出生动的情趣。散文诗通过削弱诗的夸饰性，显示自己的'裸体美'；通过细节描述与主体意绪的象征两者平衡发展的追求，完成'小'与'大'、有限与无限、具体与普遍的统一。"（王光明《散文诗：〈野草〉传统的中断——简论中国现、当代散文诗》《灵魂的探险》第235—236页，福州，海峡文艺出版社，1991。）

2

中国诗歌最具魅力的地方恐怕在于诗歌中景物情理的交融而形成的艺术境界。于是，借景抒情、借物寓意已然成为了中国诗歌传统手法之一，优秀的诗人，总能通过三言两语精妙地构造一幅意境幽远寓意丰厚的图画。可是，

诗人该选择什么样的景物作为自己抒发情感的依托呢？这个倒是值得考虑和深究了。有人选择气势恢阔的宏大场面，有人喜欢幽暗朦胧的微观场景。而伍荣祥的诗歌更多是从生活的琐碎和细节出发，将之作为诗情画意的描绘抒写与寄情寓意的抒写对象。选择不同，诗歌给人的感受也就不一样，伍荣祥的诗歌，虽然多数是写小场面、小细节，但是细细读来，总能在诗歌里体会到一种时间的流逝，生命的回声，或许，他所选的万千景物，也不过是为了和看不见、摸不着的时间进行对话的介质而已。正如《仲夏独语》所写到的那样："冥冥之音/浅浅之水/幸福竟然在无奈中跌倒，挥手无缘，纤弱之臂永远扬不起云朵的风姿/水淌，狗吠/立秋之后，也许夜里的眼睛终将填写漆黑的文字。"我们对于时间总有说不完的感慨，可是每一个时节之后，万物的轮回终会让我们再与某个夏天相遇，我们无力改变天道，那就用诗歌聊以慰藉吧。这就是诗人的价值，这也是文字的魅力！前者值得尊敬，后者应该敬畏。

当然，与时间对话，这种看起来不太可能的事，在诗人的身上却习以为常，用文字作为枢纽，无论是虚无还是真实，交流都不成问题。关键是看自己是以何种方式打通此间的"任督二脉"。伍荣祥先生是通过自我传播实现的吧。在他的内心深处，还住着另外一个自己，两者可以进行自由自在、无拘无束的交流，这种交流，是一种诗意的交流，伍荣祥把自己眼睛所看到的世界，传递给内心，内心的那个"他"结合真实情感，再传递给大脑，所以，一篇又一篇的诗歌就这么诞生了。这种传递，在传播学里面就叫作自我传播，个体内部进行的活动，不需要语言，只是在心理和生理上进行的反应，但是伍荣祥的这个自我诗意的传播活动，却比普通的大脑传递信息给肢体更加不可思议，多少有些神秘。这里面，诗是一种桥梁，承载了他的无奈与希冀、他的喜怒哀乐、他的爱恨情仇以及他对世间万物的所想所感所悟，并且把这些情感淋漓尽致地借助文字展现了出来。所以，即使是一扇门，他也能说出别具一格的不同味道来："门是私家向外人

虚设的一道屏障/轻轻叩门是一种礼节。无论是竹质的门、木质的门乃至金属的门都是安全与自尊的象征/门作为屏障，一开一合权在私家主人的手臂伸缩之间。因此，切勿擅自破入他人之门/无视门的存在，也无视自己的存在。"（《说门》）

时间就在这样无休止的传播活动中慢慢消逝，也不知它到底跑到哪儿去了？在墙边，在窗外，在风雨交加的夜晚，在无数个轮回的春夏秋冬里，在一次又一次的交流与阻隔中，走向了远方。——远方又在哪儿呢！于是，伍荣祥先生给我们留下了《古路》《院中看云》《深居》《檐下疏影》《檐下之音》《秋景及其他》《与秋风》《空位》《临窗碎语》……然而抓不住的流年，握不住的时光，没有人能阻挡得了时光的脚步。于是，作者在更加深入的对话后，反而变得越发的无奈与惆怅起来。在《三月的这个夜晚》里，他说："一晃十年，今年的三月好冷/伫立院内，谁还记得那一阵长久的缄默/噢，分手就分手吧/可是，转眼已经十年了。"在《静宅》中他感叹道："时光真的在弄痛自己/或许，今夜适宜遗忘，适宜目睹与淡然之后重新转身。"

但无奈就够了吗？与时间对话的本领，令多少人向往！都说把生活过成一首诗，又有多少人能够真的践行或者做到呢？伍先生做到了，他有过困惑，有过倦怠，有过烦闷，有过疼痛，可每一次经历都是一次感情与思想的升华。"相依与抱团，一起困顿，一起愤然，一起落泪和一起期盼。而头顶的云朵已经终止慰藉。/徘徊于这块土地，自己踩着自己的影子。/……主在何处，该向谁诘问与呼号？/只能相依抱团，然后等待，等待，再等待。"（《五牛图》）

古往今来，有多少人抒发着对时光远逝的感慨，却很少有人在感慨的背后还能勇于扬帆。而伍荣祥先生，总会在诗歌的最后思绪陡转，让时光在他的笔下，变得从容淡定而意蕴悠长，生命的价值得以打开另一片天地，生活的本相得以还原或呈现。正如《心鸟之羽》中所言："翅羽折了，心鸟未死"，《之上》最后说的："不再追问，吹走的风依然要吹来。"

一岁一枯荣，我们在时间的年轮中行走，却追不上时光的步伐，但总要留下些什么。若是诗歌，也许，就能化为不朽吧。

（刊于《星星》2019 年第 4 期）

网络，诗歌的救星？

1

在 20 世纪 80 年代，文学尤其是个曾经有过一呼百应、引领社会潮流和生活时尚的骄傲与热闹、繁荣与风光。然而，自 20 世纪 90 年代以来，文学特别是诗歌被时代和现实挤到了社会的边缘和角落——其实，我一直认为，边缘和角落才是文学艺术的正常位置，遭遇了生活的冷遇甚至抛弃，诗人、作家由被时代宠爱的娇子变成了生活厌倦的弃妇，诗歌等文学作品由神圣的艺术殿堂失落成物欲喧嚣现实的弃物。近年来，互联网作为一种新媒体、新技术给整个社会生活包括文学在内各类艺术门类在创作、阅读、传播、交流、储存等方面都带来了一系列深刻的变化。互联网技术的迅猛发展为包括诗歌在内的文学艺术的创作与传播、阅读与批评注入了新的生机与活力、希望与愿景。那么，网络究竟能否让日益边缘化——其实本应是边缘位置的文学艺术重现昔日的辉煌与荣光呢？学界见仁见智、看法不一。

2

当前，尽管互联网已深入到人们的日常生活的方方面面并且对人们的生活与心理乃至行为与思维方式等产生了巨大影响，它正改变着人们的生活习惯与生活方式，自然也影响并改变着作家的书写与思维方式和读者的阅读心理与欣赏习惯，审美心理，已经呈现出"机智过人"的态势和现实，从某种意义上讲，它具有革命性和里程碑式的意义。因此，作家、诗人必须与时俱进，了解、学习并掌握互联网基本技术，自觉运用电子媒介，改变书写方式和固有思维习惯及其审美心理，以适应、应对日新月异的多媒体技术对传统写作方式和思维习惯的挑战。正如评论家吴思敬指出："诗歌传播新媒体的出现，是诗歌传播史上的一次深刻变革，它在改变了诗歌创作方式的同时，也改变着诗人书写与思维的方式，并直接与间接地改变着当代诗歌的形态。""网络文学""网络诗歌"等概念便应运而生。但是，关于"网络文学"这一概念的合法性问题依然备受质疑，争论不断。我们认为，互联网的出现，网络技术的运用，尽管这是人类进步和文明的标志性事件，但它只是也只能改变文学艺术的创作、传播、保存、阅读的形态而无法改变文学艺术本身的内在审美属性。无论纸质媒介也好，电子媒介也罢，还是多媒技术也好，它们都只是文学艺术存在的一种形式或方式、一种媒介或载体、一个平台或途径，文学艺术的本质属性依然是创新与唯美。所以。诗人阿斐说："诗歌要散发生命激情，网络是诗歌交流的工具。"因此，我认为，严格地说"网络文学"这一提法是不准确、不科学的，但面对铺天盖地的在网络上发表、传播的诗歌等各类文学作品，在尚未找到更为恰切的概念之前，我们也不妨使用"网络文学"这一提法。评论家吴骏晨说："诗歌的本质，和其他的艺术形式一样，是人对自身以及环境的思考，是向人性深处挖掘的结果。网络，只是一个载体，它和其他的出版媒介没有什么不同，其作用是使得诗歌作品多了一条通往读者的渠道。而'网络诗歌'，我觉得这应该理解为在网络上发表的诗歌。"既然如此，诗歌的审美属性是不会根本改变的。诗人崔恕也说："诗歌是一种切肤之痛。网络只是诗歌的一种载体，是诗歌得以广泛传播的途径之一，它无法改变诗的本质。"因此，诗人必须对此葆有清醒的认识和高度的自觉，绝不应该人云亦云地盲目乐观，以为网络就是日益衰落的文学的救星，认为互联网的出现，诗歌繁荣时代就到来了。须知，门槛消失、良莠不齐的网络诗歌文本与人为制造的网络热闹繁荣，只会给诗歌带来负面效应，伤害诗歌，使诗歌的崇高性与纯粹性受到质疑，使诗人的创造性劳动遭到嘲笑。

因此，在众声喧哗的网络时代，有人喊出"保卫诗歌"或"保卫诗歌的纯粹性"的口号，假如除去特定的语境和指向话，它也并非危言耸听或毫无意义。

3

必须指出，文学艺术无论以纸质媒介、电子媒介，还是多媒技术的任何方式写作、传播与存在，都必须追求创造和唯美，葆有文学艺术的基本美学品质和美学素养。因此，诗人黄梵说："我不认为网络可以改变诗歌，网络的便捷并不等于诗歌的便捷，只要是用语言写诗，网络便不可能侵蚀诗歌的界限。伟大的诗艺、诗歌精神，不会因媒介不同有所改变。"诗人蓝蓝认为："在我看来，诗歌就是诗歌，无论在纸上还是在网上发表，诗歌的标准不会变。好诗仍然可以经得起时间的检验。"网络等多媒体技术为文学艺术的生存发展提供了前所未有的空间和机会，可以也能够极大地促进文学艺术的发展，为文学艺术催生新的美学因子和艺术元素。毋庸置疑，任何一项革命性的技术进步都会对社会存在当然包括文学艺术产生影响。网络作为虚拟空间，为作者的写作、发表、修改、保存等都提供了空前未有的方便和及时，改变了传统写作的传播途径，所谓降低或没有了发表"门槛"——其实，对于任何真正的艺术而言，"门槛"在任何时候都是存在的。也为作品的阅读、批评、存储等提供了空间的方便和及时，尤其是超链接技术的运用使文学的阅读视野空间迅速扩大和极度方便。同时，网络写作（严谨一点说应是网络时代的写作）可以根据写作者写作意愿和美学追求，自由地加入音乐、绘画、游戏、动漫、摄影等其他艺术元素，自由地运用其他艺术的表现手法和技巧，使文学写作与传播呈现出自由、及时、活泼、自然、本色、综合、多变等原生态因素，使文学艺术获得了全新的活力与生机，充分展现文学艺术自由自觉的人文本性。所以，诗人阿翔说："网络最重要的人文特征是，最大限度地给了人说话的权利。网络诗歌是大众的，它的互动性、即时性、开放性打破了传统媒体的地域限制。平等、宽容、便捷是网络的特性，他一方面打破了传统媒体对话语的垄断权，实现了读者、作者、编者之间的平等交流，另一方面，它也容易使网络诗歌缺乏真实的生活体验和思想内涵。"然而，它的无门槛性、隐蔽性、便捷性、自由性也使其写作群体素质良莠不齐、作品质量参差不一，甚至出现由写作软件生成的大量的口水诗歌、随机散文、无厘头文字等垃圾文本而广遭人们诟病。诚然，我们诟病的应该是不负责任的写作者而不应该是科学发展的网络技术及其应用。因此，我认为，在互联网时代，对读者而言，获取信息与阅读文本更为便捷。对作者而言，其写作的难度更为艰难。

学艺术就一定具有鲜明的先锋性和实验性或者说优越性。文学艺术的生命力始终源于其美学品格的高下，而美学品格的高下则始终源于创作主体的综合素质尤其是创造能力的释放与呈现。先锋意识与实验精神这是无论纸媒诗人还是电媒诗人都应该具备的基本素质。因为创新是文学艺术的生命力，唯美是一切艺术的基本品质，诗人是创新与创造的主体。所以必须明确一个基本常识，随着现代工业文明和电子时代的到来，人类所能企及的物质空间极大地扩展，可触及的文化与技术领域不断拓宽，文学艺术的传媒和传播方式也同时得到革命性的丰富和发展。但是我们始终认为文学艺术的价值大小与高低绝不以其表现形式和传播手段的不同或先进与否论高下，文学艺术其存在的意义主要取决于它对作为社会主体的人的智能的开启、精神世界的涵养，以及对现实存在审视和终极指向的关怀与思考。因此，这就需要诗人拥有更加自觉的责任担当，对诗歌和文字怀有更加自觉和清醒的敬畏与敬重之心，以更加诚实诚恳的态度与姿态来创作与发表诗歌，以更加清醒和自觉对网络时代的诗歌繁荣论或诗歌没落论保持警惕，不为外在的形势所干扰，沉静下来，潜心创作，为建成富强而文明，美丽而美好的现代化中国作出自己应有的贡献。

诗人与创造同行，文学与唯美同在！

记住，改变的是传播媒介，不变的是审美！

（载《新时代的写作生态与生态写作》广西民族大学 2019 年 9 月）

4

我不认为以多媒体技术方式呈现出来的文

试论诗歌语言的弹性与张力及其成因

内容摘要：本文是作者论述诗歌语言艺术特点的系列文章之一。文章论述了诗歌语言的弹性与张力在诗歌创作和欣赏中的特征及其表现形式，探讨了诗歌语言的弹性与张力形成原因并结合诗歌作品进行了较为详尽的分析。

关键词：诗歌语言 弹性 张力 陌生化 成因

弹性和张力是诗歌对其他文学样式的明显优势，是诗歌的能量与生命力的显示，是诗歌语言的一种模糊性和伸延性或扩张性特征。排除模糊性于诗歌媒介理论之外是不明智的。老子早就说过："妙在恍惚。"谢榛的《四溟诗话》也有"妙在含糊"之说。模糊不同于含混。模糊是诗歌语言独特的精确、精炼与精致的表现方式，它亦此亦彼；诗歌的多义要在诗人的"一致之思"中相和谐；它是似此似彼：诗歌的多解之间并没有十分明确的边缘。汉语语言象形性、多义性和语法建构的宽松；人的语言与描述对象永远一段距离；人对世界的审美把握不可能穷尽；诗人创作时的特定心境；读者阅读时特殊语境与心态等，这些都是诗歌语言弹性和张力的来源和存在依据。

诗人描象言意，他的笔下的象与意其实只具有暗示性、指示性的意义，象外、意外才是真正是诗歌之所在，所谓"象外精神言外意"。进一步说诗在诗外，诗内无诗。诗人将审美体验外化为文字符号，而这些文字符号有待读者对它产生诗化的反应和体验，这才有诗的出现。这样，诗人的审美体验和笔下的诗句总是出现不对称性。换而言之，如同文出正面，诗总是出侧面。因此，诗人在写作中总是这样：它表现什么，并不就写什么，诗人写什么，并

不就是在表现什么。这就是所谓的意指错位等。错位，可以将抽象的心灵体验具象化，而具象化就给诗歌减小了陈述性，增大了可感性和伸延性的机会，也给了诗摆脱文体局限的机会，同时也给诗带来弹性和张力。意象既是实体性的存在，又是审美性的存在；因此，诗歌就富有了弹性和张力的饱满。

优秀诗歌的弹性和张力还在时间长河里得到加强。同一个读者在不同的年龄、境遇、心态中从同一首诗中获得不同的诗，即通常所说的好诗不厌百回读。一千个读者仅读一遍的诗，不如一个读者读千遍的诗。对一首弹性和张力很强的诗歌，历史有时会用时间把它是拭擦得在新的一代读者面前闪闪发光，成为新一代读者群的鉴赏对象。好诗没有鉴赏极限，它神秘莫测，无限延伸，一些读者发现它的诗情，另一些读者发现它的词语，第三群读者发现它的音韵，但诗仍在期待新的发现。一首诗有多大的弹性和张力，它就有多浓的诗味，多强烈的生命力。比如，同样是"听雨"会因时间、环境、心境的不同而不同。所以，宋代词人蒋捷在《虞美人·少年听雨歌楼上》有如下体会和感受：

少年听雨歌楼上，红烛昏罗帐。壮年听雨客舟中，江阔云低，断雁叫西风。

而今听雨僧庐下，鬓已星星也。悲欢离合总无情，一任阶前点滴到天明。

诗人通过人生三个不同时期"听雨"的生活和感受的抒写，意象准确而鲜明，容量极大而意韵深长。

诗歌语言的弹性和张力与诗歌语言的陌生化或奇异化有着密切的关系。所谓陌生化，主要是从读者的阅读效果来说，指文学语言组织

的新奇或反常特性。根据俄国形式主义文论家什克洛夫斯基的观点，陌生化是与"自动化"相对立的。自动化语言是那种久用成"习惯"和习惯成自然的缺乏原创性和新鲜感的语言，这在日常语言中是司空见惯的。什克洛夫斯基在《艺术作为手法》中说"动作一旦成为习惯性的，就会变成自动的动作。这样，我们的所有的习惯就退到无意识和自动的环境里。"[①] 而陌生化就是力求运用新鲜的或奇异的语言，去破除这种自动化语言的壁垒，给读者带来新奇的感受。这就是说：

> 为了恢复对生活的感觉，为了感觉到事物，为了使石头成为石头。存在着一种名为艺术的东西。艺术的目的是提供作为视觉而不是作为识别事物的感觉；艺术的手法就是事物陌生化的手法，是使形势变得模糊、增加感觉的困难和时间的手法，因为艺术中的感觉行为本身就是目的，应该延长。[②]

这告诉我们，语言的陌生化并不只是为着新奇，而是通过新奇使人从对生活的漠然和麻木状态中惊醒起来，感奋起来，"恢复对生活的感觉"。郭沫若在《凤凰涅槃》中写道：

> 我们新鲜，我们净朗，/我们华美，我们芬芳，/一切的一，芬芳。/一的一切，芬芳。/芬芳便是你，芬芳便是我，/芬芳便是他，芬芳便是火。/火便是你。/火便是我。/火便是他。/火便是火。/翱翔！翱翔！/欢唱！欢唱！

单纯就日常语言的标准看，这些诗句似乎是逻辑不通、颠三倒四的，但正是这些新鲜而奇异的语言组合而成的诗句，产生了一种"陌生化"力量，渲染出凤凰新生之后的新鲜、活泼、自由体验，体现出个性解放带来的狂欢化享受。

又如周所同《柳河弯弯》：

> 萍花在深处/横在牛背上的笛音/也变得柔润/简单/抒情/被姑娘浣进了溪水/点点滴滴地晾在河滨

——《星星》诗刊，1984年第3期

一切样式的文学都把语言精炼作为追求目标之一。然而，诗歌语言的精炼程度无疑最高。诗总是体现着两种对立倾向的和谐：一与万，少与多，辞约与意丰，有限与无限，"尽精微"与"致广大"；诗人总是兼有两种品格，内心倾吐的慷慨与语言表达的吝啬。古典诗论说："意余于辞，虽浅而深；辞余于意，虽工亦拙；辞尽而意亦尽，皆无当与风人也。"（《说诗晬语》）也是强调诗歌语言的精炼。诗歌语言的精炼，包括炼字与炼句。先谈谈炼字。中国诗歌史上不少"一字师""一字为工"的佳话，说明练字（亦即炼意）是我国诗歌的优良传统。新诗史上的成功之作，往往在炼字上下了较深的功夫。如臧克家的诗是比较谨严的，他较好地吸收了古典诗歌的营养并受到闻一多的指教和影响。他的诗歌不是依赖一时的兴致所致，而往往是苦心锤炼的结果，给人一种"得之不易"之感。他是一位搞得形销骨立而后已的苦吟诗人。他在《臧克家诗选·后记》中这样写道："我力求谨严，苦心地推敲、追求，希望把每一个字安放在最恰切的地方，螺丝钉似地把他扭得紧紧的。"试看几个"扭螺丝钉"的例子的。

> 日头坠到鸟巢里，/黄昏还没溶尽归鸦的翅膀。

——《难民》

暮色苍茫，一群逃荒的难民流落到异乡的古镇。随着暮色的加浓，天上飞着的归巢的乌鸦也慢慢地变得模糊起来。诗人最先得到的诗句是："黄昏里扇着归鸦的翅膀"，后又改为"黄昏里还辨得出归鸦的翅膀"。显然"扇着""辨得出"都比不上"溶尽"。"溶尽"一词，既描绘出古镇由暮入夜的过程，更道尽了无"巢"可归的难民的心情越来越黯淡的过程。这可以说是"扭"得紧紧的"螺丝钉"例子。

……

> 陌生的道路无归宿薄暮，/把这群人度到这座古镇上。

——《难民》

难民的离乡背井完全不是出自心愿的，是被动的，不得已而为之的。所以，不说难民在薄暮时分沿着陌生的道路"来到""出现在""流落到""逃到"古镇，而是说道路和薄暮把他们度到古镇上。这就使得诗篇神情毕露了。

再读徐迟的《江南（一）》的三行：

透过最好的画框，/江南旋转着身子，/让我们从后影看到前身。

《江南（一）》抒发的是在奔驰的火车中欣赏车窗外的江南美景的感受。实际上，"江南"当然是不可能转动的，在动的只是飞快的列车。"旋转"一词，化静为动，又化动为静。静的"江南"在"旋转着身子"，动的列车的车窗变成了静的"画框"。一词成功，全篇增辉，说出了坐在火车上观赏风景的欢快的直觉、幻觉、错觉。

诗的炼字最重要的是动词。古诗中的诸如了"鸟宿池边树，僧敲月下门""红杏枝头春意闹""春风又绿江南岸""云破月来花弄影""微雨燕子斜""疑是地上霜"，都是锤炼动词而构成的佳句。新诗中，除了上举的诗例，这种佳句也较多。如："突然青天里一个霹雳/爆一声：/'咱们的中国！'"（闻一多）；"雪落在中国的土地上，/寒冷在封锁着中国呀……"（艾青）。

又如贞子《教师的人生》：

铃/把一生/敲成碎片/落下来/是数不清的/花瓣

我们不能绝对地把炼字理解为字越少越好。炼字，主要是选准合适的字，去掉不达意的冗繁部分，以尽可能经济的笔墨，表现尽可能丰富的感情内涵，给读者以广阔的想象余地，"片言明百意"。离开内容的表达去单纯追求字少也会失去精炼。上一节提到过的杜牧的《清明》："清明时节雨纷纷，路上行人欲断魂。借问酒家何处有？牧童遥指杏花村。"一诗，据说有人就曾认为锤炼得不够，认为可改为五绝：

时节雨纷纷，行人欲断魂。酒家何处有？遥指杏花村。

再谈谈炼句。

诗的精炼，不能止于炼字。老舍说："语言的创造，是用普通话的文字巧妙地安排起来的艺术。"安排文字的艺术就是炼句。怎样安排呢？别林斯基在《论文学》中有段论述：

朴素的语言不是诗歌的独一无二的确实标志。但是，精确的语法却永远是缺乏诗意的可靠标志。③

因此，炼句往往就是诗句对"精确的语法"的大胆的合理反叛和背离。散文总是要使用"精确的语法"，它将所要表现的内容用明白无误的语言，按照语法结构写出来。而诗却不是这样，它更多的时候是按照修辞结构写出来。散文是奔流不止的江水，诗是隐约闪烁的星光，它力求跳跃。由诗的本质所决定，诗常常是由一个点大幅度地跳到另一个点，串起这些点的"线"，要由读者自己驰骋想象去把握它。因此，从"精确的语法"看，诗句常常是不合"法度"的。诗人的本领就是敢于违规，善于违规，长于违规。

常见的不合"法度"的违规现象有：

1. 句子"残缺"。

诗句的语法结构总是尽量略去一切可以略去的成分，尤其是虚词。从语法结构看，许多诗句是残缺的，但从诗学看，这些诗句是最精炼的。如马致远的《天净沙·秋思》：

枯藤老树昏鸦，小桥流水人家，古道西风瘦马。夕阳西下，断肠人在天涯。

该诗前三句写九种事物，并列的九个词都没有谓语。第一句正衬旅人内心的凄凉，第二句反衬旅人羁旅之苦，第三句暗示旅人的生活状况与奔波原因。后两句，才由旅人的眼睛和思想感情，将几种事物有机地联系起来。前三句是残缺句，但正是这高超的"残缺"带来高度的精炼。

句子残缺，是诗特有的计白为墨的艺术。善于化墨为白，白中藏墨，这是一种高超的诗艺的留白技巧。

2.“混乱”的词序。

词序，在诗中成了炼句的特殊手段。汉语属于孤立语，在语法结构上有其自身的特点和规定。它缺乏词性变化，但对词序的要求很严格，词序的改变往往带来意义的巨大变化，可以收到意想不到的惊喜效果。

轻轻的我走了，/正如我轻轻地来；/我轻轻的招手，/作别西天的云彩。

——徐志摩《再别康桥》

诗想表达的，是告别康桥时的“轻轻的”感受。于是，在第一个诗行中，“轻轻的”一词便放到了句首。倒装的目的是为了侧重。在音乐美上，也达到了节奏的匀称。如果第一行改为“我轻轻地走了”，就失去了诗的情味与韵味大半。

3. 诗行跳跃

诗行与诗行间的语法联系常常省略，从而使文字更精炼。比如徐刚《秋风》：

轻轻地掠过大地的胸脯/秋风的手指在山野中摸索/一夜柔情的抚摩/金色的饱满起起伏伏……/小鸟唱着成熟/镰刀呼唤收割/有一个姑娘从田野上走过/成熟的心也是成熟的痛苦/她问秋风：你为什么让我成熟？

美国诗人惠特曼认为，严格说来，纸上的诗还不能算是诗，只有在读者心中引起的感受才是真正的诗。惠特曼的见解无非是指，诗常常只为读者提供几个感情的跳跃点，这些点之间的语法关系常被省略了。读者需要凭借想象去感受，去神游，去丰富、去补充，从而在诗提供的情感坐标上勾画出自己的曲线，获得读者自己的诗。诗歌语言的几种词义的并涵和延展，它是诗歌语言特有的精炼美。黑格尔在他的《美学》第三卷第三章里说：“适合于诗的对象是精神的无限领域。它所用的语言这种弹性最大的材料（媒介）也是直接属于精神的，是最有能力掌握精神的旨趣与活动，并且显现出他们在内心中那种生动鲜明模样的。”[④]闻一多在他的《文学的历史动向》中说：“诗这东

西的长处就在于它有无限度的弹性，变得出无穷的花样，装得进无限的内容。”[⑤]他们都明确使用了“弹性”一词，来说明诗歌语言美的一个重要侧面。

诗歌语言的弹性不是含混，它包含的几种词义不是“非此即彼”，而是“亦此亦彼”的。正是这“亦此亦彼”，才构成美丽的诗境，调动读者的想象力，促使读者在诗歌欣赏过程中进行艺术再创造的活动，给读者以丰富多样的美感享受。

诗歌语言的弹性和张力主要来源和方式有：

1. 运用比喻而获得弹性和张力。

比喻的两个事物有时可以从多方面作比。钱钟书称这种诗语言现象为“喻之多边”。“喻之多边”带有弹性，富有张力。

残月像一片薄冰/漂在沁凉的夜色里

——舒婷《落叶》

“喻之多边”是“薄冰”一词获得弹性。为什么“残月”像薄冰？读者可作多方面的理解和想象；一、“残月”和“薄冰”在颜色上相似；二、“残月”与“薄冰”在亮度上相似；三、“残月”和“薄冰”在形状上相似；四、春寒料峭，夜色沁凉，残月像薄冰一样给人冷意；五、诗人心灵中呈现出了过去的“阴暗的回忆，深刻的震动”，因而感到寒冷，以致将月亮看作薄冰。实际上，这五种理解相互并没有排他性，它们可以并涵。又如洛夫《子夜读信》：

子夜的灯/是一条未穿衣裳的/小河/你的信像一尾鱼游来/读水的温暖/读你额上动人的鳞片/读江河如读一面镜/读镜中你的笑/如读泡沫

该诗的意境构成由一系列的比喻来完成：灯光——小河；书信——小鱼；信的内容——温暖的水；你的笑——鱼的鳞片；远方的你——镜中的影与笑；可想而不可即——水中的泡沫。

2. 语义双关而获得弹性和张力。

人们告诉我/因罢工而停电/已经第三天/劳资双方停止谈判/胶着在黑暗里面

——艾青《巴黎》

"黑暗"一词，一语双关。一方面，指停电后的黑暗，另一方面，指资本主义巴黎的黑暗。"黑暗"一词使全诗诗意陡增。

又如非马《鸟笼》：

打开/鸟笼的/门/让鸟飞/走/把自由/还给/鸟/笼

诗人非马运用变形、抽象和反常的艺术技巧，在有限的诗行中寄寓了无限的深意。人与鸟与笼产生了奇妙的关系，具有强韧的张力和饱满的弹性，使此诗具有高度的理性意味和象征色彩。

3. 违反语法常规而获得弹性和张力。

与英语、法语等语言相比较，汉语语法不够严密，这正为诗的语言的弹性提供了特有的好条件。

"我们要思想再解放一点，/胆子再大一点，/办法再多一点。"多么热诚而迫切的希望，/多么准确而深刻的语言。/我们伟大的祖国，/前进的道路上还有那么一点阻拦；/那是怎么样的一点！看！窗外正是明媚的春天，/快捅破与世隔绝的窗纸吧！/就需要那么一点。/一点就破呀！/百花盛开，阳光灿烂；/我们的前景是那么美好，/原来就在一纸之隔的眼前！/那时我们再回顾身后狭小的四壁，/会感到多么局促和难堪。

——白桦《阳光，谁也不能垄断！》

该诗触及了一个有深度的主题，但写来并无滞重、沉郁之感。白桦充分利用了汉语一些词语隶属多种词类的状况，让"一点"从一个词类迅速转变为另一个词类，使诗情步步深入。

从召唤人们的副词"一点"，引出体现现状的数量词"一点"，再跳跃到表达人们行动意志的动词"一点"。词类变化赋予"一点"以弹性。"一点"的词类在诗中的交叉是不满与希冀的交叉，困难与勇气的交叉，现状与未来的交叉。"一点"获得了弹性，而读者获得了玩味思索的天地。

诗歌语言它往往拥有活法而不出法度，语句肆放而不逾规矩，它弹跳着把语句铸造的意象自在地、活泼地展示出来，使意蕴孕育于具有弹性和张力的变异化的语言之中，使语言具有婉转屈伸、腾挪跌宕的弹性之美和深度隐喻。有的可以增加语言意气的曲折、顿挫与回旋，有的使语言产生交替叠变的视觉和感应层次的神往。它的弹性和张力是诗人心灵的价值和自由度所驱使的结果。比如，李白诗歌语言的飘逸，杜甫诗歌语言的沉郁，苏轼诗歌语言的豪放等等，可以说都是诗人心灵自由创造的表现。比如芒克《葡萄园》：

一小块葡萄园/是我发甜的家。/当秋风突然走向哐哐作响的门口，/我的家园都是含着眼泪的葡萄。/那使院子早早暗下来的墙头，/有几只鸽子惊慌飞走。/胆怯的孩子把弄脏的小脸/偷偷地藏在房后。/平时总是在这里转悠的狗，/这会儿不知溜到哪里去了。/一群红色的鸡满院子扑腾，/咯咯地叫个不休。/我眼看着葡萄掉在地上，/血在落叶中间流。/这真是想安宁也不得安宁的日子，/这是在我家失去阳光的时候。

芒克的《葡萄园》以隐喻手法，摄取生活中一系列的意象，跳跃的意象再现了生活的"有常"与"无常"，诗人内心的渴求和不安在一种隐喻关系下得以自然流露，家园之梦，尤其是精神家园之梦，它是诗人和读者同样的渴求。

马克思主义哲学认为，内容决定形式，形式依赖于内容；有什么样的内容，就有什么样与之相适应的形式，一定的形式只有在一定内容的基础上，适合一定内容的需要，它才会产生和出现。艺术语言这种特特殊的语言是由特定的内容决定的。语言的内容主要是它所负载的信息。语言所负载的信息可分为表层信息和潜在信息以及美学信息。表层信息，也叫理性信息，它是话语中词汇意义和语法意义所限定了的相对稳定的信息，表层信息的特点是话语的辞面直接表达概念、判断和推理。潜在信息，是暗含在表层信息之中的实际信息。它的特点是，仅仅借用传递理性信息的话语编码形式而传递话语辞面所暗含的信息。与表层信息这个言语内容相对应的话语，是符合语法规范的语言形式，与潜在信息这个言语内容相对应的话语，就是变异修辞语言。由于变异修辞所传递的信息是潜在信息，在潜在信息和表层信息里，它也负载着大量的美学信息。因此，它往往使语言具有弹性和张力。诗歌语言，它虽然不像规范语言那样直来直去，干脆利落，但它却像山间小溪那样不是径直倾泻，而是曲折迂回。它往往是含蓄暗示，若即若离，引人入胜，它美就美在有弹性，能拉长，能缩短。有张力，不呆板，不陈腐，能惊人。它传递信息的方式能激发读者探讨它潜在功能的兴趣，具有灵智遄飞的较大空间。比如西川《南国的马》：

南国的马/梦见大雪封门/主人爬上床去/像熊一样冬眠/傍晚，母马生下/一匹小马/主人却不曾/提灯走来/于是三匹马/并排奔到雪原上/三颗亮星/在远处闪耀/清晨，那一路蹄迹/没有人认得

《南国的马》讲究字句的锤炼，注意意境的开拓，意象逼真，风格朗健。可以说不乏古典精神。然而，读之又颇有现代感。这是因为它溶进了现代表现手法。首先，意境的结构方式，诗人把真实的写照（第一节）和超现实的幻构（即梦境，第二至四节；和梦境的延伸，其余三节）巧妙地融合起来，浑然一体，不着痕迹（诗人把这一切都充分写实、具象，而且抹去了外在的逻辑线索，以致我们几乎辨不清哪部分叙梦，哪部分写实），这在传统诗中恐不多见。其次，整首诗的意境，纯然只是一个"客观对应物"，它是"意余言外"。也就是说，这是一篇象征性作品。所以，它不无神秘色彩，一如诗尾所言："那一行蹄迹/没有人认得。"此外，该诗在语言上极富特色，用语非

常简洁、洗练。

诗歌语言的弹性和张力度，往往与诗歌内涵的隐寓深浅相联系。人们都喜欢探求更深刻的精神境地，在对诗歌语言的欣赏中，喜欢那些向读者提供了一定精神补偿的新异语言。而这种新异语言所含纳的不确定的内涵、神秘因素正是隐含在变异化的修辞语言之中的。正因为它是变异的，所以才会引起人们探求它的深刻含义的兴趣。在变异的诗歌语言中，语言的弹性和张力往往在情感生命的有机整体形式中，才能发挥其语言潜能。一般来讲，词汇作为语言的建筑材料，词作为语言的组成成分，有其单独的、稳定的含义，这叫词的语义静态备用性。在进入句子时，它要保持它固有的含义，是容易做到的，那就是让它和一些别的词组合成符合语法规范的句子。人们也可以从规范的语法句子中得到词义相连的语义。诗歌艺术语言却不同，它求的并非是理性的、明白的和单一的语义；它追求的是精神的、隐寓的、变化的和多样的语义。所以，它就必然要割断或打破语法，使读者从割断的或打破的语法中补充出相接之意。这种补充本身就是一种入迷的精神状态。正像清代方东树说的："古人文法之妙，一言以蔽之，曰：语不接而意接。"（方东树《昭昧詹言》卷一）这种语不接而意接的语句，就是我们所说的诗歌语言艺术所追求的目标。例如武元衡《赠道者》：

麻衣如雪一枝梅，笑掩微妆入梦来。若到越溪逢越女，红莲池里白莲开。

这里的"麻衣如雪一枝梅"正是"语不接"的句子，"梅"怎么会是"麻衣如雪"的东西呢？这是对语法的违背。这种对语法切断的句子，它的深层却"意接"。"梅"不是真正的"梅"，而是指女子。"麻衣如雪"借用来描写女子所穿的一身雪白衣裳。诗人以高雅素洁的白梅来比喻女子的体态、风韵。"笑掩"并不是梅"笑掩"，而是女子"笑掩"，这样，描写了女子那带有羞涩微笑的媚态。这女子如此动人，它摇曳着雪白的衣裳，含情脉脉地微

笑着，正姗姗来到诗人的梦境。她就像是开放在一片红色荷花中的一朵亭亭玉立的白莲。这种"语不接"，在连接语义之中，读者感受到话语的弹性。这样语不接的话语，提高了意象的视觉性、独立性，增加了其空间的玩味，增加了语言的伸缩性，扩大了词语之间的天地。又如覃子豪《追求》：

> 大海中的落日/悲壮得像英雄的喟叹/一颗星追过去/向遥远的天边/黑暗的海风/刮起了黄沙/在苍茫的夜里/一个伟健的灵魂/跨上了时间的骏马

诗歌语言的弹性和张力是由诗人心灵的价值和自由度所驱使的，它是一种具有灵性的艺术语言，它源于和客观自然相呼应的心灵活动。弹性和张力最高的语言境界是最富有精神性的。那种真实的生命体验，那些互相交织和不时地改变其强弱程度的意象营造，都是无法用规范化，即理性化的常式语言来表达的。诗歌语言的创造是十分复杂的精神活动，它要求饱和着情感因素的诗人要把整个心灵都调动起来投入其中。这当中除了认识活动外，还有意志活动，特别是情感活动。所以，在变异语言中，不仅有生活真实的再现和模拟，而且还有主体想象的创造和情感的表现。这是由于主体之所以要创造出变异语言并不是模仿的天性，而首先是由于现实生活中某种事物触动了他，引起了他强烈的情绪体验，他就是为了表达自己的这种充满情感的感受和体验才使变异语言游走于笔下，或流动于口头。从作为描写性的变异语言来看，它往往是在主体情感和意志作用下，知觉的"误差"和"变异"。主体在感受客体时，往往是由于客体的刺激所引起的；没有刺激，自然就没有感受。但是，主体在感受客体时，往往是带有情感的。这样，就形成了主体对客体感受的动态性。正是这种动态的感觉和客体的刺激交融，使主体愈加深入地渗入客体，客体也融入了主体的情感图式。这时，客体就不完全是纯客体，主体也不是完全是原来的主体了，而是在主体和客体想象的假定的"误差"境界中的统一。这种"误差"并不是感觉的疯狂，而是一种对于内在感情准确地透视。例如李白《秋浦歌》：

> 白发三千丈，缘愁似个长。不知明镜里，何处得秋霜？

"白发三千丈"这是客观现实中不可能存在的，从物理真实来看，它是虚假的，但从心理感受来看，它是真实的。诗人遭受谗言诽谤，被迫离开长安后再次漫游南北，天宝十一年（公元752年）的幽州之行，他更目击了安禄山企图夺取国家政权的野心和积极准备发动叛乱的阴谋，预见到一场大乱即将发生。他忧心如焚，然而"心知不得语"而无能为力，他对国家前途的忧虑和政治上失意的悲愤熔铸为"白发三千丈"这样变异化的诗句。诗人在这首诗里，既没有自然景物的衬托，也没有行动细节的描写。他仅仅只抓住游览秋浦时临流照影一瞬间的感受，运用平易通俗而又奇巧的夸张语言把不可名状的忧愁和悲愤的神情鲜明地突现在读者面前。他借有形之发，突出了无形之愁，以极其奇特的想象、大胆的夸张表现了他愁的深重，勾勒出内心忧伤外形衰老的自我形象。本来诗人前面已说明产生心理感受的"白发三千丈"是因为"缘愁"的原因。但诗人后面却又说："不知明镜里，何处得秋霜？"本来已经说明了，偏偏又平地涌起波澜，出人意料地陡然翻转过来，形成结构上的奇特，语义上的断裂。从认识过程来讲，则是由不知到知，而这里是由知到不知，造成逻辑上的矛盾。乍看，如此反常悖理，简直使人不知所云。然而，奇就奇在这里，它不合逻辑却根源于情感真实和情感发展的逻辑，悖理而不违情，反常而不失其真。李白正是用反常之笔，把自己在特定环境中，炽热的感情、深广的忧愤表现得如狂飙回旋，火山喷溢，淋漓尽致，突兀深沉，创造了深刻的意境。

> 杨花落尽子规啼，闻道龙标过五溪。我寄愁心与明月，随风直到夜郎西。
> ——李白《闻王昌龄左迁龙标，遥有此寄》

艺术是客观现实生活的再现与主观审美体验的表现的统一，是审美对象和审美主体的统一。生活的时空化为艺术的时空也是这样。生活的时空是客观存在的，艺术的时空是客观存在的事物的再现与主体主观审美表现的统一。作为一个饱和着情感的诗人，他的心理时空虽然和客观的时空有内在的联系，但它们绝不是等值的。例如《诗经·王风》：

彼采葛兮，一日不见，如三月兮。彼采萧兮，一时不见，如三秋兮。

彼采艾兮，一日不见，如三岁兮。

经过主体审美感情浸透了的想象中的时空，其实就是一种艺术化的心理时空。这种心理时空，虽然要受到客观时空规律的制约，但它更是一种艺术想象的产物。它虽然和客观时空不相吻合，但它创造了一个忠实于审美情感的时空情境，比生活中真实的时空更富于美的色彩。这种经过主体心理映照出的时空，即人化或艺术化的时空，它跳跃着生活的韵律。这种心理的时空，虽然离开了生活的表象的真实，但它可以激发欣赏者丰富的联想，让想象的翅膀振羽而飞，从中得到美的享受。比如：

秦时明月汉时关，万里长征人未还。但使龙城飞将在，不叫胡马度阴山。

——王昌龄《出塞》

两个黄鹂鸣翠柳，一行白鹭上青天。窗含西岭千秋雪，门泊东吴万里船。

——杜甫《绝句》

诗歌艺术语言的感受力，其实就是由于情感而造成"误差"的直觉能力。因此，我们认为，诗歌艺术语言的感受力表面上看来是一种主观的情感印象，但其中包含着客体的成分，只不过这种客体的成分已被淹没在情感的感受之中罢了。变异修辞语言对现实的反映不是以认识的形式出现，而是以情感的形式呈现的，即通过审美主体对现实生活的审美感知和审美体验而呈现出来的。在情感强烈时，主体感知世界与认识世界是不同的：认识世界是要根据当时事物的现象找到事物的本质。所以，它的

对象只能是处在固定关系和联系中的客体。与此相反，在感知世界中，事物的关系和联系是流动的，不断变化的，因此，感知的世界总是因人、因时、因地而异的。以对"月亮"的感知为例，虽然我们看到的都是同样的月亮，但是，由于人们每次都是在不同的心情、心境和心理状态支配下来感知它，因此，有时感知到它在欢笑，有时感知到它在鸣泣，有时感知到它在思考，有时感知到它在相思，有时感知到它是少女，有时感知到它是病妇……这便是对同一客体产生的不同感知而产生不同的诗歌艺术语言的魅力所在。

诗歌语言作为有灵性的艺术语言，它的功能在某种程度上使语言都带上自由跳动的色彩，人们不能只用单纯的内容实体去认知它，它创造的是一个虚拟甚至梦幻的世界。它所遵循的是情感性逻辑，而不是理性逻辑。情感性逻辑作为内在思绪的宣泄方式，突破了线状的逻辑事理，把物理时空和心理时空、时序生活和价值生活巧妙地贯通。由于感情的需要，它要求以较少的语言包容较大的生活容量，以简洁含蓄的审美意蕴调动读者的情感潮汐。其实，变异修辞语言的弹性和张力，是读者体味到的，而不一定是作者本身所感觉到或刻意追求的，这涉及言和意的关系。

4."言"和"意"的对立与统一。

"言"究竟能不能尽"意"，语言究竟能不能把思维过程中的一切内容都充分地、恰当地表达出来呢？从先秦开始，人们对这个问题的回答就存在着分歧。儒家认为，言能尽意，所以他们重视"言教"，把圣人之书奉为经典。《周易·系辞》说："子云：'书不尽言，言不尽意'。然则圣人之意其不可见乎？子曰：'圣人立象以尽意，设卦以尽情伪，系辞焉以尽其言。'"孔子认为要做到言尽意，虽然困难，但是最终圣人还是能做到的。后来汉代的扬雄也持这种观点，如《法言·问神》说："言不能达其心，书不能达其言；难矣哉！惟圣人得意之解，得书之体"。扬雄所认为的圣人，其实

就是能用语言来表达感情的人。

道家则不同，道家主张言不尽意。庄子在《齐物论》中说："道隐于小成，言隐于荣华。"他认为圣人之意是无法言传的，而用语言文字写的圣人之书则不能表现圣人之意，只是一堆糟粕而已。世人不懂得这个道理，认为圣人之书可以反映圣人之意，所以非常珍惜这些书，其实并不是这样的。他在《天道》中说："世人所贵道者，书也。书不过语，语有贵也。语之所贵者，意也。意有所随。意之所随也，不可言传也，而世因贵言传书。世虽贵之，吾犹不足贵也，为其贵非贵也。"庄子接着用轮扁的故事说明圣人之书乃是"古人之糟粕"。轮扁说他那神妙的斫轮技巧，是无法用语言文字表达出来的。他"得之于手，而应于心"，但"口不能言"。在庄子看来，语言只是表达人的思维内容的一个象征性的符号，是帮助人们了解意的工具。他在《外物》篇中说："筌者所以得鱼，得鱼而忘筌；蹄者所以忘兔，得兔而忘蹄。言者所以在意，得意而忘言。吾安得忘言之人而与之合哉！""言"的目的在"意"，而"言"本身并不等于"意"，它是不能尽意的。庄子认为，如果拘泥于"言"，意尽在此，反而不能真正得"意"。必须"忘言"，才能真正"得意"。庄子这一理论，魏晋之际的玄学家对它进行了发挥。王弼在《周易略例·明象》篇中说："故言者，所以明象，得象而忘言；象者，所以存意，得意而忘象。犹蹄者所以忘兔，得兔而忘蹄；筌者所以得鱼，得鱼而忘筌也。然则，言者，象之蹄也；象者，意之筌也。是故存言者，非得象者也；存象者，非得意者也。象生于意，而存象焉，则所存者，乃非其象。言生于象，而存言焉，则所存者，乃非其言也"。据此，所以王弼得出了"忘象者，乃得意者也；忘言者，乃得象者也。得意在忘象，得象在忘言"的结论。

言与意的关系实质上是人的知觉认识和言语表达之间的矛盾问题。艺术语言，是人们为

了力图"尽意"而采取的一种变通方法。孔子在论诗乐的时候，特别重视内容和形式的和谐统一。《论语·八佾》说："子谓《韶》，尽美矣，又尽善也。谓《武》，尽美矣，未尽善也"。朱熹注释说："《韶》，舜乐。《武》，武王乐。美者，声容之盛。善者，美之实也"。《论语·雍也》说："质胜文则野，文胜质则史。文质彬彬，然后君子"。陆机在《文赋·序》中提出"意不称物，文不逮意"的时候就感慨道："若夫随手之变，良难以辞逮。"刘勰在《文心雕龙·序志》中说："言不尽意，圣人所难，识在瓶管，何能矩镬？"他在《文心雕龙·神思》中说："至于思表纤旨，文外曲致，言所不追，笔固知止。"所以，他提出了"隐"。他在《文心雕龙·隐秀》中说："隐也者，文外之重旨也。"艺术语言的含义，并不是辞表，而"隐"在辞内，这样，艺术语言就富有弹性地传送创作主体精神的旨趣和心理活动，给人以美的享受。一些有成就的作家在他们的言语创作中总有这样的体会：当述说抒写感受、展露意绪、揭示哲理等无象无形的表达对象时，总是以象达意，运用有形之象，具体可感的意象加以表达，是虚者实之。他们往往着意创造意象，化抽象为具体，给人以弹性之美。而的确创作往往是言不及义或词不达意的。所以，诗人、作家都有过创作表达中的言不及义或词不达意的痛苦症。

5. 读者的"误读"或不同的语境场。

在诗歌欣赏与接受过程中，常常会产生误读现象。什么是误读呢？根据接受美学的观点，诗歌欣赏的过程也就是读者对文本阅读理解的过程。其中，既包括对作品人物形象、艺术技法与语言结构的认识，也包括对作品整体价值的把握和探寻。在这种认识、把握和探寻过程中，一方面作品本身必然蕴涵着作者的情意；另一方面作为接受主体，基于个人的原因，在心理上往往会有一个既成的结构图式，即接受美学理论所说的"期待视野"。读者的"期待视野"与作者的创作动机、作品本身的

意蕴及艺术价值之间就形成了一种复杂的"对话"关系，既可能相应，也可能相悖。这种相悖现象就是误读。误读产生的原因很复杂。有人把它归结为以下几个方面：首先是诗歌作为文学作品主要使用的是描述性语言，这种语言有着明显的模糊性和不确定性。因此，它的接受和意义阐发，只有伴随着读者在文字符号基础上展开想象才能进行；其次，从诗歌作为文学文本的一般性结构来看，尽管其语言现象中的语词、声音以及语法是固定或相对固定的。但是，它所表现的客体层和图式化方面则具有虚构的纯粹意向性特征，本身是模糊的。而且其思想观念及其形而上的象征内涵，往往是以一种氛围性的东西而存在。因此，充满着极度的不确定点和无限广阔的空间。所以，文学作品的意义阐释是一个永无止境的无限过程，这就意味着作为文学作品的诗歌，其意义是多重的、不确定的、变动不居的，这必然会导致诗歌欣赏中"误读"现象的大量产生；再次，从诗歌的语词看，由于其意义的确定是由文词使用的具体语境相互作用的结果。特殊的语境中，语词一方面留有历史的痕迹，另一方面又受语言使用的语境的制约。同时，其语言结构更多的是一种修辞结构而非指称结构；最后，对于现代诗歌而言，它主要以抒写内在生命的情感、情绪为核心，并且往往是语言的"裸写"，波普文化的流行，写作的高度个人化和私人化等，加剧了"误读"现象的大量产生。⑥从某种意义上说，一部文学史就是一部"误读史"。比如，人们对屈原《离骚》的解读，对李商隐《无题诗》的解读，对艾略特《荒原》的理解，对庞德《在地铁站》的阅读，对卞之琳《断章》的争论，对朦胧诗的讨论……

参考文献与注释：

①什克洛夫斯基《艺术作为手法》，《俄国形式主义文论选》，北京，中国社会科学出版社 1989 年版第 63 页。

②什克洛夫斯基《艺术作为手法》，《俄国形式主义文论选》，北京，中国社会科学出版社 1989 年版第 65 页。

③《论文学》《别林斯基选集》，上海，上海译文出版社 1980 年版。

④黑格尔《美学》第三卷第三章，北京，商务印书馆 1981 年版。

⑤闻一多《文学的历史动向》《闻一多全集》，上海，上海开明书店 1948 年版。

⑥李怡主编《中国现代诗歌欣赏》，北京，高等教育出版社 2004 年版第 209—215 页。

⑦童庆炳主编《文学概论》，武汉，武汉大学出版社 2000 年版。

⑧郭绍虞《中国文学批评史》，天津，百花文艺出版社 1999 年版。

⑨李铎编著《中国古代文论教程》，北京，北京大学出版社 2000 年版。

⑩王运熙、顾易生主编《中国文学批评史新编》（上下），上海，复旦大学出版社 2001 年版。

（载《创意写作社会化高峰论坛》高等教育出版社 2019 年 10 月）

作者简介：
　　罗鸣（原名罗世奎），现已退休。在《人民日报》《中国作家》等 100 余家报刊发表作品 300 余万字。中篇小说《潘王镇》获"巴蜀文艺奖"，参与创作的广播剧《情系大地》获中宣部"五个一工程奖"，曾获省级以上奖励 40 多项。

"鱼痴"做大亚东鲑鱼产业

◎罗　鸣

　　西藏亚东是"中国十大边疆重镇"之一，是一座最具魅力的边陲名城。亚东坐落在几座大山的沟谷底，这里有一条常年水流相当湍急的亚东河。河里有一种鱼叫亚东鲑鱼，它的名字蜚声遐迩，它的美味香飘人间……

　　讲到亚东鲑鱼，当地老百姓都称亚东鲑鱼养殖场、亚东鱼发展有限责任公司的总经理林绍兰先生为"鱼痴"。林总 40 开外，中等个子，一张坚毅的国字脸膛，写满了吃苦能干的文章。从精神短发的平头中，透露出精彩的创业人生经历，那双炯炯明亮的眼睛，闪烁出智慧的光芒。体态稍为发富，一看便知是一个成功人士。

　　2010 年 12 月，林绍兰的亚东鲑鱼养殖场，被中国科协、财政部联合授予"全国科普惠农兴村先进单位"；

　　2016 年，林绍兰被亚东县评为"优秀共产党员"。

养殖水产能手到西藏探秘亚东鲑鱼

　　林绍兰同夫人袁利林，携手在亚东打拼了 20 多年，不仅开创了人工繁殖亚东鲑鱼的先河，创建了自己的亚东鲑鱼养殖基地，形成了"公司＋农户"的生产经营模式，带动了当地的特色产业发展，帮助群众拓宽了一条致富门路；而且，他们还在亚东修建起一家高档次的"雪山圣渔大酒店"，吸收当地人员就业。林绍兰夫妇如今已站在亚东商人的前列，成为当地名副其实的龙头企业家。

那天，我们来到位于下司马镇的唐嘎布，走进林绍兰的亚东鲑鱼人工养殖基地。看见一排排整齐的鱼池，一个个鱼池里养满了不同规格的亚东鲑鱼。林绍兰介绍说，1998年自治区农牧厅修建了四个养殖池，2003年在亚东县委、县政府的大力支持下，投资80万元，增建4口暂养池，这里是逐渐建设发展起来的。

这个养殖基地占地面积大约十多亩，如今有鱼池24口，大约3000平方米。鱼池里养殖有稚鱼、一年龄、两年龄、三年龄，最长的有7年龄的。最大的种鱼有10来斤。于是，林老板到种鱼池里，捞起两条四五斤重的亲鱼，让我们一饱眼福。

当我亲眼看到这两条如似"水中大熊猫"的珍贵鱼时，激动兴奋不言而喻。亚东鲑鱼体形扁胖，其身有彩色斑点。牙齿发达，细尖而短，舌宽大带齿。背部绿褐色，从背至腹颜色渐淡，腹部几乎呈白色，头、背、鳍均有黑色斑点，鳍上另有红色和绿色花点，色彩艳丽，楚楚动人。

据林先生介绍，亚东鲑鱼，又名亚东鱼。又称"亚东鲑""河鲑""花点鱼""猫鱼"等，是青藏高原仅有的珍稀鱼类种群。野生亚东鲑鱼，主要分布于亚东县上亚东乡嘎林岗以南、下亚东乡麻曲之间约20公里的雪山融水之中。亚东鲑鱼是一种肉食性鱼类，生存环境相当特殊，对水的质量、环境要求极高，水质必须是无污染的山间清澈活水，水中不能多含沙土。水温不得超过2℃—5℃。鱼数量少，孵化周期长，生长年限长，个体不大，两年才能生长0.2斤。它们以水生昆虫和甲壳动物为食，生活在水流湍急，底质多石的洄水湾处。

林绍兰介绍说，"1992年，亚东鲑鱼被列入西藏自治区二级重点水生野生保护动物。目前人们吃到的多是人工养殖的亚东鲑鱼。亚东鲑鱼生长期漫长，养足三年方可入食，一般四年才长到一斤。由于食物新鲜，亚东鲑鱼长得肥满肉细，含脂肪多，味道鲜美。最好的吃法是清炖、生鱼片，味鲜色白，入口即化，香气悠长绵厚，如果再辅以亚东的蘑菇，也许神仙嗅到香味，都会流口水。"

他们养殖的亚东鲑鱼，一般喂养三年能成为商品鱼出售。一般一斤在市场上的价格200元左右。这个渔场，如今一年大约能生产商品鱼3万斤，销售产值达500万元。该渔场实行"公司＋农户"。公司有员工36人，农户14户50人。

在林绍兰人工养殖亚东鲑鱼的带动下，如今亚东鲑鱼已经成为当地的支柱产业。亚东县现有和在建的养殖基地共有5个（上亚东林玛塘、下司马镇唐嘎布、老渔场、春丕塘、朗马坡养殖场）。其中，有3个开始饲养，可以出售商品鱼了。亚东鲑鱼的人工养殖饲养，带动了当地的经济发展，拓宽了当地老百姓脱贫致富道路。

林绍兰从一个"鱼痴"开始，走向成功的商人之路。他经历了漫长的20多年，创业艰辛、不断摸索、研究发展，一路前行，历经坎坷。仿佛就像亚东河水一样，充满急流险滩，跌宕起伏，但总是奔腾不息，滚滚向前。

1968年，林绍兰出生在四川省彭山县（现为彭山区）锦江乡。1984年至1989年期间，他参加了四川省科协在彭山县举办的"水产养殖培训班"。其间在老家开始了从事水产养殖经营。他通过不断努力、探索实践，摸索出了在内地养殖水产的经验和技术，把智慧洒在了乡间，被誉为当地有名的年轻水产养殖能手。

1989年3月的一天，林绍兰的一个朋友老陈，当时在亚东当兵回家休假，来到了林绍兰的水产养殖基地玩耍。招待朋友的好菜是自己养殖的鱼。他们在吃鱼时，朋友就向林绍兰讲："我当兵的地方，有一种亚东鱼，长得很好看，身上有斑点，个头不大，皮厚肉嫩，味道鲜美，比我们这里的鱼好吃得很，在《十万个为什么》的书中都有记载。"

林绍兰找到了《十万个为什么》这本书，

他从书中看到了"亚东鱼在西藏只有亚东县近20公里的河域才有分布。它生长于雪山融水的河流湍急之中,底质多为石头的洄水处,以水生昆虫和甲壳动物为食。亚东鱼个体形小,平均不足20厘米;鱼体肥满,脂肪厚多,味道鲜美,相当稀少,尤为珍奇……"

1989年5月,林绍兰来到亚东。他第一次见到亚东鱼——无甲无鳞,雪白的肚子,泛青的脊背,身上有花点,形似鲫鱼。这种鱼尤其好动,最爱在奔涌不息的激流中穿梭畅游、追波逐浪。

亚东县内的卓姆河水,发源于北部7000多米的绰莫拉利峰附近的雪山下,到了亚东县城下司马镇,山峰逐渐减矮,气温变暖,上游的雪融水和林间溪流汇合之后。这里的河水湍急,虽寒凉但终年不结冰,河底石头清澈可见,洄水处多。树叶、草籽、羊粪冲入河内,随水漂流。

一天老陈请林绍兰吃亚东鱼。林没有去捞亚东鱼吃,而是先盛了一碗像米汤一样浓白的汤。他像品茶师那样,把鱼汤放在鼻子上一嗅,深深吸了一口气,一股浓香的野生菌味,掺和清香的鱼味扑鼻。

朋友给林绍兰夹来一条亚东鱼。林没有把第一次吃的鱼肉立即放进嘴里,而且像欣赏一件艺术品那样,夹在筷子上认真仔细、反复观看煮熟的鱼肉。皮厚、肉白、脂肪多。然后,才慢慢放进嘴里品尝。满口鱼香、细嫩易化,回味悠长。

林绍兰在内地是搞水产养殖的专业户,特别对很多鱼类都有相当的研究和鉴赏力,也吃过几十种鱼肉。而今天他第一次吃到的亚东鱼,虽然只有半条,但总觉得这里的鱼与众不同,没有一般鱼的腥味,总有一翻美美滋味在心头翻滚,那是一种让他一生刻骨铭心的味道。于是,他便下定决心,留在这里研究亚东鱼,进行科学试验,探索亚东鱼的生存密码。从此,他与亚东鱼结下了不解之缘。

亚东鱼是野生鱼种,在此之前听说也有不少搞水产养殖的专家,尝试在这里进行亚东鱼人工繁殖,都以失败而告终。而林绍兰立志打

破这个历史,下定决心繁殖亚东鲑鱼。向朋友夸下海口:今生繁殖亚东鲑鱼如不成功,绝不离开亚东!君子一言,驷马难追。

要繁殖亚东鱼,首先要了解鲑鱼生长环境的水文资料(当时的亚东是没有亚东水域的水文资料的),进行认真的科学研究。为了采集亚东河的水文资料,林绍兰必须做到:每天早晨7点、中午12点、晚上6点、夜间11点,都要坚持采集水纹资料。用水温计量取各时间段的水温,并一一做好记录。然后进行水质分析,测量亚东鱼生长的各河段水质酸碱度、对溶解氧的需求量等。

在那时,哪怕是在夏天强烈的紫外线照射,冬天的暴风雪野里,林绍兰都每天坚持不懈,连续做了整整一年。他掌握了亚东鱼主要分布的水域范围内。通过采集水文资料,观察分析、研究各阶段水温,亚东鱼的活动范围规律,以及觅食等情况。通过三年的坚持,林绍兰收集和积累了亚东鱼生长、生存的条件和生活规律,为后来亚东鱼的发展奠定了坚实的基础……

同爱妻携手艰辛共创事业

1992年,24岁的林绍兰从西藏回到家乡,经人介绍与一位开缝纫店的美丽姑娘——袁利林相恋相爱。这年的中秋节,他直接向她提出求婚:"林利,请你嫁给我吧。虽然现在我一无所有,但我有一颗奋斗的初心,有人生明确的目标。只要你同我结婚,跟我一起去亚东养鱼,今后我保证对你好。我们的面包一定会有的,汽车会有的,幸福更会有的!"面对林绍兰的一通表白,着实打开了袁姑娘的心门,毅然同他牵手,迈入幸福的婚姻殿堂。

1995年10月,林绍兰终于说动了爱妻,他们带着仅两岁的大儿子,到亚东开始养殖亚东鱼。当时在亚东县政府的大力支持下,成立了"亚东鲑鱼养殖场",投资30万元在下亚东乡修建了600平方米左右的驯养池,正式投入了亚东鲑鱼的人工驯养、繁殖和饲养生产。要

开展这项工作，首先要采集亚东鲑鱼种源。在亚东河采集亚东鲑鱼的种源，是一件非常艰难困苦的事，并且只能在夏季6月、7月、8月三个月的时间，才能去捕捞采集。天气好每隔两天才可去捕鱼一次，天气不好就往后推移时间。

繁殖需要的种鱼越大越多越好。在采集鱼种时，每次都要去亚东河流域的下游。采集种鱼时，由于刚从四川请过来的捕鱼工人，不了解亚东河水的特性，存在的风险很大。林绍兰组织人员，带头背上各自的工具，一起沿河道穿过茂密的原始丛林，步步小心地摸索前进。他们每次都要攀爬无人走过的、有五六公里的崎岖河道，翻越无数个坡坎悬崖，才能找到可以开网的河床。往往到了捕鱼的地方时，已经是下午三点左右了。他们稍息片刻，各自换上笨重的水裤和雨衣，就开始了当天的艰辛捕捞工作。

林绍兰总是带头干活，双手提着撒网，弓着背小心翼翼踩着乱石，摸到靠洄水滩的边缘，熟练地用力一抛，渔网在空中撒开，形成一个不规则的圆弧状。渔网落入水中，刚好与那滩水面积差不多。准确地撒下渔网，然后是慢慢收网绳。一下、两下，网收拢了，怀着急迫的心情，两眼放进网中央。

"扫兴。"林绍兰摇摇头，渔网里除了几砣鹅卵石躺在网兜里，"唉，又没有捕到鱼"。林绍兰绝不甘心空手而归。他往前移动了几十米，再次抛撒手中的渔网，又重复拉网的动作。

"有鱼啦！捕到了鱼！"林绍兰像一个孩子惊喜般地叫了起来。只见他神情专注，小心翼翼地把网慢慢收拢。站在岸边的袁利林，激动得手舞足蹈，像是丈夫为她买了最珍贵的定情物一样，提着装有半桶水的桶，迅速地向丈夫身边靠近，去接收那份珍贵的礼物。

林绍兰张开着胜利的笑脸，把网起的一条亚东鱼，慢慢地小心地倒入妻子端着的桶里。鱼一入桶，调皮地摆动着身子。哗——水声荡起，一条白光在袁利林的眼前一闪，桶里的鱼飞往了河中。

林绍兰一个箭步扑过去，脚咚地踢到乱石上，伸手去河面一捞，鱼却逃入了水中。这时，他才发现刚才动作用力过猛，自己的膝盖碰在了尖硬的石头上，疼痛得好久才能起身。见状，袁利林伸出温柔的手，心疼丈夫，为他揉揉碰痛的关节。

"没有关系，跑脱了和尚跑不脱庙。我继续捕鱼。"林绍兰安慰妻子说。于是，他又继续操起了捕鱼的网……一个半小时过去了，袁利林提着的桶里，终于装有一条大、一条小的亚东鱼。两条鱼在狭小的桶里，不能适应这个空间，一直上跳下蹿。而她有了前车之鉴，就用衣物把桶口包好，使鱼再也跳不出桶了。

袁利林把装着两条鱼的水桶，生怕它们伤了逃了，就小心地抱在胸前。提到岸边后，她不时往桶里换新鲜水，用心用情爱护着他们捞起的美好希望。

他们又继续往前面的河段里去捕捞种鱼，走了一段路后，一个大石头挡住了他们的去路。河水又深又急，淌水过去是不可能的，只能翻越石头了。

林绍兰抬头看看地势，想到了一个办法，把网绳的一头绑上一个长形的小石头，用力抛向大石头顶部的树杆。他一下、两下……终于把带着绳子的小石头，抛过树干又绕回到他们跟前。他们一个个抓着绳子爬到了大石头顶部，再放下绳子把装鱼的桶也拉了上去。

袁利林也拉着绳子上了大石头狭窄的顶部。她往下一看，全身直打哆嗦，头上直冒虚汗。然后，她拉着绳子下到了大石头的另一边，才安全着地。装鱼的桶也同样的方法往下放，到了离地面约两米高的位置，桶被树枝挂了一下，装了水和鱼的桶眼看就要翻倒了。情急之下，她什么也没想，奋力往上一跳，手扶住了水桶，保住了鱼没有损失。可她却因此而重重地摔了一个跟头，脸上被碰出了血。

"痛吗？"林绍兰关切地问。"痛！真痛，是心痛的痛。"袁利林伸手往下颚一摸，黏糊糊的，一看全是血。从此，在她的下颚留了一道疤痕，伴随着她跟丈夫一起创业，见证了那段夫妻携手打拼的过往。

捕捞种鱼的艰辛不言而喻，而驯养种鱼的活并不轻松，付出的辛苦更多。林绍兰开始在驯养池里养鱼，把亚东河水引进池里，与自然河道的环境水质接近。尽管这样，捕捞回来放入池里的亚东鲑鱼，由于本身性野，自然游放，就拒食人工饵料。

看着辛辛苦苦捕捞回来的亚东鲑鱼，由于绝食一天天地消瘦，别说搞人工繁殖困难，就连保它们的性命都成了一个严重的问题。为了找到敲开亚东鲑鱼的嘴，让它们进食饵料真是想了不少的法子。他们先从其他地方买回活体小鱼，按时投放入鱼池里，后来又混上手工搅碎的新鲜猪肝，投喂种鱼吃，精心呵护他们的心肝宝贝。在投食时不能太快，快了食料就会沉入池底，鱼吃不着。而且，饵料在池底还会污染水质，使鱼的生长环境被破坏，带来生存障碍。

两个月后，他们捕捞的鱼种也多了起来了。林绍兰看见池里的鱼一天天多起来了，以不再投喂其他活小鱼了。它们慢慢适应了食用搅碎的猪肝。渐渐地鱼群数量多了起来，后入池的看见其他伙伴都在吃食，也就影响它们跟着吃，总算解决了亚东鲑鱼的进食难题，算是攻下驯养鱼中的一个难关。

但接着问题又出现了，猪肝不但价格高而且量少，远远不能满足入池里的亚东鲑鱼的生活需求了。一次林绍兰开车去拉萨办事回来，路经堆纳乡时，看见多庆村的老百姓在卖"堆纳鱼"。于是，他灵感来了，把老百姓的"堆纳鱼"全部买下带回，试喂效果很好。之后他就同卖"堆纳鱼"的老百姓协商，叫他们按时送来鱼，保证收购。从此，他们就用"堆纳鱼"代替猪肝，喂养鱼池里的种鱼。

有了喂鱼的料源，林绍兰又从拉萨购买了一台碎肉的电动机器，饵料的成本一下降低了很多，着实令他欣慰。转眼冬天来了，没有新鲜的鱼可买了，卖鱼的老百姓那里只剩下风干的"堆纳鱼块"。亚东鲑鱼又要断粮了。好在它们每年在冬天，就会"冬眠"，可以不再进食，只消耗自身的脂肪来维持生命。

冬天没有捕鱼也不再喂鱼，林绍兰显得轻松一些，偶尔查查鱼的发育情况，由于亲鱼（产卵的鱼）少而小，第一年只采集了几千粒受精卵。在孵化过程中，由于气温急剧下降到零下20来度，繁殖箱内的鱼卵被全部冻死。第一年孵化鱼卵宣告失败。

1998年春节，林绍兰回了一趟老家，凑集一些资金，在成都购回来一套软颗粒鱼饵料机组，买回了风干的"堆纳鱼块"，脱脂后制成了软颗粒投喂，暂时解决了饵料的问题。但后来时间长了，自制的饵料不能满足亚东鲑鱼生长的营养需求，慢慢地出现了种鱼消化不良等病症，结果造成了不小的损失。最后，他不得不改成国际品牌的进口鲑鱼料，来喂养种鱼。

通过不断的努力和探索，终于在1998年取得了人工繁殖、养殖成功，开创了亚东鲑鱼人工繁殖饲养的先例。

历经磨难终将亚东鱼宴奉献社会

亚东县位于喜马拉雅山脉南麓的高山峡谷之中，是全国水资源最丰富的地区之一。由于地理环境特殊，冬天基本没有冰冻期，夏季则气候湿爽，没有高温酷暑天气，常年水温在0-17℃之间，加之高山密林雨雾，环境无污染，水质清澈，水量充沛，最适合亚东鲑鱼的生长和繁殖。

由于亚东鲑鱼稀有、绿色、纯天然没有污染，肉质鲜美细嫩，具有重要的商业开发和食品消费价值。在开发的同时，由于人工繁殖和饲养，对亚东河流域亚东鲑鱼的保护是非常有益的。

自然繁衍的亚东鲑鱼，要比野生的长得快，一般3年能长到1-2斤，方可成为商品鱼出售。人工养殖的亚东鲑鱼，最大可达4-5斤。大鲑鱼能做最好的生鱼片美食，"三文鱼"与之相比，都口感见绌。

那时，人工养殖的亚东鲑鱼在本地的市场价，每斤可卖100-150元，而在拉萨的市场上每斤卖价高达200元左右。

亚东鲑鱼的运输成本很高，在路上时间不

能超过 6 小时，需不断充氧，且保持水温适当。水温不能高于 5℃，不能低于 2℃。只能保持这样的水温条件，亚东鲑鱼才能生存。

林绍兰饲养的亚东鲑鱼，因为水性、生长环境都与亚东河相近。所以，鱼的质量与野生鱼基本相同：肉质细嫩、味极鲜美、无肌间刺、营养价值高。

经中科院检测，亚东鲑鱼胆固醇含量极低，蛋白质含量远高于其他肉、奶、禽、蛋，且易于消化吸收，利用率高达 85% - 90%。同时，富含人体所需的多种氨基酸、不饱和脂肪酸、和被称作脑黄金的 DHA；富含多种维生素、矿物质和微量元素；其 EPA（EPA 被称为血管清道夫）含量高于其他鱼类数倍，对降低胆固醇和血液稠度，预防心脑血管疾病有明显的促进作用。

林绍兰经过"八年抗战"，终于取得了胜利。从 2000 年开始，林绍兰人工养殖生产的亚东鲑鱼，进入了西藏市场，走上百姓的餐桌，深受区内外广大消费者青睐。

2000 年夏天，林绍兰人工繁殖的第一批亚东鱼，经过与在拉萨市开饭店的代销商广东人阿陈，签好了销售合作协议。于是，亚东鲑鱼就在拉萨市场上成功上市，买价 200 元一斤。历经八年的艰苦卓绝，终见养殖亚东鲑鱼的收获回报，令他们喜出望外地拿着挣到的"第一桶金"。

当林绍兰收到卖鱼款的那一夜时，他情不自禁地拉着妻子的手，跑到亚东河边，像一个出征将士打了一场大胜仗，凯旋回家那样的骄傲自豪，欢庆胜利。他站在亚东河边，伸展双臂，做了一个飞翔姿势，嘴里发出大声地呼喊：我们要在亚东大干一场，我要把亚东鲑鱼的产业做大！

那一夜，林绍兰夫妇流下的丰收之泪，也像哗啦啦的亚东河水一样。让他们这些年来的执着追求、艰辛付出、汗水泪水……统统转换成了笑声。然后，他们脸上绽放出的笑容，还没有保持多久，就被一个意外的消息冻僵出一张难看的脸。

可后来的一天，当林绍兰接了代销商阿陈打来的电话后，咚——瘫软地坐在一根长凳上，自言自语地说完了，完了……妻子看丈夫刚才阳光明媚的脸色，突然变成了阴雨密布，雨滴就要从他的眼眶里掉下来了。

袁利林就问丈夫什么完了？是我们送去的鱼又买完了吗？不是。林绍兰回答说，刚才陈老板在电话里讲，我们的亚东鱼不好卖了，这几天都没有人点的，吃客说亚东鲑鱼卖得贵，跟一般的鱼味差不多。这个消息令他们当头被泼了一头冷水，从身冷到心。

原来阿陈是广东人，他们饭店做的鱼，是广东人做海鱼的做法。而拉萨大多数吃客都喜欢"川味"，自然广味不受欢迎，而且亚东鲑鱼的价格买得不菲，当然点的客人就少了。

从驯养——繁殖——孵化——育苗——饲养——商品鱼，林绍兰夫唱妇随历经了多少艰辛，一直没有收益的投入，但也不言放弃。眼看开始回收了，却出了如此的状况。怎么办？商品鱼卖不出去，饲料、人工等成本不断增加。林绍兰夫妇顿感压力山大啊！连续几晚他们彻夜难眠，思考亚东鲑鱼的路该怎么走？

也许是赌气吧，平时舍不得吃一条亚东鲑鱼，那几天袁利林天天杀来吃。有员工就对她说，袁姐，你做的亚东鲑鱼真好吃，我在内地河里捕了 20 多年鱼了，都没有吃到过这样好吃的鱼肉。亚东鲑鱼自身带一种香味，很有韧劲，太馋嘴了。这也许是员工为宽她心的，故意讨她高兴。

林绍兰，你的人缘好，朋友多。这几天，就去把你的朋友、哥们请来，我们招待他们吃亚东鱼。

老婆，你怎么想通了，平时自己都舍不得捞一条来吃，现在却叫我请人来吃，为啥子？拉萨人不是说我们的鱼不好吃吗？我们就请当地人来吃，看他们觉得好吃不？我们也摸索一下，亚东鲑鱼的做法。

还是老婆有眼光，我看这招可行！于是，那段时日，林绍兰家客人不断，都是来"白吃"亚东鲑鱼的。主厨自然是由袁利林来担当。当时她能做的亚东鱼菜只有两种：一是川味的红烧鱼，二是清炖。每次在桌上听到的都是说亚东鲑鱼肉好，味道不错等夸赞的话。她自当是一种礼节上的话，没有太在意。这样，天天有朋友来说说话，也就少了前段时间的烦恼，心情自然好多了。

有一天，林绍兰的一位哥们，带着几个人到林家吃亚东鲑鱼。吃了之后，那位朋友找到袁利林讲，我的朋友都夸你做的鱼好吃，这是饭钱，请你一定收下，你们也不容易啊。袁利林谦让几下，但那位朋友执意要付钱。于是，她也就接下了第一次来家吃鱼客人付的钱。

之后，林家就陆陆续续有人来点亚东鲑鱼吃了。自然，他家就门客兴旺起来了。于是，林绍兰就给阿陈商量，请他们改进亚东鲑鱼的做法。阿陈吸取了林绍兰的意见，他就另请了川菜厨师，果然见效。在拉萨的亚东鲑鱼也渐渐打开了销路，来点鱼的食客逐渐多了起来。

袁利林看着自己做的亚东鲑鱼菜，在一片赞美声中，被"光盘"之后，又有了收入，她的心里总是美美地。于是，她就开始琢磨开发亚东鱼宴，在不断摸索、创新改进中，竟然慢慢地成了名副其实的厨师了，逐渐创出了一系列的"亚东鱼宴"品牌。

有了"亚东鱼宴"后，林老板的销量就上去了，再也不愁成品鱼卖不出去了。亚东鲑鱼作为当地的一大特色，林绍兰在掌握了生产养殖技术后，做到了对该物种的保护和利用。同时，他一直期望能做大做强，造福当地百姓。

林绍兰的想法，得到了亚东县政府的大力支持。1998年由农牧厅在下司马镇的唐嘎布投资修建了4座养殖池，于2003年，亚东县投资80万元，在原址修建了16座养殖池，由参与群众使用。继后，由政府和公司各投入部分进行了扩建，又增加了4座暂养池。经过多年的建设，如今建好了一个正规的亚东鲑鱼养殖场，鱼池24个。

同时，在当地的支持帮助下，林绍兰组建了亚东第一家"公司+农户"的经营模式，发展当地14户农牧群众，参与亚东鲑鱼的生产养殖，并成立了亚东鲑鱼养殖合作社。由公司免费提供育苗、饵料和技术，合作社选出一名责任心强、能吃苦耐劳的群众，在养殖场参与养殖生产管理。

一排排整齐的养鱼池里，养满了不同规格的亚东鲑鱼。各阶段的鱼长势良好，甚是喜人，一切都在向着美好的目标前行。然而，难以预测的天灾，又给林绍兰的渔场，几乎是带来一场毁灭性的打击。

2009年5月下旬，亚东连续三天下暴雨不停。公司和合作社全体成员，轮流在养殖场抗洪，保障水流畅通，防止鱼因为窒息而造成损失。一天早晨，抗洪继续进行着，夹杂着沙石的洪峰一次比一次更猛地冲向养殖场。

林绍兰一见情况不妙，下令全体人员迅速撤离到高处的安全地带，自己最后一个撤离渔场时，已经没路可寻了，只能迎着泥石流用洪荒之力，向距山约30米的侧面冲刺。他终于抱了一棵大树，与身后的又一轮洪峰擦肩而过，在惊险中险象环生。他用力往山上攀爬，当他爬到一个可以立足的平地，暂时安全的地方时，回头一看，整个养殖场只剩下屋顶和断残的围墙，孤零零在泥石流洪峰的中央，随流晃荡。在这次特大洪灾中，亚东鲑鱼养殖场造成直接经济损失1400多万元。

洪灾过后，养殖场冲毁了，鱼跑光了，剩下的是满目疮痍，一片凄凉。然而，林绍兰这位铁骨铮铮的硬汉子，从悲伤的心情中勇敢地站立起来，带领组织公司员工、合作社全体成员开展自救。

"林老板，亚东鲑鱼回来了！"一位合作社的藏族群众，跑过来急切地报告林绍兰说。大家跟着他翻过乱石堆，来到渔场外流水的地方，水已经变为清水了，凡有水流的低洼地带，都有一条条大鱼在游动。

"有种鱼了！我们有救了！"林绍兰捞起一条大鱼，泪水挂满两腮，激动地高喊着。在场的藏族群众双手合十跪地祈祷："老天爷也保佑我们啊！"于是，他们一齐开始捕捞河中的鱼。

大灾面前，亚东县委、县政府出面抢救。组织了大型机械将填埋场地的沙石转运出场，还组织干部职工参与清池工作，在养殖场上游修建了坚固的防洪堤。

当地驻军除在生活上给予养殖场救助外，并在精神上给予林绍兰他们更多的关心鼓励。还有不远千里自费过来抢险救灾的朋友们，也向他们献出了一颗颗爱心。所有的这一切，都令他们收获了不少感动，温暖了他们的心。有了他们的关心、支持和帮助，使亚东鲑鱼场很快进入了恢复生产……

人工养殖亚东鲑鱼渐渐获得成功了，林绍兰并不满足。因为，那时，内地做生意的人，来西藏亚东旅游的人逐渐多了起来。特别是2006年乃堆拉重新开关后，来亚东的客商就更多了，可他们找不到条件好的馆住宿。于是，林绍兰发现这是一个伟大的商机，他又打算投资宾馆饭店。

林绍兰的想法，正好与妻子一拍即合。夫妻俩心心相印，无疑是事业人生的最大幸事。从2008年开始，林绍兰投入资金500万元，开始建设"雪山圣渔大酒店"。但在建设过程中，正好遇上2009年"5·26泥石流"灾害，渔场损失惨重，致使资金链断裂，工程也就被迫搁置下来。

2013年，在亚东有关部门的帮助支持下，林绍兰获得了银行贷款，又将"雪山圣渔宾馆"工程继续上马，终于在2015年6月建成，正式张开营业。

"雪山圣渔大酒店"位于亚东县城的前沿，交通便利。停车场地宽敞，酒店装修由名家设计，布置完善细致，设施齐备高档，环境舒适悦情。各房型设计合理，配套设施完善，服务一流，带给客商舒适温馨的感受。

大酒店里还设有餐厅、茶园、会议室，可迎合不同客人的需求和选择，提供的"亚东鲑鱼宴"特色菜肴，深受客商的青睐和赞赏。

在采访袁利林时，她对笔者说，为了丈夫的养鱼事业，我们只能把才6岁的儿子送回老家上学。我们一家人每年聚少离多，不能陪伴双方的父母、这是我们的遗憾。当然，还有一个遗憾就是今生他还欠了我一个婚礼。不过，他给我的更多，他实现了当初对我的承诺，我们累但很幸福，并且小有成绩：有了自己的事业，有了渔场、有了宾馆、有了汽车和面包。

不过烘焙面包的过程来得太长了些，是我们共同耕耘——播种——收获——磨面——烘烤——面包有了！"面包"的拥有，对我们有着独特的含义。

近年来，不少媒体前来亚东采访亚东鲑鱼产业发展，自然要采访林绍兰夫妇的创业故事。其中，中央电视台7套、9套、10套节目组，轮番采访报道有关亚东鲑鱼的发展故事，为他们的一切努力付出，得到了首肯赞扬。

特别是中央电视台4频道《远方的家》，在2016年8月来到林绍兰的亚东鲑鱼养殖场，拍摄的专题片播放后，引起了不少人的关注。

如今慕名而来"雪山圣渔大酒店"的商客络绎不绝。再加上"亚东鱼宴"做到今天，近两百道菜品，把亚东鲑鱼这道美食，尽情地展示给广大的消费者，受到大众的一致好评。

自从"公司+农户"建立起来，每年除带动合作社成员致富以外。2017年7月，公司向合作社兑现回购金，合作社举行了分红仪式，每户分得近3万元，让他们过上了幸福生活。

林绍兰自己在亚东创业致富之后，他不忘这方山水的厚爱，感恩于社会。他经常捐款捐物于贫困家庭，开展助学活动；每年主动放生一部分亚东鲑苗在亚东河流域，回馈大自然，为保护亚东的美丽生态平衡，做出了积极贡献。

2017年6月6日，是全国"放鱼日"。这天，林绍兰举行了亚东鲑鱼增殖放流活动，共放流8厘米以上的鱼苗1.5万尾，总价值为30万元。确保亚东鲑鱼的永续利用。

如今亚东县把亚东鲑鱼，作为培育壮大的"十大特色产业"之一，写进了《2016—2025亚东县产业发展规划纲要》中。他们在亚东河支流的下亚东乡、上亚东乡建成了西藏最大的亚东鲑鱼池塘养殖基地，支持渔业龙头企业与合作社联合，将把亚东建成现代渔业示范园区。亚东鲑鱼今天已经走出了一条集生态保护、人工培育、市场销售的良性循环发展道路，成为当地老百姓脱贫致富的重要产业之一。

（载《时代报告·中国报告文学》2019.01）

这一天我在国门哨所

偶看《四川文学》"我们的这一天"征文，突然想到那时我正好应邀到西南边陲亚东县采访。于是，翻看在那里拍摄的照片，我站在雪山——"国门哨所乃堆拉"的照片，正好是 2018 年 10 月 20 日。现在，就把大脑储存"这一天"的我见我闻、所思随想调出来——

这一天，我的心像人在高原一样跳的频率特别快。这一天，是我 20 多年来一直期盼的梦想——实现重上乃堆拉哨所的日子。

乃堆拉位于喜马拉雅山脉南麓的亚东县境内。它的汉语意思是"风雪最大的地方"，海拔 4500 米。这里是祖国西南边疆最前沿、最前哨，距外军哨所只有 27 米，因此被誉为"国门哨所"。

这一天上午，我在边防某部牌中尉的陪同下，开着一辆军车从亚东县城出发。出发时天空被风雪洗染得碧蓝晴朗，可车行至半山腰时就出现了云雾满山跑，军车只能在雾茫茫的险峻山路上慢走。路面窄但平坦，弯道很多，从县城到乃堆拉一路上共有 99 道弯。车在弯路上慢慢前行，我的记忆就返回过往。

20 年前，我在西藏部队服役时，曾经多次上过乃堆拉采访，对它的过往比较了解。这里曾经是"丝绸之路"南线的主要出口通道，"茶马古道"的马帮铃声回荡山谷……

乃堆拉作为对外贸易口岸历史久远，从 17 世纪中叶开始，这里就逐渐成为中印贸易的主要通道。19 世纪末，清政府迫于外部压力在亚东设关通商后，鼎盛时期这里的年交易额，占中印边境贸易总额的八成以上。

军车在盘山路上吃力地爬行，它也像我一样出现了高反，一路喘着粗气。路边出现了积雪，越往上行积雪越来越厚。车上的牌中尉讲，前几天刚下了一场大雪，上山的路是封了

的，昨天才把公路上的积雪铲通了。

车在茫茫的雪山盘旋绕行，像西行取经的孙行者，站在如来佛铺天盖地的手掌心上，只是作了一个渺小的陪衬。我放目窗外，山还是从前的山，路还是从前的路，只是原来的土石路，如今铺成了柏油路。

送目远眺，雪花空中飞舞，迷雾绕着山巅奔腾，红日穿透天空，眼帘出现了"雪雾阳"共生博弈的奇观景象。片片飞雪在天空舞蹈，亲吻着车窗；灿灿的雪太阳，照在冰山上闪耀出金色的光芒；团团的云雾，像藏地山坡上一群群放野调情的群羊。

雪高原的天，难以触摸它的脸。刚才还是"三景共生"，转眼云雾就被太阳赶到了山谷。艳阳当空泼下满天的高原紫外线，茫茫雪域出现了五色光芒，给乃堆拉山脉披上了一层层金色衣裳，温暖着高寒山脊。

车慢慢爬向凸顶后，又徐徐落入一个凹处。那些被太阳赶跑的云雾，聚集到沟壑间安营扎寨。乱云飞雾在大本营博斗厮杀，撕碎的云片覆盖在车的挡风玻璃上，遮掩了前行的视线。牌中尉打亮车灯，车像边关巡逻兵一样，一步一步行进在疆场。

"如果不行，我们就下走车吧？"看着车前雾蒙蒙的，我紧张的心也像这路一样悬在山崖，颤悠悠的。

"没事的，这样的路我们走得多了，转过这道大弯，前面就是一片开阔地，路就好走了。"牌中尉说。

果然如此。车在乱云飞渡中冲出了重围，一片开阔场面映入眼前。云雾虽然没有了，可路上的雪越来越厚，军车给力在雪路上爬行了一段，实在体力不支，像我一样患了高原反应，只好躺在路边休息。

我们只能下车步行。对于长期生活在内地

的人，无疑对满天飞雪的壮景产生浓烈兴趣，诱惑我去观赏。

抬头望山，冰峰林立，雪域地冻。除了冰雪皑皑，白岩嶙峋的奇观，还能隐隐约约看见挺立透明的冰笋，冰蘑菇和水晶宫。虽然高寒缺氧，我的好奇心还能抵挡对付，兴致盎然地走在雪地上，发出嚓嚓嚓的踩雪声，冷寂地回荡在雪线上，心中油然想起当年在边关巡逻的境况……

乃堆拉山无愧是雪的领空，冰的世界。我站在雪海里，心海涌动一种征服高反和冰雪气候的骄傲情愫，忍不住捧起一把雪沫，往天空一抛："乃堆拉——我来了——"随着吼声，雪花飘荡，感觉人在地上走，心在天上飘。

举目看雪山，如白晶砌成，透明发光，山尖如笋，冲破云霄。山腰滴落雪水，沿冰缝渗透，发出像仙乐般的琴音。当雪太阳照在山体时，反射出奇异的光泽，山身自上而下被飘逸的白云缭绕，在灿烂的阳光里，山腰闪现一条七彩长虹，朝着峰顶追逐朝拜。

仰望观冰峰，朵朵云雾像七彩云冠，在峰峦周围缠绵。这时山峰的两边，在紫外线和彩云两个美人的打扮中，山身套上彩绸裙衫，犹如许多身着藏装的美女，在山间婀娜慢舞，好像群仙如梦似幻。

"罗作家我们走吧。"牌中尉把我从欣赏雪域幻境中喊醒。于是，我跟随着他的步伐，一路走向前面的检查关卡。过了关卡映入眼前的是乃堆拉海关国门上迎风飘扬的五星红旗。鲜红的国旗高高地插在这里，既展现了共和国的风采，又彰显了神圣不可侵犯的主权。

进入乃堆拉军事禁区，这里的情形"只可意会不可言传"。这里是祖国边防一线，用一米高的铁丝网相隔。印军哨所近在咫尺，站在铁丝网对面的印度大兵神态热情，一个卫兵举着手中的照相机对着我拍照。

一时兴起，我向那位印度卫兵招手示意合影。他意会地走到铁丝网前，友好地伸出手，熟练地摆好姿势。我也积极配合他，隔着铁丝网同他握手。随行者举起相机，我与印度兵的合影——咔嚓定格。

其实，"国界"就跟这乡到那乡的地界一样，有的是以水分界，有的是以山为邻。往往一个岔道，一步之遥，就分为两个国家。双方边民相处，如同村民一样，当亲则亲，当视则视。不同的是重要关口设了关卡，多了站岗放哨的卫兵。

我站在高高的乃堆拉，眺望邻国，历史、战争、文明，全都融化在了这雪山之巅……

在军人的领路下，我们来到乃堆拉哨所。首先映入眼帘的是一个硕大的球场，围绕球场耸立的几栋崭新营房亮在眼前。

光阴荏苒，日历翻过了20多本，我只能在记忆的碎片里去搜寻。那时的哨所条件十分艰苦，战士们生活在白雪覆盖的工事里。夏天坑道里白天一片泥泞，夜晚滴水成冰，照明靠的是煤油灯。常年吃的是干菜、夹生饭。当年我们唱着这样的顺口溜："夏住水帘洞、冬居水晶宫；四季吃干菜，吃时嚼不烂，拉屎一大串。"

如今我重返乃堆拉，看到边关哨所军人身着英俊的军装、过上了不错的生活、住着标准的营房，让我这个曾经的雪域老兵羡慕而欣慰。可以这样说，今天的乃堆拉哨所除了高寒缺氧、自然环境不能改变以外，其他条件只要是运用现代科技手段能改善的，现在已经基本得到了改善，让边关军人同样享受到了祖国改革发展的成果。

那日，乃堆拉哨所的军官廖上尉对我讲，我们长年累月驻守在雪域边关一线，担负着保卫祖国边疆的神圣使命。虽说现在哨卡的生活设施已经大有改善，但在雪山哨卡站岗巡逻、工作生活仍然是常人无法领略的艰苦。这里高寒缺氧、气候恶劣，年平均气温仅为零下1度，一年中有一半时间是雨季，一半时日是冰雪弥漫，在冬天往往都是大雪封山，这里就变成了一座雪域孤岛。

为了改变这里的生存环境，一代又一代乃堆拉哨兵，把哨所当作自己的家园来建设。廖上尉说在乃堆拉，除了严重缺氧这一条我们无力改变外，其他任何困难我们都可以战胜！几十年来，我们乃堆拉哨所的官兵，弘扬"缺氧不缺精神，艰苦不怕吃苦"的"老西藏精神"，始终以阵地为家，用实际行动践行对祖国的热爱忠诚，出色地完成了戍边守卡的光荣使命。我们还发扬了人定胜天的精神，尽量改善物质文化生活条件，竭力提高官兵的生存能力和战斗能力。日复一日，年复一年，乃堆拉一茬又一茬官兵，在哨所燃烧出青春之火，唱响了一曲曲荡气回肠的军魂赞歌。

乃堆拉哨所刘老兵，2002 年从云南保山入伍，三年后担任班长，第五年转为军士长。他在哨卡当兵，一站就过去了 14 年，把美好的青春燃烧在雪山哨卡，释放出边关军人最美的光华，曾被日喀则军分区评为"优秀班长"。

然而，这位优秀的刘班长，在爱情的市场上几经推销，却无姑娘问津。后来刘班长回老家休假时，一位战友给他介绍了大理市的一位姓周的苗族农村姑娘。他兴高采烈地从家里奔赴了 200 多公里，来到大理市向周姑娘求婚。

周姑娘被这位雪山兵的真情打动，就向刘老兵打开了心门，让他从此住进了她的心房。他们在 2008 年 12 月幸福牵手、喜结伉俪。他们结婚 6 年，精心耕耘爱情土壤，用心浇灌苗圃。可是，他们的爱情树苗一直不见花开挂果。

部队就安排刘班长到重庆市西南医院检查，原来是他长期生活在高寒缺氧、恶劣环境里，造成精子的成活率严重下降。当时部队就安排刘班长在医院治疗修复半年，才使他恢复了身体功能，让妻子幸福怀孕，并于 2015 年生了一个可爱的千金。

2017 年 10 月初，印度洋的寒流翻越喜马拉雅山，掠过乃堆拉阵地，向后方的空谷涌动而去。雪花随风降临，莽莽撞撞飞向大地。渐渐地，风雪便显露出残暴的本性：狂风怒吼咆哮着猛扑过来，似要改变山体参差不齐的模样；雪也凑着热闹大团大团地掉，很快便覆盖了哨卡、营房和阵地，好似要吞噬这个柔弱的世界。

乃堆拉一年之中有四分之三的风雪季，到了 10 月雪就开始疯疯癫癫地跑来了。在这两天前，部队机关刚好给乃堆拉哨所送来了新鲜的蔬菜。乃堆拉的官兵能吃上新鲜蔬菜，可驻守在某号阵地，执勤的哨兵们已经 20 多天没有蔬菜吃了，加之新鲜蔬菜又经不住冷冻，时间稍长就会被冻烂。

那天，廖上尉组织 20 人，给某号阵地送蔬菜，他们两人轮换背一袋几十来斤的蔬菜。上午，他们从驻地出发，行进在齐腰深的雪坡上，一路爬着前行。

刚分到哨所的新兵小陈，本来身高体壮的，可在雪坡上背着沉重的蔬菜，使他一路难行，腿脚被雪冻坏了，失去了知觉，一打滑摔了一个跟头，在雪坡中滚滚而下。幸好背包在雪里形成阻力，滑到一个冰石上被卡住了，才没有出现险情。

那天，他们送菜到某号阵地，上山走了 5 个多小时，下山是连滚带滑下来的，路上也耗了三个多小时。回来后一检查，有 3 个战士付出了脚被冻坏的代价。

这只是乃堆拉官兵执行的一次普通任务，若是到雪线上巡逻，往往遇到的困难险阻就更加难以想象了。

乃堆拉在无垠的雪山之中，哨所在山的空间生长。空气变成了飞雪，风沙化为冰块，哨所被焊接成一座冰山。我突然灵感闪现，为此写了一首歌词——

乃堆拉是一片与天接壤的地方，云雾茫茫雪花飞扬，为了祖国的幸福安宁，战士用生命点亮世界屋脊的藏光。界碑伫立着尊严，哨卡信念如钢。

乃堆拉是一片举手摘云的地方，雪山荒芜终年缺氧，为了祖国的昌盛繁荣，战士用热血顶住喜马拉雅的烈阳。界碑驻扎着和平，哨卡放飞理想。

乃堆拉不仅有边关哨所，还是一个对外开放贸易口岸，从 2006 年起，中印宣布重新在乃堆拉山口，开放链接中印陆路最短的贸易通道，这对构建中国"新丝路"，扩大边境对外贸易，造福两国人民发挥了重要作用。可惜我来这里时，刚好遇到海关每年雪季的"关闭期"，没能目睹客商往返的繁荣景象。

乃堆拉如今还是一条边境旅游热线，每年夏秋季节来这里观赏边塞风情的游客络绎不绝。从2015年夏季开始，乃堆拉还开通了"朝圣路线"，以利印度香客赴西藏阿里神山、圣湖朝圣。印度香客一批一批地在经过乃堆拉山口，用陌生的眼光凝视我边防公安战士。但我们的卫士始终如一，含笑迎送过往香客，这令他们对于我方服务人员做到有礼有节，热情周到，保证香客平安，给予了高度赞美。

站这"国界"，我望着圣洁的雪山想：希望有一天，乃堆拉山铺成更宽更坦的通道，迎送过往的商客；金色的阳光满天，漫山遍野山花绽放，为前来的游客呈现更美的边关风情。

当我离开乃堆拉时，回望立在喜马拉雅群山之中的哨所，仿佛已被冰雪焊接成一道牢固的边卡。在哨卡上我看见一位哨兵，他穿着绿色的军大衣，身肩钢枪傲然屹立，守卫界碑，守卫天地，守卫和安。他警惕的眼神释放出一道雪亮的藏光！他的身影就像一尊军魂雕像！

（载《四川文学》2019.10）

播洒爱的霞光

卸官修身乐养性，关爱后代施善行。
留守儿童渴望爱，耕耘苗圃生长盛。
癌魔缠身把路挡，挺立前行为栋梁。
释放晚霞洒阳光，满心装爱奔远方。
　　　　　　　　——绍华朋友题赠

一、用事实说话，兑现担任执行主任承诺

2019年5月下旬的一天，笔者来到宜宾市翠屏区关工委执行主任梁绍华的办公室，拜访这位曾担任过区委常委、区委副书记、区人大常委会党组书记、副主任等职务的老领导。

梁绍华今年65岁，虽然他身患肺癌，但身材魁梧，脸露红光，精神矍铄，两眼迸发出爱的光芒。看着他平静安然的神情，令我肃然起敬，由衷感动。

2012年初，在梁绍华即将退出领导岗位之前。一日，宜宾市关工委执行主任闻光源找到梁谈话："绍华同志，你即将离任领导职务，而现在翠屏区关工委执行主任已经70多岁了，

他几次向组织提出不再担任这个职务了，我们想请你出马。"

"感谢老领导的信任……"这一次梁绍华在领导面前，却失去了平时说话做事的干练。

"绍华，我知道你干了几十年的革命工作，辛辛苦苦一辈子，退休后想好好休养，过好晚年生活。但我们这些党培养多年的领导干部，退休以后，还是应该发光发热，为社会做一些有益的工作，特别是为培养教育下一代，要积极贡献我们的智慧才能。"

那天，尽管闻主任不厌其烦地劝说梁绍华"出山"。可梁还是没有给老领导面子，总是找出多种客观理由，婉言谢绝，硬是没有向领导点头首肯。

在这期间，梁绍华去了金坪镇看望一位姓刘的老友。刘家住在金坪镇街上一个老旧宿舍里。当梁绍华来到刘家时，出门迎接的是一位满头白发苍苍、身形老态龙钟80多岁的太婆。梁进门之后与太婆聊天得知，平时就她和一个10岁的男童住在家里。

刘家的大人都外出打工去了，平时祖孙二人生活在一起，过着清冷孤寂的生活。当小男

孩看见梁爷爷来慰问他们时，从两只睁着圆鼓鼓的眼睛里，透射出缺少亲人陪伴的关怀，流露出渴望亲情呵护的眼神，让梁绍华好生怜惜。

面对这个留守儿童，整天没有爸爸妈妈陪伴的孤苦，梁绍华那颗火热的心，像浸泡在泡菜坛里，酸涩苦咸，五味杂陈混合一起；他又像掉进冰冷的水中，寒气喷涌，冷彻心骨，随即漫过他的通体，一波接一波，浑身冰凉冰凉，感受复杂而又说不清楚。

是夜晚，夜幕深沉，梁绍华躺在床上难以入眠。留守儿童渴望关爱的眼神，在他的眼帘反反复复地晃动，牵出他的心思——

像这样的留守儿童，家住城镇的有，而农村的更多。虽然他们有吃有穿，但他们长期同年迈的老人生活在一起，没有爸爸妈妈的陪伴，缺少家庭的温爱，更谈不上良好的家教。这对于留守儿童的成长，人格的养成，无疑是一种缺失。

那天，宜宾市关工委闻主任的话，又在梁绍华的耳边回荡：关心下一代的身心健康、帮助他们茁壮成长，是一件功德无量的大事。我们这些从领导岗位退下的老同志，必须要想办法去关注他们、帮助他们。

那晚留守儿童渴望关爱的眼神，闻主任的话语，让梁绍华反复思索，纠结他的心，搅得他夜不能寐……

市关工委这边，闻光源主任也一直没有放弃组织意图，与梁绍华谈话不果后，他亲自联系了翠屏区委李书记，请他出面做一做梁绍华的思想工作。

李书记找到梁绍华，对他恳切地讲："梁大哥，如你再不答应组织的要求，我这个书记就太没有面子了。如你接替了关工委的工作，我们区委、区政府一定大力支持你们的工作。"

面对李书记的诚意，梁绍华紧绷的脸终于露出了笑容："李书记，你都把话讲到这份上了，我再不领命，那真是对不起组织的培养信任。好——我干！"

当梁绍华"干"字一出口，李书记就向梁伸出支持的双手，俩人的手紧紧地握在一起。

"李书记，既然今天我已经服从了组织安排，我就向书记当面表态：不干则已，要干就一定干好！"哈哈哈哈——两人释怀面笑。

新官上任三把火。梁绍华担任翠屏区关工委执行主任后，说干就干，立即行动，雷厉风行，迈开脚步。他首先召集关工委"新一届班子"的7名领导成员开会，动员大家为关心下一代工作演好主角、唱好关爱大戏。

梁主任在会上讲："做好关工委的工作，就是关心青少年学生的思想品德建设，引导他们树立社会主义核心价值观，促进学生健康成长，这是一项光荣而有意义的伟大事业。关心下一代的工作，不能光靠党委政府，需要社会各界共同参与配合。而我们关工委更要身体力行，脚踏实地，一步一个脚印，为党政分忧、尽职所能，实实在在为贫困学生、留守儿童做事，把党的温暖送到他们的心窝，把爱心时时刻刻放在他们的身上，关心到位，帮助到人。"

梁主任的一席讲话，得到了与会同志的首肯。与会人员积极建言献策，商量研究今后工作的思路，寻找提升的突破口，主攻"山头"目标……

从此，梁绍华持之以恒、不厌其烦地以当面、书面、电话、短信、微信等形式向区委、区政府领导汇报请示工作，主动争取党政领导对关心下一代工作的重视支持。从而使各级关工委工作经费逐步提高，在人财物方面得到了充分保障。

梁绍华担任翠屏区关工委执行主任至今七年。他在关爱道路上奔忙行走，倾情奉献。他常说"帮助别人，快乐自己，为孩子们做点实事，我再苦再累也心甘情愿。特别是看见被帮助的贫困学生，能扬起人生的风帆，我就很开心很快乐。"

梁主任平淡简朴的语言，透出了他心怀爱心，诠释了中华民族行善积德、大爱无疆的精神，展现了共产党人的思想光辉。

在任职期间，梁绍华竭力履行职责，任劳任怨，甘为铺路石。他在全区逐渐成立各级关工委组织近 400 个，居宜宾市之冠，并常年指导开展工作。

如今，翠屏区各级关工委组织建设，成功实现了"六好"，形成了"纵向到底、横向到边、上下贯通、左右联系"的工作局面。

翠屏区关工委现有常务班子 5 名，办公条件得到了充分改善，全区参与此项工作人员和"五老"志愿者达 6500 人。

以前基层关工委的工作经费比较少，经过梁主任的多方协调，上下沟通，从 2018 年起，实现了财政预算拨款"555"制。区关工委从 2012 年的 10 万元左右，现提高到年 50 万元。各乡镇、街道关工委一年工作经费达到了 5 万元，村级和社区关工小组，一年有专项工作经费 5000 元。

梁绍华通过积极努力，八方协调，翠屏区的"栋梁工程"在宜宾市遥遥领先，实现了机关、企事业单位捐款全覆盖，募集资金连续 7 年强劲攀升，迄今累计超过 600 万元，扶助寒门学子近 700 人。

除"栋梁工程"之外，梁绍华又精心策划，于 2014 年倡导发起，建立了翠屏区"关爱基金"，并将它延伸发展到乡镇、街道等基层关工委组织，为贫困学子较好地解决了上学的燃眉之急。

一颗颗爱心汇聚成爱的力量。截至目前，翠屏区的"关爱基金"累计募集 400 多万元，帮扶了全区 4000 多名贫困青少年、莘莘学子，为他们提升学业拓展了道路。

翠屏区关工委如今在川茶集团，建起了青少年社会实践教育基地，在明威镇、牟坪镇等建起了 15 个留守儿童关爱中心，让数万名农村留守儿童，享受到温暖阳光。

2017 年，翠屏区关工委成功承办了宜宾市"绿色发展、健康成长"青少年科普教育夏令营活动。来自翠屏区、屏山县等 1100 余名中小学生，感受体验到绿色美景。在科普教育中，他们请来了中国科学院、空军指挥学院等专家，为宜宾二中、宜宾四中的 5000 多名学生，举办了科普宣讲，让同学们感受到现代科技的神奇魅力。

2018 年，翠屏区成立关工委宣讲团，开展社会主义核心价值观宣讲进校园活动。他们先后到全区有关学校进行宣讲，受教育学生上万人。为引导学生树立正确的人生观、价值观，争做新时代青少年起到积极作用。

翠屏区关工委在梁绍华的带领指挥下，围绕主题，抓住重点亮点和闪光点，经常举办开展了许许多多的成功活动，不胜枚举。

梁绍华在做下一代工作中，奋不顾身，倾情付出，获得了社会的赞誉，组织的褒奖，领导的赞扬。

四川省关工委执行主任谢世杰、张中伟等领导，曾对梁给予充分肯定和高度评价。

翠屏区关工委近年荣誉榜亮相——

2012 年，获得"四川省关心下一代工作突出贡献奖"；

2016 年，获得"四川省关心下一代工作先进集体"；

先后 2 人荣获"四川省关心下一代工作先进个人"；

1 人荣获"关爱明天十佳五老提名奖"，2 人荣获"关爱明天十佳五老"荣誉称号。

梁绍华 2018 年被授予第六届"四川关爱明天十佳五老"荣誉称号。

二、用爱心付出，
播洒雨露滋润花蕾绽放

梁绍华说："祖国的未来，属于下一代。做好下一代工作，关系到党的事业后继有人，薪火传承，中华民族的伟大复兴。"

刚刚担任翠屏区关工委执行主任，梁绍华就带着工作人员，到李端镇开展调研工作。他们一行来到该镇的偏远乡村——高石村，慰问看望村里的留守儿童。

这天，一共来到高石村聚集点的 10 多个孩童，清一色是由爷爷奶奶带着来的。虽然这些孩童平时在家也有老人照看，但每一个孩子的眼光，都放射出一种缺少亲人陪伴的渴望，没见阳光儿童的那种天真烂漫。

在慰问中，梁绍华听到一个 3 岁孩子的爷爷讲：孙子他爸爸妈妈，自儿子出生不久，就到外省去打工了，一直没有回家。今年春节前夕，孙子的爸爸终于回家了。当他一进家门就放下行囊，喜出望外地冲上去搂抱儿子。正当他准备把专程买回的礼物，拿出来亲手送给儿子时，谁料儿子不愿与"陌生人"打交道，更怕"坏人"把他拐走。孩子一发怒，又哭又闹，用小小的双手，使劲推开搂着他的男人，还张开小嘴，紧紧地咬住"陌生人"的耳朵……

梁绍华听了这个"儿子不识爸爸"的心酸故事后，抑制不住感情的闸门，眼泪像天空飘下的小雨，淋湿了他的衣裳，凉到了心窝窝。他想，自己作为关工委主任，为了下一代尽心出力，做点实事责无旁贷。从此，他就坚持迈开双腿奔走，张开嘴巴呼吁，为关爱留守儿童的成长铺路，为温暖孩子的身心搭建桥梁。他亲自组织动员，召集离退休老干部、老战士、老教师、老专家、老模范，组成"五老"关爱志愿者。并带领他们结对关爱留守儿童，开展"一对一"等帮扶活动，让"五老"发挥晚霞光辉。

在梁绍华的组织发动下，全区各级关工委对留守儿童和"五失"青少年，进行了逐村逐社区、每家每户的摸底调查。然后，分别牵线结对，把全区 1000 余名"五老"志愿者，同近 2000 名留守儿童、"五失"青少年结成帮扶"对子"，从思想上、学习上、生活上给予全面关怀，切实做到帮扶到人、关爱到心。

暖冬慰问洒遍全区。一次，梁绍华带着关工委常务副主任邹肖敏、龚君明，以及李端镇有关领导，在该镇看望慰问了 20 名特困留守儿童、"五失"青少年。分别为他们进行了人

文关怀、心理疏导，伸出温暖的双手，抚摸孩子的心灵，向他们赠送物资、发放学习用品、慰问金……

暑托关爱情满乡村。梁绍华时常奔走呼号，邀请爱心人士，带领"五老"志愿者，在全区范围内普遍开展"情暖童心、爱洒戎州"的公益帮扶活动。他们经常深入学校农村，看望慰问"暑托班"的留守儿童。

梁绍华每到一处、每见一个孩子，他都会给予孩童们心灵上的抚慰，生活上的关爱，精神上的激励。教导他们要好好学习，天天向上，克服困难，立志成才，长大后成为建设家乡的栋梁。西郊街道前进村的唐定瑞小朋友，患有严重的眼疾，家里仅靠妈妈当环卫工人的经济收入维持生计，一家人租房住在狭窄黝黑的棚户区。

当梁绍华知道后，立即带领有关人员，前往看望慰问小唐，送她关爱基金 5000 元，鼓励她好好学习，克服困难，争做社会有用之才。

几年来，据不完全统计，他就组织慰问留守儿童达 60 多场次，为 700 余名小朋友送上一份份爱心，弥补了那一颗颗缺失家庭温爱的童心，让一个个留守儿童舒展了灿烂笑脸。

敬老示范言传身教。梁主任不时组织爱心企业、带上"五老"志愿者，走遍了全区 23 个敬老院，开展敬老慰问活动 25 场次，为 700 多位老人送去歌舞表演和关爱物资。他们每到一处，都要组织当地的青少年儿童，共同参与敬老活动，带着孩子们为老年人洗脚、剪指甲，帮厨做饭、打扫清洁卫生等等；同敬老院的爷爷奶奶一起玩乐，让学生在"随风潜入夜，润物细无声"中，得到教育培养，更好地传承中华民族敬老爱老的传统美德。

平安暑期快乐成长。翠屏区关工委在梁主任的倡导下，每年都要招募暑期回乡大学生志愿者，组织他们参与对留守儿童的关爱帮扶活动。志愿者在入户调查留守儿童现状的基础上，他们分类制定帮扶措施，围绕暑期安全、

课业辅导、行为引导、才艺培训、心理咨询等方面，开展有特点、个性化的志愿者服务行动，受到家长和孩子们的欢迎好评。

"三爱"宣教活动。 为了推进社会主义核心价值观进学校，翠屏区关工委专门成立了讲师团，分别到全区各中小学，以开展社会主义核心价值观"党在我心中"为主题的演讲报告会。同时，他们还广泛开展"爱党爱国爱家乡"的教育活动，组织了"传承红色基因，争做时代新人""听党话、感党恩、跟党走"等演讲专题报告达120余次场。为了"三爱"教育更加形象生动，达到最佳效果。梁绍华主动同宜宾市赵一曼纪念馆取得联系，得到该馆的大力支持。他们将抗日英雄赵一曼的事迹展板、宣传片，送到全区50多个乡镇学校、山村小学举行巡回展出展播。与此同时，演讲团每到一处，梁绍华都要安排演讲成员，带上《关爱明天》杂志，广泛宣传，四处发送，吸引更多的爱心人士。他们的关爱活动得到了新闻媒体广泛关注，并影响到许多爱心人士积极参与到了关心下一代事业中来。

策划组织科普实践。 梁绍华精心统筹，在确保安全的情况下，每年分不同类型，组织农村留守儿童、进城务工人员子女、品学兼优学生参加夏令营和科普实践活动。把农村的学生带进城里，把城里的学生带到农村。开阔学生们的视野，增长学生们的知识，锻炼学生们的能力。一次，由翠屏区关工委牵头发起，联合区文明办、教育局、团委等单位，组织翠屏区部分留守儿童，参加"快乐成长·放飞梦想"夏令营活动。

这次活动的主会场设在邱场镇中心校。在开幕式上，梁绍华作了热情洋溢的讲话，请来了"美德少年"齐雨辰，到现场与同学们作了题为"赠人玫瑰手留余香"的演讲。在这次活动中，梁绍华一直在现场，指挥开展活动，负责全面协调。

此次活动为期两天，内容丰富、形式多样、精彩纷呈。请看——

关爱留守儿童、学生"结对子"，进行心理疏导，播洒阳光。

举行规范道德行为、和谐人际关系演讲交流。

冲越"中低空组合桥"，激励营员勇气、战胜困难险阻的决心。

举办尊老爱幼、孝老敬亲，老少同乐、团结友爱的篝火晚会。

活动现场，来自西牛、回龙、菜元、百山、红旗等村的孩子们，为在场领导送上了他们的五彩绘画。一幅幅幼嫩的画图，描绘出了童真童趣、对父母的想念、对老师、亲人的热爱、对美好家乡的祝福。

在这次活动中，他们为参与活动的留守儿童赠送了书包、故事书、水彩笔、画册等等。向有关学校捐赠了电子琴、羽毛球等文体用品。

在夏令营文艺晚会上，一首《感恩的心》，唱出了受助儿童的心声；一曲《虫儿飞》的歌舞，演绎出孩子天真烂漫的童心；一首《青春飞扬》诗朗诵，诵出了西财学子的豪迈情怀；一个亲情友情师生情的《诗歌接龙》，令全场感动温馨、笑声在夜空回荡……

晚会压台节目，全场大合唱《明天会更好》让学生们憧憬美好的梦想。

通过这次夏令营活动，使参加营员增长了见识、开阔了眼界，激发了他们热爱家乡的情感，点燃了学习、生活的激情。

"六一"关爱行动。 每到"六一"期间，梁主任更是把小朋友们记挂在心，四处奔走，慰问儿童。

一次六一儿童节，梁主任不顾疲惫，连续参加了3个活动——早晨，梁绍华赶往牟坪中心校，开展"传承红色基因、争做时代新人"主题教育活动。组织老年艺术团的爷爷奶奶，为小朋友表演了精彩的文艺节目，让红色基因薪火传承。在活动中，梁主任还邀请两家爱心企业，为学校送去了价值10000元的书籍，3000元的体育器材。随即，梁绍华又马不停蹄地赶回城区，主持了翠屏农商银行向特困留守儿童，捐赠关爱基金的仪式。中午，梁绍华在街上吃了份快餐，又奔赴宗场镇走村入户，看望慰问家庭困难的孩子，及时送去党和政府的温暖关怀。

善举创造和谐，爱心传承美德。通过这些活动引起了很大的社会反响，吸引了许多爱心企业、热心人士，纷纷参与到奉献爱心的活动中来。

2019 年的 5 月 31 日下午，在翠屏区关工委梁绍华等领导的组织下，带着宜宾云辰园林公司来到永兴镇永兴小学，开展"留下希望·守住幸福——六一关爱行"活动。

活动中，云辰园林公司副总经理、关工委常务副主任刘英，代表企业向学生送上节日的问候，并为永兴小学 20 名困难学生发放慰问金 8000 元，为学校送去价值 4000 元的体育用品。

梁绍华在慰问学生时讲，希望他们把党和政府的深切关怀、社会各界的真心关爱，转化为立志成才的强大动力，为建设美好新宜宾刻苦学习，实现人生理想奠定坚实的基础。

7 年间，梁绍华尽管患病在身，但他始终用心良苦，寒来暑往，不辞辛劳，步子不停，团结带领广大"五老"，充分发挥他们的优势作用，为关心下一代倾情献爱，挥洒雨露阳光，滋润青少年苗壮成长。

三、用精神支柱，
抗争病魔彰显榜样力量

梁绍华领导的关工委，在关心下一代事业的道路上扬鞭奋蹄，一路向前，取得了可喜成绩，各项工作跃上了一个崭新的台阶。

2016 年 4 月的一天，梁绍华参加一个活动回家，当晚开始咳嗽，而且逐渐越来越猛。妻子彭效娟听到丈夫的咳嗽声，关切地对他说："这段时日，你干工作，整天奔忙，你毕竟是 60 多岁的人了，哪还能像过去一样拼，这样身

体会吃不消的，你怕是累病了。"

"没事的，你放心地睡吧，我休息一晚上，明天就会好的。"梁绍华对爱妻说。

可梁妻听见丈夫一直咳嗽不停，就立即联系宜宾市三医院，硬是在当晚半夜时分，把丈夫送到医院看病。

经医院检查，拍片发现了梁绍华的肺部上出现了阴影。后经过医院专家的会诊，初步诊断为"情况不妙"，必须送到更有权威的医院检查诊断。

彭效娟听着医生说话的语气，看着他们迷惑的眼神，手里拿着丈夫的胸片，顿感比"情况不妙"还会严重。旋即，她的心情，就像阳光明媚的天空，突然乌云密布；她的胸中，猛然像被一块巨石撞击，令她呼吸难受，气喘吁吁。

然而，梁妻在回到丈夫住院的病房时，刻意放松情绪，若无其事地对丈夫说："拍片后，医生说你是患了感冒，感染了肺部，才引起咳嗽的。"

梁绍华平时本来身体就很好，一生几乎没有生过病，也很少吃过药，他相信自己的身体没有什么大问题。听了妻子的话后，倒头睡着了。

而彭效娟却睡不着、不敢睡。趁丈夫睡着之后，她连夜给亲人联系，叫他们立即把梁绍华的胸片，送到成都华西医院。经该院专家审片后推断："肺癌的可能性很大。"

这一切梁绍华当时并不知道。

根据之前工作安排，"五四"青年节时，翠屏区关工委等单位，要在宜四中参加一场大型活动。他在医院输了两天液后，咳嗽明显减轻了，就不听医生、家人的劝阻，硬是出院了。

"五四"青年节那天，梁绍华在宜四中参加了活动后，正准备观看文艺晚会时。彭效娟突然出现在他面前，叫他立即离开现场，随她一起去成都。

当梁绍华走出宜四中的校门时，看见了一

辆车停放在那里。顿时，他的胸像被怪兽猛力撞击，心理出现了敏感反应，似乎意识到有什么严重的事情出现，而且肯定同自己的身体有关……

小车直接把梁绍华送到了双流机场。他用询问的目光看着妻子。彭效娟也没有向丈夫多做解释，只是轻描淡写地说："他们说送你去北京医院检查一下，看究竟是什么问题？"

其实，这是彭效娟在这几天联系安排的，她要送丈夫到北京的大医院去做手术。

在机场候机室里，梁绍华这个精明强干的男人，已经意识到自己的身体一定是出了大事。否则，妻子不会没与他商量，就要送他去北京。

到了北京医院，经检查后，专家们进一步确诊：梁绍华患了肺癌。当时梁绍华的胸腔有积水，暂时不能做手术。

北京院方建议他们先回成都，去华西医院治疗更好。于是，他们就从北京赶回。

天有不测风云，人有旦夕祸福。这个"祸"就像天上飞来的一块巨石横祸，不偏不邪，正好砸中了梁绍华的身体。砸得这位精干强壮的男人，只能躺在医院的病床上。

癌症，世界上最大的病魔，对于每一个人来说，都会害怕的。它就像一把锋利的刀刃，割裂病人的躯体，撕心裂肺，让人痛不欲生；它又像一把锯齿，来来回回、反反复复在病人身心上拉扯，让其受尽精神折磨。梁绍华当初得知自己患了癌症时，同样经受过这样身体的痛切，特别是心灵上的折磨，精神上的煎熬。

好人有好报。梁绍华为了下一代行善积德，做了很多好事善事，老天爷也给力保佑，庆幸手术很成功。

按照医院的治疗方案，术后梁绍华要做6个疗程的化疗。在第三个化疗过程中，他差一点儿放弃，但最终他用男人的刚强，同病魔作顽强的抗争，用坚韧的毅力，抵挡痛苦的袭击，用豪迈的精神，战胜癌魔的入侵。

癌魔缠身时，靠"等死"活着，梁绍华心

有不甘。他做了手术、放疗25次之后，他仰天呐喊："癌症啊，你这个魔鬼，我不怕你！我要用精神来战胜你！我要用工作来赶跑你！"从此，他挺立身躯，豪迈地前行在人生的道路上。

这时，彭效娟就劝丈夫说："工作就不要干了，不要四处奔波了。现在你就在家里安心养病，进一步治疗调养身体。"

梁绍华回答妻子："我在鬼门关走了一圈，死神都被吓跑了，我都闯过来了，还有什么好担心的。

如我整天待在家里，四门不出，那不就像一个废人？我活着还有什么意义，又有什么价值？"于是，他转身又继续行进在了关爱的大道上。

一天上午，梁绍华刚在医院做完治疗，下午就去参加区委召开的全区关心下一代工作会议，并在大会上作了工作报告。

彭效娟心疼丈夫，又劝不住丈夫，管不住丈夫。因此，她就设法安排身在异地工作的女儿回到宜宾，请"宝贝"来管他。

"宝贝"果真回家了，可女儿的力量也有限，照样管不住爸爸。

梁绍华为了下一代，依然天天上班，四处奔波，竭力工作。对此，他对家人说："你们的好心好意，我都知道，心也领了。但是，我是一个癌症患者，虽然手术很成功，现在身体恢复还好，可也许哪一天就出现状况。因此，我想在我有生之年，多为孩子们做点事，多为孩子们成长出点力，这样就算哪天出现意外，我也没有遗憾了。还有，我每天出去工作，感觉生活才有目标，思想上也就快乐，精神上就充实，才觉得自己是个正常人，这样我活着才有意义，更有价值。"

妻子、女儿的管束，对于梁绍华这个说一不二的人起不了作用。因此，她们在做好关心他的身体、生活事务之后，也就随了他的心思……

面对病魔的威胁缠身，梁绍华不仅没有被

吓倒躺下，反而更加忘我地投身到关心下一代工作之中。

他时常趁着治疗间歇，拖着病弱的身体，奔波在去学校的路上，行走在山村的途中。领导关心他，请他多注意休息。他却回答说："做起关心下一代的事，我才能忘记病痛。"对此，亲朋好友劝说梁绍华："你不要命啦？"他就笑呵呵地回说："干工作，我心里踏实，精神充实，才觉得自己是一个正常人。

帮助别人，快乐自己，为孩子做点实事，再苦再累也值！"

就这样，梁绍华一边工作，一边与病魔抗争。对此，熟悉他的人都赞叹地说："梁绍华真的是一个铮铮铁骨的汉子，身患重病，依然步脚不停，每天忙碌，拼搏工作，真是令人钦佩，值得我们学习。"

2017年7月，全市1000多名青少年学生，集中在翠屏区金秋湖，参加夏令营活动。这时梁绍华的身体虚弱，仍然强撑身体，用精神的力量，向病魔挑战。

在筹备夏令营期间，梁绍华一边向区委、区政府有关领导汇报，与相关单位联系沟通，一面精心部署，安排工作，组织协调。

夏令营开营前一天晚上，梁主任还在电话联系，检查落实各项工作，提醒办公室人员，一定要做好保证活动安全的预案，做好各种安排的细节，关注天气的变化，等等。

活动的当天，梁主任一直坚守在现场，亲自组织指挥，做好活动的每一个细节，确保了这次夏令营活动的顺利安全。随即，他又参加了区里组织的全市到自贡、李庄的夏令营活动。他说："孩子是祖国的未来，是每一个家庭的希望，孩子们的安全是最大的安全，我必须亲力亲为，不能出半点差错。"

家住牟坪镇的女学生周阳，在上学期间，不幸患了脑瘤，仍然一边治疗，一边坚持上学，后来还考上了大学。当梁绍华知道后，在第一时间里，就不顾梁绍华看望慰问患白血病学生身体有病，硬是坚持去看望慰问患病女孩。

遗憾的是那天梁主任到了周家，周阳正好在外地治病，没有见到小周，就同镇党委书记将2万元的关爱基金，交到周家人手里。

虽然周阳同病魔坚持抗争，继续在医院医治。但脑瘤这个恶毒的魔鬼，一直紧紧缠着小周不放，与其展开厮杀。最后，病弱的小周还是没有力量战胜脑瘤，终于败下阵来，被脑瘤这个张着血盆大口的魔鬼，一口一口地吞噬了生命……

在周阳临去世之前，她带着感恩回报社会的一颗真心，亲自写下"志愿捐献遗体的遗书"。

当周阳离世之后，周家人按照女儿的遗愿，把遗体捐献了。让小周的"生命"，继续留在人间，续写人间大爱故事……

梁绍华同癌症病魔抗争，用精神力量，顽强挺立，一直奋战在关爱的道路上，用心血智慧、辛劳汗水、大爱无私、倾情奉献，谱写了一首荡气回肠的人生壮丽篇章。

梁绍华的事迹，在蜀南大地广为颂扬。榜样的力量，感召了许许多多的热心人士，爱心单位，纷纷投入到关爱下一代的行列之中。尤其是一些患病的"五老"人家，也被梁绍华的行为深深感动，主动加入关工委的队伍，让人生的晚霞发光发热，绚丽多彩。

四、用真情奉献，给力莘莘学子青春飞扬

"十年树木，百年树人。"梁绍华说，"栋梁工程"就是帮弱助困，强基固本，提升贫困学生的学业，让受助者成为社会的栋梁。

梁绍华在做关工委工作中，力求"栋梁工程"的推进提升。他介绍说："栋梁工程"是专以品学兼优、家境贫寒的高校新生为援助和培养对象的大型公益事业。

对于"栋梁工程"援助对象，翠屏区关工委坚持"实地调查、找准对象、严格审核、把

关批准"的原则实施。

为此，梁绍华担任关工委执行主任以来，经常率领关工委班子和有关人员，在每年最热的8月，无论刮风下雨，还是骄阳酷暑，辛勤奔走在各乡镇街道、山乡农村，进行深入的实地调研、实情抽查、实际复核"栋梁工程"的申报情况，力求做到精准关爱帮扶。从而，保证"栋梁工程"善款的公平、公正、公开使用。

为了推进"栋梁工程"，资助更多的贫困学子提升完成学业，梁绍华经常为"栋梁工程"鼓与呼，组织爱心企业，捐献爱心基金。

在捐赠仪式上，梁绍华讲，"栋梁工程"是助学兴教，扶贫济困，弘扬中华民族的传统美德；是让更多的贫困家庭，真正感受到党和政府的温暖关怀，更是助力寒门学子实现梦想的真情行动。希望社会各界爱心人士，都来积极参与帮扶关爱。

在发放仪式上，梁绍华鼓励受助学生，要常怀感恩之心，常有谢恩之行，传递接力棒，做爱心传播人，以才智振兴民族，以爱心回报社会。

宜宾翠屏农商银行、宜宾云辰园林公司等单位，长期心系教育、热心公益、关爱学生。翠屏农商银行近3年来，累计向关爱基金捐款共计14万元，宜宾云辰园林公司连续8年向"春苗助学"捐款共计110万元，帮扶贫困学生2000多名。

在梁绍华的组织领导下，以资助贫困大学新生为工作宗旨的"栋梁工程"，今天在翠屏区已经实现了机关、企事业单位捐款全覆盖，募集资金连续7年强劲攀升，一直走在全市的前列。至今共募集资金801万元，扶助贫困大学新生超过920人，实现了"不让一个贫困大学新生辍学"的目标。

翠屏区关工委每年对援助学生的爱心企业、先进个人，都进行大张旗鼓的宣扬表彰，先后授予宜宾翠屏农商银行、宜宾云辰乔木园林有限责任公司等等单位为"最具爱心捐助单位"。

"栋梁工程"的关键，是要做到援助"精准"，实施给力。

2018年8月的一天，梁主任带着工作人员，顶着赤日炎炎似火烧、一身汗水如雨浇的高温天气，来到李庄镇长庆村何雨澜同学家。他们是为小何申请"栋梁工程"，前来进行家庭情况调查、慰问学生。

何雨澜在年幼的时候，爸爸妈妈就离婚了。妈妈离婚后就远走他乡，一直杳无音信。她的爸爸又长年外出打工。

爷爷奶奶带着何雨澜生活。后来，何雨澜的爸爸又结婚了。谁料继母与爸爸生活几年后，把家里的钱全部卷走离家。何爸爸因此而神情晃悠，不幸出了车祸，从此丧失了劳动能力。

更为不幸的是，何雨澜的爸爸在人生遭遇几次打击之后，无力承受精神折磨，不久又出现了精神异常。何雨澜家只能依靠年迈的爷爷奶奶，务农维持一家人的生计。

眼见何家困境，梁主任自己拿出400元，让何雨澜添置衣物。同时，翠屏区关工委向她伸出关爱之手，给予"栋梁工程"帮扶，助小何继续完成上学的人生理想。

随后，梁绍华还叮嘱办公室，要时常关注何雨澜的情况，平时多与她沟通联系，并将她列入"精准"帮扶对象。同时，梁主任还希望当地领导，对何家给予关怀，为他们解决一些实际困难，不能让小何因为家庭困难而失去上学的机会。

北城忠孝街的刘沛鑫，2018年考上大学时，正逢他爸爸将肾移植给妈妈，父母刚做完肾移植手术，家庭经济相当困难，学费成了一个很大的难题。梁绍华得知情况，两次前往刘家，亲自送去助学慰问金。还以自己同癌症抗争的亲身经历，来鼓励刘沛鑫父母向病魔挑战，激励小刘要坚强生活，要感恩孝敬父母，要努力学习，完成学业。

在"栋梁工程"中，有一些是由助学工程

受助者，转身变为服务者、志愿者，参与到关心下一代的伟大事业之中来的。2018 年 10 月考上筠连县公务员的李健，就是这样一名典型。

2012 年，李健喜悦地收到了宜宾学院的大学录取通知书，但因为当时家庭经济困难，一时难以凑足几千元的学费，在短暂的兴奋之后，小李陷入了困惑。关工委了解到这个情况后，经过审核，认为李健符合宜宾市"助学工程"的帮扶条件，就及时地向他伸出了援助之手，用关爱温暖解除了他心中的忧虑。

进入大学校门之后，李健学习非常刻苦，他很珍惜来之不易的学习机会。2016 年，李健顺利地从大学毕业，积极报名参加了"大学生志愿服务西部计划"之中，来到宜宾市翠屏区团委做服务工作。由于他工作积极，表现尚佳，后又借调到宜宾市关工委服务。对此，李健深有感触地说，虽然我现在还不能从经济上帮扶贫困学生，但是我可以用自己的微薄力量、实际行动、竭力工作、奋发向上，来为我们这个充满爱心的伟大社会，做出一份力所能及的贡献。

梁绍华担任翠屏区关工委执行主任七年来，激情澎湃，义无反顾，不求名利，倾情付出。他带领全区关工委和"五老"爱心人士，释放晚霞的温爱阳光，照耀驱除青少年心中的阴霾，滋养苗圃让花蕾绽放；他不顾身患癌症的危境，坚持奔走在关爱道路上，用精神力量抗争病魔，像一枚蜡烛燃烧自己，发热发光照亮别人；他把爱放在学子身上，用"栋梁工程""爱心基金"，在山乡开垦出一片片绿洲，给力贫困学子青春飞扬，为关心下一代健康向上、茁壮成长，挥洒了晚霞光芒。

第六届四川关爱明天十佳五老梁绍华在获奖时，"评委会"授予梁绍华的颁奖词——

这是一个燃烧着激情的人。宜宾市翠屏区关工委在梁绍华带领下，关工委组织、青少年社会实践基地、留守儿童关爱中心建设取得良好发展。您用一个个电话沟通、一次次上门交流、一遍遍回头访问，落实了栋梁工程 608 万元扶助贫困大学新生，关爱基金 400 多万元帮扶贫困青少年。

春风化雨育英才，为有关爱生死以。您用一生书写信仰，用燃烧的生命，点燃一盏灯，明亮了一大片。

（载《时代报告·中国报告文学》2019.01）

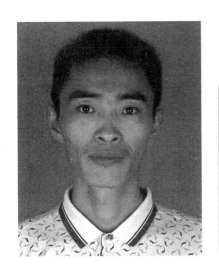

作者简介:

罗元彬，1980年出生。供职于四川兴文县古宋镇第二小学校。2007年开始从事文学创作。有多篇作品见于《四川文学》《西南商报》《宜宾文学》《宜宾日报》《宜宾晚报》《兴文石海》等省、市、县级刊物。2017年出版散文集《一路风景》。宜宾市作协会员，兴文县作协理事。

兴文力量（节选）

◎罗元彬

引　子

12月16日，在中国乃至世界，都是一个普通得不能再普通的日子。它既不是什么重要庆典发生日，也不是什么传统纪念日。这一天是农历冬月初十，对于地处川南边陲的偏僻小镇兴文县周家镇来说，它甚至连赶集日都不是。因此，这个日子按理应该是平凡的。这个日子恰逢礼拜天，此前数日连绵的阴雨过后，天气晴好。劳碌了一周的机关、单位工作人员们难得有这样闲暇的时光去美美地享受冬日暖阳。农、工、商业劳动者们也照例各忙各的事儿。这一切宁静祥和本来是理所当然的，然而，一声声警报划破长空，打破了这个小镇应有的宁静。这个幅员面积约63平方公里的乡镇注定将从此刻起，以一种特有的方式向2018年作别。

警报声是下午2时从进入小镇的仙周公路兴文仙峰方向、周底公路珙县底洞方向、双周公路长宁双河方向分东、西、北三路向镇子中心集结的。自下午2时至傍晚时分，一辆辆鸣着警报的车辆从三面向小镇疾驰而来、一台台挖掘机轰鸣着从三面向小镇疾驰而来。身着迷彩服的武警官兵、身着橘红大褂的消防官兵、身着白大褂的医务人员、身着各色服饰的干部、志愿者纷纷从来车中跳下来，急速地奔向集镇。整个集镇顿时人头攒动，显得异常热闹起来。

面对这些来自远方的"不速之客"，集镇上的居民们并没有感到惊恐，反倒觉得更加有信心了。因为这群人将给他们带来的是打赢一场硬仗的希望。大家纷纷聚集拢来，在这些来自远方的陌生面孔引领下各自忙碌开了。

是出什么大事了？是的。事情还得从16日中午讲起。一场突如其来的地质灾害在16日中午12时45分骤然降临于这个地处川南边陲的小镇，让这个原本平静如水的小镇再也不能平静了。

大自然是一个诡异的魔术师，十一年以前那个冬天，它曾以其冰肌玉骨的妖娆"陪伴"着这个小镇度过了一个月的"蜜月"；现在，它又扭动着腰肢突如其来地献给了这个小镇魔鬼式的一吻。每一次的"亲昵"，都会注定将救援人员和当地群众联系在一块，在共克艰难中闪现人性的光芒。

风岩"疯"了

兴文县周家镇地处兴文县西北部，仙峰山南麓。发源于仙峰山麓的洛浦河曲曲折折沿着仙峰山脉向西南流去，把周家镇的大部分地域包裹了起来。使南面的山脉显得高而连绵起伏，成为了周家和毓秀的分水岭。洛浦河于山脉之间形成了高而笔陡的山坡，当地人称之为星宿坡。由于地质结构疏松，长期以来，洛浦河南岸的星宿坡频繁出现不同程度危岩滑坡，给周围的居民生产生活造成了一定的威胁。洛浦河北岸，周家镇西北角紧邻长宁、珙县交界处的地方，一道山峰凸起，峭壁如削，当地人称之为"挂榜岩"。挂榜岩自北而下，山脉绵延到洛浦河北岸突然掉头一转，横亘在洛浦河北岸形成一个天然的溶洞——穿山洞。这道山脉过了穿山洞以后，又突地扭头北上，一直抵达周家镇铜矿村与长宁县富兴、梅硐交界处形成一座凸起的山峰——河上岩。河上岩与挂榜岩隔着中间的红岩河对峙着，使这道自北而南又自南而北的山脉形成了一个大大的"U"字

形。这道"U"字形的山脉被当地人称为风岩。风岩把周家镇石屏村全境和天星村大部分地盘包围起来。使它西接洛浦村、南邻洛浦河沿，东接天星村和铜矿村。独特的喀斯特地貌使风岩左右峭壁林立，山势高耸突兀，地下溶洞众多，暗河无数。据地质专家介绍，这道"U"字形山脉恰好处于地震断裂带。

12月16日正午12时45分，随着一声震天价地的巨响，一直"沉默无语"的风岩"疯"了——穿山洞南面上百米高的悬崖峭壁瞬间崩塌，上千吨的巨石从悬崖峭壁上滚落下来，填平了穿山洞下洞口与洛浦河相连的一百多米宽、两百来米长的一段深壑。与此同时，穿山洞北面靠东河上岩以下的峭壁崩裂，巨石自几百米高的悬崖上掉落下来。靠西的红岩河畔天星村与洛浦村交界的山崖出现滑坡，挂榜岩也出现了崩塌落石状况。

"地震！"当地群众第一反应是严重感觉到房屋摇晃、器物无端倾斜，迅速逃出屋外。

整个洛浦河沿岸浓烟滚滚，山石崩裂和山体滑坡隆隆巨响的声音持续了十来分钟，浓烟也便弥漫了十多分钟。

"穿山洞南面垮岩了！干洞坝垮岩了！挂榜岩垮岩了！星宿坡垮山了！烽烟寨垮山了！"人们惊呼着，压抑着怦怦的心跳，"据说龙背岭也垮了！大垭口也垮了！双周路交通阻塞了。"

在人们惊呼的背后，夹杂着墙体崩裂的声音、屋瓦掉落的声音……

惊魂甫定后，大家拿出手机，微信里早已显示了中国地震台网刚刚发布的消息："12时45分，四川宜宾兴文发生5.7级地震，震源中心：兴文县周家镇。"

"立即行动，查看灾情，首先查看人员伤亡情况！"村领导接到镇领导的来电。

"立即行动，查看灾情，摸清人员伤亡数据！"生产队长接到村上电话。

灾情就是命令，当地各级各部门迅速启动地震灾害应急预案，积极投入到抗震救灾第一线。

灾情就是命令，不需要指挥，当地各村、

社区党员积极投入到抗震救灾第一线。

灾情就是命令，当地各村、社区基干民兵积极投入到抗震救灾第一线。

灾情就是命令，省、市、县各级武警、消防官兵紧急行动，第一时间赶赴受灾现场，投入抗震救灾第一线。

灾情就是命令，医疗、电力、水利、教育部门紧急组织员工，第一时间赶赴受灾现场，投入抗震救灾第一线。

灾情就是命令，各地志愿者、各地企业单位、各类组织和社会团体紧急组织人力、物资赶赴受灾现场，投入抗震救灾第一线。

警笛长鸣，车流滚滚，原本平静的小镇因为地震的突如其来便不平静起来了，便有了开头那一幕。

2018年所剩无几的这些日子，各级领导、各地救援人员与周家镇15000多居民同在，用汗水谱写了一曲曲感人的抗震救灾之歌。

紧急驰援

灾情就是命令，救援刻不容缓。地震发生后，兴文县委县政府立即启动地震应急预案和Ⅲ级应急响应，成立了以县委主要领导为前线总指挥的抗震救灾指挥部。县委、县政府主要领导立即率领医疗、消防、矿山救护等救援力量火速开赴震中，开展救援处置和安抚稳控工作。与此同时，武警官兵、县内基干民兵迅速组成救援队伍开赴地震现场参与救援。周家镇当地干部、群众积极行动，投身灾害排查和救援抢险。

从县城出发，奔赴灾区的车辆警笛长鸣，飞速行驶。打头的车上，县领导们紧急召开会议，部署救援抢险工作。近一小时的车程，抵达周家镇范围，一切工作已经在车上井然有序地布置完善，各条战线的牵头领导旋即开展所分工的任务联络。

干部带头，各条战线的抢险救援人员迅速分头行动，奔赴各自的"战场"。

首要是清除道路障碍，维护交通秩序。周

家镇地处兴文、珙县、长宁三县交界地带，进入集镇的交通主干道有三条：一是县内仙峰苗族乡方向的仙周公路，二是珙县底洞镇方向的周底公路，三是长宁县双河镇方向的双周公路。保障三条交通主干道的畅通，是打赢这场抗震救灾硬仗的关键。由于地震突发，周家镇进出这三条主干道的客车临时紧急停运，以避免造成灾区恐慌和交通秩序混乱。

地震发生后，仙周公路自黄家沟至周家镇新塘村地段已有零星飞石阻挡道路畅通；双周公路龙背岭地段危岩垮塌，完全阻断了交通；周底公路自珙县陈胜乡至洛浦村检查站地段也有零星飞石阻碍。因此，及时抢通道路，保障救援队伍迅速抵达灾区迫在眉睫。

在这种情况下，武警、消防官兵和矿山救援人员迅速行动，分头从三个方向疏理交通障碍。经过半小时左右的短暂清理后，16日下午3时许，周底公路、仙周公路已经基本能够保障车辆通行。各路救援队伍陆续开赴周家镇地震中心，留下部分武警官兵和矿山救护人员继续维护交通秩序和清理道路障碍。

龙背岭地段由于危岩塌方严重，矿山救援队和武警官兵连续奋战，直到晚上10时左右，该路段才全面抢通，保障了车辆出入通畅。

救援队伍抵达周家镇集镇中心以后，迅速开展灾民安置。在当地干部、群众的配合下，武警、消防官兵和基干民兵迅速行动，奔赴选定的五个灾民安置点搭建帐篷；电力工人迅速排查、抢修供电设施，保障电力畅通；医疗人员迅速奔赴卫生院和各医疗救护站，紧急救治受伤群众。同时，各村、社区干部、群众立即组织开展灾情排查和自救。

到16日傍晚，灾情排查统计已初步完成，这次地震，在周家镇共造成10人受伤、0死亡，均属轻伤，无生命危险；这次地震，共造成房屋受损6399户9642间，其中一般性损坏房屋6145户9217间，严重受损房屋252户418间，完全倒塌房屋2户7间。

由于救援的迅速有序，到16日傍晚，108顶民政救灾帐篷搭建就绪，629名受灾群众全面转移安置就绪（其中，402名受灾群众集中安置）。

道路抢通、电力抢通、灾民集中安置、受伤人员得到妥善治疗，离不开领导干部的协调指挥，各条战线救援人员的全力以赴，当地干部群众的有序自救。紧接着，他们又紧急投入到灾民安置稳控工作中。

16日夜，周家镇党委、政府所在地的院坝内搭建起了抗震救灾指挥部，省、市、县领导坐镇指挥，分头负责各条战线的救援抢险。整个指挥部帐篷内灯火通宵达旦。

连绵不断的救援物资从四面八方火速运来，无数救援志愿者从四面八方火速赶来。武警、消防官兵和基干民兵们来不及喘一口气，立即配合救援志愿者为安置点的受灾群众发放救灾物资解决灾民的生活问题，让他们的心灵得到安抚。

安置点内灯火通明，照彻了寒夜的天空，这是电力工人不顾疲劳连夜抢修的结果；受灾群众吃上热腾腾的饭菜和面条，温暖洋溢在心间，这是武警官兵和救援志愿者们无私奉献的心血；临时医疗救护站，灾民们获得免费医疗服务和心理辅导，这是医务人员不懈努力的成果。还有，还有……这一切，都是灾区群众在震后第一夜获得的慰抚。

17日，周家镇五所学校近1300名学生全面停课，学校领导带领全镇教师积极投入抗震救灾工作中。这期间，干群一心、党群一心已经成为全面战胜这场地质灾害的动力。

从地震发生那一刻起，连续一周的时间，救援人员和周家当地干部群众紧密配合，在抗震救灾前线演绎了一幕幕感人的场景。

金色盾牌熠熠生辉

临近冬至，海拔一千多米的兴文县周家镇，气温低到3℃左右。幸而老天见怜，没有下雨。入夜，萧瑟的风阵阵吹过。公路旁零零星星伫立的几棵老树上，还没有掉光的叶子在寒风吹拂下沙沙作响。昏黄的路灯呆立在路旁一动不动，泛着微微的光。这一切，显出一派肃杀之气。

这是震后的第一个夜晚，夜已经很深了，公路上恢复了往日的宁静。在龙洞村岔路口的公路旁，一名二十多岁的公安民警身着蓝色制服，头戴大盖帽，像一尊雕像般笔挺地伫立在路灯下。洁白的帽徽、肩章、臂章、胸章在灯光下显得格外耀眼。他俊逸的脸庞，已经被拂过的阵阵寒风冻得红彤彤的了。浓黑的眉毛下，一双炯炯有神的眼睛向左右两边的公路扫视着，显出警察特有的沉毅果敢。

离他站立处不远的地方，是刚刚搭建不久的灾民安置点。此刻，灾民安置点帐篷里的灯火还亮着，隐隐有阵阵鼾声从帐篷里传过来。

年轻民警似是听到了这一切，脸上闪过一丝浅浅的笑容，嘴巴动了动，好像要说什么，却欲言又止。

公路对面，另一名警察与他相向而立，也没有言语。他们就这样默默地站着，守护着灾民安置点入口道路的安全。

"叮铃铃！"他的衣袋里，手机铃声突然响了。他轻轻地掏出手机，按下接听键，蹲下身子，压低声音，小声回复着电话，似乎生怕惊动了熟睡中的受灾群众。

"喂！志远，你现在在哪里呢？"电话那头传来一个娇柔的女孩的声音。

"我在周家。"他压低声音，用左手掩着嘴角，右手把手机贴近耳边轻轻地说，"现在还在龙洞岔路口值班"。

"那你什么时候回来呢？"电话那头问。

"说不准。灾情就是命令！在灾难面前，群众的生命安全第一。"他轻轻地回答。

"那我们的婚礼……"电话那头娇柔的女子声音有些迟疑地问。说到这里，似乎又觉得有些唐突，竟戛然而止了。

"对不起！小秋，这次我又要爽约了。"年轻民警心情沉重地小声回答，"希望你理解。我选择了这项职业，执行任务是义不容辞的，婚礼只能再次延期了。"

"嗯，我理解。夜深了，天气寒冷，照顾好你自己吧！"电话那头那位叫小秋的女孩深情地说，"我爱你，志远！"

"我也爱你!"挂断电话,他深深地叹了口气,直起身来继续巡视着。

这位年轻的民警叫从志远,是河北省承德人,到兴文县公安局工作已经四年了。四年来像这样通宵值守,不知有多少回。

在兴文,他找到了他人生的另一半——未婚妻小秋是一名小学教师。本来他们计划在12月19日举行婚礼,共度甜蜜生活的。地震的突然发生,迫使他不得不再一次推延婚期,赶赴抗震救援第一线。因为他深知人民的生命财产安全高于一切。

17日上午,当从志远拖着疲惫的身躯从值勤岗位上撤下来的时候,单位领导才从与他一起值勤的民警口中得知,他为了全力以赴抗震救灾,毅然再次把婚礼推迟了。

"志远啊,我知道你是一个有责任心的好同志。"领导语重心长地说,"但你的人生大事同样重要。经研究决定,特批你两天婚假,回去把婚礼办完,迅速归队。"

"不!"从志远倔强地说,"我要和灾区人民站在一起,为抗震救灾尽一份绵薄之力。"

"你的岗位我们已安排好人员接替了。再说,你也该修整一下,你太累了!"领导拍拍他的肩膀笑着说,"这是命令,你必须执行!"

在领导和同事的再三劝说下,从志远才恋恋不舍地搭上回兴文县城的车。

事后,公安局领导才从从志远的未婚妻小秋处得知,他们相恋多年,因工作原因,在一起的时间太少。本来已经早就办理了结婚证,但一直没有举办婚礼,总是因为各种原因耽搁了下来,直到现在。

得知这一切的干部、群众无不感动,大家都为从志远竖起大拇指,交口称赞:"不愧是新时代的金色盾牌!"

事实上,像从志远这样在抗震救灾的紧急任务面前舍小家为大家的民警还有许多许多,王权飞就是其中一位。

王权飞是兴文县公安局的一名辅警。和从志远一样,接到救援命令后,他们第一时间赶到灾区,积极投身到抗震救灾工作中,连续忙碌到17日上午。当他忙碌着巡逻于灾民安置点的帐篷里时,不经意间,一个两岁多的小男孩,娇柔的声音把他吸引了。

"警察叔叔好!"小男孩柔美的童声呼叫着他,并张开双臂朝他奔跑过来。

王权飞张开双臂,蹲下身子,笑盈盈地把小男孩搂在怀里,深情地抚摸着他的脸颊。

这一幕刚好被路过的记者看在眼里,他们用镜头记录下了这感人的瞬间。记者采访王权飞时,才从他口里得知,他也有这样一个娇小可爱的女儿,当天恰好是女儿两岁的生日。

女儿两岁的生日,身为父亲的王权飞却因为紧急任务不能陪伴她。他深知,在灾区还有更多的小朋友需要他们去守护。

面对镜头,王权飞深情地向女儿讲述了这样一段话——

"女儿,爸爸在这里祝你生日快乐,希望你健康成长,开心快乐每一天!"

这就是一位父亲!一位身为警察的父亲!胸中有万丈柔情,肩上有身系人民群众安危的使命。为了人民的生命财产安全,他毅然放弃了小家的甜蜜。

在灾难面前,正因为有无数像从志远、王权飞这样的警察,守护人民的生命财产安全,才使抗震救灾工作开展起来井然有序。也许他们不是"称职"的丈夫、父亲,但他们却是无私地捍卫灾区人民群众安全的一面面熠熠生辉的金色盾牌。

那些可爱的"迷彩哥"

有一种崇高的职业叫军人。他们战时冲锋在保家卫国的最前线,灾难来临时火速奔赴救援场所,把救灾视作没有硝烟的战场,以捍卫人民群众生命财产安全为己任,这就是军人最崇高的品质。从他们穿上军装、戴上大红花走进军营的那一刻起,就已经把一切交付给了捍卫祖国安宁的伟大事业。即使服役期满光荣退伍,仍然无法改变他们严守铁的纪律的军人本色。每一次灾害面前,总会有他们忙碌的身影。

12月16日地震发生后，兴文县民兵应急连和县内周家镇、毓秀苗族乡、九丝城镇、大河苗族乡、莲花镇，共乐镇、五星镇民兵应急排共280名基干民兵遵照县人武部的命令迅速集结，第一时间赶赴地震中心，迅速投入抢险救援行动中。

哪里有险情，哪里就有他们的身影；哪里有需要，他们就会及时出现在哪里。不需要命令，不需要指挥，搭帐篷、搬物资、清垃圾、抢修道路……一件件迷彩服在灾区需要的地方显得格外耀眼，受灾群众在他们的庇护下感到格外温暖。

经过几天的连续奋战，这些"迷彩哥"们战果显著：共排查受灾农户5000多家，搭建帐篷50多顶，搬运棉被3000多床，米面500多包，饮用水5000多箱，搬运救灾物资，总重量达300吨，安置受灾群众200多户。

哪里需要，哪里就有他们的身影。周家镇铜矿村距离集镇五公里，地震发生时，该村通往集镇的公路危岩地段落石阻断路面，给村民出行造成阻碍。得知这一情况后，大河苗族乡民兵排的15名战士迅速抵达险情发生地，在当地群众的配合下，清除道路障碍物。

在这支民兵队伍中，有一个非常显眼的身影——魁梧健壮的身材衬托出一张英俊而略显疲惫的脸庞，看上去不到40岁。他一面指挥战友们抢险和搬运物资，一面和另一位战友一起抬着运输管道奔走在公路上。迷彩服上冒着热气，汗珠不断从额角往外渗。他叫刘朝廷，是这支民兵排的领队。地震发生当天，他和乡上14名民警一起火速赶往震区，立即投入到搭建帐篷、挖水沟、搬运物资等各项工作中。

道路受阻，水源中断，为了保障群众的生活，他带领战友徒步将一吨多重的救灾物资运送到受灾村庄，迅即又投入清理道路障碍物和抢修输水管道的艰巨任务中。虽然疲劳，却丝毫没有抱怨。

在刘朝廷看来，作为一名退伍军人，参与抗震救灾是他的责任和义务。他别无所求，只希望能给他正在上高中的孩子做一个榜样示范。

在刘朝廷的带领下，他的整个民兵排人人都表现出了奋不顾身的品质。小战士李文富是民兵排里最年轻的兵。刚满20岁，看上去比较腼腆。虽然个头较小，干起活来却毫不逊色。搬运输水管道总是跑在最前面。虽然累得气喘吁吁，却从不肯停下来歇一歇。当群众得知他在获悉地震灾害后主动要求参加民兵救灾队伍的消息时，大家都感动得热泪盈眶。

"真是一位敢于担当的小伙子！"一名当地村干部称赞说，"这就是军人的本色啊！"

在赶赴灾区的这280名基干民兵中，还有两名特殊的战士。在抗震救灾中，他们表现出来的是现役军人的本色。

21岁的罗文坤是兴文县古宋镇人，在黑龙江某部队服役。已经三年未回过家的他，第一次请了探亲假回来，准备先陪伴年迈的爷爷奶奶几天，然后去看望身在广东的父母。本来，去广东的车票已经订好了。地震突然发生，让他改变了计划。

"我要去参与抗震救灾！"他来不及多想，简单地向爷爷奶奶交代了一句，就匆匆奔出家门，花300块钱打了辆车，迅速赶赴周家。快要临近周家时，道路已经实行交通管制了。因为走得匆忙，他竟忘了携带士兵证件。无奈之下只得原路返回。

小小的挫折，并没有浇灭了文心系灾区的热情。回到县城后，他主动找到县人武部请求参加救援行动。县人武部领导被他的行动感动了，同意他与县民警连一起赶赴灾区。

在灾区，罗文坤同民兵们一起抢救受伤群众、排查灾情、设置避险点、搬运物资……哪里有需要，他和民兵们就出现在哪里。

当得知周家镇铜矿村村道受阻，急需抢通的消息后，他和民兵们一起迅速赶赴那里，投入清理道路障碍物和抢运输水管道的"战斗"中。

在罗文坤看来，同民兵们并肩作战，是他人生中很宝贵的体验。他看到很多大龄的民兵主动扛物资、挖水沟的场景，深受鼓舞和感动，他明白，大家都有一个共同的信念——帮助震区多做一些事情，因此，再苦再累也没有抱怨。

其实，罗文坤是原定 20 日赶赴广东看望父母的。为了专注于抗震救灾，他悄悄地把定下的车票退了。

他觉得这个假期过得充实——虽然与父母已经有三年没见面了，很想念他们，但他相信他的父母会理解和支持他的选择。他认为，以后不管是在部队还是退伍了，他都会以身为一名军人为荣，去做对人民有益的事。

在这次抗震救灾中，与罗文坤相似的还有一年轻的现役战士。他叫李云川，才 23 岁，周家镇黄矿村人。和罗文坤一样，地震发生时，他正赶上在家休假探亲。地震就发生在自己的家乡。他意识到：作为一名军人，应该义不容辞地投入到组织群众自己的行动中去。于是，他义无反顾地奔向村里，协同村干部挨家挨户了解情况。了解清楚村上的情况后，他又迅速赶到紧急转移避险点，帮助搭建帐篷和搬运物资。哪里有需要，他总会冲在最前面。他的行动获得了乡亲们的交口称赞。他只是淡淡一笑。他心里只有一个想法，作为一名军人，应该到更需要自己的地方去，这是职责所在。

其实这次地震，李云川家和她姐姐家的房屋都有不同程度的损坏，幸而家人都没有受伤——这都是后来才知道的。

这就是军人，化小爱为大爱、舍小家为大家的军人，无限忠诚于人民的军人！他们无愧于"钢铁长城"的称号。

救援——冬日的暖阳

12 月 16 日晚，兴父的天空有些微冷，处于震区的周家镇由于海拔较高，寒气格外袭人，武警、消防官兵们紧锣密鼓地搭建帐篷，安置受灾群众。救援队伍刚忙完这一切，一辆大货车从宜宾方向经周底公路进入集镇中心新塘社区灾民安置点。呼啸而来的大货车刚刚停稳，救援人员便火速赶了过来。来车十多米长的大货箱侧面，鲜红的条幅上赫然印着"五粮液 10 月惊闻地震先遣队"的字样。司机迅速打开货箱，押送物资的十多名员工立即跳上车厢，协同震区救援人员一起卸下一箱箱救灾物资，紧急运送到灾民安置点。

原来，这批物资是五粮液慈善基金会捐赠的。地震发生当天，正值五粮液 1218 共商共建共享大会，来自全国各地的五粮液经销商齐聚宜宾。在获悉兴文发生 5.7 级地震后，五粮液集团公司迅速筹集赈灾物资，并组建爱心先遣队，押运物资抵达地震中心，参与援助行动。这次援助行动，五粮液集团公司、五粮液集团公司甘肃新疆五粮液联谊会分别来到兴文，开展灾后捐赠。五粮液集团公司紧急筹集 300 套棉被和 1500 套棉服送往震区。五粮液集团公司甘肃新疆五粮液联谊会捐赠 10 万元爱心资金用于抢险救灾。

来自远方的温暖，滋润着灾区人民的心，让他们灾后自救更有信心了。

12 月 20 日，天津五粮液经销商联谊会、四川五粮液经销商联谊会、五粮春重庆客户相继来到兴文开展灾后捐赠，共捐赠善款 21 万元。

12 月 24 日，广东五粮液经销商联谊会，向新闻灾区捐赠善款 10 万元。

在这次抗震救灾中，五粮液经销商三次向新闻地震灾区捐款捐物，共计捐款 41 万元，棉被 300 套，棉服 1500 套，为灾区人民的灾后重建增添了信心。

像五粮液这样的爱心群体还有许多，由李连杰先生于 2007 年发起成立的壹基金公益组织就是其中一个。

在获悉兴文县周家镇遭受地震灾害后，壹基金志愿者冒着天寒地冻，于 12 月 23 日抵达周家镇，向灾区学校的少年儿童们捐赠了温暖包。每个温暖包价值 365 元，其中包含棉衣、雪地靴、棉帽、手套、围巾、棉袜、袋鼠公仔、书包等 13 件物品。边远山区的孩子们在壹基金公益组织的关爱下，感到这个冬天格外温暖。

在地震灾害面前，不仅有来自外部的公益组织的关爱和救助，兴文县当地企业、民间社会团体也积极筹集资金和物品，组织志愿者赶赴灾区参与救援行动。

12月18日一大早，周家镇新塘社区紧急转移避险点里，受灾群众喜笑颜开地端着热腾腾的抄手，边吃边谈论着。香喷喷的抄手吃在嘴里，甜甜的暖意沁在心里。这是兴文县刘抄手食品有限责任公司送来的爱心。地震发生后，中华名小吃"刘抄手"组织员工迅速赶赴灾区，为受灾群众和救灾人员包抄手、煮抄手。为了灾区人民能吃上热腾腾的抄手，员工们很早就起来熬制作料、拌馅、包抄手……他们的默默奉献，温暖着灾区群众的心。

此外，兴文县电子商务产业园、兴文县金鹅粉业有限责任公司、兴文县鸿源塑编有限责任公司、兴文县石海家园购物中心有限责任公司、宜宾智能制造等公司、企业纷纷向灾区捐款、捐物。海翔·光明春天"留香玫瑰"志愿者协会、兴文县爱心驿站志愿者协会等民间公益组织，纷纷发起倡议，通过义卖和募捐等形式，筹集大量物资，于12月17日晚连夜送达灾区。

在这次抗震救灾物资援助行动中，有外部企业和公益组织的爱心援助，有兴文县当地企业、公司和公益组织的爱心援助，还有爱心人士的无私捐助。七十八岁的老人，或是情无私捐赠黄糖的善举，在灾区群众中广为流传。

12月18日晚，周家镇抗震救灾物资接收点的门口，工作人员正在忙碌地统计着救灾物资情况。一位年近八旬、满头白发的老太太背着一个箱子走了过来。

"大娘，您有什么需要帮忙吗？"工作人员打量着眼前这位饱经风霜的老人，温和地问。

"不，我是来捐助的。"老人一边说一边放下背篓，解下架在背篓上的纸箱，抱到工作人员面前。

"这是？"工作人员有些疑惑。

"这里面是十斤黄糖。现在降温了，受灾群众和救援人员需要驱寒。这些黄糖用来熬姜汤可以御寒。希望大家不要感冒了。"老人说完，头也不回地走了。

望着老人远去的背影，工作人员十分感动，后来他们才从社区干部那里了解到老人姓名。

她叫何世琴，家住周家镇云龙社区。老人家里并不富裕，平时以做花圈、卖香烛纸钱等小本经营维持生计。她平时生活特别节俭，但心地很善良，邻里乡亲有危难时，总会毫不犹豫地出手相助。这次地震，何世琴老人自家的房屋也出现了裂痕，有轻度损伤。

源源不断的物资从四面八方运来，充分解决了受灾群众的生活问题。截至12月18日下午，据不完全统计，兴文县救灾物资储备库自筹、上级调拨和社会各界捐赠到民政部门的救灾物资总数为：棉被5526床，棉大衣3090件，帐篷583顶，矿泉水1478件，大米3000斤，救灾床办80张，折叠床200张，救灾救济家庭包810个，食用油352桶，粉条1200斤，方便面137箱，其他生活用品若干。接到捐赠慈善资金22.195万元。

大量爱心企业、公益组织和爱心人士的救助，像冬天里熊熊燃烧的烈火，温暖着灾区人民的心，让他们在面对灾难时努力自救、重建家园更有信心了。

自救——他们迎难而上

有一种力量叫信仰的力量。它一旦坚定下来，就是坚不可摧的堡垒。在12月16日周家镇5.7级地震中，当地党员干部踊跃投入到抗震救灾自救自护行动中，把信仰的力量发挥到了极致。

山崩地裂的那一瞬间，地震中心地带洛浦村、天星村、龙洞村受灾尤其严重。16日下午1时，各村村支两委迅速召集各村民小组党员、干部分工负责，挨家挨户排查险情、统计居民房屋受损情况，组织受灾群众撤离。到下午5时，各村的受灾情况基本统计完善，受灾群众转移安置工作有条不紊地开展。在疏散群众的整个过程中，党员干部沉着应对，秩序井然，以高度的责任感，第一时间保障了受灾群众的生命财产安全。转移安置好群众后，各村党员干部又迅速投入到疏通村级公路落石、塌方的艰巨任务中。

从地震发生时起，铜矿、天星、洛浦、龙洞、黄矿、家兴、新塘、云龙等受灾严重的村、社区，全体党员干部紧急出动，分头排查道路受阻情况，积极投入抢通道路的战斗中，一直忙碌到当晚10时才各自回家吃饭。

在抢通道路的过程中，有这样一位无私奉献的党员。他叫李跃勇，是周家镇洛浦村村民。他是周家镇六龙超市的个体业主。除了在集镇上经营一个个体超市外，还在天星村开办有一个采石场。

地震发生时，李跃勇正在珙县县城办事，从网络平台得知，地震中心就在自己的老家洛浦村的信息后，他立即驾车返回。

返回途中，他看到沿途公路上到处都是落石。潜意识告诉他，及时清理道路落石，是保障救援队伍迅速抵达灾区的关键。他二话不说，径直驱车抵达自己的采石场，马上动员工人出动采石场内所有的挖机、铲车等机械设备，投入道路抢修中。从下午两点多一直忙碌到晚上，总算把周底公路沿线的道路障碍物清除干净了。

接下来的几天，李跃勇又继续指挥他的机械化队伍，投入到洛浦、天星等村的村道障碍物排除行动中。连续几天的忙碌，他和他的员工们完全是义务投入，没有向群众索取任何报酬。村道顺利抢通了，忙碌了几天的李跃勇疲惫的脸上露出了灿烂的笑容。当干部、群众向他表示谢意时，他只是淡淡地一笑，郑重地说："我是一名退伍老兵，也是一名党员，为乡亲们提供力所能及的服务是应该的。在接下来的灾后重建中，只要村上、镇上有需要，我一定会毫不犹豫地全力配合，争取为家乡的灾后重建多出一份力。"

看似简简单单的几句话，让乡亲们感到无比温暖，也让各地救援人员感受到灾区党员、干部心系群众的优良品质。事实上，李跃勇所做的还远远不止这些，各地救援队伍进入集镇抢险救灾以后，他还为他们提供了茶水、住宿等帮助。在他看来，能为受灾的乡亲们出一份力，是对家乡最好的回报。

在抗震救灾中，不仅有李跃勇这样的无偿投入机械设备和劳动力，积极组织群众自救的当地个体业主，还有坚守岗位持续战斗的当地各条战线上的工作人员。为了守护这片生养他们的土地的安宁，他们连续奋战，从不抱怨苦和累。在他们身上闪耀着党性的光芒。

张劲是周家镇卫生院的一名医生，家住在周家镇云龙社区村。地震发生后不到30分钟，原本在家休假的他，匆匆给父母打电话问了平安，便迅速赶回医院，投入到抢救受伤群众的医疗服务行动中。

准备药物、救治伤员……医务室里，他的身影在奔忙着。在他的心中只有一个念头：受伤的群众是他的父老乡亲，作为一名医生，有责任和义务解除他们的痛苦、安抚它们受到惊吓的心灵。忙完医院的事务以后，他又火速赶往紧急转移避险点，配合兴文县疾控中心救援人员开展防疫工作。

值班值守，安抚群众……哪里有需要，哪里就有他忙碌的身影。16日至21日，他连续奋战了五天。近视镜片后那双慈祥的眼睛早已布满了血丝，原本英俊的脸庞也显得疲惫不堪了。脸上仍然挂着慈祥的笑容，让与他接触的一群受灾群众感到无比温暖。

21日一大早，张劲回到家中以后，才知道自己家中也受灾了——墙上的瓷砖震落满地，父母居住的房屋也受到了一定程度的损坏，两位老人被安置在了云龙社区村紧急转移避险点。为了让儿子安心坚守岗位，老两口没有告诉他自己家受灾的情况。得知这一切后，张劲并没有抱怨，简单处理好家中的事务，又迅速投入到另一项抢险救灾工作中。

云龙社区村原本是川南硫铁矿所在地，当地人口密集社区，居民生活用水是从铜矿村蓄水库引进的自来水。由于受地震影响，输水管道出了故障，给拥有上千人口的云龙社区村民生活用水带来不便。是这一情况后，21日上午，从医院值班回来的张劲不过连续几天在医院坚守岗位的疲劳，迅即投入到社区居民抢修水管的劳动中。

运水管、安装管道……哪里需要，他就出

现在哪里。在他心里，自己不仅是一名医生，还是一名普通群众。为群众尽一份力，也是行动起来积极自救的表现。作为一名党员，就应该把群众利益放在首位。

在抗震自救行动中，像李跃勇、张劲这样的党员很多很多。正是因为有了外援的支持和当地党员、干部的积极自救，才让受灾群众有了灾后重建的充足干劲。

地震发生以后，周家镇天星村受灾严重。天星村村民饮水和灌溉的水渠"红星大堰"（红岩到天星）由于处在危岩地段，危岩落石阻断了水源，村民们生产生活用水困难。通过排查，了解清楚水渠被堵塞的情况后，17日一大早，天星村党员干部自发组织起来，带上铁锤，钢钎等工具，到红星大堰清除阻断水源的落石。虽然天气格外寒冷，但党员们的心是热的。他们知道，水是他们的生命线，及时疏通水源，保障生活用水，是抗灾抢险的重中之重。因此，谁也不抱怨苦和累。大家齐心协力，经过一天的紧张劳作，长达五公里的渠道，阻塞物被全面清除，全村人民又重新用上了充足的水源。

地震发生后，灾区的供水问题在水务部门的救援支持下，灾区党员干部积极配合、群众自发组织全力以赴参与抢修。到12月21日受灾严重的五个村、社区输水管道全面抢通。抗震救灾工作重心逐步向灾后重建倾斜。

这就是信仰的力量！这种力量足以感召群众从灾害中挺起腰板迎难而上，重建美好的家园。仅此，已足以有理由相信：明天的周家依然是明朗的天空。

"最美文书"的最美事迹

2018年12月17日下午5时许，阴沉沉的天空仿佛要下雨一般早早地暗了下来。天星村村民陈孝先正在自家因地震受损严重的房屋门口忙碌着。身后的房屋墙壁已经在地震的影响下，开裂了好几厘米宽的缝隙，随时都有垮塌的可能性。按照村上的安排，陈孝先本来已经

是选择了投亲靠友的。由于惦记着家里的粮食和腊肉，她趁着下午时光特意赶了回来。正当陈孝先准备冲进去搬挂在厨房里那面开裂的墙上的腊肉时，身后传来一阵呼喊，把她惊醒了。

"孃孃，你怎么还待在这里哟？危险！不要进去！"急促的声音里，一名40来岁、身着黑色羽绒服的妇女飞也似地跑进了陈孝先的院坝。来人喘着粗气，黝黑的脸庞显得格外焦急和疲惫。她顾不得一路奔波的劳累，急忙上前拉住陈孝先的手，阻止她进入危险的屋子里。

"我的腊肉啊，不抢出来以后娃娃们回来吃什么呢？"陈孝先焦急地一边说，一边试图挣脱拉住她的那双手。

"你歇着，我去帮你拿！"穿黑色羽绒服的妇女疲惫的脸上挂着笑容，一面劝慰陈孝先，一面让她坐回院坝里的凳子上。她转过身，迅速奔进厨房内，从开裂的墙上取下挂成一排的十多块腊肉，整齐地放进背篓里。她又迅速地把背篓背在背上，和陈孝先一起朝陈孝先投靠的亲戚家走去。

谁也不知道，这位帮陈孝先"抢"腊肉的妇女一小时前还躺在周家镇卫生院的病床上。村民们却记得，她就是天星村的文书吴勤轩。至于她住进卫生院病房的原因，还得从16日的地震说起。

地震发生以后，天星村作为震中位置，受灾情况严重。当时正在村民家里开展扶贫工作的吴勤轩第一时间向村上其他领导报告了情况，并建议分头负责、挨家挨户排查村民房屋受损情况和组织受灾严重的群众转移。

时间就是生命！来不及商量，吴勤轩按照村上要求，临时牵头负责天星村三四组的受灾情况排查和受灾村民转移安置。天星村三四组地域广阔，幅员面积达4平方公里，村民居住分散。接到紧急任务后，吴勤轩忙碌开了。她飞快地奔跑在乡间小路上，逐家逐户排查受灾情况，详细地进行登记。

一路小跑，一路奔忙。汗水从她的额角渗出，笔尖在她的笔记本上飞舞。统计完了一家，又迅速赶往另一家。直到17日凌晨3点，

总算把两个村民小组 41 户居民 163 名群众的房屋受损及人员受伤，受灾情况彻底摸清了。

回到家里，顾不上连续奔忙十多个小时的饥饿和疲劳，水都来不及喝上一口，她又迅速坐到卧室的写字台前，展开笔记本，就着昏黄的灯光连夜统计和整理各家各户的受灾情况。一直忙碌到 17 日早上 10 点，一份详尽规范的数据统计材料在她彻夜未眠的辛勤劳动下制作完成了。

伸了伸疲惫的双臂，打了个呵欠，她带上统计资料，迅速地出了门，一路小跑朝村办室奔去。

临近冬至，高寒山区的风冷得刺骨。她一步踏进办公室，村上的其他干部正在忙碌着统计汇报来自各个村民小组的受灾数据。

"我们的信息一定要统计准确！"她对村上其他干部说，"尤其是村民的姓名、年龄等信息千万不能出现错误"。

说完，她坐到计算机前，亲自动手做资料。

疲惫的眼神掠过屏幕，她的脑海里阵阵轰鸣。湿透衣服的汗水冷却后，阵阵寒意侵袭着她。她不由得打起了冷战，手上的动作也渐渐慢了下来。

"你怎么了？"感觉情况不对的村支书关切地问。她突然觉得眼前一阵眩晕，朦胧地说了一句："我实在支撑不住了！"随即一个跟头栽倒在办公桌前。

在场的村、组干部愣住了。回过神来以后，大家火速找来车辆将吴勤轩送往周家镇卫生院紧急抢救。经医生诊断，吴勤轩是因为严重受凉并且长时间没有休息和进食而引起的昏厥。

吴勤轩昏倒的消息在村里不胫而走，村民们自发组织赶往医院看望。他们赶往医院时，已是下午 2 时许。吴勤轩还处于昏迷状态，医生正在忙碌着为她输液。在获知她没有生命危险后，为了不影响她休息，大家默默地放下各自带来的慰问品。赶回村里，投入抢险自救中。

下午 3 点过，输完液的吴勤轩才从昏迷中醒来。

"我们的统计表做完了吗？"她下意识地问了一句。睁开眼才发现自己躺在医院的病床上。

"我怎么会睡在这里？"她诧异地打量着四周，努力地回忆着昏迷的过程。

当医生告知他这一切情况后，看着眼前群众送来的慰问品，她不由得热泪盈眶。

"我要回村上，统计表还没做完！"她对医生说。

"你现在还不能走，先吃东西。"医生劝慰她，"你已经很久没休息了，饥饿、疲劳再加上受凉才导致昏厥的。当务之急是补充能量。"

在医生的再三劝慰下，吴勤轩匆匆吃了一些食物，勉强休息到下午 4 时。她忐忑的心里始终记挂着那份没有完成的统计表，记挂着那些还没有转移安置的群众。强烈的责任心驱使她再也无法停留。她迅速从病床上爬起来穿好鞋子飞快地跑出医院，匆匆叫了辆摩托车往村上赶。

到达村口时，她看到陈孝先正准备回屋搬东西，便有了开头那一幕。把陈孝先安顿好以后，她又迅速赶回村里，再次挨家挨户排查受灾群众转移安置情况。

村民张天淑是天星村村上的老干部。吴勤轩昏厥后，张天淑心里一直记挂着她的安危。暮色降临时，她正准备叫人送她到医院去看望吴勤轩，忽然听见门外有人在叫她："张孃孃，还在忙啥？"

张天淑闻声从屋里赶了出来，见吴勤轩奇迹般地出现在她面前，不由感到十分诧异。

"你……你怎么不多休息休息？这就回来了？"张天淑上下打量着她，惊奇地问。

"村上还有许多事务要处理！"吴勤轩淡淡一笑，"我不能只顾自己"。

在得知张天淑家平安无事后，吴勤轩又转身飞速赶往另一户村民家。张天淑从厨房里端来几只烤红薯准备送给她充饥。走到门口时，早已不见了吴勤轩的踪影。望着暮色苍茫中的小路，张天淑心里无限感慨。

又是一个忙碌的下午，吴勤轩踏着暮色归来时，才发现自己的孩子正在黄昏中的院坝里朝着路口张望。

"妈妈，您终于回来了！"孩子呼唤着扑向她的怀抱。抹了一把汗，吴勤轩蹲下身，轻轻抚摸着孩子的脸颊问："吃饭了吗？"

"奶奶说没有米了！"孩子的表情有些失落。

瞬间，吴勤轩心里酸溜溜的，眼泪不由自主地掉下来了。她掏出手机联系附近商店，迅速为家里送来大米。

望着昏黄的灯光下婆婆和孩子狼吞虎咽地吃着晚饭的情景，吴勤轩心里五味杂陈。坚强的她只是淡淡地说了一句："地震来了，我的工作很忙，你们要照顾好自己。我没有时间照料你们。"她又掏出手机打开微信，在家人群里发送了同样的信息。

其实，像这样的情况不止一次。吴勤轩的家庭自身也需要照顾，丈夫常年在外地打工。婆婆老了，还偶尔生病。孩子还很小，生活无法自理。平时，她一个人除了在家里忙活，还要承担村上的扶贫、妇联、社事民生工作。有时，常常因为工作原因忙得忘了照顾家人。为此，她常常感到愧疚。看到村上群众的日子过得越来越好，她又感到无比欣慰。

吴勤轩说她是一名共产党员，为群众服务是职责所在。作为一名村干部，力量很小，能为群众做一些事，是对群众信任的一种回报。

这种品质的形成绝非偶然，吴勤轩的父亲曾是洛浦村村支书，她很小的时候就耳濡目染了父亲为群众利益而操劳的许多事迹。这种来自家庭的熏陶，让她在成长中受益匪浅。

18 日一大早，吴勤轩又奔忙在村里抢险救灾的各个场所了……

12 月 21 日，她的事迹被中央电视台新闻综合频道以长达 8 分 20 秒的时间进行报道。她也因此成为群众有口皆碑的"最美文书"。

在周家镇抗震救灾行动中，正因为有无数像吴勤轩这样坚守岗位的"最美文书"，才使人民群众的生命财产安全得到有力的保护；使抢险自救有序开展，把损失降到最小；使受灾群众信心百倍地开展灾后重建，还震后一个美丽的家园。

感恩——心灵在闪光

灾害无情，人间有爱。在各路救援大军的鼎力援助和周家镇灾区干部群众积极组织自救的环境下，灾区群众安置井然有序。受灾群众在极短的时间内从地震的恐慌中解脱出来。

12 月 18 日，中央电视台庆祝改革开放 40 周年大会的电视直播开始后，周家镇新塘社区紧急转移避险点的受灾群众纷纷走出帐篷，围坐在熊熊燃烧的火炉旁，聆听习近平总书记重要讲话。当雄壮的国歌声响起，那一刻，受灾群众纷纷打着节拍、和着音乐高声唱起来。虽然音调不是很准，但歌声里却饱含着他们对伟大时代的感恩。有的群众唱着唱着竟情不自禁地热泪盈眶了。的确，因为我们有一个强大的祖国，才使人民群众在任何灾难面前无所畏惧。他们的歌声是发自内心的感恩之声。这是民族自强的希望。

"虽然这次地震受了灾，但是听了习总书记的讲话，感受到我们祖国的强大，对我们接下来重建美好家园，我们充满信心。"受灾群众黄俊洪如是说。

"住帐篷虽然比不上家里，但是在山区受灾后有热水喝有热饭吃有电视看，还有这么多人都及时赶来帮助我们，和我们一起克服困难，感谢党和国家啊！"受灾群众孙希云如是说。

在地震灾害中，灾区人民怀着感恩之心同救援队伍站在一起。救援队伍的大力援助熰热了他们的心，他们的感恩行动同样温暖着救援人员的心。

45 岁的吴均轩是一名退伍军人。地震前，他和妻子刘翠霞带着两个孩子住在周家镇洛浦村。他和妻子靠着勤劳的双手，不仅在老家洛浦村开办了一个猪场，还在周家镇云龙社区开办了一个饭店。

地震发生后，吴均轩的家里也受了灾——自家房屋和猪场都出现墙体拉裂的情况，堆放的饲料也全部被渗漏的水浸泡湿了。迫于无奈，他们全家暂时搬到经营在云路社区的鑫鑫饭店里安身。

到了那个仅有 30 平方米左右的饭店里后，他们亲眼看见救援人员紧锣密鼓地将许多受灾群众安置到云龙社区紧急转移避险点，心里不免有些恐慌。

"这日子还怎么过呢?" 吴均轩掩着面叹息着，用无奈的眼神望着妻子刘翠霞。

"咱们干脆关了门外出打工算了!" 刘翠霞黯淡的眼神望着他，央求似地说。

吴均轩摇了摇头，指着两个孩子说："他们还小，不能耽误他们的学习。"

沉默中，他们发现，这个处于云龙社区三岔路口的饭店门前，从仙周路、周底路、双周路赶往震区周家镇的车辆来来往往、络绎不绝。公安民警、消防官兵、镇村执勤人员轮流值守在这条道路上 24 小时不眠不休，保障着震区的道路通畅，不由得被救援人员的精神感动了。

地震来了，我能为他们做点什么呢? 吴均轩心里想。这一个通宵，他辗转难眠，起来了好几次。每次起来，他总发现门口那些执勤人员挺立在凛冽的寒风中，疲惫和凉意侵袭着他们。他不禁回想起了自己当兵时站岗的那些日子，一个重要的决定顿时从心底产生了。

天还没亮，吴均轩再也坐不住了。他轻轻地叫醒了妻子，告诉她："我们还是继续经营饭店。不是为了挣钱，而是专门给来抗震救灾的人提供免费的早、午餐。"

丈夫的决定，刘翠霞向来是支持的。说干就干，18 日当天，吴均轩夫妇俩凌晨两点左右就起来开始干活，一直忙碌到天亮。

为了表明他们的诚意，吴均轩找来毛笔和纸，特意写了一张大红海报，贴在饭店门口的招牌上——

本店为感谢所有救援队伍对灾区的支持，于即日起免费提供早午餐。

"免费供餐?" 刚从值班岗位上撤下来的宜宾市公安局民警胡澎不敢相信自己的眼睛，抱着试试看的心理，他带着队友们走进了饭店。

吴均轩热情地招呼他们坐定以后，迅速地协同妻子在厨下张罗了起来。不一会儿，一大桌热腾腾的饭菜呈现在疲惫不堪的民警面前。大家一边吃着饭菜，一边夸赞吴均轩的厨艺精湛。吴均轩站在一旁心里乐滋滋的。

民警们吃完饭向吴均轩结账时，吴均轩笑盈盈地说："我也是当过兵值过班的人，你们辛辛苦苦地来救援灾区，为你们服务是应该的。饭钱就免了。"

民警们一再坚持，吴均轩坚决不肯收钱。民警们不禁被眼前这位厨师"兵哥哥"的义举深深感动了。大家齐刷刷地立正，恭恭敬敬地给他敬了个军礼。吴均轩也笑盈盈地回敬了一个军礼，然后与他们一一握手送别。

寒冬的周家镇格外"温暖"。吴均轩的免费饭店座无虚席。救援队伍被吴均轩无私付出的感恩回馈感动了。大家齐心协力，奔忙在抢险抗灾最需要的地方，用实际行动回报灾区"吴均轩"们的盛情。

吴均轩用实际行动告诉人们：感恩是撑起灾区人民自强不息的信心的源泉。吴均轩是这样做的，灾区广大群众也是这样做的。

12 月 18 日下午，武警宜宾支队 110 名官兵圆满完成任务，集合起来准备悄悄离开灾区的时候，感人的一幕发生了——灾区群众不知从哪儿得到了消息，都不约而同地排列在道路两旁，齐刷刷地举起手，频频挥手向武警官兵们告别。目送着武警支队的车辆渐行渐远、最后消失无踪后，大家才依依不舍地各自散去。

"感恩的心，感谢有你……" 这是灾区干部、群众最真挚的心声。12 月 22 日，宜宾市春晖青少年服务中心收到了一份特殊的礼物——一面绣有"灾害无情 春晖有爱"字样的锦旗。说起这面锦旗的来历，有一个感人的故事——

12 月 16 日地震发生后，宜宾市春晖青少年志愿者服务中心负责人陈昱铸立即组织志愿者驱车前往周家救援。在了解到具体灾情后，陈昱铸立即向中国扶贫基金会人道救援攀枝花到会报告了周家镇石屏村的受灾情况和急需救灾物资情况。在得到肯定的答复后，他们便留在石屏村，一面协助当地干部群众组织自救，以免等待救灾物资到来。

12月18日，石屏村村支书杨铁强接到陈昱铸电话，让他通知群众到村办室领取救灾物资。当杨铁强驱车赶赴村办室时，500桶食用油和500袋大米已经堆积在村办室门口的小操场上了。杨铁强十分感动地招呼村民们排队领取了这些物资。

周家镇石屏村原本是省级扶贫村，2017年刚刚摘下贫困的帽子。地震发生前，正处于脱贫攻坚关键期。地震灾害的骤然降临，无疑让刚刚脱贫的群众旧伤未愈又添新伤。春晖青少年服务中心的救援行动，为灾区贫困群众送来了严冬的温暖。为了感谢春晖青少年服务中心的无私援助，周家镇石屏村村两委决定亲自制作一面锦旗，由第一书记李安义和村支书杨铁强带领村两委成员亲自送往宜宾市春晖青少年服务中心。同时，他们还向中国扶贫救援基金会赠送了感恩锦旗"抗震救灾献大爱，情系灾区暖人心"。

在地震灾害面前，灾区群众用实际行动表达了对各路救援队伍的感恩，也用实际行动告诉世人：一个懂得感恩的群体是有希望的群体。灾后重建，他们将迎来明天崭新的阳光。

尾 声

经过长达一个周的抢险救援行动，周家镇

地震灾害过后，一切又恢复了正常。这次地震灾害中，周家镇仅10人受伤且均属轻伤，无生命危险。未出现人员因地震死亡。房屋损失约6775万元。经过各路救援队伍的全力抢险，和灾区干部群众积极组织自救，到12月24日，各项救援工作全面结束，镇内各学校全面复课，灾区群众恢复正常生产、生活秩序。由此，灾后重建工作提上了新的日程。

周家镇，这个地处川南边陲兴、珙、长三县交界处的小镇，这个远古僰人聚居的山都六乡之一的落卜乡，这个有着"山水蚕乡"的生态自然之美的小集镇在"魔鬼一吻"之后，闪现了无数熠熠生辉的光芒。

这次史无前例的地震灾害，在广大救援人员和当地干部、群众的齐心协力抢险救助下，荡尽尘埃，阳光会更美好。

12月26日，兴文县委、县政府通过网络媒体向参与这次救援行动的各路抢险救援队伍致以了衷心的感谢。在今后的灾后重建工作中，有各级各部门的大力支持，当地干部群众的自强不息作基础，明天的周家山水、民居、产业、人性会更加光芒璀璨。

（载《时代报告·中国报告文学》2019 年第 3 期【头条－特别关注】，同时载《大地文学》卷五十一）

山月无声照沟壑

序 曲

发源于乌蒙山深处的两条无名河跌跌撞撞，像一对历经磨难的青年男女，一路长途跋涉，终于在叙永县城南相遇了，它们的血液溶于一体，诞生了波光潋滟的永宁河。永宁河蜿

蜒曲折，从县城东城和西城之间向东流去，留下一个巨大的回旋，底蕴蓄积在这里，亿万斯年，叙永因此被南来北往的历代文人墨客称赞为历史悠久、人才辈出的古老边城。万丈红颜丹霞山、绵延碧水永宁河无言，却一直默默地关注着叙永城的过去和未来。

这是一块历史厚重的土地。先秦时期，巴蜀先民鱼凫人曾穿越荆秦来到这里栖息过；两

汉时期这里是夜郎国的边陲小镇；元、明时期，这里是彝人土司永宁宣抚使司的治所；前清时期，这里是南丝绸之路上商贾云集的茶马古道；民国时期，这里是蔡松坡护国讨袁的战场；近代以来，叙永又是红军长征四渡赤水转战过的土地……

这是一块文化底蕴深厚的土地，500年前，明朝第一才子杨升庵谪戍云南永昌卫时途经此地，曾驻马于鱼凫关前，留下了"鱼凫今日是阳关，九度长征九度还"的壮美诗篇；600年前，奢香公主从这里出发，嫁到贵州毕节，留下了一段不朽的传奇；400年前，奢崇明从这里起兵，纵横巴蜀，搅得朝廷鸡犬不宁；400年前，明末重臣熊文灿诞生于此，官至兵部尚书。至近代，西南联大曾于抗战时期迁址于此，辗转停留将近一年，招来朱自清、李广田、吴芳吉等学界名流云集，谱写了壮美的篇章。开国上将傅钟诞生于此，沿永宁河乘船奔赴旅欧寻求救国方略的革命道路……

边城叙永的故事一波三折，几天几夜也说不完。走过永宁河畔，一排排古色古香的楼阁呈现在眼前，青砖碧瓦和雕梁画栋为你诉说着这一切，这里便是四川十大最美古街——鱼凫古街；丝竹管弦声里，"天愁地暗，美洲在那边"的凄美诗句还依稀回响在耳边。

街边楼上下来了一个人，给人脸长过身材的感觉，长脸上一道道被岁月镂刻的皱纹格外清晰，浓眉里露出一颗大黑痣。他笑着往阁楼前一站，便成了一道独特的风景，身后的阁楼牌匾上"鱼凫书院"几个字在整条街上可谓独树一帜，尤其那个"鱼"字更为突出，一看就知道并非出自凡夫之手。那丝竹管弦的声音，便是从"鱼凫书院"飞出来的，隐隐约约，几分意趣。此刻，书院里正有三五文人雅士聚集，或品茗论道、或抚琴奏乐、或挥毫题字……长脸的男人仍是笑着，脸上的笑意在皱纹里游走，像一尾尾鲜活的鱼游动在清波微荡的永宁河水中。

"他叫刘光富。"路人远远指着长脸的男人，窃窃议论着，"他在叙永这块土地上出现，本身就是一个传奇，他的长脸里蕴藏着故事"。

"我就是刘光富"长脸的男人介绍说，"刘光富的刘，刘光富的光，刘光富的富，不多一撇，不少一捺，生年属鼠，却胆儿够大，牛的命，喜欢折腾自己100多斤的牛肉"。说完，他笑了，笑声里不断抖落着爽朗。

1. 刘光富的"刘"

兴隆，这不是一个形容词，而是一个地名。打开百度一查，在中国版图上，使用"兴隆"这个词语作为地名的频率应该是最高的，大到区县、小到村社和街道，以此命名的，少说也有好几百个。主观臆断，这样命名应当并非自古就有，而是新中国成立后，表达人们对未来生活的一种期冀。

刘光富，这个脸长为主要特征的男子就出生在叙永县兴隆镇这个不大不小的乡镇，具体说是兴隆镇的一个最为偏远的贫困村，村名在几十年来的不断拆并中已经不存在，现在归属卷子城村，这里曾经是乌蒙山地区一块典型的石漠化区域，土地贫瘠、荒凉，十年里很难种出一季庄稼，站在高处一眼望远，到处莽莽苍苍，眼底一片云雾迷茫，石夹缝里挣扎的兴隆镇缺乏生机，兴隆并不兴隆！

和两千多年前的汉高祖、昭烈帝这两位八竿子打不着的老祖宗一样，刘光富就出生在这样的草莽丛林之中；他的出生，却又与这两位八竿子打不着的老祖宗不同，没有雷雨交加，没有天现异象，只是和寻常人家的婴儿坠地一样，一声啼哭昭示自己来到了这个世界。

刘光富的"刘"是卑微的，是如同刘邦、刘备一样生于草莽、织席贩履的"刘"，乌蒙山地区贫瘠的土地上，长出来的草木和庄稼都是枯蔫焦黄的，像缺乏奶水滋养的婴儿，烈日暴晒，随时都可能枯萎，刘光富就是乌蒙山的石夹缝里的这样一棵缺水少土的野草。野草有野草生长的拼搏，哪怕罕见的一丝阳光、一滴雨露，他都要奋力地去争取、去吮吸，始终以坚韧的毅力牢牢地扎根并不厚实的土壤，把顽强的生命展示给长天大地。

大山阻隔了人们的视线，也因锁了童年的刘光富。仰望天空，那仅仅是一只时而碧蓝、时而洁白的狭窄井口而已，"娘！那边是什么？"娘顺着刘光富的小手所指的方向望过去，那边到底是什么？其实她也不知道。和其他村民一样，娘亲一辈子被因锁在深山里，最远只到过三十里外的兴隆场镇。娘亲自然是无法给出合理的答案的。每当这时候，娘亲总是微笑着摇摇头，然后眼里闪着一星苦涩的泪花，摸着他的小脑袋，慈祥地说："好好念书，将来长大了走出去，你就知道了。""哦，知道了。"天真的刘光富虽然阅读不懂娘亲内心的苦涩，但是却在记忆里扎下了"走出去"这几棵字的根。

"娘，您教我写字！"每当这时候，他总会缠着娘亲。娘亲微笑着从火塘前捡来半截为烧过的木柴，把着他的小手，蹲下身去，在泥土堆起来的院坝里反复地写着一个"正"字，就这样，在院坝里的天地间，刘光富学着娘亲写下了无数个"正"字，是这个"正"字，铺就了他后来的人生道路，他始终在"正"字铺出的路途上大踏步走着。日子久了，他觉得不耐烦了，嘟着嘴问娘亲："您就不会写我的名字和我爹的名字吗？"这时，娘总会笑笑，眼角露出一丝不易觉察的苦涩，然后说一句："你爹也有一个正字"，是的，父亲的名字里的确有一个"正"字。若干年后，每当刘光富讲起这事的时候，他总会感慨地说："也许娘一辈子就只会写一个'正'字，当我逼着她教写别的字的时候，娘亲不知有多么的为难，读书了，娘亲常对我讲，一字值千金啊，一生一个'正'字，娘亲是在无意识中默默告诉着我做人的原则吧！"

被深山因锁的石漠化地区，不仅土地是贫瘠荒芜的，文化更是贫瘠荒芜到可怕，生长不出庄稼的石夹缝怎么能生长出文化？人口并不多的村子里，乡亲们大多是目不识丁的。村子里仅有的一所学校，长期是一位老民办教师任教，不同年龄段的孩子分成不同的班级，放在一间教室里，采取复式教学，老是互相干扰。因此，从课堂上学到的知识极为有限。课堂教学尚且如此模样，就更不必说课外书了，就连老师的知识储备量也是非常有限的。

交通闭塞、信息落后，乡亲们对外界的认知也是非常的有限。刘光富的父亲算是个例外，他常年担任村干部，为了搞好村子的工作，很少待在家里。倒是每次回来，都会不知从哪里带回来一些破旧报纸，原本是拿来当作擦屁股用的手纸，却成了刘光富少年时期最好的读物，就像饥饿的人突然遇上面包，被人用来擦过屁股的，他都会捡起来反复阅读几遍，甚至读到最后，才发现手里的"面包"发黄、散发着臭味。正是这些破报纸成了他少年时代最"丰盛"的营养。因此，他在学习上就表现得与同龄的孩子不一样，每学期总是名列前茅。小学毕业后，以优异的成绩考入了小洞完小唯一的一个初中班。

"好好念书，将来长大了走出大山，你就知道了。"娘亲的叮嘱常常在耳边回响，一直激励着他。升入初中，只不过变了一个山窝子待着，却仍然还是被锁在四面深山中，距离理想仍然遥远。望着头顶井口似的天空，刘光富常常暗自鼓励自己：跳出井口是蛙唯一的出路，别无选择。

初中学校条件相对村小要稍微有些不同，简陋的图书室里多少存放了一些陈旧的读物，刘光富成了这里的常客，一有空，他就扎进这些书堆里，如饥似渴地阅读，除此而外，他还千方百计四处寻找图书阅读。刘光富记忆中最为深刻的是，有一次，一个平时要好的同学借了一本书给他读，酣畅淋漓地读完了，不料，那个同学突然后悔了，非要刘光富把装进脑袋里的知识抠出来还给他，刘光富不知怎么办才好。随着阅读量不断增大，知识储备量也随之增加了，学习成绩也提高了，这样，在16岁那年，他以优异的成绩考入了四川省叙永师范学校，成为老家村子里靠读书考学，破天荒第一个吃上皇粮的人，从而实现了他走出大山的第一步。

山外的天空好高好大，天上的云也比村子里的要活泼得多，在叙永师范这所川南有名的普通中等师范学校里，他结识了更多的学识渊博的老师，认识了来自四面八方的学友。尤其重要的是，在自己的再三恳求下，终于加入了学校文学社团。"一开始的时候，我的写作很是糟糕，根本不会动笔。"他说，"我常常受到文学社指导老师的批评，他们都认为我很愚笨，而且缺乏禀赋。"

夏练三伏，冬练三九，只问耕耘，不问收获，在刘光富看来，大约是自己的坚持感动了苍天，终于让他脑洞大开，在师范校毕业那年，有记载表明，在他投出 499 次稿石沉大海之后，他的小小说处女作《斗智》终于刊发于《四川日报》。事实证明，他不仅有文学天赋，而且出手不凡。和两千多年前那位八竿子打不着的老祖宗昭烈皇帝一样，他"屡败屡战"，终于迈出了文学路上成功的第一步，并由此怀揣一个作家梦开始上路了。

"家乡的土地是贫瘠的，我要把文化的种子带回去，让家乡贫瘠的土地上开出灿烂的花朵来"，师范毕业前夕，他就这样作了决定。他毅然选择了回到兴隆镇，回到老家村子的老树下那所自己曾经就读的村小学校，去反刍他童年的快乐时光。那是 20 世纪 90 年代初期。

在兴隆中学任教的那段日子，他常常带领学生到课外实践活动，让孩子们通过接触大自然，写出情真意切的文章。这种体验式教学对学生的影响是极为深远的，他当年的学生、现定居于瑞典斯德哥尔摩的 5G 通讯专家梅绍彬在文章中这样写道："刘光富老师当年的教学理念现在北欧就非常盛行，激发求知、营造情境，学习对于学生来说不仅是获取知识，更是让他们明白自己的兴趣，懂得敬畏与感恩。"

教学之余，刘光富始终没有改变初衷，坚持用他的笔去挖掘生活，讴歌时代，不断在省、市级刊物发表各类作品。默默的耕耘注定会收获回报，兴隆镇政府党委政府领导发现他在写作方面有特长，特别将他调到政府从事文字方面的工作，通过组织的关心和他自己的不断努力，最终他成功转型为一名公务员，这样，他就有了更广阔的空间去实现他文化扶贫的梦想，1997 年前后，刘光富把当地农家妇女走下灶台、走出厨房，靠借贷购买驮马搞贩运

寻求脱贫致富"妙方"的事迹挖掘出来，不断对外在《人民日报》等各种媒体进行宣传，在当时引起极大的轰动。

刘光富的"刘"其实是有些另类的，在他的《父亲与村》中，竟然把父亲与土灰狗相提并论；在他的《老祖母的时光里》居然把老祖母的死活说得那么"轻描淡写"；而在他的《城郊房东》里面，把花柳之事描写得绘声绘色却又油而不腻……有时候简直是在冒天下之大不韪啊。有着"南叶北陈"（南方叶永烈、北方陈廷一）之称的著名传记作家陈廷一这样高度评价他："光富是一位有着强烈忧患意识的正能量作家。他说他是草根，在我看来，即便是草根，也是虫草一类。"（《夹缝里的行走（序）》）"刘光富是一位特别敢说真话的正直作家。"作家张朝霞如是说（《夹缝里的行走辽阔而悠远》）。这些，说不定正是当年娘亲反复教他写的那个"正"字对他起到的潜移默化的作用吧。

刘光富的"刘"是与他那位八竿子打不着的祖宗昭烈皇帝有些相似却不尽相同。昭烈皇帝说："女人如衣服，兄弟是手足。"刘光富说："女人如衣服，那我穿的那件就是龙袍；兄弟是手足，而我情愿做千手观音或者百足蜈蚣。"的确，子孝妻贤是他事业成功的基础，他还有什么理由不对他的妻儿忠贞不渝呢？在他的书院里，常常高朋满座，"谈笑有鸿儒"，这又是他广交四海贤达的印证。

这些，同样来自当年娘亲反复教他的那个"正"字潜移默化的影响。

2. 刘光富的"光"

"落脚河上面崖对崖，威宁草海荞花盛开。谁把月亮挂在天上，照得想说的话流成海……"这是凤凰传奇演绎的《奢香夫人》里最优美动人的意境。

奢香是一个优雅的名字，名字里含香。她是贵州水西彝族部落的夫人，又是永宁彝族土司的公主。600 多年前，她为改良民族文化促

进彝族地区经济文化发展做出过巨大的贡献。对于她的功绩，明朝太祖皇帝朱元璋盛赞说："奢香归附，胜得十万雄兵！"

也许是民风造化，永宁人自古以来就有尚文之风。作为土生土长的叙永人，刘光富也不甘落后。像歌词里唱的那样："谁把月亮挂在天上，照得想说的话流成海。"刘光富的"光"是月光的光，荣光的光。永宁河畔的夜晚静悄悄的，月光如水，轻轻地洗过巍巍群山，静静地淌在河畔的草木上，流动在一幢幢古色古香的亭台楼阁之间，一如少女般用嫩若柔黄的纤纤玉指抚摸着大地。每当此时，刘光富的内心也正如这温柔地泻过城市的月光。他静静地坐在鱼凫书院的小轩窗前，静听流水，凝望窗外，内心却是波澜涌动。

一路走来，不正如这柔柔的月光泻过大地吗？他长长地嘘了一口气，眼前浮现出二十多年来为了开辟这片文化荒芜的土壤，他和爱人相濡以沫共同度过的那些难忘的"月光"日子：

从乡村教师到乡镇公务员，从乡镇公务员到县国土资源部门干部。这一路上，他醉心于文学创作，希望在乌蒙山这片文化贫瘠的土地上闯出一片属于自己的天空。然而，现实是残酷的，随着物质文明的不断进步，文学逐步被边缘化了。枯坐斗室，执着地爬着格子，所得稿费低廉得不够去邮局一趟的土车费。日子是煎熬的——就像老家的石夹缝里奋力生长的那些枯蔫焦黄的野草，终是缺乏营养的滋润。幸而有爱人不离不弃的陪护，对于刘光富来讲，总算还是慰藉。

日子是苦涩的，苦涩得像瘦弱的枳树枝头结出的干瘪瘪的果实。刘光富迷茫过，惆怅过，对文学的爱好却又像上了毒瘾一般欲戒不能。

在不断地探索和思考中，在坚持个人创作的同时，刘光富开始有了新的构想：一定要继承奢香、杨升庵这些对叙永及周边地区文化产生过重大影响的先贤们的遗志和精神光亮，努力把文化传播开去，在永宁河畔洒一地种子。为了这个梦想，他和爱人商量，筹划创办写作

培训机构。从2002年到2017年，整整15年时间里，他们由城南转战到城北、城东转战到城西，就像蚂蚁一样，以搬进搬出为乐，把写作培训机构驮在一辆破旧的摩托车上，为县城和乡下有需要的孩子提供服务，由于几乎没有收益，不光自己每月的工资贴了进去，包括爱人自谋职业获得的薪酬也跟着贴了进去。多年来，他人起高楼、修大屋，而自己仍然过着租房一族的生活，痴心不改，在叙永县城的角角落落都留下他们的踪迹。他常常自问：我做的这一切值得吗？每当走到街头，招呼"刘老师"的人越来越多了时，他又暗自庆幸，自己的努力没有白费。如果地球上有"月光族"这一个不分肤色的特殊种群的话，刘光富应该是属于这个种族的。他的工资卡上，从来没有哪个月在上旬结束时还保留着四位数的。钱几乎都投入到自己醉心的文化培训方面去了，租房的经历，在他的《城郊房东》里有过具体的描述。如果说月光只能给暗夜的迷茫者照亮的话，那么他做的这一切就不仅仅限于此。

刘光富的"光"，还是日光的光。日光带给人的是温暖、热烈，杀菌消毒。他在文化拓荒的道路上，正是以一种热烈的姿态带给他人以温暖并为他人杀菌消毒的。

奢香夫人的主要功绩是改良彝族文字和引进文化。刘光富在引进、继承传统文化和抢救古城文明的道路上跋涉着。如果要能更好地传播文化，必须要有一方阵地。通过考察了解，他发现，书院是中国传统文化教育的重要承载形式，存在方式灵活，也很具有包容性，自晚唐、五代时期迄今已有1000多年历史了，尤其在两宋时期，书院教育模式进入鼎盛。著名的大学者朱熹、罗典等，就曾经主持开办过庐山白鹿洞书院、长沙岳麓书院教育，为中国文化的继承和发扬起到不可磨灭的作用。近年来，一些科研机构、学术团体也开始了探索恢复中国传统教育方式中的书院文化。叙永是云贵川交界处的一方人文荟萃的宝地，川剧代表人物陈巧茹、著名诗人李元胜、著名书画家陈仕彬等都这些当代文化人物都在这方水土上成长，在叙永创办书院有着雄厚的现实意义和历

史文化基础。

有了这种构想和之前文化交流中的人脉积累，刘光富多次出面邀请叙永籍文艺界人士共同商讨，最终选定了历史文化元素丰沛的鱼凫古街作为创办书院的场所。在各方面人士的共同努力下，刘光富夫妻用住房抵押借贷等方式多方筹集、投入巨资倾力打造的鱼凫书院于2014年4月正式挂牌成立。

这是一个集文化养心、品茶论道、文艺交流、艺术教育于一体的文化交流、教育场所。明代大才子杨慎被请进来了，转战叙永、古蔺两地长达54天的中央红军被请进来了，四川首批十大历史文化名人被请进来了，西南联大、盐马古道等历史遗迹等也被请进来了，叙永县文艺界人士的绘画、书法作品被请进来了。这里成了集国学传统文化和红色文化于一体，聚古贤先哲和当今文化名士于一堂的风雅场所，被传扬为叙永文化的名片和窗口，向外传递着叙永的文化墨香，各方文人雅士社会贤达来到叙永，也必然会聚鱼凫书院，每天还有各种形式的文艺沙龙和培训课题在这里开展，书院式的文化教育，同样成为了叙永中小学生人文素养培育的最好补充，更有效拓宽了学生获取传统文化的渠道。

由于长期的执着于业余文学创作和文化传播，当时供职于叙永县国土资源部门的刘光富，很快引起了国家、省、市国土资源部门的重视。2015年的秋天，他所在的单位的某领导突然接到了一个奇怪的电话。电话那头，对方称是中国国土资源部门的，要了解一下刘光富的有关情况。电话这头，某领导回答："这个人嘛，工作能力不错，除了本职工作，整天都在忙着搞什么文学创作、文化交流这些。""噢！我们要的正是这样的人，国土资源文化要发展，尤其需要这样的人才"对方肯定地告诉这位领导。

在某些领导眼里看来"不务正业"的刘光富，由此，开启了奔赴北京中国国土资源部上挂锻炼的两年人生之旅。在那里，他作为中国国土资源作家协会驻会作家。在这里，刘光富更进一步结识了更多的写作名家，而且创作视

野也更开阔起来，关注大地、关注民生的创作理念进一步形成。他的新散文集《夹缝里的行走》就是在这段时间内完成并付梓出版的。在这部散文集里，他用他特有的幽默调侃式的笔调热情地讴歌着他的家乡、他的亲人和朋友，同时又倾注着对土地、对人性的关怀，他在创作实践中，始终在努力地践行着"从大地中来，到灵魂中去"。"一篇篇看似小说，又恰好可以作为散文来读；一篇篇就是散文，却也是很好读的小说。光富游刃有余走在小说和散文之间，显然，属于他的那一抹文学光亮正在升起。"著名传记作家陈廷一老师这样高度评价他。"对于刘光富来说，将小说的技巧引入散文，将散文的叙事功能挥洒得淋漓尽致，然后再在构思、行文和艺术感觉上领异标新、不同凡俗，尽显散文之新，已不再是一种尝试和探索，而是一种责任和使命了。"作家张朝霞这样评价他。

这就是刘光富的"光"，以热烈的情怀书写大地的"光"。他的文学创作已经形成了自己独特的风格，走向了成熟。从一名乡村教师起步，经历20多年的上下求索，终于跻身作家行列。

本来，两年的上挂锻炼结束以后，他是有机会留在文化之都北京发展成就自己的，与此同时，四川省国土资源厅也为他抛来了橄榄枝，可是他都拒绝了。他说："我的家乡叙永虽然是一个人文荟萃之地，但是地处贫困山区，文化更是贫瘠，需要有人为文化扶贫作出努力，我要回去，把这些年获得的知识和文化的信息回馈给乡梓，为家乡的文化传播尽一份绵薄之力。"

除了发起创办文化交流场所以外，刘光富的"光"，还体现在植根贫困山区，坚持为贫困山区群众和青少年们"杀菌消毒。"

他终是回来了！带着传播文化的使命回来了。

叙永县是国家级贫困县，是历史原因造成的贫瘠荒芜的石漠化地区，群众生活条件落后；与之相邻的兴文县也是省级贫困县，群众的生活条件也好不到哪里去。自2014年，国

家确定精准扶贫政策以后，这两个地处乌蒙山区的贫困县有了很大的改观。成果的取得，有赖于上级精准扶贫政策的落地，更有赖于那些下派到贫困村的第一书记们呕心沥血的付出。有感于此，从北京国土资源部门回来以后，刘光富觉得这些第一书记的扶贫案例是一个值得挖掘的现实创作题材。他耗费了两年时间，深入基层走访和了解了这些扶贫一线第一书记的典型事迹，并以报告文学的形式呈现了出来。两年的走访和创作，乌蒙山区 12 名第一书记的形象跃然于他的报告文学集《新时代的映山红》的纸上。2018 年底，海洋出版社出版了这本书，这本书有力地向外界传达了乌蒙山区扶贫工作的事迹，书中写到的多名第一书记获得了省、市、县级表彰。这种正能量的书写和传播，从一定程度上激发了广大贫困地区群众自立自强战胜贫困的信心。所以，它是有"杀菌"功效的。

2018 年 7 月，作为引进人才，刘光富离开了叙永国土资源部门，冲着兴文县委确定的"以文兴县"发展战略，毅然接受兴文县委的热情邀请、带着在乌蒙山区传播文化的激情，只身来到兴文县委宣传部工作。要说，他是文化上的"巨人"，却又是"行动"的矮子。偌大一个男人，他不会驾车，上下班得由爱人驾车接送，不仅刘光富自己，包括爱人，在他的潜移默化之下，也在为传播文化一直默默地付出时间、经济和精力，无怨无悔。

在兴文县工作后，受到兴文县籍全国学雷锋岗位标兵陈国辅老人的启发，刘光富决定开启另外一种文化传播模式，在乌蒙山区的中小学校开辟"给孩子送上一课写作公益讲座"，逐步在中小学生中从小播下文学创作的种子，他计划在今后的一两年之内，走遍叙永、兴文的每一所县、镇、村小学校，自 2019 年 5 月开展以来，短短的两个月时间，他已经深入兴文、叙永两县 20 多所学校分别为孩子们和语文教师们开展了讲座，通过自己成长经历的现身说法，引领青少年正确认识阅读和写作，爱上将伴随每个人一生的写作，他期待十年、二十年后，能从乌蒙山区走出更多具有更大影响

力的文化人才，更期待有朝一日会涌现出更多的文化传播者，挑起文化传播的重担，逐步让乌蒙山区成为文化富庶之地。

如果说月光过于清冷，日光又过于热烈的话，刘光富的"光"，又恰好是星光的光。"星光殷殷，其灿如言"。漫天的繁星里，刘光富正是黎明时升起的那一颗最璀璨的启明星。比起那些获得"国家精神造就奖"的舞台明星，刘光富的领奖台并不耀眼。或许他付出的努力也"微不足道"。但星星之火，可以燎原，他一直行走在路上，以星星之火去开启旁人的智慧。

3. 刘光富的"富"

"如果期待依然在，总是春暖到花开。请你轻轻留下来，让梦卷走这尘埃……"《奢香夫人》的这句歌词，运用在刘光富身上也恰如其分。长期跋涉于文学创作之路上，他终于从"文盲家庭"一步步跻身作家行列，但他始终保持着谦虚谨慎，坚持称自己为业余作者、文学爱好者。他的创作，已经逐步形成了自己的风格，并写出了自己的高度。自 1995 年在《四川日报》发表处女作小小说《斗智》以后，眼前这位长脸男人，也是彻底颠覆了文学社指导老师曾经给他做出的"没有文学天赋"的断言。他就像一匹横空出世的黑马，纵横驰骋在叙永文坛、泸州文坛，在中国自然资源作协系统内也是佼佼者，创造包括了作品研讨会在北京现代文学馆召开等奇迹，迄今为止已经在《人民日报》《北京文学》《中国报告文学》《大地文学》《四川文学》《四川日报》等国家级、省级重量报刊发表散文、小说、报告文学等近百万字；并出版了《我的土地我的村》《夹缝里的行走》《新时代的映山红》等 4 部个人专著。这些成果的取得，都是他任性地从业余时间里"挤"出来的，别人的业余时间也许"挤"出来的是几个回合的麻将厮杀或是一顿昏天黑地的酒精麻醉，而刘光富的业余时间"挤"出来的却是几部文学作品和一座无数文

人雅士心心相念的书院，苍天让人到这个世界上来，有的选择享受，有的选择折腾，刘光富显然属于后一种，有人曾经当面质疑他："有一份工作，一份工资，不好好过日子，整天这样折腾图个啥？"刘光富知道自己到底为了什么吗？

对文学的痴迷，让刘光富达到了近乎疯狂的状态。他认为：醉心文学"虽饔飧不继，自得至乐"。他的努力，终于有了回报。2012年，他以一篇散文《父亲与村》斩获"中华宝石文学新人奖"。也因此结识了著名传记文学作家陈廷一老师，并建立了师徒关系。从此他迎来了创作的井喷阶段。当年担任"中华宝石文学新人奖"评委之一的陈廷一老师回忆说："刘光富的散文《父亲与村》一下子刺激了我的眼球。我被他的新散文风格深深地吸引了。强烈地感受到，凭着他的个性化的语言，即那种小说化、诗化、开放性的语言给文章增添了魅惑；他的看似无技巧的娴熟技巧，那种波澜不兴、静水深流的叙述让人折服，还有他的文字里投射出的可怕真实……着实让人心动了一阵子，觉得这个后生有前景。我曾断想，他如果用这种个性化语言写小说，绝对是另类。"（《夹缝里的行走（序）》）应该说，老作家陈廷一一路走来，肯定阅人无数，眼光是非常独到的，如果刘光富就是乌蒙山里奔跑出来的一匹踢雪乌骓的话，陈廷一绝对是他的伯乐。

2013年，他又以一篇散文《老树下的快乐时光》斩获了当年"冰心儿童文学奖"。2014年，他凭借散文集《我的土地我的村》荣获"中华宝石文学奖"。三年三度获得国家级文学奖项，让边城叙永瞬间沸腾了，声誉和影响力也由此不断崛起，同样为他后来北京挂职，成为国土资源作家协会上挂驻会作家铺平了道路。2015年，他所在的叙永县国土资源局接到北京来电，而他也如愿以偿。

刘光富的"富"，更是在个人创作出现井喷之后，获得荣誉的精神之"富"，这是一种"十年枯坐无人问，一举成名天下知"的"富"。但他并没有因为小有成就而沾沾自喜，

更没有躺在荣耀上止步不前，而是以更大的心力去关注家乡文化传播，关注家乡百姓苍生文化素养的提升。鱼凫书院创建以后，他在深入发掘叙永县本土历史文化的基础上发现，400多年前，大明才子杨慎贬谪云南永昌卫期间，曾多次往返于泸州、叙永之间，在叙永鱼凫关、雪山关等地留下了许多脍炙人口的诗篇，作为四川省十大文化名人之一的杨升庵，他的家风家训尤其值得人们称道，被中纪委传扬，由此，具有敏锐文化和政治意识的刘光富立即意识到：要使被列为国家级贫困县的家乡叙永县彻底摆脱贫困，提升家乡人民的思想文化素质是根本。因此，他以研究杨升庵文化为切入点，巧妙地引入杨升庵家风廉政文化研究，充分利用叙永县民政、司法等方面的人脉资源，开设了"孝爱讲堂"，在鱼凫书院免费为叙永县城乡居民传播孝爱，开展道德伦理教育，大力弘扬升庵家教家风。这项活动的开展，有效地化解了许多家庭矛盾，提升了家乡父老的道德伦理素质。这项独特的课程，也成为了鱼凫书院大讲堂一道独特的风景。

刘光富的"富"，是关注地方文化的执着之"富"。叙永县是中央红军长征四渡赤水转战地。红军长征四渡赤水，有两次就发生在泸州古蔺地界；并在叙永石厢子召开了具有伟大转折意义的"博古交权会议"，在县城近郊营盘山留下了饿死不摘民众橘子的感人故事。中国工农红军川滇黔游击纵队更是发源于叙永并长期转战于叙永，掩护中央红军主力北上。鱼凫书院文化呈现方面，同样注重了这一块，刘光富由此向当地民政部门申办、在全川成立了首家县级民间红色文化研究机构——叙永县红色文化研究会，并不断投入精力和资金挖掘、传承红色文化。

叙永县是一个人才辈出之地。继刘光富在2013年首位获得冰心儿童文学新作奖之后，在他的带动下，近年来又有陈言熔、叶科霞等荣获"冰心儿童文学新作奖"，叙永儿童文学的蓬勃发展，吸引了《中国校园文学》主编徐峙、《中国儿童文学》主编冯臻等及著名儿童文学作家邱易东、肖体高等实力派儿童文学作

家的关注。刘光富紧紧抓住这一契机，以鱼凫书院为平台，多次邀请他们到鱼凫书院为叙永及周边区县文学爱好者指点迷津，带动了叙永、兴文、古蔺、合江等区县一大批文艺青年爱上儿童文学、潜心创作儿童文学。同时，他还出资联合中共叙永县委宣传部等单位举办"鱼凫书院首届童谣"比赛，并精心将获奖作品整理编纂成叙永本土童谣集《月亮和我捉迷藏》，日后，这本书成为了提升当地少年儿童们阅读兴趣的乡土教材，影响深远；同时，2014 年，刘光富自己创作童谣还获得四川省委宣传部举办的童谣大赛一等奖。2014 年，刘光富以自己获得"冰心儿童文学奖"的作品《老树下的快乐时光》为蓝本，自编自导拍摄了微电影《大树下》，这部微电影的成功拍摄和放映，让当地和外界很多人了解了 20 世纪七八十年代乌蒙山地区乡村儿童的生活，让许多与他同时代出生的人找回了儿时记忆。获得了泸州文艺界的一致好评。这部微电影获得了团中央、中央综治委举办的"为了明天·关爱行动"微电影大赛三等奖。刘光富一手坚持儿童文学创作，一手使劲举起的儿童文学火炬，同样照亮了当地和周边区县一大批青年文学爱好者，他们的作品多次在《上海少年文艺》《北京校园文学》《儿童文学》等重量级儿童文学期刊发表。2017 年，他现在工作的兴文县也诞生了首位"冰心儿童文学新作奖"获得者。

传递儿童文学的火炬，是刘光富的"富"，促进文艺交流更是刘光富的"富"。鱼凫书院创建以后，本身就是当地艺术交流的一大活动场所。五年来，吸引了来自全国各地文学、艺术家 3000 余人次到鱼凫书院与叙永当地及周边区县文艺界人士开展文艺沙龙、讲座等活动，极大地促进了叙永当地及周边区县的文艺繁荣。

刘光富的"富"，是倾注于文化扶贫的"富"。据 2017 年 10 月 29 日人民网报道："四川省作协会员、中国国土资源作家协会驻会作家在'深入生活　扎根人民'主题实践活动中，始终围绕弘扬主旋律、抒写正能量开展创作，积极践行文化扶贫。自 2013 年以来，他先后深入到乌蒙山扶贫连片开发地区二十余个市、县、区进行采风……与基层干部群众同吃、同住、同体验劳动生活，根据采风整理创作，已先后完成三部扶贫题材的作品。"报道中所指的三部扶贫题材作品，一是他的精准扶贫电影剧本《乌蒙山的乡亲们》，这部作品后来还被国土资源多年部列为重点文化项目；二是他的书写乌蒙山地区扶贫"第一书记"群体的报告文学《攻坚，在路上》，后更名为《新时代的映山红》于 2018 年 12 月正式出版发行；三是他的描述乌蒙山区普通人日常生活的散文集《夹缝里的行走》，该书 2017 年 5 月由四川民族出版社出版。

刘光富的"富"，在于执着挖掘文化旅游开发价值的"富"。兴文县地处宜宾、泸州两市结合部，是川滇黔结合部的枢纽。同叙永一样，是巴蜀远古少数民族栖息地。与叙永不同的是，兴文这片土地上，自秦汉时期至明朝中、后期，生活着一个古老的民族——僰人。公元 1573 年，僰人在当年的"九丝之战"中神秘消亡。这个神秘民族的存在历史，是兴文县旅游开发别具特色的一道文化风景。2018 年 7 月，刘光富作为引进人才到兴文县委宣传部工作以后，一直致力于研究僰人文化的收集整理合研究，并着手编写关于僰人生存历史的《僰亡 1573》，目前正在筹划出版的过程中。

刘光富的"富"，也体现在关注民生的"富"。自 2008 年以来，四川这片拥有"天府之国"美誉的土地频繁遭受地震蹂躏。2018 年 12 月 16 日，宜宾兴文发生了 5.7 级地震。这是正值兴文县脱贫攻坚关键时期自然灾害对党和政府凝聚力、公信力和执行力的一次严峻考验。这次地震，瞬间牵动了上至中央、下至乡镇和村、社区各级各部门。通过一个周的干群齐心协力抗震救灾，兴文县创造了零死亡、零重伤的抗震救灾奇迹。抓住这一热点题材，刘光富联合兴文本土作家罗元彬共同创作了长达 4 万字的抗震救灾报告文学作品《兴文力量》。通过两人的通力合作，三易其稿，于 2019 年 3 月发表于《中国报告文学》2019 年

第3期头版头条"特别关注"栏目；2019年5月，《兴文力量》再次入选于《大地文学》卷五十一。向社会各界传播了兴文县在"12.16"地震后干群齐心协力抗震救灾过程中涌现出来的无数可歌可泣的感人事迹。2019年4月12日，中国自然资源作家协会联合兴文县委县政府在北京中国现代文学馆为这部作品召开了研讨会，李春雷等多位全国重量级报告文学作家，以及《中国作家》《大地文学》《中国报告文学》等多家重量级刊物主编、副主编参加了这次研讨会并发言对作品加以肯定。

"兴文力量就是上下一心，团结一致，抗震救灾，脱贫攻坚的力量。既要抗震救灾，又要兼顾做好其他工作，这就是兴文力量的支撑。兴文力量发挥了巨大作用。"中国报告文学学会常务副会长、《中国报告文学》主编、著名文学评论家李炳银先生在研讨会上如是说。

中国作协全委会成员、中国自然资源作家协会主席陈国栋先生高度评价说："……读过之后，感觉这个作品真的很不错，是基层作家写出来的大作品。"

"《兴文力量》是一部正面反映兴文抗震救灾及时有力，成效显著，侧面反映兴文脱贫攻坚工作成效的报告文学作品，有效地融入了兴文独有的文化旅游元素，极具文学性和艺术性，读后令人振奋和震撼！"著名传记文学作家陈廷一先生如是说。

著名报告文学作家、两次"鲁迅文学奖"获得者李春雷先生在研讨会上，不吝赞誉之词："这篇作品稳健、成熟，文本深入、故事感人，对大灾难的记录客观、翔实，具有史志作用。"

刘光富的"富"，是为乌蒙山贫困地区传播文化多方举债的"负"、也许许多人并不知道他为此还背负不少的债，只知道他的名字里的"富"是无限光彩的精神财富之"富"，据我所知，为了发展和传播乌蒙山区的文化事业，这些年，他几乎贴进去了自己的所有家资，甚至包括自己的亲人、朋友以及爱人的娘家亲属，能借的都借，愿意支持的差不多都支持了。在文化海洋里泛舟，刘光富是任性地搏

击风浪的弄潮儿，船桨划过的地方，掀起的每一朵浪花都无比精彩；他的诸亲六眷和朋友在他执着追求的精神感染下，也都在默默地为乌蒙山区的这棵文化之树长青培根护土；国内外许多文艺界知名人士多次走进鱼凫书院开展文化交流活动，并帮着多方争取支持帮助，用无声的行动支持刘光富早日把叙永县的文化推上一个台阶，并辐射到周边乌蒙山区；中国人民大学教育行政管理专业毕业的高才生彭天江本来有机会在大城市发展的，在鱼凫书院文化氛围的吸引下，在刘光富文化行动力的感召下，放弃优越的条件，选择了鱼凫书院，成为刘光富得力的助手，为共同促进边远贫瘠的乌蒙山区文化繁荣洒下青春和热血。

尾 声

"乌蒙山连着山外山，月光洒下了响水滩……"叙永是奢香的娘家，是刘光富的根之所在，灵魂的栖所。600多年前，奢香夫人播撒在乌蒙山地区的促进民族文化繁荣的种子，已经永久地载入了史册。刘光富很平凡，他心甘情愿做的这一切，只是新时代思想指引下的文化大繁荣，散发出来一束并不起眼一轮山月的光，山月无声照沟壑。乌蒙山区的沟沟壑壑间，刘光富只问耕耘，不问收获，心如磐石，刘光富没有去选择别的，他深知，只有不断挥舞手中的"镢头"在这片文化贫瘠的土地上开垦，才能使它逐渐肥沃起来，并让开始摆脱物质贫穷的人们最终逐步摆脱精神上的贫困。

"如果期待依然在，总是春暖到花开……"书院里，丝竹管弦声又起，弹奏着凤凰传奇演唱的《奢香夫人》曲调。奢香的故里，刘光富正以凤凰起飞的姿势炫出一段文化繁荣的传奇，用情怀和担当传播文化，活跃在逐渐被更多的人认可和参与文化的环境中，无论自己有多么的艰难，刘光富始终还是快乐的。

2019年07月10日午夜

（载《时代报告·中国报告文学》2019第10期）

作者简介：

　　梁炳青，四川省作家协会会员。作品散见《十月》《四川文学》《青年作家》《散文百家》《散文选刊》《奔流》《草原》《黄河文学》《当代人》《散文诗》等纯文学刊物，多篇作品收入各选刊，出版有散文集《后窗》。

教师手记

◎梁炳青

脆弱的绳子

　　有些事情，越不想让它发生它偏要发生。有些物件，本来毫无关联，可通过人之手，却成了事情发展中的关键。

　　就像我手里的这根绳子。

　　绳子有食指粗，盘成了几圈。我掂了掂，估计有十来米长，灰暗，软软的，无精打采，神情有些委屈、无辜的样子。这是男生宿舍的三楼。我推开窗，探出头，楼下有一道低矮的铁闸门，门外是一条窄窄的人行便道，泥土路，硬硬的，还有些碎石瓦砾。沿着便道走十来米，转个弯就上了公路，就上了街。

　　这根绳子主人压根没想到，它会如此脆弱，不堪重负，否则，这个平时头发像刺猬的学生，会在家里找一根更粗更结实的绳子，来完成这次有计划的翻越。

　　绳子是刺猬头从家里带来的。

　　这是冬月。周二早上。刚到办公室就有学生张惶进来，报告说刺猬头摔了跟斗，伤得有点重。赶到教室，他伏在桌上，刺猬样的头发更显凌乱，还沾着稀泥。叫他试着站起来，我看到一张苍白的脸和痛苦的神情。两位同学搀扶着他，他仍痛得龇牙咧嘴。

我意识到情形严重，经验告诉我，必须马上向学校报告。20分钟后，120急救车来了，把他抬上担架，送去了县医院。

向班上的学生了解情况，几位学生你望我，我望你，一副茫然的表情。寝室长说是早上在寝室的楼道口不小心摔的。从他们躲闪的眼神中，我敏锐地察觉出他们在说谎。

再三追问，他们知道事态严重，瞒不过，道了实情。早上来上学的走读生发现了趴在离校门不远处，瑟缩成一团，不住地呻吟的刺猬头。几位同学连背带抬把他弄回了教室。

他是一个住校生，怎么会大清早的躺在校外呢？

从同寝室同学像挤牙膏似的、断断续续的讲述中，我脑里大致还原出了事情的经过：按惯例，晚上就寝前值班老师和宿管员要先检查就寝情况，然后灯熄睡觉。熄灯后约半个小时，刺猬头悄悄叫起了同寝的另两个同学。刺猬头拿出从家里带来的绳子，一头拴在窗格子上，推开窗子。学校为了安全，加了防护钢条。百密必有一疏。他早就找出了破绽，他灵巧地掀开活动的顶窗，然后吊着绳子，翻了下去。后面的学生正准备跟下去，却听到绳子断裂和刺猬头重重摔在地上的声音，吓慌了，作鸟散，悄悄回到各自的铺位睡了。

那两位没来得及翻的学生就站在我的面前，低着头，不敢看我。我极力压抑住气愤，看见同学出事了，起码应该赶紧向宿管报告啊，一个二个怎能不管不顾，溜之大吉呢！万一要是没得到及时的救助而出了人命，这个责任谁负？那两人被我说的后果吓住了，满脸的惊恐和不安，只是申辩说：是他约我们的，我们不去，他硬要我们一起去。

其实，我也被我推测和想象的后果吓到了，如果是领导听到我的推测和想象，也可能会尿裤子。我的前一任就是因为在上课时，一个学生从寝室的阳台摔下去，再也没爬起来而被免职调离。学生不知道，每次领导去县上开会，领导的领导首先强调的是安全。每次学校开会，领导首先强调的当然也是安全。只要没出安全责任事故，教师就是合格的教师，校长就是合格的校长。

站在走廊上，对面的龙峰山被一层冬雾缭绕。平时，看到的是一座青山，绵延十多公里，像一条龙脊。刺猬头的家，应该在山的那棵树旁呢？

我翻到学生的通讯录，拨通了刺猬头家长的联系电话。接电话的是刺猬头的爷爷。电话里，他不大听得清。开始我把事情说得轻描淡写，叫他马上到学校来一趟。他说家里没人，事情又多，没得空。我只好说比较严重，已叫救护车送到县医院去了，需要家长去护理。

在等他爷爷的时间里，我叫当事的几位学生拿来笔和纸，把事情的结果写清楚，写翔实，署上本人的名字、日期。这些笔录，将来或许会成为学校管理不负主要责任、老师不负主要责任的证据。学校领导已来了电话，说医院的检查结果出来了：股骨头断裂。起码要住院两周。

上期，班上也有三个学生偷着翻围墙出去，其中有一个摔了下来，好在摔得不重，但还是一瘸一拐的，几周才好。他们翻出去，只有一个目的，去街上的游戏厅上网、打游戏。

正在上课，教室门"嘭"地推开了。一个老人，突兀地走了进来，声音响亮地叫了声"老师"，有点像平地惊雷。学生的目光，全聚在了他的身上。他背个背篓，皮鞋上粘着泥，佝偻着背。他径直走到讲台前，对着我说，我是王少华的老爷。台下，有学生在"嗤嗤"窃笑。

把他带到办公室，给他倒了杯开水，叫他等一会儿。离下课还有十来分钟，我又返回教室。这是上课时间，是我上课的时间。这个时间里，教室就是我的阵地，我必须守在阵地上。阵地在，人就在。只要人在，阵地有风吹草动，甚至电闪雷鸣、狂风暴雨、地震雪崩，也可以卸脱我的不少责任。

刺猬头读了一年多的书，这是第一次见到他的"家长"。每期都要开一次家长会，但他的家长都没来。其实，初一时，就发现这个刺猬头有些异常。星期一上课，他总是趴在桌上睡觉。问他原因，他总说，在家里没睡好。有一次，我终于忍不住了，趁他睡得正熟时，揪住他的耳朵，把他提到办公室。正在训斥他时，他眼泪突然夺眶而出，高声申辩说，我怎睡得着嘛？我怕！原来，他的爸妈都外出打工，长年不在家，偌大的房子，就他一个住。他晚上睡觉害怕，常常睡不着。爷爷奶奶跟着伯伯过。好在两家挨着，平时就爷爷伯伯们照看，也在伯伯家吃饭。

我拿出绳子。老人看见绳子，就开始带意识流的骂刺猬头。我劝住了他。我向老人说明事情的经过。我尽量拿捏好说话的轻重，既要让对方觉得，事情全是孩子的错，不怪学校、老师，又要表现出学校、老师对这事的重视、关心。这是说话的技术，也是艺术，更是对一个教师的职业智商的检验。这个在医院里的刺猬头，此时是个烫手的山芋，我要尽快把这个烫手的山芋甩给眼前这位老人。你赶快去医院看看情况。我和颜悦色地对老人说。我担心他说他没带钱，没有钱。我担心他说他忙，田里地里的活要做，要喂猪喂牛，不能去医院照顾。我更担心他说，事情是在学校出的，而且孩子的父母没在家，他不管，也管不着。

果然，他使劲吸了两口自己卷的叶烟，烟灰掉在办公桌的本子上。那灰，已成死灰，不会复燃。他说，孩子十岁就被父母扔在家里。我们当老爷的也不知道这孩子整天想什么。平时想管也管不了。幸好，他没再沿着这个思路往下说。他象征性地摸摸口袋，说家里没那么多钱。我说，学校已给垫了入院费，而且，有保险。出院后拿票据来找我，我们帮你去报住院费用。他没再说什么，起身，提背篓，说，谢谢老师，谢谢老师。

三天后，我提了水果去医院。推开门，刺猬头斜靠在病床上，一只脚打着石膏，手里正玩着手机。见到我，有些不舍地把手机放在枕边。他的爷爷坐在旁边，感激地站了起来。我走到他跟前，问他痛吗。他想伸脚证明，但石膏裹着的腿太沉重。尖锐的疼痛使他又龇牙咧嘴。他不好意思地对着我笑。从医生处得知，这个学期，他回不了学校，当然也不能坐在教室里了。我拿出绳子，递给刺猬头，说，还给

你。留着，作个纪念。

绳子的断裂处，我绾了个结。

破碎的镜子

教师办公室清静的时候，通常是上课的时候。

门半掩，窗半关。各种声调和频率的讲课声，从不同的教室，不同的方向传进来。有流水般滔滔不绝的，有洪钟般响亮的，也有黄莺般婉转的。这个时候，通常办公室里只有两三个人。备课、写教案、批改作业。

半掩的门是被猛然推开的。由于力太重，门在壁头上"嘭"的一声，反弹一下又撞向壁头。紧接着，英语老师和一个男生进了办公室。

准确地说，男生是被推搡着进的办公室。英语老师高挑，漂亮。卷曲的发，披肩，红栗色。画眉，长长的人工眼睫毛。脸上的每一个部位都做了精心的修饰。平时从身边过，香气袭人。即使不装饰，也是名副其实的美女。那男生被扯到办公桌前，侧着身，偏着头，虚空地望着窗外。他的身态语言，鲜明地表明了他的态度，他的态度更刺激了英语老师。她大声问，你用这面镜子做什么？男生没开腔。英语老师将手里拿着的一面小镜子往桌上一拍，你说，你刚才用这面镜子做了什么？由于情绪明显失控，她的声音高、尖、急，像唱歌中出现了破音，还带着哭腔。

那男生被逼到了死角，没了退路，才懒洋洋地说，没做什么。

没做什么？她气得发抖，那张漂亮的脸严重变形。手一扬，"啪"，一个耳光脆生生地掴在了他的脸上。英语老师年轻，从师范院校学校出来，从事这项光荣而神圣的职业没几年。作为她的同事，见情势失控，不能再袖手旁观，我走了过去。

你问他，他用镜子照我！

英语老师欲说还羞。

我才注意到，她今天穿了条裙子。裙子

短，短不及膝，刚盖过屁股，从上到下呈喇叭状，大花，浅黄色。上课的时候，她领学生朗读，读着读着，就走下了讲台，在教室里边走边读。走到这位男生座位旁，停住了。这位男生假装系鞋带，把手里的小镜子伸到她身后的裙下。她正沉醉在讲授中，旁边的一位女生提醒才发觉。

这是个初二的学生。他梗着脖子，表达着对这一耳光的反抗和不满。吃了一耳光的那半张脸，有些微红的掌印。我望着他。我们的眼睛对视着。他的眼睛闪过了一丝慌乱，躲开了我的眼睛。他低下头，看着桌子。

年轻漂亮的英语老师，是第一次遇到偷窥。她去年结婚，还没孩子。但相同的案例，却时不时发生。在这所学校的十年时间里，我知晓的起码也有三次。教室里明目张胆地偷窥，这种行为的心理、动机，却不能简单判断。也许，他当时见漂亮的女老师在旁边，正好手里又有镜子，出于顽皮、好玩的天性，就犯了这样的错。也许，是出于对性的朦胧的渴望，强烈的好奇。也许还有其他。二十多年前，我在另一所乡镇初中，那时条件差，土墙砌的浴室，有两米多高。有段时间，在女浴室洗澡的女生或女教师发现有人在墙头偷窥。学校派人暗中蹲守，终于抓了个现行。偷窥者竟是一名初三学生，平时斯斯文文，学习成绩也好，还是班干部。这事成了当年学校的特大新闻。离中考还有个多月，在老师们的叹惋声中，这个学生背起书包，羞愧而黯然离开了学校。

班主任来了。我与他对视的时候，英语老师给班主任打了电话。见到班主任，那男生萎顿了下去。她余怒未消，把刚才与我说过的话又重述了一遍。

班主任燃起一支烟，吸了一口，烟袅袅而起，他的脸便模糊在烟雾里。他拿起桌上的那面因刚才的外力而破裂的小镜子，慢悠悠地问，老师冤枉你没有？

"没有。"男生低着头，继续看着桌子。

"你这是什么行为？嗯？"他的声音变得严厉。"你这叫二流子、流氓行为，性骚扰！"

下课的铃声响过，办公室外，很快拥着几个男生，挨挨挤挤，扒着玻璃窗看，都生动地笑着，而且笑得内容丰富。英语老师交叉着双臂，脸望着窗外。她的脸正常了一些，但还有些微红，似乎刚才是她的脸被扇了一耳光。被班主任数落的男生，抬起头，望着墙壁。他望着的那面墙上，张贴着《中小学教师职业道德规范》《教研组长工作职责》《班主任工作制度》《学校禁烟制度》。这些制度贴上去好几年了，有两张还卷了角，显得有些蔫头耷脑。他的目光空洞、空泛，墙上的那些字肯定是一个都没看。他的身子，依然有些微侧，显出有些玩世不恭、无所谓的神情，甚至，还带着点点邪恶的笑。

上课铃响了。办公室又清静下来。班主任叫那男生先给英语老师赔个不是。那男生僵在那里，一言不发。班主任起火了，扯着他的耳朵，吼道，"我说了半天，结果你一句都没听进去嗦？"他咧着嘴，用手护着耳朵。英语老师还有别班的课，拿起书本，扔下一句，"不当着全班赔礼道歉，我不上你们班的课。"

上完课，我回到办公室，见那男生还蹲在墙角。班主任正在打电话，"他的情绪，有些激动，事情出了，你们家长总得要配合一下，来共同解决撒！"

班主任得知：那男生的父母几年前就离了婚，跟着父亲。父亲是开按摩店的。他经常在父亲的店里出入，身上沾了不少流气。"你不知道。"班主任说，"上学期，这个家伙在教室里就强行抱着一个女生，想亲人家的嘴！你看嘛你看嘛，刚才给他的父亲说了这件事，希望能来学校配合教育一下。他的父亲说事情多，来不了。啥子都是学校的事！"班主任说着说着，气愤地把那面破裂的小镜子和未燃尽的烟恨恨地摔在垃圾桶里。"哐当"一声，那面镜子彻底碎了。

几天后，学校的张贴橱窗里，贴出一张处分的公告。

我不知道，那个男生后来到教室里去公开赔礼道歉没有。我也不知道，那个处分，除了给当事老师一个安慰，还起到哪些作用。

隐隐作疼

这是稀松平常的一节课。

但又有点不太一样。

铃声响起的时候,我不是像往常一起,迅疾起身,快步走向教室。而是两手先摁住桌子,让屁股缓慢地离开椅子,再缓慢地直起,站定了,才迈开步子。这个过程,需要好几秒的时间。最近,头晕症又犯了。早上起床,必须先抓一个靠背,往床头靠。在靠的这几秒钟里,大脑里一片空白,身体和意识处于短暂的休克状态。几秒钟后,才逐渐恢复如常。这样的情形,在最近的几年里,已出现了几次。每次都要持续十来天。去医院,做了心脑电图,拍颈椎片,又查不出什么毛病。

窗外,一道高高的、厚厚的围墙。三角梅从围墙的坎上垂下来,旁逸斜出,不羁而野性地爬满墙壁,一大片一大片明艳的红,织成了一匹红锦,在明晃晃的阳光下,恣意而奔放。地上,散落的花瓣,横七竖八。教室外,几株人多高的紫薇,串串粉红,文静而含蓄,羞羞答答地掩映在浓密的绿叶间。

讲台上的我,眼睛望着的,不是窗外,不是窗外的花草。此刻,我眼里装着的那些花草,在教室里,在教室的座位上。

这节课讲的是《谈谈诗歌》。

初算下来,学生在前两年半的初中课本上所学的现代诗,还没超过十首。教室里的这些花草们,却正处于做梦的年龄,诗歌的年龄,是诗歌滋养的最佳时期。这些花草们,不是城市里的盆栽,他们来自田间、地头。再过大半年,他们中有相当一部分可能不会选择读书,将麻雀般散回乡间,或城市的工地、车间、厂房。但我希望他们将来的生活,要有远方和诗歌。将来他们的枕边,拥有诗歌,是多么甜蜜的事。即使有痛苦,也是甜蜜的痛苦。

《谈谈诗歌》作为学生自学内容,若轻若重地安排在教材的附录部分。内容蜻蜓点水,泛泛而谈,内中列举艾青的好几首诗歌作例子。艾青的诗不是不好,但仅仅举艾青的,我觉得毫无新鲜感。讲课的内容和程序,我做成了课件。多媒体的运用,使教师从只有一支粉笔的刀耕火种时代一步迈入现代。这些农村的孩子,也得以享受到和北京、上海城市里的孩子一样的最优质的教育资源。

阳光从窗外斜射进来。没有窗帘。靠窗的学生晾晒在初夏的阳光里。教室里的两台吊扇,"呜呜"地转着,长长的吊杆,轻微地抖动。我讲课的声音,必须高过吊扇的干扰声,而且要像春雨,让台下的花草树们得到滋润,要像和风,给他们送去一丝丝清凉。

为了让他们感受到诗歌的甜蜜,我备了三颗糖。

我们学校打造的校园文化是陶行知文化。"民主、生活、创造"几个鲜红的字张贴在教学楼醒目的位置。"备糖说"不过是临时借用下他老前辈的。陶行知做校长时,有一天看到一位男生用砖头砸同学,便将其制止并叫他到校长办公室去。当他回到办公室时,男孩已经等在那里了。陶行知掏出一颗糖给这位同学:"这是奖励你的,因为你比我先到办公室。"接着他又掏出一颗糖,说:"这也是给你的,我不让你打同学,你立即住手了,说明你尊重我。"男孩将信将疑地接过第二颗糖,陶先生又说道:"据我了解,你打同学是因为他欺负女生,说明你很有正义感,我再奖励你一颗糖。"这时,男孩感动得哭了,说:"校长,我错了,同学再不对,我也不能采取这种方式。"陶先生于是又掏出一颗糖:"你已认错了,我再奖励你一块。我的糖发完了,我们的谈话也结束了。"

向学生们抛出的第一颗糖是臧克家的《海》:

> 从碧澄澄的天空
> 看到了你的颜色
> 从一阵阵的清风
> 嗅到了你的气息
> 摸着潮湿的衣角
> 触到了你的体温
> 深夜醒来

耳边传来了你有力的呼吸

三十年前，读这首诗时，立时充满了对大海的无限神往，两遍就记住了，至今不忘。教室里，响起学生们的朗读声。我听出来了，虽齐整，但生涩，只能称之为念，还不是朗读。我给他们示范朗读。我朗读的时候，叫他们闭上眼睛，想象大海的颜色、气息，想象海风、海水、海浪。如此反复两遍之后，我的情绪、学生的情绪，也像渐渐地高涨的潮水。我欣喜地听出，他们的朗读声里，有诗的味道了。

接着，又抛出了第二颗糖《月之故乡》：

天上一个月亮

水里一个月亮

天上的月亮在水里

水里的月亮在天上

低头看水里

抬头看天上

看月亮，思故乡

一个在水里

一个在天上

为了使花草们更好地咀嚼这颗糖，我还准备了这首诗的歌曲视频。

我走下了讲台，坐在一张空出的学生座位上。我希望他们觉得，老师是在和他们一起咀嚼、品味。视频里，歌者浅唱低吟，乐曲声像低回屈曲的流水，细细碎碎地在教室里流淌。渐渐地，我和花草树们都沾了水珠，并浸在了这流水里，正当这水流到"低头看水里"的时候，响起了"橐橐橐"的敲门声。

这声音，在某些场合，完全可以作为打击乐呈现，烘云而托月。但此时，这声音却像林中突兀而起的枪声，湖水消失，天鹅惊飞。随着敲门声，门被推开，探进一个脑袋，发染成了栗色，眼镜，涂了膏的红唇，微微笑着向我示意。她，是我美丽的教务主任。

门被彻底推开。美丽的教务主任跨进了教室，她的手里，拿着笔和几张单薄的纸。但捏得很紧。她的身后，教室门口，站着三个人：校长、副校长、副校长。他们成了一道墙。音乐声中断，流水中断，诗歌中断。学生的目光，都鱼一样游离了黑板，聚到了领导们的身上。随着她的示意，我快步过去，她语气温柔、客气，却不容辩驳，像一把软刀子，温柔地刺来："对不起，打扰一下，我们看一下你这节课的教案。"

教室里出奇的静。凝重的静里，弥散着不安的寒意，像堆积的雪。前两周，学校就出了《关于进一步加强教学常规管理的通知》，在几大页的措施中就有对教师的教案和批改作业情况采取定时检查和随时抽查的方式。她就站在我的跟前，只有几十厘米的距离。她的红唇，幻化成一朵红罂粟。我很想对她说，如果你们是听课，请在后面找个座位。如果是检查教案，要么在我上课之前，要么在我上完这节课之后。现在我在上课，你们稍等一会儿，等我上完着节课再检查。但她没说检查，而是说看。她矜持的笑，一直挂在脸上，放不下来，和站在教室外一言不发、神情严肃的三位领导形成反差。

但我嗓子有些堵，什么都没说。如果说了，就是在撞一堵厚墙。我走回讲台。我快步迎上去和回到讲台的神情和步态肯定也形成了巨大的反差。在可怕的静里，能感觉到，我的前胸后背都贴满了学生和领导的目光。身上那点可怜的自尊，像一羽薄纱，正被几十双复杂的目光剥落，散成碎片，赤身裸体地暴露在这复杂的目光下，无处遁形。我回到讲台，拿着教案本，翻到了这节课的教案。

教案本上的教案是这样的：

一、我们为什么需要诗歌

（1、2、3略，见课件）

二、诗歌的主要特点

（略，以《海》为例，见课件）

三、怎样读诗

（1、2、3、4、5略，以《月之故乡》《走吧》为例，见课件）

美丽的女领导拿在手里，只瞥了一眼，旋即给了我。教案本上，没有三维教学目标，没有教学重、难点，没有课堂环节的设计，更没有教学过程中的教师与学生的互动过程设计。她手里检查表的表格里这些规定动作，教案本上都没有。那些水分，被我挤掉来只剩几根干条条。因为我觉得，那些是泥水匠的活，是程序员的活。而我面对的，是我的学生。她依旧堆着笑，依旧客气地说，"打扰了！"

重新关上门，再也没有了先前的情绪。我勉强支撑着，试图把散落在地上的碎片捡起来，一片一片往身上贴。红罂粟飘走了，气味却挥之不去。前面，总是横着一堵墙，怎么绕也绕不过去。讲课的声音，比先前高出许多，却是虚高。从台下学生的恍惚中，看到了我的恍惚。这堂课，已形聚而神散。我知道：诗歌没了！诗意彻底消解了！

挨到下课，好几个学生围过来，默默地看着我收拾书本。他们的目光，充满关切和不安。一个女生怯怯地问，"老师，你会不会被扣工资？"

一阵眩晕拥上来，从头往胸蔓延，我稳住了，手捂住胸口，那里，隐隐作疼。

投影仪没关，第三颗糖，还粘在电子白板上，苦涩而满怀心事的样子，那是北岛的《走吧》：

走吧

落叶吹进深谷
歌声却没有归宿

走吧
冰上的月光
已从河面上溢出

走吧
眼睛望着同一片天空
心敲击着暮色的鼓

走吧
我们没有失去记忆
我们去寻找生命的湖

走吧
路呵路
飘满了红罂粟

（载《星火》2019 年第 6 期，《散文选刊》2020 年第 1 期选载）

作者简介：
　　刘火，1954 年生。中国作家协会会员、四川省文艺评论家协会顾问。有多部作品出版。

唐诗里的农事诗

◎刘　火

　　清人编纂的《全唐诗》48000－49000 首，晚近编辑的《全唐诗补编》6300 余首。唐诗无论在当时还是在后世，不仅是中国古代灿烂文化的一个标志和标高，同时也是世界文学里一颗至今依然闪光的明珠。重要的是，唐诗影响或者决定了它汉语后人的文学趣味和美学标准。尽管历史和当下，有时也会对唐诗抱有异议，如在崇尚杜诗的宋代，欧阳修、宋祁撰著的《新唐书》里认为杜甫"旷放不自捡"且"高而不切"；如古典文学于当下重新唤起时，今人西川在《唐诗的读法》里甚至批评道，由于诗在唐诗的功用和地位，整个唐代付出了没有思想家的代价等。但没有人可以否认，唐诗，作为中国文化里无与伦比的宝库，是取之不尽的文学和文化资源。譬如本文所要论及的唐诗里的农事诗，就是这一宝库里珍珠，或者说，当我们回望历史和探究古人于农事方面的认知、历史意义和美学价值，我们就来读农事诗吧。

重　农

　　自有史文明以来，农耕社会是最长的社会，尤其是农耕社会于中国来说，不仅是最长的社会，而且是一个创造过无数辉煌的社会。而且在老中国，由于地理、由于人口、由于以儒家文化为中心的文化传统和中央集权的制度文化传统，重农（另一方面是抑商）即农本（商末）思想和行为，成了自先秦到清的国策与传统。唐（618－907）三百年，当然也不例外。不过，有些蹊跷的是，大唐似乎没有如明代《农政全书》（徐光启）这样的专门农书。从《农政全书》的"农本"诸章（包括"经史典故""诸定杂论上/下""国朝重农考"等）里，徐光启上举《管子》（春秋）、《吕览》（春秋）、《庄子》（战国）、《白虎通》（东汉）、《齐民要术》（北魏），今举《农桑通诀》（明），唯独没有举证唐。不过，这并不说明在唐一代，中央政府及各"诸侯"不关心农事。《新唐书/食货志》里多处记有中央政府对农事的关注和重视。贞观中，太宗纳谏从善专门下诏"重农"："亩税二升，粟、麦、秔、稻，随土地所宜。宽乡敛以所种，狭乡据青苗簿而督之。"这一国策，《新唐书》说"高宗承之"。"安史之乱"后，贞元四年（788），因赋税日重，德宗问宰相陆贽何以解决，陆贽陈书"六略"。"六略"之事，都与农事相关（后陆因谗而贬，此事不了了之）。另外，在"本记"和"后妃列传"里，多有"皇后亲蚕"记载。特别是武则天，在她封为"天后"（其时已是武则天实掌大唐权力的起点）时即上元元年（647），不仅"皇后亲蚕"，并建言十二事，第一件事就是"劝农桑、薄赋徭"。仅此几例，足见唐最高决策层对农事的重视。即便战乱时，一些"诸侯"一样重视农事。初唐隋末的战乱与纷争尚未结束，武德三年（620），窦建德边打仗边务农，在打下洺州时，窦就"劝课农桑"（《资治通鉴/唐纪四》）。可见，农事对任何一级军政首脑都十分重要。为什么如此重视农事，农耕社会，两事比天高，一是粮食、一是赋税。前者关乎百姓的本，后者关乎军政的本。于是，我们在唐诗里就会读到涉及农事的诗。

褚亮曾入秦王府文学馆，被称为"唐初十八学士"。《全唐诗》录褚31首，其中有一组诗《享先农乐章》。第一首是写粮食的："粒食伊始、农之所先。古今修赖，是曰人天。耕

斯帝籍，播厥公田。式崇明祀，神其福焉"。先民有"烝民乃粒，万邦作乂"（《尚书/益稷》）之说，也就是说只有当百姓有饭吃，国家才会长治久安。中国古代科技百科全书的《天工开物》第一篇第一节即是"乃粒第一"。褚的这首诗，最大看点是"古今修赖，是曰人天"。也就是说，于农事成败，天可以定，人也是可以定。所为农本，实为人的"重"农。这组诗前有一小引写道："《唐书/乐志》曰，贞观中，享先农乐，迎神用诚和，皇帝行用太和、登歌、奠玉帛用肃和……"褚亮这诗便是一首祭祀的诗。祭祀第一首就是粮食。有农才有粒，有粒才有家，有家才有国。这便是农本的意义。

太宗李世民虽不是大唐帝国的开国皇帝，但如《新唐书》所说"唐有天下，传世二十……太宗之烈也"，且是"至治之君"。太宗诗传世99首，多为金戈铁马英雄气概，却有一《咏雨》描写农事："和气吹绿野，梅雨洒芳田。新流添旧涧，宿雾足朝烟。雁湿行无次，花沾色更鲜。对此欣登岁，被襟弄五弦。"《咏雨》一诗，虽不见太宗豪气干云，但诗中所述之事，可谓非凡。风调雨顺，是一代明君的外化写照。此诗，因雨，记起了农田，因雨记起了乡间，因雨唤起了太宗对美好事物的向往。最后一联，作为一种愿景，作为对一年庄稼丰收的期冀，诗人情不自禁地披衣抚琴。此时雨声与琴声，想来是天人一体，无比的和谐。帝王喜悦于农事，帝王的喜悦，便是重农的喜悦。唐九世德宗，前期清明且又爱与臣僚们诗歌虽和，《全唐诗》虽录有德宗诗15首，一首与农事相关，诗名《丰年多庆九日示怀》。诗中吟诵"重阳有佳节，具物欣年丰"。诗前有德宗一小序："贞元十八年九月癸亥重阳，御制诗赐群臣"，于是，包括武元衡、权德舆等一帮干臣奉和。这一景象表明君臣对农事的重视和对丰年的喜悦。文宗在《暮春喜雨》里写道："风云喜际会，雷雨遂流滋。……郊垧既沾足，黍稷有丰期"，同样展现了最高管理者的厚农情怀。在重农方面，一首题为《田》的诗值得一说。"贡禹怀书日，张衡作赋辰。杏花开凤

轸,菖叶布龙鳞。瑞麦两岐秀,嘉禾同颖新。宁知帝王力,击壤自安贫"。此诗为李峤所写。李峤,出生望族,三次拜为宰相,如此关心土地,可见土地的重要。从狩猎到游牧,从逐水到定居。种植业的开始便是农耕时代的到来。农耕时代的主要平台便是土地。由土地耕作生产的物质,以及由此形成的精神,共同建构了农业文明。在这一漫长的历史长河里,田地始终是一中心。这是一首赞美田地的诗。用祥瑞称麦,用美好称禾;花开时琴声和谐,田地给予了人类心情愉悦的植物。田土是老天爷给的,但是,倘若没有农耕,没有农事,那么田地将是蛮荒的。诗人的"宁知帝王力"的"帝力",就是田力。田地,上天赋予,更是农事赋予。重农便是厚田力,厚田力便是重农事。再就是,许多时候,对于某些诗人来讲,田地、乡村,还是闲适和高隐的寄居地和转喻物。

喜 农

作物生长四要素,源自田地、阳光、雨水和农人劳作。雨,作为农事的重要符号和元素(当然雨是也是心情好坏的符号和元素),深深植根于中国的古典诗文里(正史如《新唐书》本纪、五行志里记载的水旱、水溢,雨非其物等水灾之雨,当别论)。唐诗里的农事诗,写雨或写"喜雨"的极多。翻检《全唐诗》,以"雨"作为诗名和写雨的诗人,无疑最多就是诗圣杜甫。《春夜喜雨》《喜雨》《雨》《雨不绝》《梅雨》《雨四首》《晴雨》……几乎数不胜数。最让人传颂的是《春夜喜雨》的前四句"好雨知时节,当春乃发生。随风潜入夜,润物细无声"。这首写雨的诗,好像没有直写农事,但诗人的灵感、感受和表现,显然与农事相关。春天一到,万物萌发。万物萌发除了温度之外,那一定就是雨水了。所以诗人才会因春雨不期而遇写下了"润物细无声"这样的诗句。春雨的意象,便是对一年农事的期许和遥望。李峤有一首《晚秋喜雨》则写的是秋雨。

为什么会写秋雨?诗中写道"积阳躔首夏,隆旱届徂秋。……草木委林甸,禾黍悴原畴。……腾云八际满,飞雨四溟周。……旱陂仍积水,涸沼更通流。晚穗萎还结,寒苗瘁复抽。九农欢岁阜,万宇庆时休"。这是一首叙事兼抒情的五言长排。从秋旱写到秋雨,从秋雨写到秋收。在叙事上,我们看到诗人对农村和农事的熟稔。"旱陂仍积水,涸沼更通流"这一联,干了的塘(陂)又见了水,涸了溪流又有了水的流淌。在抒情上,我们看到诗人对农村与农事的真情。"九农欢岁阜,万宇庆时休"这一联,诗人对所有从事农事(即"九农")的农人,给予了由衷的敬意。对农事的熟稔,对农人的敬意,以及久旱后秋雨突然而润的喜悦。这样的喜悦,直得今天依然如昨天那般清新。这首诗还有一个重要方面需要解读。这首长达40句的长排,还涉及农村农事的方方面面。既对"隆旱届徂秋"秋旱的焦虑,也希望君王"丹宸念推沟"关心农事;既对庄稼"禾黍悴原畴"的担心,也对田赋"蠲穷井赋优"严苛的担忧。

从春雨到秋雨,再到冬雪,唐诗里的农事诗,对于农事里重要的原素雨(水),几成一个系统。唐玄宗时的右丞相张说,有一首奉制诗,诗名《奉和圣制野次喜雪应制》,全诗写道"寒更玉漏催,晓色御前开。泱漭云阴积,氤氲风雪回。山知银作瓮,宫见璧成台。欲验丰年象,飘摇仙藻来"。写雪的诗数不胜数,而且这首诗写雪景也不是上乘之作。但作为应制诗,则有它的意义。应制诗在唐诗里是大类,它又分两种,一种是皇帝作诗,臣子奉韵而作;一种是皇帝出题,臣子奉题而作。由于是这种诗一为歌功颂德二为命题作文,大都不被看也。不过这首诗,雪的意象,并不刻板,而是有它自己的想法和叙述,比如"山知银作瓮,宫见璧成台"这一联,看似老旧,但这联中的两动词"知"与"见",也可见诗人在诗艺上的功力。尾联"欲验丰年象,飘摇仙藻来"的意象与叙写看似为皇帝歌功,但是"丰年"则是农人一生一世最大追求和目的。也就是说,"瑞雪兆丰年",顺了天下农人的对丰年的渴望和憧憬。由于雨对农事的重要，从雨、喜雨还衍生了祈雨、贺雨的诗。如韩愈的《郴州祈雨》"旱气期销荡，阴官想骏奔"，如白居易的《贺雨》"凝为悠悠云，散作习习风。昼夜三日雨，凄凄复蒙蒙。万心春熙熙，百谷青芃芃。人变愁为喜，岁易俭为丰"等。

农村田家的自然风光、四时变易，无论诗者是"在场"即农人，还是诗者是"他者"即外来的感受者，一旦进入到诗人笔下，大都与喜悦相关。就"他者"来讲，如今日，急速扩大城市的周边或更远的农家乐，成了城市以及城里人一种寄托和对美好生活喜悦的转喻。"东园垂柳径，西堰落花津。物色连三月，风光绝四邻。鸟飞村觉曙，鱼戏水知春。初晴山院里，何处染嚣尘"。王勃的这首《仲春郊外》，就是唐人写给今人农家乐的诗。诗人在郊外所看到的、所感悟到的春天，是以城市的角度来观照的。如"柳"便是城市镜像的主要物证之一。不过，颔联尾联即诗的下半部分，则是农村景象。"鸟飞村觉曙，鱼戏水知春"里的动词使用，显示诗人的胆识。"飞"/"觉"；"戏"与"知"动词并用的这种写法，在五言甚至在七言都是少见的。除了诗人的才华，也需要诗人对物象的细致观察。正是诗人对农事乡村的感动，春天的某一个早晨的田家全景才得以呈现。再来看张九龄的"姹女矜容色，为花不让春。既争芳意早，谁待物华真。叶作参差发，枝从点缀新。自然无限态，长在艳阳晨（《剪彩》)"。知道唐诗名句"海上生明月，天涯共此时"的张九龄，但未见得知道这首农事诗。张不仅是开元时期的名相，而且是一位多产的诗人。《全唐诗》录张诗219首。诗好是诗人的心情好；诗好是在诗人眼中的自然好。这样的好，极具有蓬勃向上的情景和精神。颈联"叶作参差发，枝从点缀新"，便是这一向上的自然写照。尾联，诗人由衷地写道"自然无限态，长在艳阳晨"。一个"长"字，更为毕真而又有超拔意义。也就是说，自然不是过去的，也不是停止的，更不是死了的，而且一个活生生地现在时，也是一个永不涸竭的将来进行时。这种乐观的情绪，跟诗人生活着

时代密切相关。祖咏的《田家即事》："旧居东皋上，左右俯荒村。樵路前傍岭，田家遥对门。欢娱始披拂，惬意在郊原。馀霁荡川雾，新秋仍昼昏。攀条憩林麓，引水开泉源。稼穑岂云倦，桑麻今正繁。方求静者赏，偶与潜夫论。鸡黍何必具，吾心知道尊。"这首五古，从地理到自然，从早晨到黄昏，从农事到心境，娓娓道来，细细写出。引水也好，修枝也罢，桑麻也好，鸡黍也罢，都在诗人达观的心境之中。与王勃《仲春郊外》的"他者"不同的是，这诗成了诗人祖咏的"在场"。也就是诗人本身可能就是农人（清人编辑的唐诗普及本《唐诗三百首》连祖咏的名字都没有）。祖咏虽与当时"诗红"的王维结好（王维曾赠诗祖咏"结交二十载"）。不过，据《唐才子传》载，虽然祖开元十二年（724）进士，但长期未授官，只好隐匿乡下。因此，诗人与乡村田事有着天然的交际和亲身体悟。《田家即事》才有这般的真实和真情。

要说喜农，无论如何绕不开王维。《旧唐书/王维传》说王维"在辋口，辋水周于舍下，别涨竹洲花坞，与道友裴迪浮舟往来，弹琴赋诗，啸咏终日。尝聚其田园所为诗，号《辋川集》"；《新唐书/王维传》说王维"别墅在辋川，地奇胜，有华子冈、欹湖、竹里馆、柳浪、茱萸沜、辛夷坞，与裴迪游其中，赋诗相酬为乐。丧妻不娶，孤居三十年"。前一传，表明王维与田园为诗；后一传，表明王维在乡间生活了三十年。也就是说，王维关于农事的诗，都是"在场"者的亲历。"野老念牧童，倚杖候荆扉。雉雊麦苗秀，蚕眠桑叶稀"（《渭川田家》）；"屋上春鸠鸣，村边杏花白。持斧伐远扬，荷锄觇泉脉"（《春中田园作》）；"……素怀在青山，若值白云屯。回风城西雨，返景原上村。前酌盈尊酒，往往闻清言。黄鹂啭深木，朱槿照中园……"（《瓜园诗》）等等农事诗，让我们今人看到了一位高隐乡间诗人的"在场"的境界。后人说王是诗佛，不过当我们读及这些有关农事的诗时，似乎觉得，诗人就是道道地地的农人。农人才有这样的志趣，唯有这样的志趣，才会有"旧谷行将尽，

良苗未可希。……饷田桑下憩，旁舍草中归"这样对农事恋恋不舍的心境。虽是归隐，但对于农事，王维的喜悦是真诚的。

唐诗是一个海纳百川包容万象的大千世界，即便喜农的诗，也各有风度。如广采民间歌谣的刘禹锡，喜农的诗，写得晓白流畅："田塍望如线，白水光参差。农妇白纻裙，农夫绿蓑衣。齐唱田中歌，嘤伫如竹枝。"（《插田歌》）如惯用隐喻且诗风秾丽的李商隐，喜农的诗，则写得忧郁婉转："荷筱衰翁似有情，相逢携手绕村行。烧畬晓映远山色，伐树暝传深谷声。鸥鸟忘机翻浃洽，交亲得路昧平生。抚躬道地诚感激，在野无贤心自惊。"（《赠田叟》）

悯　农

农业、农人，虽在农耕社会里是天大地大的事，但是，因为某些时段的朝政颓败、战乱纷争、天灾人祸，最易受打击的刚好是农业和农人。《新唐书》在"本纪"和"五行志"里所记载的天灾人祸比比皆是。尤其是猝不及防的"安史之乱"，击穿了大唐盛世，悯农、哀农的诗，成为农事诗里的重要部分。

春种一粒粟，秋收万颗子。四海无闲田，农夫犹饿死。

锄禾日当午，汗滴禾下土。谁知盘中餐，粒粒皆辛苦？（李绅/悯农二首）

正是李绅的《悯农》（《全唐诗》也作《古风二首》），"悯农"题材的诗，成为中国文学史和文化史的显著标志之一。尤其是《悯农》的第二首，其传颂的范围和力度，不会亚于李白的《静夜思》。李白的"床前明月光"是一首怀乡思亲的天籁，它穿越千古。而"谁知盘中餐，粒粒皆辛苦"则会在悯农、惜农、珍农上引起广泛而持久的认同。再从极端意义上讲，月亮不会天天有，而"民食以为天"的"盘中餐"则必须天天有。当我们去追究"盘中餐"的前世，是从"春种一粒粟""汗滴禾下土"中来时，这两首诗，事实上是不能分开

的。第一首说的是，农人种田却没有充足的口粮，第二首讲的是，要珍惜农人的劳动成果和自然给予人的馈赠。现在大都记得第二首，而忽略了第一首。秋收万颗子后，农人居然会没有饭吃。这样的悲壮，在唐诗里是少有的。少年成名，且与元稹、白居易等一道，作为新乐府运动的参与者，在同为清人编的两部唐诗选集《唐诗三百首》与《唐诗别裁集》里，不知为什么都没选李绅的诗。未必然是"四海无闲田，农夫犹饿死"诗句，太直白太残酷太猛烈了？

对农事的担忧、对农事的同情、对农事的哀悯，在中国诗文里一直都是重要的篇章，唐诗尤盛。本不关乎世事的高僧寒山，在三百零三首无题诗中就有多首与农事相关的诗。《新谷》（刘案，题以诗头两字为题）一首写道："新谷尚未熟，旧谷今已无。就贷一斗许，门外立踟蹰。夫出教问妇，妇出遣问夫。悭惜不救乏，财多为累愚。"这是一首写夏荒的诗。除自然灾害之外，夏荒的形成多种多样，但有一样对于农人来说，可能是致命的。那就是粮食入仓之前的田赋。田赋如果重了，农人秋收的谷物，在缴纳了田赋后，来年很难接上来新谷。再加上灾害，更是雪上加霜。这时，只有一个办法，就是给大户人家借。这诗写得最为生动也最为凄凉的，不仅"夫出教问妇，妇出遣问夫"，而且"就贷一斗许，门外立踟蹰"。就算大户贷了，门前徘徊的农夫还得好好思忖：贷得了吗？货了，以后还得了吗？货的利息能接受吗？就在商家大门之外，一会儿夫出来问，一会儿妇又进去观察。真是尴尬与凄凉！农人苦啊！连一向放荡不羁的李白，对农事也投出过"黄鹂啄紫椹，五月鸣桑枝。我行不记日，误作阳春时。蚕老客未归，白田已缫丝。驱马又前去，扪心空自悲"（《白田马上闻莺》）这般"扪心问桑麻"的目光和情怀。

杜甫与白居易，恐是唐诗帝国里写悯农诗，数量最多内容也最重厚的诗人。杜有《春旱天地昏》《大麦行》《岁晏行》《为农》……；白有《村居苦寒》《观刈麦》《重赋》《卖炭翁》《渭村退居寄礼部崔侍郎翰林钱舍人诗一百韵》

……。杜甫在《岁晏行》里写道"去年米贵阙军食，今年米贱大伤农，高马达官厌酒肉，此辈杼轴茅茨空。楚人重鱼不重鸟，汝休枉杀南飞鸿。况闻处处鬻男女，割慈忍爱还租庸"。在《大麦行》里写道"大麦干枯小麦黄，妇女行泣夫走藏"。在《春旱天地昏》里写道"春旱天地昏，日色赤如血。农事都已休，兵戈况骚屑"。在《自京赴奉先县咏怀五百字》里写出道"朱门酒肉臭，路有冻死骨"等。杜甫对农事的悲怆，一点也不输于诗人的《三吏三别》，而且其广阔程度，从农事的重要性来讲，较直写"安史之乱"的《三吏三别》，更具有历史的意义。白居易的创作高峰是经过"安史之乱"后的"元和中兴"。如果按这样的理解，白写《长恨歌》《琵琶行》等这样的讽喻诗，似乎才是正途。但是《观刈麦》中的"复有贫妇人，抱子在其旁，右手秉遗穗，左臂悬敝筐。听其相顾言，闻者为悲伤。家田输税尽，拾此充饥肠"的这般场景，无论当时还是现在，都欲哭无泪。这诗正是写于元和年间。在《秦中吟十首》之第二首《重赋》里写道"税外加一物，皆以枉法论。奈何岁月久，贪吏得因循。浚我以求宠，敛索无冬春。织绢未成匹，缲丝未盈斤。里胥迫我纳，不许暂逡巡。岁暮天地闭，阴风生破村。夜深烟火尽，霰雪白纷纷。幼者形不蔽，老者体无温。悲喘与寒气，并入鼻中辛"。在《村居苦寒》里写道："竹柏皆冻死，况彼无衣民。回观村间间，十室八九贫。北风利如剑，布絮不蔽身。唯烧蒿棘火，愁坐夜待晨。乃知大寒岁，农者尤苦辛。"白居易的这些农事诗，完全可以把它们看成是那一时代的真实见证，如依陈寅恪"诗可证史"的观念，白居易的这些农事诗就是诗史。从这一角度认知，杜甫、白居易都称得上是史诗性的诗人。

大唐诗作，近五万首，不排除其间的龙蛇混杂、优莠俱在（譬如有大量的应制诗和应酬诗），但在关注民间疾苦，关注农事，哀悯农人，不同身份、不同诗风的诗人、诗作，许多是相通的："我年已强仕，无禄尚忧农"（孟浩然《田家元日》）；"开花空道胜于草，结实何曾济得民。却笑野田禾与黍，不闻弦管过青春"（郭震《米囊花》）；"泪尽江楼北望归，田园已陷百重围"（刘长卿《登松江驿楼北望故园》）；"大乡无十家，大族命单羸。朝餐是草根，暮食仍木皮"（元结《舂陵行》）；"群合乱啄噪，嗷嗷如道饥。我心多恻隐，顾此两伤悲。拨食与田乌，日暮空筐归"（储光羲《田家即事》）；"霜吹破四壁，苦痛不可逃"（孟郊《寒地百姓吟》）；"赤地炎都寸草无，百川水沸煮虫鱼"（皇松甫《贞元旱岁》）；"一日官军收海服，驱牛驾车食牛肉，归来攸得牛两角"（元稹《田家词》）；"仰面呻复嚏，鸦娘咒丰岁。谁知苍翠容，尽作官家税"（温庭筠《烧歌》）……战乱、天灾、苛税、饥荒等都在农事诗里有反映。这表明，留存并传颂的诗作，它们的责任，或者说使命，不在于应制的歌功颂德，也不在于应酬时的唱和（尽管不排除这两类诗里有上等佳作，但毕竟凤毛麟角），而在于诗人、诗作，是否是对严酷现实的揭底，是否是对美好生活的期许，是否有高尚的人文情怀。从上粗略计，我们已看到了唐诗里的农事诗，在于它的批判、期许和情怀。

唐诗里的农事诗，是中国诗歌史里的宝藏之一，有影响的两个重要选本《唐诗别裁集》和《唐诗三百首》里，特别是《唐诗三百首》入选的并不多，从这一角度看，唐诗里的农事诗，需要进一步的发掘、重视和研究。唐诗在，中国的文明就在。唐诗里的农事诗在，珍惜土地、热爱自然、关注民生疾苦的伟大情怀就在。

（原载《中华读书报》2019 年 4 月 3 日）

"阿尔法狗"的"狗"引出的话题

"阿尔法狗"是英文"AlphaGo"汉语音译。

"阿尔法狗"战胜中日韩围棋顶级国手的新闻已成旧闻。不过,笔者的故事,从另一角度展开。春节期间,职业是高中数学老师业余是同年龄段在本地围棋高手的大弟问我知不知道"AlphaGo"的"Go"是什么意思?我说不知道。但我在想,大约不会是英文"走"的意思,不然不会这样问我。四弟告诉我说,"Go"是日语围棋的意思。我还真是吃了一惊。我甚至怀疑四弟是不是弄错了。四弟信誓旦旦地讲;"百分之百地不会错。"

笔者不识日文,便把中文的"围棋"放置在在线的谷歌翻译,译成日语,得日语"囲碁"。检其读音为"爱狗",英文拼写为"Igo"。"Alpha"的词源为希腊语"Αλφα",意为"第一",《圣经/新约/启示录》1.8 "I am Alpha and Omega"(我是阿尔法,我是俄梅戛),"go"是日语围棋的读音。"阿尔发狗(AlphaGo)"即第一部计算机围棋。这里,从"Go(即日语囲碁的读音)"看到了日语对当代技术(或当代文明)的影响。我们知道,在围棋还是"围棋"时,也就是还没有东渡到日本之前(大约七世纪)时,围棋只是中国的(据说先秦已有了今日围棋的雏形)。但当围棋成了"囲碁"之后,随着近代日本经济的崛起,随着日本文化对东亚(主要是对中国)和对欧洲的进入,日语及由它的承载的文化,便影响着世界。甚至可以说,因为日语及它承在的文化重构了东亚(甚至欧洲)的某些文化版图。

19世纪后期,"浮世绘"从荷兰等地的海港进入欧洲时,一批试图改造欧洲古典绘画的艺术家如高更、塞尚、梵高,特别是梵高,学习借鉴浮世绘的构图、色彩、线条,进而大胆运用于自己的绘画实践中,从而改变了欧洲的艺术传统。迅速把欧洲的艺术(主要是绘画)从古典带进现代,又从现代主义出发,启动了后现代主义。梵高卒于1890,塞尚卒于1906,高更卒于1903。在高更逝世十年后的1913年,代表后现代主义来临的杜尚的《下楼的裸女》横空出世。接着,杜尚1917年用小便池制作的《泉》,更是世界艺术史上的重要关节,即装置艺术时代的开启。虽然,我们不能说杜尚与浮世绘相关,但从浮世绘走进现代主义的梵高们,显然对于杜尚们不是没有关系的(如杜尚的行为艺术《与裸女下棋》录感就有可能出自塞尚的《玩纸牌者》)。很多年前读川端康成的《伊豆的舞女》,不知"伊豆"为何物,后来读一部专门介绍歌川广重(1797 – 1858)的Hiroshige英文原版书时才知道,"伊豆"原是日语"江户"的音译"Edo"。德国科隆TASCHEN出版的这部歌川广重(歌川広重)传,集中介绍的是歌川广重的《名所江户百景》。《名所江户百景》是歌川广重晚年的精心之作,共120图,大致依春夏秋冬四季,描绘京城江户(今东京1868年前的旧称)风景、风物和人情百态。《名所江户百景》表现力和影响力,特别是其"空寂"的美学价值与美学效应,几达到浮世绘的巅峰。梵高的名画《开花的梅树》《雨中大桥》等都临摹自《名所江户百景》。

这是艺术。再看文学。日本近世的文学得益于欧洲,这是一个事实。但当日本文学译介到欧洲时,也一样影响了欧洲的文学,同样是一个事实。美国出生但成年后定居英国的埃兹拉·庞德有一首著名的诗叫《在地铁车站》(In a Station of the Metro)。全诗只有两句:

The apparition of these faces in the crowd;

Petals on a wet, black bough.

人群中这张张脸庞难见的奇观

黑树枝上湿漉漉的一片片花瓣（罗若冰译）

此诗，有人认为受惠于唐诗的五绝，但一般的认知是，这首诗主要受惠于日本的"俳句"。据考，这首诗，最先是三十行，半年后，诗人觉得太散，减为十五行。还是觉得太散，一年后，得益于俳句的两行。于是改成了这首现代主义（意象派）诗歌史上无论如何都绕不过去的著名诗篇。俳句的近现代鼻祖松尾芭蕉最经典的"古池や蛙飞びこむ水の音"，译成的汉语即是两行：

古池呀，

青蛙跳入水声响（林林译）。

据说日本的俳句的灵感来自唐诗的五言绝句，叶渭渠的《日本文化史》里，叶先生认为俳句大约出现在安土桃山时代末期与江户前期（即16世纪后期至17世纪初期），以"闲寂"为特征，展示出日本民族诗歌的独具形式和美学价值。就日译汉来讲，以七/七音节译成汉语两行或以五/七/五音节译成汉语三行。2011由译林出版社出版的松尾芭蕉《奥州小路》（中/日双语），译者陈岩全部译成五/七/五的三行。无论三行还是两行，庞德的《在地铁车站》都受惠于日本的俳句，受惠于日语的语音（包括音节与声调）和语法（如少用或不用动词）。西方学者认为松尾芭蕉不仅影响了如庞德等意象派，还影响了如金斯堡的"垮掉派"。由于日语语言文学艺术近世的输出，其文化的影响超过了比日本文化和日语更早熟的汉文化和汉语。尽管在此之前，就英语词汇，已经有了"Confucius（孔子）""Taoism（道教）"等词汇和这些词汇所指。就文学艺术，据王国维的《宋元戏曲考》，元人纪君祥的《赵氏孤儿》于1762年，由法国人特赫尔特译成了法文（实为1731年耶稣会神父马若瑟已译成法文），至19世纪40年代之前，《元曲选》中已有100种译成了三十多个外国语等。

新近，台湾东吴大学英文系主任曾泰元在《文汇报》上载文《英文里的"禅"》，对其Cambridge Advanced Learner's Dictionary（《剑桥高阶学习词典》）抽样，认为，西方认识

"禅"或"禅宗"不是从禅宗（中国化的佛教）的发源地中国和汉语输出的，而是以日语输出的。在这本词典里有13个关于禅的英文词都出自日语，而且是"系统性"地进入到英语里的。即便作者在1961年出版的美国最大的Webster's Third New International Dictionary of the English Language, Unabridged（《韦氏第三版新国际英语大词典》）找到了"禅Chan"的汉语词汇。但汉语的"禅Chan"不像日语的"禅Zen"，以及与它相关在的另外12个日本禅宗的词汇那般系统和庞大。重要的是，日语的"Zen"比汉语的"Chan"要早整整两个世纪进入英语词汇。日语"禅"的读音"Zen"进入英文是1727年。

其实，与其说日语对英语的影响远胜于汉语对英语的影响，还不如说是日语对汉语的影响远大于对英语的影响。晚清的衰败与图存（尽管一塌糊涂）和辛亥革命，与日本息息相关。甲午（1894）一败、《马关条约》（1895）《辛丑条约》（1901）一签，大清便彻底沦为弱国。历史的吊诡在，日本人称雄亚洲是以打败清帝国开始并确立的，而日本却为中国的改变与新生提供了两支极为重要的力量：一支是以孙中山黄兴等的革命党人与领袖，一支是以陈独秀鲁迅等的新文化运动的旗手与干将。前者，推翻了两千多年的封建帝制，建立了亚洲的第一个共和政体；后者（还包括从欧美归国的胡适等）以反礼教反旧文化、倡"德先生""赛先生"倡新文化，开创了中国文化的新纪元。从这一角度看，无论前者的政治革命还是后者的文化革命，促使了中国的"千年一变"（2019年正是五四新文化100年的纪念年）。而这两支重要力量的背后，就是日语对汉语的影响——而且是持久的影响。

唐宋之前，以汉语为文化特质的儒家文明（是否就是"汉文字圈"，学者们尚无定论），对东亚（还有东南亚）的影响是全方位的。从汉字到器物、从儒学到佛教，从绘画到建筑、从服饰到茶艺等几乎无所不有无所不包。这一切东传日本影响最深广最久远，除了佛教也许就是汉字了。从9世纪到11世纪，日文虽然

完成了平假名的日本化改造，但仍然留下了1000余个的汉字（当然，除字形外，读音和字义与汉字已无多大关系）。也就是说，日文的汉字残留，于今依然如初。自19世纪，日文的字形和词汇（甚至某些词义），却大规模地进入到汉语领地。上海辞书出版社1984年出版的《汉语外来词词典》一书，共收古今外来词一万余条。在"C"目里，收外来词近200个，仅日语外来词就有36个。它们是（依词典词条的汉语拼音顺序）：财阀、财团、采光、参观、参看、参照、策动、插话、茶道、常备兵、常识、场合、场所、成分、成员、承认、乘客、乘务员、宠儿、抽象、出版、出版物、出超、出发点、出口、出庭、初夜权、处女地、处女作、创作、刺激、催眠、时、错觉等。这些我们今天耳熟能详的词，竟然不是汉语词汇（至少不是现代汉语词汇），而是来自日语的外来词汇。又如在"jian"词条里，外来词共22个，其中日语词源就多达10个，它们是：尖兵、尖端、坚持、检波器、简单、见习、间接、间歇泉、间歇热、建筑等。从《汉语外来词词典》一万余条外来词中，有许多外来词已经死亡，但日语这一外来词却顽强且极富生命力存活在现代汉语中。这些日语外来词汇，对于汉语使用者来说，已经感受不到它们是日语而来的外来词了。从语言学和社会语言学角度，日语进入汉语，不仅充实、扩大了汉语的词汇，而且改变了中国人的某些思维方式，如以"阶级""革命""法人"等词汇建构的思维。可以说，日语词进入汉语，是汉语发展史上的重大事件。这些日语词汇，一些是日语的原词，如"茶道"（桑田忠亲的《茶道六百年》梳理了由宋的"茶汤"传入日本演变成形的茶道的源流和发展），一些是转译英语（主要是意译）后的日语，如"策动"（策动，日语意译英文 manoeuvre）。这两类词汇，又以英语意译为最多。仅此一点，可看到日本明治维新以来，与西方文明的接触、接受，不仅比中国早，更比中国活学活用。极端点讲，大都与现代知识、现代科技或者说现代文明息息相关的汉语词汇，很大一部分来自日语。《共产党宣言》的第一个完整汉语译本（1920）就是陈望道根据日语（一说根据日语和英语双语）翻译的。中国共产党的主要创始人之一陈独秀是留日学生。

有一种理论认为，先进的或强势的文明式样，会对落后的或弱势的采取一种"进入"态势。抛开这种话语涉嫌"殖民"和"后殖民"，而就本文角度来看，也可抛开中/日之间的恩怨情仇来观察和审视这一理论。也就是说，"进入"的观点和视角，却是不争的事实。无论是以平等的方式，还是以强迫的方式，无论是"他者"的改变，还是"自者"的更新，通过经济、文化、政治，甚至军事的，进入到落后的或弱势的语言、文学、艺术的领地。从汉语词汇的发展史上来看，两波外来词汇进入的大潮，或可以看到这并非现代或后现代的事件，而是一个前现代就开始了的事件：一波是中古（从公元1世纪到7世纪）的佛教词汇的进入，再一波便是近现代（19世纪中后期开始的）的日语、英语（也包括法语、德语、俄语等）对汉语的进入。后一波外来词至今依然行进着，如计算机及现代科技的英语，如动漫及现代生活方式的日语等。

保护民族语言是任何一个现代国家的重要文化政策。像货币统一之后的欧洲，保护民族语言（说到底就是抵制英语的进入）依然是欧洲各国的文化政策（法国尤厉）。即便如此，外来的语言、文学、艺术等的进入，并非如丧考妣。事实上，同属亚洲及东亚的日本，从明治维新开始的一系列文化"西征"（包括它的近邻中国也在西边），不仅改变了某些领域的文化版图，重要的是，它为后来者提供一种经验，或者提供了一种迈入世界主流的参照。如，中国文化在中古时期通过陆路和海洋向朝鲜半岛和日本的东进，以及随丝绸之路的西传；又如随着中国经济在20世纪末至21世纪的高速发展，以及由此的全球化合作，汉文化的传播、现代汉语词汇等进入到英语世界之中，逐渐地成为了现实。

（原载《文汇报》2019年4月29日）

《金瓶梅》词话本与绣像本的优莠
——兼说"教化"在古典文学里的意义

除作者是谁是悬案外，《金瓶梅》（下简称《金》）的版本，不像《红楼梦》的版本那般复杂，但并非就没有话题。就现在一般的认知，《金》主要由两个（另说三个）版本构成并平行于世。一是1932年在山西发现的《金瓶梅词话》，一是在清初流传的《新刻绣像批评金瓶梅》。前者，据说初刻在明万历后期，后者初刻在明崇祯后期。如果，这可以坐实，那么，《金》的版本可以简化为《金》的万历本与崇祯本。但问题是，这两个版本的孰先孰后，经历20世纪30年代（即刚发现《金瓶梅词话》的当时）认定《金瓶梅词话》早于《新刻绣像批评金瓶梅》之后，并未形成统一意见。特别是进入到20世纪后期到21世纪，这种认知遭遇极大的挑战。一派继续肯定前者先于后者，如戴鸿森、王汝梅等便认为前者与后者的关系是母子关系；另一派则反对这种说法，叶桂桐（2015）推翻鲁迅、郑振铎等的认定，认为两者不仅不是母子关系，而且前者还晚于后者。第三种看法比较中庸，认为两者是兄弟关系。本文不讨论两个版本的先后关系，主要讨论两个版本的文本优莠。因此，前者不标"万历本"而标"词话本"，同理，后者不标"崇祯本"而标"绣像本"。

"词话本"在相当一个时期，至少是在它发现以后到整个20世纪，都被看成是一个较为完整而又成熟的版本。人民文学出版社1985年版1992年第一次印刷的由戴鸿森校点的《金瓶梅词话》，即是这种认知的表现。戴本是自1950年以来，大陆印行的最为完备（除删掉涉性描写近2万字外）的版本，也是具有通识的最为规范的版本。这个版本用的即是万历丁巳即1617年本作底本，补以崇祯本。台北里仁书局2007年出版梅节的校注本《金瓶梅词话》也是这一系统。吉林大学出版社1994年出版的王汝梅校点的《金瓶梅》则属"绣像本"系统。这一系统，随着抑"词话本"扬"绣像本"的思潮，特别是田晓菲的《秋水堂论金瓶梅》（2014年同上简称《秋》）的传播，两个版本系统的平静被打破。即认为"绣像本"优于"词话本"。新加坡南洋出版社（2003年初版2006年的二版）的《金瓶梅》也认为，"绣像本"优于"词话本"。《秋》认为"绣像本"优于"词话本"主有两条，一条是"词话本"过重过多的伦理说教妨碍了小说人物人性的复杂叙事（《秋》5页、63页等），一条是"绣像本"的叙事与描写比"词话本"干净（《秋》7页、160页等）。前一条说的是小说的主旨趣味，后一条说的是文本本身。南洋本的前言，董玉振多次提及"绣像本"比"词话本"高明。而且就单一回目看，董说"就第五十四回来看，崇祯本也比词话本高明"。本文所述就是以第五十四回展开。

五十四回回目，词话本作"应伯爵郊园会诸友/任医官豪家看病症"，"绣像本"作"应伯爵隔花戏金钏，任医官垂帐诊瓶儿"（本文所引《金》文字，"词话本"引人民文学出版社1992年戴本，"绣像本"引日本早稻田大学藏本即康熙三十四年（1695）影松轩藏本PDF扫描本）。清人张竹坡对此回的总评"此一回既影瓶作死，复遥影莲摧梅谢"。张竹坡评点的《金》的底本是"绣像本"（估计，清初的张竹坡没有看到过1932年发现的"词话本"）。因此，张的评点完全依托于绣像本。100回的《金》里，其文字、叙事与题旨差别最大的有两回：第一回与第五十四回。第一回，词话本（"景阳冈武松打虎/潘金莲嫌夫卖风月"）依托于当时《水浒传》的市民基础与社会影响，由《水浒传》的第二十二回（"横海郡柴进留宾/景阳冈武松打虎"）到第二十五回（"偷骨殖何九送丧/供人头武二设祭"），直接契入或导入到《金》。"绣像本"则完全抛开了这一楔子，直接进入到西门庆（绣像本作"西门庆热结十弟兄/武二郎冷遇亲哥哥"）叙事。"词话本"的文字长度大于"绣像本"（第五十四回的文字长度类同），抑"词"扬"绣"者认为，"词话本"比"绣像本"多了许多冗赘而使行文不干净。从《金》的成书过程来看，即以这种以说书的方式展开的文本，"词话本"可能更接近《金瓶梅》的成书缘由与过程。"绣像本"不从武松打虎、与亲哥相认、与潘金莲纠葛等的"水浒传"根由出发，是说不过去的。尽管"绣像本"在第一回里似乎比"词话本"更直接进入西门庆叙事，但是"词话本"的"伏脉千里"则在第一回里率先使用，并在后文里不断得到回应。如果没有第一回武松与潘金莲的关系、武松与武大郎的关系的交代，我们就会对八十七回（"词话本"回目作"王婆子贪财受报/武都头杀嫂祭兄"；"绣像本"回目作"王婆子贪财忘祸/武都头杀嫂祭兄"）里的武松大开杀戒既杀王婆又屠潘金莲一事，便莫名其妙。因为"绣像本"里没有这样的铺垫和"伏脉"。

现在来说第五十四回。五十四回，前半节写西门庆的第一狐朋狗友应伯爵相邀诸友聚会，后半段写任医生为瓶儿看病。无论从文字的长度还是叙事的方式，除了文字长度之外，"绣像本"与"词话本"差异甚大。在"词话本"里，详尽地叙述和描写了应伯爵的这一场会诸友的聚会。几乎可以断定地说，在这一章里，应伯爵是主人公。词话本把一个依附于西门庆的无赖和市侩，写得鲜活无比。没有哪一回像这一回写的应伯爵，极尽声色犬马，又极尽人情世故。这日，应氏请诸友一聚，先是在城里花天酒地，不尽兴时，便带上两妓女，与众友买船郊外，到一叫刘太监的园子里再吃。"词话本"写这两地、写置身于两地的各色人物，细细道来，移步换景，张弛有序，不动声色，且又暗藏"杀机"。依附于西门庆的这伙滥友，看似温情，实则各怀主意。譬如，吃酒之前，应伯爵就对诸友说，我做主人行当然是

行，可"你们也着东道来凑凑"。意思就是我应伯爵一人不行，要大家来凑，也就是今天AA制。应伯爵的小气与精明，在随口一说中毕现。于是有了白来创用扇子抵银两、常时节（"绣像本"作"常峙节"）用绒绣汗巾凑份子的趣事。应伯爵本就是一个混混（而且是超级混混），"词话本"写得清楚："原来应伯爵在各家吃转来"。"词话本"还补充写道，正是这种"各家吃转"，应伯爵才做到了"色色俱精"。这为后来西门庆死时众狗友作鸟兽散埋下伏笔。"词话本"第八十回（"陈经济窃玉偷香/李娇儿盗财归院"）写道"但凡世上帮闲子弟，极是势利小人。……当初西门庆待应伯爵，如胶似漆，赛过同胞兄弟，那一日不吃他的，穿他的、受用他的。身死未几，骨肉尚热便做出许多不义之事"。"绣像本"第八十回（"潘金莲售色赴东床/李娇儿盗财归丽院"）也有这段描写（虽然"绣像本"比"词话本"简略些）。如果，我们不在第五十四回对应伯爵的这般极尽的铺陈，我们怎么会在第八十回西门庆死后，看到了应伯爵的行为和嘴脸，如此地秽臭不堪！同样，也看到了西门庆一类人的行为是那样的不堪却又那样地悲凉！而"绣像本"对此的描写与叙事简单多了。

诚然，第八十回对应伯爵的这段描写与叙事，有如《秋》不太认同的"词话本"里过多的"说教"。但当我们把第八十回地这段"说教"与第五十四回的细节场景描写联系在一起来读，那么，"词话本"的说教，并非空中楼阁，而是"事出有因"。再就是，一部《金瓶梅》没有说教，那《金》一书一定少了许多色彩。文学（包括外国文学），如果仅有对社会和人性的直接叙事而没有教化的话，那时不可想象的。而且可以肯定地讲，没有"说教"，《金》的传播也一定会有问题。就以这第五十四回的楔子诗作例，也可一斑。"绣像本"的楔子诗，是一小令《浪淘沙》："美酒斗十千，更对花前。芳樽肯放手中闲？起舞酬花花不语，似解人怜。不醉莫言还，请看枝间。已飘零一片减婵娟。花落明年犹自好，可惜朱颜。""词话本"的楔子诗，是一首七律：

"来日阴晴未可商，常言极乐起忧惶。浪游年少担红陌，薄命娇娥怨绿窗。乍入杏村沽美酒，还从橘井问奇方。人生多少悲欢事，几度春风几度霜。"尽管小令里的"花落明年犹自好，可惜朱颜"有预言的作用，即张竹坡对此回的总评"近影瓶儿死、远影莲摧梅谢"。但是整个词与第五十四回没有多大关联，倒是"词话本"的这首"七律"，几乎丝丝入扣于"词话本"的第五十四回的叙事。即劝告如与西门庆应伯爵等一干人物，其行为其下场：极乐处时便是极悲开始。虽说这说教，一源于佛教的因果，二源于儒家的劝世。无论因果还是劝世，这七律用于此第五十四回的场景与叙事，十分的吻合。"绣像本"的小令倒显得，有也可，无也可的。关于楔子诗，"词话本"与"绣像本"有很大的不同。"词话本"大都是诗，"绣像本"大都作词。从诗与词的关系和先后来看，词是诗的"诗余"，词与诗相比，词比诗可能更加感性，如词的正脉"婉约"以及词的先声与发轫《花间集》。有趣的是，"绣像本"的楔子诗多是词，但在第一回则用的是诗；"词话本"的楔子诗多用的是诗，但第一回则用的是词。"词话本"词作："丈夫只手把吴钩，欲斩万人头，如何铁石，打成心性，却为花柔？请看项籍与刘季，一似使人愁。只因撞着，虞姬戚氏，豪杰都休。""绣像本"诗作："二八佳人体似酥，腰间仗剑斩愚夫。虽然不见人头落，暗里教君骨髓枯。"两本两诗词意思相近，显然，"词话本"的词更具感性。另外，与"绣像本"女人祸水的观念相比，"词话本"也更有历史的厚度。

"绣像本"与"词话本"在这一回里，有一个细节得专门一说。那就是"绣像本"作为回目的"应伯爵隔花戏金钏"。这一细节，两本都有，即应伯爵调戏妓女金钏一事。"绣像本"比"词话本"多一细节："不防常时节从背后又影来，猛力把伯爵一推，扑的向前倒了一交，险些儿不曾溅了一脸子的尿。""词话本"没有这一细节。应伯爵作为西门庆的食客和跟班，其秽行其丑德，不比西门庆差。但毕竟，《金》不是主写应伯爵的。此处写应伯爵

的秽行，也从其他的角度写西门庆的秽行。像这种秽行以及由应引发的另一种秽行（即《秋》所说"所谓螳螂捕蝉黄雀在后即是"），确实是《金》的主叙事，但并非一定是这节的主叙事。"绣像本"把应伯爵调戏金钏的这一秽行写进回目，显然小题大做，远不如"词话本"的回目"应伯爵郊园会诸友"那样，更能呈现西门庆及西门庆诸友的种种秽行，而不只是应伯爵一人，更不当是应伯爵此回的所谓"隔花戏金钏"一事。随便一说，对于这一细节，张竹坡有两段旁批，一段是"情理必至，却写得出"，一段是"一转更奇"。前一段表扬《金》敢于写男性在女性小解时调戏一事，后一段指应伯爵差一点跌交吃金钏小便一事。在我看来，张竹坡于此的两段旁批，过于看重这节的调戏文本，而有可能忽略了对整回文本的统观，至少是忽略了应伯爵会诸友更为宽阔的叙事。甚至有可能放松了我们对《金》的整个文本的认知。"词话本"的回目所示，便没有这种带有欣赏的态度和趣味（低级趣味？）。《秋》批评《词话本》的一些回目"毫无含蓄与体面可言"，恰恰在这第五十四回，"绣像本"的回目，太过于淫秽，而"词话本"的回目，倒比"绣像本"的回目，含蓄体面多了。

第五十四回，上半段写应伯爵郊外聚友，下半段写李瓶儿就诊。李瓶儿生了官哥儿后，一直似乎有病（《秋》纠缠于瓶儿病状两版本的不同，从而认定"绣像本"优于"词话本"）。就在西门庆与应伯爵一伙在郊外花天酒地时，家人来报，李瓶儿急需看医生。与应伯爵聚友一样，"绣像本"比"词话本"简单得多。"词话本"在任医官进府看病之前，有很长一段（近400字）西门庆与病中的李瓶儿交流的描写。"绣像本"则不足100字。重要的是，"绣像本"里请任医官到府上看病，好像只是西门庆的一桩例行公事。而在"词话本"却是另外一种叙事：听说李瓶儿病了，"西门庆来家，两步做一步走，一直走到六娘房里"，走到床边，"只见李瓶儿咿嘤的叫疼"，于是"词话本"写道："西门庆听他叫得苦楚，连

忙道，'快去请任医官来看你'"，接着"西门庆攒着眉，皱着眼，叹了几口气"。"绣像本"把"词话本"所写的这些一律省去，只写作："西门庆见他掉下泪来，便道：'我去请任医官来，看你脉息，吃些丸药，管就好了。'便叫书童写个帖儿，去请任医官来"。凡读《金》都知道，官哥儿走，预示李瓶儿大限即到。在李瓶儿大限即至和李瓶儿死后托梦的第五十九回、六十回、六十一回、六十二回、六十三回，以及七十一回里，我们看到了《金》的另一种叙事，那就是西门庆对李瓶儿的同情、怜惜与真情（是不是爱情也很难说，此说可参阅笔者《李瓶儿在幸福中死去》，载《湖南文学》2017年第9期）。专写西门庆于两性中对待女性的诸种秽行《金瓶梅》，此种写法是罕见的。或者说，用了整整六回的文字，极详尽地写西门庆与李瓶儿的这种关系，这是不同寻常的。甚至可以看成是在一部专写社会及人性黑暗的《金瓶梅》里，于此，我们似乎看到了一丝光亮。而这光亮，正表现在这第五十四回里西门庆听说李瓶儿病后"两步做一步走"的叙事及它的衍生叙事里。而这在"绣像本"是看不到的。关于扬"绣像本"叙述的简洁干净与关于抑"词话本"叙述的冗长累赘，许多时候得具体来观察。譬如这一节里的西门庆与李瓶儿的关系交代与叙事。再举另外一例。"词话本"里的服饰叙事与描写比"绣像本"丰富多了。"词话本"第五十九回"西门庆摔死雪狮子，李瓶儿痛哭官哥儿"（"绣像本"作"西门庆露阳惊爱月，李瓶儿痛哭官哥儿"）写郑爱香儿的服饰是"头戴着银丝䯼髻，梅花钿儿，周围金累丝簪儿，找扮的粉面油头，花容月貌，上着藕丝裳，下着湘纹裙"；"绣像本"只一句"却说郑爱香儿打扮的粉面油头，见西门庆"。两本比较，前者因为服饰的"繁褥"或"冗赘"，活脱脱展示出一个娼门子弟在有钱客人面前的作态；后者，因太简，文字的意味便寡谈了许多。就在同一回，因两版本的繁简不同，也造成了两个版本的差异。五十九回上半回说西门庆与妓女郑爱月儿厮混，下半回说潘金莲养的雪狮子猫咬了李瓶儿爱子官

哥儿。"词话本"在雪狮子惊吓官哥儿前有这样一段描写："不是生好意，因李瓶儿官哥儿平昔怕猫，寻常无人处，在房里用红绢裹肉，令猫扑而过食。""绣像本"则没有"不是生好意，因李瓶儿官哥儿平昔怕猫"这一句。由于没有这一句，雪狮子扑穿红缎衫儿的官哥儿、最后官哥儿夭折，就只是猫的本能，而没有潘金莲的恶念。"绣像本"少了这一句，这不符合潘金莲的性格。同时，也不合这一故事的逻辑。"词话本""绣像本"第六十二回有一情节：李瓶儿已病入膏肓时。官哥儿子的奶娘为李瓶儿打抱不平"俺娘都因为那边五娘一口气。他那边猫挝了哥儿手，生生的唬出风来"。"词话本"（潘道士解禳祭灯法/西门庆大哭李瓶儿）因有前面伏笔，不至于唐突；但"绣像本"（潘道士法遣黄巾士/西门庆大哭李瓶儿）却没有"李瓶儿官哥儿平昔怕猫"，前后故事便缺乏了联系。

另外，"绣像本"在应伯爵聚友与西门庆请医生给李瓶儿看病的中间，插入了陈经济（"绣像本"作陈敬济）与潘金莲乘机偷情一事。张竹坡对此一节给予了很高的评价，以为西门/金莲/经济三人于此的关系与勾当，以及潘/陈二人在西门生前身后售奸"文字用地步如此，人鸟之有"。事实上，"绣像本"的这节叙事在"词话本"里已经出现在第五十三回。"词话本"第五十三回陈/潘私情的描写与"绣像本"大同小异，"绣像本"在第五十四回重复，而"词话本"没有。"词话本"为什么没有将陈/潘二人的这段私情重现第五十四回，显然是不想让这种"乱伦"（潘/与陈，名义上是丈母与女婿的关系）的场景与秽行，搅了西门庆照看李瓶儿的大事。如果这种判断有些靠谱的话。那么，是不是可以把它看成是，"词话本"可能比"绣像本"更接近事件叙述的文本真实与人性的真实，也有可能更接近《金瓶梅》的写作（或说书时的）初衷。在《万历野获编》"卷二十五/词曲/金瓶梅"里，沈德符说，"五十三回至五十七回，遍寻不得。有陋儒补以入刻。无论肤浅鄙俚，时作吴语。即前后亦绝不贯串"。但仅从这第五

十四回看，根本看到什么"肤浅鄙俚"，倒是五十七回所述，精彩之至。

不过，"绣像本"的第五十四回有一段猜令的叙事，却写得非常的精彩。这段叙事，"词话本"没有：

众人都笑起来。三人又吃了数杯，伯爵送上令盆，斟一大钟酒，要西门庆行令。西门庆道："这便不消了。"伯爵定要行令，西门庆道："我要一个风花雪月，第一是我，第二是常二哥，第三是主人，第四是钏姐。但说的出来，只吃这一杯。若说不出，罚一杯，还要讲十个笑话。讲得好罢休，不好，从头再讲。如今先是我了。"拿起令钟，一饮而尽，就道："云淡风轻近午天。如今该常二哥了。"常峙节接过酒来吃了，便道："傍花随柳过前川。如今该主人家了。"应伯爵吃了酒，呆登登讲不出来。西门庆道："应二哥请受罚。"伯爵道："且待我思量。"又迟了一回，被西门庆催逼得紧，便道："泄漏春光有几分。"西门庆大笑道："好个说别字的。论起来，讲不出该一杯，说别字又该一杯，共两杯。"……西门庆笑道："难道秀才也识别字？"常峙节道："应二哥该罚十大杯。"伯爵失惊道："却怎的便罚十杯？"常峙节道："你且自家去想。"原来西门庆是山东第一个财主，却被伯爵说了贼形，可不骂他了！西门庆先没理会，到被常峙节这句话提醒了。伯爵觉失言，取酒罚了两杯，便求方便。西门庆笑道："你若不该，一杯也不强你；若该罚时，却饶你不的。"伯爵满面不安，又吃了数杯，瞅着常峙节道……。（案：刘火据日本早稻田大学藏本断句。另，"绣像本"与"词话本"的人名并不完全相通。如"绣像本"作常峙节，"词话本"作"常时节"；又如"绣像本"作"陈敬济"，"词话本"作"陈经济"等。）

这一节，要有好生动有好生动，要有好有趣便好有趣。真是了得的文字。《金瓶梅》对《红楼梦》的启发、借鉴，甚至有些情节、场景，《红楼梦》直接从《金瓶梅》中化出。对于这种认知，今天观察《金瓶梅》与《红楼梦》关系的，不再排斥。或者说，那种把《金》贬到地下，把《红》捧到天上的观念，因《金瓶梅》研究不断加深，尤其是《金》/《红》两者比较研究的不断加深，可能不再有天上地下的评判。就此，我们看到，"绣像本"的这一节描写与立意，就是《红楼梦》第二十八回"蒋玉菡情赠茜香罗/薛宝钗羞笼红麝串"里猜令的描写与立意的蓝本！或者说，简直就是一个模板中刻印出来的。但是，这一节却没有出现在"词话本"里。这大约应算是"词话本"的遗憾与可惜！幸好，"词话本"第六十回（李瓶儿因暗气惹病/西门庆立段铺开张）有详心的行令描写。相反的是"绣像本"第六十回（李瓶儿病缠死孽/西门庆官作生涯）的行令，就简单多了。

《金》第五十二回到第五十七回，据说"祖本"有缺漏。并认为，现成的这些章回里的有些文字为后人所补。更有甚者认为，这几回尤其是这第五十四回，"不堪卒读"。从以上的简要评述来看，完全不是这码事，相反的倒是，正是有了"词话本"的这第五十四回，我们才有理由和阅读好奇，由此继续看下去。看下去的缘由，至少两个方面。其一，西门庆与西门庆诸友的最后走向，已经在此郊园聚友时成形；其二，李瓶儿的大限即至，而李瓶儿的死期，则预示着西门府上的败落开始。虽然，第五十四回在整部《金》中谈不上重要关节，但设想，倘若没有了这第五十四回，《金》会是一个什么样子？校点"绣像本"出版的王汝梅也说过："词话本第五十三、五十四两回与前后文脉络贯通，风格也较一致，而崇祯本这两回却描写粗疏，与前后文风格亦不太一致"。

笔者写此文，可见笔者是一位扬"词话本"的阅读者。不过，绝不是贬"绣像本"的阅读者。再就是：文本的优秀，并非黑白那般分明。况且，对于阅读者来讲，文本的优莠，还在于阅读者的趣味和价值。

（原载《中华读书报》2019年7月17日）

作品存目：

1. 植物猎人改变的世界《北京晚报》2019 年 1 月 3 日

2. 在碎片与瓦砾中呼唤悲悯《文学报》2019 年 1 月 24 日

3. 父子两帝与玄奘的友谊《学习时报》2019 年 2 月 24 日（此文后获四川省文联 2019 年百优推优之一）

4. 陈寅恪的自谦与通识《湖南文学》2019 年第 4 期

5. 全球化视阈下的中国文学的现代性《四川文学》2019 年第 5 期

6. 纪念地诗歌的空间与陷阱《上海文化》2019 年 5 月号

7. 佩特拉：岂只是建在峡谷里的古城《北京晚报》2019 年 6 月 13 日

8. 竹海掩映下的长宁文脉《北京晚报》2019 年 6 月 27 日

9. 白居易的"半这半那"《光明日报》2019 年 8 月 16 日

10. 唐诗中的蜀韵《中华读书报》2019 年 9 月 22 日

11. 开天辟地宋蜀刻《学习时报》2019 年 9 月 16 日

12. 路上偷来的欢乐《青年作家》2019 年第 7 期

13. 关于词史的二三话题《文汇报》2019 年 11 月 21 日

作者简介：

　　刘大如，退休干部，四川省作家协会会员，兴文县作家协会主席，曾用笔名新文、心文、大儒等。1969 年开始在报刊发表文章，先后在国内数十家报刊发表作品近百篇。1983 年重庆人民出版社出版与人合著的《石海洞乡》，2011 年出版纪实文学《大山的呼唤》，2015 年出版长篇小说《不灭的山魂》。

助人为乐，乐享人生

——记四川省第一届"十佳五老"陈国辅

◎刘大如

　　题记：时光如白驹过隙，但他在穿过的隙孔中却留下闪烁光华，余音袅袅；人生如百味，尝不尽的酸甜苦辣，他在亲身体味中，尝出了精彩和不一样的人生。因为感动，提起拙笔。

因为信仰 人生格外纯净

　　他 1928 年出生在兴文县曹营乡（1983 年区划调整划归珙县）的海棠坝，门前不远就是两岸茂林修竹河水清澈见底的邓家河（南广河上游），周围耸立着若干青翠的石笋峰，酷似桂林山水，苏麻湾的岩壁上，还悬挂着近百具保存完好的悬棺。只是，家乡秀丽的风景，却见证了他饱含着血与泪的苦难童年。家中贫苦，无田无地。13 岁时，父亲被当地乡长抓去修碉楼打死了，余下孤儿寡母，靠母亲一个人租地耕种，艰辛地拉扯着一家 4 口。十二三岁渐懂人事，便替人放牛贴补家用。1950 年，中国人民解放军第 10 军 25 师 83 团 3 营解放了兴文，并追剿大肆作乱为患的川南土匪，一天夜晚，剿匪部队途经他家进屋找火把，看见一个精精瘦瘦的小伙子想亲近他们又怯怯的，便安慰他不要怕，我们是穷人的队伍，能给我们引路吗？陈国辅欣然应允。准备好火把，与剿匪部队直捣土匪经常出没的地方，他举着火把，带着解放军行进在崎岖的山路上，他，似乎看到了人生新的希望。完成任务后，营长郝振生觉得小伙子表现不错，考虑到当时匪患未除，时局不稳，让他留在家中有风险，就指示连长："不能让他回去了，土匪知道了，非取他的性命不可，就让他留在你连当兵吧！"从此，穿上了军装，成为一名光荣的解放军战士，真的看到了人生的希望。25 年的军旅生涯，经历了朝鲜战场上的血与火，参加过解放一江山岛横扫蒋军残余的战斗，当过通讯员、警卫员、班长、排长、连指导员、师、军协理员，一步一个扎实的脚印。部队还送他到江苏无锡速成中学学习，从最初级的拼音识字开始，循序渐进的不断提高文化素养，这才有了以后的初中学历，也是他人生的一次重要"课堂"。他非常满足，在心里暗自立下誓言：是党，将一个一字不识的贫苦放牛娃引上革命道路，一定要永远忠于党，党说干啥就干啥，不管干啥，一定要尽责干好。

有了信仰，人生格外纯净；有了誓言，一生忠实践行。

1975 年转业回兴文，安排担任建武区委副书记，他找回了当农民的感觉，常头戴一顶草帽，脖上一条毛巾，风风火火跑田坎，走村串户，栽秧打谷时裤脚一挽跳进田里，再试身手。刚干几个月，情况熟悉了，心中对全区的工作也有了初步构想，却突然通知带队到海南岛去搞杂交水稻的种子繁殖。培育出杂交水稻，是袁隆平大师对人类的一个重大贡献，产量大幅度提高，解决了人民对粮食的需求。在推广杂交水稻的开初几年，主产水稻的省区都由农业局技术人员和区乡农技员组成，远赴海南育种，称之"南繁"。他二话没说，收拾简单行李，率队乘火车，渡海轮，去至陵水县开始了完全陌生的工作。他虚心向县里的农技干部请教，现学现用，尽快地与实践结合起来；顶着如火骄阳，一身泥水，与大家从育苗、栽秧到收获同享劳动的苦与乐。与"南繁"队员同吃同住同劳动的同时，他还得要关心全队的吃住行、掌握思想动态，谁想家了，陪着摆摆龙门阵；谁家里有人生病、孩子读书、遇到了

困难，主动打电话与其原单位联系，以解除后顾之忧，他比别人更辛苦，付出的更多。在南海带着鱼腥味的海风抚摸下，在海浪拍岸如同音乐节奏般的陪伴下，每天都是拖着疲惫的身体沉沉入睡，做起杂交水稻育种丰收的美梦。当丰收的季节来临，收拾行李返家时，他，瘦了一圈，人，晒得更黑。

1978 年调任县委办副主任，他一如既往地兢兢业业，出色完成领导交给的任务，与同事们和睦相处，不隐晦，爱直言，办公楼里经常听得到他不时冒出来的川味普通话和咯咯的笑声。

1979 年底，兴文县委在省委书记杨超的倡导下，决定开发兴文石海，成立石林管理所，陈国辅被抽调上去负责基建和后勤。创业之初，借住在兴堰硫铁矿简陋的招待所，睡着垫着谷草铺着草席的单人床，吃在职工食堂，每天跟领导一起爬山钻洞探查旅游资源。省和地区有限的资金落实后，忙着三幢楼房的改建和洞内道路的清理及安装电灯线路，精打细算，一分钱当成两分钱花，仅仅十万元，将旧楼改造一新，建成有一百多个床位的招待所。整治天泉洞洞内道路，穿上洗发白了的旧军服，与工人们早出晚归。修建溶洞内一座暗河上搭建的小桥时，跟着一起抬石料，搅拌混凝土，挂着马灯，带着电筒，借着天窗投过来的微弱天光，争时间，抢进度，经常忘了时间，许多次都是工人们提醒，"陈主任，怕该下班了哟，肚皮都饿得咕咕叫了"。以最快的速度，花最少的资金，石海（当时叫兴文石林）景区1980 年五一正式开门迎客，创造了旅游开发的奇迹。开放之初的两年，他负责后勤，主要是食堂和住宿部，别看平时和师傅及姑娘们有说有笑，工作起来一丝不苟，该批评毫不吝惜，检查卫生时连床边都要用手去抹两下，看有没有灰尘。大家都说："陈主任就是这样的直性子。"记得石海尚未正式开放时，宜宾地委组织部组织了 30 多位老干部，对兴文石林这个新的旅游区欲先睹为快。老干部中都是新中国成立前参加革命，有的参加过解放战争、抗日战争，还有几名老红军，为了接待好这些受尊

敬的老革命，他深夜敲开供销社的门，买回新棉絮被单床单；连跑几户农户家，买回新鲜干净的谷草。在天泉洞内，他举着火为老革命们照着高低不平的道路，他似乎又回到当年高举火把带路为解放军剿匪，不过今天，是为老革命们安享晚年，打着火把，参观祖国山河的壮丽美景。1983年底，中共中央总书记胡耀邦视察兴文石林，他仍负责后勤工作，食堂里，从食材的选择、菜谱的安排费尽苦心，与省、地的领导一起，制定了一份安全、可口的菜谱。招待所的房间，检查一次又一次，还对参与接待的服务人员反复交代一些注意事项和细节，圆满完成了接待总书记的任务，并有幸与总书记合了影。

从当兵、提干，到建武区委、兴文县委办和以后的党史办、关工委，因为脚踏实地而格外充实，从来不在组织面前叫苦、伸手要待遇。他转业的时候就是副团级，却一直按副科级待遇，几年前，他的退休工资级别才重新按副团级发，对于过去少算的部分，组织部领导歉意地："因为年代太久，不好计算，只好请你老人家作贡献了。"对此，他哈哈一笑："补给我，我也是拿去捐给学生，就当是组织上捐给学生了！"

谈到自己一生的经历，他说："人们常说，革命战士一块砖，党指哪里哪里搬。我这块砖，落地也有声响，砌在墙上严丝合缝。"

雷锋精神永不过时

1960年1月，作为沈阳军区某部教导员，陈国辅随部队到地方接兵，新兵体检时，来自鞍山钢铁厂的一个小个子引起了他的注意：在水管边一边吃饼干一边使劲喝水，量身高尽量往上伸，生怕自己过不了体检关。陈国辅和他谈起来，小伙子说了他的家庭、遭遇，说了他当兵的迫切愿望——他就是雷锋。

雷锋入伍后，部队对新兵进行三个月的基本训练。在新兵忆苦思甜大会上，雷锋第一个报名，讲了他悲惨的一家：五位亲人相继死

去，七岁成了孤儿，吃百家饭长大，是党把他培养成了一名鞍钢工人，所以，他把党当作了自己的母亲。雷锋的遭遇，让1200名新兵听得眼泪汪汪。陈国辅是第二次听到，仍然让他感动万分。新兵团的团政委也被打动，当场就把自己的毛主席著作单行本送给雷锋。

这本单行本，雷锋一直不离身，在汽车连执行任务时，也一直放在驾驶室里，有空就看，如饥似渴地从毛主席著作里认真学习，去吸收养料。雷锋牺牲前，陈国辅和雷锋一起参加沈阳军区学习毛主席著作积极分子代表会，同住一个营房。他看到：雷锋每天都天不亮就起床，到炊事班去帮忙，参观烈士纪念馆，大家都买冰棍解渴，他对着水龙头喝自来水。那年沈阳遭受洪灾，他们部队被派往抗洪前线，雷锋发着高烧晕倒在堤坝上，送到医务所一醒来马上又跑回抗洪工地；抗洪结束回到驻地后，又将省吃俭用存下的钱匿名寄给了灾区。雷锋牺牲后，陈国辅十分动情地说："雷锋这个战士真是了不起，我与他几次相处亲眼所见他的行为和处事，才真正感受到他在日记中所写'对同志春天般温暖，对工作夏天般火热'是真切情感流露。他是战士，我是干部，但他是我永远学习的榜样，一定要像他那样，把有限的生命投入到无限的为人民服务中去，做一颗永不生锈的螺丝钉。"说到做到，在部队，他更加努力地工作，遇到困难和挫折时，想想雷锋，在名誉和个人得失面前，想想雷锋。他自己学，也让其他干部战士学，向他们讲述雷锋的一言一行，因此，他被评为了沈阳军区学雷锋标兵。毛泽东主席"向雷锋同志学"的题词发表后，在全国掀起了学雷锋和学习毛主席著作的高潮。雷锋，没有像黄继光那样舍身堵机枪的英雄壮举；没有像《英雄儿女》中王成那样举着爆破筒高喊"向我开炮！"惊天裂地的英雄形象，以伟大而平凡的事迹，润物细无声，浸润着亿万人的心田，感动着中国和世界。

转业到地方工作，他仍然默默地在心中以雷锋为榜样，在行为操守上严于自律，他不打牌、不喝酒，从不进歌厅和舞厅。自己一家住

在八十年代修建的宿舍楼，没有装修，不豪华而显得质朴；没有高档的家具，衣柜、沙发都有着二十年以上的"工龄"：生活简朴，以素食为主，极少"大鱼大肉"，身上穿的好一点和称得上时尚的衣服，一般都是儿女们孝敬的。40年所居宿舍，唯一称得上有变化的，就是将实在不能用的木门窗换成了铝合金窗和金属防盗门。他自己也不富裕，老两口就靠退休金生活，还有个下岗的女儿，外孙女从上中学到大学的费用都由他承担。一旦遇到遭遇天灾人祸或有困难的人，他都十分慷慨。一次在麒麟苗族乡调研中，了解到有4个小学生交不起学费，他把身上所带的470元全掏了出来。他自费到社区、乡村、学校调查，看到孩子衣服破了给买身新衣服，看见打光脚板的孩子，给买双鞋，这都是常有的事，他用平淡的语句作了解释，"看不过去嘛！"大河苗族乡一刘姓家遭火灾3人烧伤，他掏出了身上所有的零钱，还组织社会各界筹款捐助30多万元。他小儿子陈卫星介绍说："父亲的钱不够他花，母亲的退休金经常遭他挪用，有时甚至要我们当儿女的补贴，一问才知道，他不但下乡时看见贫困儿童就忍不住掏出口袋里的钱，究竟花了多少，他自己也记不清。他每年都要资助几名贫困儿童上学，最多的一年是8名，难怪要向我们伸手。"

"当年，雷锋是校外辅导员，如今我也是。"说起这，挺骄傲的样子。他现在是8所学校的校外辅导员，每年的三月和六一，都到学校去为孩子们讲雷锋的故事，让雷锋精神滋润着孩子们幼小纯洁的心灵，一代一代的传承。这么多年来，他走遍了全县62所中小学。我对20岁、30岁、40岁年龄段的人做过采访，他们都说：我们是听着陈老辈的宣讲报告长大的。

1999年，晏阳镇（今僰王山镇）小学请他到学校讲课。那天下雨涨水，听老师们说要到河边去接学生，他跟着去看，一打听才知道，平常学生们踩着水面上一排间隔有距的石墩过河，一涨水水面淹过石墩，行人过河非常危险，前前后后已经淹死过3名学生。他听了

后马上请了校长来商量，并请来分管教育的副镇长，还有附近各村村主任和一部分家长，谈了要在这里修一座桥的想法，大家都说，这是我们多年的愿望啊！他掏出300元钱，说："这是用来买纸发倡议书的。我们要发动家长，外头打工的当地爱心人士，我再回去跟书记汇报，大家共同努力，这座桥一定会尽快建成。"很快，镇上通过集资筹集了7万元，县委、县政府大力支持，财政补贴了6万元，学生家长积极参加义务劳动，很快把桥建成了，县委根据陈国辅的建议，将桥命名为"爱心桥"。每次，他经过这里，人们都会对他表达感激之情，"要不是你老人家，我们的娃娃还在踩着石墩子过河。"

他积极与县精神文明办、县团委、县妇联配合，组成"雷锋精神宣讲团"，不仅是学校，还到军营、机关、企业去宣讲，甚至市里也邀请他去讲，先后有十多万人听过他的宣讲，雷锋精神得到了传承，学雷锋，树新风活动在兴文广泛开展。

学雷锋活动不仅只是口头上，要落实在行动上，用各种形式搞好学雷锋活动。他积极倡导和组织县科协、县科技局的老科技人员，开办科技培训班，科普讲座，帮助农村青年学习掌握致富技术。现已有800多人脱贫致富，并有120多名被评为"青年科技星火带头人"，32人成为瓜、果、林、菜百亩以上致富能手。

他认为"雷锋精神就是全心全意为人民服务的精神。在新的时代，应该有新的内容。"在宣讲时，鼓励青少年学生爱学习、爱祖国、讲孝道，生活好了要注意节俭，多参与社会实践，利用节假日去帮忙打扫城市卫生，去敬老院帮老人洗衣服等等。在雷锋精神的感召下，兴文县良好风气蔚然成风，好人好事层出不穷，各种志愿者服务队伍走上街头、农村、学校。

可在前些年，社会上出现了一股暗潮，说雷锋事迹是编的，雷锋精神已经过时，陈国辅听后勃然大怒："纯粹是打胡乱说！我和雷锋是战友，他的一些事迹是我亲眼所见，怎么会是编造的呢？雷锋精神值得我一辈子学习，我

自己学，还号召大家学，雷锋精神，永远不过时！"

让革命传统代代相传

1982 年，县党史办成立，县委让陈国辅任县委办副主任兼县党史办主任。当时移交过来的资料少得可怜而且没有进行过甄别整理，人员就是他一个，既是兼职又是专职。在兴文生活工作了几十年，有一些了解，兴文，是马列主义传播较早的地区，也是党的革命武装开展较早的地方，是红军长征经过地，是中国工农红军川南游击纵队多年征战地和活动的核心区域，在兴文这片土地上，发生过许多可歌可泣的人和事。有参加过五四运动，留法勤工俭学与周恩来、赵世炎等共在旅欧支部，从法国被驱逐后又到苏联学习军事，回国后从事军运，兴文最早的马列主义传播者、被称为四川早期军运领导者的秦青川；有黄埔时任中校教官，参加南昌起义，北伐时任 21 军少将政治部主任，抗战时随周恩来、郭沫若在国民政府政治部工作，中华人民共和国成立前受党派遣在川大任教授，参与策划了成都起义，新中国成立后任川西军政委员会委员，后调任人民大学教授、第一任清史研究所长，著作颇丰的罗鬈鱼，逝世后人民日报发的讣告尊称为"无产阶级教育家；"有开国上将的夫人，在总政任职总务处长的刘攸圃；有在苏区时办红军卫校，经过长征，延安时创办军医科大，曾任卫生部副部长、顾问，周恩来治疗专家组的王斌；有宋兴特支书记，中国第一任核电局局长，称为中国核电站建设推动者和奠基人的文功元；还有常化知、刘复初、刘元、陈龙池、金珊、金璪……革命前辈先贤。1928 年少年在建武学田上成立了兴文第一个中共支部兴珙支部，1930 年建立中共宋兴特支，1928 年至 1930 年间，爆发了党领导的建武、石碑农民暴动并坚持武装斗争一年多，川南工农革命军独立团血染凌霄城。长征过兴文，发生多次战斗，牺牲战士数十名，留下不少革命标语和动人故事；红军川

南游击纵队征战二年多，在兴文影响深远，并有上百名战士牺牲在这片土地上，其中还有两位将军级的人物戴元怀和刘干臣，金璪则率领川南支队战斗至 1946 年，谱写了长征中史诗般的壮丽篇章。

浩如烟海的党史，难忘的血与火的岁月，众多为革命做出贡献的英烈，因年代久远，许多当事人已去世，活着的不多几人都年过花甲，这些人和事，这些资料，还需收集、抢救、整理，才能达到以史为镜，以史育人的目的。

为还原历史面貌，彰显党在中华人民共和国成立前领导的艰苦卓绝斗争，不让先烈们的事迹被湮没，讴歌英雄，他万苦不辞，全力以赴。十年间，走遍了兴文每个角落，到全国 7 个省、12 个市（地）、25 个县（区）、124 个乡（镇），收集了兴文县 1928—1949 年间共 72 位先烈的珍贵史料，将其汇编成 24 个专题，制成 32 块展板，编辑数万份红色宣传资料，在县城、乡镇、村（社区）以及各中小学进行巡回展出和宣传。主持编了《兴文党史》84 期，撰写了《挚爱兴文》《刘复初的传奇一生》《独胆英雄金璪》《红军长征新编师师长刘干臣》《兴文解放》《红军长征在兴文》《红军川南游击纵队血洒兴文》等专稿 500 余篇。原县文明办主任李丽娟说过："陈老辈确实很了不起，党史办和关工委就是他一个人一手一脚干起来的。当时党史办就他一个人，那些基础材料都是他一个人收集整理出来的，十年前党史办才逐渐补充了人员。"

在党史办工作中，他觉得最欣慰和自豪的是两件事，一是倡导并主持在兴文境内红军曾经战斗或牺牲的地方建立了 12 个爱国主义教育基地，包括红军长征纪念碑、烈士陵园、碑亭、红军岩等。其中在他工作过的建武，就主持操办了两件。当年川南游击纵队组织部长、中共川南特委委员、原红军八军团民运部长戴元怀，在大石盘一战中率通讯班掩护纵队突围，全部壮烈牺牲，敌人将戴元怀脑袋割下，悬挂在建武城东门，因城门已拆，则集资修建了"元怀门"。二是将当年玉屏墩战斗中牺牲

的川南游击纵队红军战士二十余人全部安坟立碑，在原文庙旧址，建红军烈士陵园，并求得前国防部长张爱萍将军和前川滇黔边游击纵队后任司令员刘复初题词，成了当地人民凭吊烈士的著名地方。兴文县城白塔山上，苍松翠柏掩映中，高高矗立着中国工农红军川南游击纵队纪念碑，碑下则是游击纵队纪念馆、兴文县烈士陵园和烈士陵园纪念馆，全国唯一一个以红军在川滇黔边区斗争活动为主题的纪念馆，两馆一园是市级爱国主义教育基地，每年清明祭悼烈士和市民休闲场所。2009年，两馆一园建成，举办了系列纪念活动，建园之初曾在兴文剿过匪的北京军区原司令员李来柱上将闻讯后，特意从北京赶来，将59年前兴文人民赠送的一面锦旗复制品回赠给兴文，并勉励陈国辅说："你是我们原83团的老兵，要大力宣传革命精神和传统，让后人牢记历史，开创未来。"他诚挚地回答说："请你放心，我绝不辜负老首长的教诲，只要我活着一天，就宣传一天，努力教育好后人，直至心脏停止跳动为止……"

他是这样说的，也是这样做的。退休以后，他带着自己组织的"五老宣讲团"广泛开展"民族精神代代传"活动，到各个爱国主义教育基地（点）宣讲兴文革命斗争史，三十年来，他的脚迹遍布全县各乡镇和所有中小学。激励他们缅怀先烈，发扬各革命传统和爱国主义、民族精神，为建设美好兴文而努力奋斗。

他熟知兴文党史，谈起过去的那段历史，如数家珍，人们都叫他"兴文活党史"。自然地，每年清明节、五四、六一、七一、八一，他都成了各单位企业学校争相邀请的对象。有一年的清明节，他在县城白塔山烈士陵园，两天就奖了20多场，嗓子也讲哑了。

充分利用本县党组织和革命先烈的斗争史实，对青少年进行增强爱国情感，树立远大志向，规范行为习惯，提高基本素质的教育，起到了以波澜壮阔感人至深的红色历史育人的作用。

他四处讲述当年红军新编师师长、川南游击纵队司令员、号称独臂将军的刘干臣，率队征战川滇黔边，完成了打击敌人，掩护主力红军继续长征的任务，自己负伤后，在共乐踏水桥养伤，与敌遭遇，用左手持枪奋战，打完了最后一颗子弹壮烈牺牲，被敌人割下首级挂在东阳乡政府门前黄桷树上，至今都不知他的年龄和家在何处，很多人听了声泪俱下。久庆镇桂花村青年学生王松，听后专门找陈爷爷要了他编写的宣讲资料，中学毕业后参军到了潍坊，在连队经常向战友们讲述这些革命先烈的英雄故事。一次训练时，看到一位老农落水，奋不顾身救了老农自己牺牲了，实现了向革命先烈学习的誓言。部队派团政委将这位"舍己救人英雄"的骨灰护送来兴文，见到陈国辅时，紧紧拉着他的手说："听王松生前讲过你，是你们培养教育的好啊！王松是英雄，也是你们兴文的骄傲。"

就在刘干臣烈士遗体埋葬地的青年学生李正民，也是陈国辅在他所在中学宣讲时，特意要了一套资料，参军后带到了部队，不但自己学习，还向战友讲述，年年进步，从战士到连长、营长……2002年冬回乡探亲，特意骑自行车到县里找到他，感谢他对青少年的革命传统教育。

前些年，古宋镇有24名小青年严重扰乱社会治安，其中有的判过刑，刑满回家又犯，有的被公安机关一再教育，也不见起色。他知道后，专门了解这些小青年的基本情况，一次，在社区干部协助下，带领他们到白塔山烈士陵园，绘声绘色地讲起苏州市的练飞雄，16岁参加军大，挺进西南来到古宋，县长留他在机关，他坚决要去东阳乡剿匪。1950年3月土匪暴动抓到他，软硬兼施，脱光他的衣服吊到东皇庙黄桷树上，用刺刀开膛破肚，他宁死不屈，英勇牺牲。陈国辅情真意切语重心长地说："他比你们中多数人还小。你们想想，他为祖国和人民是怎么做的？你们又做了些什么？今后应该怎么做？"这些小青年很受感动，纷纷表示要痛改前非。随后，他又和关工委的老同志们分工结队帮教，并根据他们家庭和本人的实际情况，同火电厂、硫酸厂协商，为7人安排了工作，有5人要求经营水果和日用品，帮他们办了营业执照，另外 12 人要求学开车，则交给他在县交警队工作的儿子，帮他们在驾校学习拿到了驾照，当上汽车驾驶员，有 4 人还买车当了老板。

当有人问他，七八十岁了，不要一分报酬，到处奔波，四处宣讲，累不累哦？他笑着回答："肯定累。但同当年那些浴血战斗，牺牲在兴文土地上的先烈们相比，这点累算什么？"

关心下一代　托起明天的太阳

兴文县关心下一代工作委员会成立，县委安排已经退休的陈国辅担任关工委执行主任，他二话不说，走马上任。偌大一块招牌，连办公室都是向县团委协商借的，办公桌椅文件柜，全是县委其他办公室换下来不用了的。他笑呵呵地说，就当我老来再创业吧！二十年来，他用心浇铸，用情去感动，创下了为青少年茁壮成长有口皆碑好大好大的一个"家业"。

他肩负关心下一代的重任，深入社区、乡村、学校调查研究，加强未成年人思想道德建设，帮助基层和青少年排忧解难，不知跑破了多少双鞋，磨破了多少嘴皮，操透了多少心。

香山中学初二年级有个女生，因为行为习惯不检点，受老师批评、家长责骂，起了轻生念头，偷偷买了安眠药，担任班长的陈国辅的外孙女，将此事告诉了他，他及时和这个女孩谈心，帮助她解开了思想疙瘩，她把安眠药交给了陈爷爷。

西门社区王小虎乱花钱，父母不给，他就不让父母吃饭。后街头社区任小双对老人不孝，甚至打骂父母。他亲自上门，用中华民族孝敬老人的优良传统美德和《老年人权益保障法》教育他们，这两位青年变得孝顺了，家长十分感谢。

年仅十多岁的小郑在父亲去世后染上了毒瘾，曾经三进派出所，一进戒毒所，都未能成功戒毒。眼看儿子不像人样，小郑的母亲找到陈国辅的家中，声泪俱下请他帮忙。他把小郑带到家中，同吃同住，视为自己的儿孙，毒瘾犯的时候就绑起来，毒瘾过了以后就苦口婆心地劝。皇天不负有心人，两个月后，毒瘾戒掉了，小郑保证再也不吸毒了。2008 年，在外地居住，有着厨师职业和美满家庭的小郑，抱着孩子和妻子专程回来看望感谢他把自己从曾经的堕落中拯救出来，他说："没有陈爷爷，我的人生就没有光明。"

他救助十年以上的残疾儿童江潘初中毕业后，在他筹款资助下办起商店自谋生路，获得镇上"残疾人自谋职业奖"，江潘拖着行走不便的身体，亲自上门向陈爷爷表示感谢。

麒麟苗族乡一贫困学生，靠母亲摆小摊供她上学，以优异的成绩考上清华，却无钱交学费，他闻风而动，动员社会，为之捐款 6 万多元。

九丝城镇某贫苦学生，一直受他资助，考上大学，又读研究生，再去美国深造。

这些，仅是他扶贫助学诸多事例的冰山一角。他不仅自己倾心为了下一代健康成长，还动员全社会之力。

如今，在兴文的 15 个乡（镇），327 个村（社区）和县级机关、工矿企业、学校都建立健全了关心下一代工作组织，构建了由 38 个直属一级关工委、445 个基层关工委全覆盖网络，参与这一事业的"五老"人员由最初的 20 多人壮大到 1600 多人，在他的带动和感召下，关心下一代工作，在兴文这片革命老区的热土上，形成常态，掀起高潮。254 名老党员、老干部结对帮扶了 171 名闲散青少年，他自己先后挽救了 46 名违法失足青少年，帮助他们脱胎换骨，重新做人。作为网吧义务监督员，经常光顾各类网吧，看有无未成年人进入。如今因年事已高，不再担任关工委职务，仍将关工委视为自己的"家"。

2008 年开始，兴文开展起"栋梁工程"活动，他作为栋梁工程领导组副组长，积极组织广泛动员全县各企事业单位捐款，四年来共筹集和争取资金 243 万元，扶助了 427 名家境贫寒的大学新生顺利跨进大学校门。

他自己呢？几十年来，扶贫、助学、助

孤、助残，帮助上大学的就有 40 多个，究竟掏了多少腰包。他从来不记这笔账，一位有心人粗略的帮着计算了一下，不低于 30 万元！他虽然生活节俭，没有存款，精神上却非常富有，每到春节，来自海内外，全国各地受过他救助的人员纷纷写信、打电话，向他表示问候和感谢，祝老人长寿。

他以自己的事迹感动了兴文人，赢得了人们的尊重和信任。一次，找一些煤矿业主为香山中学筹集奖学金，一位老板交了三万元，连收条也不要，就说了一句："交给你陈老我放心。"

他的事迹感动了社会，引起诸多媒体的关注，先后有"中新网""中国广播网""新华网""中共文明网"（四川）、"四川文明网""华西都市报""宜宾日报""宜宾晚报""新浪网"等作过数十篇采访报道。其中一篇标题非常醒目：关心下一代，托起明天的太阳！

无私奉献、无怨无悔、践行诺言，以行动和表率点燃人生不灭的火焰。先后 5 次被省、市评为"学雷锋标兵，"5 次评为"优秀共产党员"；12 次被评为全国、省、市关心下一代先进工作者；2012 年底相继评为四川好人、中国好人；2013 年评为四川省第三届"道德模范""助人为乐模范"；2014 年荣获"四川省百名优秀志愿者"称号。

他今年已九十，每天坚持早起登山提水。打一小时乒乓球，在孩子们需要的地方，依然看到他清瘦的笑脸，听得到他宣扬民族精神、讲述雷锋故事的声音，他那精瘦的身躯，蕴藏着无尽的能量。有人开玩笑地问他："陈老，你这个样子怕要活到一百岁哟！"他乐呵呵地一笑："反正争取多活点岁数，多宣讲一些革命传统、雷锋精神，要像习总书记讲的，不忘初心，砥砺前行。"此时，天边的一缕晚霞，映照在他满面红光的脸上，他的晚年，不正像晚霞一样绚丽多彩。

（入选《大爱华章——关爱明天十佳五老报告文学集》，四川人民出版社 2019 年 1 月版）

作者简介:

　　李勃（原名李际整），原供职于省属木材水运和造林企业，一直从事政工工作，在 20 世纪 80 年代中期开始在地市以上文艺期刊和报纸发表作品，迄今已出版散文、诗歌、小说集各一本。系中国林业作协、书协和四川省作协会员。

水运"二王"

◎李　勃

漂　王

　　在木材水运这个特殊行当里，王硕，算是个响当当的人物。上自林业厅领导，下至一般工人，对他无人不知，谁能不晓。他之所以能混到这一步，全靠他的一双脚和一双手，当然脑子反应也不错。

　　一般人的脚和手是用来维持生计的，可王硕的脚和手除此之外，还为他一生创造出多个奇迹。尤其在流送木材赶漂拆垛史上，奠定了他的"霸主"地位，让你不得不承认他脚和手上的功夫真是一绝。

　　已 50 开外的王硕，个头不算很高，长相也一般。生得一双鼓眼睛，衣冠不整，胡子拉碴。对人说话时总爱理理头，好像不理就说不出话来。出口的话直杠杠的，不转弯，如像掷出的长条石硬邦邦，很不受人听。并且经常腰间别着一个旱烟包，一有空就卷旱烟，"吧嗒吧嗒"地抽，烟雾缭绕，唾沫流淌。在众人面前，他是那种很不起眼，人见人讨厌的角色。

　　可是，论及赶漂拆垛，王硕令你不得不佩服。称得上是高手中的高手，强将中的强将。

　　赶漂拆垛，用行家的话说，那是玩命的活。的确不假，木垛好上，上去下不来，那生还的希望几乎为零，你说可怕不可怕。

而赶漂拆垛，又是木材水运生产中一项特别重要且离不开的工作。你想，在汛期，当原木借江中洪水的冲浮力铺天盖地而下，像野马奔腾般，争先恐后，那互相挤压和碰撞的声音如雷，震天动地。又被横七竖八的礁石阻拦着，不以人们的意志为转移，难以控制。必然江边有搁浅、有倒流、有结垛。如不及时清除疏通，木垛就会越积越多，越积越大，甚至阻塞江道，致使洪水泛滥，那么沿岸的良田和庄稼就要遭受大难了。往往在这时，就要有一大批员工站出来担当重任。王硕就是众多工友中最杰出的代表之一。

赶漂拆垛，既要胆大又要心细，还要头脑灵活能看关键。尤其脚和手上的功夫要过硬，这些王硕都具备。经历了几十年的实践与探索，从在小沟中赶，再至大江边撬，什么边垛子、中垛子和拦河木垛，哪种他没尝试过，拆除木垛大大小小累计上万个，没有哪次能难住他。不说是常胜"将军"，至少与其挨得很近。

在来到大凉山之前，他还在省内一家由原资本家木行转成的一家国有企业里时，就是屈指可数的敢与老"漂师"称雄的一位强手。那时，凡哪个江段出现搁浅木材和堆积木垛，无论多与少、大和小，都是由他带领一些工友出马打头阵。总是人到木垛除，一件不剩，沿江畅通无阻。特别是他脚和手的功夫表现得淋漓尽致，炉火纯青，在全系统举办的一次技能大赛中，他一路过关斩将，就连不可一世的老"漂师"也望尘莫及，阻挡不住，一举夺得了冠军。省林业厅一位老红军厅长还亲自前来为他颁奖。

那一年，也是总局上游一个水运处建成投产第一年，青山各大森工企业踊跃交出水运材。管辖的扎楚河、鲜水河和新龙江段堆积的木垛和搁浅木材无数，像摆的"馒头"阵样。少的二三十立方米，多则100多至200立方米。当时从处里的劳动力和劳作技术看，要想

承担这样的大任是绝对不行的，这可怎么办呢？把新到任主持工作的常主任可急坏了。正在他焦头烂额，一筹莫展之时，突然一名叫陈其的职工前来造访。常主任一见就起火，拉长着脸：

"你看我不正忙着嘛，你有啥事以后再说，快快出去。"

陈其微微一笑说："主任大人误会了，我是特来为你解难的。"

"什么解难能轮上你？"陈其一听这主任小看人："我走、我走。"

常主任很快意识到不好，马上改变态度，笑嘻嘻地说："有什么好主意，快来坐下说。"并赶忙起身递上一支大前门香烟。

待两人坐定后，立刻烟雾升腾，烟味甚浓。陈其有意慢腾腾地数着烟圈，吊他胃口，过了一会儿才说："你不是需要拆垛能手吗？我倒是有个合适的人选，把他借调过来不就行了嘛。"

"他是谁？""就是我师父王硕。""王硕是你师父？"常主任感到惊奇，忙问："他现在在哪里？""就在大金河。"陈其答道。

王硕这人常主任早听说过，但没见过面，不知好不好打交道。

陈其又补充道："但我师父脾气古怪，最见不得从门缝里看人的人。还说他拆垛后务必要饮酒，可酒量不大。一生就是这酒既成全了他，可又害了他。"

常主任说："好、好。这些我都懂，我就去办。"

一个星期后，王硕果然来到这个处报到。

在他到达当天，常主任放下平时高傲的架子，亲自接见和安排食堂做了几道菜，外加一盆河中自网的红烧鲤鱼，为王硕接风洗尘。并吩咐生技科长宋成和陈其等人作陪。

席间，边吃边谈。在常主任的引导下，大家轮流上前向王硕热情地敬酒、敬烟、送菜，并就拆垛、赶漂向王硕师傅虚心讨教。王硕当然兴奋和自豪，口若悬河，

滔滔不绝，谈个没完没了。最后他手拍胸膛，答应选几个人由他培训，从实际操作中教给几手绝招。

午休起来，王硕由常主任等人陪同到现场一处一处木垛做了仔细察看，检查赶漂工具、安全装备等。第二天付诸实施，计划在 20 天内完成。

在拆垛过程中，王硕只让陈其上垛当助手，其他一些人在一旁观看学习。只见王硕身轻如燕，在木垛上敏捷地跳来跳去察看，又像在寻找什么东西。而手中的撬杠，更似孙悟空手握的金箍棒，玩得十分娴熟。一时在这里拗拗，一时又在那地方抵抵，当最后找准一根关键木头一撬，整个木垛如失去支撑，全散架了，随着水浪向下方漂去。而这时王硕和陈其师徒已先后安全上了岸。

在轮到拆除新龙江段一个在江中 100 多立方米的大木垛时，"险情"出现了。

同样，王硕经一番观察，在找准一两根关键木材后，他叫陈其先下木垛，只留他自己在上边。他手握"鸭脚子"使劲撬动几下，一根根木材渐渐朝下垮滑。又见他不停地向左跨向右跨，跳上跳下，很有节奏。在木垛轰然散架在江面上时，一瞬间他人影不见了。待岸上的人鼓大眼睛正在四处寻找时，忽然见他一个鲤鱼打挺，腾空而起露出水面，踏着流动漂木的脚板直翻，如飞一样地上了岸。啧啧！多精彩的场面啊！人们在为他担心后，又伸出大拇指向他称赞！可他却不以为然，嘿嘿一笑，车过身去摇了摇头。但有个老师傅在一旁可看出他其中的奥妙了，原来他是故意露出一手绝活，让大家见识、见识的。

就这样，扎、鲜两条河和新龙江段的木垛与存材，在他带领的 10 多个工友的双臂挥舞下，如期消失得干干净净。初战告捷！

又一年，木里境内小金河段堆积的拦河木垛约 1 公里长，材积达 8 万多立方米。总局局长亲自派车把王硕接送至现场，又从全局抽调 10 多名赶漂手前来协助，听候他的指挥，并安排吃住在现场。采用绞盘机拉松木垛的办法，再由人工赶撬，一干就是 30 多天。他和参战人员的皮肤晒黑了，人也消瘦了一圈，终将河道疏通，圆满完成了当年的木材生产计划。

王硕的技术，达到了如此高深莫测的地步。可人们并不知道他为之付出了多么沉重的代价。

在早，中华人民共和国刚成立，当美帝国主义把战火烧到鸭绿江边时，年青的王硕与陈其的父亲响应党的号召入伍，一起赴朝保家卫国。在参加一次对敌军的伏击战中，两人竟意外地抓获一名敌军连长，立了三等战功。后来，在一起转业到地方后，被分配在当时川西新建立的一个森工局工作，负责采伐原始森林木材，投入国家轰轰烈烈的社会主义建设。

可到单位工作不久，就遇上地方一股土匪暴动，称要攻打县城，悬赏 50 块银元捉拿新任县长，一时弄得大家人心惶惶，坐卧不安。在县政府和县城机关单位正准备撤离和疏散时，得知消息的王硕，立即向局党总支书记和局长建议，可把转业军人组织起来参加保卫，消灭土匪，捍卫新生的红色政权。局党总支书记和局长当即拍板，并责令由他率领一支 30 多人的武装队伍前去平暴。在该县武装部的积极配合下，结合已掌握的土匪行踪情况，制定出初步的平暴方案，然后分头进行准备。

这一天，王硕他们分组在县城附近预先设下埋伏，当土匪们号叫起哄声一出现，早有准备的他们率先发起攻击，一阵手榴弹一阵轰，冲锋枪一扫射，步枪吐出不停的火焰，立刻把土匪们打得晕头转向，不知所措，便纷纷开始逃窜。正在这时，由陈其父亲率领一个小组从侧翼打过来，形成了前后夹击。除放下武器、举手投降的 30 多名土匪外，其余顽固土匪全部被击毙。土匪头子在逃跑中也被王硕抢先追赶上去生擒归案，押解回来交县政府处理。从此，森工局在地方的威名大振，受到当地民众的热情赞扬。

随着川内一家木材水运企业的成立，王硕

和陈其父亲被抽调前去支援。在当时全局压倒一切工作就是赶漂与拆垛，疏通所辖被阻塞的江段。

开初，王硕和陈其父亲有心向"漂师"（旧社会过来的）学习，可是他旧习未改，狂妄自大，处处刁难。秉性倔强的王硕根本不认那一套，反而与他叫起板来，更激起要掌握此技术的决心。并视为同战场上一样，你不消灭敌人，敌人就会吃掉你，同为一个道理。于是王硕改变了方法：一方面，暗地观察他脚和手的摆布与运用，进行分析和揣摩，找准其用意点；另一方面，在实践中多干多想，进行探索和总结，逐渐积累经验。在此期间，当然也免不了上缴许多"学费"。如在赶漂中，脚和腿被木头撞肿了，手被撬杠擦破皮，那是常有的事；学划单漂时，经常被滑下江里"洗澡"，成了"水秧鸡"。总之，一天劳作下来，浑身疼痛，疲惫不堪。

就是那一次两人尝试拆除一个约 30 立方米的木垛，并已注意到木垛散架的趋势、走向和选准了上岸的安全路线。结果在操作中因一时慌张，不幸两人都掉入江里，被洪水冲至 200 多米远，在施救才发现有具"水打棒"（死尸）抵挡了原木对王硕的冲撞。所幸的是王硕毫发未损，可陈其父亲的腿部却被木头挤压为粉碎性骨折，在住进医院治疗半年后仍未见他站立起来……

真是功夫不负有心人。后来，王硕终于渐渐适应了。并能把握在操作中的各个要领，进入角色，担当重任。

再后来，陈其父亲提前办理伤退，他儿子陈其被企业招收来顶班。陈其父亲把陈其亲手交给王硕相托："看在战友和老乡情谊上，帮忙照看好他，培养成像你一样的拆垛赶漂能手，了却我这一心愿。"王硕理理头自然含笑答应："你老战友的儿子有啥说的，我全包了。你就放心回家去休养吧！"

至 20 世纪 80 年代后期，王硕办理退休。他退休后，又一个王硕式的人物陈其出现了。

同样像他那样傲然屹立，英姿飒爽，风风火火地驰骋在那赶漂拆垛的沙场上……

王硕，因为家庭关系未处理好，妻子产小孩时很不凑巧，接到电报的他，正在江边带领大家忙碌着拆垛赶漂，没有及时赶回家去照顾她母子。哪知不久，小孩不幸患病夭折。当王硕再回到家里后，妻子断然向他提出离婚。他知道自己心里有愧，对不住她母子俩，只好答应了。自后，王硕一直没有再娶，独自过着自由生活。从此，他与烧酒结"伴"，难分难解。

最后，王硕在老家定居，同侄子家一起过活。他唯一的希望是天天能同老战友陈其的父亲和儿时的玩伴见面，一起喝酒、聊天、回忆往事。在遇到开心时，他会大笑大唱一番，声音似野马奔腾；一旦触到伤心处，就一肚子的牢骚，泪流满面，骂爹骂娘……

棋　王

"七进三、八退四、三进六……"一名叫王熙的员工在深更半夜的梦呓中背诵着象棋谱，声音时高时低，断断续续。住在同室的向生宏被突然惊醒了。他跳下床，上前掀开王熙的被子："狗日的王熙你还让不让人睡觉啦？明天我还要到工程里出梗木材嘞。"

王熙一怔，车过头来，迷迷糊糊地睁开惺忪的双眼："我只差一步，只差一步啦，这局棋就胜定了。你这是干啥子嘛？专捣我的乱？"

向生宏、王熙两人便争吵起来，打起了嘴仗。你一言，我一语，各说各有理。唾沫横飞，脸红脖子粗……

遇见这类鸡毛蒜皮的小事，谁都不愿去多费口舌，自找麻烦。此事报告到工段长程成那里，他的态度很冷漠，安排统计员去调解调解，不能调解的干脆将其调换另一个房间了事。

像这样的事，在王熙身上已发生过几次了。工段长对他印象不是很好，你说一个职工不好好干工作，偏要去念什么象棋经？心里已产生厌烦情绪。真是正事不足，邪事有余。在工段里，好像有他不多，无他不少。就是他把奖状、奖杯背一大背篓回来又能咋样？与工段生产没有任何关系。

可这次王熙调换住房后，一直风平浪静。屋内从未发生过争吵的事，两人相安无事好长一段时间。这究竟是怎么一回事呢？

原来，给王熙调换的是一幢平房的尾间。属两人住的，先住进去的是一名员工叫许明亮。他高挑的个头，鼻直眼大额宽，一身学生装，蓄的学生头。是他父亲在企业因工牺牲后，他顶班被招来参加工作的。

王熙搬进屋子住下后，当两人一摆谈，才知原来两家上辈有一层亲戚关系。虽然两人年龄相差不大，但论辈分，王熙把许明亮的父亲称表兄，许明亮就该把王熙叫表叔了。王熙在老家时也听说有个老表在水运局出了事，是由他的儿子去顶的班。两人在此相逢，感到特别亲切。许明亮自然对王熙这个表叔尊敬有加。自后，他主动把打扫屋子清洁卫生的活全包了，每天早上王熙还未起床，他就把洗脸水和早餐打来候着。他那一点梦吃又算得了什么？有时声音大，若把他惊醒了，他会悄悄用棉球把双耳掩着，很快又睡着了。

在前，许明亮是个高中学生。未毕业就出来顶班，一下丢掉学业，使他忧虑重重，但心又不甘。当他见到王熙对象棋的钟爱和钻劲，再次激起他对知识的渴望和对人生理想的追求。所以无论每天工作再苦再累，他都时刻坚持看书学习不放松。如真的有那么一天，他还想重返学校……

王熙对棋倾慕，由来已久，恐怕是他命中注定。

封建古老闭塞的农村，历来奉行对小孩 3 岁看大 7 岁看老。据说王熙出生后半岁时，桌子上摆放许多东西，诸如纸笔、钞票、口琴、棋子等。母亲抱着他上前去抓，看他会抓哪一样。结果他瞧了瞧，竟抓住象棋子不放。再上街子请先生打卦算命，先生闭目摇晃着脑袋，掰着指头神秘兮兮地掐算好一阵，才惊奇地说："这娃子有一种特有的偏爱，恐怕与象棋有关。"

在王熙上小学后，真就一开始偏科数学，成绩一直靠前，每到期末考试总会稳拿班级的第一名。在高小毕业升初中时，进县城读书必须住校。

一个周末，王熙在街子上闲逛了一圈，正返校路过一家茶旅社门前时，见围着一堆人观看两位老者象棋对垒。已是危局的红方老头寻思半天，仍举棋不定。一些旁观者大有"皇帝不急太监急"的性子：这个叫出车；那人喊跳马。可王熙无意中丢出一句话"架炮"，立刻打破了僵局，转危为安。大家掉头一看，惊讶还是一名青涩学生。

哪知这事却被在一旁的县城象棋老师瞧见了，他认为是个可塑之才。在王熙正要离去时，象棋老师把他叫住说："小伙子跟我来，我有事对你讲。"当两人在一间屋子里坐下后，象棋老师在简略地了解了一下情况后，便问他学不学习象棋？王熙扬起头不作任何思考："你只要能教，我就要学。""那我收下你这个学生了。"接着象棋老师又说："我可是要收费的。不过在学习中你能达到预期的等级标准，又可以免费。""老师，无论你怎样决定，我都听从。"

之后，王熙准时到那里去听讲和学习，几次下来，他着了魔，鬼迷住了心窍样，脑子里装的除了象棋还是象棋，平时有事无事总朝老师那里去。这样在象棋上的功夫用多了，自然学校各科的学习已懈怠。在期末考试时，除几门主科勉强及格外，其他科目孬得不堪。

可象棋成绩显著，在几十名学员中排名第一，因为棋艺达到预期等级标准，免收了一切费用。这是业余学校开办以来唯一的一个免收费的学员。

很快初中毕业的王熙，升高中无门，走中专又没指望，他只好回乡老老实实地修理"地球”，参加生产队的农耕劳作。但从此他无法丢掉象棋，在老师的支持下，推荐他又到地区象棋培训班学习和参加有关象棋比赛。像这样经常不在家，在生产队的劳动少了，与社员们渐渐陌生，社员们对王熙产生了很大意见，就这事集中反映到生产队长那里时，队长没办法，只能把王熙叫去狠狠地批评和骂了一顿。

再说出门就得花钱，钱从哪里来？因为当时一个劳动日才值几角钱，年终决算几乎一半的农户超支。只有把自家饲养的生猪、鸡鸭等卖掉来筹措。一次可以，但次数多了也不行。况且家中还有哥哥嫂嫂紧盯着，并经常在父母面前说七道八，甚至发脾气，弄得父母一时很为难。

头痛偏遇脚生疮。王熙在恋爱问题上又出现差错。他回乡不久就与生产队长的妹子谈上恋爱，互相都很看好，并随着接触的增多，不断升温。后来被生产队长发现后，他们全家坚决反对。在姑娘又不愿放弃的情况下，两家产生了矛盾，闹得怨愤不已。这时王熙感到非常沮丧，弄得很没脸面，不能再在这里待下去了，很想换一个环境。但又能到哪里去呢？正在这时乡上有个单位前来招工，他正想办法快点脱身，谁知队长和自家兄长早就想把他当“包袱”掷出去，他才因祸得福，如愿以偿。

来到攀西地区的单位，正遇“文化大革命”。其他人都踊跃参加“革命”去了，成立所谓革命组织、批斗当权派、搞串联、参与派性武斗。王熙他却闭门不出，“两耳不闻窗外事，专心背诵象棋谱”。把自己关在屋子里，寻思深钻起象棋的棋艺来，摆起红黑方对垒，下完再摆，反复许多次。这样自制的纸棋盘换了一张又一张，棋子已磨得光滑了。那夜间背诵象棋谱的事，就是从这时开始的。转眼间几年过去了，但他的棋艺的确提高很快。

一次，王熙请探亲假回家，在路过省城的公交车上，不幸钱包被小偷摸走。

这可怎么办呢？距家还有200多公里远。他独自一边无目标在街子上游逛，一边寻思着有什么办法。可就在转角处，突然见巷子里有一堆人，闹哄哄的。他上前一看，原来是一老头在地上摆起象棋的残局，让过路人破解。已有两人正与他对决，王熙瞧了两眼，噘嘴一笑。20分钟后，那两人先后败下阵来，乖乖如数交钱走人。老头得意地把双眼瞟向四周：“还有谁敢再来试试？”“我来。”王熙答道。老头皱眉打量着他，接着开始对阵。其结果王熙两战两胜。老头不服，要再下两局，王熙当然愿意奉陪。一阵过后，同前次一样，输个精光。老头阴沉着脸，心里暗暗骂道：“今天真倒霉，遇上高手了，认栽。”而王熙拿到40元钱，又才踏上了回家的路。

“文革”结束，企业恢复了正常生产经营工作。紧接着各级工会组织得到恢复并建立起来，先后开展了群众性的文化体育活动。象棋比赛则是其中不可缺少的一项。

又一年初，总局工会下发了一个通知，安排在全局开展一次象棋比赛。也是总局工会恢复成立以来开展的一项大型活动。通知要求先在工段、处（场）进行选拔赛，最后在总局集中进行决赛。这也给王熙提供了一次施展棋艺的机会，他积极报名参加。在贮木场多场的角逐中，他提枪上阵，一路砍瓜切菜，畅通无阻。最后在储木场以4比0夺得了第一名。

在总局参加决赛时，都是来自各处场选拔出来的优胜者，可说是“群英”聚会，“群英”与“群英”的一次大博弈。

在决赛当天，省林业工会主任和总局工会主席亲临坐镇观战。开初王熙未见过这样大的场面还有点怯场，经过一个回合后情绪才慢慢稳定下来。后来在团体赛和个人决赛中，他勇猛顽强，左冲右杀，过关斩将，终于获得该场团体冠军和个人决赛冠军。

之后，王熙被直接调到总局工会工作，并分工负责抓职工文体活动。

第二年，省林业工会在组织全省林业系统的象棋比赛中，全系统总共有50多个县团级单位报名参加。总局自然以王熙等3人为代表前去参赛，这可是一场高手与高手的对决。

王熙在对各参赛选手的情况了解后，衡量了整个棋艺水准，并研究制订出初步赛事计划。团体和个人都以"稳二争一"为目标。在一场一场的对决中，王照熙冷静沉着，既纵观全局，又认真对待每一局棋，走好每一步，稳扎稳打。特别是在团体冠军和个人冠军最后几局的争夺赛中，因为棋艺的水平都很接近，就要拼耐力，比心态，按照大赛规则行事，小心翼翼不犯规。在团体赛一局一局的角逐中，终于战胜了对方，实现总分94分，获得了此次团体赛冠军。在个人决赛中，王熙与对手激战，基本局局为赢，最终拿下总分为36分，登上了冠军的宝座。

再后来，王熙经常既作为行业代表参加本地区的象棋赛事，又作为省林业系统的代表参加全国范围内的象棋赛事，在由国家林业部组织的在华东、西南、中原等片区的象棋锦标赛和象棋冠军争夺赛中，分别获得前两名。为总局争了光，也为全省林业系统争了光。

许明亮经过刻苦不懈地学习，在国家恢复高考的第5个年头，终于考中省内一所重点大学。几年学习期满毕业后，被分配在总局工会工作，又与王熙再次相逢，成为工作上的一对好搭档。加之思想相通，形同手脚，并结合实际，开展一系列的创新活动，工作富有事半功倍的成效。不久，许明亮被提拔为总局工会副主席。接着由他主抓的几项工会大型活动，在王熙的积极配合下，很快把工作推向新的高潮，有力地促进了企业生产经营的大发展，两个文明建设的硕果累累，受到上级的好评。为此，省厅和省林业工会还把一些重要会议和文体赛事都安排在总局本部召开和进行，产生了一定的影响。再后来，许明亮被总局党委提名作为总局工会下届改选主席的候选人。

在新世纪初，王熙办理退休，定居在他老家的一个县城。该县体育局长闻讯特登门拜访，并邀请他出山，担任该县象棋兼职老师，为下一代象棋业余学子做指导。从此，他又活跃在象棋的广阔天地里，精神更加振奋，经常满面春风。据说人们有时夜晚还听见他背诵象棋谱的声音，不过背诵的底气不如以前了。

（原载四川民族出版社《感恩》，2018年12月）

作者简介：

卢文春，笔名春问路，重庆云阳人，军休干部，曾在消防部队服役，全国公安文联会员，四川省作家协会会员，发表文章2000余篇，其中30余篇获奖，出书《不倦的火鸟》。

祖国颂

◎卢文春

一

多少年披荆斩棘，
多少年痛苦熬煎，
历经磨难，
意志更坚。

六十九年啊，
您执着一个追求，
坚定一个信念，
向前，向前！

历史烙下了您的创伤，
党旗上刻下了您的辉煌。
神州大地，
一派大好春光。

二

历史难以忘记，
在中华人民共和国成立初期，
我们人心齐泰山移，
自力更生艰苦奋斗。
从一穷二白起家，
用最短时间完成了社会主义改造，
打赢了一场反对霸权的朝鲜战争，
巩固了新生的红色政权。

历史怎能忘记？
在那些大干快上，
战天斗地的岁月，
中华儿女多奇志，
敢叫日月换新天。

东方升起了"启明星"，
沙漠腾起了"蘑菇云"，
航天开创了新纪元，
核电建在了大亚湾，
深海探测了油气田，
东海划定了识别线，
南海游弋着巡逻船，
神舟实现了天地牵，
北斗送来了福无边，
蓝天拥有了制空权，
通信带来了大改变，
视频实现了大聊天。

历史永远铭记，
在和平建设时期的今天，
为了把您建设得，
更加繁荣富强，
一代代英雄儿女，

鞠躬尽瘁死而后已。

抵御非典应对雪灾，
抗震救灾举办奥运，
直面挑战战胜危机，
一带一路引领未来，
共创和谐繁荣昌盛，
强势崛起敢于说不……

三

改革开放奏华章，
继往开来谱新篇。
科学发展兴伟业，
构建和谐奔小康。

荷花辉映紫荆花，
原本两朵姊妹花，
五十六个民族五十六朵花。
两地书母子情，
弟兄本是同根生。
八月十五月儿圆，
家人围坐月饼前。
魂兮梦兮归来兮，
那一朵故乡的云！

一幢幢高楼拔地而起，
一座座工厂鳞次栉比，
一条条玉带纵贯南北，
一道道彩虹横跨东西。

从黎明到黄昏，
从黄昏到黎明。
母亲啊，
任凭我绞尽脑汁，
却怎么也写不出赞美您的诗篇。

秋风送爽，
道路多么宽广，
江山如画，
春光多么明媚。

听吧，
腰鼓声声，
号角阵阵；

看吧，
铁骨铮铮，
前程似锦。
鲲鹏正在展翅，
巨龙正在腾飞！

（2018 年 12 月第四届"中华情"全国诗歌散文赛
荣获金奖）

作者简介：

　　林晓波，四川宜宾江安县人，宜宾市作家协会员，四川省作家协会会员，中国诗歌学会会员。现就职于四川工商学院及三苏文化研究所。

下坡路

◎林晓波

一

　　不得不面临的事实：眼前，斜放着一段下坡路。

　　修建，改造，连接新区实现新跨越。交通桥的头或尾也叫引桥，实际就是一段下坡路。

　　从桥的空洞之上经过，绕不过去的是一段下坡路。要想到远方或回家，就不得不走。

　　面对自己的下坡路，就意味着你必须下来。要从高到低，不断降低自己，直到落地。

　　意外的是，一些花草树木还拥护着一段下坡路。由此敢肯定，从上流下来的，不仅是雨水。

　　谁家小孩子的滑板车，从我眼前飘过，他的游戏已变成单纯的笑声（也潜在风险）。

　　下课了，青春的潮流一泻而下，把一段下坡路变得浪花朵朵、五彩缤纷（也需要护栏）。

　　阳光明媚，中午时分更热，下坡路不好走啊。老教授夫妻搀扶着，一步一步走得相当响亮。想不到下坡路上，也可以一笔一画写为正楷。

　　此时，我的情绪顺流而下……

二

一段下坡路，怎么看都不具备大道的特征：正直、宽大、通畅。

但是，反过来看，就是上坡路。

比如，一些电杆举着路灯，在往上奔跑。眼看，就要冲上桥实现新的跨越。

也可以说在空洞上，照耀着我们的前程。不得不承认，走一段下坡路，我们也很累，

也渴望一条光明的路线，拉着我们前进或飞翔。而倒叙下坡路，或者彩排下坡路的反义词。我们只能迎着风雨，走在自己的神经，或错位的关节上。

每走一步，我们都痛得要命。

就在一段下坡路上，扫描，定格。

刚刚退休的老妻，就站在人生的斜面上。圆圆的夕阳，正好挂在她的头顶，如一枚巨大的勋章。夜幕慢慢降临，我感觉到空中悬着的是一滴火红的血。

从我的角度看，有许多新事物穿过她高大的身体，落落落落。比如，芳香，青春快递，美女，春天的抖音……

——爱人的时光，正在顺流而下。

三

这几天，一只小蜜蜂，总是绕着我们转，随时都可能蜇人。

（老妻说，有可能是先人转世，来看看是否还能开花、是否过得甜蜜……）

而这只"小蜜蜂"反复盘旋，反复飞向那段下坡路的中央，发出微弱的信号——

原来，下坡路斜面的几丝裂缝，居然长着野草开出兰花花。倾斜的时候，一点小小的美丽，让我默读好久——

下坡路上，一点小小的甜蜜，就值得小蜜蜂一惊一乍？

春暖花开时节，下坡路上新闻不断，

比如，我走过热闹的春天，举着几个免费的彩色气球。标题不可能引人注目，

我小心地走自己的下坡路，身体歪斜成为诗的角度——

东风劲吹春天的颜色，我的散文诗还没有写完。还可以比喻成小车或大车，遇到设计好的减速带，就"空空"地叫两声。

就像那只小蜜蜂，一惊一乍的……

（载于《散文诗世界》2019 年第 10 期）

一张太极图的多重指向（节选）

一

我说，庄子没有死，你不会相信。

我说，假如庄子逝去，也不会化身为蝶，你就信以为真了。

逍遥游，古代人不坐飞机。庄子乘着鲲鹏在天上飞，感觉超爽。

他一高兴，就在天上挥洒。画一张黑白分明的图，就像座山雕的联络图。

不同的是，太极图联络的是人心，或者不死心的人。

而这张图还有点匪气，就不是圣旨。

就敢说真话：不想望天，不想仰视太多的神仙。

谁说的，天就是"乾"。汉人怎么造一个形声字，还有一个"乞"，

乞求的乞，乞丐的乞。

二

天地之间，混沌最终清晰：黑白分明。

也有些不明：为什么要画两条飞翔的鱼。

黑，黑不彻底；白，也不能彻底干净。就因为有一双鱼的大眼睛。

就在墓园正上方，画了一双死不瞑目的眼睛。

眨一下，又眨一下。一阵阴风吹来，让人毛骨悚然。

不是画龙点睛，还有什么玄机？

阴间有白色的月亮，阳间有黑色的太阳。或许就是太极的密码……

换了人间，就是黑白二道。

"一"是阳，"二"是阴。阴阳交媾，万物都在走"一二一"。

三

不要说：地球的地。

话音刚落，土地就隆起了很多包。阴魂死鬼叮咬的包，历来就是坟包。

太极上种地，玄学是"阴"。又说，地乃人之母。

这自然联想到活在阴间的母亲，滞留在阳间的我，又会情不自禁，想到时光

想到地狱想到生死。心往下沉——

落到童心的高度，还可以做游戏。比如，和外孙一起玩地球仪。

她指向东，就不敢往西。她指着蓝色，我

就必须是船；她指着绿色，

我就必须是喜羊羊；她指着黄色，我就必须是公主的城堡和妖精的魔方。

她还要顽皮。笑着把地球仪拨得飞转，还不停地问：猜猜呀，您在哪里？

她不知道，我已经坠落下来，就像天地间的一粒尘埃。她不知道，

人没有翅膀，最终要掉下来。是多么幸运，那片土地紧紧抱住了我。

就是那片肥沃的土地，给我阳光雨露，给我鲜花树木，给我粮食油盐，

又历经无数的火焰，给我方正的土砖，顶风冒雨的瓦。还给我外孙，

给我妻女，给我父母，给我家园。倒叙，给我活下去的理由。

四

老天的脾气，历来就这样暴躁。

一道闪电，又一道闪电。驱赶乌云，怒吼声声。

是什么节日？大小神仙都在玩足球：太阳落山了，

还可以踢飞头颅。好一道抛物线……

谁在落网，谁在欢呼。谁在呼风唤雨？

其实是阴阳不和，以头撞壁。头顶的天空，

白一块，红一块，乌一块，黑一块。

雷，就是一种喊疼的声音。

谁还在天堂擂鼓？就像人间的铁炮，正在为谁送葬。

或在轰炸平民。雷，从现代的钢板上滚落下来，砸到我们的痛处：

只刮风，不下雨。即使下雨，也不一定落到田里。

哪里来的妖孽？扇阴风，点鬼火。大森林在熊熊燃烧，

想要扑灭，需要翻江倒海。而飞蛾扑火，只有小小的命。

野史上点燃文明的火，千里冰封也在消融。雪花一滴滴感动。

冰河在温暖，在旋涡，在奔流。火，就是火，直到走火入魔。

一生太短，说不完火灾。就说，火候与水温，37 度刚好。

小小的萤火，在追逐童年。夜重重包围，就没有灭绝这点光明。

活着，就这一点光阴。大风，你尽管吹。

五

泽，就是另一种水。

浑浊，深不可测，都不是水的本质。

恩泽，是水的另一种活法。浪花朵朵，有可能汇集成泽，成湖。

一个镇子，突然在地震中陷落，形成一汪著名的景点：海子。

登上绝顶，一览众山小。

而我低头，看见水。

屡教不改的水，还是这样自由散漫，天天向下。

就这样下流，还能流入博大精深？欲与天公试比高。

而水与山比，谁高？蹦出水面的鱼，肯定不知道，

嶙峋的礁石一定知道：水的深度，让山有了高度。

云在山头上飘，雾在山涧弥漫。高高在上的山峰，一夜就白了头。

七月的雪花，让高山穿了一身孝服。

六

说到风，就心旌摇动。

采风，还是放风？蝴蝶在乱舞，蜜蜂在乱飞。

一转身，草木皆兵。风声鹤唳，吹乱了我们的头发。

把一池湖水吹得碧波荡漾，而把我的爱人吹得满脸皱纹。

树欲静，而风不止。亲，让我们小声地说，风……

高原上，十万经幡一起飘动。大风就把一片羽毛高高吹起，

飞过青铜器，飞过寺庙上空。顿时，钟声回荡，号角声声。

尽管天气闷热，我们必须小声说，风啊——

如果天地漏洞太大，风就会拼命地吹。吹牛，吹我，吹飞石头，吹垮家园。

真让人着急呀：亲人杳无音信，气候还在变化无常。嘟嘟嘟、嘟、嘟——

有太多的盲区，始终收不到天气警报：台风，雪崩，沙尘暴……

（载于广西报业《华星晨报》副刊"华星诗谈" 2019 年 4 月第 2 期）

清 明

一

清明，就是不一样的春天，所有的花都佩戴在骨肉上。

我们有足够的理由，停下匆忙的脚步极目回望。仿佛看见亲人的身影和不一样的表情。

一阵又一阵春风拂过，反复抚摸美好的回忆。淡淡的月光，慰问一些隐隐作痛的伤痕。

就在这一天，漫山遍野都在抒情。坟头上的情绪十分茂盛，就连杂草也在风中激动无比。

一朵小小的野花，就让我们默读很久。

二

古老山脉依旧起伏，就是家谱最生动的插图。

几根不大的树，是弯曲而正宗的孝子。它们日夜站在亲人的坟前，真切的思念已经生根开花。而一朵花，就可以让它们的枝条弯曲，颤抖。

就是这样，也没有感天动地。在春风中沉默，如我举起瘦弱的双臂。一些似曾相识的鸟儿归来，就在熟悉的枝头啼鸣，或许看见了遥远的童年和遗落的童心。

恍惚间，天堂传来母亲的几声呼唤。父亲留在人间的一把老二胡在颤，在听松在听空山鸟语，直到深夜漫出二泉映月。

我心中的江河水，在缓缓流淌。

三

清明时节，何必要雨纷纷。

与命无关，也可以蝴蝶蜜蜂满天飞。狗尾巴草摇摆几滴晶莹，溅到脸上就是热泪。

清或明，自古以来与祭奠有关。

就在这一天，我们可以静下心来，听听祖先的遗言——

水回到水，更清。天回到天，更明。

（载于《四川科技报》副刊，2019 年 3 月 28 日）

苏东坡书法（五章）

行书·洞庭湖春色赋

湖在何处？美在何处？春在何处？

大雨滂沱，重峦叠嶂，山峰起伏。

一贬再贬，还可以行书洞庭湖春色。唯有先生，能把"一"，写成破折号连接线，

让人看见"之"：或夜深冷缩委曲，或雨

中端坐，或在迷雾舒展——

看不见宋朝的江山，东坡的江湖。

我们仍然感觉到：心中汪洋浩荡，背后乌云压城。

（题记：时年59岁，苏轼撰并书。绍圣公元1094年闰4月21日将适岭南，遇大雨，留襄邑，书此。）

行书·江上帖

江上，海上。

如何邂逅？隔着几百年，隔着一汪海。

乘着东坡的才气，一张窄窄的邮票，完全可以邮到天堂。

这样的书法，真行。而繁体的"怀"，描写得太纠结也。

再看最后，苏轼再拜的"拜"字，下方多了一点。不知道是一滴江水，还是一滴海水。

就是一滴黑色的泪，还在意境留白处，让人听见宋词的心跳。

（题记：珍藏于台北博物馆。苏轼书法《江上帖》，落笔如漫不经心，而整体布白自然错落，作者的学问才气发于笔端，与书札的萧散风格相吻合。）

行书·黄州寒食帖

先生，你就是美食家。

在人生的最低处，以寒为食是什么滋味？一个朝代，正摇摇欲坠。

卷入文字狱，被迫弃笔又不能从戎。出狱，流放，在东坡开荒种诗，还好。

谁要你舞枪弄棒？一撇如刀，一钩如戟，直逼伤口。看看，你写的"我"，

长短不一，扭曲变形，就像一个残疾人，正在荒芜中挣扎呼救。

一线生机，谁来救你？金碧辉煌的废墟

上，发疯的伎乐还在鼓吹。

一张黄纸没有空白，可以将苏轼的印章，明喻为宋代的太阳，多么鲜红，

还在滴血……

（题记：元丰三年（1080），苏轼因"乌台诗案"遭文字狱，出狱则贬谪黄州（今湖北黄冈）团练副使。或曰：精神寂寞，穷愁潦倒。到黄州第三年四月，苏轼撰诗并书《寒食帖》。）

楷书·醉翁亭记

先生说，诗酒趁年华。

先生的先生说，醉翁之意不在酒。

人生哲学来源于，酿泉酒美，湖深鱼肥。

人知从太守游而乐，而不知太守之乐其乐也。

这位就是庐陵欧阳修，就是先生的先生。政治家的《醉翁亭记》，

文学家的书法，必须正楷。一笔一画，都要刻在碑上——

一撇一捺，尤其舒展：夕阳在山，人影散乱。

一横一竖，特别稳重：风霜高洁，水落石出。

（题记：醉能同其乐，醒能述以文者，太守也。《醉翁亭记》为欧阳修撰，苏轼书。宋元祐六年（1091）十一月刻石，在安徽省全椒县。）

草书·梅花诗帖

冷落，酒烈，为有暗香来。

梅花欢喜漫天雪。先生醉了，人有一点飘，如草书——

先是平稳自如：春来空谷水潺潺，的皪梅花草棘间。

然后笔势突变：昨夜东风吹石裂，伴随飞雪渡关山。

飞雪迎春，寒梅为谁凋谢？潇潇洒洒，飞舞如龙，游走如蛇。

突然挥笔，如脱缰之马，开阖如钱江潮涌。这哪里是在书法？

渡关山，东风吹，石头裂。

宋朝的脸太白，心太黑。黑到底，足以笔酣墨饱。

（题记：苏轼唯一大草作品《梅花诗帖》，是初到黄州后，作于元丰三年二月十日酒后，共6行，28字，是迄今为止发现的苏轼唯一留世的大草作品。《梅花诗帖》宋拓本，天津市艺术博物馆藏。）

（载《散文诗·青年版》2019年第11期）

廖廷会///

作者简介：
　　廖廷会，笔名箬妍，中学语文教师，四川高县作协会员。论文《培养良好的语文学习习惯》获得中小学教育教学研究一等奖，诗歌作品《流年时光》《是否想起》《秋殇》被纳入《当代诗文百家》出版。散文《我的爸爸》荣获中华文艺全国文学创作大赛二等奖。

飘落的香樟叶

◎廖廷会

清晨
市政广场
落叶翻飞飘落在地上
光亮的肤色
红红的脸庞

弯腰捡拾
家人疑惑的眼光
做书签吧
很漂亮

一片、两片……
一路捡拾不同的形状
我们就像春天的孩子
好好把你珍藏

即使你随风飘向远方
我也记得你最美的模样

（入选《2019 四川诗歌年鉴》）

— 161 —

作者简介：

　　麦笛，本名王德明，四川宜宾人，中国作协会员。作品见《人民文学》《中国作家》《诗刊》《十月》《人民日报》《中国诗歌精选》等报刊选本。曾获四川省作协及《诗刊》《解放军文艺》《星星》《诗选刊》《诗潮》等多种奖励。系《中国青年报》专栏作家，宜宾学院客座教授。

如果雪再大一点

◎麦　笛

如果雪下得大一点，能否
把我退回周朝，如果再大一点
下成霏霏的样子，是否我就能看到
你还在柳树下，一边张望
一边采豌豆苗，九年了
伤痕累累的战马
挣脱了王室的羁縻
你的笑是我永远的膏药
光阴似铁，相思如刀
有一种宿命叫在劫难逃
今日小雪，阳光朗照
梅花像刚苏醒的血
如果雪再大一点，我还会
策马陈国，就着这点心事写下
月出皎兮，佼人僚
舒窈纠兮，劳心悄

（载《十月》2019 爱情诗特辑）

黑苦荞

在凉山，才能掂量出
黑色的贵与重
太阳公平地把它分给了
支格阿鲁，阿吉与木呷们
更多的黑留给了夜
和群山之上的鹰
以及鹰翅庇佑的厚土
黑色滋养出的苦荞

聚集起来，便足以荡气回肠，
披上黑色查尔瓦
惹搭坐拥为五谷之王
里扎则是月亮之下
最美的珍珠

（载《星星》诗刊 2019 年第 5 期）

海拔零点

不能再低了，低了自取其辱
不能再高了，高了泰山不会答应
站在这里就好
云淡风轻，海阔天高

我与影子的距离
大约等于命运的高度

（载《诗潮》2019 年第 6 期）

一棵树

风是高原的宿敌

一棵树，能把岩石撕开
已经尽力了，再把风撕碎
挂在悬崖上，显然
它已用尽了毕生的悲壮
才把自己定格在夕阳中

我莫名地对着空旷

吼了一声
风赶着群山聚了过来
我仿佛看见
它又重新披上树叶的铠甲
扭头眺望远方
像一匹出征的战马

（载《三峡文学》2019 年第 10 期）

穿过竹石林

有的像野兽，有的像刀斧
有的像乾坤卦，有的像一层层书
路过这些石头，我目睹了锋利
当导游说它们都是动物的骨头时
我感觉有风吹凉了脊背
五亿年，短如手中战栗的香烟
竹根霸占时间的残骸，是生命学

竹子为石头命名，是经济学
一株抱石莲游曳于石缝中
回答不了哲学命题
却回答了我从竹石林出来
又老了许多的原因

（载《三峡文学》2019 年第 10 期）

作品存目：

1. 《大凉山上的鹰》发《星星》诗刊 2019 年 5 期

2. 《在野》（组诗）发《诗潮》2019 年 6 期

3. 《山中》（组诗）发《三峡文学》2019 年 10 期

4. 《落草川南》（组诗）发《当代诗人》2019 年 7 期

5. 《禅茶一味》（16 节）发《现代艺术》2019 第 1 期

6. 《二维码》（外一首）发《天津诗人》2019 年夏卷

7. 《守正出新：新时代诗歌之变》发《星星》（理论版）2019 年 8 期

8. 2019 年 1 月至 10 月，《中国青年报》开设"麦笛聊诗"专栏共 34 期

作者简介：
　　孟松，四川宜宾人，职业警察，中国诗歌学会会员，四川省作协会员。作品散见《诗刊》《星星》《诗选刊》《诗潮》《扬子江》《绿风》《中国诗歌》《草堂诗刊》《飞天》《延河》等文学刊物，并入选《中国新诗》《2017中国诗歌精选》《2018中国诗歌精选》《2019天天诗历》等权威选本。出版诗集《来自月亮背面的文字》《白花的白》（四人合集）。

无题（外二首）

◎孟　松

这是一把刀
一把杀猪宰羊无数的刀

废品回收店里
成了一块，退休的铁

昨天，我看见
张铁匠把它放进火炉

尔后，锻打成
一把弯弯的小锄头

多么熟悉啊
这一幕，我曾在流米寺看到过

仿佛那一个
弯着腰，正在佛前忏悔的人

文殊院的阳光

文殊院的阳光，也有菩萨之心
它是阳光中的好阳光
照在院房顶上
照在院内的塔身上
照在院里
那一棵棵不知名的树上
照在禅房前
两只歪着头的石狮子头上
末了，它不偏心
又分了一点
布施在院门前路边
那位跪在地上，乞讨的老人身上

我看到了孤独和孤独的倒影

现在，我看到的那只鸭子
是伯父昨天杀了一只后剩下的那只

现在，它孤零零地
在空旷的水面孤独地叫

现在，它孤独的叫声
使空旷的水面更加空旷

现在，它是孤独的
水面是大一号的透明的孤独

现在，黄昏降临
我看到了孤独和孤独的倒影

（原载《星星诗刊》2019 年第 12 期）

我决定原谅上帝（组诗）

落水者

一纸稿纸，就是一池深渊
写诗就是溺水者自救

写下第一个字
就像落水的人被救时露出头顶

写下第二个字
约等于，被救者颈部出水

写下完整的一句
仿佛溺水者，牢牢地抓住了一根救命稻草

一首诗书写完成
就是诗写者，自己将自己打捞出水

写完这首诗的最后一行
无人的夜晚，我想抱着自己痛哭一场

缸 子

小乌龟在玻璃缸里划水
一生都没有，走出过那小小的缸子

小区仿佛一个大一点的缸子
腿脚不便的老岳父，每天就在里转悠

我每天到九公里外上班
偶尔远行，那口装我的缸子更大一点

如果那口缸子是铁做的
缸子里，放上的是一只青蛙

再在下面放上文火
我就该，称这缸子为诅咒的人世

轻和重

口一吹，就飘啊飘
见过三月里蒲公英的种子
它会告诉你什么是轻

会告诉你轻的
还有街角电线杆上的寻人启事
秋风轻轻一吹，它就掉进了路边水沟

五斤重的一块砖，秤砣一样
20 楼工地上砸下来
直接孙月娥头部，它会告诉你啥是重

还告诉你重的，是祭文一样的高中毕业留
　　言簿
里面有孙月娥的三个字签名
像三块黑铁，让我读来足足有三吨重

白字诀

白，白花的白
无人的夜晚总使人想到老家
像根针，常年在外
碰之内心里会有隐隐约约的痛
白，白雪的白
像来自月亮背面的文字
读起来，会让人感到有些冷
白骨的白泛着幽光
小声念都会令人不寒而栗

人过五十，越来越怕
正视只有战争片里才会出现的
那种令人恐惧的白
和我头顶之上
那些越来越多的白一模一样
怯生生的，先是一点点
然后是举出半面
再然后，才是整面的白
最后押解着出场的
是被白踩脚下的，一颗低垂的头颅

冬日，与友人游少娥山

山腰古寨墙上的芭茅花举着白旗
我知道它在等，我们这支
从生活的战场上节节败退下来的军队

山顶的少娥寺，洞开着朱红的大门
我知道它在等像我们这样
一具具，红尘归来戴罪的肉身

甚至我还知道，那根挂钟的石柱
长年守在寺旁空地上
一直是在等，那口走失的铜钟

至于农家乐院坝的那盆火，就像病人在等
　　他的解药
我想它应该是一直是在等
我们这一群，被世态炎凉了九分的心

下　笔

一直想写
一直不知道如何下笔

第一次来，还是秋天
树叶将枯未枯，总觉得为时尚早

第二次来，正值初冬

树叶还未落尽，还可以等一等

第三次来，已然深冬
寒风中，藤上仅剩一条老丝瓜，破口袋一
　　　样

风一吹就动一下
风一吹，就揪心地动一下

不能再等了
再等，树上就只剩空无一物

不能不写了
再不写，我的笔下将是一片荒芜

我决定原谅上帝

七八个月后会长，八九岁后会掉
然后又长，最后还有智齿
32 颗，死一样，皇帝老儿也逃不掉

猪牛羊不会，老虎狮子豹子不会
就连与人类血缘最近的
猴子和猩猩，也从没听说过会如此

宿命里，一定有骨头样的硬东西要啃
我想仁慈的上帝
造人之初，早就埋下了它的伏笔

一想到此，我内心释然
痛完最后一颗智齿
五十一岁这年，我决定原谅上帝

风，在吹

风，在吹
风，一直吹
风，越吹越大

撼动了树身
按倒了，芦苇
将枯枝，败叶，纸屑，塑料袋
刮上了天空
顺手，又卷起漫天黄沙

如果不是远山
将大地一角死死摁住
我怀疑，大风
会将它的这一页翻开
让我们看到
它下面，不为人知的真相

读诗常识

阅诗无数，就是阅人无数
张执浩是一处老宅
字里行间静得有些怕人
大解是整座宇宙，里面住着诸神
张新泉有灵丹妙药，会让你返老还童
常在诗边走
千万别招惹雷平阳，刘年，王单单，张二棍
他们的文字已不是文字
而是一群山里的野蜂
回到宜宾，杨角的诗里多石头，麻雀，江河
它们都是人变的
会跑，会跳，会哭，会翻跟斗，会站起来
　　　喊命
汪涛是一座古寺
月光下，每粒汉字都会打坐
麦笛面前最好退避三舍
读得太深，会让你找不到人间解药
千万别来读我
我的文字来自月亮背面
把你冻伤了，变卖家产我都赔不起

（原载《四川诗歌》2019 年夏季号）

作者简介：

　　王昌东，笔名松林湾，1963 年 6 月出生，四川乐至人，煤矿职工，中国煤矿作协会员，珙县作协副主席。有作品入选《诗刊 2013 年度诗选》《2014 年度中国散文佳作精选》《2007 年诗歌年鉴》《中国青年诗选》《2019 中国散文诗年选》等各种选本，在报刊发表 150 余首（篇）诗作、散文。出版诗集《空洞》。

一声鸟鸣来不及卸下晚妆

◎松林湾

最后一抹夕阳，刚好落坡
刚好可以把冬天那锅湖水煮开
远山如雪峰顶上的忧郁，道路近乎痴迷
打马而过的过客
体有暗疾，目光空洞
衔枚疾走中，饮湖如饮醇

最后一片叶子，刚好衰老
长满翅膀的月光，转瞬就要掉光羽毛
湖波微澜，旷野埋下伏笔
一声鸟鸣来不及卸下晚妆
就从剧照里，落荒而逃
过客眼里，大地如一场干净的绝望

（载《星火》2019 年第 5 期）

蝴蝶：灵魂里无人唤醒的沉陷（外三章）

　　我们不认识蝴蝶。蝴蝶是一本从来就没被打开的书，是与花朵、春天狭路相逢的使者，也是一位守护着园圃里的春神的带刀侍卫。她经历过花期的战争，经历过枯叶的绝壁，经历过秋斩的火焰，经历过亡族灭国的危机，至今，我们无从知道。我们，只看到她的恣肆的飞翔，她的斑斓的翅膀，她的清绝的面容，在带给我们狂欢、动感的同时，少有人去关注，她内心陡峭的独孤，与灵魂里无人唤醒的沉陷。

　　下午的蝴蝶，翅膀上有注疏的花香；晚上的蝴蝶，羽翼上有哑剧的忧伤；黎明的蝴蝶，头部一对锤状的触角，带来露珠里的惊艳与痴狂。密布的花纹，隐藏了一个皇族的身世。绚丽的日落，豹纹的诱惑，都是她绝密而斑斓的化妆。

　　万物各有其类，花朵各有其主，蝴蝶各有不同。

　　她们，在花丛，在刀丛，在树丛，有时，也在沸点的鼎镬，展开翅膀。

　　没人看见，披着迷彩的蝴蝶，吸食着露，吸食着叶，吸食着花粉，吸食更多的绝望。

　　正在我面前盘旋飞舞的蝴蝶，转眼就消失不见。

　　直到时间的枪口，

　　抵住我浮肿的想象。

蟋蟀：金属划出封面的风声

（一）

　　解开《诗经》的第三颗纽扣，我们会听见金属划出封面的风声，读到战死不退的同义词。

　　还会看见烈士持戟，于宁静的夜间草丛，翻动一部有 1.4 亿年历史的传奇家谱。

　　越为忠烈，越为孤僻。

　　从认识蟋蟀始，从读《诗经》始，追寻地表、砖石、土穴、草丛间的烈士。

　　找寻他的骨骸，细焙，利尿，破血，利咽。治疗一个国家的小儿水肿，肾虚酸软，尿路结石。

（二）

　　没有人读透蟋蟀的鸣声，没有人看透蟋蟀的搏杀。千百年，都没有。

　　惨烈的战争还在人间上演，残酷的拼刺还在世界继续，蟋蟀的悲剧就没有结束。

（三）

　　"刺，刺，刺……"肉搏还在进行，鲜血还在流淌。触角，抵足，拼肩，砥胯。

　　刺入头颅的刀声，折断腿骨的脆响，穿透肋巴的恩仇，剜出眼珠的快意，抵消不了一场绝杀，抵消不了在场的嬉哈。

　　尖叫，掌声，喝彩，"再狠一点，快，左边，快，右方"的吼叫者，原形毕露。

　　忘却吼叫者，也身坠血腥、杀戮之中。

（四）

　　"织，织，织……"更远处，低弱的音符，在茅屋响起，怎么也挡不住寒冷的侵入。那用衰微的身影，贫寒的经线与枯萎的纬线，织不出云朵、星光的铠甲，织不出溪流与丘陵的温暖。

更抵御不住更远的远处，孤独、疲惫的夜行。

（五）

"叽，叽，叽……"更远的远处，儿在异乡啼，不见故山青，唯见冷锅庭。

庭外，风大了些；凋零，早了些；皱纹，多了些；悬空的阴影，浓了些。

好吧，一只蟋蟀的深夜，摘下几片枯片，覆住躯壳。

梦里，也不再闻织布的慈祥，不再见老屋的安详，不再瞻桑梓的目光。

蜻蜓：让一口深井，听见了世界走动的声音

没有谁会认为，没有脊椎，就是软弱。相对于无脊椎动物的蜻蜓，我也只能低下头颅。

蜻蜓，是温婉的玉。为了池塘和河山，她在她的复眼里，怀着身孕。

蜻蜓，是伟岸的树。一只雄性的蜻蜓，为了孩子，他会舍身。

她们，都曾经，在《诗经》里飞，在《乐府》里飞，在《唐诗》里飞，在一口甜蜜的诺言里飞，在大片金黄的爱情上飞，也在一副将要付诸火炬的棺材里飞。她的飞动，让一片山川，从雾霾里睁开眼睛；也让一口深井，听见了世界走动的声音。

蝉鸣：一块皎玉飞出了雕刻

冷风不歇，孤云远逝，寒雨仍骤，谁对长亭？

黄昏，礁岸，梧桐树，

蜀道曲折，山路蜿蜒，半付离影，一袋书卷，谁吟？玉阶落，槐蕊转，风前鸣。

未上华冠侧，先惊嶪叶中；细声频断续，审听亦难分。薄暮时分，魂走金沙。

双卷云纹中，一块皎玉飞出了雕刻，飞成了玉蝉。

再回首

关山万重，覆水千隔，自此告别了夏，告别了秋。

一个游子在路上，惊闻久违的乡音。

（原载《散文诗》2019 年第 8 期）

作品存目：

诗歌《晨曦，我左肩上的祖国》（组诗）载《浙江诗人》2019 年第 3 期

作者简介：

　　沈君，笔名予诺、宸少羽，"90 后"文学爱好者，系四川省青少年作家协会成员，宜宾市作协会员，高县作家协会会员。

　　作品散见于《参花》《教育学》《东方教育》《文学校园·树人卷》《关雎爱情诗》《翰笙文荟》《青少年作家精选》等。

夫妻寄情

◎沈　君

（一）

两根相互纠缠的根
深埋于地下
从此固定它们的这一生
似夫妻般交错

（二）

犹如我们的婚姻
因为，
一张纸、一栋房、一个你
相守百年

（三）

蹉跎的岁月

让原本一起生长的树
开始分离
似乎要各自发展

（四）

犹如我们的婚姻
因为，
家庭、事业、孩子
各自四处奔波

（五）

时间的流逝
让我们再次相逢于苍穹
开始相守
似乎要回到起点

（六）

犹如我们的婚姻
因为，
庭院、孩童、你我
而相依相偎后半生

（七）

两颗拥抱的树好似夫妻
始于起点，分于中间，汇聚尾端
如此相伴，直到永远

（八）

我们的婚姻
正如这相互交错的树
始于相识，分于事业，聚于年末
最后相守相依，直到生命尽头

（九）

少时夫妻，却因各自的事业而分离
老来为伴，只因中年奔波老来相聚
成为彼此的依靠
你我的相伴直到生命
——最后一刻

（载《参花》2019 年 10 月总第 896 期）

烟雨楼祭钟声思人

（一）

常闻古言诗意韵味
传承上五千
诵读下五千

（二）

浪漫幻境梦巅涅槃
抚纤纤琴弦
击灼灼鼓瑟

（三）

一池荷花潋影
尔酒卧深夜栏
迷离微笑泪盈脸
朱唇白齿微轻颤
话到嘴边
却
只字未提

（四）

情深祭落烟雨楼台月
独一人
一抹血迹涂染心眉间
无人诉

（五）

寺中老僧常诵经万卷
求安心
庙中菩萨静听客求心
仅自知

（六）

唯香烟与汝不休不眠
空等一人归
听钟声予吾传声万里
寄托一片情

（载《家乡》2019年10月）

作者简介：

唐洪贵，笔名唐牧青，中学教师，宜宾市作家协会会员。偶尔写诗、写小说，也写散文。

唐牧青的诗（组诗）

◎唐牧青

墓碑是一张收据

父亲说，向土地爷借命
迟早是要还的
他死后，我找土地爷开一张收据
土地爷说，你刻一块石碑
签上你父亲的大名，一并签上
见证人的名字

君山庙

庙里没有出家人
在这里出家的，只有
青冈树和杂草，蜗牛和麻雀

没有经书，经书晒在屋顶
小青瓦就是一本摊开的经书
天书难懂，小青瓦上的蜗牛

爬来爬去，勾画重点词句
瓦逢间的杂草，胡乱配图
麻雀恶心，将雀屎当标点，胡乱断句

青冈叶落如柬，邀我讲经
它显然高估了我
我不是一个四方游走的散佛
而是一个，未被开光点化的俗人

打水漂

小时候，不知道打水漂的含义
天蓝得要死，水碧得要死
一串跳动的水漂，一串蓝色的音符

染上这个游戏，今生别想戒了
站在人生的岸边，我听到七星水漂
像金鱼泡，一个接一个地破裂

被磨成一块，又扁又圆的石头后
我决计绕过奈何桥
直接把自己，发射到对岸
留在人世间，继续乱走

这想法，等于换个姿势打水漂
我不是裘千仞，只是一块

将要脱手的石头，像一颗
终究会脱离故乡的流星

抱腿记

昨晚暴雨过后，大树到了
藤蔓易主，抱上我的大腿
它太冲动了，这样的选择
显然是，病急乱投医
我不过是一只，早起觅食的
大号版的蚂蚁

猫脸

小时候，拖鼻涕
学猫戏鼠，遛鸡遛鸭
天真的轿子，抬着邪恶
这些年，越活越像
猫的爪下之物
我被暂且放了生
看不清猫脸
它退隐在暮色后面
愈发模糊，抽象得像命运

（原载《诗潮》2019 年第 12 期）

作者简介：
　　唐秋桐，翠屏区牟坪镇人，四川省作协会员、贵州省纪实文学学会理事。作品先后在国家、省、市网站及报刊团体发表650余篇（首），已出版个人专著《留住真情》《拯救自己——创造未来和谐人才》《梦开始的地方》《爱在路上》等多部作品。

调　任

◎唐秋桐

　　韩兄是公司主管工程的课长。

　　韩兄这个人不错，他办起事来很认真，偷起懒来没人敢跟他比。除了老板，没人抓他也没人敢管他。发起横来，可谓除了他太太，谁都不怕。但只要接到老板的电话，握住电话的手总是抖个不停，就像发"羊痫疯"似的。讲起话来很有煽动性，吹起"牛"来让你摸不着边际，显得很有才华。常言道"好马长腿上，好人长嘴上。"

　　人嘛？口碑好的人缘就好，而且不论到哪都受欢迎。在公司里，领导、同事大家都清楚。很多时，领导每月聚餐或有客人，领导都喜欢带上他，因为大家都知道，她太太跟老板走得很近。久了，同事们都想巴结他，希望以后有事让他在公司领导面前多多美言几句。打工除了跟同事搞好关系，其目的就是想多领点薪水，或者调去采购、总务课有"外水"的职位。要是没这人脉，想必比登天还难。

　　他的不足首先，就是不修边幅，本来就长得难看，个子才一米四出头，管理起来，有时还不如刚进公司的后生，借用他手下偷偷传说："鸟都不知的，还能当上他们的主管"。年龄都快"奔五"了，留个长长的头发，老板都不知说他多少次了，有几次还当着我们的面骂他，骂他时更可爱，只见他立正站着，双腿在颤抖，就像小便都要流出一样。一张傻子样的脸容，被骂到精辟处时，口里就只知道回答一字一句："是"或"改"，不过这声音要走近点儿才能听到。第二天上班一个样，第三天上班还是老样，久了有的就叫他老韩皮。其次，还喜欢喝二两老白干，自己仅半斤，喝得差不多，或有靓妹在旁边时，就吹成能喝 1 斤，这时，老的同事又开始戏弄他。让领导在一旁看得个个乐滋滋的。最过瘾的还是抽烟时间一到，总喜欢找同事要烟抽，过过烟瘾，就是从来没见他自己身上带过一包烟。这点就像一个讨烟的饿鬼，你说连一包烟都不买的家伙，这点小便宜都想要贪的人，同事们能真心喜欢吗？可是，同事们又不敢不给呀！

每次回老家，总有值几个钱的土鸡、土产、土粉条少不了要带些来送给老板。今年春节，当他再次送老板这些时，老板说准备成立稽核部，直属总经理室管，监督公司所有干部员工的工作情况和供应商品质及所有成本。问他是留在原单位还是接任这新部门，这可把他惊呆了，这么好的事，让他一点心理准备都没有呀！心里暗暗地高兴，心想："我的土产乖乖，终于有效了，可以咸鱼翻身了。"这比采购、总务还有"油水"，就是每月要写汇总报告，进行人事考评，最好的要加薪，最差的要降薪，采购单价也要审核，供应商的品质和扣款也交稽核部处理，采购日常生活用品和出售废品也要控制，有问题的通通收编管制。不过还是别急，得晚上再问一下太太，到底老板是不是把这么大的权交给自己了。

"让我考虑考虑行吗？"韩兄望着老板说。

老板笑眯眯地回答："行，给你 3 天时间。"

韩兄调去总经理室成立稽核部的事不知怎的，没几天就在全公司传得沸沸扬扬。贺官儿的酒在公司下班后，总被喝得昏天地暗。调任的前一晚，部门整了 3 大桌。这个说："韩长官，你到总经理室上任了，可别不来看看老部下哟！"

他回答："怎会呢，我是那样的人吗？"

那个说："韩兄，官大压死人，到时，小弟犯点小错，可别熊人呀？"

他说："放心，都是打工的，又是好兄弟，打工的滋味，我心里理解的。"

同事们就一口韩兄、韩兄的，喊得他乐滋滋的，当然还是那二两小酒让他最受用。

因现在招工很困难，加上周边地区员工工资底薪上调，而本司一直没接到总公司的调整薪资回复函，为了激励员工，提升士气，留住老员工，总经理办公室决定最新方案，并由新成立的稽核部来负责该项工作。

每月的 10 日，评选各事业部优秀员工和优秀部门奖，获第一名的个人可当月获奖金 1000 元，获集体奖的第一名，每人奖给底薪的 2%（约 400 元）；每年累计 3 个月获奖第一名的员工，可享带薪年假一个月，并可报销回家的来回车费，每年累计 3 个月获奖第一名的事业部，全体员工有一次组团去新加坡旅游的机会和带薪年假 15 天。真是很诱惑，谁不想争第一呀！

下达评选方案后，各事业部、各分厂都要求逐级自评后，再统一交稽核部韩部长召集评审，这些先进典型材料当然要汇到自己手里。

韩部长在整理资料时，突然，眼前一亮，好熟悉的名字，难道是她，就是多年前自己老家的相好和自己居然在一个公司上班，自己却不知道，这也难怪！这么大的公司，16 个分厂，60 多个事业部，8 万多员工，谁认识谁呀？何况今天这社会，只看钱和权的世道。抓起电话就与她们事业部联系后，他们将她的个人资料传了过来，资料上的名字、地址、相片都还是以前的那个样。看来得亲自去核实一下比较好，这么好的机会，得照顾一下她，还应该好好聊聊，因自从与她分手后，心里多少有些内疚。

用这次评选为理由，他们单独见面详谈了起来，最开始还有点拘束，后来谈起了业绩，就拉开了话匣子，他们这个塑胶有 8 个分厂 29 个事业部，她是其中的一个。这个月的销售业绩是 11 万元人民币，纯利 1.20 万，可另一个事业部销售业绩是 11.5 万，纯利 1.40 万。

临走时韩部长对她说：你们事业部这次有我在，一定要评上优秀部门和个人奖，得再提升业绩到 11.6 万，纯利 1.45 万就上平台了。这两天看能不能再增加些销售量。重新报一份资料来，你们就等我的好消息。

回到办公室，韩部长叫助理将他们事业部的资料退了回去，说自己亲自考核了好几个事业部，发现他们事业部有漏做的销售业绩，要实事求是地补上，重新交来评审。助理照办，不得有误，心想，这是怎的，漏做就漏做吧，非得要让人家补，人家不想评第一，你还急啥？干吗了？

时间到了，他们事业部的资料也按韩部长的要求，全改回来了，这也万无一失了。评审团的人都到齐了。就等助理把资料送来开会讨论和评审了。

当助理把资料送来时，他看了他们事业部的资料，心想，这下可真能帮上她一把了。这个月的评比肯定是他们事业部拿第一。可是，他看到第二个事业部的业绩是 11.6 万，纯利 1.50 万。第三事业部的业绩是 12 万，纯利 1.76 万。第四事业部的业绩是 12 万，纯利 1.86 万。第五事业部的业绩是 12 万，纯利 1.96 万。第六事业部的业绩是 12 万，纯利 2.06 万。第七事业部的业绩是 12 万，纯利 2.16 万。第八事业部的业绩是 12 万，纯利 2.26 万。

可越往下看，越不对。怎么其他事业部的业绩都一样，而纯利高于他们事业部的那么多呢？最终评审结果就不言而喻了。

评审团的人都离开了，他还一个人傻傻地待在会议室。此时的韩部长头快炸了，血涌到了脸上憋得通红。面对突如其来的情况，自己又没有应对经验。心里越想越不对劲，哪有这么好的利润空间。这年头真是一个部门糊弄一个部门，下级糊弄上级，可谓是一级糊弄一级。这评比不就成了弄虚作假吗？看来是跟不上形势了。时间长了，不等到年底，全成了虚假利润，肯定出大事。应当机立断，还是该再一次逃走算了，要不然，哪还有脸面去见自己的相好？

回到办公室就写了报告，要求调回老家的事业部任工程课长，不当部长了。

（载《当代文学》海外版 2019 年 2 月第 34 期）

20 年后我再访风景胜地
——大红岩森林景区

从宜宾乘车，顺宜长老公路南行十余公里，雄伟的高山展现眼前，这就是宜宾"十大林海公园"的高县胜天镇——红岩山。映入眼帘的是危岩高耸，怪石嵯峨，一片深红色的悬崖峭壁，瀑布飞流直下，天生石洞，处处神奇。数十里嶙峋怪石，或独立成形，或相映成趣，如龙争虎斗，如猕猴戏松，什么三潭映月、桃园结义、公公背媳妇、马颈长鸣，不一而足，惟妙惟肖。逆溪流而上，遥望野花点点，色彩斑斓。攀上顶峰，一股带着松树芳香的微风吹来，令人陶然欲醉。湖水闪烁，翠竹摇曳，百鸟争鸣。特别想当时电视台里的小帅哥看到桫椤树美丽的花纹，将倒在路中央的这棵搬回办公室，树干后的后悔样子。不过品着从泥土里刚挖出的甜笋（出土为苦竹笋，未出土为甜笋）在山野外就像吃甘蔗样的甜蜜感，倒是另一番风韵。这就是 20 多年前我初探红岩山森林景区时所留下的阵阵涟漪。

近几年提起胜天镇的红岩山，很多人只知晓每年的"李花节"是在"流米寺"举办，故而解放红岩山的故事被遗忘了，原始的桫椤群被遗忘了，一片片绿色茶园的采茶姑娘被遗忘了，红岩山人的火热情怀被遗忘了，红岩山当时被发现的许多自然景观也被遗忘了，还没有被遗忘的就只有"流米寺"的新景和每年这里举办"李花节"传来的阵阵歌声和笑语了。

当车驶入胜天镇，在当地亲人的引路下，我再次出发，一路谈笑，一路不断地停留。胜天原名叫"祭天坝"，传说是明末清初张献忠清剿四川时，经过这里想自己做帝王，学着元代的红巾军领袖——明玉珍，明玉珍率军攻入巴蜀，以后在重庆自称陇蜀王，再改元称帝。明玉珍是湖广随州（今湖北省随县）人，他的军队也基本上是湖北地区的农民。张献忠就是这支农民队伍的后裔，斗大的字不识。张献忠的部队每到一个地方就令前方的士兵修建一座寺庙，作为自己的清剿行宫，为战胜之果做的标志记录，在这里停留时间稍长，这种跪地拜天的祭拜方式，那时的当地人甚为少见，张献忠的部队离开后，当地人就络绎不绝地前来看"稀奇"，学着跪拜天地，也好让自己的后代有出息，当上这样的大官，但又不知这个地方叫啥地名，因此而得名"祭天坝"。后来很多农民都是从"湖广填四川"搬迁而来此定居，清代时就叫庆符县"易俗乡"了。民国十五年（1926）又置名"祭天乡"。民国二十四年（1935）改联保。民国二十九年10月复为乡。新中国成立后的1951年10月，与世和乡、福汉乡合建"胜天公社"，取"人定胜天"之意而得名——胜天乡，再后来的撤乡并镇，就将红岩乡、胜天乡合并为"胜天镇"了。

我还沉迷在胜天镇的美名来历中，不知不觉就到了解放红岩山的马家岩下，听说当时还有几名英雄战士牺牲在这里，这让我深深感受到在这样的山乡，这样的年代，每一寸土地，都是先辈们用鲜血和生命换来的，他们一直坚守着祖国的每一片大好河山。而我们今天的和平生活也是来之不易，这也是我们应该好好珍惜和守护的。

再往前行，就来到了农民村五组，据说在上河坎旁边，民国前有一条小小的街道叫"五马街"，也有赶集的邻乡村民在这里卖菜买盐，打酒提肉回家招待客人，曾经热闹非凡的乡街气息早已退去，如今留下的只是一片片农田、瓜果和鱼麦之清香。清澈的小溪水，让我想象

水源前方的原生态更加浓郁。抬眼一望，右前方是葱茏的林荫下掩藏不了一座像古代军人用的"令牌"一样的小山，原来这就是当地人叫的"令牌山"，此山的另一侧叫观音岩，我怎么看都不像，只是在道旁的石壁上看到一尊观世音菩萨的石像，不过放在"令牌山"旁，一定是说观世音菩萨看到有邪恶之人经过这里，会将信息传递给守护在这里的"土地神"，"土地神"就将信息传递给从红岩沟里正准备走向远方巡逻的"祖公头"，其实"祖公头"是块天然巨型红色岩石，因极像一位慈祥的老人，头戴盔甲，当地人叫"鹅公咀"，其实这是地方语言，真正应该叫"祖公头"。"祖公头"就手持"令牌"下令，调集这里的一切人间正君。备鞍上马，扫除一切邪恶之意，然后都到胜天镇的五马桥会合向上级报告每天的战果。因在这山的下面，有几座小山丘，地名与叫法很相似——"马鞍山"，真的太像马鞍了。在"祖公头"下方有"蛮人"和"土匪"居住过的"石寨"。

据说解放红岩山时，这里是一个易守难攻的天然屏障，解放军动用了轻武器、手榴弹、迫击炮，最高点700多米，这座崇山峻岭绵延数十公里，气势磅礴。其间森林面积达五万亩。这座天然的森林公园当时却为匪占据，惨遭蹂躏。一九五〇年初，原国民党七十二军欧阳大光残部四百余人枪，被我军击溃流窜至红岩山，勾结王玉堂、田仲儒等组成一千多人的反动武装，受田动云封为"川南军政区第三纵队"，欧阳大光为司令，田仲儒为大队长，惯匪涂朗清、杨俊清为大队长，王玉堂及伪保长童镜符为中队长。他们以马家岩、大红岩（红岩沟）为据点，隐蔽起来，四处袭击解放军及征粮工作队，活动非常频繁。

一九五〇年四月二十三日，解放军十五军四十四师教导团和十军二十八师侦察连及南广区中队奉命对红岩山土匪进行围歼。针对红岩山的地理情况和土匪兵力分布，我军决定兵分四路，包抄进攻：第一路由教导团一连、三连组成，从宜宾出发，顺江直下，到李庄后，绕红岩山东部，先歼灭祭天坝的土匪，设指挥部

于祭天坝，然后从正面进攻马家岩和红岩沟之匪；第二路由教导团二连组成，顺长江到水流溪上坡，途经黄河口、柑子湾，直插红岩山之新瓦房、堰心腰，包抄流米寺、马颈子之匪，切断其向西逃跑或与马家岩匪汇合的道路；第三路二十八师侦察连，从南广出发，经甘溪至汉王山脚直插祭天坝，协助第一路人马歼灭土匪，继而配合部队从正面进攻马家岩的土匪；第四路由区中队两个班经六角星高峰寺，直到两棚石，进攻流米寺、马颈子的土匪，继而配合部队歼灭大红岩土匪。四月二十四日拂晓，战斗打响了，祭天坝王玉堂匪部很快溃退到红岩山马家岩与欧阳大光部红岩沟（石寨）残部会合，妄图倚仗之有利地形，负隅顽抗。我军被敌火力逼于山下，但土匪也受牵制，无暇顾及流米寺、马颈子。流米寺、马颈子，这里地势更为险要，流米寺处犀山尾，寺庙后靠的山峰为一巨石，名叫宝鼎石，沿宝鼎石往西南，是一条山脊，正面非常陡，脊背上只有一条羊肠小道可通行，小道长约一千米，尽头有一弧圆石峰凌空突起，其状如马头昂起鸣叫，因而叫马脑壳，其山脊也就是马"颈子"了，流米寺就如同在"马"背上。翻过了马脑壳，就到了相传为明末将军段启云反清复明屯兵据守所建的石寨，石寨过后，就到大红岩。从流米寺到石寨，有"一夫当关，万夫莫开"之势，土匪恰好利用这一天险，派童镜符在马颈子、马脑壳处防守。解放军进攻受阻。战斗到下午一点，马家岩之匪被我军击溃，侦察连紧急增援，土匪见大势已去，斗志锐减，我军趁势敲掉马颈子上的火力点，冲过马颈子，占领制高点，突破了土匪在大红岩重要的防御体系，冲上了红岩山，田、杨等匪四处逃散。

经过十八小时的战斗，红岩山土匪被击溃，解放军生擒二百余土匪，击毙无数。王玉堂一九五〇年十月在祭天坝被活捉押南溪枪毙；欧阳大光在江安、兴文交界之连天山被活捉，处决于泸州；田仲儒于一九五六年七月三十日被巡逻民兵击毙在福汉乡。这就是当时土匪把这小小的红岩山称为"小台湾"的结果。

如今，这里也是拥有国家 AAA 级旅游景区——丹霞地貌的红岩山风景区，以全为红色砂岩而得名，森林覆盖率达 78%以上，是川南为数不多的原始森林集中分布区域之一。景区内还有西南地区最大的、与恐龙同时代的活化石——原始桫椤海、"川南第一寺"、香火旺盛的流米寺、仙女潭等著名景点。风光秀美的红岩山，漫山遍野的李花，吸引着宜宾、成都、重庆、云南、贵州等地的游客。

遗憾的是，还没得到开发的红岩沟的这座"山寨"，如今还保留着红色的石床、石灶、石桌、石墩、石门、石井等生活用具。只有部分石墙壁被当时解放军剿匪用迫击炮损坏，石门经过这么多年的风吹日晒和雨水洗刷，仍完好无损，石壁上的图文仍可略见一斑。在这悬崖峭壁上竟然有一支支老鹰从洞穴中展翅高飞，飞翔在蓝蓝的天空，欢乐无穷。两岸的悬崖上各有一条沟渠，可连接从大红岩山中心地——新瓦房流下来的清清溪水。试想在浓密的参天树木遮挡下，谁知这里还隐藏着一幅幅天然的美丽图画。

走在我们脚下的这条沟渠上，着实胆小的人是不能通行，下方是深深的峡谷，让人心惊胆战。要想从谷底上得对面的岩上，得翻过 99 道弯。小鸟唱着山歌飞向对岸，停留在巨大的红色天然岩石，这块巨石很像一个"石鼓"，在这"石鼓"的对面，有完好无损的"石锣"。这天然的一锣一鼓巨石，在悬崖上两相对应，深感古战场的磅礴景观。

据老乡说：这里在 20 世纪 70 年代，当地的小伙与小妹在这两岸对歌时，有歌词是"石锣对石鼓，跨过此沟的哥哥，妹妹陪嫁伍万伍……"。这逗得我哈哈大笑，我学着唱："看我这把年纪，跨过此山沟，妹妹你跟我走不走……"的歌声一直回荡在深深的峡谷里。

要走就走进红岩山的松树林、杉树林、樟木林、桐树林、楠竹林、桫椤群，群林成荫。李树林、核桃林、桃树林、樱桃林、柑橘林，林林皆果。应有尽有，浓荫下的草木清香，野花点点，鸟兽虫声，在这盛夏的烈日下，让我们无法感受是在骄阳下寻找遗忘的风景。

当赤脚走在这沟渠里，感觉凉爽至极。被

引进沟渠的小溪水灌溉农民村一组、二组、三组、四组、五组很多农田，有不少农户还将这股甘甜之凉泉直接引进水缸，这真是得天独厚，天赐甘露圣水，农人丰收在望，生活喜气洋洋。更有趣的是那自然形成的"天然巨石青蛙"，置立于两山峡谷低处的悬崖上，从石青蛙旁流淌出潺潺的一股股清溪水，洁白的水花伴着银帘般的瀑布直泻而下，形成一条条美丽的白色瀑布群，在瀑布声中倾听蛙鸣鸟叫，是人间另一乐趣。

在大石青蛙后，有一群小石青蛙随后其身，彰显了大自然赋予一切生灵的母爱之情。这些小精灵生活在涓涓的小溪水中，若是人在其中游玩，且不投身于大自然，享受着天仙般的神仙生活。真可谓："清风吹拂柳如絮，潺潺流淌蛙成群；蛙鸣莲荷沟渠草，声声凑起夕阳情；对岸人家灯火处，定是茶香飘向我；虫唱林荫深处好，静静远离闹市楼。"如果有谁捷足先登将这里稍加改建，又一幅青山绿水图可谓是天然的漂流盛地，自然的沐浴风光，洗涤人身心灵污秽的好去处，累了还可坐缆车一览全景，饿了还可在此烧烤野炊，困了也可在此度假露宿，无聊之时还可钓鱼爬岩，该锻炼身体了还可采茶摘果，渴了喝口天然石泉水甜透心底，热了还可将来时的"黄金咀"及"三教堂"两座小山将小溪砌流，用去一个小组1/3的场地便成了一个人工天然湖，划船游玩山歌飘荡，翠竹林荫，鸡鸭成群。再建上个高尔夫球场、度假村庄、学校、商场、医院及娱乐文化设施等。简直是人间仙境，将整个人置身于这美丽的红岩山风景里，独享大自然赋予的圣洁之地，也算不亦乐乎！

（载《作家文苑报》2019 年 4 月总第 297 期）

多年的一次刨锅饭

不记得是一九八几年，改革开放初。我刚上初中，集体土地流转到户，我家第一年就养了两头过年猪，一头是父母等市价好时卖后为我们几个娃准备学费，另一头就是为感恩邻里亲人一年来帮忙耕种的辛苦劳作和过年免得肉价高，怕买不起，有客人来家拜年没得接待。

在我们村里，不论哪家有大小红白喜事，都会请我们自家兄弟麻子四哥掌厨。只因麻子四哥脸上有麻子，麻子四哥也是村里人给他起的绰号，他平时喜欢给小孩讲他的故事，因此，村里人都叫他麻子四哥。他在村里为人还算可以，家里光景也凑合，是个掌厨的好手，无论村里谁家杀猪都离不开他这个掌刀的，他这个人还有一个喜好就是和兄弟媳妇或邻娌开玩笑。为人特随和，待人也是行家里手，每家走动就更多更亲近些。

那年是离过年没几天，父亲让我放学后去麻子四哥家请他明天来我们家杀过年猪，我们几个娃那高兴劲儿，不知用啥来形容，反正一夜都没睡。

但是，我们又很不喜欢常常跟在麻子四哥身边的二狗，只要哪家办事，有麻子四哥在，二狗子就像跟屁虫样，准在。因他俩就隔一墙，二狗好吃懒做，很多时都在麻子四哥家蹭饭吃。这不，听说我们家要杀过年猪，又趑摸起身了。

"麻子四哥，在家吗？快走，都九点啦，一会儿去迟了你家大哥又骂你也。"二狗隔墙叫麻子四哥。

"听见了，让我把工具拿上。"说着麻子四哥就从大门走了出来。

"老大叫你帮忙了吗？你起身得这么早？你就欠一点酒水水。"麻子四哥边问边骂二狗。

"我向来都是不请自到，你又不是不知道，还要叫吗？快给我抽根烟，烟瘾死了。"二狗说着问麻子四哥要烟抽。

一根烟的功夫，他俩来到我们家的大门外面。

老远就听到叫我父亲："大哥，把狗拴住，小心把人咬上。"

父亲回答："拴着了，咬不上，快进来。"

麻子四哥和二狗进了大门，看见杀过年猪的台子都准备好了，院子里还坐着三伯父和幺爹及邻里乡亲，有的抽着烟，有的喝着茶，还有的在聊着这家和那家的哪个娃看上西村的李家女。二狗看到三伯父和幺爹说："你俩比我还跑得快，抽的啥烟，让我看看，哎呀！芙蓉王，档次还不低嘛，主人家咋不给我发烟？"

"烟在窗台上放着，麻子四哥你和二狗自己找下，我忙烧水呢！"我父亲一边往灶里添柴，一边手指着窗台方向说。

又过了一根烟的工夫，水烧开了。只见麻子四哥把衣服一脱，往炕上一扔，挽起两裤腿和两袖筒，手拿杀猪用具，这架势一看就是内行，等其他人把猪从猪圈拖出来放到台子上后。我们几个娃娃都围着麻子四哥问这问那，谁之麻子四哥大吼一声："几个小屁孩，滚远点，别挡着大人干活。"我们几个一溜烟跑远远躲着看，还有几个胆小的还把耳朵用小手指塞住。

这时，不知麻子四哥嘴里念叨着什么，不慌不忙地走到猪头前，左手抓住猪头下面的耳朵，往上提了提，右手在猪脖子上拍了两下，又用手按了按，顺手拿起刀，"哧"一声就把刀子从猪脖子插了进去。按照惯例，猪血这时就流出来，并能喷溅一地，今天咋回事，猪血流得不厉害，麻子四哥有点慌了，叫二狗把猪尾巴向上提高一点，结果猪血还是很少。猪不但没有死，还拼命地挣扎着，几个逮住猪的人累得满头大汗。麻子四哥更加着急了，咋回事这是，刀的位置插偏了？麻子四哥把刀又稍微往出拔了一点，猛一刀插进去，这时猪更挣扎厉害了，一蹄子差点没把二狗给蹬倒，因为二狗光逮个猪尾巴。麻子四哥又把刀把子转了一下，这下插到猪要命位置上了，猪后腿颤抖了，说明快死了。麻子四哥这一动作只有二狗看出来了，因为二狗常和他一块出去杀猪。猪血流了一小瓷盆，三姨端了回去，高兴地说着

这下够有财血旺了。

把过年猪杀死后，麻子四哥点了一根烟，朝墙根低一圪蹴，三思不得其解，我杀了半辈子的猪，都老屠夫了，还没有遇见今天这样的情况，以前都是一刀就行，今天来了好几下，真是丢人了。幸好只有二狗看出来了，总的来说他心里很不得劲。

"麻子四哥，烟抽完没有，快来帮忙开猪肉边呀！"二狗叫道。

"来了，叫什么叫。"麻子四哥好像才缓过神来，急忙回答道。

麻子四哥先把猪头割了下来，再把猪颈圈割下来让二狗拿厨房去，因为杀猪的人就吃颈圈肉，接着又把猪胸岔割下来，特意嘱咐二狗让把猪胸岔煮上，这是杀猪掌刀人吃的。就这样他们几个很快就把猪肉割开完了。二狗提着猪大肠小肠去河里洗了，在桌上，先上的是财血烫，再上猪儿肉及其他菜。他们几个开始围着八仙桌喝酒。还没等二狗回来，半斤酒就下肚了，二狗一进门就开始骂上了。

"我还没回来，你们倒开始喝上了，都是些啥人吗？"

"来，麻子四哥让我坐，不让我坐我就说你……你今天的事。"二狗威胁麻子四哥，其他人一概不知。其实，老屠夫最怕别人说没有一刀将猪毙命。麻子四哥只好让二狗坐在上位，他也没心情喝。但二狗一上来就喝得很猛，二狗不一会儿就不晓人事了，麻子四哥内心多少得到了点安慰。这时肉、菜也都弄了满满的三大桌，父亲叫邻里乡亲们边吃边喝边聊。

父亲也就坐下陪在麻子四哥身边，重新安排了位置，三伯父和幺爹坐在两边，喝酒的坐一桌，其他的人及娃娃坐在另两桌，开始吃饭了。父亲给麻子四哥舀了一勺子猪儿肉，麻子四哥很快吃完了，他把碗放下，父亲让再吃，他说吃饱了。父亲看出了麻子四哥的心思，他是再等吃猪胸岔。

"老婆子，你把猪胸岔给麻子四弟端上来呀，掌刀人咋能不吃猪胸岔呢？"

"猪胸岔？我看看锅里有没有？没有啊！"

"二狗没给你？"

"没见二狗拿厨房来吗？哎！这不是了，原来二狗拿回来放在后缸盖上了，二狗没说，我也给忘了。"母亲边说边指了指后缸盖。

"二狗，二狗，快起来吃饭，二狗像死猪一样一动不动。"父亲想叫醒二狗问个究竟。

麻子四哥听了以后，连忙说："没事，没事，不吃了，我再吃点财血旺。"

"来，嫂子再给你舀点肉，看今天这事弄得，都怪我，对不起麻子四弟了。"母亲一脸尴尬地说。

父亲趁势也端起一杯酒，递到麻子四哥跟前，说："今天这事都怪你嫂子，来咋弟兄两个走一个。"父亲说着先干为敬，麻子四哥强装笑脸只好也喝了。

其实，今天还来了几个兄弟媳妇，麻子四哥哪有心思跟她开玩笑。在回家的路上，麻子四哥无精打采，闷闷不乐，虽然父亲多送了块猪胸岔给麻子四哥，但麻子四哥还是一直盘算着今天杀猪出现的状况和刨锅肉（猪胸岔）的事情。

夜深了，邻里乡亲们吃完饭都该散的都散了，而且，每户邻里乡亲还手里攒着父亲送的一块猪肉，同样很开心，也很高兴，这种满足完全洋溢在脸上，多年没解决的温饱，那年田土分到户，我家就吃上了刨锅饭，这种幸福才算真的满满、远远……

（载《鸭绿江》2019 年第 7 期）

我和祖国共成长

二〇一七年十月十八日上午九时中国共产党第十九次全国代表大会在人民大会堂盛大开幕。习近平总书记把"不忘初心、牢记使命"作为十九大报告的主题思想。初心是什么呢？"初心"就是意指做某件事的最初的初衷、最初的原因。但是随着时间的消逝人们往往对做某件事的初心也渐渐逝去了。

"时光荏苒，岁月悠悠"，即使再不舍，时光也若东逝流水，一去不返，转眼间，我已经在清镇办企业快四年了，几年来，我的人生可谓是经历了重大的转折，二〇一六年刚来"阳光家园"考察时，妻子吵着闹着要与我离婚，原因很简单：这里工人有"康复人员"，有"残障人员"，只有很少的健康员工。如今，她已与我在一同管理着整个公司，再提及过往，她一笑而过。这笑总让我深感惭愧。

刚来时，总觉得这几十人的公司，应该很好管理，何况我有着二十多年的外企工作管理经验，哪样的人没见过，哪样的事没碰过，但偏偏就有很多事处理不好。比如没订单怎么办？员工的工资怎么办？和员工沟通不了怎么办？房租到期没钱支付怎么办？一系列的怎么办，让我在困境中慢慢醒悟。没订单时求助于当地工商联的领导和朋友，他们有着丰富的营商经验和技巧，会指引我方向；与康复员工沟通时，又不如政法委禁毒办的领导轻车熟路；残障人员协调和思想统一有阻碍时，又不如统战部的领导那么大度、包容；人事纷争时又没有人社部领导处理得顺风顺水；政策方向把握不好时，又不如政协领导指引得更快、更准。总之，在向这些领导学习和寻求帮助时，才觉得我二十多年在外企的工作白干了。在这里，我感受到了这个世间的温暖，也很希望把温暖的故事传递给更多需要成长的人们。

我记得有这样一首歌词：你是我的眼，让我看见这世界就在我眼前。是的，我认为我每一次的人生成长都离不开随时随地帮助过我的一双双眼睛，让我感受着世间的温暖。

我出生在四川宜宾的一个农民家庭，生于20世纪60年代末，所以一些六七十年代的事都是从父亲的口中得知的，什么生产合作社、大庆油田、中国的第一颗氢弹。我真正记得的是集体生产合作社，工分制的分配，粮食与工分挂钩，我家是倒补户，每年都得向社里借粮吃，那时的日子很清苦，有时要靠野菜充饥。所以，我至今都感恩于大自然，大自然不仅养育了我，也让我得到成长。那时，我就想，一定要让家人生活好起来，不能再过苦日子。

80年代末，我有了工作，生活也不再那么苦，温饱得到解决。新闻专业毕业后，我供职于一家报社，还兼任多家报刊的特约记者、编辑，每天都要忙着采写稿件。这时，可谓是靠工资养家，从穷苦的日子中解脱出来。年轻时的精力就是旺盛，工作上可谓是得心应手，也算有点影响力。事业全盛时期，还带了二十多个通讯员，深得领导和主编的赏识，倘若照此发展下去，成为一名有所成就的"报人"，应该是不成问题的。

改革开放的春风刮走了人们陈旧落后的思想观念后，家家户户都向小康社会迈进。因为有了党的好政策，我的生活在健康、快乐、幸福中度过一段美好的时光。

90年代初，正值打工潮之际。我也邀侣约伴，汇入了这宏大的潮流中，辞去体面的工作，南下广东，最终立足在东莞。在打工仔中，我算得上有点知识的，又从事过公职，而且是文化性质。即便如此，还是经历了不少辛酸和苦楚。最困难时，没早餐钱，靠多饮凉水来填充饥饿感。写好的家书都为那一毛二分钱的邮资而发愁。

苦难是一种财富，这句话的确有哲理。强者会把它作为督促自己奋进的风帆。即便如此，我还是坚持打工、写作两不误，创作激情高涨。

跨入新世纪，我也步入社会二十年，靠努力、靠勤奋，竟然于二〇一三年七月加入了四川省作家协会，成为一名农民工作家。诗歌、散文、小说、评论、书法，无所不包，还出版了诗集《留住真情》，散文集《梦开始的地方》，管理和励志类《拯救自己，创造未来和谐人才》及小说集《爱在路上》，特别是《爱在路上》一书，中国访谈网主编蔡晓林是这样评价的：打工题材的文学作品是中国特定的社会制度、经济生活下的必然产物，中国当下现有几亿"农民工"，这些人的生活，不可能被我们的文学所忽略。而《爱在路上》，则真实而艺术地反映打工族的人生境遇和思想情感，必然会成为当代中国人心灵历程的一个独特部分。对当下社会，都具有重要的参考价值。

二〇〇八年五月十二日，汶川8.0级大地震，震毁了无数平和而宁静的城镇，震动了大半个中国的土地，震惊了十三亿中国人的心，三天的举国哀悼日，不仅让我凝住关于生命的记忆，更让我感慨生命的责任和民族的大义，没有从磨难中走过的生命就没有对生命意义清晰理解，没有在灾难中挺起的民族就没有笔直的脊梁。因此，我们有理由不哭。民族的韧性和国家的理性总会使我们以恒定的从容去勇敢面对一切，于坚忍中奋进努力，于悲歌中勇敢前行。这时候，我用微不足道的力量伸出援助之手。我的爱心从此萌芽！

二〇一六年八月，我正式接手"阳光家园"并成立贵州中轩阳光服饰有限公司，开始了人生的新征程。刚到时，员工两个月未领到工资，我们立即补上，订单面临中断状态，工人成天无所事事，康复员工敌对管理干部，动不动就罢工，就惹事闹架……面对这些，面对陌生的行业，我心中只有一个信念，一定要带领这群特殊的人群创事业，要让大家有工作做，有工资领，有生活保障，就这样，以心换心，以爱换情，才有今天这个家园。我们没有轰轰烈烈的业绩，但可以在平凡的岗位上用自己的热情和执着，铺就一条真诚而又温馨的路。

几年来，我先后兼任清镇市禁毒协会常务理事、清镇市工商联合会第六届执委、常委、副主席、贵阳市工商联合会（总商会）第十三届执行委员、政协清镇市第六届委员。人们常说，职务越多，肩负的责任就越大。二〇一六年前，巢凤社区所在的贵州水晶集团公司大门对面的一条公路多路段坑坑洼洼，车辆行驶如同蜗牛一般，司机们怨声甚大，就连出租车也要加高价才来这段路，阻碍当地居民带来出行困扰。我就此事在市两会上提案，二〇一七年初，一条平坦的柏油路呈现于眼前。路面好了，车速也快了，但公路旁有条宽而深的沟壑，在晚间，就成了小车司机的盲区，三天两头，就有小车翻困于沟里，动弹不得，甚至出现过严重的交通事故。我于二〇一八年市"两会"期间，联名为此提出议案，得到采纳，相关部门还安装了一道牢固的护栏，增加了安全系数，深得当地群众好评。

提到我所任的禁毒协会常务理事一职，就想起了公司的员工有部分是康复人员，当然已经有了幡然醒悟的良好表现。为使他们在劳动中成为自食其力的新人。我开始逐一疏导，逐个解决他们生活和工作上的困难，为他们回归社会并得到认可增强自信心，从而改变观念，学会接纳别人。通过一点一滴的努力终于稳定了这群员工，也算为地方的和谐稳定尽了一份微薄之力。

我们公司还吸收了一些残疾人员就业。通过对他们的关怀和体贴，让他们体现出了自己的人生价值。

几年来，我秉着一颗关爱之心、感恩之心、从善之心去回报社会，每年都在清镇市统战部和工商联的指导下，以公司和个人的名义，给贫困学生捐赠校服，从自己的所得里面掏出来，我们本着"校服美，生活美；生活美，穿出美；穿出美、健康美"的原则。给贫困学生捐赠校服。我们公司不断创新，持续发展，坚持以善为人，以爱做人，以心换事，以事为本。对所有爱心捐助企业和个人量身定制标准，先后以公司让利方式支助贫困学生五千九百三十八人次，折合人民币五万九千三百八十三元，又用个人捐赠和现金方式支助贫困学生九百二十四人次，折合人民币五万六千六百元，帮扶困难大学生一人，高中生一人，提供学费赞助六千余元，几年来，帮扶金额高达十二万元之多。

公司现有员工的百分之六十六为戒毒康复人员，百分之八点九为残障人员，可以说我们用特殊的群体创造特殊的价值，再用创造出的价值去资助一批特定的群体，这可谓是创业史上的一大突破。

二〇一九年七月二十八日，我被中国校园健康行动领导小组评为二〇一九中国关心下一代爱心行"十佳爱心人物"和"爱心文艺工作者"，站在中央广播电视总台梅地亚中心多功能厅领奖台上，我感到无比的骄傲和自豪！

当日历翻开新的一页，崭新的脚步又要开始了。走过改革开放四十年，迎来新中国七十华诞，历史再次刻下时间的坐标。时间不会停止，脚步也不会停止。多年的砥砺奋进，几多春华秋实。"嫦娥"奔月，高铁驰骋，珠江大桥横跨大海，雄安新区蓄势待发，"一带一路"联通山海，脱贫攻坚改变几千万人命运，创新创业激发全社会的活力……多少梦寐以求的蓝图变为现实。

"不忘初心跟党走，青春建功新时代"，"黄沙百战穿金甲，不破楼兰终不还。"作为"阳光家园"的领航者，我要将过去取得的成绩作为新的起点，谱写追赶超越的新篇章，我要用肩膀肩负起新时代的责任与使命，以担当者、开拓者、奋进者、感恩者的心态去书写无悔的人生篇章。

（载《参花》2019年10月总第897期）

作品存目：

1.《给好兄弟帮忙》（小小说）载《当代文学》海外版2019年2月第34期

2.《调任》（小小说）转载亚特兰大孔子学院中英双语《春季版阅读教材》2019年4月总第25期

3.《家宴》（诗歌）载《长江诗歌》2019年3月总第189期

4.《我看医生》（散文）载《都市生活》2019年5月第3期

5.《更多的关爱他人就是最好的幸福》（散文）载《新玉文学》2019年6月第4期

6.《创造梦想》（散文）载《贵州纪实文学》2019年12月第1期

作者简介：

王章德，四川省宜宾市珙县孝儿镇人，生于1967年。教师，供职于珙县仁义乡中心学校。宜宾市作家协会会员，曾在《四川文学》《读者报》《宜宾文学》上发表散文《波罗蜜经》《袅袅清芬》《深处》等。

店号"忠艺"

◎王章德

一

掀开那略带象征意味的塑料条门帘，我冒失地一步跨进店里，却见一年轻女子操着发剪，正对着面前的一头黑色瀑布进退左右。我愣住了：张师傅呢？

操剪女子很热情，敏捷地招呼就座，说稍等一会儿，接下来就该我。

我有些进退两难。我不太情愿让女子理发。一则我们这地方有"男子头，女子腰"的俗语，意思是男女各自这带，不能随便让人碰，男子的头得避女人。只是这清规现在不大守得住，这里女子理发店很多，完全回避很难，只不过心里尚存一丝顾忌罢了。我真正很难以接受的是之前领教过几次的女子理发的蹩足。

县城里理发店不少，每条街隔三岔五。店面装饰很重磅，里面的技术却太稀薄。一些店学徒众多，师傅在一旁君子动口不动手。去那样的店里，坐在那明晃晃的大镜前，由一群学徒在你顶上做着成败未知的实验，心中委屈如本分的羔羊被绑定在照妖镜前，任天神叩击，看看你是何方妖怪。更糟糕的是似乎好多店的女学徒实验态度都比男学徒差，或许她们本不该来干这行，只是一不小心串错了门而已。她们嘴里和别人天南海北，剪子在你头上东拉西扯，把一头茂密打闹得残破不堪。

没办法，头发需要剪子，就像人需要不时的批评一样。因为初来县城打工，人地不熟，我于是每隔一两个月，顶着一头葱郁，挨家找理发店买批评。可是那算什么批评？因此都去过一次就再没有第二次了。终于找到这家，理发师是个中年男子，他剪子娴熟，出的发型也对我口味。于是再不愿去别家冒险了。

我小心地询问张师傅去哪里了？女子一边忙活一边答：张师傅改行到别处卖服装去了，店面打给了她。我心里不禁抱怨起来：这张师傅也太不仗义，走也不打声招呼！现在我怎么办？退出去吧，实在不够礼貌；就让眼前这女子理吧，天知道她又会在我头顶制造出怎样的狼藉来。

可回头又想：打招呼又怎样？到别家还不依然又是冒险？罢罢罢，就算拿这两个月的五谷精华给头顶的营养，为这一行培养后学吧。

结果大为意外——我低估了那女子。她挪步灵活稳健，双手起起落落，干脆利索。那不时变换的工具：推剪、条剪、剔剪、剃刀，如不同的声部，轮番有序。我不由从镜子里觑了觑。她戴着口罩，眼睛略大，清澈里透出专注。

出了理发店，我抬头看了看门楣上的横匾："丝丝分明"。这是之前那位张姓师傅留下的。黑底白字，格外醒目。店面在一排临街瓦屋中。和远近楼房相比，矮小而匍匐。

后来在县城待的两年多时间里，我再也没有光顾过其他理发店。

二

"代课教师"的称谓，不服从汉语语法规则。它的中心词是代课，教师仅是修饰语。十多年前的教师，工资本就不高，而代课的工资竟还不到正式教师的四五分之一。为此，虽然我在县城一边打工一边自考，费了九牛二虎之力才取得一个代课位置，可代得日子皱皱巴巴，人心里空空荡荡。家庭各种开支凶猛花

钱，却没有其他收入添补。于是心一横，跟一个朋友去私人煤厂做矿工去了。打钻、放炮、铲煤、推车，每天灌下去 10L 容量的胶壶大半壶水，出得井口时裤裆底都是汗。这样一个月下来，多时工资两三千块，少时也有一千多，比我代课那两三百块强多了。可是每当打好钻，在等待放炮那可以稍作喘息的几分钟里，我常关掉头上矿灯，在汪洋墨黑里睁大眼问：难道就这样下去？

我还学过机修。跟那些女学徒错操发剪别无二致，那大约是我这辈子最糟糕的选择。给我留下的阴影，使我至今仍在怀疑自己这脑子就是桃核大小的一枚硬疙瘩。拿上扳手、钳子，那些钉钉铆铆像在云山雾海中和我捉迷藏，任师傅在一旁跺脚斥责。

在家人和校长的劝说下，我又回来代课了。后来阴差阳错地遇到转正考试，我终于抹掉"代课"二字，把"教师"两个字转正为中心词。但因为家里接连的变故，从井下重返地面的我，形如一棵石崖上无遮无拦的老树，纵然拼命往地底扎根，吸来的水分也不够烈日蒸腾。于是在夜深人静时，我常枯坐发呆。那些改行或跨行的同事朋友们，一个个在我眼前过电影：做服装生意的，做电器生意的，经营农药种子的，开石料场的……

那段时间，我不顾囊中羞涩大量买书：工业企业管理学、商业物价学、中医学、中兽医学、反季节蔬菜种植法、新法养猪、淡水鱼养殖——买得最多的是成功学方面。

可惜这些书，或者被我浏览一半不到，或者瞟了个开头，有的则买来扔在那里就再无下文。它们挤占我逼仄的屋子，缭乱了我的眼前。我像扬州梦中迷失的浪子，忘了结发——蓦然回首，才发现，备课和作业，已被我冷落太久。

三

"丝丝分明"理发店，成为我的首选理发店，大约就是我从矿工回到代课时开始的。

去县城打工之前习惯了的家乡小镇上的理发师，现在有的老去，有的像那位张师傅一样下了海。还有一些之前觉着还行的，因在"丝丝分明"理了几次，我感到了他们的落差。

去那边理发稍显麻烦。家住与县城隔几十里，乘车要一个多小时。而车费开支对于我这个代课或后来砍掉"代课"的教师来说，并非可以不计。所以更多的时候我是办其他事情捎带理发，或者理发捎带办其他事。专程去理发，对我那瘪瘦的口袋来说有同犯罪。

其实我之前对头发并没有这般恩宠。大约是一个好的理发师会让人在意头发吧，就像一个好作家会让人喜欢上阅读一样。

大部分时候那店里热闹着，要排队。有时遇上师傅出街去了，徒弟守店，我必得等师傅回来。有一次，守店的徒弟说，师傅到朋友家吃喜酒去了，今天不回来。我怏怏办完其他事，决计不把头发往别家送。可就在准备返程，等改次再来时，经过那店门口，却见师傅正低头打理工具——她刚回。我欣喜不亚于错过旅店的行人，在夜幕中眺见前方一点灯火。理发后，师傅给我留了电话，说下次理发，可提前预约，以免老大远跑去找不到人。

去的次数多了，从偶尔的简短对话得知，她姓周，也曾代过两年课，还外出打工过一段时间。改学理发后，觉得这行挺适合自己，便不再腾挪。于是我叫她小周师傅。因为她很年轻，第一次见到时，估计就二十来岁。到现在，接近二十年了，她似乎一直就原来的样子。短装、短发，洗练而精神。

一次理着发，我问小周师傅，是不是理女发比男发多，因为看得出来她店里的女顾客更多些。她颔首。再问理女发是不是比男发更合算，她笑而不答。

其实答案明摆着：理个女发，洗染吹拉烫下来，几十甚至百十块钱。而理我这样的男式头，当时就八块，到现在也就十多块，剪子却要整理完头顶整个高原。并且我还一直顽固的保守着自己简陋的习惯——或许就叫陋习吧：只剪修、冲洗，大不了再吹干一下。其他如烫染之类，哪怕后来白发渐增，也一概拒绝。这

对她店里众多的美发者来说，就像只给人一根白萝卜，拒绝葱姜薤蒜，香油味精等，却要求做出一道美味来。难度不小，收益却甚薄。我为此多少有点不安：师傅会不会拒斥这样的顾客呢？

还有，我的头发也很让我自卑。大约就是所谓的"人法地，地法天"吧，人的顶发长着旋，旋开去有如教学彩图上的星系。问题是我头顶的星系残缺杂乱，一个半旋，半个竟还撂在额角上。加上我发质生硬，很难治理，难怪之前曾有理发师抱怨过我头发不好打理。

还好，小周师傅似乎没有歧视之意。开始几次，每操起剪子，她都郑重询问：留长发还是短发。答曰：适中。

我不喜欢头发太长，也不喜欢太短。庸常之人，行中庸之道，我倾向于发长适中。所以，稍后去时，往那椅子上一坐，师傅不问，我也还提示一句：适中。再往后，师傅不再问，我也不再说，而每次下来的头发，似乎就是增之一分则太长，减之一分则太短。所以多次理毕，对镜审视时，我都难得地对镜里的自己友好一笑，变得不那么讨厌自个了。

正因如此，当有一次小周师傅告诉说她理发店有可能要迁时，我急忙追问迁往哪里。我担心迁远了，我这头糟糕发又找谁理去。小周师傅听了我的陈说，淡淡一笑：好几个人都这样说呢……

师傅话不多，平常只答不问，两眼专注于眼前的头发，神情恬而且淡，手上的节奏或徐或疾。有时顾客太多，在理完一个换下一个的间隙，她用小拳轻捶后背。

她的剪子越来越行云流水了，使人想到王羲之写《兰亭集序》时的酣畅。那不时的退步审视，凝神思考，像罗丹对他的《思想者》作刻苦地修改。

——对，她在创作。

其实任何一项工作又何尝不是创作呢？创作是辛苦的，可创作的过程和成果又都是享受的。

四

"身体发肤，受于父母，岂敢毁伤。"为此中国古人的长发一蓄就是几千年。头发如此，胡子有过之而无不及，而且在这点上东西方好像达成共识。在东方，关圣爷长髯过腹，张翼德燕颔虎须、虬髯客不消说是一大把胡子；在西方，柏拉图、费尔巴哈，及至马、恩导师，个个都是美髯公。但美则美矣，估计麻烦也不少。诸如吃饭喝水、如厕下蹲。

人们是从什么时候开始抛弃胡子的不好说，东方人的头发则无疑是满清入关给废黜的。尽管有记载说中国迟至宋代就有了理发这个行业，但估计那时除了出家人外，一般都只是给头发或胡子梳理梳理而已，所以至今名为"理发"。而真正敢对头发动刀动剪，那是几百年后的事情了。清王朝"留发不留头"的铁令，把天下男人的发型强暴成一根鼠尾辫子。两百多年后，辛亥革命狂潮一怒，再把辫子也给干掉了。

虽然一向不喜欢清代发型，并且对清朝及后来辛亥党人的强剃强剪心存芥蒂，但若专门就"头发革命"而言，我倒觉得它对后人未必是坏事。凭什么头发就直接与孝道挂钩，不敢稍动？和那长袍大袖一道，千年长发，掣肘了多少多少时间和精力。只是清王朝和辛亥党人，对头发的强制管理，和那句"岂敢毁伤"对头发的祖护一样，它们看似截然相反，其实同出一辙。说到底，人们的头发是朝廷的。

眼下真好，我的头发我作主。为了行动便利，大多数人都把头发短了下来，却也没见得大多数人都不忠不孝了。不过，每个人其实最多只能做自己头发一半的主，另一半还得靠理发师。而找一个深谙发性的理发师并不比找一个好的教师或医生容易。理得好，是对顶上那片森林的修整；理不好，倒真的成了毁伤了。而在这方面最让人放心的，就只能是"丝丝分明"了。

因为多数时候去师傅都在，同时也感觉不好打扰，所以她给的电话，我就最初时打过两次。那电话是绑了微信的，于是微信也加了。小周师傅她倒是挺爱发微信朋友圈的，有时介绍一款洗发水，有时晒晒某个发型，有时告知朋友们她最近几天外出，理发时间后延。还有许多时候，她晒到周围景点旅游的照片。照片上的她爱穿蝙蝠衫，张开双臂要飞的样子，脸上的笑容跟身后的花海一起焕发。

这让我对她不由多出一层敬佩来：拿起剪子，认认真真；放下剪子，开开心心。

五

那理发店终于迁了，原因是原来的瓦屋要拆建。庆幸的是没有远迁，就在原店址斜对面，并改了店名，叫"忠艺"。刚开始我那对新店名不以为然：不顺口，还没有"丝丝分明"响亮。但仔细品味，寓意挺不错的："忠艺"嘛，忠于手艺。这大概是它主人的心声吧：从学艺始，到把别人的店盘过来，对待每一位顾客，每一次理发，丝丝分明，一丝不苟，艺成店立，自创门户，以忠于本行技艺为归旨。

学艺、练艺、忠艺、乐艺，这是鱼儿陶然于水的境界啊。

不由想起幼时见过的那些木匠、石匠、泥瓦匠，他们似乎都有共同的两点：干起活来像游于胜境之中，甚至都懒得搭理其他人。茶余饭后讲起本行手艺来满脸的笑纹像饮蜜醉酒一样。他们尤其爱讲本行的大师和祖师爷的故事。

于是一次理着发，问起小周师傅她们的祖师爷是谁来，不料她竟说不清。

岂止小周师傅说不清，后来通过百度和多方搜集才知道，关于理发师祖师爷的说法，网上和民间传说似乎就没能说清过，有说是关公的，有说是吕洞宾的，还有说是罗隐的。

我不是理发师，没有发言权，但作为理发师的顾客，我宁愿那是罗隐。吕祖和关公，一仙一圣，只适合供人瞻仰，估计没闲暇给人侍弄头发。而且关圣爷手中的大刀，是砍脑袋的家伙，让他的传人给理发，想想都发怵。

罗隐，就是那个写出"采得百花成蜜后，为谁辛苦为谁甜"的唐代诗人。

传说皇后产下怪胎，那胎发其他理发师都剃不动，皇帝为此怒杀了多个理发师，罗隐自告奋勇去剃。他本意是要舍命除掉祸患的，没想一刀子下去，切出一道白口子。顺手剥开，竟剥出一个俊美少年来——这传说符合罗隐的性格。皇帝大喜，赐罗隐锦旗一面，上书"见官高一级"五个大字。但罗隐却用这锦旗来捉弄官员。皇帝大怒，宣布锦旗作废。罗隐哈哈一笑，把锦旗撕成条，缝成一块厚布，在上面抹剃刀。于是后世剃头有了抹刀布。又传说在多年后，成为罗祖的他，还把吕洞宾剃了光头。调皮神仙吕洞宾一日来了兴致，到理发店寻开心。他作起法来，发丝如钢，剃刀碰出火花。罗隐提起客人胸前的那块围布，抖出一声裂帛。洞宾一惊之下走了神。神仙走神，法力消退。罗隐再用毛刷蘸水往洞宾头上一抹。号称吕阳纯的被退了纯阳。罗隐的剃刀一气呵成，把吕仙的黑发全部拿下。

这就是后来的理发匠们爱抖围布、剃头前抹水的由来。

传说和史料记载的理发起源似乎不尽吻合，而且在另一版本中是祖师爷的吕洞宾，在这里成了顾客。但民间传说就是这样，祖师爷是哪朝哪代的并不重要，甚至姓名都在其次，关键是他是一个什么样的人，他的手艺必须出神入化，他的人格要能让徒子徒孙们高山仰止。

记得多年前，家乡小镇上摆摊的理发师们还常展示传说中那些招数。围胸布一抖，一声脆响，无异于向行人炫技招呼。敷湿头发，那剃刀在头皮上、面皮上，游龙般行走，畅快淋漓。有的甚至耳廓上也要轻游一遍，还有的在你的颈脖上玩杂技——花刀。那剃刀沿着颈椎轻轻跳荡而下，细密的节奏，刚好的力度，可以让人舒服到魂驰魄荡。

这已经不只是技巧，它应该可以称得上一行的文化了。它告诉你：原来头可以这样剃，原来剃刀可以这样玩，原来剃头可以是一种享受。

可惜这文化在我之前遭遇过的那些豪华发屋里的女郎们那里，已经式微了。她们好多拿不动剃刀，修面刮胡子，干脆用安全刀架，给人的感觉像喝惯了烈性老酒的人，一下子喝到掺水的劣酒，劲道、味道全无。一部分勉强用剃刀的，下手生硬，抖抖索索，坐在那刀下，她们紧张，我更紧张。

"丝丝分明"——现在应该叫"忠艺"了，是用剃刀的。虽没见过她耍花刀，但那似乎信手而至的剃刀，精确、果断、流畅，没有犹豫不决和拖泥带水。于是每当我低了头听刀子在头颈窸窸窣窣时，不禁想：为什么她们这行就不兴个比武大赛或职称评定呢？

"万里山河唐土地，千年魂魄晋英雄。"罗隐，据说是当年屡试不第才改名为隐的，但他终究没能把自己隐住，一千多年后我们还知道他的文章和行迹。他布衣终老，才华过人。

六

人世沧桑，有时世情比人面变化更快。在"丝丝分明"迁为"忠艺"前的两三年吧，县府迁走。追随而去的，除了所有县属机关，还有不少商家。一时人去楼空，老县城犹如被圣主冷落的嫔妃，神色黯然。

老县城名叫珙泉镇。镇名由来有二，一是曾出珙石，二是久有温泉。珙石据说是一种很珍贵的石头，夔候曾把它上贡给周天子。温泉则系于小镇腰侧，水量丰盈，水温恰好，并微量含硫。一浴令人步健身轻。

在县府初迁的头几年，有人担心这里会沦为一座空城。现在看来这担心是多余的。这次从新县城办事回来，中途在珙泉下车，径奔"忠艺"而去。沿途大街上，蹬三轮的、挑菜篮的、送蜂窝煤的、接送孩子的，长发、短发、直发、卷发、黑发、白发，还有烫染过的彩发，沉浮攒动。所谓贩夫走卒，各自忙碌并快活着。

"忠艺"在一座小楼的底层，门外挑起一个喷印着店名的灯箱，红字白底，和原来在瓦屋时相比多了些亮色，但距豪华甚远。小楼一楼一底，左右分别是原百货公司和温泉酒店，都高大逼人。小楼身处其中，像一只幼鹿立于大象群里。但恰恰这样，它显示出另一种形式的鹤立鸡群与不可或缺。

——原来，引人瞩目的，并不一定是高耸或庞大。

我大约半年时间没来"忠艺"了。年前太忙，在本场小镇上把头发胡乱处理掉，但还没出那店门我就后悔了。

进得店内，我略感吃惊。我原来料想顾客会很多，没想到竟这么多。小周师傅一如既往地忙而从容着，不时捶捶腰背。

轮到我了，我以问代劝：是不是师傅先休息一下？她豪气答道：算了，没事。我只好往那顾客椅上坐了，一坐如焦渴的跋涉者觅得一处树荫，身心顿时轻松。

操起剪子，是专家的审视。小周师傅告诉我：白发又增了。我答以"啊啊是是"

其实我心里最清楚，那白发不是从头皮长出，而是从心里长出的。

"白发三千丈，缘愁似个长"，大约自古以来，头发就和烦愁纠缠不清。青丝云鬓，闲愁伤春；霜顶华发，悲秋怀古。最终愁生白发，白发添愁。正因如此，僧尼须去发。去发的方式是先把头发分为两半，再尽行剃去。寓意为"双手分开生死路，一刀斩断是非根"——去发就是断除尘世烦恼。

我达不到佛家弟子那种境界，能把头发和烦愁彻底削尽。不过近两年来，大约是家事稍安吧，这人心中也涟漪渐平。我不再去流连那些"成功学"。教学之余，种种菜，读读书，偶尔写点感慨而已。至于已生的白发，那是岁月给我的礼物，就笑纳并珍惜的吧。

珍惜的方式含定期修剪。同时，假如头发还常惹烦愁的话，剪短头发也应该略等于剪短烦扰了——谁叫我佛缘浅薄，不愿净发呢？如此重托，就只能交给"忠艺"了。

洗、剪、修、剃、吹，"忠艺"的剪子是有灵性的，它在我头上且歌且行，一曲终了，顶上一新。

最后给发定型。这两年我也稍稍开化，接受了定型液。但基本限于在"忠艺"。换其他地方，本来型就不理想，还把它定下来，岂非有病？小周师傅施定型液的动作，带几分《仕女拈花图》的雍容，她不用面罩，一手半实半虚地罩住你前额。定型液如春日微雨，轻轻扬扬。像经典感化民众，我那星系零乱，习性刁蛮的顶发，终于被召唤为和谐有序的一族。

付钱时，我夸这店里今天生意真好。小周师傅说："今天二月二嘛。"

"二月二怎么了？"

"二月二龙抬头，传说今天理发会保一年平安吉祥的，所以预约来理发的人很多，还有没预约的。"

呵，想不到理发还有这功能啊！这才想起进镇时在镇口小桥所见：绕城而过的浦水河，轻如衣带，水波很柔。岸边的三五棵新柳，垂丝软细，闪着绿光。正是"二月春风似剪刀"的美好时节。而把这个比喻倒过来，"忠艺"师傅的剪子，不也正似二月春风吗？

不由开心一笑。看来我运气不错，没有预约，却碰上这么一个明媚的日子。

（载《四川文学》2019 年第四期）

作者简介：

　　王洪，四川兴文人，宜宾市作家协会会员，大学本科，公务员，20世纪60年代出生。有诗作在《四川文学》《江南诗》发表。

九月，一剂疗伤的草药

◎王　洪

骨缝里潜伏已久的蚂蚁频频作乱，骨架空虚
让高原尖厉的风、钙质的阳光刮骨疗伤
岩鹰的翅膀扶直你的目光
云朵有多狂野，蔚蓝有多空荡……

月色。蹑手蹑脚，掠过树梢
一把丹桂和野菊，橘子的果皮，雪梨的肉
纵是狼心狗肺，都要清洗出人性的闪光

（原载《江南诗》2019年第4期）

作者简介：

伍荣祥，1955 年生，四川长宁县人，中国作家协会会员。1983 年开始发表诗歌作品，1993 年起以散文诗创作为主。迄今，在国内数十家公开文学期刊和报纸副刊发表诗歌作品 400 余首（章）。散文诗入选《中国〈星星〉五十年诗选》《中国散文诗一百年大系》《21 世纪散文诗排行榜》《当代散文诗 25 家》等 50 余种选本。出版诗集三部。

寻物证及其他（六章）

◎伍荣祥

空中叶

让人触动的一瞬，若睫毛上的一滴泪。

谁知道这叶从何处飘来？是远方的丛林？还是近处那无名的秋树？谁也猜不准叶的来处与去处，唯有风在后面呼呼地吹。

你看：叶在空中上下扑腾，直往前冲，没有回顾、瞻望与逗留。像鸟被什么召唤，若虚拟与无形的事物催促。

这叶，依然一路前冲，整日的头顶还伴随哗啦啦的响。

喘息着，忽快忽慢，这叶的边缘在向晚之时还辉映着残阳的轮廓。

这潭水

入冬了，这潭水终于安静下来。

低头之时，几片秋叶在水面荡起涟漪。

对岸一片白银，前方的桦林却成为隐喻。

零度冰封水面。这时，谁还去辩解与诉说？抑或扭头去质疑：谁还像夏时的鸟在岸边林间喳喳地鸣。

从未见过这种安静，雪仍在下，而谁也无法阻挡。

坐窗前

只有侧身，只有侧身地看，只有把双手平放于窗前。

只有回忆。只有回望昨天的蓝，包括孩提的田野与走过的小道。窗外：空白一片，若一群雁阵飞走了就不返回。

时间在窗前慢了下来，而域外仍喧嚣不止。

平和与安详，多想留下一种清静，又多想窗前又有掠过的飞鸟，并且有一声清脆的鸣叫。

徘徊复徘徊，只有侧身，只有侧身地看，还有侧身地听。

再馈赠

昔日的馈赠已经健忘，天已荒地已老。

都不责怪。而今我院内的槐树整天落叶。

我再也不去招呼谁，我再也看不清你的脸，包括你曾给予的诱惑与迷茫，还有追忆你那飘散的黑发时拂动的微响。

世界越来越不安宁，而我的院子越来越空荡。

面对颠覆与不确定，柔弱的你真的帮不上忙。

再馈赠。这算最后的决绝，我只有无语与承受。

多像困兽呵，如今我在自己的房檐下虔诚盘坐。

说树木

任凭季节拍打与撕扯，一枯一荣顺其定数。

其实，这里依然不安：砍伐、火灾、雪暴和地震，而每一次劫难之后众树之中各自都有暗伤与走失。

不能自以为是，每一片叶都在睁眼彻夜难眠。

家事不外扬，每一棵树都在沉闷与捶胸顿足。

猜忌与纠缠。谁能知晓叶缝中的呻吟与苦楚，包括枯枝的颤动与残叶的憔悴和冷。

寻物证

寻物证，并且爬上高高的木梯和墙。

在睡梦中找寻，在昔日的回忆中找寻，在儿时走失的路上找寻：旧墙上涂鸦着繁复的图画，陈旧而布满尘埃的木箱里收藏着儿时的稚气与纯真。

几摞课本，几件木质的玩具，几页作业本上的书信……

寻物证，爬上高高的木梯与梦中的墙。我以双手在树丫上找寻，直至让儿时的鸟惊飞，直至梦里醒来。

陌生与诡异，昔日的痂让我隐隐纠结与疼痛。

写作，在世间的"烦"中持守

生活若流水，该经历的生活都会到来，没法躲避。我于2015年从本县文化馆退休这么

些年，一直感到没有清闲过，力不从心的疲惫之态成为常态，常有文友关心问我现在忙什么，我

都笑答：在家读研究"孙"。是的，我的大孙儿今年 7 月已满过六岁了，去年 8 月家里又添了个小孙女。而年纪已开始不饶人，我刚退休当年就遇上患腰椎病并首次住了半月医院，2017 年 4 月又检查患有外痔病住了半月医院，今年 7 月至 8 月又遇老伴患脑后循环缺血眩晕症（也住了半月医院）。此外，我儿子于 2017 年 5 月由组织部门从单位抽出下挂到县内村上参与扶贫攻坚工作，本来说好两年期满就回原单位，却现已通知要延长至三年。上列等等，一事接着一事，让退休快四年的我一直感到没有清闲乃至好好清静过。如果说，我退休以前的那几十年主要是为了生计奔波而"累"，那么我退休这么些年却是为了子孙操劳而"累"。或许，这从生活层面讲就是"俗事"，而从文学与艺术的层面讲就是"阅历"。

海德格尔在《存在与时间》书内有这样一句："只要他活着，'烦'就可以占有他。"这话，令人有些酸楚和疼痛。是的，自己长时间身陷现实中诸多的"烦"，有时真想逃遁，真想独自清静一段时光，多想有种鲁迅先生这句诗样的片刻享受："躲进小楼成一统，管他冬夏与春秋。"是的，常常多想抽身一月或半月隐匿那儿静心读一阵书，静心回顾或整理一下自己困顿的思想，或者写一点儿自己想写的东西。

综上缘由，退休前后这些年，就散文诗写作而言，我几乎处于了快搁笔状态。但唯有庆幸的是，这么些年自己在暇余里依然没有停止对国内散文诗创作现状的关注和思考，依然在逼迫自己每年至少要写出一个有质地的组章，虽然这让人感到有似"挤牙膏"之虞。借此略举几组如下：2016 年发在《中国诗歌》第 3 期内的《吃马铃薯的人——题梵高同名绘画作品（十章）》；2017 年发在《散文诗世界》第 10 期内的《十朵云在天空浅唱（十章）》；2018 年发在《星星·散文诗》第 8 期内的作品《俗事纷飞（八章）》。这些组章，均是我退休后的偷闲之作，亦是我近年来对散文诗文本的别样认知与创作实践，亦是对"伍荣祥困顿诗学"（章闻哲女士语）的再继续。

我于 1993 年决定从写分行诗转身选择写散文诗为主，屈指算来已有 26 个年头了。记得当年选择的初衷，是先前读过诸如泰戈尔、波德莱尔、屠格涅夫、纪伯伦等一些外国散文诗，还有鲁迅、冰心、耿林莽、李耕等国内的散文诗，包括川内一些有影响诗人的散文诗。我觉得这种文体比分行诗写作更自由、更自在、更舒缓，还认为散文诗在解开了分行诗程式化的每句不论长短必须分行的"脚镣"之后，其更能够、更准确、更宽泛地表述个体内在潜隐深处的东西。重要的是，在确保诗性内核本质的前提下，散文诗使诗体本身的外在形式的多样性"变异"已成为可能，包括诗性的极致呈现。最后想提及一下，我在数十年的业余诗歌写作旅途中，有这样一些主要书籍先后并一直影响着我，如：卡西尔《人论》、韦勒克、沃伦《文学理论》、康定斯基《论艺术的精神》、苏珊·朗格《情感与形式》、维特根斯坦《逻辑哲学论》、赫根汉《人格心理学导论》、昆德拉《小说的艺术》、刘小枫《沉重的肉身》、尹吉男《独自叩门——近代中国当代文化与美术》等等。当然，影响我创作较深的作家作品，应该是卡夫卡和加缪的小说，另有毕加索、梵高、吴冠中、林风眠等诸多中外画家的绘画作品。

法国解构主义哲学家雅克·德里克说过："文字是对活生生的自我呈现的言语补充。"为此，对于写作，我将不言放弃，并依然在世间的"烦"中持守。

（原载《星星·散文诗》2019 年第 10 期"文本内外"栏目）

馈赠你（外二章）

我指的动情，就只这刻：夕阳的天色，将柳河映照，恐惧和黑夜在延后推迟，眼前呈现一幅终生未见的景。

这不仅是一种过程，确实旖旎曾经与我依偎。

窗前，我还从胆怯的指缝中窥见：此种眩晕，若秋样的红。

是的，以什么馈赠你？或许，这是瞬间的真相。你看：河面波光粼粼，众草如星子摇晃。

万物回归神秘，夜幕总是降临。

还追问什么？转眼之间，柳河肃穆又无比安静。

逃　离

不说村庄，不说幻想的远，不说逃离的姓氏。毋庸置疑，无法抵挡的是说不清的黑，无法治愈是自己的病症。

说下后院的痛：你看第一个姓氏，再看第二个姓氏。

再看看，在手势晃动间：城市的云朵被遮掩，每个宅内整日在呐喊，还有墙体已经病入膏肓。

夜猫乱窜，将爪子不停地撕扯夜空。

疑惑与惊恐，众多姓氏在择路远遁。

唉，这是一次事件：第三个姓氏已经无影无踪。

都去睡

花朵在院内自在地开，世界却喧闹得很。

束手无策，并且小心翼翼，谁能知道今日过了明日将会发生什么？我的十指在四季疼痛，内心整日惶恐。

一派茫然，该干什么与不该干什么，谁来一刀了断。

都去睡。去梦中，让惊慌与错乱归于平静，将事与物为无。

众人皆睡，我也睡。

在梦中，快速翻过日子的第一页与第二页。

都去睡。盼难熬的第三页在梦醒之时传来一阵舒缓。

（原载《散文诗世界》2019 年第 7 期、《世界华文散文诗年选》2019 年 8 月）

作者简介：

文乾敏，珙县教师。喜欢文学，爱好诗词，业余创作。曾做过《自贡作家故事协会》理事，古风学院总评，《学校教育研究》编委，今年加入中国语文报刊吟诵专委会。作品诗、词、曲、故事、小说、论文等发表于多家报刊。

温馨送饭情

◎文乾敏

  早上的闹铃一响，我立即起床，烧水煮饭。两个炉盘一边煮饭一边烧汤，汤是昨晚炖好的，再烧开就行了。趁烧汤的机会，赶快从冰箱里把昨晚切好的菜拿出来，一手炒菜一手打电话："喂！曹师傅：我坐 8：30 到球溪的车，帮我留一张票。"菜很快炒好了，估计还有几分钟，以飞快的速度把洗干净的饭盒和装菜的玻璃碗再洗一遍，然后依次装饭装菜。

  经过两个多小时的车程，终于到了球溪街上，正好 11 时。儿子 12 时下课，时间还早，距离学校又不远，我不会花冤枉钱坐车，走到学校门口听见最后一节课的上课铃声。为了不影响孩子上课，我找到距儿子教室很近的地方，静静地等候，下课时孩子出来看得见就行。

  下课了，第一个出来的同学看见我，赶忙给我儿子说了，于是儿子出来，我们一起朝着寝室去。我在一旁开心地看着孩子们吃饭，儿子说："妈妈：我帮你找一个碗。"我急忙说："你们先吃，我等下外面吃。"儿子寝室里有十个同学，同学们难得吃一次好的，我会分一些给孩子们吃。这些孩子很懂事，吃过饭就清理卫生，我帮他们清理都不让，争着自己做。我看见儿子的衣服泡着的，就准备帮儿子洗了，他们上课时间紧，一个月放一次归宿假，平时周六周日都要上课，我也只有周日才来，儿子看见我要帮他洗衣服，急忙把衣服拉着，怎么也不让，我心里想：儿子懂事了，自己洗也好。

我坐下午 1：30 的车回成都，再转地铁回家，已是下午 5 时了，肚子饿得不行，才想起还没吃早饭呢！心里却一点也不觉得累，孩子在那么远的地方读书，去看看是一种鼓励，孩子会更加勤奋的，并且经常与孩子见面才能了解情况，孩子需要老师和家长的正确引导，每个星期天去一次，虽然只有十分钟的交流时间，但是儿子会把一周的学习情况，给我说个大概，我心里有数，基本能够呈现出孩子在校的学习情况，同时也叮嘱孩子一些注意事项。

三年的高中生活很快结束，临近高考了，我又去送饭，走在球溪街道到学校那段路，心里非常纠结：我到底和儿子谈什么呢？让他努力一定要考上大学，我担心孩子压力大，心理负担重。如果对孩子说，考得上考不上都没关系，又担心孩子不努力。哎！到底该怎么对孩子说……后来我就静静地听儿子诉说他的学习情况，然后就回答："辛苦了！"孩子也会说有的同学喜欢占便宜，我会告诉孩子不和他们计较，男子汉大方些。

高考成绩下来了，儿子内疚地说："妈妈对不起，只考上二本。"我说："儿子，你很棒！不枉我送饭三年！"

（原载《今古传奇》2019 年 12 月全国优秀小说选）

难忘的饺子

记得我读五年级的时候，每天放学回到家，迫不及待地换上旧衣服，背上背篼就和王婷和刘思思上山去挖香附子。

我们要赶在天黑之前挖一背篼香附子，来到南瓜山上选南瓜藤稀少、香附草黄而密集的地方，放下背篼，割掉香附草，举起锄头挖下去，只要挖出来一串连着一串，大颗大颗的，我的心情就非常快乐。

很快，我们都挖了一大堆，然后把泥土抖干净装进背篼，顾不得满手泥土，高高兴兴走在下山的路上，王婷说："我妈说香附子卖了，就给我买新衣服。"陈思思说："我妈妈说，香附子卖钱，想买什么随我。"我心里暗自盘算：一背篼香附草大约可以烧出 1 斤多香附子，一斤可以卖 2 角 7 分，我争取每天挖一背篼，等到中秋的时候，卖了钱给父亲和和全家包饺子吃……

我正想得入神，忽然听见王婷说：文君，你头上有毛毛虫！我急忙回头，一脚踩空滚下山去……

大约过了很久，迷迷糊糊听见伙伴的哭声，以及父亲的哭声和叹息声，眼前黑黑的，头昏昏的……

后来我睁开眼睛，看见王婷和刘思思都在，我以为她们等着我上山挖香附子，急忙说："你们都来了，我还没起来不好意思。"父亲说："你都昏了两天，没死算你命大。"我试着动动，果然脚有一点痛，虽然手和脸擦破了皮，但是不碍事。

我着急地说："快走吧，我要挖够三十背篼，现在才十二背篼，还差十八背篼呢。"王婷和刘思思说："我们两个商量好了，今天你不去，我们两个帮你挖一背篼。"平时挖一背篼回来天就黑了，那怎么可以，我坚持要去，她们两人犟不过我，就帮我背着背篼拿着锄头，我一拐一拐地跟在她们后面上山去……

暑假快过完了，父亲帮我做好铁丝网准备烧香附子，我把香附草放在铁丝网上面，铁丝网下面架上柴，香附草烧燃过后漏下去，香附子就留在铁丝网里，如果冷了就搓不动，我趁热抓起来搓干净，小手被烫得痛，也不能停下来，慌忙中又抓着铁丝网了，满手被烫烂，痛得泪在眼眶打转，看见父亲过来了，急忙手把眼泪擦干，不想让父亲担心……

中秋节到了，我把卖香附子的钱，买了饺子皮和肉馅及所需调料，我的手包药的，就在旁边指挥小弟包饺子，饺子煮好了，我端一碗给父亲，父亲左看看右看看，我对父亲说"小弟小妹都有，您就放心吃吧！"父亲吃了一个高兴地说："其实饺子真的好吃！要是你妈妈还在多好啊……"

（原载《今古传奇》2019 年 12 月全国优秀小说选）

作者简介：

萧习华，本名萧绪华，四川三台人，大学文化，高级政工师，系中国作家协会会员、中国煤矿作家协会副主席、鲁迅文学院首届中国煤矿作家高研班学员。现任四川芙蓉集团副总经理。20世纪80年代开始写作，已出版诗集《鸽子与鹰》《大地听歌》《颂歌或献词》，散文集《生命河》《又是明月光》《水流云在》等文学作品集八部，曾获全国及省部级文学奖项多次。

解读生命中的蚕

◎萧习华

　　平生喜蚕，最早源于一个叫《蚕马》的故事。远古时候，有家男主人被贼人掳走，剩下妻女和一匹白马，妻女终日以泪洗面，万般无奈之下，妻子做出一个许诺，宣称谁能把她的丈夫救出，就把女儿嫁给谁。说过之后，家里那匹日日厮守的白马突然挣断缰绳腾空而去，像一道闪电划过天际……几日后，丈夫骑着白马平安归来。一家人喜极而泣。妻子才将原委道出，丈夫认为妻子的许诺过于轻率，坚决不肯答应。白马以咆哮抗议。丈夫盛怒之下，将白马杀掉，并剥下马皮晒于房前坝子里。哪知道，青天白日里陡然起飙风，马皮趁机卷女而去，像一只大鸟飞走，飞呀飞，直飞到一片桑林中，停在一株桑树上，女孩变成了蚕，马皮就是外面的茧……幼时听奶奶讲这个故事时，我还流过眼泪。也许这个不太真实的故事，打动过许多人。但细看蚕的头，则酷似马头，而蚕吐丝作茧的茧壳，的确也像白马的马皮。

　　我的故乡坐落在涪江的支流凯江边。凯江终日奔流，唱着歌谣，穿过故乡无尽的浅丘陵，以它的润泽滋养了两岸的庄稼、树木，哺育了两岸的百姓。成林的桑在河岸上组成绿色屏障，是如此葱翠，而夏日紫色的桑葚给鸟儿和小孩子带来了无穷的欢乐和想象的空间。

　　故乡养蚕的传统悠久。从春天桑树枝条冒出芽苞、长出嫩叶开始，到秋后万木叶落止，都是可以养蚕的。一年可养四季：春、夏各一季，秋及晚秋为两季。春蚕和晚秋蚕时间长，要养三十五天至四十天；夏蚕和秋蚕时间短，只需二十八天至三十天。有桑的季节，就是蚕生命的长度。在民国时期，有地的人家和能租到地的人家都养蚕。中华人民共和国成立后，特别是合作社时期，这蚕只能由集体养。桑树是集体的，卖茧子的收入也归集体。社员们摘桑叶是挣工分，养蚕也是挣工分。我奶奶和母亲都在为队里养蚕。以后情况有所变化，允许农户可以养蚕。在我幼年和少年时代，蚕吃桑叶的细密的"雨声"有如天籁，温润我的梦乡。长大后，多少年来我对养蚕人的生活都不能忘怀。蚕是怎样长大的，又是怎样变成茧的，乃至日后又怎样变成丝绸，在世间光鲜着人们的生活，我都是熟悉的。

　　春天了，大地复苏，撞进你眼帘的是大地上开放的各种花朵，以及在花间飞舞的蜜蜂和彩蝶。桑在漫长的冬天里挥动光光枝条，此时已开始蠢蠢欲动，将芽苞鼓在枝头。在这段时光中，茧中之蛾咬破茧壳爬出来，把卵产在专用纸张上之后，蚕蛾妈妈完成使命，就悄然死掉了。这之间的岁月嬗变，似乎该叫沧桑。蚕纸上的卵闻到春的气息之后，就开始蠕动，在不断地蠕动的过程中，变成一只只"小蚂蚁"，大家叫"蚁蚕"，很丑很丑的样子。

　　鲜嫩欲滴的桑叶采摘回来后，母亲把它用刀切成细丝，轻轻放在黑紫黑紫的幼蚕身上，黑紫黑紫的幼蚕轻手轻脚行动迟缓地将自己黑紫黑紫的身体搬运到细细的桑叶丝上，静静地伏在上面吃。养蚕的多与少是以养了多少张蚕纸来计算的，一张蚕纸的蚕养到大蚕时可盛二十余大簸箕。后来发展到家家养蚕时，可以去蚕种站买蚁蚕，十克重蚁蚕相当于一张蚕纸的数量，有五万条蚕。这期间幼蚕的变化极快，似乎在眨眼之间，蚕小小的身体变得好看了、体面了，蚕身体的颜色也渐变为粉白色，仿佛涂上了一层月光。忽一天，发现蚕不吃桑叶了，也不动了，就像要死了的样子。我大吓，惊呼母亲：妈妈，蚕死了！母亲说，瓜娃娃，这是蚕开始睡觉了，就像你们小孩子要睡觉一样。后来懂事才知道，这是蚕开始一眠了。眠

后醒来，身子上的皮就蜕掉了。蜕皮之后，蚕又开始活泼起来，大口大口地吃桑叶，吃饱了就四处乱爬，爬到簸箕沿上，我们就把它捉起来放进簸箕里。蚕宝宝是可爱的，有时我们小孩子将它们放在手心里让它爬，蚕宝宝就像孙悟空怎么也超不过如来佛的手掌心……孩童眼眸明澈的光波把蚕宝宝抚摸了一遍又一遍，口中喃喃自语，好宝宝呀好宝宝……好玩极了，高兴极了，也不知道蚕宝宝是否快乐。蚕要经过四眠，过程似乎漫长。从一眠到三眠，每一眠时间分别为一天一夜，四眠称为大眠，时间要两天两夜，如生如死的沉睡和蜕变。四次眠是四次蜕皮，蚕才能长大成熟，然后吐丝结茧，然后成蛹，然后成蛾，生死轮回，循环往复……蚕短暂的一生，要经过如此的大灾大难，实难想象。形容人大难临头叫"不死也要掉层皮"，蚕的生命历经万般苦难，读透生死，犹如苦渡的僧侣历经炼狱之后才能得道，才能取得真经。蚕最后达到生命辉煌的顶点……

　　蚕，在我们小孩子的欢笑中和大人的赞许中长大，它们是在不断地吃中而不断地长，多少次吃桑叶的有规律的细密雨声一次次淋湿我的童年。有时在夜里睡得正香，母亲将我和弟弟叫醒，我们翻身起来给蚕子喂桑叶，一夜里要起来喂两三次，眼睛都未睁开，手却能准确抓起桑叶洒向抬头要吃的蚕，而蚕们回报你是一味的雨声，除了雨声还是雨声，抚慰了我们幼小的心灵。

　　蚕是爱清洁的。对蚕房要用石灰水杀毒，粉刷几遍，还要用艾叶熏，之后才能使用。有次，队上把养蚕的地点变了，离我们家有两三里路远。我的家乡是全县都很有名的萧家河坝，是当地人数最多的生产队，幅员宽广，有如小平原的大坝就在大河之侧，居住坝里两头的人家相距四五里远。河流在大坝外淌过的响声飘过家乡人家的梦境。白天要上学，晚上吃了夜饭后，我要陪同母亲到队上的蚕房去，打着手电或提着马灯走夜路……小路从庄稼地边、河畔的竹林中穿过，一轮明月高悬在头顶，我走月亮也走，月亮是我的好朋友。行走中惊动鸟儿在林中扑棱翅膀，有萤火虫在夜空

里掌灯，伸手就可捉住，也有野兔睁着绿莹莹的眼睛从身旁逃遁，还有时赤脚踩在横躺路面的冰冷的蛇的身体上，一惊，跳起老高……这一切都变成了美好的回忆。

蚕在三眠以后吃桑叶就比较凶猛、快捷了。簸箕里的桑叶顷刻间化为乌有，只剩桑叶的叶梗了。那时，生产队就要组织妇女儿童利用白天或早晚时间采摘桑叶。摘桑叶的场面是非常感人的，一大片桑林中，株株桑树上都"结"满了人，原是茂盛的一片桑树林，片刻后就变成光光的枝条在风光舞动，就像蚕吃光了所有桑叶似的。然后归队，一支长长的队伍背着桑叶满实冒尖的背篓，说着笑话，都朝着蚕房的方向行进……过秤之后，把桑叶倒在一起，如绿色的山丘将很快被蚕们吃掉。养蚕经常的大量的工作就是"剔蚕子"，说白了就是换簸箕，把光胴胴的蚕抓到另一个空簸箕里铺匀，然后再放上桑叶。原来簸箕里的残渣以及粪便要倒出而集中起来，桑渣可以喂牛，粪便是种庄稼的好肥料。我们把蚕的粪便叫蚕沙，而不可叫蚕屎。养蚕是美好的事情，不能说不吉利的话。屎与死谐音。"蚕屎""蚕死"，倘若真的哪一天蚕死了，那可是挺伤心的事情。

蚕在饲养过程中要十分注意防病的，要买各种蚕药以防治。但有时是无能为力的。在蚕子大眠以后要特别小心，因为之前该付出的都付出了，只等待收获了。一条条肥胖胖的蚕死在簸箕里白茫茫一片。那是多么痛心疾首的事情啊。是属于天塌地陷的大事情。为集体养蚕就意味着没有了工分，若是私人养的蚕就意味着血本无归。死掉的蚕晾干了后可以做僵蚕，卖给药铺做中药，但得不了几个钱。出了这种事的时候，大人是咽咽地哭，我们小孩子也陪着哭。大人哭，是因为伤心，浪费了心血，看着蚕死掉了，就如同夭折了自己的孩子；而我们哭，多半是因为看见大人哭而哭之。

辛劳之后的丰硕收获总是居多。蚕在大眠后不久，就不再吃桑叶了，身子变得透明。将蚁蚕养到老蚕时，一张蚕纸的蚕要吃掉四百公斤至五百公斤桑叶。身子完全透明的蚕就是老蚕了。及时将老蚕捉到麦草或菜子秆做的蚕笼

上，蚕就开始摇头晃脑吐丝作茧了。最初时，吐丝形成一个薄如轻纱的卵形，人能透过薄纱看到蚕忙碌的影子。蚕活一生，最后可吐出大约一千五百米长的丝，这就是它生命恒久的长度。成语"作茧自缚"是人们对"蚕吐丝作茧，把自己包在里面"的一种贬义的说法，比喻做了某事，结果反而使自己受困。实际上只看到表面现象，对蚕而言，却是需要毕生努力才能达到的崇高境界。

一般情况下，蚕上蚕笼后，四天时间丝就吐完了，只有晚秋蚕吐丝的时间稍长，有六七天。在不长的等待中，银白色的茧就里三层外三层结在蚕笼上，给你是满心欢喜。然后是摘茧，枣子般大小的茧，被大人小孩从蚕笼上采摘下来，如采果子一般，看见银白色的茧在人们手中传递，这种传递是一种捡拾幸福的过程，然后放进筐中。这时该有一种心情，叫欣慰，能感知到的欣慰。一张蚕纸产茧一般有三十五公斤至四十公斤。摘茧基本上只用一天时间就得完成，好在第二日一早去县城卖茧。卖茧就像卖公粮一样，热闹喜气，一派丰收景象。同时，也给小孩子带来了难得的机遇，七八岁十来岁的小孩子很可能随大人们进一趟县城。县城对乡下孩子来说，可是一个新奇的世界，曾在梦中飞翔过多少次了。当我们随着卖茧队伍向县城进发的时候，走在进城的大路上，才发现大家像是相约好了似的，浩浩荡荡，挑着的茧筐像担担白银，随着扁担闪悠悠的……那种时光，使我感怀不已。

队伍走到县城的茧站，早已满世界都是卖茧的人，要排队依次而行。收茧人满脸是一种"借了他谷子，还他的是糠"的表情。等啊等，基本上是中午过后才能把茧卖掉。大人们平时难得进城，利用进城的机会，还要置办一些东西。小孩子嘴馋，缠着大人，能吃上一个饼子或两只菜包子，就算很奢侈了。茧子虽卖了，但因养蚕而得茧的欢乐，还不会消失，将在一段时间里无端地充盈着人们的心胸。

栽桑养蚕是我们家乡里发展农村经济的路子。在20世纪80年代发展到了鼎盛时期，那时农村已实行家庭联产承包责任制，土地分给

农户，可以家家养蚕。由此，乡乡镇镇都兴办丝厂。世世代代务农、侍弄土地的人家，家中有初中或高中毕业的女娃娃就可进厂当工人。这些孩子曾经采过桑、养过蚕，而时下可以缫丝、织绸了，完成蚕做茧之后的下一道工序，用她们的一双巧手光大蚕生命的意义。

因妻子是丝绸厂工人，我曾有机会到她们车间里参观。劳作中的缫丝女工十分美丽，她们在缫丝打丝结时要用小嘴咬丝头，长长的丝牵在手中打上结，继而送到嘴里用牙咬掉多余的丝头，仿佛蚕正在吐丝……能干的缫丝女工是以一分钟能打多少结来计算的。在织绸车间，我看见织女在织机前走动，一人要看护几台机子，飞梭咣当中，一匹匹白绸就织了出来，织女再现了蚕做茧的情状……这一切都是蚕在另一种时空里的复活……这些丝绸经过染制后变成各色的绸缎，再加工制作成为缤纷耀眼的各种丝绸制品。

那些年由于受国际市场纺织配额的影响，茧价上下波动很大。一公斤茧最高卖到二十元，但这种情况很少；正常情况下是十元，有时能卖到十二元到十五元；最坏的时候六元。茧子贱卖的时候直接伤农，丝厂也纷纷倒闭关门，农民纷纷砍掉桑树，砍掉这些伤心的桑树，种上庄稼。后来市场又好了，丝绸行业重新"洗牌"，整合资源，焕发生机。农民又栽上桑。桑树生长快，当年就可采桑叶。普遍是用桑葚育种，幼桑可以密植，隔年后可以分栽，不几年，沿河上下又是成片成片的桑林，田边地角也长着一株株硕壮的桑树……当时还引进了一种插桑，插桑是把枝条砍成一段一段后直接钉入泥土里，就能成活，但经过三五年桑树就会变种退化，桑叶就长不好了，在我们家乡那一带早已淘汰了插桑这个品种。

我奶奶和母亲已去世多年了，我和弟弟早已离开了故乡的土地，家里早已不再养蚕了，但故乡农家养蚕还是时尚。我妻姐从十几岁开始养蚕，曾把自己"养"成了老绵阳地区的"养蚕能手"，面对千人大会场，结结巴巴在主席台上发言……到五六十岁都还在养蚕，养了一生的蚕。蚕是可亲可爱的，养蚕成了她一生的事业。

一日我走在城市的大街上，这是个夏天，见许多穿丝织服装的男女在熙来攘往的人群中穿行，华美服饰抖动的光波斑斓了当下这个世界……我终于明白，我们现在的小康生活，原来源于桑蚕，其根系深深扎在古老的黑土地上，一代代演绎着沧海桑田的故事，又时时更新着日子的容颜、丰富着生活的内涵。

回忆桑蚕，让我不失温暖和美好。

岁月被蚕食了，只留下天地间不断更替中大写生命的蚕……

（原载《阳光》2019 年第 1 期）

我是长江里的一朵浪花

川南宜宾，是长江第一城。

我站在宜宾三江口（金沙江、岷江与长江的交汇处）远望，长江后浪推前浪，航船汽笛声声……在此刻，江水随意溅起的一朵浪花，都会打湿我的思绪。

长江是有根的，根的底部在格拉丹东雪山的冰川群，消融的冰水一滴滴落下，没有声响和炫耀，汇聚涓流，带着力量和梦想，不断走向广阔。

逐水而居，是人类社会发展史的重要阶段，也是人类智慧的重要表征。宜宾是长江上游开发最早、历史最悠久的城市之一，自公元前 182 年始筑僰道城，历经县、州、府建置变化和"僰道""戎州""叙州""宜宾"等地名更替。至公元 2018 年，宜宾已有 2200 年建城史。建城以来，宜宾城市发展的历史从未间断，历代都是区域经贸物流中心，素有"西南半壁古戎州"美誉。从全国范围看，建城时间超过 2200 年的城市仅有 38 个，而其中始终保留在原址，没有迁移过的城市只有 16 个，宜宾是其中之一。

奔流不息的大江为宜宾人民创造了一块又一块肥沃的冲积河洲，还源源不断地为他们送来用之不竭的江水，使他们获得了生生不息的生活资源，也因此塑造了宜宾的多元文化。在大江文化基础之上，抗战文化、酒文化、茶文化、建筑文化、奇石文化等由此孕育。而大江容纳百川、激流勇进的气魄，塑造了宜宾人兼容并包、开放豁达、勇敢进取的精神特质。

宜宾的先民僰人，是僰道城最早的一批居民。僰人的历史要追溯到商末、西周初年，最早正式见于史册是战国时期。据顾祖禹《读史方舆纪要·叙州府》所记载，在殷商时，僰人就定居在四川东南部及云南、贵州的部分地区，因随周武王伐纣有功，被封僰侯，建僰侯国，都城设在三江口。秦始皇统一中国后，派遣将军常頞率军筑路，开发西南夷地区，修建由僰道通往云南曲靖的"五尺道"，此为南方丝绸之路发端。到明朝的中后期，因僰人屡屡造反，1573 年最终被剿灭。随后，政府采取十个方面的善后措施来巩固西南边陲：一复兵道，加强军事兵备；一设府佐，增强政府治力；一建城垣，安内攘外固险；一移守御，防协主辅相济；一理疆土，竖碑以绝侵争；一扼要害，关隘堡墩互守；一起民兵，保甲自卫身家；一通道路，山伐木水疏浚；一立学社，建学教化育才；一恤民困，减赋税赈灾民。让人民休养生息，免遭兵燹荼毒。

2018 年 7 月 17 日，宜宾发了一次大水，苏轼、黄庭坚两位诗人雕像因"水中吟诗"成了网红。唐宋八大家之一苏轼只是路过宜宾，沿江乘船，在此歇脚几天，便留下了《戎州》《过宜宾见夷中乱山》《夜泊牛口》《牛口见月》诗四首。而北宋文学家、书法家黄庭坚是谪居于此，前后待了两年半时间，其间共创作诗词 70 余首，这些诗词大部分与酒、食物有关。黄庭坚的代表作《苦笋赋》和《安乐泉颂》便是写宜宾，前者写川南独有的美食苦笋，后者写的则是宜宾美酒。现在随处可见与黄庭坚有关的历史遗迹：流杯池、吊黄楼、锁江亭、涪翁溪……

无数年来，长江的气韵摄入了宜宾人的灵魂：长宁人周洪谟在明成化年间任礼部尚书时，上疏皇帝《流民说》，建议对少数民族和流民不应剿杀，而应采取招抚之策；南溪人包弼臣，自创了一种独树一帜的将北碑与南帖熔为一炉的"包体字"；为了新中国诞生，郑佑之、刘华、卢德铭、李硕勋、余泽鸿、孙炳文等一大批革命志士不惜抛洒热血；新文化运动先驱阳翰笙、现代新儒家代表人物唐君毅……这些都折射出宜宾大江文化的灿烂云霞。

遥想当年，始肇于一纸短短十六字"同大迁川，李庄欢迎，一切需要，地方供给"电文，才促成了 1940 年 9 月 30 日同济大学作出迁往四川宜宾的决定，宜宾李庄成为与重庆、成都、昆明并列的中国四大抗战文化中心。随同济大学一同迁来李庄的还有国立中央研究院、中央博物院、中国营造学社、金陵大学文科研究所等一大批文化科研机构。傅斯年、陶孟和、李济、梁思成、林徽因、童第周等一大批有国际影响的国内一流学者，在烽火战乱中迈着坚定的步伐走来……

四川是盆地，四周被高山阻隔，而长江水道犹如打开了一道通往世界的大门。首先要打开自己，才能打开世界。

我来宜宾已五年有余，长江滋润山川原野，也滋润了我，深感其博大、智慧与无私。哲人先贤们因其卓越贡献可以成为江中之龙脊石，永远留在这片热土上，日夜为长江壮行。而我仅是长江里的一朵浪花，只为长江的美丽而欢呼、跳跃……

（原载《四川日报》2019 年 04 月 12 日原上草副刊）

故乡有座桥

故乡在这个冬天有一件大事发生，是修建一座大桥，一座横跨于凯江两岸的大桥。

桥在人们的注视中不断地"长"了起来。

首先发现异样的是一群水鸟，或许是水斑鸠、翠鸟、点水雀、牛屎雀等这些喜水的鸟，突然某一天睁开眼帘，发现一个庞然大物矗立在眼前。

毕竟是鸟类，不能知晓更多的东西。对于萧家河坝的萧姓人来讲，河流上任何一丝一毫的变化都逃不脱他们的眼睛。这凯江河畔在无人居住前，只是荒滩野水，自自然然，荒芜任其荒芜，河水任其流淌。但自清朝乾隆年间起，萧姓先祖从湖北阳新县寻水路上溯几千里来此定居，尚不知这河从何而来，也不知这是何地？这河叫凯江，起源于四川安县（今绵阳市安州区）鹿爬山，流经罗江县（今德阳市罗江区）、中江县后，行到这里稍作停留，便把一个滩涂变成平原，成就了一个遐迩闻名的大河坝。然后河水下流，在三台县城处汇入涪江。原本这不叫萧家河坝，因萧姓人来此才得以命名。河流阻隔两岸，建渡口虽然是当时的大事，但多年后才把渡口建成。渡船在流年里，充当了桥的作用。

"桥"首先是个概念，因为有河的存在，就会有"桥"存在的可能。今天，在政府工程"渡"改"桥"的时代命题中，大桥应运而生了。

当消息传出，萧姓人就开始在梦里盼望修桥早点动工。那一天，施工队来了，大型机械来了，建桥开始了……每天蹲守在这里的是一群老人，用昏花老眼观摩这新生事物。老人们开始纳闷，这么大的工程咋就这么丁点人呢！他们忘了，科技发展的今天，早已告别了打人海战术的岁月，他们还沉浸在过去人们鸡叫起床、听敲钟出工收工和人挑担、牛耕田的记忆里。

建设工期一年，修桥的过程显得很漫长，也没有往日的喧哗。现在更多的农村人离乡背井在外地打拼，而能回乡创业的却是专业种植，集约化生产，无需更多的人。一大坝葡萄、草莓，一大坝有机农业种植的小麦、玉米和时令蔬菜，描绘着这大地的脸谱。收割季节，他们也只需要请些留守妇女做点小工而已。所以，修桥的大工程缺少了热闹的大场面。

过去的春天里，桥的这边萧家河坝是一坝好田，麦苗青；桥那边江家湾是一湾好土，菜花黄；夏天，稻花香两岸；秋天，果实累累景色美；冬天，整理土地待来年。萧姓人与江姓人可以隔着河大声喊话，声音长翅膀飞来飞去，要见面时则颇费周折，必须绕至上游河滩上蹚河而过。蹚河给人们带来不便和不测，有人曾溺水而亡。自从有了渡口，木船就是河面上飘来荡去的桥，过人，过猪，过狗，过牛，也可过花轿，娶亲的队伍逶迤在河岸，吹吹打打的声音激起河水三尺波浪。渡船曾毁于1958年，至1985年才复渡。恢复渡船不几年，人们把木船改为铁船，这时可过轿车，可过农用小四轮，大大方便了出行。渡船的变迁，充满着历史的沧桑感。

幼时我曾在渡口洗过澡，抓过鱼，和小朋友做过游戏；在洄水沱处的沙湾里，滚过沙子，踩过甲鱼，筑过沙雕……河里有各种鱼类，青波、鲤鱼、草鱼、鲫鱼等，鱼儿们在河里游得欢；两岸有各种树和草，野兔、野鸡和各种鸟藏匿或飞翔……一派大自然的和谐共生图画。

现在，河上架大桥，翻开了河流新的篇章。在中国传统文化里，个体的"修桥补路"是民间的慈举；而政府组织修桥，则是德政的彰显。

萧家河坝修桥，涉及潼川、乐安、古井三个镇乡八个村万余人的交通出行。该桥全长352.99 米，桥面宽 7.5 米，双向两车道，公路等级为四级。修桥的图片或视频，故乡人不断地通过手机互动，传播四方，让远走他乡的游子的乡愁萦绕心头。试想：有了桥以后，两岸联通，江家湾那边渐已荒疏的县级公路将华丽转身，萧家河坝这边的 5.5 米宽的村级公路也将提档升格，桥让路通向远方，将有更多的机会、希望。

故乡这座桥，一直长在我的梦里。我虽在外地，河流的涛声时常濯洗着我的身心。面对历史长河，我们是相随而进的一叶扁舟，浸润于无尽无休的流水中。

新时代已使我的故乡在变美和年轻，河流有方向，大桥有定力，故乡的梦和花迎着时令开放！

（原载 2019 年 11 月 22 日《四川日报》原上草副刊）

杜甫在三台写的诗

三台是座古老的县城，春秋战国时为蜀国酉长郪王国辖地。自西汉高祖六年（公元前 201 年）设广汉郡郪县始，隋唐为梓州，宋、元、明为潼川府，清置三台县，距今已有 2220 年了。县名以城西三台山得名。古老的三台在唐朝时与成都齐名，与成都共治四川，为蜀地第二大城市，有长达约 421 年的剑南东川节度的分辖史，是川西北政治、经济、文化中心，享有"川北重镇、剑南名都"之美誉。

现在三台县城外的涪江是安静的，河流绕城而过，两岸青山，绿意盎然。

公元 762 年 7 月，杜甫送友人到绵州（今四川省绵阳市），时遇成都骚乱，蜀中道路阻隔，只身流落到东川节度使治所梓州（今四川三台），时年 50 岁。三年前，因安史之乱，杜甫弃官西行，于 759 年才定居在成都西郊浣花溪畔。谁知来到梓州后，一待就是一年多。

梓州这个地方有山有水，有古城有寺庙，要放在平时也是个好玩的地方，但杜甫离乱伤情，洒泪成沱。秋已到，远望高空，叹鸟有方向，人无归处。他写了《悲秋》："凉风动万里，群盗尚纵横。家远传书日，秋来为客情。愁窥高鸟过，老逐众人行。始欲投三峡，何由见两京。"

闲暇时，杜甫也跨步登上梓州城楼，眺涪江水流城郭，"无数涪江筏，鸣桡总发时"；也去涪江岸上踯躅，看水深幽静的涪江中戏水的野鸭，飞翔的白鹭鸟；江船上也有持扇的歌女临风起舞，衣袖翩然，搅得涪江清冷，水寒三尺；有时对系在江边三两只孤独的木船，也觉可怜。

梓州是东川重镇，往来的官吏频繁，杜甫在此写下了很多送别、赠答及唱和的诗，但始终摆脱不了他愁苦的心绪。《涪江泛舟送韦班归京（得山字）》："追饯同舟日，伤春一水间。飘零为客久，衰老羡君还。花远重重树，云轻处处山。天涯故人少，更益鬓毛斑。"《泛舟送魏十八仓曹还京，因寄岑中允参、范郎中季明》："迟日深江水，轻舟送别筵。帝乡愁绪外，春色泪痕边。"

在梓州有一座山叫牛头山，山上有寺，为一方胜概。《寰宇记》："牛头山在梓州城西门外，四面孤绝，形似牛头。山上有亭台，登之则梓州城廓尽在眼底。"杜甫上山入寺，写下了《上牛头寺》《望牛头寺》《登牛头山亭子》。牛头山给了杜甫一个站位的高度，心胸陡然辽阔，自然而然地流出这样的句子来："青山意不尽，衮衮上牛头。无复能拘碍，真成浪出游。花浓春寺静，竹细野池幽。何处啼莺切，移时独未休。""牛头见鹤林，梯径绕幽深。春色浮山外，天河宿殿阴。传灯无白日，布地有黄金。休作狂歌老，回看不住心。""路出双林外，亭窥万井中。江城孤照日，春谷远含风。兵革身将老，关河信不通。犹残数行泪，忍对百花丛。"

《唐书》中说"梓州土贡有柑"。在梓州城南江边有两百亩地的柑园。柑果成熟后将由使臣上贡朝廷，献给皇帝。杜甫把对柑园的感受写成《甘园》（甘通柑）："春日清江岸，千甘二顷园。青云羞叶密，白雪避花繁。结子随边使，开筒近至尊。后于桃李熟，终得献金门。"想来杜甫也曾亲口品尝过柑的美味，能把他客居梓州的愁云暂时驱离。

杜甫在梓州经历了公元 763 年那个漫长的夏天，夏雨长，如漏天。天闷热，杜甫手持棕树叶子做成的拂子，驱赶蚊蝇和夏的苦闷。棕拂子陪伴杜甫度过了难熬的时光，"棕拂且薄陋，岂知身效能。不堪代白羽，有足除苍蝇……"长达 16 句的《棕拂子》流传至今。

唐代宗广德元年（763）春天时，杜甫在梓州听说在头年冬天唐王朝的军队收复了洛阳、河阳，安史叛军败走，历经七年多的安史之乱才宣告结束。杜甫听到这个消息欣喜若狂，冲口吟出千古名篇《闻官军收河南河北》："剑外忽传收蓟北，初闻涕泪满衣裳。却看妻子愁何在，漫卷诗书喜欲狂。白日放歌须纵酒，青春作伴好还乡。即从巴峡穿巫峡，便下襄阳向洛阳。"把他几年来心头的阴霾一扫而光，恨不得马上携家返回故土——"便下襄阳向洛阳"（杜甫原籍襄阳，生于河南省巩县）。但世事并非天遂人愿，他继续在梓州滞留了一年时光。公元 764 年晚春，杜甫才回到成都与亲人团聚，此次离别近 21 个月。

杜甫所遭遇的苦难，成就了他的诗篇。杜甫以笔抒怀，在三台写诗近 200 首，略占其一生诗歌总数的七分之一。三台留驻了一个伟大的人民诗人。牛头山修建的三台杜甫草堂，规模仅次于成都杜甫草堂。

今天，作为一个三台人，隔着流逝了 1257 年的时空，还能读到杜甫在本地写的诗，还能拜谒本地草堂里杜甫塑像，真是一大幸事。

（原载于《中国煤炭报》2019 年 07 月 18 日）

茶 上

受茶之约，我遂上高山，去到这茶的王国，旬然打开一册山河。

雾，给茶山的绿色山腰系上了一条乳白色的腰带。绿与白，互为艳丽。有时山风作乱，大雾漫溏，似给茶山披了一头若有若无的纱巾。

大地葳蕤，山河袈裟，魂魄灵动。

茶香浸淫，天地间荡漾着一种暖意。

草木一叶

天下泥土，可散可聚，撒开为沙漠，聚起成山脉。或许是一记闪电劈开了山谷，轻盈的上升为云端，沉重的下降为溪泉。鸟翅之上居住着白云，白云之上居住着茶仙。

最初的开垦，是一次自我重塑。焚火过后，土地脱胎换骨，山茶重生。清除杂芜，为茶腾出一块净土，以安放生命。

天下草木，茶上山巅，海拔一千米以上是茶的站位，伸手可摩天，踏脚能踹地。高海拔姿态，是茶在向天下明志。

一片树叶，出自平凡。茶叶，是树叶的一种，但却有不凡的气象。

茶，胸怀山水，行者天下，智者品格。小

仅为一片微叶、一粒尘埃，中可为一杯汤药，大可为宫殿佳茗。经过冰天雪地、酷暑严寒的不断修炼，久久为功，茶早已把风雷藏于内心，收敛起锋锐。

敬天爱地，可耕福田。雨水丰沛，阳光充足，不施化肥，不打农药，拒绝涂脂抹粉，永葆本来面目。草木一叶，自然天成。

老茶树，承袭了山间草木的尊贵血统。农历蹲守在山村的茶香里。

摘下一片茶的嫩叶，吹奏叶笛，这声音跑过几座山，几条溪，跑进了茶姑的内心。

山上山下几多沉默的石头，静观溪水远去，捎带着茶海的一声祝福。

人在草木间

白天，茶山忙碌，迎着太阳东升西沉。既沸腾，也宁静。

黑夜的裙裾摊开，像一柄巨大无形的降落伞把大地盖下来，于是天就黑净了。黑夜将茶山天地一统，隐藏于无。

面对大千世界，人在本质上是一株草木。

人在草木间，茶中品人生。

众生如草芥，一岁一枯荣。风雨之中，人茶同命。

掐尖，打叶，入篓，挑担，归家，制作，经历了一片树叶成为茶的漫长过程。而制茶尤为繁复，要经过十六道工艺流程：鲜叶→萎凋→杀青→摊凉→揉捻→烘二青→摊凉→复揉→鲜块→摊凉→初烘→摊凉→复烘→摊凉→足火→摊凉，其中要"摊凉"六次，艰难困苦，玉汝于成。

人在草木中，一片树叶给了你诗意和远方。

过去，茶随着茶马古道，在驮马的铃铛声中四海为命。现在，茶搭上信息高速公路，一路放歌，逍遥天下。

一万亩茶山，集千百万株茶的雄浑与博大。它承接了白昼的日头、夜里的星光，承接了昨夜的雷声和雨水，承接了树木野草的唱和、飞禽的鸣叫与昆虫的吟哦，承接了天地之间一切的灵气。

和着阳光或细雨采摘，和着少女的忐忑的心跳和怯怯的眼眸采摘，经山歌喂养、情歌诱惑，茶的生命旺盛。

一只只鸟做了天空的标点符号，书写着蓝天白云、风和日丽的锦绣文章。

每个采茶姑娘的梦里，都有一个打马走过的郎君。

你是你自己的清风，也是你自己的明月。

遇水打开生命

也许源于一滴玉露，或两粒清泉，茶的生命就灿烂打开。

在杯水之中，茶返青，变为青枝绿叶最初的少女形象；继之成长，沉浮升降，人间万象，寻找生命的归倚；再继之，九九归一，大象无声，归于沉静，生命开始透亮，完善茶之完美人生。

沸水倒入玻璃杯中，一静一动，一无一有，一阴一阳，上上沉浮，左右旋转，世界充满奇幻的动感。

细观玻璃杯中的茶叶，浮上去成为天空里的云朵，沉下来便是大地上的山岳，而这一升一降或几升几降之间留出的空间，是山水图画的留白，也是诗人想象的驰骋。

大道至简。一杯水，放大了就是一个海洋，缩小了就是一个水分子。山河剔除外衣，就是一粒土，一滴水。

茶一路风景，且行且珍惜。

一片有思想的云

脱胎于物质世界，涅槃于精神镜像。

一片思想的云。

没有翅膀，但可以遨游太空，所至无极。

没有脚，但可以从大海上溯到江河，从江河上溯到溪水、泉眼，再回溯到一片云朵、一滴雨水；也从一棵大树，回溯到一株幼苗，一粒种子。

天地云水，皆是我的根，根在土，根在水，可以筑起我万千梦想。

天籁之声音爬上芽苞生长，从顶尖嫩芽向根须灌注，让土地的春情旺健茂盛，一切有因，一切有果。

美丽的鹿，于茶海巡游四方。鹿鸣茶海，活色生香，在高山上呈现了一个广阔的妙境。

我相信，路边的植物丛中一定藏着你的灵魂，一定有你歌声。

一片树叶上的朝代，变幻着时序，镀亮了你五光十色的人生。

茶在上，上上无限。

（原载《诗潮》2019 年 10 月号）

作品存目：

1. 散文《风过耳》发《中国煤炭报》2019 年 8 月 31 日《太阳石》副刊
2. 诗歌《抚摸鸟鸣》发《中国煤炭报》2019 年 11 月 28 日《太阳石》副刊
3. 短篇小说《这是我的世界》2019 年 12 月获第二届中国工业文学作品"光耀杯"大赛短篇小说类网络人气
4. 诗歌《瓦》2019 年 11 月收入《四川诗歌年鉴 2019》

作者简介：

　　徐万琪，男，笔名澧泉。1990年生，原籍叙永县水潦乡，屏山县作家协会会员，宜宾市作家协会会员。村小教师，业余写生创作山水画，坚持"师法自然"的理念。文学作品发表有一百余件，散见于《中华辞赋》《百家诗词》《四川作家报》《宜宾文学》等报刊。2019年9月出版有个人散文集《虚实之间》。

新安赋

◎徐万琪

　　屏邑之西，龙湖之要，峰峦攒聚，信推春韶。登君山以南眺，得观宝地新安；溯金江而东列，拱卫西陲遐徽。山河愈古，称马湖之腹地；岁月弥深，存驿途之石道。高骈筑城于兹，平夷得名；邓艾安眠是地，志士荣号。千年来瓜瓞绵延，百里内物产丰饶。

　　入斯地，则感乡风醇谨，历代名贤辈出；访聚福，尚观英雄遗刻，万古谁当褒誉？陟金星，纵览船舸之轰鸣，一江清波晚渡。民勤而风淳，一境休名；地阜而物华，四宝璀璨。历史沉淀，凝成鸿篇简牍；文化渊薮，犹如长青春藤。洪武四年，始置平夷长官司，世领其地，世长其民。由是承袭，历经五百三十余年。名贤流寓，传为美谈。

　　金沙江浩渺无穷，携洪波以东去；平夷司家传悠远，树家风开典故。登高九尺，必有雄深境界；移步三山，应是高峡平湖。绥屏隔江相望，灯火璀璨；村镇互通相连，桥梁交互。水月朦胧，霜风卷动萋萋芳草；道路迢遥，碧岭掩映点点人户；江风浩浩，歌情志于渔渚；烟雨蒙蒙，铺水墨于方土。珠玑造化，应是翠色斑斓；旧迹沉沦，平添枌榆苦楚。

　　春秋代序，江河挥毫。沐雨以苏原野，拨雾而净云霄。山乡尽展瑰丽，风物多涵妖娆。开放彰九天之曜，改革涌八滇之潮。国之强于当世，志当发于今朝。鼎运盛乎赫赫，民众享其陶陶。看今日新安，老君山下泼彩，金沙江畔多骄！

　　岁在己亥，季夏朔日。

（原载《中华辞赋》2019年第12期）

作者简介：

　　杨角，四川宜宾人。职业警察。作品散见《人民文学》《中国作家》《诗刊》《星星》等核心期刊，被收入数十种选本。获过奖。出版个人诗集 7 部。系中国作家协会会员，鲁迅文学院第 23 届高研班学员，宜宾学院兼职教授。

遍地灯火（组诗）

◎杨　角

落　日

每滑落一次
太阳就会
带走大地上一个人

在这之前
它已带走我的祖父、祖母、母亲和二弟
今又黄昏
四川的天空布满血丝

余生的日子都是难以释怀的日子
余生的黄昏都是悲悯的黄昏

总有一次滑落最终会将我也带去
一想到就要见到
久别的亲人
我有一种想哭的兴奋

湿　地

冬日的湿地上
小草仍在种植水珠
树木忙于扔掉发黄的叶子
褐色的水藻已经习惯
在冷水里腐烂
一只鹤从远处飞来
带来天空的白云
突然它
伸了伸脖子
把人间的寂静提到了喉咙

遍地灯火

灯泡是受赠的旗袍
赠予红色，它就是红的
赠予绿色，就是绿的
大部分灯光一张脸白辣辣
像失血者，像数不过来的人群
一粒灯火来到我们中间
并非要照出你的影子，而是燃尽它自己
很多时候，那些电工
忘了拉下电闸
大白天里，它们仍不明不白地亮着

桃枝词

桃树一直在往体外掏东西
掏出桃叶，掏出桃花，掏出桃子
到冬天，它已经没什么可掏
灰蒙的天空下
它最后掏出了枯槁的手指

蝉鸣辞

从蝉的叫声里分辨出

一只，那叫凄清
一万只，就叫飓风过境
作为落水者，我一次次感到夏天
深不可测。叫声美妙
我有几十年不能把它写在纸上的烦恼
我是深陷漩涡的人
我一直在努力
试图抓住漩涡的声音

在水边

一片落叶，正缓缓坠入天空
坠到底的时候，会在水面
遇见真实的自己
一片落叶太孤单了，秋风
唤来了更多的落叶
像一群麻雀向着天空的深处飞
它们越飞越快越飞越小
直到飞成黑色的斑点
眼看就要看不见了
突然又集体在水面还原
这上下颠倒、左右相悖、远去
即是归来的发现，令我惊喜
一群刚刚结束旅行的落叶
坐在流水的草坪上
仿佛回到故里
仿佛翻山越岭就为一个孤独的人

运白云

天气晴好日子
能看见天空运送白云的马车
云朵是白的，马是白的，车也是白的
蓝色跑道上，到处是白色的辙印
那些快速奔跑中的车被风
处理成一幅泼墨。很多时候
我们只看见一只马脖，几只马蹄
一束白色的鬃毛，抑或带有杂质的尾巴
季风向北吹，我常随庞大的车队

走出祖国的边境
地球是一片洼地，从万米高空回来
人间正在下雨。而运送白云的车队没有停下
车轮的雷声隆隆滚过
很多时候，我们能看见一记
又脆又亮的响鞭

写简历

在一张毛边纸上写我的简历。
毛笔刚满七岁，有一座
简陋的村小，邻县戴帽的初中
高中被蜿蜒的山路阻挡在

四十华里以外
然后去异乡读一所中专。
写到十九岁，笔墨要浓一些，重一些。
那年我参加工作，有了自己的薪水
可以孝敬祖母、父母，洗涤弟妹们的眼睛
之后三十六年，抑郁长久，
而欢乐短暂。
有被一文不值的诗歌搅乱的大半生。
如今，用毛笔在纸上写字的人
已经不多了。在蜀南竹海
我看见，还有人
延续着用刀子在竹上刻字的习惯。

（载《中国作家》2019 年第 6 期）

山野经（组诗）

摘 云

对一片白云
我有攀摘人间的私心

真到了天上，身子被
一根安全带捆绑
双手有无能为力的悲戚

此生能捏在手里的东西
已经不多：
清风，明月，越来越近的退休生活……

常常我提着两只空手
穿过人群
如一片白云消失于天

山野经

读野史，不与三皇五帝过招
选一处风水，五马归槽
此生是不可能再去天空振翅了
做一只青蛙，草木加身
不带一根翎羽
继续保留田鸡的笔名
从此不玩微信
在山野重建朋友圈
任命螳螂为花花草草生疮害病的
外科医生。学做端公
为死去的昆虫写咒符张罗法事
邀请萤火虫参加一朵花的烛光晚会
让所有不切实际的眺望
都石头一样滚蛋吧
忘掉绵延的峰峦，在那里
我的脊骨，会看见自己的遗址

赌　徒

跟一棵小草打赌
我赢了
它已死去五十多次
我至今活着

跟一匹山打赌
我也赢了
胜利来之不易
但我终于
在中年等来了规划和挖掘机

后来我跟命运打赌
算是扯个平手
客观地说
是至今没分出胜负

我是一个嗜赌如命的人
从不和时间打赌
一想到祖父、祖母、母亲和二弟
都输给了它
就悲从中来，投子认输

半堵墙

天主教堂与本市最大一家医院
相隔仅半堵墙
两米左右高的围墙一直
为两家共有
来往自由的鸟类就站在围墙上
阅尽了祈祷与生死
白天，教堂安静而医院嘈杂
双方出现了明显的落差
到夜晚，灯光又将一切抚平
常常，医院这边
失去亲人的炮仗刚刚点燃
教堂的诵经声便鸽群一样升起

时光拍打着那半堵墙
像一个患者，终有一天它会
从这里离开。那时
救死扶伤的医生就可去隔壁
客串祷告驱魔的神父

登梅岭谒罗汉寺

一座山空等我三十年
那时年轻，畏惧于它的远，它的高
今日得宽余，与一侄辈登上山顶
路边的墓碑又换了一层新漆
五百罗汉仍挤在罗汉寺里
有的已多次转世，但八戒还是八戒
沙僧仍是沙僧；悟空吹一根猴毛
化作满山的树木与花草
一口铜钟掉落地上，满身灰尘
仿佛在等远去的神仙
送回它金属的声音
出得寺来，几棵梅树虬枝盘曲
我感觉自己树一样老了
有些急切的事还得一件一件去办
比如登高望远，比如抬升
三千尺，小看一眼脚下的人间

派送光

晚风凉。半夜里，月亮仍在派送光
送树叶一点，送小草一点
除去江河与大海，它把更多的光
派送给熟睡的人间

鸡叫三遍，月亮仍在
为伸手不及的旮旯移动着身子
待最后的光派送出去
天就亮了。太阳开始了又一个轮回

这个世上如有上帝
那月亮和太阳都是。人不分尊卑长幼

心地好坏，都能从它手里
领取一份光，像领取死亡一样

夜 事

叫卖的声音散去之后
整个菜市形同
一个废弃的马厩
偶尔我在夜里经过那里
会遇见几片菜叶
三俩棵萝卜、红薯
它们受伤严重
几近于毁容
不小心又被我踢了一脚
昏暗的灯光下
这些连阴影都没有多余的生命
像一群被生活打败的人
踯躅在电线杆下
到半夜都不敢回家

大 词

把长江抱在怀里的，除了四川
还有西藏、云南、湖北、江西等十个省市
从地域上说，长江是个大词
十一个省市都是小词
只有整个南方才能与它相匹配

长江至少活了五千年，仍像一个小孩
刚刚哭过，闹过，方才睡下
力气有限，四川太瘦小了
只有整个南方才有可能
将它抱起来，轻轻放进大海

假 如

假如没有大宋
就不会有梁山这具怪胎
不会有宋江等一百零八根反骨
就不会有人仗义疏财
买通狱卒，杀掉
奸夫淫妇，被逼上山去
不会有发配、充军这些偏词
也就不会有人打假
踏雪山神庙
更不会有人吃了饭没事干
倒拔垂杨柳
当然咯，没有了西门庆和潘金莲
流水照样走到今天
作为写诗的人
就少了许多畏惧
比如苏东坡
比如，辛弃疾

（载《边疆文学》2019 年第 5 期）

杨角的诗

长江零公里：一滴水

明天会流向哪里，无法预知
但对昨天，我绝口不提

投胎为水，一生就是一条下坡路
就是把心气放下来，一点点接近大海

黄昏太安静了，我试着
从心中取出一片峡谷，让所有散步的人
都能听到轰鸣的水声

一首诗写到这里就是一个人活到了这里
往前，一条年轻的江失去了好身板
往后，礁石林立的峡谷不再有一口好牙齿

作为一滴水，走过万里路
到这里都将归零
流水上千年，因早晨而获得重生
一首诗写到这个势头上
只求每天都有一次出发，都有一轮太阳
从江水中升起

宿 命

一滴水奔赴大海，等于送命
大海是水的万人坑

我认识很多金沙江、岷江的水
它们在宜宾相遇
烟都没抽一支，又继续赶路
有时连烧酒都留不住

每次看见它们心都碎碎的
语言的阻隔和无法言说的发现撞击内心
赴死的水呀，马不停蹄
昼夜兼程，可它们怎么也赶不上了
赶不上自己的追悼会

在壶口瀑布

一个人的喉管切开来
就是这个样子——
她想说话，已吐不清字词，只发出阵阵刺
　　耳的呜咽
黏稠的血不停地往外涌
几千年，我们把一条河叫作母亲
其实叫父亲更为合适
他一直在为这个家搬运泥沙
从黄土高原到中下游平原再到渤海
此生我是看不到那一天了

当所有泥沙全部搬完
我西高东低的祖国，将一马平川
一想到死后还要让父亲搬运一次，我就心
　　痛
我决定死后，直接葬入大海

观日落

我常常咬着牙根写诗：
说到图财害命写一句
说到谋夫夺妻又写一句
一生的职业从多个方面限定了我
不小心常夸大仇恨
缩小了悲悯
今年八月，在云南大山包
我看到了最温情的一幕
从下午开始，无数游人
就坐在斧削的鸡公山上向西瞭望
直到黄昏降临，一轮落日
坠毁在远处山崖
那一刻，连怀里的婴儿
都像牛栏江的水，阒然无声

露 珠

小草会哭
童年的夜里我常在山里行走
总感觉有冰凉的生命
在裤腿边蹭来蹭去
发出沙沙的呜咽
早起的清晨我又看见它们
——这些夜晚的遗孀，星星和月亮的孤儿
蹲在路边的小草上
那无助的眼神蔓延至整个山野
走在悲悯的路上
我有无能为力的感伤
每次都是，阳光一出来
它们渐渐就消失了

峡谷行

峡谷太空。某一瞬间，我感到
它是上苍留在大地的溶洞

在峡谷行走就是在天上行走
能自己听到自己的回声

又一瞬间，我毛骨悚然：峡谷走到了尽头
我会否像一朵白云，又重新跌落人间

日月奔忙

日月奔忙。天地隐藏了一把弯刀
一天被砍成两半；一年，也被砍成两半

我这一生是蚯蚓变的，像缩小的长江
从宜宾到上海，谁来砍杀都一样

我从无数家门前走过，拖着满身的刀伤

醉酒者说

酒过三巡，再过三巡，一直喝
杯里就只剩下水，世上只剩一座孤城
它叫宜宾

都长街的卤鸭，水东门的烧鹅
都是下酒的好菜
但我得走了，黄庭坚在午夜的流杯池等我
我不去，他就吃不下猪头肉
就没人替他撵跑，孤独是一条野狗

我今年 54 岁，属兔，再喝三杯
就是公元 755 年的李白
一眨 340 年，我们从酒桌出发，手提土罐
乘一支筷子逆岷江而上
去拜会苏轼，也拜会眉山

世事如酒局，我有一双兔眼
人皆饮者，清清醒醒来，偏偏倒倒去
我能一口吞下碗里的月亮
却从未舀干过壶里的七颗星星

从流杯池出来，在丞相祠遇见孔明
军师说：酒是婊子变的
想我这大半生，饮酒无数，曾经沧海
每次喝醉，充当英雄，从不让人搀扶
不像洞子口那几个醉汉
在灯光下打滚，天亮都不回家

自画像

少不更事。曾经
路上挖坑，陷害过一对赶夜路的情侣
败于算计，在一棵龟背竹上
刻下数学老师的大名

因为热爱，把茶花嫁接在红苕藤上
因为恨，用削铅笔的火镰刀子
给一只老鼠做过绝育手术

后来爱上一位女同学
她是文字的化身。而今三十年过去
仍情有独钟，惜书如命。
我有无法更改的偏执
有被诗意反复叨扰的浮生

时间概念

五十年，放到天上
就是一朵云从东山走到西山
放到地上，就是金沙江和岷江
在宜宾相遇
换作一个人，就是黑头发在白头发面前
一次次败下阵来

一双眼睛一直睁着

想看清一张照片，由黑白
变成彩色，最后还是走回到黑白中

时间是一个多么奇怪的概念呀
原来说半个世纪
我觉得特别漫长
可今天，你只要说五十年
我一下就接受了

变色龙

有一种蜥蜴状动物，叫变色龙
经常借用树叶和花草的身份
这一点与阅读中的我极为相似
神性、宗教、哲学，左进右出，反复变身
写诗的时候，我常把自己混淆：
今天是胡弦，明天是张执浩，后天
又突然变回了汤养宗
待从生活里归来，才发现自己把自己丢失
人生有着无从捕捉的多变性
生活太缭乱了。以致每个晨昏
我不得不对自己反复确认

黑夜是一个整体

黑夜是一个整体，月亮划上一刀
想分一块，灯光也是，它们都没有成功

伸手不见五指，包括我的
说明黑夜不喜欢任何一个插手的人

黑夜是一个整体，像一只西瓜
打开是它的白天，不打开才是它的夜晚

我诗写黑夜，在于它平等地对待一切
平等地将世间万物，统统变回瞎子

在横断山区

我想问问最初堆山的那个人

从有溪水的山脚下
用石头，一层一层往上堆
要多少年才能堆出一座山来
大部分石缝都是整齐的、平行的
可以向着一个方向延伸
为什么有的突然断裂了，变成了斜行
他是不是也懈怠过，或思想走神
是不是石头不够，停歇一段，又改填泥土
那些天然的山洞，是不是有意
给居住在山里的神，预留的窗子
我还要问，要怎样的技术
才能把一座山堆进天空里去
要修改哪些参数，才能在半山腰堆出白云
在横断山区，我一路走，一路问
一只鹰从云层穿出来，使我眼前一亮
转瞬，它一抖翅膀，又去了远方

蝴蝶

蝴蝶心静
它常常趴在一朵花上
一趴就是半天

它不紧不慢，比照花朵的图案
画自己的翅膀，画好了左边，又画右边
待它把两只翅膀慢慢画完
夏天的火车就轰隆隆地开过来了

秋天铺出宽敞的跑道
蝴蝶依然飞不了多远，顶多飞到寒露
它就会折回来

每次都是：一只蝴蝶在低空飞
一朵花就远远地看着
仿佛一个爱美的人在一面镜子中
静静地欣赏着自己

（载《深圳诗歌》2019 年卷）

作品存目：

1. 《安徽诗人》创刊号（2019 年 1 月）：《山野经》（组诗）：《九月初六，夜宿龙头山》《山野经》《行道树》《赌徒》《交通图》《后半夜》《控诉词》《荷塘记》《冬月廿七，陪友人登少峨山》

2. 《品位·浙江诗人》2019 年第 2 期：《蝉鸣辞》（组诗）：《湿地》《蝉鸣辞》《九月初六，夜宿龙头山》《后半夜》《山野经》《在水边》《仇恨》《写简历》《冬月廿七，陪友人登少峨山》《午休》《交通图》《遍地灯火》

3. 《诗刊》2019 年 3 月号下半月刊：《一杯水里的火焰》

4. 《诗探索》作品卷 2019 年 4 月第一辑：《观日落》

5. 《边疆文学》2019 年 5 月号：《山野经》（组诗）：《在水边》《山野经》《派送光》《赌徒》《登梅岭谒罗汉寺》《夜事》《大词》《假如》《运白云》

6. 《中国作家》2019 年 6 月号：《遍地灯火》（组诗）：《落日》《山野经》《湿地》《遍地灯火》《桃枝词》《蝉鸣辞》《在屠宰场》《在水边》《运白云》《写简历》

7. 《扬子江诗刊》2019 年 7 月第 4 期（总第 121 期）：《速写》（组诗）：《耳鸣》《清晨》《速写》《屋檐下》

8. 《四川诗歌》（四川诗歌学会主办 2019 年夏季号，8 月）：《遍地灯火》（组诗）：《桃枝词》《遍地灯火》《在屠宰场》《瞬间》《单名》《点名》《忍受》《雪山》《劝微风》《写作习惯》

9. 《星星》2019 年 10 月号上旬刊：《中国脸》

10. 《深圳诗歌》2019 年辑（新华出版社 2019 年 10 月）：《杨角的诗》：《长江零公里：一滴水》《宿命》《在壶口瀑布》《观日落》《露珠》《峡谷行》《日月奔忙》《醉酒者说》《自画像》《时间概念》《变色龙》《黑夜是一个整体》《在横断山区》《蝴蝶》

11. 《华西都市报》2019 年 10 月 7 日第 4 版：《中国脸》

12. 《三峡文学》2019 年 11 月号（总第 452 期）：《望月记》（组诗）：《听〈水浒〉》《八月十五》《望月记》《蟋蟀》《5 月 22 日，黄昏有记》《写诗的兄弟》《去茅亭》《山里的早晨》

13. 《诗刊》2019 年 12 月号下半月刊（年选）：《中国脸》

作者简介：

　　杨安模，笔名乡村教书匠，四川兴文人，教师，曾在沈空服役。1986年首次在《宜宾教育》发表现代诗《远方的思念》。诗文散见于《中国诗》《长江诗歌报》《现代文学》《宜宾文学》《企业家日报》及国内文学网站。

醉（外二首）

◎杨安模

汇日月聚江海酿酒一杯
夜难寐心揉碎
问苍天叩大地
人生能有几来回
窗外飘落清香的月桂

墙上画着的玫瑰已消褪
竹笙悠悠楔侯战鼓擂
襟袖飘飘涛在走云在飞
干了杯挥剑挑夜帏

你捻过的发端已发灰
提刀秦关梦里追
铁蹄下三彩碎
残缺了你玉佩
御下铠甲去赎罪

袅袅香烟万事俱成灰
木鱼声声低语忏悔
日东升月西沉

青灯豆火谁与相随

旗　袍

寂寥院落桃花飞扬
木屐叩响斑驳的小巷
油纸伞的凝香凄婉迷茫
秦风汉月
是谁站在浮华中央众里寻望

冲不破弄堂厚厚的土墙
望断青丝朝思暮想
盘花绣扣锁玉骨
袖边难以拂拭的哀伤
尘寰万丈
镜花水月春梦一场

烟　花

是谁引爆你的沉默

让你突破爱的禁锢
炽热地表达

是谁点燃虚幻的童话
让你定格在星空
孤傲绽放光华

是谁开垦黑夜的蛮荒
许我一幅画

转瞬即逝的容颜
在遥远的欢呼中落下

曾经蚀骨的话
只剩灰烬的味道
一场缱绻散失天涯

（载《中国诗歌报·临屏诗精华作品选》2019 年 6 月）

离我最近最温暖的爱

春节一个阳光和煦的上午，我踏着朝晖去看姨妈。乡里的人大多一年到头打工在外，春节回来就忙着走亲访友。大抵表弟几爷娘也一样，今天不在家。姨妈坐在院坝里的椅子上，眯着眼晒太阳。我的到来，引起小狗狂吠，惊动了她老人家。她蹒跚着步履一边忙着沏茶，一边唠家常。

姨父闻讯从外边赶回来，被姨妈吩咐着张罗饭菜。我心里犯难嘞了，我一个人饭菜弄太多，不仅浪费，更重要是累着两位老人。但我知道：打扰姨妈的好兴致，会惹她老人家生气，那样我又于心不忍。

冰箱里所有东西一样不落下，水中游的、地上跑的，能弄的下酒菜一样不少。蒸的、煮的、炒的、拌的一应俱全。三个人，十来个菜，任凭怎样吃，几天都吃不完。我为了满足姨妈的心愿，尽量狼吞虎咽地吃，吃撑了！姨妈说，她今儿个特高兴，好久没有出去转转了，要陪我去田野里走一走。

刚过立春，油菜开始抽薹。抽薹的油菜需要摘顶，才能促进旁枝生长，保证油菜丰产。而油菜薹则是非常环保的蔬菜，在大鱼大肉吃腻了的春节，又嫩又鲜的油菜正好可以卖个好价钱。我说今儿个没事正好可以帮你给油菜打顶。姨妈说，现摘现卖才行，要我只管摘点回去吃。

她拿出不知啥时准备好的食品袋，摘起来。一边摘一边告诉我要掐嫩点才好吃。掐了几把我说，够了，家里人口少，吃不了多少。姨妈不高兴地说，这么多，你难得来，多摘些！农村菜环保，放十天半月都不会坏。我拗不过她，只得又继续摘……

聊着聊着聊起了我小时候读书来。那时我在区上中学念书，那个时代，物质还不丰富，家离学校有些远，我住校，一个周回家一次。姨妈家离学校近些，经常趁着赶集抽出时间来看我。有时她来我在上课，就拎着糖果糕点一直在外等候。不管寒冬酷暑一直这样。等下课时她要亲手递上给我买的东西，还不忘叮嘱要好好读书。

有次周末，正逢中秋。姨妈在周五早早就在校门口接我，她说，她种了一点酒谷，正好打糍粑吃。那个年代，人们的生产主要为解决温饱，酒米当然是稀罕物。

回到她家，蒸酒米、洗碓窝她忙个不停。经过她的一番忙乎，香喷喷糍粑摆在桌上，每人一个，还剩一个，她说先放着。姨父出门挑坛罐去了，我想应该是留给他的吧！

星期天下午我要返校了，姨妈从柜顶取下那个包着的糍粑，发现只剩半个，责问表弟是谁偷吃的？表弟怯怯地承认了，姨妈顺手打了表弟，怪表弟馋嘴，说这是特留给我带回学校

吃的，到了中巴天（指一个周的中间）好加餐。我坚持要把这半个糍粑留给表弟，姨妈坚决不让，生气了说："他饿了可以在家里找东西吃，你在学校能找什么吃？必须带上，你若不带，我明天亲自给你送学校里来！"我犟不过她，知道她说一不二的，不得不接受。

在接过糍粑一刹那，眼泪滚落下来，我一侧身不让姨妈看到。在路上，表弟怯怯的眼神与姨妈执意给糍粑的动作一直在我眼前交替浮现。

那半个糍粑带回学校后，我舍不得吃，也根本咽不下去。我就把它好好包起来，用一块砖封存在墙洞里。当我情绪低迷，学习劲头不足时，我就望望那个墙洞，它会时刻提醒着我，不要辜负亲人的殷切期望。

"拎着！"姨妈把压得紧紧实实的一口袋油菜芯给我，她又回头去掐了紧紧的两大把，才满足地离开。

路上她吩咐我，油菜芯拿回去要分装以免捂坏。放在冰箱里保鲜，那样可以多吃几天。

看着她微驼而娇弱的身躯、不太灵便的双脚，姨妈老了！爱我的父辈们慢慢离我远去，这袋菜籽苗芯是离我最近最温暖的母爱，我要好好珍惜！不争气的泪又迷蒙了双眼！

（原载《企业家日报》2019.02.20）

作者简介：

叶源洪，四川省作家协会会员、四川省小小说学会会员、宜宾市作家协会会员，宜宾市南溪区作协副主席。

自1965年以来，先后在全国数十家报刊发表各种体裁作品上千篇，从2008年初开始喜爱小小说和故事创作，至今已写出数十篇习作。《遗嘱》《给维纳斯"断臂再植"》两篇小小说，2010年入选《中国当代微型小说方阵·四川卷》。

保保家的变化

◎叶源洪

保保的家住在距南溪县城有十几公里远的乡下，住房坐落在一个长着高大树木、竹林的小山坡上，周围是长满绿油油庄稼的田地。这是一个呈"品"字形的独家小院，平坦宽阔的水泥院坝里几只母鸡带着一群小鸡跑来跑去。进院子的左面是厨房和养猪圈，正中是客厅堂屋，右面是卧室和储藏室。整个房子用木头穿斗瓦片盖顶，是川南典型的民居建筑。

保保姓唐，原是国防军工厂里的一名给水工人。他有一位勤劳贤惠的妻子和三个聪明能干的儿子。如今他的大儿子是生产队的队长，二儿子和媳妇在外做小买卖生意，三儿子参军退伍后在县城搞产品经销。三个儿子都已安家有自己子女，一家人生活幸福美满。

唐保保是我小妹的救命恩人。那是我小妹几岁时同比她大两岁多的姐姐到县城东门码头长江边上踩水玩，不小心坠入很深的江水中，幸好被停在附近军工厂取水趸船上值班的唐老工人发现，他衣裤没脱跳下江去赶紧将她救起。我们全家为了感谢救命恩人，特将小妹拜寄他做干女儿。从此便称他为保保。

保保夫妻二人，十分热情好客。每年逢年过节特别是春节小妹只要不值班，都要带着家人和礼物，到乡下去看望两位老人家。即使是男保保病逝后，女保保仍是如此。作为小妹的哥哥姐姐妹妹们自然随同。当他们全家听说我们要来，就像迎接远方稀客似的，又是杀鸡又是杀鸭又是杀鱼，忙得个不亦乐乎。我们这些长期住在城里的人，平时吃的蔬菜很少买到新鲜货，当来到农村吃到那些刚从地里摘取来活生生的新鲜蔬菜，做出的酸辣冲菜、凉拌萝卜丝、水煮火巴青菜、虎皮海椒、炒菜苔时，那比吃山珍海味还要香，至今想起来清口水长流。

到农村保保的家，最使人伤心头痛的是那条人称"乡村公路"的道路，这哪是什么公路？分明是一条比较宽的机耕道、坑洼不平的破烂路，晴天尘土飞扬，雨日泥泞四溅。要是遇上落雨天，必须穿长筒胶靴，不然两足鞋袜裤脚全抹上臭水稀泥。记得有一次走到半途，天空突然下起了滂沱大雨，干燥松软的路面一下子变成了稀烂软泥。待雨小后，人行走在上面就像踩在泥鳅背上又溜又滑，那天我穿的是一双花几十元才买的崭新皮鞋，谁知到乡下去走了一个来回，归家清洗掉里外厚厚一层烂泥巴，却发现成了底断皮皱帮豁的破烂皮鞋。此事给我留下了深刻的印象。那是以前的事了。如今这条道路大变了样，成了一条平坦光洁的水泥公路。水泥公路修好后，私人老板经营的客车也来这里跑运输，从此到农村保保家里去，可以以车代步。即使是走路去，再也不会走破烂路了。

保保家的住房和周围邻居的住房，在我多次去过的记忆里，是旧貌换新颜。那时由于唐保保是有固定工资收入的工人，家境条件比邻居们的条件稍微好点，他家盖起了大瓦房，许多邻居仍是土墙茅草屋。今年春节期间，小妹又邀约我们兄弟姐妹们到乡下去，去时在城里买了蜡烛、香、纸钱、鞭炮和带了瓶装酒、香烟、糖果等之类物品。一是去看望女保保，二是给男保保上坟。

这次下乡大家是乘坐中巴车去的，汽车在平坦光洁的水泥公路上行驶，四平八稳，舒服极了。在高兴的说笑声中，不知不觉就很快到了。那些原来到保保家的一段田坎小路也被加宽并铺上一层炭灰渣，很好走。

这次故地重游，没想到，时隔一年多，竟发生了不小的变化：保保家的房屋焕然一新，屋里地面和墙壁贴上了瓷砖，现是她大儿子在这里居住。周围邻居的茅草房屋也"鸟枪换炮"变成了砖石水泥结构建筑。在距保保家不远处，居然耸立着一座建筑面积几百平方米三楼一底的"洋房子"。

"洋房子"外观十分气派，银亮的不锈钢管做的防护门窗，花岗石和彩釉瓷砖铺地贴墙，房顶塑着形象逼真长长的卧龙，就像一座豪华的小别墅。里面每间屋子宽敞明亮，楼道旁有卫生间和洗手池。当我问唐家兄弟们，这么宽的房子怎么住得完，他们笑眯眯告诉说，这里空气清新，没有噪声，蔬菜新鲜，还建有养鱼池，今后准备开办一个集吃、住、玩为一体的农家乐。

说起这楼房的修建，离不开三兄弟的智慧和力量。建筑图纸是他们自己共同设计的，开始修建没有固定模式，边修建根据材料情况边修改。资金来源主要靠老二两夫妻在外挣钱找回。他俩在宜宾城南岸区里租了一间简易房，专做卖粑粑的小生意。小两口每天早起做好粑粑后分别到各人群集中的商场菜市贩卖。一年到头很少休息，无论是酷热的夏季还是寒冷的冬天，在街道旁总是看见两人推着装有炉锅蒸笼小车的身影。在这座家乡农村修建起的楼房里，不知凝聚了他俩多少的辛劳和汗水？尽管每天再苦再累，他俩心甘情愿，心里比吃了蜜还甜。因为他俩看见了自己勤劳致富的结晶成果。

在偏僻的农村能修建起这么一座漂亮的小楼房，这在从前不说做连想都不敢想的事。归根到底，这是党的改革开放、富民政策好，能使农民外出打工挣钱，改善自己的居住环境，提高自己的生活水平。

保保的一家，发生如此巨大变化，在这几十年中，我是亲身见历者。在中国许许多多发生巨变的农民家庭里，保保的一家仅仅是一个缩影。正是这个缩影，使我看见了祖国灿烂的明天，美好希望的未来。

（载《四川农村日报》2019年5月24日）

秋游九寨沟

　　金秋九月，天高气爽，凉风习习，正是人们外出旅游的大好时机，一个偶然的机会，应亲友们的邀约，到全国乃至世界闻名的著名风景区九寨沟旅游。

　　九寨沟是我心仪已久的地方。自从那首优美动听的《神奇的九寨》歌曲和那些风光迷人的九寨沟彩色图片，通过各种媒体传遍大江南北，强烈冲击着我的听觉和视觉神经，不由心潮澎湃激动不已，无时无刻不在思梦中向往。

　　在一个绝好的晴天，我随亲友们一道从万里长江第一县城乘车于当日下午来到成都，加入了一个名叫"金熊猫"旅游公司由 20 人组成的旅游团。

　　翌日清晨，不巧天公不作美竟淅淅沥沥下起小雨。游兴正浓的人们哪管这些，拎起携带的旅行包钻进中巴车各捡座位坐下。汽车从成都城西出发，通过高速公路驶出都江堰后，沿着连绵起伏座座巍峨大山麓下一直伸向远方幽深峡谷，旁依滔滔岷江边的公路朝源头方向奔去。看不见尽头的双车道公路远远眺望，宛如一条灰黑色的飘带缠绕在崇山峻岭之间。无数大小客货车来来去去像两条钢铁组成的长龙，在弯曲狭窄陡斜的公路上游来游去。由于来往进出的车辆过多，所乘车走走停停，有时堵车须等上一两小时，幸好出发前听了组团者提醒，自己带了瓶装水和方便食品，才免遭路途干渴饥饿之苦。

　　说起苦，外出旅游就要"吃得苦中苦方得乐中乐"。长途乘车摇来晃去枯燥乏味，要忍得住性子耐得住寂寞，要善于自寻乐趣自我安慰，车窗外是我经常浏览观赏的一帧帧流动的风景画：一侧是昂首才能看见山顶陡峭险峻的悬崖高山。有的大山上怪石嶙峋，寸草不生；

有的大山只长荒草，不长树木；有的大山树木茂密，葱绿一片。另一侧是深涧沟壑，从雪山上滔滔不断流淌下清澈湍急的流水，穿过狭斜山沟遍布的乱石群，溅起粒粒银色珠玑，掀起堆堆雪白浪花，一路欢歌跳跃着直向下游飞快奔去。车厢内，不时传来阵阵欢声笑语。一路上年轻的导游小姐手拿话筒用轻柔甜美的普通话，一会儿讲趣闻奇事，一会儿自唱歌曲，一会儿猜谜语，一会儿说笑话……在她的热情"导引调动"下，游客们兴趣盎然，情绪高涨，忘了路途的单调寂寞、忧郁烦恼、困倦疲劳。

　　车过汶川县经茂县到达松潘，便是阿坝藏族羌族自治州的辖区。沿途时时可见造型独特、古朴典雅的藏族羌族民居区住房。在这些民居区的家家户户住房顶几乎都安装上一只圆锅形的卫星电视接收装置。听导游小姐讲，藏民们修建的木结构住房分为三层，下层圈养牲畜，中层居住人，上层供奉神龛佛像。

　　车过松潘县城，更使游客们兴奋不已的就是快到九寨沟风景区了。被誉为"童话世界"的九寨沟位于岷江深处的九寨沟县中部，是长江水系嘉陵江白水河的一条支流，因景区内有荷叶、树正、则查洼等九个藏族村寨坐落在这片崇山峻岭之中而得名。游览区在海拔 2000 米至 3100 米。当汽车驶入九寨沟县境特别是快到九寨沟的沟口附近时，公路两旁的树木逐渐多起来，茂密的树林丛中松树最多最醒目，有刚长出新枝嫩叶的幼松，亦有倒卧地面根朽空枝断叶残的老松。在介于两者之间，无数生机勃勃的成年松树中，株株树干粗壮挺拔、枝丫舒展针叶翠绿，像一支支竖立地面直指苍穹的绿色巨箭，又似一个个身穿绿军装笔直站立威武雄壮的哨兵，列队迎接来自五湖四海的远方客人。

汽车在九寨沟沟口外停下，尽管时至秋天在成都穿短袖衣还热，在这里气温却很低，真是易地换季，高原深山不胜寒，出发前从家里预带的薄毛线衣和春秋裤全穿上身，仍然冷得直颤抖，只好再花 20 多元钱买件内薄绒外防水拉链衣服罩在外面。九寨沟风景区内，曲折蜿蜒通向观景点的公路上，上下接送游客的公交车往来如梭，在通往各个景点的木板道上，游客肩挨踵接，穿梭如织。大家争先恐后地在各景点频频举起相机拍照，都希望将这自然美景同画中游人一同装入永远的记忆之中。

九寨沟的风景确实很美很美，美得使人目不暇接流连忘返。这里空气湿润清新，沁入大脑心肺，浑身轻松舒泰。这里万籁俱寂，除了汽车机器轰鸣和喇叭声，及游人的谈笑声，便是山泉潺潺的流水声。整个山坡、沟旁都长满茂密的野草、灌丛、树木，像一层厚厚的绿被将大地严严密密覆盖着。秋天的九寨沟景色最绚丽迷人，山坡上树木的树叶，五彩斑斓，有翠绿、金黄、深红等各种颜色，倒映在清澈明净的大大小小的湖泊水中，湖光山色一片，极为美丽煞是壮观。九寨沟风景区纵横 40 多公里，总面积 6 万多公顷，境内有雪峰、丛林、翠竹、湖泊，三条主沟形成丫形分布，总长度达 60 余公里。由树正海沟、则查洼沟、日则沟形成丫形游览线，是九寨沟最著名的景区段，每条沟游览线都有可供观赏的景点，都有

大大小小的海子。这些被当地藏民称为海子的地方，就是高山湖泊。这是因为长年住在高原上的人们从未见过真正的大海，便把凡是水域面较广蓄水量较多的湖泊统称为海子，意即"大海的儿子"。海子里的水，也是一大奇观。由于深浅不一，地层所含矿物质不同，海子里的水看上去有深蓝、浅蓝，深绿、浅绿，深黄、浅黄等颜色。从海子里漫溢出的水，流经凸凹不平的岩石滩飞泻而下，形成跌宕起伏的瀑布群，有的像高低交错悬挂的银帘，有的似遍地散落翻滚的珍珠。据说《自古英雄出少年》《西游记》两部影视剧，曾在九寨沟选外景拍摄过。没想到我们这些远来游客也能目睹到这些实拍景。

我置身在九寨沟青山绿水环抱中，看见满山遍岭那些茂密树林，浮想联翩，想得很深很远。这充满神奇梦幻和诗情画意的童话世界，之所以能吸引国内外无数游客不辞辛劳前往旅游观赏领略九寨沟旖旎风光，这主要得自于那些长年未遭到人为劫难大自然生长的原始森林树木。倘若没有这些大自然界绿色植物的美化庇护和涵养水分，整个九寨沟将是坡岭光秃、涧沟干涸，无人前往观赏的另一番情景模样。因此，保护人类赖以生存的地球环境尤为重要。人类关爱保护大自然森林资源，大自然森林资源必将无私有益回报人类。

（载《现代艺术》2019 年增刊）

从一个"洋"字看变化

当世界跨入 21 世纪大门后，中国究竟发生了什么样的巨大变化？倘若有人问我这个问题，我会毫不迟疑、理直气壮地回答他：这个巨大变化集中在一个"洋"字上，就是世代生活在 960 万平方公里土地上的中国人民如何对

待这个"洋"字的态度和观点的转变。

作为一个当共和国诞生时已是几岁儿童的我，在年幼依稀的记忆里，家乡川南小县城刚解放那天，天空格外晴朗，大街小巷家家户户门前喜气洋洋挂上一面自制的鲜艳五星红旗，

人们敲锣打鼓，手挥红红绿绿小三角旗，夹道欢迎身穿军装、肩扛长枪，迈着雄赳赳步伐进城的中国人民解放军。

然而，给我最深刻的印象还是那个，在我生活圈子周围，时常听到父母亲友、街坊小伙伴们挂在嘴上爱说那个"洋"话。于是在我的耳朵和脑子里都装满了"洋"的东西。可不是吗：火柴叫"洋火"，缝针叫"洋针"，丝线叫"洋线"，铁钉叫"洋钉"，铁铲叫"洋铲"，水泥叫"洋灰"，煤油叫"洋油"，肥皂叫"洋碱"，纸烟叫"洋烟"，水果糖叫"洋糖"，铁架伞叫"洋伞"，细纱布叫"洋布"，搪瓷碗叫"洋瓷碗"，自行车叫"洋马儿"，油画叫"洋画"，西式学校叫"洋学堂"，外国建筑叫"洋房子"，玩具女娃叫"洋娃娃"……在人们的日常生活中，无不充满着"洋"气"洋"味，仿佛进入一个洋的国度、洋的世界。

这些"洋东西""洋玩意儿"究竟来自何方？以后进了学校参加工作，从所学的历史、政治课本和《中国近代史》《从鸦片战争到五四运动》《中国共产党历史》等有关书籍中，我才明白，当时那些"洋货"来自异国他乡、大洋彼岸东西方国家生产制造的商品，是我国历史上清王朝腐败无能，面对入侵者的洋枪洋炮洋舰，敞开国门，割地赔款，任其各国侵略者瓜分中国土地。各帝国主义侵略者霸占土地后，大肆将中国资源掠夺去，又将该国生产制造的大批货物倾销中国，从中牟取高额利润，榨取劳动人民的血汗钱，大发中国国难当头的"洋财"。外国资本、商品的大量输入，中国民族资本工业和传统工商业受到严重冲击和影响，大部分厂矿兼并倒闭，大批工人解雇失业，大批外国商品充斥占领市场。外国帝国主义的侵略行为，激起中国人民强烈愤恨，许多民众出自民族自尊和爱国之心，纷纷组织起来，反对外国侵略者，抵制洋货输入中国。

中华人民共和国成立后，由于中国国内连年战争，外敌入侵，民族工商业遭到极大破坏，国民经济面临崩溃危险。当时的中国是个

"一穷二白"的"烂摊子"。中国人民在中国共产党的领导下，依靠自己的力量，发扬"艰苦创业，自力更生"的精神，辛勤劳动，重建家园。尽管已解放多年，昔日洋货留在人们头脑中的"洋意识"并未消逝，言必称"洋"的现象仍存在。记得我满 8 岁那年，家乡县城还没有用上电灯，每到夜晚，家家户户都点煤油灯或菜油灯。有一天晚上，家里火柴和煤油都用完了。母亲拿出两千元（旧币折现贰角），对我说："大娃，你去附近商店打半斤洋油，买一盒洋火！"我遵照大人吩咐，很快将两样"洋货"买了回来。此后，给我印象最深刻的还有一件"洋事"。那是我国三年困难时期，一个偶然机会，我见到一个身材高大粗壮，棕色头发，皮肤白红，鼻梁高耸，头戴礼帽，身穿西装，脖系领带的苏联人。当他走过街道时，所有行人的目光都投向他，就像看西洋把戏似的，稀奇极了。这是我生平第一次亲见目睹的"洋人"。事过很久才知，苏联"老大哥"背信弃义撤走所有苏联专家，企图趁我国困难之时卡中国人民的脖子。

我国从五十年代初到 2012 年末，其间经过 30 多年改革开放，中国的经济建设终于走上了健康发展的道路。综合国力逐年上升，社会物质极大丰富，人民生活水平日益提高。中国人民用勤劳双手、大干汗水和聪明智慧，生产制造出许多相当或超过世界先进水平的高科技产品，原子弹、氢弹、人造卫星、装载发射火箭、无人驾驶飞机、远射程导弹、飞船载人航天飞行、航空母舰……无所不有，外国人有的中国人亦有，外国人没有的中国人亦有。今日之中国，各大小商场（店）国产的各种各样商品堆积如山，琳琅满目，要啥有啥，应有尽有。即使见有外国商品夹放其间，也是只标明品牌产地。昔日那些外国运入中国的"洋东西"，中国人民再也不稀罕了，早已将"洋"字扔进了历史博物馆的故纸堆，还其货物的本来名称，取而代之的是"国"字当头的中国货。许多中国制造的商品，销往世界各国各

地。今天，中国人民精神焕发，扬眉吐气，在外国人眼里，也是了不起的"洋人"；今天，中国人生产制造的国产东西，品种齐全，质优价廉，样式精美，比外国人的洋东西还要洋。

中华人民共和国成立70年来，历史发生了戏剧性变化，中国人民经过团结奋斗、艰苦努力、顽强拼搏，终于甩掉了"洋"的约束和羁绊，使屈辱的中华民族昂首挺胸屹立在世界民族之林，大长了中国人民的志气威风。随着香港、澳门回归，中国申奥成功，逐渐走向富强、民主、文明的中国根据改革开放和经济发展的需要，根据世界形势发展的需要，经过15年的艰苦谈判、积极争取和不懈努力，终于在2001年12月11日正式成为世界贸易组织（WTO）成员国。中国发展经济需要借助"洋"力，需要向世界一切"洋"的国家学习先进的科学技术和管理方法，需要向一切"洋"的国家经济贸易友好往来。中国的门户向世界敞开，"有朋自远方来不亦乐乎"。如今的中国是一个深受"洋人"夸赞充满生机朝气的国家。在国内各地大小商场（店）除了见到国字号企业厂家生产的各种电器和本国农村生产的各种农产品外，还可看见许多中外合资、外商独资、外国企业厂商生产经营及从邻国、大洋彼岸运来的各种各样"洋玩艺"东西，堂而皇之摆放在货架柜台上。如从没见过的"洋烟""洋酒""洋水果""洋蔬菜"等。此外，许多来自世界各国的"洋人"到中国旅游，给中国送来了一笔数目可观的外币，从而促进我国旅游事业快速发展，大发其"洋财"。"外面的世界更精彩"，为了适应对外开放对外交流，更多地了解世界，作为一个中国人还必须学会识"洋"字（外文）说"洋"话（外语）。

从中国一前一后经历了仇"洋"到亲"洋"，使人们看见了一个从贫穷走向富裕、从落后转为先进、从衰弱变成强盛国家成长壮大前进的历程。

（载《四川工人日报》2019年7月16日）

作者简介：

张志善，73 岁，四川江安县总工会退休干部，当过知青、工人、教师、公务员、老年体育协会工作者，爱好写作与摄影，时有文字和摄影作品见诸报刊网站。

山乡米饭

◎张志善

偶尔向晚辈回忆知青岁月碾米做饭的经历，他们都感觉非常陌生——可爱的小孙子更是迷惑不解，瞪着大眼睛诧异地问我："爷爷，你当知青煮饭没有米，怎么不到超市里去买呢？"

孙子太幼小，无法理解爷爷难忘的过去：在火柴叫洋火、煤油叫洋油的贫穷落后年代，超市纯属天方夜谭，大米也不是随便可以买到的——城镇居民凭粮票购买，每人每月 25 市斤，还要搭配粗粮；农民自产自吃，多数都是半饥半饱。小孙子生活在新时代，没有饥寒感受，奇怪知青们居然不知道去超市买米——爷爷真傻！四岁儿童的认识和思维，幼稚天真却又合乎情理。

当年，不说去超市买米，就是把稻谷加工成大米，也不是一件容易的事情。

1964 年，我十六岁上山下乡到了贫穷偏僻的怡东公社凉水大队青石桥生产队，很快知道了山乡农民吃饭的艰辛。且不说犁耙铲搭、抛粮下种、栽秧薅草、打谷晒场，单是把现成的稻谷变成米饭，也要动用好多手脚，花费不少气力。

知青从生产队分回稻谷，挑到土礱前，房东一旁指点，我开始了把稻谷变成米饭的最初劳作。

土礱俗称礱子，形似石磨，上下两扇均用篾圈、黏土、硬木制成。推礱子如同推石磨，两臂用力推拉，稻谷就被碾压成碛米和糠壳，从礱子夹缝中散落出来。推礱子有技巧：速度过快，碛米碎粒多；过慢，糠壳不能全部剥脱。我哼哧哼哧地推了好久，才勉强把握了櫃子的平仄。

把櫃出的稻谷，倒入当地俗称风簸的风车中，然后打开隔板，不停地搅动风页，碛米和糠壳便从不同的孔洞分别流出。摇风簸只能单臂用力，快慢要掌握好：过快，米粒要随糠壳一起飞出；过慢，糠壳又要留在碛米中。摇了好多转，我才基本摸到了风簸的马口。

风净了碛米，还要挑到斑竹湾碾房去碾压，那是生产队唯一的碾房。碾米相对简单，只要把碛米均匀地铺摊在碾盘上，用枷担套住水牛，水牛拉动石碾，反复滚压，把碛米的米衣碾磨干净，就能够得到可以食用的大米。水牛偷懒，不吆喝它就要停下来。我只好手执牛鞭杆，跟在牛屁股后面，一边吆喝，一边把压在盘沿的碛米扫进碾盘。

紧跟牛屁股打转转，作周而复始的圆周运动，时间一久，自然感到枯燥又劳累。盯着牛尾巴后面粗大结实的石碾横杠，我灵感忽至，爬到横杠上坐好，让水牛在拉动石碾时，也拉着我围绕碾盘转圈圈，就像坐牛车一样轻松起来。不用迈步，一边吆喝水牛不要停下，一边不时把碛米扫回碾盘中间，一边悠然自得地哼起了小曲。

房东郑大娘傍晚来碾房牵牛，看见我坐在碾子上又哼又唱、陶然自乐，气恼万分又哭笑不得："牛拉碾砣劳累得很，还要驮起你转圈圈，简直是造孽。快下来，快下来！"经郑大妈的此番"再教育"，我内疚不已，明白牛比人还苦，从此不再骑牛。

如果遇到年成不好，生产队分的稻谷太少，不够碾压，就只好用石碓窝来舂米。舂米的木杵长约五尺，两头大中间小，用硬木制成，铁实沉重。要经过成百上千次沉闷的撞击，碓窝里的碛米才能磕碰成大米，即使数九寒冬，也累得我满头大汗。

最后，还要用风车或簸筛把碛米中的细糠吹筛干净，才能得到可以煮成米饭的大米。

第一次亲身参加把稻谷变成米饭的劳作，是在 1964 年秋天。当时我虽然只是一个十六岁的知青娃娃，但米饭的实践，已经使我深刻地体会到山乡农耕的原始和农民吃饭的艰辛。所幸在 1966 年，凉水大队在白龙池修了一座水轮泵站，用溪水带动打米机，加工大米实现了半机械化，农民才逐步告别了石碾和土櫃。

改革开放以后，电线拉进山，三家两户便有一台电动打米机，加工粮食方便快捷起来，山民们终于摆脱了加工粮食的原始劳作。水稻亩产量从三四百斤提高到了七八百斤，政府又取消了公粮统购，农民口粮年年有余。但是，我终生难忘的，仍然是斑竹湾碾房里碾压出来的大米。记得当年新谷登场，刚碾好的新鲜大米煮成干饭，又白又香又杀瘾，集体户的四位知青，狼吞虎咽，一顿就吃了三斤多。不是亲自用原始工具和原始劳动换来的米饭，哪里会有松软喷香妙不可言的特殊滋味。

新中国成立七十年，怡东山乡发生了巨大的变化，初次插队落户的省级贫困村凉水大队已经在去年摘帽脱贫。知青回城已经几十年，尝了不少优质米饭：泰国糯、稻香优、珍珠米……，却没有任何一种能像山乡米饭一样，给我们饕餮豪放的食欲激情和回味无穷的鲜美口感。我曾想邀约几位老知青回怡东，重温一下山乡大米的原始加工方式，但仔细一琢磨，还是作罢——哪里去找石碾和土櫃啊！

（载《东方体育日报·老年体育》副刊 2019 年 8 月 1 日）

作者简介：

　　曾元飞，笔名曾烁，川煤芙蓉集团员工，系中国煤矿作家协会理事、四川省作家协会会员、鲁迅文学院首届煤矿作家高研班学员。作品散见于《人民文学》《绿风》《四川文学》《阳光》《中国煤炭报》等；获奖作品《花山上的米猜》《大理很大》《家·生日》《神勇猕猴》等。

面向煤海

◎曾元飞

从北戴河的大海到芙蓉山的煤海
极目辽远
海鸟成群结队
追赶潮起潮落
也想做一只海鸟
独立潮头

矿灯来来往往
穿梭在粗急的呼吸之间
要把煤海的能量吸入心脏，聚合在狭长的井巷
地面的海，地心的海

尤其此刻
有千钧之力注入骨骼
有万顷波涛偾张血脉
起身面向煤海
轻轻双手合十
在轰隆岁月的巨炉中
从涅槃里走进，又从涅槃里走出的

正是一块煤的初愿与命运——
斑斓火焰是灿烂容颜

沸腾海水是一滴泪花
（原载《中国煤炭报》2019 年 9 月 17 日）

与煤相遇

矿灯与探照灯交相辉映，
用乳白色的手掌揉开眼帘，
同沉睡的煤一道醒来。
也许一直都在地心深处，
存在于最低的地方。
从未想过会站上大地，
被比喻为太阳。

凛冽的钢铁再一次升起，
采煤机巨大而冷漠的镜头，
定格一张张乌黑的脸。

这个古老的化石家族，世代代
承受寒冷、苦难、孤寂，
历经沧桑之后，躬身而起
让人肃然起敬。

与煤相遇，这是必然。
当幸福开放时，千万不要忘了
矿灯与煤的生生与共，
还在井下挥汗如雨，无悔无怨。

（原载《中国煤炭报》2019 年 10 月 31 日）

我是一块优质煤（组诗）

诞 生

我呱呱落地
父亲在遥远的南方采煤
隆隆炮声，淹没我第一声啼哭
父亲说，一点都没有感觉到
狂奔的煤车、冒烟的火车头
和父亲所有的诗歌里
都没有搭载我的第一声啼哭

与煤结缘，是煤把我喂养
煤的精髓浸透全身
从上到下，从外到里
浸透我的筋骨，浸透我的灵魂

其实，一块煤的诞生很简单
炎热季节里，让空调乘凉
寒冷季节里，让周边温暖
冷暖交汇时，让远方苏醒

我是一块优质煤

火焰千姿百态的形状
火焰各种各样的物状
我被定格在自画的画面里
不再有诱惑，不再失眠

煤在燃烧，煤要燃烧
煤必须燃烧得干干净净
物我两忘。我寻找到该找到的
张开手掌，握住了心安

在火焰的指尖上，冰雪融化了
冬季的秘密暴露无遗
狰狞和阴谋已无藏身之处
那些苏醒的小草
拥抱着大地失声痛哭

在煤的沉默、厚重里，我看见
泪水浸透脊梁，鲜血托起荣光
墓碑被鲜花环绕，围成了火焰形状
一块优质煤镌刻在墓碑中央
我还看见路过的人，都指着说
这个矿工生前，一定
懂得生活哲学，一定很优雅

岩层间滴落的淋水
引来了春天鸟鸣
亮丽、和煦、温暖
足够滋养我的一生

在被岁月漂洗、浸染之后
满头银丝喜悦、知足
溶入西天的云彩
父亲是一轮夕阳，行走人间
煤却越发显得晶亮、年轻
炫耀着处子般的能量
从手掌直逼心脏，时刻准备着
为战栗的寒冬怒放

立 冬

立冬那天
我端详一块煤，想知道
它的冷暖和思量
这对我来说
是一件很艰难的事

煤的厚重、安详
像我沉默寡言的父亲
井巷风亲近过，煤尘驻足过
矿灯微弱光亮轻柔抚摩过

星 光

黑色为宁静的井巷披上轻纱
由远及近，一群熟悉的矿灯
脚步声，趴在支柱群上歇息
被井巷风轻轻呵上一口气
吹入煤海，波光粼粼
一粒、一粒，接住
从穹顶漏下来的星光

（原载《阳光》杂志 2019 年第 2 期）

我的中国节（组诗）

建党节
——写在嘉兴南湖

就是这湖水
打磨锈迹斑斑的镰刀
把破旧的铁锤淬火，修整
在一艘木船上

他们举起还有双手余温的旗帜
同雄鸡一道唤醒大地
黑压压的人群，亮堂堂的心
湖水作镜，把满是尘垢的脸庞，擦拭干净
然后出发

就是这湖水
渴望化为一杯甘露。一声惊雷

他们携带着这一杯信仰
将它倾倒在大地头上
瘦得露出骨头的河床，开始丰满
黄沙游走的荒原出落成绿洲
在花蕾膨胀的节气里
不经意间撞开哪个地方
哪个地方就有馨香溢出
小草们更是抱头痛哭
叶尖上的露珠，晶莹透亮
那是幸福的泪花流淌满面

国庆节
——写在黄河岸边

黄河是一条黄色围巾
呵护着我们的心
不论行走千里万里，你都会温暖如初
即使身处南北极地，也不会地冻天寒
对于那些冰峰崩塌的轰鸣
那些冰山撞击的震撼
习惯了黄河声音的我，如雷贯耳
依然是黄河在咆哮，在汹涌
那是祖先们在我的血液里
烙下的胎记

建军节
——写在红军长征纪念馆前

赤水河、泸定桥、夹金山、娄山关

若尔盖、遵义会场
是我儿时，在纪念馆流连的圣地
我也旅游观光过许多地方
漓江、虎门大桥、黄山、山海关
呼伦贝尔、人民大会堂

我在纪念馆外停留的时候
听到里面的枪炮声厮杀声，此起彼伏
我躬身贴近墙根感受着
冰天雪地对峙阳春三月
墙内的信仰，等候再一次突围

现在，我手里常常握住的是
一把把西餐刀叉
我似乎已经忘记了，儿时
红军与白匪战斗的游戏
我从围追堵截中胜利突围
那个烈日当空的午后
被飞来的一块砖角，砸中
而留在后脑勺的
疤痕

（原载《阳光》杂志 2019 年第 10 期）

地震，我们谈一谈（组诗）

地震，我们谈一谈

地震，你来
坐下，我们谈一谈

你不够磊落直白
你总是来无踪去无影
总是趁机震动一下，摇晃一阵
把大地搅得惶惶不可终日
你就闪电般躲进黑暗的深处
伺机下一次偷袭

窃笑人们奈你几何

地震，你敢现身
来和我较量吗
我已准备好了
橙色的应急救援
集合着，只等冲锋号
有蓝色的帐篷长廊
是避风的港湾，遮雨的房檐
一群长发及腰的志愿者
背影轻盈，送上温情
如果这些都还不够强大
那我就以命相搏，殊死抗争
要么把你打入地狱，要么与你同归于尽
还大地安宁

踏　浪

地震波，一波一波
浪过去，浪过来
我们也跟着浪过去，浪过来
大地是一艘船
有的晕船，下船躲得远远的
说是以后再回来
有的无处可去，还守在船上
看地震波起，浪花飞扬
亲，相信我，我们手牵手
我们一起去踏浪

摇啊摇

摇啊摇，摇到外婆桥

外婆居住的地方没有地震
那条街叫石燕桥
地震，若是你有能耐
你就把我震飞到石燕桥
让我看看外婆的石燕桥
草长莺飞，斜燕弄堂
窗前走过的青春，回眸笑声荡漾

摇啊摇，摇到外婆桥
外婆桥上望故乡
故乡的桥叫十子桥
来了又去，去了又来的恐慌
小憩在十子桥上
为还能聚在一起，握手，问候
然后谈一谈地震，摇啊摇

地震，你不摇了好不好
你累不累啊
我都被你摇得很累了，很荒谬
你歇一歇好不好
你回你的黑暗地库
我回我的阳光小家
你不摇了，我心安
你若是再摇，我也心安
好心情，应对坏地震
我不怕你，摇啊摇

（原载《四川诗歌》杂志 2019 年冬季刊）

作者简介：

　　庄剑，宜宾晚报社总编辑，高级编辑。多所高校客座教授，硕士生导师。用新闻谋生，让文学提神。有文学作品100多万字散见报刊。四川省报纸副刊研究会副会长，四川省作家协会第五、六、七、八届全委会委员。

我在永嘉读山水（组章）

◎庄　剑

悠游。闲居。悦食。乐活。
行走的风景，流淌的诗篇。
永嘉，你是我前世的情人。

——题记

楠溪江

克制不住自己，要飞来。
要飞来，读你的山和水。
读山水，读一千六百年前谢灵运的诗魂。

读山水的时候，山水流淌着桃花源般的气质。
我缥缈虚幻的思想，裸露在对楠溪江云烟似的遐想里。

悠游。行走的风景，流淌的诗篇。
闲居。远离尘嚣，修身静心。
悦食。美食美景，入味入心。
乐活。嬉游山水，四季如歌。

此刻，从源头村，我在竹篷和白帆的蚱蜢舟上顺流而下。

两岸连绵的青山，在灵气环绕的山林，幽静而清纯。

楠溪江低吟浅唱的流水，喂养了悠悠岁月。

抚摸蚱蜢舟的船舷，我抚摸到它一千五百年的质感。

我想问，屿北村庭院中那口古井里清凌凌的水，滋润过多少行吟诗人的心田？那个乡土气息弥漫的土灶台，可曾升起过引发谢灵运山水诗灵感的那一缕炊烟？

鱼翔浅底的楠溪江啊，你让我记得住乡愁，看得见水，望得见山。

石桅岩

三面涧水环绕，一峰拔水而起。

一座不平凡的岩，自然有着不平凡的内心。所以，你静立在那儿，胜过所有的语言。

石桅岩，你是一组象形字，给楠溪江印了一张"浙南天柱"的名片。

山野静谧。石桅岩，漫步于你的领地——移步换景。

小山峡。水仙洞。麒麟峰。下呑瀑布。水波岩……

雄、奇、险、秀、幽，还有奥，只是表象，不可捉摸。

游人正在提取你的韵味，仔细品鉴，像品鉴他自己的内心。

天色向晚，滑翔的微雨打湿了黄昏。

你的朦胧中，我歉意地表达我意犹未尽的遗憾：

石桅岩，我愿意将我的灵魂留在此处：睁眼望天柱，闭目听流泉。

百丈瀑

一百二十八米，高崖飞出，银河倒悬。

白色的帷幔垂直下来，动静适宜。

你的美，微凉。

在深秋的黄昏里，深邃而悠远。

百丈瀑，今夜，我要与你同歌。

我要在你瀑布竖起的琴弦上，弹奏出今晚"中国山水诗楠溪雅集"的背景乐。

空山幽谷，鸟雀欢唱。群山为幕，空气微甜。

昆剧。瓯剧。洞箫。古琴。

翩翩少年童声脆，帅男靓女颜值高，鹤发童颜体魄健。

今夜的百丈瀑，既自然质朴，又盛装妖冶。

而一段南腔北调的朗诵，久久地回荡在山谷间。如一亿年前中生代白垩纪的火山，把所有人的情绪点燃——

"借问同舟客，何时到永嘉"？

今夜，将有多少人，在孟浩然诗句的平平仄仄中，彻夜难眠？

（载《重庆晚报》2019 年 1 月 1 日）

腊梅对语果说的悄悄话（外一首）

语果　你用手指着我时
我想说　你红色的羽绒服
真好看

你却说我　那些黄色的
花瓣真香

你指着我枝头唯一的
一片叶子
问为什么只有一片

你还指着撒落案几的花瓣
问为什么
它们离开了枝丫
还暗香依旧

我不回答你的问题
我对你说　看
冬日的阳光多么暖和
远处山上的雪真白
我在瓶里并不孤单

而你　却像个小大人
严肃地说　梅
请不要转移话题

大雪日的独白

大雪　问你冷不冷

是一句苍白的话
大雪　请你添衣保暖
是一句无聊的话

大雪日无言　远望
然后在心里无数次独白
默念你的名字
然后用独白为你
披一件外套
用意念让你温暖

独白　是把对你的思念
盖上　封存起来
等你归来再打开
那时　肯定浓香稠黏

大雪日的独白
其实不是独白
其实是与你的窃窃私语

（原载《羊城晚报》2019 年 1 月 29 日）

乡 愁

写下春的一捺
依然剑胆琴心
依然　月是故乡明

天彭的牡丹花
在雍容华贵的
记忆深处
疾疾行走
走不出平静的人民渠
和一晃而过的蔬香大道

走不出
白鹿的上书院
磁峰的手工饼
还有

小北街三号的夹竹桃

游子　居于岸的对岸
听由远而近的汽笛不在
万帆皆过时
游子　早已宠辱不惊

其实　游子的另一个名字
就叫乡愁
乡愁　就是游子
掩饰在从从容容的梦里
盛开的牡丹花

（原载《成都晚报》2019 年 3 月 27 日）

虚构的夏日午后

夏日午后　你心不在焉
反复翻一本书

窗外雨地上的脚印
不介意地被
滴滴答答
恳切而坚韧地冲刷

那些倦怠的影子
把窃窃私语的酷暑
覆盖

墙外的夹竹桃
含毒的植物
开着粉红色的花朵

夏天的色调
在灰蒙蒙的空旷与孤寂中
一闪一闪

你用书中无聊的句子
打发一段无聊光阴
你说
好久没有这样抒情了
你嗅到　光阴里
飘浮着忧郁的暗香

（原载《2018 年四川诗歌精选》成都时代出版社
2019 年 10 月第 1 版）

掌柜房里寻乡愁

清晨，初夏的一场夜雨把小镇浸润得更加宁静，让四川省屏山县龙华镇这个"中国历史文化名镇"更加诱人。

很多时候，美，是寂静的。

从下榻的丹霞宾馆出门，往右，三五分钟的路程，经过一段现代小镇共有的钢筋混凝土构建起来的楼房后，便能够踏上从宾馆的阳台上望得见的凉桥。

走过匾牌林立的凉桥，经过历史岁月冲刷的石阶，可以看见苔藓斑驳的石门，当我们穿过这道被称为西栅子的石门时，就进入了龙华场。

旧志上称作的龙华场，由东河街和西河街组成。西河街历经多次水淹，在1948年冲毁后再未修建。今天我们在龙华场看见的古建筑，其实只是当年大河街的一部分——东河街。

东河街由正街、新街、顺河街、豆腐街等组成。这条小青石铺就，宽三米的小街依山就势，其建筑无统一轴线，随地理位置灵活机动而建，街道与建筑依据地形延伸。

这条坐东向西，寓意着"紫气东来，步步高升"的小街，在2013年，被统称为明清街。

我要寻找的掌柜房就在这条街上。

记得，小时候去乡下，我的一个远房亲戚就是在小镇上做过掌柜的。但在那个特殊的年代里，"掌柜"似乎是一个不能提及的话题，自然，我是不可能见过掌柜房的。所以，我幼小的记忆里从来没有对这个词留下感性的画面，倒是那位在小镇上做过掌柜的远房亲戚穿着长衫显得有些郁郁寡欢的背影，还时隐时现地出现在我的梦境中。

今天我要在龙华场明清街寻找的掌柜房，原来就在离西栅子不到二百米的地方。

两排挤挤的房屋，把天空勾勒出一条细缝。雨过天晴的晨光，透过细缝斜斜地打在临街的掌柜房上。

我寻找到的掌柜房，其实就是小镇的黄氏民居，而且据说是明清街目前保存较完整的民居之一。这个"保存较完整"的评价在我看见了掌柜房临街的货柜和屋檐下的灯架时得到了印证。经过明清市井生活的浸润，掌柜房已显苍老，但那曾经号令天下的风骨，犹在眼前。

当我轻抚这个全镇仅存的货柜时，猛然觉得一个人的感官被突然打开，掌柜房的颜色、质感、气息、味道、声音、方位一起涌现在我的面前，几十年间我对掌柜房迷迷糊糊的印象，在我记忆、想象、幻觉、情绪的参与下，变得越来越清晰，那些触手可及的物什，成就了我最隐秘的个体体验。

我的思绪一下子把我带入了当年的掌柜房。

昔日的大河街，曾是嘉州通往马湖的官道之一，青石板的街面，被千万双脚的来来往往，打磨成幽蓝的油亮。

龙华场从最初的一家幺店子供过往客商、行人打尖，到形成一个十分热闹的集市贸易中心和政治经济文化中心，其间经历了多少不为人知的故事？而黄姓的掌柜们就在这间掌柜房里生生不息，代代相传。白天，他们整理着货柜，与街坊们和睦相处；夜幕将临之时，他们支起屋檐下的灯架，为那些寻着酒香，缓缓步入小巷的掌舵老大或拉纤汉子，点亮那盏微黄的暖光……

"买包谷粑哦——"远处小贩的一声吆喝，把我的思绪从人声鼎沸的昔日掌柜房拉了回来。

站在铺面紧闭甚至有些冷清的古街，我发现，走在小镇这条青石板路上穿长衫的人，已经基本看不见了，倒是那些经常穿梭于摩天大厦与红绿灯斑马线的穿西装夹克的年轻人，会偶尔悠闲地漫步在古镇的石板路上，看见掌柜房，他们不言不语，静静地抚摸着纹路清晰的木质货柜，用好奇的眼光打量着掌柜房屋檐上方的灯架，怎么也想象不出，这，居然就是路灯的雏形。

其实，我真希望游人们就这样在古镇的青石板路上走着看着想着，然后，在一个不经意的回头之时，他们的眼神，能够触摸到古镇里忽隐忽现的乡愁……

（原载《北京日报》2019 年 7 月 26 日）

作者简介：

邹永前，己亥猪年生。20 世纪 80 年代初大学毕业，教书匠出生，后谋生于机关。四川省作家协会会员，中国散文家协会会员，文化学者。著有散文集《行囊》，文化随笔《神祇的印痕——中国竹文化释读》，纪实文学《滃井》。地方文化史志性专著《风情竹海·秀水长宁》统稿，文化丛书《文化长宁》27 卷本执行副主编。

作别我心的郁结

◎邹永前

　　这一天，注定，我会回到过去，在折叠的空间里，作别我心的郁结。

　　2018 年 10 月 20 日上午，农历九月十二戊戌佳日佳时，西昌邛海阳光明媚、湖水荡漾、青山如黛，外甥女的婚礼在此如期举行。

　　婚礼现场，白绿色为主调，欧式镂空城堡主舞台，鲜花与尤加利叶等铺就的 T 型台路引，丝带与灰、白、蓝三色灯笼构成的顶帘，呈现出典型的小清新西式草坪风格。婚礼形式的选择及婚庆现场的创意来自新娘，表达了她对静美、纯洁与高雅的追求。

　　"看啊！女孩先走过来了，从宜宾走来。也许你们会问：为啥今天的婚礼会是新娘子先走过来呢？这有故事。那年女孩大学毕业，在蓉城，她邂逅了我们西昌男孩。于是，她坚定地选择来到这里。男孩是回族，为了解回族的历史与风俗，为爱执着的女孩还单骑走宁夏，寻找那份爱的元素。"

　　婚礼主持人充满激情地向男孩与女孩的亲人讲述着我外甥女把自己嫁到西昌的爱情故事。

　　的确，我外甥女是个特立独行、敢爱敢恨，当然也有些自我，有些任性的女孩。记得在她小时，一大家子相聚，她做错了事，大家批评她，她生气地躲到一旁。吃饭，没人喊她，她却自己上了桌子。问，"你怎不生气了呢？"答："我再气，也不会与我自己肚子生气啊！"弄得大家哭笑不得。

钢琴曲响起，那是外甥女精心地将李玟《爱是那么真》、任素汐《我要你》等曲子糅合而成。外甥女的婚礼浪漫而温馨，于我们一大家人则可谓盛大，上至朝杖之年的老母，下至垂髫儿孙，三十余口由北京、成都、宜宾齐聚这儿为她祝福。

而四十年前的我，却是孑然一身来到这里的。那天的西昌邛海，与今的山水一样。提着一口木箱，背着一床棉被的我，踏上了这块陌生的土地，空气中弥漫着一种我从未有过的味道，有些不适，泪眼中，我看见了离开家乡时送我的父亲。

送我，自我记事起就未干过重活的父亲，把我的木箱从家里扛在肩上，一路来到车站。把木箱放好，并未离去，而是下车后趴在我座位旁的车窗边，含着泪，似有话说，却又没有开口。

我明白，父亲并非因我远行而不舍，毕竟儿大，要闯荡这个风雨的世界。十四五岁便就跟随自己的大哥，头顶一顶远大于自己身体的斗笠，手拿一根 T 字形"拐笆子"，背着锅巴盐上云南的父亲，明白这些最为浅显的人生道理。

父亲眼里噙着的泪水，是因为有些歉疚。

这时代是垂青于我的，1977 年下半年，在我即将高中毕业，父亲已经开始为我筹划落实下乡插队地点。比如，有意结交县内某村支部书记，要以他那不大一点的能量，为我找到一个以后能顺利推荐上学、招工、当兵的地方时，仿佛季冬朗朗的阳光，照在了这片万物即将复苏的土地上，面临上山下乡的年少孩子，以及那些已经三十好几的老学子，人生前途有了一条星光大道。

铺就这条星光大道的时间是 1977 年 8 月 6 日，那天在北京人民大会堂召开的科学和教育工作座谈会上，武汉大学教授查全性提出必须恢复高考制度，中国改革开放的总设计师、时任中共中央副主席的邓小平当场拍板同意。从此，我们有机会跨进神圣的大学殿堂。

这是改革的前奏，是中国复兴的前奏曲。因此，对于来到西昌，就读于西昌师专的我，当然极其幸运。而且，没有喝过几滴人文初乳，不知欧美经典《安娜·卡列尼娜》《简·爱》《欧也妮·葛朗台》等等为何物；中国古典文学几为空白，《关雎》《离骚》等等古文学经典到了大学才初次涉猎；只在批林批孔、评法批儒中整了点"之""乎""者""也""哉"，学了点《荔枝蜜》《登泰山》，以及偷偷在小人书书摊上读过《三国演义》《水浒传》的我，能以全县唯一文科应届毕业考生考上大学，虽是专科，但已是骄子。

然而，就因为我在高考填写志愿时，在"是否服从分配"一栏，填写了"服从"二字。于是，我被那不知姓甚名谁、是男是女、是老是少，抑或是胖是瘦的人用笔一划拉，就丢到了这地方。

录取通知书是我在县邮局工作的姨爹专程送来。送来时，虽非范进中举那般"一片声的锣响，三匹马闯将来"。但姨爹也是人在我家屋外，便就扯开嗓子喊道："通知书来了，永前、永前"。听见姨爹的喊声，我冲了出去，从我姨爹手中抢过录取通知书，兴奋之情不可名状。然而，当我打开通知书，看见里面的文字"西昌师范附属高师班"（1978 年底改为西昌师专）时，我彻底懵了，这是一个什么玩意儿啊？我兴奋之情随即被懊恼与苦痛取代。也不说谢，转身躲进了父母为我们几兄弟用竹搭建的阁子间里，并不任性的我，任随母亲他们怎么问话，也不搭腔。

父亲下班回来，早已从邮局工作的我姨爹处得到喜讯的父亲，听母亲说我在气，于是猫着腰来到阁子间，坐到床沿上，有些明知故问地问躺在床上的我，究竟是怎么回事？在父亲面前我不敢任性与逃避，于是弱弱地说："爸，我想复读，明年再考一次。"听了我的话，父亲久久地没有说什么，此时，我母亲，我 80 多岁的祖母、弟弟妹妹，乃至邻家大人孩子，都在阁楼下；然而，时空寂静，静得完全可以听见父亲手上那只钟山表发出的嘀嗒声。许久，父亲才用几乎只有我能听见的声音说：

"大娃儿，你得去。管他是中专，还是大学，你这是端了饭碗啊！明年重考，这高考明年就一定能继续吗？还有，你二弟、三弟也快毕业了，考学校那是恐怕没有希望，上山下乡的政策又没变，办留城指标只有一个，你留下来，明年走不成，爸就难啦。"

父亲那几乎是恳求的话语，刺在我的心上，让我虽无法说服自己，但也没有选择的余地。天赐幸于我，我没有放弃的权利，我只能入学、读书，然后就业，为父母减轻那已经不堪的重负。

或许就是一种命，二十多年后，吾儿参加高考，第一次考入北京科技大，不合他的意，他坚决复读。我做他工作，希望他去，内心却又期盼他坚定自己的选择，实现自己理想。第二年孩子考入中国人民大学，与他设定的目标有一点儿差距；然而，吾儿的自我选择毕竟结出了丰硕的成果，于我，则仿佛了却了那已经永远无法实现的心愿。

西昌师专，校址就这在邛海边、泸山下，就在我外甥女现在举行婚礼的地方。青松翠柏掩映中的学校虽说有些简陋与寒碜，那幢"文革"武斗中留下的满是弹痕、断垣残壁的原四川林学院教学楼，也于这景秀山河中透出隐隐的痛，但这里依然不失为读书的好地方。

后来，我这才知道，我的同学，不仅大多数年龄比我大，即使那高考成绩也比我好。然而，诸多的，比如年龄，比如家庭出身等等，他们也被那不知名的力丢到了这里。接到录取通知书，眼瞅着通知书上那陌生的文字时，也是一脸茫然与懊恼。然而，复读，以致抱怨的时间都没有，我们都没有选择，只能欣然接受，静下心来，把已经失去的光阴夺回来。于是，在我们校园传开了这个有几分苦涩，却不乏幽默与励志的故事。

一个周末，我们学校有两个同学去西昌城，公交车上偶遇一或许是高考落榜的青年。这青年对我们在读大学生极其羡慕，只是他可能确实没有多少关于大学、中专的知识，于是交谈中对我们同学说：你们真幸运，虽说读的是师范附属高师班，比师范差一个档次，但能读书，今后更好地为人民服务，太幸运了。听着这话，其中一同学正要急，有一个止住那同学，慢条斯理地问道："你知道大学学制吗?"那青年说"不知"，于是我们这同学告诉他，大学分三年、四年学制。又问："知道为什么不?"那青年自然不知。这时，我们那同学自豪地向那青年介绍到：现在国家进行社会主义现代化建设，百废待兴，急需人才，时不待我。于是啊，党和政府就考虑让我们这些年龄大的、成绩好的考生只学三年，早日学成，为国家出力，为社会主义现代化建设贡献力量。小青年额首以为然。

的确，这是一个理想迸发的时代，从干校、工厂、农村，乃至从监狱，走上这三尺讲台的老师青春焕发；已历无数苦难，从烈日炎炎的地头、烟熏火燎的砖厂、山道险阻的林场，走进这神圣殿堂的莘莘学子激情四溢，美梦在这里无限地生长……

外甥女的婚礼已经进入父母代表讲话的环节，我在折叠的空间里，没有完全听进外甥女婿的父亲都说了些什么？但有一句我听得十分真切，那就是他们支持孩子们的选择并祝福他们。

是啊！百年前，乃至几十年前，选择自主婚姻的青年男女，以殉情、逃婚等等形式，与就了惊天地泣鬼神的人生。《家》《雷雨》等经典小说与戏剧，蔡和森与向警予、鲁迅与朱安的婚姻爱情故事，至今读来，依然让人慨叹与唏嘘。而今天，这一切关于婚姻爱情的故事似乎已然平淡。"婚姻大事自己作主"，已不再惊世骇俗，许多时候不过是青年男女向父母挑战的戏语罢了，于父母，有的只是祝福。

婚姻已经可以自由地选择，学习与工作也如此。对于四十年前的我，或者说我们，择校，想做一个自己的选择，难。甚或我们无选择的余地。到吾儿高考复读，作为父母我们可以做这样那样的劝说，但最终的决定权还在他自己手上。工作，那时我们读了大学，就有些像范进们中举一样可以居"黄金屋"，拥"颜如玉"；但你无权选择，你得服从分配。三年后，在我离开这所学校时，依然是那股力将我抛到了又一个陌生的地方，尽管这一次我在"是否服从分配"一栏填写的是"不"字。

而现在的孩子们呢？读书，比如高考志愿填写吧，从五个梯级志愿，到六个平行志愿，再到今年的九个，志愿的填报几乎不再艰难。工作，跳槽，甚至炒老板的鱿鱼已是孩子们的家常便饭。吾儿从学校毕业，由北京再到成都，跳槽就已不是一次两次了。

这一天，在这里走进婚礼殿堂的我的外甥女，从此，和我一样与西昌结缘。不一样的则是：他们无论是男孩追女孩，还是女孩追男孩，都是他们自己的选择，或者说，他们已经可以选择。而，今后他们的生活与工作，无论选择留在西昌，还是离开这儿，他们都有这个权利。

因为，孩子们已经拥有了一个与我们不一样的空间与时间；所以，我相信未来这种自由的空间会愈来愈大，四海之郁结尽释，孩子们也再不会留下，像我们一样的郁结于心上。

（原载《四川文学》2019 年第 12 期）

作者简介：

　　郑友贵，作品散见《文艺报》《中国诗人》《华人时刊》等。著诗集《目光如初》散文集《一路行走》《故乡在远方》，并由国家图书馆、中国现代文学馆、各省级和重点高校图书馆收藏，入选《中国诗歌年选》《中国汉诗年鉴》《四川诗歌年鉴》《中国散文诗年选》《中国散文家代表作选》。

在故乡在月下

◎郑友贵

　　月光悄悄洒在川南大地，洒在商禽故乡四川珙县巡场镇美丽的芙蓉花丛中，林中的小鸟轻声欢歌，仿佛在热情欢迎这位离家已50年的游子。

　　商禽，年过花甲，川音依旧，满脸沧桑却又倔强。这位在海内外享有很高声誉的现代派诗人，台湾《时报周刊》副总编，"华人文坛鬼才"，与我在月光下的芙蓉矿区花园草坝中饮酒谈诗，谈他不平常的人生。商禽品了一口家乡酒，津津有味，再饮一口，则慢慢走进一种深邃的意境和只有长期漂泊海外游子才有的百感交集之中。

　　商禽没有太多嗜好，唯独痴情诗与酒，他的诗开台湾超现实主义之先河，诗集《梦或者黎明》《用脚思想》等在德、英、瑞典、法国等地出版，1994年获瑞典诺贝尔文学奖提名，受到海外文坛注目。

　　我与商禽算得上忘年之交。每次回乡，他都会突然而令我惊喜地出现眼前。先生对三十出头的我，可能是出于对故乡作者的喜爱和期待，交谈无拘无束。

　　我举起酒杯："先敬先生一杯，故乡亲人欢迎你归来！""好，我喝！"先生一饮而尽。"第二杯是敬仰先生勤奋耕耘，享誉海内外，为四川老乡脸上争光！"先生连连摇头："不敢当啊！""这第三杯酒，希望先生创作丰收，常回故乡！"先生连饮三杯，脸上有了红光，平常话语不多的他，竟追述起他坎坷人生：“我 15 岁离家，满怀报国之志从军抗日，随军从广州辗转到台湾，做了多年的连队文书，忘我地写诗，退役后作过园丁、码头工人、家庭教师、搬运工、报刊编辑，还开过一个名叫'风马牛'的牛肉面馆……”生活磨难并未磨灭商禽先生的艺术追求，艰难漂泊中，他写出了代表作《梦或者黎明》，受到国际文坛重视，他的诗经马悦然（诺贝尔奖评委之一）翻译以瑞典、英、法文同时在海外出版，在中国当代文学史上罕见。在世界各地笔会、讲学，商禽先生离不开诗与酒，他爱诗爱酒胜过生命，故乡的五粮液，他更是情有独钟：“五粮液是我们川南特产，巴拿马金奖，清香爽口，回味无穷啊！”在台湾他常与文友畅饮来自故乡的酒，在美国国际华人写作中心，他设法搞到两瓶家乡酒与中外诗人同饮。一次，大陆采用了他的诗作，商禽不要稿酬，他说：“给我几瓶五粮液就心满意足了！”

夜已深，商禽先生举杯与我同饮：“你要坚持下去，多看多想多写，要有当一流作家的信心志向！”这杯酒，装满了他对年轻人尤其家乡作者的殷切希望啊，我接过一饮而尽。

在美酒与乡情的微醉中，乘着月色，商禽从巡场小镇青石板街默默一路走过去、走过来，他仿佛在幼年时走过的青石板小路上，追寻当年母亲呼儿回家吃饭的慈祥声音。如今，人世已非昨日，唯有这乡情依旧、乡音依旧，家乡酒还是这样地道、甘美……

（刊于《情感文学优秀作家作品选》团结出版社 2019 年 11 月 1 版）

家住岸边

我家就在岸边住。

我住在被称为万里长江第一城的宜宾。

这也许是前世今生的注定。我出生在川江之岸的古县城边。青菜、萝卜、泡咸菜……清贫的童年、少年，但我心中还是真诚感激这一江清水。

20 世纪 70 年代中后期，我这个农家子弟有幸进入县城二中读书。住着 10 多人挤一起的寝室，吃着清汤寡水的饭菜，我常在每天下午四五点钟就开始流鼻血，头昏眼花，跑去学校医务室，中年女校医也说不出是啥原因，先说青春期现象，后又说可能是“营养不良”。高中生了，十六七岁的年龄，去学校食堂打饭，我个子还没有食堂窗口高，食堂师傅说：“你是中学生吗？城里的小学生都比你还高！”那时，同学们常拿矮个子同学开玩笑叫“根号二”或“X 矮子”。不过，我并不因为个子矮小自卑，而是担心天天流鼻血不能活下来。长身体的时候，农村只吃两顿，读书也是自带红

苕到学校食堂煮熟当主食，学校说是每月打两次“牙祭”，可就那么几片猪肉咋管用呢。以致后来读到路遥写的《人生》《平凡的世界》描写主人公高加林、孙少平读书的遭遇和心理，我觉得非常真实。

20 世纪 70 年代后期，邓小平政坛复出恢复高考制度。科学技术的春天来了。全民掀起了读书热，都说要“为中华崛起而读书”。我所在的小县城，尽管生活贫困，但人人脸上洋溢着希望、自信。我和要好的卿章林等同学，常来到江边大黄桷树下，看书、练习、答问，有时还跳入江中游一游，心中都憋着一股劲，口念苏东坡“大江东去，浪淘尽，千古风流人物……”心中憧憬远方，如鸟儿渴望高飞。

幸运的是，我们班百分之八十以上同学都先后考上大、中专学校，这十分不易，那时录取率只有百分之三至五左右，意味着百分之九十五左右考生“名落孙山”，我和同班田川同学被重庆煤矿学校录取，一同来到歌乐山下的

校园。

真是与江有缘，依然在长江之岸读书。生活打开一扇崭新的窗口。每天伴随着学校高音喇叭"风儿呀吹动我的船帆"等歌曲起床、早操，然后是早自习、课间操，每晚我还沿学校环校公路长跑。《浅草》墙刊，则由张晓陵（后来的导演张一白）、田涌（后来的画家，策划师）主办，钢笔书写，刊发班上同学习作。郝成彪同学小诗《窗外》在《重庆日报》发表，轰动校园，连校长也关注呢。同学们拼命读书，你追我赶，力争成绩在全班五十多名同学中进入前"十佳"。我这个"丑小鸭"和宜宾籍的田川、张崇煜同学都先后进入过"十佳"。很有学问的重庆师院李敬敏先生（后来任重庆师院院长），为我们讲授《文学概论》，同学们爱听、爱问，李先生在美学研究上颇有建树，已发表过多篇美学论文。他毫不掩饰对我们这个班学生的欣赏和喜爱："你们并不比我在重庆师院教的学生差"。班上同学们走出校门后，从政经商、从艺教学等，都有不俗表现。这当感谢校园那激昂向上的学习氛围，民主开放的思想气氛、半军事化管理纪律。

命运有时真的神奇。出生长江边，读书长江边。谋生"创业"也在长江边。我先在川南珙县芙蓉矿区上班，后又定居宜宾。

第一次到宜宾，是我很小的时候，随哥哥从南溪乘船到宜宾寻郑氏宗亲，记得在宜宾合江门下船，就有一排排木瓦结构、雕梁画栋的一楼一底两楼结构房屋映入眼帘，古色古香；除了江边码头人来人往，街上行人并不多，街沿上喝茶、谈天的人们生活显得悠闲自得。终于打听找到了郑氏本家，只有一位婆婆在家，记得她叫我"幺哥"（宜宾话对男孩的昵称）。

宜宾，真是一座奇特的城。抗日女英雄赵一曼就是在这里读书长大，接受新思想，吟出了"誓将头颅兴故国，甘将热血沃中华"豪壮诗句，走上一条独特人生路；还培育了革命烈士余泽鸿、李硕勋、卢德铭等，走出去了阳瀚生、商禽、唐君毅等作家诗人学者，韦皋、苏东坡、黄庭坚等诗人先后到此，并留下诗篇；而宜宾的川红功夫茶、名酒五粮液早已名动中外。

金沙江、岷江从雪山、草地、峡谷一路奔来，在宜宾相拥在一起，始称长江，浩荡东去。宜宾是古老的，第一批"全国历史文化名城"，已有二千二百多年建城史，地处川、滇、黔结合部，古代南方丝绸之路重要通道，诸葛亮南征在宜宾驻军，至今在流杯池公园仍有"丞相祠"，唐朝时称"戎州都督府"，管辖着云贵川近一百个州县，号称"西南半壁古戎州"。

宜宾有酒都、竹都、煤都、茶乡等美誉。但在我心中，它主要还是一座"江城"。不管城市如何发展壮大变化，宜宾三江六岸，临港、江北、西区、南岸、古城，始终还是江边之城。因为这条大江的滋润，才有了秀美竹海，才有醇香美酒，才有这品茗好茶。因为有了这条神奇古老萌动生命与青春活力的大江，才有这两岸的茂林秀竹、物产丰茂。一方水土养育一方人，宜宾人有大江胸怀，有翠竹的秀美气质，有山的刚劲，更有酒的火热。江之儿女，不畏艰险，勤劳智慧，当国家有难，日寇在华烧杀掠夺时，宜宾青年纷纷从军抗日，打出"川军"威名。也正是宜宾李庄这座江边小镇，敞开胸怀，接纳了同济大学、中国营造社、中央博物院梁思成、林徽因、李济、傅斯年等文化名人、学者、师生，一个仅有3千人的小镇，容纳了1万3千多师生，度过了整整6年时光，在此梁思成在林徽因协助下写就了经典之作《中国建筑史》，李庄成为和昆明、重庆、成都一样的"抗战文化中心"。李庄"三白二黄"也名扬四方（即白肉、白糕、白面、黄粑、黄辣丁）。宜宾江安同时接纳了"国立剧专"，中华人民共和国成立后更名为中央戏剧学院，曹禺、谢晋等在江安度过难忘时光。

很多人都说宜宾是块"宝地""福地"，有山有水有酒有竹，有吃的、玩的、看的，如今正把沿江一百多公里建成滨江绿化休闲观光道，既涵养水土防止流沙入河，又为百姓、游客提供了健身、休闲去处，而且宜宾城附近的蜀南竹海、兴文石海、李庄古镇、南溪古街等车程大多在一小时或半小时内，方便得很，而城中就有翠屏山、真武山、白塔山、七星山、龙抱山等城市森林公园。

宜宾是西南出川出海通道，成贵高铁、蓉昆高铁、渝昆高铁在此交汇，是国家级高铁交通枢纽——可以设想，宜宾的未来及发展空间将是令人鼓舞的。

不知不觉中，我的小诗《思念》、散文《岁月的镜子》被宜宾《金沙》杂志张德生先生刊发了，那时我才 22 岁。张先生宅心仁厚、育才爱才，尽管我们不曾见面，他还常让人带投稿用的稿笺给我，并带话鼓励我："文笔还可以，要坚持多写多看多练。"他退休后，我专程到他位于小北街的文化馆家中去拜访、感谢他。我庆幸自己生长、生活在长江之岸，家乡的水在心中流淌，也在笔尖流淌。做梦也没有想到，祖祖辈辈斗大字识不了几个的我，从一个乡村放牛娃，成了舞文弄墨的作家，诗歌、散文、评论作品先后在《文艺报》《中国文化报》《香港文艺报》《中国散文家》《四川文艺》《青年作家》《散文诗》等数十家报刊发表、获奖，诗集《目光如初》、散文集《一路行走》，《故乡在远方》由中国文联出版社、大众文艺出版社出版发行，并由国家图书馆、中国现代文学馆及各著名高校图书馆、省级图书馆永久收藏。

在工作或写作读书劳累后，夕阳西下，在江边走走，看看，或坐在岸边发呆，什么可以想，什么也可以不想，或捧读一本喜爱的书刊，或看江水起伏，鸟儿飞舞，心中有时会自然升起一种情愫：有幸家住岸边，感恩并珍惜这条大江的馈赠。

然后，夜深了，枕着江涛慢慢入梦。

（刊于《四川作家报》2019 年第 11 期）

月夜小路（外二首）

月光　把这江边小路写满诗意
小路　通往遥远　幽静
不再唤醒那痛苦的记忆
我已明白　因你沉默的眼睛
夜真好　挽紧手臂　我们走向
晨曦　走向纯真与甜蜜憧憬
于是思念会化作那张不平静的
白帆　走进你温柔的海岸线
当大雁南飞　相思果
挂满山野的季节　你
就会感受到这颗滚烫的心
岁月的流水虽然激荡漫长
却冲刷不去我们身后这两行
深深足印

今夜属于我和你

今夜　是彩色的
彩色的今夜属于我和你
不要说往昔的每个夜晚都苍白
从前毕竟已经过去　一切都会化作
美的追忆　让我们一同走进
色彩斑斓的四季　走进另一番天地
相信吧　并非所有的等待
都永无消息　在那繁星点点的秋夜
将相逢不再迷蒙的土地

（刊于《诗中国》杂志 2019 年第 4 期）

那种歌谣

那种歌谣　营养丰富
如母亲乳汁　喂养的男儿洒脱豪爽
女儿如水柔情

当你走进这如流水般的旋律之中
猛然感觉 桅杆　青山　野码头
洗衣女　夕阳　袅袅炊烟
质朴而亲切　永生难忘

这是一种人人都能歌唱
歌词却千变万化内涵极宽的歌谣
曾在李太白的狂歌中飘飞
在东坡先生大江东去中豪放

在中国第一本新诗集《女神》中浪漫
在匍匐前行纤夫的纤绳上跳动
在父亲嘶喊的歌喉里嘹亮
在母亲劳作的汗珠里闪耀太阳的光彩
在我江滩童年脚印的梦幻里飞扬
在阿哥阿妹山歌声声中飘远
时如三月田野和风
时如七月风暴雷电

然后你我　深情唱起
把发烫的青春　礁石般信念
全灌进这一个个撞人心魄的音符
那歌谣　是故乡
川　江　号　子

(刊于《四川诗歌年鉴 2019》)

作者简介：

　　朱佐芳，笔名蓝色海洋，心雨。宜宾市作协理事副秘书长、高县作协副主席。四川省作协会员。作品多次发表于《诗刊》《北京文学》《中国诗歌》《扬子江诗刊》《安徽文学》《诗江南》《四川文学》《星星诗刊》《绿风诗刊》《青年作家》《现代青年》等。作品入选多种选集和年度选本。著有个人诗集《时光的背影》。

迎风流泪

◎朱佐芳

这些年，年迈的父亲
喜欢提一把竹椅
坐在后山坡顶。看天空云朵的布局图
看远山的起起伏伏
看山脚下的小河，绕过田野
又绕过村庄
看一群群雀鸟飞进丛林

有时候，他会对庄稼地的麦穗发呆
对瓦背上母亲升起的
袅袅炊默默感动
有时候，他会在回忆里
沿着人生的轨迹
来回地走，不断的斧正自己

有时候，他会在村口
为新生的婴儿送上祝福
会在送葬队的锣鼓声里，藏起悲伤
但面对日暮黄昏他会迎风流泪
面对夕阳每落山一次
就要带走人世间一个人，他深信不疑

（载于《诗刊》2019 年第 5 期）

哀　思

或对故人慎终追远
或让后生，明德归厚
四月，鸟语与繁花
扶正春道
一条乡路越来
越瘦。一场清明雨从唐诗宋词
一直下到现在
大地空旷，乡土湿润
诸多神灵匍匐人间

将叩首坟前的子孙，逐一
认领。让亲人
摁了很久的泪水
一并倾泻
一阵鞭炮之后
青山，归于沉寂。归人归于一粒
安身立命的词。各奔东西，隐没市井

（载于2019《青年作家》第4期）

端午节回乡

每次过节，像是上帝
发出的一次令牌
让每个孩子有了故乡可回
乡路上有了归人纷纷

堂屋又恢复儿时模样。父亲坐在屋檐下
面色潮红
仿佛一见到久别的亲人
他就有一种，沉默太久的兴奋

父亲的背影

这个赐予我姓氏
赐予我
37度血液的人。赐予我人间
第一句话开头的人
这个在童年

给我梳过羊角辫的人
如今已被时间俘虏
他已成为命运的囚徒
他的肤色，越来越接近泥土
他的目光，越来越接近落日

作者简介：

周邦忠，男，中国现代作家协会会员，宜宾市作协理事，屏山县作协副主席。作品散见《北方文学》《鸭绿江》《华夏散文》《中华文学》《速读》《诗词》《长江诗歌》等多家报刊，有诗文入选多种文学作品集，多次获奖。

摁不住天河的潮汐（组诗）

◎周邦忠

王府井酒楼下

别人和自己说过的酒话
转眼就记不起了
我们啃着兔子的骨头
好像又回到童年
在山里打柴，追野兔
啤酒喝下去很冷
冷得直打战
一想起兔子逼急了要咬人
我的骨头，就像散了架一样

逝者如斯

一根根白发，暗箭般
从头顶次第射出
记性差了，我得想透一些事
或写进诗里，或逐渐忘掉

清空天气预报之类
让昙花一现的神往留住
把铁树开花的瞬间
在无常的人世中闪存
还得将镜子掩盖
就像遮住命运的伤口
别在柴米油盐中化脓

父亲的马

被蛛网拴住
一摇一晃
一片 28 克的白纸布满灰尘
怎么摇也掉落不完
父亲用秃笔、墨汁和水
让它在无边的原野奔腾
如今,父亲走了
它只能在幽暗的墙上
躁动不已

枯叶贴

行走在岷江大道,一片枯叶
从身后扑在肩上,说
能在春天结束是一种荣耀
可以安心享受解脱的轻松
和死亡的快乐。世间的一切
都可以在另一个世界重新排列
我看见她蹒跚的身影
如一具遗体缓缓降落
比从高楼上坠地的人轻得多

台 阶

一群台阶攻占了城市的街巷

一些台阶低至草根
一些台阶高到豪庭
只有佛的台阶奔赴天空

散列穹庐的星群
每个月圆之夜都在歌唱
就算地上的喧嚣汇在一起
也摁不住天河的潮汐

江边的这段土地不再种庄稼
盖上了高楼、市场、公园
没有教堂。有台阶通向坟墓
通向地狱,通向天堂

月满之时,我走在长长的台阶
风中总有什么在摇晃

夏 日 书

汗水滴落,与墨汁一道
奔涌在宣纸的海洋
从沉潜到涌泉到奔腾到飞舞
白色的人生黑迹斑驳
直到在款字下钤上鲜红的印
又一颗硕大的汗珠炸响
把一汪血围困的惨白
污得一塌糊涂
也罢,就把它作为我一世的遗书

(载《青春岁月》2019 年 3 月下期)

一些花香被月光抽散（组诗）

水墨故乡

离老家还有十公里
小车在山腰写着篆书
故乡像一幅水墨渐次展开
所有的赤橙黄绿
淡化成黑与白
陈年的痛苦和血泪
化作或轻或重的黑
或深或浅的白里
埋藏着欢笑和梦想
只有一场要来没来的初恋
如水一般消隐在黑白之间
了无踪迹。青鸟高飞
我在画面最大的空白处
驱赶车轮，用草书题款

再访楞严寺

一脚踏进明朝
经文还散发着墨香
跪倒在佛前，我就成了
古寺的犯人。古钟和楠木
为改造我而说着掏心的话
说着佛的残体和孤星的笃定
绝口不提今天的红尘
我进寺前关掉了 QQ 微信
极目搜索，在穿过时光的
快递里，怎么也找不到
我 1436 年的肉身
出门之后，我还得接受
冷风的改造

一个人远行

白云飘荡，有不言的玄机
回不到汉唐。一个人
走得越远，越渺小
歌声小，冷也小，泪更小
小于无力高飞的麻雀
受过污染的心尖在香头上
一点点地烧，一点点地圆
远行者和麻雀都不愿
踏进庙门。面对神灵
太小的诉说与许愿，没神信
哪怕门外，语言一地葱郁

月亮湾

是谁挥动着天空这张砂纸
把月亮打磨晶莹
安放在你空着的眼眶
还用泪水，养壮小鱼
我听见她们的喋喋声
似乎是诵读鱼族古老的经文
人世这条汹涌的河
到此变得平静，一些混沌
沉入水底，一些花蕾
渐次开放，一些花香
被月光抽散，四处游荡

盛夏感怀

盛夏是一场暴雨

人间有多少苦难，它们
就有多少轰轰烈烈
砸下。痛得多了，就麻木了
许了一冬的愿，总算
变成滚滚洪流。这个夏天
我满身俗气，在这个城市
像一枚弃子。为赶在成为
市侩之前，自我救赎
将泪水与母语合成机油

注入生命之舟的发动机
在诗行浇筑的河道里搏浪
洗净一身的霾和重金属
把撕裂的灵魂用新的
密码，发送给我的神灵
没人知晓，也不怕授人以柄

（载《青年文学家》2019 年第七期）

大雁塔

在广场上走，不拥挤
拥挤的只是上塔之梯
大雁塔，一个装满病痛的旧盒子
掉土的部位，暴露看似轻微的病灶
和令人战栗的真实
买票登楼，不为披阅贝页经
瞻仰舍利子。我喜欢这
攀缘之外的角落里生长的黯淡
能够避开纷纭的目光

能够听见时间燃烧时爆裂的声音
攀上塔顶。用一个下午
只为凝视绵延千年的古街
怎样接纳无边的风尘。接纳
发黄的虚荣和枯干的汗水
光阴的涟漪沉入护城河底
悄无声息，我与风月从此互不相欠

（载《长江诗歌》2019 年第七期）

远行记（组诗）

路过老地方

田里的水还没满
一些水葫芦就要漫开来
鸭群颠着一伸一缩的脖子
喊着"爸爸爸——嘎——嘎嘎"
一蓑烟雨一肩梨
身后跟一头懒洋洋的牛
——这样的场景已多年不见

在老地方，猕猴桃染绿了新屋子
一拨拨旧人散居到山坡、岩下
一张张熟脸挂在林间
每逢清明，山火偶发
人们也只把幻境更新一次
从山间路过，那些目光要么浑浊
要么陌生。我禁不住
心里微微一颤

访明霞洞

玄武峰的雾，长得丰腴
一团，一团。像那云游四方
老道风起的袍服
无法看清的天空，晴雨交错
一种声音从虚无中
从四面飘飘洒洒而来
又混入苍凉的脚步消逝
地藏菩萨累了，独自在偏房休憩
我也累了，在石阶上坐下来
让细细的雨点慢悠悠地捶打
听一听雾海深处的龙吟虎啸
捋一捋上山时在路边店
被狠宰的感觉

凉桥头的石狮

本是一对，硬生生被分立左右
若干年前发生过什么
若干年后会发生什么
都在时光的河流中静静地泻过
平静，可以不说一句话
对于风雨，战火，情爱
也可以无话可说
背后的龙溪河有喜有忧
对面的八仙山有霜有雪
而它们，只要愿意
可以用一种姿势站立千年
如果你经历了足够多的冷暖
你总能从它们的眼里
读出些什么

去夏溪

小凉山那些坚硬冷漠的岩石
让西宁河找到了行走的方向
我历经曲折，在它汇入金沙江那儿
找到了前行的路标
深入西宁河谷，那些旧时光
驾着山雾款款而来
新开的白玉兰和红得有点粉的茶花
爱理不理，我原谅她们
额头紧锁的火烧岩
被风吹弯的新月桥
还有不谙世事的报恩寺
都在迎接一个漂泊归来的故人
像迎接一只疲惫的
不再轻易开口的乌鸦
或者一尾总是赴向鱼钩的老鱼

在新世纪大酒店照镜子

据说，从娘胎出来
我好像是个人的模样
在时间这台车床眼里
我似乎是一块好钢
让我一次次头颅进去
脚尖出来，直到轧得脸黄发白
一开口说话，就不是童声
问镜子里这个像我的家伙是谁
他只管学我说话
我却听不见他说些什么

（载《唐山文学》2019 年第 9 期）

作者简介：

  周华聪，宜宾长宁人。教书之余进行诗歌创作，现有诗歌在《天津诗人》《星星诗刊》《大风》《几江》等省市刊物上发表。已出版诗集《听得见的雨声》。

静美之秋

◎周华聪

沿着季节飞翔　　我看见了
草木之上含蓄的秋天
院落之间　　天空之上　　群飞的鸽子
是一首首掠过的声声慢
晨间微凉的露滴
朝霞那一抹淡淡的嫣红
一推门就踩住了
从宋语里跌落下来的几枚韵律

竹木是竖立的诗词
秋风习习　　落叶旋旋
一片叶子就是一阙婉约的小令
一年就一次这样的诗词盛宴
天空高远　　大地安详
仿佛世界就只有这诗花词雨
轻轻地飘落
静静的时光

秋风过境
一个笑容展开便是层层山峦

一个名字拆开就是潺潺流溪　　　　　　一声　一声
在这秋月开成花朵的夜里　　　　　　　送她回家
我要以诗为马
抱紧夏日里蝉儿丢失的鸣叫　　　　　（原载《天津诗人》2019 年夏之卷）

长宁小城

在故乡的摇篮　　　　　　　　　一枚他乡的雪花
三条缆绳　　　　　　　　　　　也可以在这里找到温暖
是风回家的方向
宁静的阳光中　　　　　　　　（原载《星星诗刊》2019 年第一期下旬刊）
远山叠翠　三月时节

色　彩

天与地之间　从不曾空泛　　　　　生长出来的植株
有阳光　雨露　和风　　　　　　　就认准了两种颜色
亦有掷地有声的铮铮誓言　　　　　黄是一个种族
把崇高的信仰种于地表　　　　　　红是一种秉性
就是植入每一棵草木之心
由此　　　　　　　　　　　　（原载《星星诗刊》2019 年第四期下旬刊）
九百六十万平方千米的土地上

作者简介：

周洪明，笔名川南雪，省作协会员。作品发表在《星星》《青年作家》《诗潮》《青海湖》等报刊。出版新诗集《情感高原》《春梦》，长篇小说《坠落与升腾》，纪实长篇《文坛泰斗阳翰笙》《宜宾白毛女罗昌秀》（与人合著）等。

风吹过北京（组诗）

◎周洪明

天　坛

灰暗是外墙味道
桃花依旧粉嫩
白梨挺着怀孕大腹
树绿披散胜发
根根都像健硕皇帝

圆形祈年殿堂高座
如旋转着的陀螺
圈圈护栏开启急速态
神州风调雨顺
秋日盛，百谷丰登

仪仗、器皿、殿灯还在
让你回到明清朝代
鼻穴飘过铜钱味
门槛磨洁得胜过骨骼
面对天神八个皇帝牌位

我虔诚地合掌祈愿
平安、健康、长寿
子孙福禄，赛过东海

北　海

酣睡于故宫西北面
与前海中海南海相通
景山兄弟与她比邻

琼华岛顶，瓶状塔炫白
散发辽金元明清时光
佛殿错落，香祷平安
太液池水微波荡漾

琼岛春阴，头顶盘龙
跟无色琉璃九龙相映
亭台楼榭披红挂紫
海棠树落英缤纷
就像黄昏骤降春雪

恭王府

熙攘人群细碎风景
长池侧，水柱喷射
与方正浮亭对望

沿升官发财路升降
佛殿上书静心沉性
秘云洞第一福字
生发出红亮的剪纸

金银财宝深藏闭室
像参差叠迭的石头
海棠花热烈绽放
杨絮似雪，骚痒肺叶

府邸胜麻，蠕车胜蚁
我成岸畔某朵浪花

眨眼便翻落到海底

听长城

将耳朵贴紧墙砖面
细微的温波由远而近
明代烽火，清朝熄灭
剩根龙骨缠络山脊

听到塞外马嘶蹄音
中原百姓凄厉的哭泣
风卷过泥土时咆哮
还有桃花在宣告爱情

一朵白雪姿态消融
瞬间便复活血脉
国梦台前，步步攀高
直至祥云作峰绝顶

站山脚阳光中听你
像舟楫荡起荷塘涟漪
心弦流淌五彩霓虹
缔结出漫天遍野果实

北京四月

杨絮沿街游荡
冷不丁钻进肺腑
各色花热烈绽放
像成熟透顶的怨女

依然是沸腾的流水
与铿锵有力步伐
挟裹在飞旋速度里
瞬间变粒尘埃
不知西东

学会误读中守望
汗水浇灌心灵

白驹过隙，雨水横泗
东南风吹来稻香

风吹进故宫

东风跑过十里长街
穿越端门，吹进故宫
杨树花纷纷坠落

明清时龙椅还在
只听得推出午门，斩了
浑身惊吓几层冷汗

皇子皇孙新房华贵
金黄正中，鲜红双喜
九盏铜灯似刚熄灭

穿上龙袍便成皇帝
空气就像簇拥的嫔妃
雄骑奔突，雕柱摇晃

御花园凉亭邂逅娘娘
瞬间有太监附身的感觉
筒子河宽浅，粼粼水波
从神武门檐下流淌

读雨果关于强盗的信

大水法烧毁遗址旁
塑立尊雨果头像
深黑瘦削，表情严肃

在北京四月早晨
读大文豪关于强盗信

心泪化飞扬的雨星

柱骨挺直，石骸杂横
葱绿青树欲掩裸伤
万里江山依旧辽远
时间永停留那年那刻

巴黎圣母院在燃烧
没有中国人趁火打劫
铭记耻辱是种气度
把繁盛作响亮的回答

追　春

川南的三月末末
碎白李花变成绿叶
空中飘浮早茶醇香

我把春姑撵到北京
海棠树淡紫依然
慕田峪城脚粉桃花
灿烂如传说爱情

五月临，风至东北
连翘熬不住憔悴
榆叶梅爝灿胜火
杏儿洁白得勾天落雪

椭圆岛四下海涛荡漾
春阳是熨帖的抚慰
抬头仰望，天愈靛蓝
思恋是时间染色体

（原载《中国教工》2019 年第 24 期）

乡愁是一枚残缺的月亮（组诗）

加乐桃花

火把山上桃花
与所有春天桃花一样
都是冬天咯出的血

切记不要相信爱情
或树下有次艳遇

东风会送来阵阵细菌
让你感冒，发烧
染上闻香辄醉咳嗽

林徽因在李庄

抱病卧榻五年
像凡妇样提篮买菜
校补中国建筑史
写五代至金几段

伫立长江西岸眺望
怀想遗梦中康桥
任岳霖默默地孤候
黄昏归牛，月泊荒田

屡次考察璇螺寺
油纸伞晃过石阶
半屏山挂朵川南雪
一等便是七十年

今夜我在罗场镇

海子，今夜我在罗场镇
化作南国一片雪
沙鸥飞掠思想的芦苇
又一个春天滚过大地
闪电隐藏震撼雷霆

卑微蚯蚓被泥土扭曲
恰似三十年前的梦呓
咀嚼色正味和的菜食
关心楼房，世界与气候
风足行处残垣败壁

月亮披件太阳的皮衣
今夜，神祇降临地球
太平洋瞬间失心沉默
青藏高原潺湲升腾
雪莲缀点到珠峰的腰眼

（原载《仁美》2019 年第 1 期）

挖掘光热的人群

从新世纪的表面，掘洞而进
深入到几亿年前那森林
黝黑岩层，射出星点光泽
像颗颗树木的思想，硬坚活灵
形似蚂蚁，意如磐石挖掘者
寸寸尺尺削剥，化沉寂为喧腾

这经大地秘藏发酵的尤物
本身便是一个神话，遥远诡秘
受孕自阳光，发芽在大地
成长于空气。因史前次次地震
缩身泥下。隔绝为无氧时代
用漫长的修炼，成就传奇

煤炭工人是这部大书的首阅
用锄头、用铁锹、用钢钻
再用雷管炸药，用车床电锯
展读到情节的高潮部
故事缠绵悱恻，跌宕起伏
令生灵心旌飘摇，宇宙彩旗猎猎

汽笛轰鸣，列车呼啸南北东西
皮皮载满黑炭那车厢，富态
像挖掘煤块者宽阔的胸襟
恍惚中，你会看见有雾升腾
那是汗，那是血，更是开拓路
挥洒的激情，豪迈的壮志

九百六十平方公里土地，顿时生动
城市灯火璀璨，音律清婉温柔

家家窗格飞出温馨笑谈
神州一派盛世繁华景象
而这人间天堂，至少一半源于
煤石挖掘者辛苦勤劳

鹤岗某煤矿的简易工棚内
一群刚洗完澡的青工抿嘴而笑
邮递员刚送来封情书，信末画有
鲜亮的红豆。年长点那络腮胡
从上衣内袋摸出女儿新照，深情地
亲吻。阳光瞬息明媚，这些擅打
攻石战汉子们，温柔得神似熊猫

在阴森漆黑的地洞，凿石而进
为着人类能温暖与光明
高贵的盗火者，伟岸的补天神
留份给自己，余九份献同胞
共和国大厦块块基石，地球
生生不息的蜜蜂人。歌颂无法穷达
你还世界段段传奇的天曲

掘煤者，你们便是生活的亮煤
一经燃烧，立即发出温情的光热
而神秘地下，藏匿着沉默身迹
肩靠肩、手拉手、心血相连、唇齿
相依。还有谁禁得住内心的感动
让欢泪尽情浸润进你拙朴的肌肤

（原载《蜀峰》2019 年 2 月）

七十年，荣辱与共

正中为金光闪耀五角星
四面红旗迎风飘扬
白色地球托举红色中国
光芒四射蔚蓝天幕作背景
周围环绕瓦蓝齿轮金黄麦穗

政协诞生于一九四九年
全称中国人民政治协商会议
受无产阶级领导工农联盟为基础
工人、农民、小资产阶级
民族资产阶级等民主阶级大团结

九月，北平。第一届会议召开
定国都，定国旗，定国徽
确定公元纪年，竖纪念碑及碑文
选主席、副主席、协会委员
百废待举，开创历史新纪元

十二年，二、三、四届陆续开进
发扬民主，进行政治协商
团结各民族党派团体华侨爱国人士
共商大事，广为宣传并认真实施
推进社会主义建设顺利发展

"文化大革命"十年，被迫停止
至一九七八年二月召开五届一次会议
贯彻党十一届三中全会精神
第三部章程规定新时期新工作
人民政协迎来事业的第二个春天

七十年，波澜壮阔，壮丽辉煌

神州大地发生天翻地覆变化
边防固若金汤，高科技筑就新长城
由满目疮痍病国蜕变为东方巨人
国民经济迅猛发达，综合势力增强

人民生活幸福安康，怡然自乐
道路四通八达，海陆空地运输完善
家家居住高档小区，豪华公寓
出入私车，人人身披七彩霓裳
吃尽天下的奇花异草，山珍海味

新历史时代，开启复兴中国梦
一带一路伟大构想牵引世界神经
深化改革，凝聚众人智慧力量
用自己努力改变地球的格局
天空愈加辽远，海洋愈渐蔚蓝

人民政协把握新方位新使命
理论站得高望得远，行动坚决有力
增强四个意识，坚定四个自信
创造性彰显社会主义民主政治优势
把握问题规律，找到思路办法

中国共产党是祖国前进方向盘
人民政协则是侧旁的指南针
通力合作，荣辱与共，风雨同舟
带领人民走上光明的康庄通衢
前方，自然无限风光，无限瑰丽

（原载《贵州政协报》2019 年 11 月 15 日 A4 版）

作者简介：

周小平，四川高县人。供职于长宁县政协。中国诗歌学会会员、中外散文诗协会会员、中国散文家协会会员、中国诗词学会会员。迄今有400余篇作品在全国多家文学刊物和报刊发表，散文诗作品多年入选中国年度散文诗选本。出版诗词赋集《淯水行吟》、诗集《那山那海》、散文诗集《那一轮千古弯月》《我在元素周期表中，寻找自己?》。

经济辞典
—— 管仲的经济思想星空

◎周小平

（一）物质与精神

管子曰：仓廪实则知礼节，衣食足则知荣辱

颍上。管仲老街。秋风正打捞一条河流，试图捞出片言只语中的深邃……

颍水，对黄淮平原来说，是有情有义、有滋有味的，而且是足斤足两。但，低头的颍水却又不失时机地高高举起浪花的叩问、不时地刷新和提醒长长的堤岸。

辽阔的土地，拔节的声音，不时地蠕动着仓廪的肠胃，吊着天下粮仓的胃口。

炊烟在锅碗瓢盆的摩擦声中拉粗、拉长、且渐行也渐远。

棉花的开怀，是豪放且野性的；纺织车的咕咕嘎嘎，会拍着夜色深度入眠；染坊的热气腾腾，温暖着乡村的神圣忧思：

仓廪实，竖立起礼、义、廉、耻的门坊！

衣食足，流行起温、良、恭、俭、让的歌谣！

（二） 招财进广

管子曰：国多财则远者来

八里河畔，叽叽喳喳的人们，让耳膜应接无暇。长长的排队，涌动着会说话的另一条河流。

唉！偏僻的以往，撵不走的是贫穷，拴不住的是一门心思在外的姑娘。

当 5A 级景区的魂幡招摇，蜂蝶会来，人财物会来……

财大气粗、人穷志短，对峙在滚滚红尘同一线段的两头。

办节、会展，是赶场赶集的现代版。而赶场赶集，自是那会展办节的前世冤家与今生良缘！

讨价、还价，配对着孪生的行为艺术。当然也是心理的较量。

只有金刚钻的才华，才能包揽瓷器活的垄断。垄断，正收剪着世上的羊毛。而钻出来的平价竞争，却又不时机地碾碎暴利、壁垒、防火墙，以及贸易战争这些卡喉的骨刺。

国多财，则民安稳！

国多财，则远者缤纷至来……

（三） 放贷过桥

管子曰：夏贷以收秋实

青……黄，不接。

灶头，停摆！日子，面临断档！

寻找野菜，拿来糊口。抓起糠皮，拿来疗饥。面黄肌瘦的岁月呀，是选择流浪逃荒？或是选择跑路失联？

碧草青青的春天，走到遍地金黄的秋季，必须途经夏季的津渡。

而此岸与彼岸，需要渡，需要舟桥。

该放贷了！应放贷了！！

进行四降两补的供给侧改革：降低门槛、降低抵押、降低担保、降低利血，补充粮草、补充希望！

用夏日雷霆，去打动铁石。用夏季暴雨，去哀感顽艳。用烈日下的汗水，去浇灌禾苗，去浇灌接下来的温饱！

酷暑，需要凉风。寒冷，需要薪炭。落难的公子，需要有缘人搀扶。

——渡。

是渡人！亦是渡己！

……

（四） 实体与虚拟

管子曰：市，可以知多寡而不能为多寡

寒风冷峻，攥紧的供应票据、打早便挤成长队。

出货可能兼高扯矮，更可能中途夭折。但，绝不能挑三拣四！

众多的眼睛，骨碌碌发光，亮底着物质的急促与窘迫。

当螃蟹横行不再霸道，当虾兵虾将结束巡逻，琳琅满目的生猛鲜活便站满市场的货台，形形色色来自天南地北的时令蔬果便捎带原野的清香，爬上了长满星星的秤杆。

扫一扫，扫一扫……

吆喝，刷亮人们的心情。吆喝，曝光集市的笑容。

手机爆屏啦。跳出了巴黎潮涌的黄马甲。浓烟烈火中的警笛，惊落了二千年前东方沾满的尘埃：

市场，可以显摆产品。

但，收讫两清的货币，却不能创生物质。

巴黎，伦敦，华尔街……，也概莫能外！

（五）不折腾

管子曰：民无废事而国无失利

从人类经济学鼻祖、政治经济学鼻祖管子的词根出发：民无废事。

民无废事，就是不折腾！

——不折腾！就是不折腾政治，不折腾经济，不折腾人心。

不痕迹主义抓狂，不通宵达旦码文字。同一词组，不罚抄五十遍，不罚抄百遍。

不重复建设，不今天落成、明年拆字就被猩红深度包围。

不踩左踩右忽前忽后、像居无定所的流水，像秋天飘荡不定的浮云。

更不能狂飙突进式地人造运动！人造地震。

就这样，终身注册：一是一，二是二。
以便顺利抵达
——国，无失利！

（入选邹岳汉主编《2019年度中国散文诗》）

作者简介：

　　周云和，中国作协会员、宜宾市作协主席。在《当代》《十月》《中国作家》《北京文学》《江南》等刊发小说多篇，有的被《小说选刊》《中华文学选刊》《作品与争鸣》等转载和中央人民广播电台播送，曾获十月文学特别奖、四川文学奖、四川省"五个一工程"奖。

天上有朵好看的云

◎周云和

1

　　詹组长忙着上车，心里有点急，脚尖绊着了马路牙子，身子朝前扑去，慌忙伸双手做俯卧身一样撑住地面，才避免摔个狗啃泥的悲剧发生。

　　慢点！我见了，一把推开副驾座车门下去，想扶詹组长一把。坐在车上的阚主任则哈哈一笑道："哎呀，你来就是了，作啥子揖磕啥子头嘛，用不着行这样大的礼。"

　　詹组长直起身来，拍了拍手上的灰尘，冲我窘迫地笑笑道："没事。"上车坐定，车子起步了，他才还阚主任的"礼"："你晓得今天太阳火辣辣的这样大，是啥子原因啵？"阚主任反应灵敏。"你出门了。"詹组长额路上的抬头纹荡漾开去。"你咋个回答得这样对呢？刚才我走你家门口过的时候，听见你二儿媳妇在敞坝头说，喜得好今天烧火老者出去了，不然几个苞谷都晒不干。"

　　农村这种半荤半素的玩笑话我大体能听懂，但第一次见面，不好贸然插话，便从副驾座上扭过头去，向坐后排的两位村组干部问起我帮扶对象的情况。"听说张连声的脑壳不好剃，真的吗？"

　　阚主任扇了扇两道深沟一般的鼻翼，似乎在斟酌如何回答。詹组长瞟了阚主任一眼，见他一时没有接话，怕我尴尬，便说："好不好剃，要看刀子快不快，手艺高不高超。反正我们的刀子不快，手艺也不高超，没办法剃动，就指望杨主任你来给他剃了。"

我笑笑说："詹组长谦虚了，我是来拜师学艺的。"

没得到明确答复，我有点扫兴。一时无语，路旁树上死爹死妈一样号叫着的蝉声，刺透车窗玻璃针一样扎进耳朵；远处错落有致的石林，向小车迎面扑来，又迅速向车后隐没。

村组不说做到仁至义尽，至少尽到应尽的责任了。半晌，阚主任冷冷地说："张连声今年六十九，比我父亲还大一岁，按相关政策规定，应该进养老院。我们费了很多口舌，联系好镇上敬老院，说送他去，他坚决不。"

我疑惑："咋个不去呢？"

詹组长道："张连声说，你那敬老院跟喂猪喂牛差不多，到时候提起桶桶倒点儿给你，管你吃不吃，过了时间就不等你了。我去一天到晚就守着吃那点儿饭，等死。说着眼圈一红，眼泪水差点就流出来了。我跟他两个是姨娘老表，一辈子有说有笑的，还从来没有看见他流过眼泪水。见他动了真情，就再也不好劝他去敬老院了。"

车子拐过筠巡公路上坡一道大弯，阚主任又说："村上前几年修了两间五保户房子，在公路边上，进出条件也好，还接通了自来水。当初给宪从珍修的，后来她被外地侄儿接去养老了，房子就空在那里。村委会商量拿给他住，他也不。"

我等着阚主任说出"也不"的原因，他却收口不说了。说半句留半句，我又发问他也不接嘴。詹组长见有点冷场，接下话头说："张连声说房子不是用他的名义修的，人家还活着，要是她在侄儿那里过不惯，回来要我搬开咋个办？我说，这个你不要管嘛，村上喊你住的，你叫她来找村上就是了。你猜张连声咋个说？他说到时候难得费口舌，算喽，穷要穷得干净，饿要饿得新鲜。"

这时，阚主任尖出一个指头，戳着车窗玻璃朵朵响地招呼我："你看那笼竹子旁边的那个房子，就是我们给宪从珍修的。"

自愿开车陪我来的朋友梁志河车开得快，又是在一个山坡上，一闪，我只看见竹子，没看清房子。阚主任说："我们又提出异地迁建的办法，在靠近公路的地方，重新找一块屋基地给他修，但周围得有人家户，一来好彼此照应，二来一个人孤单冷清时好找人摆龙门阵。他干脆闷起脑壳不表态。现在出现了一个新的问题，以前好找屋基地，丢荒的土地多，随便占用点没关系；现在大家整灵醒了，土地卖得到钱了，得花钱才能买到。他的建房补助，可能买了屋基地就修不起房子。村里两委会商定，只要他同意搬下山去住，村上把修高速公路占地补偿款挪点出来给他修都可以。这个做法估计群众通不过，但工作我们来做，黑锅我们来背。他呢，像我们占了他好大的便宜，说我在山上住惯了，金窝银窝不如自己的狗窝。"

我很困惑："张连声真是一个癫子脑壳，你们给他解决的办法算得上很周全了，他为啥子还要拒绝？"詹组长说："这就是我们想不通的地方。"

车又前行了两公里左右，阚主任说伏狮山到了。我梭下车，站在公路边上仰头一望，心里兀自一惊：好高好陡的坡哟。阚主任可能听出我话中有畏难情绪，望着我说："太阳也大，爬上去得出两海碗汗水。干脆我们去村委会办公室，詹组长你去把张连声接来跟杨主任见面算了。"我忙说要不得，我的帮扶户，今天大老远的来，就是要实地看看他的家庭情况。阚主任说："我们做得有详细资料，包括视频，给你到现场差不多。"我摇头拒绝道："已经走拢他的家门口了，打退堂鼓会闹笑话。""好嘛。"阚主任说。

我终于知道啥子叫山路了，高坡矮坎凹凸不平很不好走，稍不注意就会崴到脚。可能平常行人稀少，马胡草、丝茅草、铁线草、兔丝草等杂草，野心勃勃地妄图封住路径。昨晚的雨，把油光石弄得湿漉漉滑溜溜的，很不好走。一个小斜坡上，阚主任的脚唰地一滑，詹社长一把拉住他："你儿媳妇饭没拿给你吃吗，咋个脚都踩不稳哟？"太阳没肝没肺地在天上冷眼旁观，我的汗水早就出来了，背心已经打湿，热得心慌意乱，不知道张连声在这山上生活了几十年，是咋个上下这条险峻陡峭山路的；但我知道，一个人单家独户，住在这毛零草荒、油光石狰狞的半山腰上，贫困是必然，不贫困是偶然。

走拢张连声房子侧边，我们全身没有一根干纱。詹组长隔着那笼绿叶婆娑的苦竹喊："张老表，在屋头没有？"应声传来一个苍老、粗砺的声音："喊啥鸡儿哟？送南瓜来找我刨吗？"詹组长说："我就是来刨你那老南瓜的。"两只大白鹅在一个土堡上啄草籽吃，看见有生人来，哏嘎一声，一只鹅伸着长长的颈子，一丁一跛地飞跑过来，另一只鹅在原地嘎嘎地叫着助威。我走在前头，詹组长说："看啄到你。"说着一步蹿上前，伸手逮住鹅颈子，把它扔出去一米多远。我说："你不把鹅颈子弄断了。"阚主任说："鹅就是要逮颈子。"刚落下活，那只鹅不甘心，又伸着头飞跑过来。詹组长又一把逮住鹅颈子扔出去。这时张连声隆重出场。他背上背着一顶半新旧的草帽，穿的背心磨出了好几个绿豆大小的洞洞，盐渍渍乌糟糟的看不出一根纱是白的；一条高粱色短裤，色道像咸菜；光着脚板，脚趾间粘满泥浆；个子应该在一米七以上，脸膛方正，轮廓清晰，身坯匀称健壮，看得出年轻时应该模样周正，可归为现在的猛男帅哥一类。他张开两手哄撵着鹅说滚开！鹅没再撵过来，站在那里哏啦嘎啦扯声八气地大叫着。我看撵过来啄我的那一只鹅，头上有一个高高的肉瘤；另一只鹅头上也有，但要低矮平缓得多。詹组长说："那是鹅峰包，高的是公鹅，要啄人；矮点的是母鹅，不啄人。"我下意识地摸了摸额头。随后向站在一旁的张连声伸去手道："老帅哥您好。"詹组长介绍说："这是杨主任，县上专门派来对口帮扶你脱贫致富的。"张连声望着我生涩地笑笑，愣了愣，手在裤子上揩了揩才伸过来。握手的一刹那，一个啥子光点在我眼前一闪，定睛看，张连声嘴里发出来的，那一颗上门牙可能是银的，亮铮铮的晃眼睛，依稀把口腔都照得阳光万里。再看他的手，呈绛黄色，青筋裸露，握着能明显感到十分粗糙；要

经常干着活路的人，才有这番景象，说明张连声不是懒人。

然而从所住的房子来看，又是一个懒人，而且还是一个懒得烧蛇吃，不，懒得晒蛇吃的人。

这也叫房子？恍惚在一个画家的画展上见过，据说是 20 世纪六七十年代，偏僻的乡村角落才能见到这种房子：竹片夹的壁头，粉糊的泥巴已经全部脱落，房顶盖的是牛毛毡。詹组长说：原来盖的是谷草和在山上割的丝毛草，禁不住风吹日晒，容易被大风吹烂，也容易漏雨，我给他买牛毛毡来翻盖的。这完全颠覆了我脑海里房子的概念，我这一辈子从来没见过这种所谓的房子，就是地震房，建筑工地上的民工临时工棚，甚至我在乡村见过的猪棚牛棚，恐怕都要比这好十倍百倍。我说："这房子恐怕电风扇都给你吹得倒，以前吹烂过没有？"张连声脸上是司空见惯，不值一提的表情："风大很了就容易吹烂。没得事，吹烂了补起就是。"我说："年轻的时候有体力，无所谓；现在你这把年纪了，爬高上梯，可能就有所谓了。"

敞坝是泥巴的，偶尔露出一砣砣的油光石来；没打过水泥，从敞坝边上安了一路跳磴子似的石板连接到大门。我顺着走进屋。两间，一间睡屋，一间灶房，大小相近，每间有十多平方米。泥穿壁漏，外面光线从竹夹壁里筛漏进来，晃眼一看还以为是挂的渔网。我说："老帅哥，你这屋咋个住人啦？"张连声不以为然："有啥子不能住呢？"詹组长幽默地说："这房子优点很多。一是抗震，十二级地震都不怕，就算震垮了也打不死人。二是凉快，像这热天，山风吹进来，对穿对过，安逸得很。三是防盗，强盗来偷，见这个样子，工程钱都偷不到，会死了贼心。"我的心一凉：寒冬腊月咋个办呢，无遮无挡，跟住露天坝坝差不多。张连声摸着下巴尖说："已经习惯了，没觉得好冷。"说着，他走到石水缸旁边，拧开一个脏兮兮的塑料水龙头说："我这山上笕的水，比你街上卖的矿泉水好喝。"我附和着说："当然了，纯天然无杂质。"我顺势展开思想说

服工作："老帅哥，单位安排我来对口帮扶你。刚才路上阚主任、詹组长把你的情况给我做了简单介绍。现在你要摆脱贫困，首先要改变你的居住环境。村组领导很关心你，提出了三个方案供你选择，听说你都不同意。"

张连声伸出一个指头，勾住背在身上的草帽带子说："我有房子，住得好好的，没有必要去麻烦哪个。"

阚主任摸出烟打着烟庄说："杨主任从县城专程赶来，就是协调这个事。你不要为难我们，让我们完不成任务嘎。"张连声脸一阴，软软地说："我有手有脚，活得好好的，关你们啥子事？"阚主任说："话不能这样说，至少我们是为你好，没有整你害你嚜。"张连声冷着脸，犟着颈子："我又没有说你整我害我。你不要拿完不成任务来吓唬我。竹笼头的斑鸠是长大的，不是吓大的。"阚主任说："你想一想，一个村哪个人住的房子像你这个样子，简直是臊全村人的皮。我们多次找你做工作，算得上仁至义尽了，你就是黄鳝脑壳死不划。万一上面有人来检查到你住的房子这个样子，怕说我们村组没有关心你。"张连声眼里闪过一道寒光，直冲阚主任道："我住在这里，又没在你锅儿头抓饭吃，在你床铺头睡瞌睡，我臊了全村人啥子皮？"

场面一下陷入尴尬。我怕他们越说越深沉，绳套越拉越紧，何况阚主任是陪我去的，我以退为进地笑着说："老帅哥，你要理解阚主任的心情，把改善你的居住环境当成一项任务来完成，还实行责任制，只有现在这个时代才这样做。快中午了，今天我主要来熟悉一下路，找得到了，改时间我单独来找你吹牛好不好？"

我从提包里摸出准备好的装有五百元钱的信封，起身走到张连声面前递给他："今天来得有点急，水果都没给你买两个；这是我的一点心意，你想吃啥子就去买点吧。"

张连声的手仿佛被烙铁烙着了一样，急忙往身后藏去，嘴里一连串的不不不。信封飘落在地上，一副无辜的样子。我窘迫地弯腰捡起来又递给他，他的双手仍紧紧地藏在身后，语气冷硬地说："不。"詹组长说："伸手容易缩手难，杨主任真心诚意拿给你的，接着嘛。"张连声满脸通红，斗鸡一样地望着他说："你要你收嘛，我不要。"阚主任很不满意，对我说："黄狗坐篼箕，不识抬举。他不要就算了。"我给他放在板凳上，扭头往外走。张连声从身后撵上来，仿佛受了奇耻大辱，冷着脸把信封塞进我手里。钱送不出去，我很不好意思，也没强行再送："老帅哥太客气了。"

走过敞坝边上的苦竹林，詹组长说："这个人怪得很，我们逢年过节给他送点米啊油啊，冬天送棉大衣和被盖等。他从来不要，叫我们拿起走，不然就要给我们扔了。"我背后说他："送你的，你就接着嘛，不要白不要。"张连声说："送的没得挣的多；人，一狠二狠要自己狠。"

突然哏嘎一声叫，那只头上顶着一个高高鹅峰包的公鹅，又伸着长长的颈子，飞着撵过来要啄我们。又是詹组长伸手逮着它，喊我和阚主任快走。我们快步往前走，詹组长估计鹅撵不上了，才把它扔出去："去吃草草。"我摸摸额头，暗中嘲笑自己：第一次见面，就碰了公鹅头上那么大一个鹅峰包。

2

早晨吃的馒头稀饭，车子又颠簸，爬坡上坎也耗体力，肚子已经饿得咕咕叫了。下坡脚是软的，路又不好走，直往下滑。在一个斜坡转拐处，要不是阚主任手疾眼快，一把抓住我，差点儿滚到一个陡坎下去了。

当顶的太阳，火盆一样扣在头上，汗水如小溪流淌，热得心慌意乱，浑身胶水粘着似的不舒服。要是眼前有一湖雪水，我肯定一个猛子就扎下去。下了公路，詹组长征求阚主任意见："去大顺农家乐吃个饭吗？"阚主任说要得。

上了车，我叫梁志河把空调开到最大挡。冷浸浸的风迎面吹来，我打了一个喷嚏，梁志河耍笑道："怕关小点哟，整感冒了，不好完成丰珊珊的任务。"

丰珊珊是我妻子。结婚几年了还未生育，父母要抱孙子，一天到晚催命似的。最近我们庄严地制订出了造人计划，丰珊珊已严格规定我戒烟戒酒，感冒药也不能吃。热啊，大不了把造人计划推迟一点：有得热死，不如冷死。

大顺农家乐背枕伏狮山麓，门迎连绵石林；骄阳映照下，一座座盆景一样的山峦熠熠生辉，风光无限。我们的车子刚进大门，一个四十多岁的汉子笑眯眯地迎上来，指挥如何停车。汉子圆脸寸头，肤色油光，穿一件银灰色真丝对襟绸衫，手里捏着一个比拳头大不了多少的紫砂壶，一副地主老财扮相。下了车，阚主任介绍他是郝老板。我说你是不是郝大顺？郝老板微微一惊道："你咋个晓得的呢？"我卖关子说："曾经打过交道，你想想。"他摸摸下巴说："想不起了。"我说："贵人多忘事，想不起算了。"郝老板脸上肌肉显得很僵硬地笑笑。上洗手间时梁志河问我："你跟郝老板真的打过交道？"我说你瓜娃子吗，他农家乐的名字，不是明明白白告诉你他叫郝大顺吗？梁志河笑笑说：一时发蒙，没去多想。

郝老板特意泡来一壶说是伏狮山老鹰茶。我端起杯子，小啜了一口，味道不错。一个长相乖巧的小妹，一手拿菜单，一手拿纸笔，水汪汪的眼睛翠鸟一样在我们脸上飞来飞去，不知道该递给哪个点菜。阚主任伸出手掌鱼尾巴一样摇摇道：不要菜单，先来一个招牌菜。有没得木槐？小妹说没得。阚主任那张鼻翼处有一道深沟的脸涌起一线失望，那就白砍鸡，芋儿烧鸭，老腊肉。我说多点点蔬菜。阚主任说，蔬菜郝老板晓得配。今天热惨了，得来点清热下火的，我脸仰向小妹："有没有南瓜绿豆汤？"阚主任说："点了啊，招牌菜就是。"我颔颔首哦了一声，觉得有意思；南瓜绿豆汤，随便哪户农家哪个饭馆都有，寻常普通得像路边上的野草，居然说是招牌菜，不是蓄意作贱，就是哗众取宠：生意人，都爱小题大做，独出心裁。

坐上桌，郝老板亲自端来招牌菜，用一个清花瓷大碗装的。阚主任把它推到我面前说：这是你点的。边说边给我舀了一小碗。我也不客气，一来饿了，二来南瓜绿豆汤是我的最爱。

汤温温滚，恰到好处；喝进嘴里，像一股清流，顺着舌头，潺潺湲湲淌进喉咙管，胸腔里立即荡漾起一种奇妙的感觉。再搛一砣南瓜来吃，粉得神清气爽，甜得恰到好处。再说绿豆，一般炖来有壳壳，吃进嘴里撞口的；郝老板这绿豆壳也在汤里，却很软，吃进嘴里滑溜溜的，如同喝汤，没有异物感觉。我这一辈子没有吃过这么好吃的南瓜绿豆汤，说是招牌菜，确实有它的道理。

郝老板站在桌子一边，笑眯眯地望着我，语气中有一种答在问中的自豪："如何嘛？"我说："好吃。"在家里我也经常煮南瓜绿豆汤吃，便请教他："你是咋个做的呢？"他绕开我的提问："不是吹，南瓜绿豆汤，只有我大顺农家乐的好吃；随便哪个，随便咋个弄，有比我这好吃的，把我的名字倒起喊。"

梁志河也说好吃。我这个朋友是一个美食家，啥子东西进了他的嘴巴，他都能说出个子丑寅卯。比如鸭肉，他一吃，就能说出这是公鸭还是母鸭，生长期大概多少天，喂没喂过配方饲料；搛一箸小菜一尝，能说出施的是农家肥还是化肥，打没打过农药。我笑他，你的嘴巴就是一台检测仪器。他都说这南瓜绿豆汤好吃，看来我的味蕾判断没有走样。

郝老板端着紫砂壶，把那个神似嫩娃儿小鸡鸡一样的壶嘴栽进嘴里，优雅地吮了一口道：上周星期二，张县长专门带杜市长来吃我的南瓜绿豆汤。杜市长鼓励我，要我以南瓜绿豆汤为拳头产品，做强做大南瓜产业。要是在市里去开一家连锁店，他愿意给我当义务宣传员，发动机关干部们来吃。

这话我不可不信，也不可全信："你来县城开连锁店，我一定约上朋友来给你扎场子。"

梁志河说："我把你的连锁店当食堂。"

郝老板拱手道："多谢。当年解放军伏狮山剿匪，有一个解放军受了伤，爬到我大伯家里，我大伯全靠南瓜绿豆汤把他救活。解放伏狮山的时候，解放军子弹打完了，手榴弹摔光了，没办法，用南瓜砸土匪。杜市长指示张县长，要搜集整理这些南瓜的故事，丰富南瓜绿豆汤的文化内涵，不但南瓜好吃，还有故事好听。"

阚主任吃了一砣白砍鸡说："南瓜营养丰富，药用价值也很高，有很好的防癌抗癌功效，是治疗糖尿病、高血压和一些肝肾疾病的良方妙药。按照杜市长的指示精神，我们村上两委做了认真研究，利用我们这里土壤肥沃、气候湿润、雨水充沛等同纬度最适宜种南瓜的自然条件，采取项目招商办法，扩大种植面积，争取把小南瓜做成大产业。同时，我们想以大顺农家乐为龙头，大力开发南瓜系列食品，南瓜渣肉、南瓜蒸饭、南瓜营养羹等，变资源优势为经济优势，让它在精准扶贫中发挥大作用。"

郝老板很得意："你们没有点南瓜渣肉，我们才开发出来的，免费给你们上一份品尝品尝。"他掉头对垂手站在一旁上菜的小妹说，"你去端一份南瓜渣肉来。"

梁志河又高度评价说好吃，肥而不腻，细嫩化渣，香气浓郁，回味悠长。

估计郝老板是喜欢听表扬的人，梁志河给他上釉子，他更来劲了："我还开发得有肉镶南瓜，你们再尝尝。"又掉头对小妹说："你去端一份肉镶南瓜来。"我笑了："郝老板，我们还点了那么多好吃的菜，你都让我们免费品尝你开发的新品菜肴去了，我们肚皮只有这么大，只有把点的菜退了。"郝老板呵呵一笑道："没关系没关系。"

菜好吃，主要在于食材好。梁志河把脸仰向郝老板，你的南瓜是自己栽种的，还是买的？

郝老板说："自产自销。"

饭后，梁志河把郝老板找到一旁，我见他给郝老板散烟，不清楚他要找郝老板说啥子事，最后见梁志河很失落地走过来对我说："这个郝老板，叫他卖两个南瓜给我，龟儿不干。你给阚主任说说，请他去找郝老板卖两个出来如何？"

我有点碍难："你现在已经把饭煮夹生了，

我不好再去找得了，以后再说好不好？"

估计阚主任知道这件事了，走过来给梁志河解释："很对不起，郝老板为了保住他的招牌菜，不要说食材不外卖，就连制作时也不准外人去参观。他的农家乐之所以红火，完全靠南瓜绿豆汤这道招牌菜吸引人。前次王副县长的爱人来，也说要买他两个南瓜，他都不卖。当时乡上正在找王副县长批一个养牛项目，弄得乡党委文书记和我都很没得面子。"

上车，梁志河很不了然地骂道："娘的，不就是两个南瓜吗？金宝卵，不得了。"

我为梁志河没有买到如此好吃的南瓜心怀歉意。梁志河对吃食很挑担讲究，经常对我讲，现在啥子东西都在掺假使坏，戴起眼镜打起灯笼都很难找到一种正宗食材。为此，他节假日周末经常开着小车，到乡下漫无目标地到处乱转，主要去寻买正宗食材，比如喂粮食长大的牲畜，正宗土鸡蛋，用农家肥种植的蔬菜水果等，再贵他都要买。今天之所以自告奋勇给我当志愿者，就是想下乡来买土货，用他的话说是去农村"跳丰收舞"。遇上了这样好吃的南瓜，他居然没有买到，那种失落与郁闷的心情可想而知。

可不可以说，梁志河也碰了像那只公鹅头上那么大的一个鹅峰包呢？

3

咋个办？回家去了？饭后，把阚主任和詹组长送回家，梁志河手把方向盘，掉过头望着我问。

我晓得他的意思，大老远地跑来，"丰收舞"没跳成，心有不甘。我呢，特意来扶贫，了无收获，心里也有点堵，就这样走了，不如不来，便说：要不这样，我去看一下阚主任说的那个五保户房子，再找张连声聊聊。你去"跳丰收舞"，我们都争取有点收获。

梁志河说："好嘛，我把你送到那里去了再说。"我问："你找得到？"梁志河答："上午阚主任指给你看的时候，我瞟了一眼，那个地方叫黄牛坡。"

还算顺利，没问一个人，我就找到了那两间五保户房。看那房子，红砖砌墙，小青瓦盖顶，没粉糊过，地面也没打过，弹子锁锁门，各有一个窗口，钢筋条做的窗棂，挂满的蛛丝网上落满灰尘。我捡了一根竹棍子，挑破蛛丝网，凑近往里一瞅，两间屋，一间屋堆着横七竖八的树枝，一间屋放着一口棺材，上面盖着一张草席，杯盘狼藉，不堪入目。应该有四十来平方米吧，条件不是很好，但比张连声的房子，肯定是天壤之别。我暗自寻思，用水泥把地面打平，墙面用钢化涂料粉糊一下，再接一个偏棚出去做厨房，打一个厕所，还是很不错的居所。

这时，一个老汉向我走来。他赤裸着上半个身子，穿一条火腰裤，嘴里叼着叶子烟竿，问我看啥子？我说了目的。老汉说："这个房子有口角。"当时村上给宪从珍修的，屋基地是阚主任家的。集体的时候是一个荒坝坝，土地下户时，阚主任家的责任地挨着，他父亲说这个荒坝坝我要，以后搭一个偏棚看庄稼。哪个好说不呢？给宪从珍修房子时，阚主任说占了就算了。房子修好后，他的父亲站出来要赔偿，两爷子演双簧戏。宪从珍冒火了，宁愿住烂房子也不搬去住。后来被她一个远房侄儿接走了，村上才又想把这个房子拿给张连声住。

农村的事，名堂还真多。老汉说："我劝张连声出一点屋基地钱，搬下来住，我们两个好摆龙门阵，有点啥子事，挨邻侧近的，相互之间也好有个照应。张连声不安逸阚主任贪图小便宜，红口白牙齿说话不算话，说算喽算喽，我宁愿住猪棚狗棚，也不去沾惹他的是非。他就用不是给他修的来推脱。"

哦。我似有所悟，怪不得上午张连声要打阚主任的顶张。我问："听说村上想另外找屋基地来给他修房子。你晓得那个地方在哪里不呢？"老汉说："晓得。"我请老汉带我去看看，老汉说要得。

那真是一个好地方，靠近公路，地势平坦，进出方便，修两三间房子绰绰有余，不存在山体滑坡泥石流一类隐患。在这高坡矮坎、

地无三尺平的地方，能找到这样一个屋基地，睡着都笑醒了；并且相邻不到五十米就有人家户。老汉说，这个地方虽然只牵涉到两家人，但协调起来还是有点抠脑壳。我说可以协调噻？老汉说，当然可以协调，一把钥匙开一把锁，同样一件事，有的人可以协调下来，有的人就协调不下来。我觉得有趣：唔，还看人穿衣，看菜吃饭噻？

说话间，老汉的手机响了，接听后对我说："哎呀对不起领导，我孙子在屋头耍刀割着了手，我陪不到你了。"说着扭头要走。我叫住他说不忙，从裤包里掏了点钱递给他，作为带路费。老汉摆手拒绝：要不得要不得。话毕转身一路小跑走了。

这里离去张连声家的路不远，方便我去找张连声。太阳红杏杏的，没有上午大，却比上午闷热，依稀听得见空气在毕毕剥剥地燃烧。我跟梁志河打了一个电话，请他继续"跳丰收舞"，我去找张连声。他说我正在转，你去吧。我说好。挂断手机，沿着那条高而陡的山路朝张连声家里走去。

我突然想到一个问题，现在农村修四十平方米房子，外加厨房厕所，用砖砌墙，预制板盖顶，包括粉糊打地面，要多少钱？我打电话向红枫建筑集团陈总经理咨询。陈总说估计要四五万元。我了解过政策，五保户修房，国家可以补助两万元左右。阚主任也说过，可以从村里修高速公路占地补偿款中挪点出来给他修。算了吧，不要让村里出，经费缺口我来想办法。我在单位管着后勤这块工作，单位修办公楼和周转房，我没少帮红枫建筑集团的忙。陈总私下多次要给我"意思一下"，均被我严词拒绝。干脆谋一个私，给他提供一个"意思一下"的机会，请他随便在哪个工地上拣几车旧砖头旧预制板拉来，派几个人把房子帮我修了；这对他们来说，完全是高射炮打苍蝇。我说出了这个意思，陈总爽快地应答道：好啊放心，有啥子事你只管吩咐，我一定照办。修房子的事我心中有眉目了，至于国家的五保户建房补助款，领来给张连声添置家具，让他家里里外外一簇新。嘻嘻，两全其美，不，应该是

三全、四全其美了：张连声贫困面貌一锅端掉；我给红枫建筑集团提供了"意思一下"的机会，减少了他们心里的负债感；我也因此会圆满甚至出色地完成帮扶任务，肯定会受到表扬；村组也不会被张连声拖后腿。我越想越兴奋，好像梦已成真，恨不得几步跑上去，喊张连声马上搬进新房子里去住。

我一个人，心里胆怯被那一只公鹅啄，专门找了一根棍子拿在手里。没看见鹅，我放下心，但吃了闭门羹，张连声没在家。不过，门是拉拢的，没有锁，说明没走远。我往房子右侧边找去，看见张连声了，他戴着草帽，躬着脊背，在山匾上摘南瓜，已经摘了几堆在地上堆起了。好大一片南瓜地，南瓜们如鼓如磴，霞染脂凝，悠闲适意地隐身草丛，或裸露土匾。我惊讶："吹哟，你这怕有上千斤南瓜？"他伸直腰，拿起搭在肩膀上的汗帕子，在额头、双膀和胸脯上抹了几把，脸上扬着笑意说："差不多。找我？"我说嗯，再聊聊。他说："外面热得很，家里去坐。"我说："要耽搁你干活路，你边干我们边聊吧。"他说："活路干不完，今天干了明天又有。"我说南瓜堆在地里不运回家吗？他说用不着，一会儿大顺农家乐就来人拖走了。我一愣："大顺农家乐卖的南瓜是你产的？"张连声说："是啊，我给郝老板签得有合同，我产好多他销好多。"我说哦，今天中午我们就在大顺农家乐吃的午饭，你这南瓜非常好吃，大顺农家乐还把南瓜绿豆汤说成招牌菜。张连声说："我这油光石上的小黄泥土质，种出的东西格外好吃；这坡上又向阳，太阳晒的时间长，加上我全部用油枯做肥料。不是吹，方圆几十里，没得哪个敢说他种的南瓜比我这好吃。"想起我们夸郝老板的南瓜好吃，他那一副矜持自得的神情，还说他自产自销，原来是把人家的屁股拿来做脸。我把这一重大发现，迅速用微信告诉梁志河；还拍了两张照片，一段视频传给他，叫他赶快到张连声家里来"跳丰收舞"。

张连声很讲礼节，用那个浅绿色塑料洗脸盆，打来大半盆水执意让我抹汗，恭敬不如从命。山泉水真凉快，令人浑身骤然一爽。他端来一条木头小板凳，放在门槛旁，招呼我坐，随手递给我一把篾笆扇子，满是歉意地说：没得开水给你喝，我平时口干了就喝冷水。我摇了几扇子说："没关系，口不干，快坐下。"他拉了一条同样的小木板凳坐在我对面，拿了一把棕叶子扇子扇了几下，放在脚边上，裹起了叶子烟。我首先就上午阚主任给他把话谈来撑起的事，请他宽宏大量，不要给阚主任计较；从内心来说，阚主任也是为你好。张连声愤愤不平："哼哼，为我好，村长父传子，自私自利，啥子都想往自己包包头捞，说起就是气。"

我怕他"气"起来影响摆龙门阵，便转移开话题："刚才我看见你那一大片南瓜，一年能产多少斤？"他说："今年天干，可能只有一万把斤。雨水好一年能产一万四五。"我暗自一惊，我在家里经常去农贸市场买菜，知道黄南瓜价格，农民挑进城卖一元五角钱一斤，摊贩卖两元；避开张连声南瓜的品质好可以卖高价不说，就算一元一斤，年收入都超过了一万元，他应该有钱，而且是很有钱。然而，他住的房子不像房子，家具简陋陈旧，穿着也很廉价，我看比叫花子好不了多少。房子是农村人的脸面、地位和尊严，很多人背井离乡外出打工，挣钱回家第一件事就是修房造屋，哪怕他们修起来不住又外出打工，等它日晒雨淋长草放蛇。他挣那么多钱，咋个不把房子修好，莫非都用在吃上了？看他小桌儿上，剩着小半碗稀饭，一个小碗里有几截泡豇豆，和了点胡海椒面，黑黢黢的；一个小盘子里剩了不过一大箸藤藤菜，连这个也舍不得倒掉，说明吃得非常俭省。他的钱干啥子去了？存起来买地方？又是一个泥巴都埋拢颈子的孤寡老人。嗨，张连声真是一个怪人，一个难解的谜。钱是一个人的经济秘密，我不好细问，又转移开话题，动员他山下修房子，搬下去住，这才是我要干的正事。

张连声说："我这一辈子坚信一条，能不求人的地方，一定不要求人。村上说拿给我修房子的那个地方，好是好，但是要求人调整屋基地。我在这上面住得好好的，没有必要去求哪个人。"

我说："没有叫你去求人，你只要愿意，工作我去做。"他没搭白，叼着烟，两眼望着大门外。我说，一个人住在半山腰上，年轻的时候，吃得跑得，无所谓；现在你年纪大了，还是一个人住在这里，诸多不便就慢慢找上门来了。人，吃了五谷都会生病。你病了在这山上哪个管？丑话说在前面，我不是咒你，你想过没有，万一哪天你不小心摔着跌着了咋个办？一个人躺在地上，喊天天不应，叫地地不灵。最主要的是哪个人都免不了一死，只是早点与迟点的事情；你百年归天了，这山上十天半月很难有一个人上来，生蛆了都没得人晓得。所以，无论从哪个角度讲，你搬下山去住，百利而无一害。

张连声未置可否，旁若无人地一只手摇着扇子，一只手捏捏烟灰。我很佩服他的定力，我来了这么久，跟他谈了这么多话，他的坐姿和脸上的表情基本上没有变化，似乎比寺庙里高僧参禅打坐功力还高强。几十年间，他枯坐在门前，望着湾对面石林静心修炼的结果吧。

梁志河汗流浃背地来了，嘴里喊着热惨了，好高好陡的坡哟。我简单给他做了介绍，然后对梁志河说："我正在给老帅哥摆龙门阵，山上风光好得很，你个人去转转吧。"我的言下之意是让他去看一看那一片南瓜地。梁志河说好。他走后，我摆了几个从报刊上看到的老年人摔伤摔残，死在家里一两年都没人晓得的典型案例。我有意添油加醋，尽量说得活灵活现，就像刚刚发生在眼前一样，意欲给张连声造成老年独居害处多的心理压力和精神恐惧，放弃个人独居山上的想法。

张连声嘴角在轻微地颤抖，抖了一阵，抖出的一句话是："人不求人一般高，我就在这山上住算了，死了没人收尸安埋也无所谓，反正臭不到哪个。谢谢你的好意，不麻烦你了。"

说得满口血泡子，他当成苋菜水，我心里很不是味道，站起身转了两圈，平息了一下心情，重新坐下小板凳道："麻烦啥子呀？只要你同意，屋基地我来协调，房屋我经手来修，到时候你只管搬下去住就是了，用不着你操一点儿心。"我把如何修房，如何装修，如何添

置家具等等，给他描绘得像一树含苞待放、临风摇曳的鲜花。张连声若有所思地点了点头。我以为他思想有了松动，乘胜追击："愿意搬下山去住，是你人生中最明智的选择。都是现在党的政策好，不然享受不到这种待遇"。我又左说右说了一阵，张连声勉强回应道："我想想看嘛。"我说："还想啥子呢，你未必还掂量不出轻重？男子汉大丈夫的，果断点；只要你点一个头，我十天之内把房子给你修起。"张连声咧嘴一笑："想两天回你的话。"我真有点恨铁不成钢："真的没有必要去犹豫了。"

我摸出手机："你的电话号码呢，我记一个，方便联系。"张连声说：我没得手机。我说："咋个不买一个呢？"他说："要花钱。"我说："我给你买一个。"他说："算喽，我玩不转。"我有点沮丧，把手机揣回手包道：我希望过几天能听到你果断的答复。

梁志河转了一转回来，很惊奇地说："好大一片南瓜地哟，南瓜结得多，又大个。"他把头掉向张连声，卖不卖？张连声弱弱地说："不卖。"梁志河极不自然地一怔："你种那么多吃得完吗？"张连声说："都卖给大顺农家乐了，他们来运，用不着我劳神。"梁志河说："我价格给高点，买两个如何？"张连声说："不是价高价低的事，人要守信用。我跟郝老板签得有合同，全部卖给他，一个也不能卖给别人。"

思想工作得温水煮青蛙，慢慢来。多跑几次，不是说真诚所致，金石为开吗？我告辞了张连声打道回府。

哼哼，山不转水转，水不转人转。车都出柏树村上巡司的公路了，梁志河突头突脑地来了这么一句。我理解他没跳成"丰收舞"的心情，安慰他道："不要放在心上，从长计议。"

4

车上，我把我的想法，和刚才跟张连声沟通的情况，打电话告诉了詹组长。

詹组长很惊讶："你凭借个人关系，要把

房子给张连声修起，又要修得那样好，随便哪个，睡着都会笑醒，他还犹豫啥子呢？再说村组不帮补一分一文，等于给我们松了担子，感谢你。今天我亲家做生，要去吃酒，明天我回来就去找他。"

我想起张连声看阚主任的眼神里有针有刀，忍不住问："张连声跟阚主任之间有啥子陈见？"

詹组长说："这个说来话长。要说还是阚主任的父亲当村长时留下来的后遗症。当年阚主任的父亲当村长时，哦，不对，那个时候还是大队，应该称大队主任，张连声有一门手艺，会雕私章，逢场天就背着一个帆布包包，上街摆小摊挣油盐钱。阚主任的父亲说他是搞资本主义，找公社汇报，没收了他的工具不说，还弄他去公社办学习班，差一点还弄去批斗。"

第三天上午，我正在开会，詹组长打来电话说："我找过张连声了，那天张连声对你说的想两天回话，那是一句推口话。他是看见太阳快落山了，忙着去南瓜地边上安枪，防止拱猪子、果子狸晚上来糟蹋南瓜。我又按照你的意思，劝了他半天，好说歹说，他最后'算了'两个字就把我打发了。"

那天张连声是应付我的？我仿佛被扇了一耳光，脸上火辣辣的。冷了冷我问："张连声究竟是啥子原因不想搬到山下去住呢？"詹组长在电话那端沉默了一阵道："算了，不好说他得。"我疑惑："有啥子不好说的吗？"詹组长说："也不是不好说，等你哪天有空下来我再给你摆。最好你再找张连声谈谈，我们跟他说，还以为是给他开玩笑；你县上来的跟他说，多少还要听一点。"

这个张连声！从跟他打交道过程中，我隐隐约约地感觉到，这个人骨子里头有一种冷僻孤傲的东西；是啥子？我一时还拿不准。问詹组长张连声喝不喝酒？詹组长说："他是酒坛子，你说喝不喝啊。好，我去找张连声喝一个酒。"从县城去张连声住的家，一个多钟头，现在不到五点，时间还来得及。我给丰珊珊打电话请假，说晚上单位有事要加班。

我想找梁志河陪我去，眼前闪现出那天他买南瓜碰了鹅峰包，怕他去尴尬，不好再找他，就找了单位小康，拿上酒，又去王氏烧腊店买了卤鸭、卤鹅、猪香嘴、猪蹄子、牛肉等七七八八一大袋下酒菜。

上午接到詹组长电话后，我还做了一个功课，请陈总安排设计人员，帮忙画一个张连声新房设计效果图，我要用具体直观形象的图纸告诉张连声，修出来的新房子就是这个效果，让他看了眼热心动。

时已薄暮，张连声正在抱柴煮夜饭。两只大白鹅趴在檐坎上，自讨没趣地哏嘎了两声就息声了。不知是主人在那里有所顾忌，还是天色一晚忙着睡觉。我招呼张连声："老帅哥，城头热得很，今晚上到你这山上来歇个凉，欢不欢迎哟？"他见了我，伸手在脸上抹了一把："有啥子不欢迎呢？"

张连声打着光胴胴，穿条蓝颜色的内裤，背上仍然背着那个草帽，给人怪头怪脑的感觉。他把一抱竹丫枝丢在灶门前，端起那个浅绿色塑料洗脸盆去水龙头接水给我们抹汗。我和小康一身臭汗，不好用他的洗脸帕，我把塑料盆递给小康，径自拿了灶上的水瓢，接了水直接冲手膀子和两条腿。好爽！想起城里有时候浑浑浊浊一股漂白粉味道的自来水，真羡慕张连声能安享这份大自然的深情馈赠。T恤和内裤汗水打湿了，穿起很不舒服。我对张连声说：我打光胴胴你介不介意？张连声咧嘴一笑道："我都是光胴胴。"

我和小康便脱了T恤和长裤，又冲了凉水，一下舒服多了。我说老帅哥，今晚我找你喝酒，饭你煮不煮无所谓，但得煮一个白水南瓜汤。张连声说："要得。"

我端出他那张很陈旧的小桌儿，洗了碗筷，把带的烧腊找碗一一倒了出来，拧开酒瓶摆开战场。张连声果然喜欢喝酒。我想，山上，一个人，长得无法用尺子丈量的冬天，与黑得伸手不见五指的长夜，不引酒为伴，饮酒作乐，那份孤独寂寞咋个打熬？

开始是不着边际地扯谈，直到张连声喝得脸红脖子粗，把心情喝通畅了，我才说："老帅哥，今天来，我还给你带来一份特殊礼物。”说罢，我从一直搁在身旁的那个图纸专用塑料袋中，拿出那张房子设计效果图，摆到张连声面前，得意地说：“看嘛，老帅哥，这就是你新房子的样子。只要你点一个头，说十天时间，可能稍微短了点；但一个月之内，我保证让你搬进新房子住。”

张连声接过效果图，庄重地捧在眼前，横着看后又竖着看。我看见他眼睛里，燃烧起惊异新奇的火苗子，蓬勃而热烈。我暗自得意，哈哈，击中他的软肋了。可是眨个眼睛，他眼里的火苗子又渐次熄灭，把效果图还给我，说画得好。我说：“画得好不算好，要修得好才算好。告诉你，我们修出来的实际效果，比这个更好。”张连声抬眼望住我说：“是不是哟?”我说肯定。张连声冷了冷说：“难得你一片好心，情领了，喝酒。”他主动端起碗跟我碰。我将他的军：“你不搬下去，枉费了我一片苦心，我懒得跟你碰。”他也就放下碗，搛了一砣卤鸭子放进嘴里，没滋没味地嚼着，吞下后，端起酒碗喝了一口，伸手一抹嘴筒子，郁郁地说：我不需要你们可怜我，我不是孤寡老人，我是有儿有孙的人。我兀自一惊，看小康，他嘴里衔着一砣南瓜，竟然忘了咀嚼。我忍不住追问道：“你的儿和孙呢?”张连声嘴唇动了动，停住了；停住了，又动了动，总算接下话：我婆娘是李子坝的人，在这山坡上生活不惯，嫁给我不到两个多月就爬起来跑了。她是怀起我的娃儿后跑的。我怕搬开去住，万一我婆娘在外面混不下去了，回来找我找不到。

痴情郎遇上负心女，我觉得有趣：“她哪年跑了的?”张连声说：“六七年。”我说：“那么久远的事，现在你住在哪个方向她都怕记不起了。再说，她存心要来找你，湖广都要问四川；你搬到山下去住，她来找你，坡都不用爬了，找起来更方便。”张连声说：“我专门去找过我婆娘，在云南大理那边。我给她说好了的，在山上等她一辈子。”我想笑，但忍着。这不是凄美哀艳的爱情故事，也不能说张连声痴情专一，只能说他除了愚蠢简单外就是滑稽荒唐；一个出走了几十年的人，晚年了还会回来找你吗？就算发生奇迹，你住在这山上，家徒四壁，一副寒碜相，她咋个生存得下去？莫非他每年挣的钱，不吃不穿，存起来等他婆娘回来好用？

你婆娘跑了以后，有没有人给你介绍过老婆？小康问，也是我想问的。张连声不假思索地说：“有咹。但没得哪一个比得上我婆娘漂亮，我不干。”我说：“啃，你还挑嘴啊。”

丰珊珊打电话来了，问：“你加班加过了没有?”我看时间，九点十分，只好如实回答：“我到伏狮山老帅哥家里来了。”丰珊珊说：“你个骗子，跑那样远，要回家了不?”我说：“快了。”

看来今天晚上也谈不出来一个好的结果。上一次影响他去南瓜地边安枪，今天这么一夜了，再不走会影响他睡觉，耽搁他明天干活路。我给张连声留下话：“老帅哥，请你再认真考虑一下搬下山住的事，上次来你说过两天回答我，今天来你没有回答，过几天我还要来找你，直到你答应为止，不然我就一直找下去，鼻血都给你找出来。”张连声张嘴笑了，那颗银牙在电灯下闪着幽幽的亮光。

我吃了一碗南瓜汤，穿上脱掉的T恤与长裤，与小康辞别张连声。路上，我的心情久久不能平静。我有时附庸风雅，写点豆腐干块块发报屁股。能不能把张连声的事，写一篇《南瓜的故事》，说有一位年近七旬的五保老人，以前因为家穷，妻子过不了苦日子出走，他从此终身未娶，在山上种南瓜为生，巴心巴肝等候着妻子归来？

说给小康听，小康说有意思，把五保老人尽量写得煽情一点。

刚下山到公路，写文章的念头惨遭伏击。

一个黑影，大黑熊一样蹲在我们停在路边的小车旁。我毛根子一立：“谁?”黑影弹簧一样弹起来：“我。”他随即揿亮电筒。

原来是詹组长，我吁出一口气。詹组长说：“我从这里过，看见一辆小车停在这里，半天没有人，还以为是郝老板的，没想到是你们的。”我说：“按你的意思，我又去找了张连声，动员他搬到山下去住。真想不到，这个张连声，还有一段值得同情和尊重的隐情。"我说出了他不愿意搬下山的原因。詹组长一口否定道："屁！他打胡乱说的。"我说是不是哟？詹组长说："他是结过婚，那女人在山上生活不惯跑了。张连声七几年当跑滩匠去找过，还真拿给他找到了，说是嫁在云南大理那边去了。张连声就想在大理那边去生活，想让女人回心转意。那个男人晓得了，纠集家族的人，见张连声一次打他一次，经常把他打得鼻青脸肿，手抖脚跛。他那颗上门牙，就是遭追打打脱了去安的。他在那里东躲西藏，实在待不下去了，只好回来。"

我问："他说他有儿有孙，是真的吗？"詹组长说："他是这样说，我们没去对证过，不晓得是真是假。他说得很玄，说他婆娘走时，已经怀起他的娃儿了，生下来还是一个儿。继父很嫌弃，张连声想把娃儿接走，继父又不干。还说有了孙子，读书凶得很，考起了北京一个名牌大学，毕业后在北京工作。原来一天到晚挂在嘴巴上，这两三年再没听见他说孙子如何如何了。我们叫他把儿子孙子请过来耍一趟，他口头说要得，就是不见行动。我想，就算是真的，儿子孙子可能也不会认他。"

我哦了一声表示赞同，同时心里涌出一个盘桓已久的问题：张连声是你的老表，我见你跟他关系也不错，应该晓得他一年挣那么多钱，房子不修，穿吃用品也简陋，他的钱都干啥子去了？是不是存起来等婆娘回来了才用？詹组长说："哼哼，等婆娘回来用，那天我在电话头不好给你说得。不过，我说给你们听了，晓得就是，不要传他的神。说起来笑死先人，他这个人，贪那杯儿得很。"我说："喝酒？"詹组长讥笑道："吃板板肉。辛辛苦苦挣几个钱，跳梭梭地就送到街上的按摩店去了。原来一次几十元，现在要一两百元，他一年到头，就靠种点南瓜，挣得到几个钱？现在更好了，被郝老板捏在手掌心里，每年种的南瓜，郝老板包销，不给钱，直接把按摩女拉到张连声家里要来抵账。为啥子整死都不愿意搬到山下去住嘛，山下眼睛多嘴巴杂，怕人家说是道非；山上清静，自由自在，没得眼睛看到他。"

小康哈哈大笑起来。我想笑，但笑不出来。我不相信这是真的。夜色沉沉，蛐蛐声声。詹组长可能感觉出我的疑虑："哎呀杨主任，你不知道，郝老板和张连声穿连裆裤，你给张连声说十句话，当不到郝老板给他说一句话。郝老板会算计，他把张连声当成给他农家乐种南瓜和看南瓜的人，山上拱猪子和果子狸多，最爱啃黄南瓜吃，没有人看管，谨防给他糟蹋得干干净净，郝老板就看着南瓜做他的招牌菜；要是没有了南瓜，他的生意就没法做了。回过头来说，张连声南瓜卖不掉，他也就潇洒不起来了。"

5

晚上，我失眠了。詹组长的话我半信半疑，却又隐隐担心他说的是真的。如果是这样，张连声遇到的困难，我又该如何去帮助呢？

今天晚上你撞到鬼了吗咋个的哟？翻去翻来的，整得我都睡不着。丰珊珊很不高兴地说在床上滚沙泥鳅的我。我只有招架之功，没有还嘴之力，索性给她摆了詹组长说的张连声的事。她不相信，说你在糟蹋人家哟。你不要只听詹组长的一面之词，得找张连声摆摆，弄清楚真实情况。

周六，我买了肉、鸭和一些小菜与配料，叫上小康，又踏上了去伏狮山的路。张连声的真实情况到底如何先不说，本着对张连声晚年负责，我必须想尽办法说服他搬下山去住，这样才安全，才让人放心。

要不要找詹组长一起去，我犹豫了一阵，一来担心他事多，二来怕詹组长在场有些话不方便说。

张连声在家门口坐成一尊雕塑，山顶洞人一样望着湾对面的石林，手里握着那把棕叶扇子似扇非扇。我招呼他："老帅哥，又来混午饭吃了。"说着，我把提的准备在张连声家里煮午饭吃的菜，放在灶前的菜板上，有点喧宾夺主地拿起塑料盆子去水龙头接水洗手膀子和冲脚。

突然，张连声弹簧一样从小板凳上弹起来，手往敞坝一指："你们给我滚！"随即两大步跨过来，把我手里的塑料盆子抓过去，搁回原处；把我提来搁在菜板上的菜，抓起来呼一声扔在敞坝里。我猝然怔住："老帅哥，我啥子事得罪你了？"张连声眼里喷着火，指着我的鼻尖暴怒道："卵帅哥，好话不说二遍，你们给我滚！"我站在他面前不过一步之遥，他的唾沫星子像正月十五烧龙灯的铁花溅在我脸上。我想缓和场面，嬉皮笑脸地说："好好好，我滚，但你总得说出个理由，让我死个明白噻。"张连声眼一瞪，恶暴暴地说："卵由！"说着伸出手来，似乎我再不走，他就要动手推了。

我丈二和尚摸不着头脑，啥子原因惹恼了他呢？我好心好意来帮扶他，咋个不识好人心？并且，从他愤怒的态度看，若误会，应该误会很大；若仇恨，应该仇恨很深。此情此景，我看暂时没有缓和的余地，不能以牙还牙，得冷静克制，便微笑着招呼小康道："我们按老帅哥的要求，赶快滚吧。"我又嬉皮笑脸地望着张连声说："老帅哥，今天你有点不厚道嘎，不明不白地对我们发火，撵我们走。好，今天我滚了，改天再滚起来找你。"张连声说："少说！我不欢迎你，不想再看到你。"

我和小康在路上边走边议论，未必詹组长找过张连声，说我们晓得了他的隐私，伤了他的面子和自尊心？只有这种可能才会惹得他如此恼羞成怒。我想去找詹组长问问。

太阳晒在身上，像抹了海椒水一样辣人。詹组长在地里扳苞谷，从苞谷林里探出汗珠子乱滚的脑门儿："有事？"他从苞谷林里钻出来，说外面热得很，走，家里去说。我说不用了，就在这里说吧。我一股脑儿地把刚才去张连声那里的奇遇说了一遍。詹组长张开指头，插进有一些花白的头上抠抠：这个张连声硬是日怪。自从那天我跟你一路去过他家里，还没有见过他的面。协调屋基地的事，这几天活路多，也没来得及找人。这样，我们一路去找找他，当面问问咋个一回事。我说他正在火头

上，让他熄熄火，过两天再去找他算了。詹组长说："好嘛。这样，快吃中午饭了，我们还是去大顺农家乐去吃个便餐，我把阚主任叫来，给他谈谈协调张连声屋基地的事。虽说具体工作我来做，但阚主任不支持不行。还有，建房补助也得村上出面申请。"

到了大顺农家乐，见到的不是那天车来人往的热闹景象，而是冷冷清清，连个人影也没有。我心里一沉，见农家乐门口白瓷砖立柱上，贴着一张醒目的告示：因故暂停营业。听我吹嘘了半天南瓜绿豆汤好吃的小康，一脸茫然地望着我。詹组长也是两眼疑问："这是咋个的呢？"

当然我也不知道。

小康问："要不要把车开进去？"我说："开进去看一下吧。"这时，一个穿和尚领白汗衫的老汉走出来，伸出两臂拦在车头说："不要进来，没有营业。"我问："咋个不营业？"老汉说："挨上面检查了，说苍蝇多了，卫生条件不合格，停业整顿。"我问："郝老板呢？"老汉说："昨天进城找人协调关系去了，还没有回来。"我知道，老汉说的上面，应该是县食品卫生部门。咦，梁志河的妹弟不是在县食品药品监督管理局工作吗？找他帮忙协调一下，应该没有问题。于是，我下车站在一棵黄桷兰树荫下，给梁志河打电话。

梁志河说："哥不耿直，去吃招牌菜不喊我，遇到麻烦事就晓得喊我了。"我说："你要上班，我不好劳你大驾。"我说出了求他协调的事，他没好气地说："他不是屁股跷得高吗？买他两个南瓜都不卖，现在我倒要看看到底哪个厉害。"我突然醒悟过来，责令大顺农家乐停业，是梁志河扯的怪教。我不高兴地说："为了两个南瓜，你大动干戈，这样报复人家，是不是做得过分了一点？"梁志河说："你今天发神经？我是出钱买，不是喊他送。再说，食品卫生监督管理部门要检查他，是依法进行的。"我说："我难得给你两个烧百口疮浪费电话费，马上回来找你。"

我挂了电话上车，叫小康掉转车头，把詹组长送回家，要回县城找梁志河说聊斋。詹组

长说："已经中午了，要不我们去街上吃。"

确实是吃午饭的时间了，下乡饿人，回去吃熬不住饿。我说："好吧。"詹组长给阚主任打去电话，说大顺农家乐没营业，你骑摩托车快，到街上钱豆花那里去点几个菜，我和杨主任马上就到。

车子掉头启程，我心里愧疚汹涌，没再说一句话。我们来扶贫，来帮着解决问题，不但问题没解决，反而弄出新的问题来。詹组长打破沉闷道："杨主任，我想说一句话，不管对不对，你听了都不要多心。"我说："多一斤多开一斤的钱，请讲。"詹组长说："你不是说今天张连声不欢迎你和小康吗？我认为应该是这个原因，郝大顺和张连声是唇亡齿……齿。"我忙补白齿寒。詹组长说："对，唇亡齿寒关系。大顺农家乐停业了，不会去进张连声的南瓜，张连声的南瓜就只有堆着等烂。这个结果，张连声认为是你们给他造成的。"

我点头表示赞同："嗯，有道理。"

詹组长说："你去树下打电话的时候，我顺便给郝大顺打了一个电话，弄清楚了他停业的原因。我觉得你那天带来的那个朋友不耿直。两个南瓜没有买到，做这样大的手脚，犯不着。不要说张连声不高兴，换成我可能更不高兴。"

新豆子磨的豆花，海椒水用城里很少吃到的木浆籽调制，吃起来又香又爽口。我压抑的心情有所好转，大胆提出一个设想：我们先把房子修好，让张连声眼见为实，再动员他搬下山，可能工作就好做了。詹组长摇着头说："这个人毛病多，要是他发猫毛风，打死也不搬下山去住，又会像宪从珍的房子一样空起。"阚主任迟疑着说："杨主任说的有道理，只要修好了，我们也就完成任务了，张连声愿不愿意搬去住是他的事。"我底气十足地说："我保证把房子修得扎扎实实，漂漂亮亮的，让张连声看了流口水，不搬去住都不行。"詹组长说："那就只有不抱希望试试看了。"

达成先给张连声修好房子的一致意见，但如何解决好屋基地问题？我说：地势不宽，牵涉到两家人，协调落实还要听阚主任的。阚主任说：原来那里是一块飞地，臭狗屎一堆，没有人要。后来乡里提倡发展经济林木，经济效益不错，村上的人眼红了，你拿起锄头，我扛起铁锹，都去开垦。村上鼓励大家，谁开垦谁所有，很快就被开垦出来了。有的开垦得少，不好经营；有的外出打工，没有精力管理丢荒了，最后为两家人所有，一户郝扯火，一个魏水烟。前者火炮性格，沾着就给你打燃火；后者棉花糖一样软绵绵，半天放不出一个屁来。村民们说，他两个是一对城隍庙的鼓槌，挑起不打翻。我一听阚主任的介绍，脑壳一下就大了。协调土地最怕遇上这种特色人物，要么红眉毛绿眼睛，敢给你提刀动斧；要么软不拉叽爱理不理，你急死了他死不急。一般情况下都是经济利益驱动，漫天要价，口报鲤鱼三百斤。补偿没有统一标准，少者几万，多者几十万都补得进去，我不可能再叫修房子的陈总赞助征地费。于是便提出：我跟村里实行责任制，我负责修房子，村上负责协调屋基地。需要钱的地方，可以考虑从五保户建房补助中列支。

好。阚主任端起茶杯，以茶代酒碰杯，肯定了我的意见。

6

饭后回到县城，去单位办公室处理了两个急事，便约梁志河去茶坊说事。

梁志河说："唓，要请我吃晚饭吗？"我说："美食家，你还缺吃啊？一个县城的宾馆饭店餐厅都归你妹弟管，你把你妹弟的招牌一打，不要说去吃，就在家里二郎脚跷起等，人家马上跳梭梭笑眯眯地就给你送来了；说不一定还给你送人体宴哩。但是作为朋友我还是要提醒你，一个人还是要多做好事善事，少做坏事恶事。算喽，闲话少说，快点，德宏茶坊，把南瓜没买到落下的后遗症给我医好，不然我会让你不得安宁。"

对于梁志河，我可以大一句小一句说他。那一年他进歌厅被扫了黄，是我打点关系想尽办法把他解救出来的，不然饭碗打倒家庭解体在所难免。对此，他说要记我一辈子情，何况平时我也没有少帮他的忙。但这人优点与缺点同样显著，很讲义气，为朋友能两肋插刀；但爱争强斗胜，顾面子，报复心特别强。没买到南瓜，对我来说，微不足道一件小事；你看他，非得报复转来不可。多次说他，就是改不过来。

我刚进茶坊点好茶，梁志河如约而至，他坐下还没有端到茶杯，我就说开了。"你尽干一些恶毒事，给我的声誉带来不好的影响不说，关键是会给我的帮扶工作带来很大的被动和麻烦。你听詹组长咋个说你的？说你不耿直。"梁志河说："哎呀哥，对不起。郝大顺不是尾巴翘到天上去了吗？我只不过顺势摸摸他的老虎屁股而已。"我说："你必然抓紧给你妹夫打一个招呼，放大顺农家乐一马，恢复他们的正常营业。不然，我的帮扶工作就陷在这里无法推动。"梁志河说："哥，不是我跟他过不去，是他太不给我面子了。除非他把南瓜背起来找我赔礼道歉，否则他要营业，两个字，休想。"我听了很不高兴，脸一沉，说："假如有人检举你们南瓜没买到，就打击报复，到时候我要叫你猫儿洗脸——越洗越花。"梁志河说："你放心，只要我叫妹夫去认真检查，他的卫生条件永远不会合格。"我说："那你把人家宰干吃尽了哟？"话不投机半句多，我很生气，站起身走了。

天气像蒸笼，走出茶坊，一个热浪迎面扑来，我恍然晕厥了一下，手机"唱歌"了，詹组长打来的，又是一件令我沮丧的事。

詹组长说："我找郝扯火时，正碰上他跟侄儿郝大顺两个在家里喝酒。听我说帮扶干部牵头，要帮张连声买郝扯火的地修房子。郝大顺就冒火了，怂恿叔叔，一砣泥巴换一砣金子都不干。我劝了半天，张连声是我们村上的人，生老病死说穿了还不是我们村上大家的事。人家来帮扶，纯粹是来做好事。不修，一不影响他的工资，二不影响他的提拔，三不影响他的交朋结友。所以，还是希望你们三思。我反反复复口水都说干了，最后郝大顺才勉强

松了口，替叔叔表态说：'地可以拿出来，但一要迅速恢复我的农家乐正常营业。还有，这段时间停业造成的损失，要算在征地补偿费中。'还要你和你的朋友亲自登门去找他谈。"

回到家里，丰珊珊在床上看书，看见我神情沮丧、蔫头蔫脑地没有生气，问我咋个一回事？我洗了澡，上了床，把眼前遇到的难处说给她听。她放下书，望着天花板沉默了一阵，说："想不到乡下人也难缠。"她躺下，把毛巾被拉来搭在胸口上，望着屋顶发了一阵神，突然手肘撑起半个身子，侧向我说："你干脆暂时不要去管郝大顺和梁志河，先安顿好张连声，给他找一个老伴吧。你看见过的，我乡下老家那个钱大娘。她今年应该六十岁，老伴死得早，娃儿十六七岁就外出打工，开始一两年还给钱大娘寄点油盐钱回来，后来就再也没得音讯了。二十多年了，生不见人，死不见尸，她成了'孤老猫儿'，有点发癫和风湿病，把她介绍给张连声如何？如果张连声的家庭条件和自身情况像你说的，我觉得他们两个挺般配的。"

我一想，这办法不错，有了女人，有人跟他说说话，他就不会没事望着湾对面的石林发呆了，或许这是一把打开张连声思想之门的钥匙。但是，那天晚上张连声说过，曾经有人给他介绍过女人，他心里装着原来的婆娘，一一拒绝了，现在他愿不愿意，我心头没有一点儿底。但愿张连声的说法是在我们面前逞嘴硬。我把这一担忧说给丰珊珊听。丰珊珊说："行不行试试看再说。婚姻大事，一个巴掌拍不响。周末我干脆回老家去摸摸钱大娘的底细，你去伏狮山探探张连声的口风，然后再做决定。"我说："好，感谢你给我支高招，要不要我奖励你一下？"丰珊珊两眼柔情似水地望着我，我身上的荷尔蒙像听到紧急集合的号角，呼啦啦地朝着一个目标快速奔跑。

周末，我又叫小康跟我一路去张连声家里。小康说："去又碰鹅峰包咋个办呢？"我说："就算是刀砍起来，也要伸出颈子去接住，谁叫我是他的对口帮扶人呢。"

今天太阳不大，阴沉沉的，树叶告诉我，

还有一点小风。但毕竟是伏天，感觉异常闷热，走拢张连声的家，T恤还是湿透了。张连声手里抱着一个小桶口大的黄南瓜，白了我和小康一眼，没开腔，又把目光放在手中的南瓜上，像珠宝专家在把玩一块玉石，翻来覆去地看着，眼里装满眷恋不舍。然后挪开脚步，将南瓜扔进房当头上一个泥巴函函里。

这是一场庄重肃穆的葬礼。

泥巴函函里，已经躺着几个南瓜了，这应该是因大顺农家乐停业而滞销腐烂的南瓜。从内心讲，我也为张连声惋惜。我没说活，给小康递了一个眼神，示意他帮着把张连声从南瓜堆中选出来的烂南瓜，扔进泥巴函函中去。刚伸手，张连声铁着脸棒喝道："不要搞。"说着，将我手中的南瓜打掉在地上，摔得稀烂，空气里瞬间弥漫起一股腐败霉臭的绝望气味。

我很尴尬，怎样打破僵局？我脑瓜子飞速地旋转着。经验告诉我，任何言说都是苍白和多余的，这个场面只能用行动说话。我向小康示意，帮张连声做起了家庭卫生，把摆放得乱七八糟的物件归位，把东西做了清扫，把灰尘蒙面、污垢染身的家什进行擦洗，没多久我俩像从水里钻出来似的。张连声开始阻拦，我们不管不顾。他见反对无效，叹了一口气，端了一条小木凳坐在门口裹烟烧，仿佛他是高高在上的大老板，我和小康是低三下四的佣人。

在清扫屋子的过程中，我偶然发现了张连声一个秘密。他床上那个黑乌乌的枕头旁边，放着一个脸盆大的老黄南瓜，黄灿灿的，定睛看，依稀闪着一层冷光，应该是玩古董的人称为包浆的那种东西吧！要知道，一般老南瓜表面上都有一层白灰，不会反光。那应该是汗渍渍的手，多少个日子真情抚摸搓揉的结果。该不是张连声把南瓜当成摆龙阵的对象，或者当成了心仪的女人，长天白日与漫漫黑夜留下的孤独印记吧。后来我问过张连声，他不好意思地笑笑道："热天抱着南瓜睡觉凉快。"我说："怕想着抱的是其他啥子哟？"

我和小康诚实的劳动，最终赢得了张连声的好感。我们快要收拾完工的时候，张连声磕掉烟锅巴，站起身用那个塑料洗脸盆接了一盆水，从里屋拿出一张新毛巾丢在里面，端来放在门槛旁边那坨石头上，冷硬中透着温和地说："擦个汗。"我心中一喜，总算开口说话了，只要开了口，一切就好办了。我笑嘻嘻地说："老帅哥，首先向你表示歉意，你的南瓜烂了，我有着不可推卸的责任，造成的一切损失，全部由我赔偿。"张连声瓮声瓮气说："哪个要你赔哟。"我说："真的，不但赔你南瓜损失，还要赔你一个女人。"张连声嘴唇翕动，那颗银牙一闪，说道："杨主任，你莫乱开玩笑嗄。"我倒掉一盆水，又接了一盆说："真的没开玩笑，就看你愿不愿意。"当然，这一句话说得有点冒险，不晓得丰珊珊去说的情况是红是黑，要是钱大娘不愿意，我的话就有点不着边际了。

我找了盘子和碗把来时买的烧腊和酒倒出来；又拿了一个烂了乒乓球大一个洞的南瓜，准备煮白水南瓜汤。张连声说："要煮就煮好的。"他站在南瓜堆前，左看右看，抱出一个皮子黄中隐青、小脸盆大的南瓜说："这个最好吃。"我心里很感动："太大了，这个烂了一点的南瓜砍一块下来就够吃了，好的留着卖。"张连声决绝地说："就吃这个，吃不完扔了就是。"小康说："太浪费了。"张连声把刚才坐的那一条木头小板凳四脚朝天地翻转来，把南瓜卡在上面，用一块铁片子，"哧哧哧"地刨起南瓜皮来。我突然想起詹组长跟他开的刨南瓜的玩笑来。我问过詹组长，他们玩笑中的南瓜，指的是屁股，要是这样刨，不刨成肉羹羹肉浆浆了，咋个禁得住？

我这一趟没有白跑。我们边喝酒边摆谈，我发觉，只要谈起他婆娘的话题，张连声就两眼放光，像换了一个人似的。他说："我婆娘要多漂亮有多漂亮，说话细声细气，走路屁股左一摇右一摇的像跳舞。现在我种的南瓜，都是我婆娘从她老家拿过来的种子。"

我注意到，每次提到跑了的女人，张连声都是说"我婆娘"，似乎那女人不管走到天涯海角，都深深地打上了张氏印记，所有权都是他的。还有，只要说到"我婆娘"，他的眼神不再空洞，隐隐约约跳动着火苗子。令我想不到的是，我趁机印证詹组长说他曾经找过按摩女的事，他居然不躲不藏，承认有这一回事。他说："我是想我婆娘想得没得办法了，才偶尔放纵一回自己，但随便在哪个女人身上，都找不到我婆娘的那种感觉。"我说："老帅哥，你婆娘在那边生活得好好的，况且年纪已经大了，不可能再回来。你要面对现实，我给你介绍一个合适的女人如何？"张连声抿嘴笑笑，默不作声。我说："你要给我一个肯定的回答。"张连声略显尴尬地端起酒喝了一口，又轻轻地放下碗夹菜吃。我也夹了一块千层肚嚼着说："一个人老了要有伴才行，不说做别的事，暖个被窝也好嘛。你住在山上，有点啥子事，才有人通风报信。人老了，没人跟你摆龙门阵，还容易得阿尔茨海默病哩。"

半天，张连声抬起头，直视着我，说道："你说的这一些，有一定的道理。这样吧，我过两天回答你。"我说："前次我动员你搬下山去住，你说过两天回答，结果你是忙着去做活路应付我的。今天你这话怕又是应付我的哟。"张连声说："人生大事，你总得给我一个考虑的时间嘛。"我说："当然当然，下次来希望能听到你肯定的答复。来，干了。"我端起酒碗，朝张连声伸去。

7

下午，我回家煮好了饭，丰珊珊才从乡下回来。

她带回来一大袋丝瓜、苦瓜、豇豆、茄子等时令新鲜蔬菜，同时带回来一个喜忧参半的消息：钱大娘愿意找一个老伴。但她说年纪大了，不想到另一个地方去生活。再说那山坡坡上，路不好走，老年人的骨头是朽的，一跟头摔下去，破了断了医都医不好。她这是平坝，房子也是现成的，他嫁过来还差不多。

我炒的菜，没放好多盐巴，吃进嘴里咋个这样咸呢？要是张连声愿意嫁过去，平坝出行方便，房子也不用修了，两个五保老人都有了依靠。要是张连声也说在一个地方生活惯了，

不愿到异地去生活，事情就难办了。我说出了这个担忧，丰珊珊说："行不行，你找张连声谈了才晓得。沙坝写字，要得就要，要不得抹了就是，又不影响我们啥子。"我说："影响我完成帮扶任务。"

饭后，我想去散步，梁志河打来电话，说找我有一点急事。我说你找我，你还有一碗稀饭没吹冷，我没找你就是对的了。他说真的有急事。我说你们要害部门的要害人物，能呼风唤雨，不得了，我不敢见你，有啥子事在电话上说就是了。他沉默了几秒钟说："你不要把那件事记在心头，一会儿我打一个电话给妹夫说一声，恢复大顺农家乐营业不就行了？"我说："算你娃态度端正。啥子事，有屁快放。"他说："我爱人前天晚上小腿肚有一点洇红洇红的，昨天早晨起来更红了。关键是痛，鸡毛扫着都痛得哇哇大叫。到一家私人诊所去看，说是皮肤过敏，买了药膏来搭，不见一点儿好转，反而红死血了。嫂夫人不是县医院外科医生吗？想麻烦她看一看。"我说："梁志河，你婆娘有病，你是不是也跟着有病？你又不是认不到丰珊珊，你直接打电话找她不就完了？"梁志河说："找你心头踏实一些。"我说："我又不是医生。现在你要做的事有两件，一是马上，听清楚没有？马上跟你妹夫打电话，让大顺农家乐恢复营业；二是有啥子事直接跟你嫂子说，我难得在中间传话，特别又是医学上的一些怪而古之的名词术语，容易传错。"说完我挂断了通话。

梁志河的爱人患的是蜂窝组织炎，经丰珊珊接收住院治疗，才三天，已经止痛消肿，可以下地慢慢走动了。梁志河很感激，听我说要去张连声那里，上着班都要请假给我当驾驶员，说是痛改前非，将功赎罪。我说："你敢不敢给我一路去大顺农家乐吃饭？"他说："你怕他敢打一碗水把我吞了吗，有啥子不敢？"我说："那就好。"

今天天色有点怪，既不是乌天地黑，也不是阳光灿烂，太阳被一团黄色晕圈罩着，整个天空呈明黄色。气温不低，偶尔有点微风，削减了太阳的威力，但还是很闷热。张连声戴着

那顶草帽，翘起屁股在打理南瓜藤，说是管理一下，准备结秋南瓜。见了我们，他站起身，拍了拍手上的泥巴和草屑说回屋去坐。我说就在这里摆算了。他说外头热，屋头凉快一点。看来张连声还是懂礼节通人情的，只是对梁志河有点冷淡，没招呼他，说话也不搭他的白。甚至那只公鹅飞起来去啄梁志河，他也不吆喝制止，让我夹在中间显得窘迫。我安慰梁志河，不要跟他计较。

跨进门，张连声就端塑料脸盆接水给我抹汗。我把脸盆递给梁志河抹，对张连声说："今天我专程来听你的回话，续弦的事，想通没有？"张连声摸着下巴尖说："对方的情况我都不晓得，我咋个回你的话呢？"

锣鼓听音，听话听声。我看有眼口，把丰珊珊说给我听的情况告诉了他：那人姓钱，一个村的人都喊她钱大娘，住在灯杆坝，你晓得那个地方噻？张连声点头说："晓得。"我说："她也是一个五保户，岁数比你小将近十岁，模样周正，身材也好，烧锅喂猪，挑粪薅地，样样在行。我托我爱人去找了她，她对你没意见，就是听说你住在山上，房子有点烂，人家不愿意，说你嫁过去她就干。你觉得如何？"

张连声脸上涌起窘迫僵硬的笑容，嘴角动了动，欲说还休的样子。一时有点尴尬，屋外传来沙沙的风声，张连声敞坝边上的苦竹前俯后仰，响声哗然。梁志河帮腔道："我觉得你去钱大娘家生活很好。从山区到平坝去住，又有现成的房子，居住环境一下就改善了；和钱大娘组成新家庭，彼此照应，颐养天年，生活环境也一下改善了。杨主任也顺利完成了帮扶任务，地方政府也不在为你的养老问题牵肠挂肚的了，皆大欢喜。"我眼睛不眨一下地看着张连声，巴望他张嘴说可以，或者肯定地点一个头也行。

梁志河的话像戳着了张连声的一件伤心事，他眼圈儿一下红了，隐隐闪着泪光，说："我男子汉大丈夫的，好手好脚，能挑能抬，去搭偏棚吃女人的软饭，人家说起，你叫我的脸往哪里搁？"

梁志河听后，像吃了酸掉牙的老泡菜一阵

摇头。我心里则翻腾起一个说不出来的味道：是男人最后的志气与尊严的张扬，还是灵魂深处封闭与自卑的坦露，我一时说不清楚。但有一点我知道，再穷的人，也顾及自己的脸面和尊严。我说："要是你不愿意，权当我没说，一定不要放在心里头去。那我们还是选择山下修房子，你搬下去住好吗？我们把房子修好点，说不定钱大娘见了，改变主意，愿意过来跟你一起生活，不照样是一件好事吗？"张连声伸手在脸上抹了一把泪，说："我死也要死在这山上，哪里也不去。"我和梁志河一听，路封死了，一时无言以对。

就在这时，突然起了大风，一阵一阵的，在树林和竹林间尖声怪气地追逐着、啸叫着，风从竹夹壁的缝隙里灌进屋来，吹得柴草惊慌失措满屋飞。墙上挂的东西，也长了脚似的，纷纷跳到地上，哐当哐当遍地跑。我和梁志河没经历过这种场面，有点害怕。张连声却见惯不惊地安慰我俩，没得事。

风像对张连声如此小瞧它的威力不满，憋足劲头，几声怪叫，饿狗抢食一样扑向竹夹壁，几摇几摇，扑倒了灶门前那堵壁头，又砰咚一声，把睡屋的门吹来撞在壁头上，把那堵壁头撞出一个大洞。梁志河把大门关上，用背死死地抵住。门边的那堵壁头也被吹得扑闪扑闪的，我从灶门前捡起一截拳大的小树干，想横起来撑住。张连声铁着脸说："风大，挡不住，算喽。"他摸出烟，抽出一支，栽在嘴角，嘴唇抖动，烟掉在了地上，他弯腰拣捡起来，捏在手里。这么大的风，他咋个点得燃？分明是在掩饰内心的恐慌。哗啦，房顶上的牛毛毡，被屋内屋外夹击的风，撕开晒垫大一个口子，辟出一片阴沉沉的天窗。牛毛毡想挣脱房檩上钉子的羁绊，但挣不脱，气急败坏地拍打房檩。咔嚓，惊雷沉沉，在敞坝里轰然炸响。紧接着，雨也来了，机关枪一样，哒哒哒地扫射在竹林、敞坝、房顶上。张连声的房子陷入风雨飘摇之中。我们找房子没有吹烂的地方躲雨，但无济于事。幸好气温高，不冷，身上打湿无所谓，当洗了一个冷水澡，还是免费的。张连声把一直背在背上的草帽，拉来戴在头上，双手环抱胸前，站在灶背后，面无表情地东望望、西睃睃，满眼的无奈与无助。

七月的风雨，来得快也去得快，眨个眼睛又放晴了，太阳羞羞怯怯的，从一朵乌云后露出小半个脸蛋。不是眼前张连声房子被吹烂，家里积水成凼一片狼藉，打死也没人相信刚才这里起过狂风、下过暴雨。我见他房柱钉子上挂的衣裳裤子吹在地上躺在水渍里，床上的东西也全部打湿了，唯有枕头边上那个南瓜像抹了一层凡士林，闪着亮汪汪的冷光。我问张连声咋个办呢？张连声说："老天爷给我打湿的，还不是该他给我晒干才脱得到手。"这个张连声，还幽默。他见屋角的一堆南瓜，最下面的泡在了水凼里，从门背后拿过锄头开沟辟渠，把淌着的水放出屋外。

詹组长和阚主任来了。詹组长累得上气不接下气，还忘不了给张连声开玩笑。"老南瓜啊，真的要搬下山去住才行。你看嘛，好累人哟，上来刨一回南瓜伤心一回。"阚主任望着房顶的窟窿说："刚才起的是鬼头风，我在湾头放水，看见张连声房子上的牛毛毡，吹在天上像风筝飞，心想来看一下，没想到杨主任你也在这里。这样，现在吃中午饭时候了，我们先去大顺农家乐把午饭吃了，再来看张连声这房子咋个整。"詹组长皱了皱眉头，说："不晓得营业没有。"阚主任说："前天就营业了。"

想着大顺农家乐招牌菜南瓜绿豆汤那个鲜美的味道，我想去，但怕梁志河有心理阻碍，我征求了他的意见。梁志河捡起吹落在地上的水瓢，用水洗干净后挂在墙壁钉子上，说道："我是记吃不记打的人，只要有好东西吃，一切都无所谓。"我说："好，那就去吧。"张连声将吹倒的夹壁篾片子，一片一片地捡起来，整整齐齐地堆码在一起。我对他说："不要捡了，走，去把中午饭吃了，我来帮着你捡。"他说："你们去吃嘛，麻烦给郝老板带个口信，下午来把南瓜全部装过去，我怕烂了。"詹组长半开玩笑半认真地说："我还没有刨，你的南瓜不得烂。走，一路去饭吃了再来整。"我们轮番劝说，张连声执拗的一口回绝道："吃有钱人的饭，耽搁无人的功。我不去。"

路上，詹组长说："这个怪人，我这一辈子很少看见哪个请动过他。"

8

郝大顺气量大，我以为他会心存芥蒂，拿咸菜脑壳给梁志河吃。哪知道人家若无其事，站在进农家乐的大门前，一脸笑容，指挥着我们把车子开进去。我们把车停好，他疾步迎上来，一边打开车门，一边摸出软中华打烟庄，掏出打火机，给抽烟的人一一点上，然后把我们领进一间名叫"圆园缘"的雅间。

败落的生意明显兴旺起来了。今天不是周末，但还是有很多人来耍。为了化解矛盾，我把郝大顺找进桥牌室宽他的心。"停业的事，对不起，向你表示歉意。"郝大顺荡起一脸笑意，说道："哎呀杨主任，你这样说就见外了，梁山弟兄，不打不相识。你能来我这里吃饭，就是看得起我郝某人。走走走，去喝酒去喝酒，我有一瓶还是塑料盖盖的老五粮液，今天拿出来招待你和梁领导。"我说："好啊。我再问你一个事，张连声的南瓜你给他包销了？"郝大顺说："有这一回事。"我继续问："你是咋个支付货款的呢？"他脸上的笑意消失了，冷了冷道："这个事说来话长。你肯定肚皮都饿来巴着背脊骨了，要是你感兴趣，饭吃了我再给你摆好不好？"

上桌子坐定，郝大顺拿起那瓶老五粮液，边拧盖子边斟酒说："我郝某人有眼不识金镶玉，阚主任詹组长，你们今天要给我一个面子，这顿饭我请，算是给杨主任和梁领导赔罪。来，我先敬大家一杯。"我端起酒杯站起身说："郝老板刚才说的话该挨罚酒。我们来到这方宝地，不识好歹，还望郝老板多多包涵。"梁志河也站起身说："我赞成杨主任的话，罚郝老板的酒。只是有一点遗憾，我要开车，不能喝酒，我舀一碗南瓜绿豆汤当酒。"阚主任说："你们都说得不对，要说是我们村组没有做好工作，这个酒要罚该罚我们。都不说那些客气话了，一切尽在酒中。"郝大顺斟好酒，端起酒杯说："本想要好好地敬梁领导两杯的，但现在酒驾抓得厉害，我不能逼他犯错误。那你就以汤代酒，我们干了！"

酒确实是好酒，倒在玻璃杯中，呈淡绿色，醇厚浓郁，直往鼻孔里钻；轻轻一抿，五粮液特有的那个绵甜净爽回味悠长的韵味，立即在口腔中缭绕开去。但我心里装着事，只礼节性地喝了五六小杯。梁志河最难受，很想喝，但要开车，不敢喝，只有敞开肚子全力以赴吃南瓜绿豆汤。当然，白砍鸡也好吃，又嫩又香，火候恰到好处。郝老板说是才从竹林里敞养逮回来的。还有芋儿烧鸭子，郝老板说纯粹是吃蚂蚱虫虫野生放养大的，绝对没有吃过一颗饲料。梁志河埋头苦干，满嘴流油，连连说好吃好吃。麻雀都能吃出公母来的美食家，能有如此评价，味道可想而知。郝大顺不住地给我和梁志河夹菜。

席间，我们边吃边商量张连声的房子问题。阚主任主张叫张连声搬到那个五保户房子头去住。我吃了一坨芋儿，抽了一张纸巾揩着嘴说：估计他不愿意。郝老板眼睛落在我的脸上，说："叫他搬到我这里来住嘛，我坎上那幢房子随便他挑选，想住哪间住哪间。不要说暂时，他瞧得起，长期住下去都没得关系。"詹组长接过话："我晓得张连声的脾气，估计他一处都不愿意。"我端起酒杯："干脆这样，征求了张连声的意见再说，看他是啥子想法。来，我敬你们一杯。"

午饭吃得相当满意，我去买单，郝老板红着脸挡住我，坚决不让，我只好作罢。心里记挂着问郝老板的事，便叫梁志河带阚主任和詹组长找地方先喝一会儿茶，我招呼郝老板摆几句龙门阵。郝老板说好。他招呼一个苹果脸小妹，把梁志河、阚主任、詹组长安顿到楼上茶室喝茶，叫吃饭时给我们服务的那个小妹，泡杯茶端到凉亭石桌上去，回过头招呼我凉亭去坐。

凉亭的风景真好，朗朗伏狮山苍翠碧绿，漠漠柏树坝等待收割的稻子浮光耀金。郝老板指着对面峰峦竞秀、山色争妍的石林，给我介绍了一通左青龙、右白虎、前朱雀、后玄武

后，谈话回到正题。

我没时间转山延水，单刀直入，问道："这几年张连声卖南瓜给你，具体一年有好多收入？"郝老板不假思索道："平均一万五千元一年，雷都打不脱。我记得去年差三百来元就上两万元了，估计今年要差一点。"我点点头，同我先前了解到的情况差不多。按脱贫验收标准，张连声不属贫困户之列，早已达到小康水平，我忍不住说道："他一年挣这么多钱，咋个不把房子修一下呢？"郝老板感慨万端："钱多有钱多的用处啊。"我直追问："据你了解，他有一些啥子开支？"郝老板似乎陷入遥远的回忆："张连声这个人，说起来既复杂又可怜。这个事不晓得你听说过没有，他其实是有儿有孙的。"我说："我听他本人提说过，詹组长也给我讲过。"郝老板沉吟地哦了一声，动作缓慢地把紫砂壶嘴往嘴边凑去；但刚接触到嘴唇，又忽然拿开，说："这个事你们肯定不晓得。"我问："啥子事？"郝老板油光的圆脸上浮现出一丝独家发布重要新闻的得意："张连声的孙子，北京读书，研究生毕业后，在北京一个财经单位工作。北京的房价贵得要抢人，他孙子买了一个六十多平方米的二手房，就花了将近五百万元。要说他一个月上万元的工资，应该很高；但仅凭那一点死工资，不吃不喝一分钱不用，一辈子也还不清房贷，家里也没有钱贴补他，于是就干违法乱纪的事捞钱。三年前东窗事发，说赃款退得好可以少判些年，张连声晓得后，找我借钱。我看他嘴皮都急起了果子泡，多少又有点亲戚关系，我就把采石场的周转金借了二十万元给他。后来他孙子大概被判了十年有期徒刑。他专门告诫过我，一定不要对任何人说这个事。他不是找我借钱，都不会说给我听的。我想，你是他的帮扶人，我才摆给你听，让你晓得，心中有一个数。张连声很爱面子，你绝对不能跟任何人摆。"我牵起T恤下摆边兜风边点头，为这事感到震惊和感慨，也是对郝老板恪守承诺的应答。

但是，郝老板说的话是真的吗？我凭啥子相信呢？

郝老板可能从我眼神里看出了质疑。他说："你喝茶，我耽搁几分钟，去找一样东西。"他把手中的紫砂壶放在石桌上，起身出门了。七八分钟后回来，递了一张纸给我。

白纸已经褪色发黄。我接过一看，是张连声打给郝老板的借条，字迹东倒西歪，有的笔画支撑不起快要趴窝散架。说是家有急事急需用钱，今借人民币二十万元整，每年栽种的南瓜照市合价，包销给大顺农家乐冲抵，直到抵清借款为止。我的心猛然一震，拳拳天下父母心啊！那么，詹组长说的张连声卖南瓜给郝老板，郝老板送按摩女去耍要来抵账的说法，纯粹是一个误会。

郝老板把我看过的借条，折了揣进对襟绸衫下摆的包包里，端起紫砂壶说："你不是问我张连声的钱有一些啥子开支吗？我告诉你嘛，他除了打油打盐，平时舍不得花一分钱，三两年难得买一件衣裳一条裤子。你说帮他买点，他又坚决不要。"我突然想到一个问题，他的儿子和孙子来这里看望过他没有呢？郝老板把紫砂壶嘴插进嘴里吮了一口，摇头说道："从来没有来过，只有张连声去看望他们。"我仍有疑问："以前他的儿子跟继父一起生活，不好来看他；现在他的儿子已经独立门户，应该来看望他噻。"郝老板把玩着紫砂壶，笑笑道："张连声给我摆过，他的儿子是白眼狼，一直不认他这个老汉，但给他的钱和东西又要收。张连声现在拼命挣钱，挣一分拴一分在裤带上，一要给孙子还账，二是账还清了还想给孙子存一笔钱，等孙子刑满释放后有点创业的本钱。张连声说，以前他为婆娘娃儿活，现在他为孙子活。张连声这一辈子最大的愿望，就是希望孙子能记住他，能来伏狮山看他一眼。"

郝老板的话，听得我心里涟漪道道，细浪叠叠。张连声把终生希望寄托在孙子身上，万一孙子也学他父亲不孝，出狱后要饭也不走这方来，张连声不就彻底绝望了？郝老板抚摸着紫砂壶，皱了一下眉头说："张连声已想到了这一层，但他说，做人凭良心，只要我对得起良心，他要来这里看我，我当然高兴；不来看我，也没有关系。我是他的爷爷，尽心尽力地

做了一个爷爷该做的事，问心无愧，死了也闭得拢眼睛了。"

我心潮涌动如春水放江。这个张连声，看起来老实巴交，可说出的话还很有道理。恍惚间，我对张连声有了新的看法。他宁愿自己受累受苦受穷，把全部感情倾注在后代人身上，舐犊深情，让人感慨，更让人感动。

想到还要去征求张连声的意见，把他的临时住宿问题解决好，我起身向郝老板告辞。

郝老板也站起身来："我要去运南瓜，跟你一路吧。"

张连声正在补被风吹烂的房子，像一只棕熊蹲在房脊上，嘴里衔着钉子，一手捏着一个小铁锤。他已经把吹掉在地上的两大块牛毛毡拉上房子了，顺着檩子摊开揬平后用脚踩住，一只手从嘴里取下钉子放在钉的地方，另一只手操起小铁锤将牛毛毡钉死在檩子上。詹组长望着他说："看你那老南瓜滚下来摔烂了镶不起哟。"张连声嘴里衔有钉子不好说话，甩了詹组长一个中指，又继续着手上的活。

我觉得好笑，看张连声的样子不方便又吃力，要爬上去帮忙。他嘴里发出猫儿叼住耗子的那种唔唔的声音，并竖起手掌直摇，示意我不要爬上去。詹组长说："那我来给你打下手。"张连声伸起腰，干脆把竹梯子拉到了房子上去，断绝了我们上房帮忙的念头。老实说，爬上去我也心存惶恐，担心帮倒忙。进屋去看，被风吹倒的两堵篾夹壁他已经补好，吹乱的东西已大体摆放到位，淋湿的铺笼罩被衣裳裤子，已用竹竿晾晒起来了。

我真佩服张连声的生存能力，心里隐隐生起一丝不安。他把房子修补好了，又可以安营扎寨地正常生活了，我燃起的一心要他搬下山去住的希望，又会被扑灭。反过来想，他能安之泰然地正常生活，不正是我所希望看到的结果吗？这样一想，对动员他搬下山住，我又有了新的看法：他要在山上住，是他自己的选择。他认为这种方式最适合自己，我们应该顺应他的心思才对，不能一厢情愿地用我们的价值取向，去影响改变甚至主宰他的生活。

张连声还在修补着房子，郝老板请来的两

个人，一人挑着一大挑南瓜，小心翼翼地朝山下走去。阚主任、詹组长、郝老板、梁志河站在敞坝边上抽烟闲聊。我走过去说："我有一个新的想法，看你们觉得如何。思路决定出路，我们调整一下动员张连声搬下山住的想法，他要在这山上住，习惯了，就让他在这山上住，也方便他照管那一大片南瓜地。他愿意，我们把房子给他修好；不愿意，也不勉强，把现在这个房子给他翻修一下，保证他房不漏雨，墙不透风即可。我再请红枫建筑集团来，把上山的这条路修好，加上每年种南瓜的收入也过得去，完全能确保张连声脱贫迎检合格，也能确保镇村组和我顺利完成任务。"

阚主任、詹组长似乎软软地说："也怕只有这样了。"

我分明听出这一句话中的潜台词：还指望你来剃动张连声的脑壳哩，没想手艺也跟我们差不多。我心里有点发酸，眼光搁在郝老板脸上，说："你同张连声沾亲带故，这里又是你农家乐南瓜专供基地，最好修一个房子在这里，请两个人协助张连声种南瓜，顺便把张连声照顾了。"郝老板说："这个事你说到我心头去了，我也在想，张连声今后干不动了，我的南瓜就要断档。"

梁志河递了一支烟给阚主任，问道："你们这个地方种南瓜，是只有张连声这片坡种的才好吃，还是其他地方种的也好吃？"阚主任接过烟道："我们这几片坡全是喀斯特地貌夹小黄泥，种的都好吃。"詹组长也接过梁志河的一支烟说："虽然土质泥性都差不多，但张连声有他的打门锤，种出的南瓜格外好吃。"梁志河给包括郝老板在内的人一一点燃烟，又掉过头问阚主任："我们第一次来，在郝老板的饭桌上，你说你们村上想根据杜市长来调研的指示精神，把小南瓜做成大产业。你们仅仅是有这个想法，还是已经做出了规划？"阚主任喷出一口烟子说："做出规划了的，但引不来资，就搁浅了。镇党委文书记一直在过问这个事，今上午还打电话来问有没有进展。"梁志河说："这样，我帮你们引进企业来共同开发如何？"阚主任取下叼在嘴里的烟，伸手握

住梁志河的手，抖着说："哎呀，还说西天拜菩萨，面前就是大活佛。感谢您，感谢您，感谢您。"我突然灵光一闪道："好办法，可以采取股份开发的形式，成立一个公司，张连声种南瓜不是有独到之处吗？让他技术入股，解决好产出端；再依托大顺农家乐为龙头，在县城甚至去市里开连锁店，主推招牌菜南瓜绿豆汤，解决销售端。这样来运作，村里就真正把小南瓜做成大产业了。"郝老板也显得很高兴地说："要是食材问题解决了，开三五家连锁店我都有信心。"

看来阚主任是一个急性子，他把手中的烟丢在地上，伸脚一碾道："杨主任、梁领导，麻烦你们动个步，还有詹组长、郝老板，我们这就到镇上去找文书记汇报好不好？"

我心里没底，悄悄跟梁志河咬耳朵："你说的引进企业有多大把握？"梁志河说："我大哥没开煤矿了，抱着钱一直想搞农副产品开发，苦于找不到恰当的项目，这不瞌睡来了遇上枕头？这个投资不大，对他来说完全是小儿科。我从妹夫那里很了解餐饮业食材行情，这个产品绝对有前途。我要不是在单位，我都可以投资来搞。"梁志河的话我是信得过的，听他这样一说，我心里有了底，长长地松了一口气，这些天来的种种不顺和郁闷，总算找到了排泄孔。能促成这个项目合作，啥子小南瓜大产业我不管，我只帮张连声代好言，他在种好自己那一片南瓜的基础上，给他争取去公司当一个技术顾问一类的职位，最大程度地激活他自身的潜在优势。每年挣个三两万元，尽快把郝老板的账还了，房子修起，让这只伏卧在山上大半辈子的雄狮抖起威风来。说不定经过几年的奋斗发了家致了富，他的白眼狼儿子，成不成为白眼狼暂且存疑的孙子真的会来看他、认他，也不枉他一辈子的苦苦坚守与盼望。

我看时间，才三点过，便对阚主任说："我给张连声打一个招呼。"

张连声已经把吹烂的房子补好，站起身子做最后的检查。他头一移，嘴里那一颗银牙，像一束电光似的一闪，我突然看见一个美轮美奂的画面：张连声头顶上空，偌大一个蘑菇状

云团，背着太阳光一面呈铅灰色，迎着太阳光一面通体雪亮；一只岩老鹰振翅而起，向着那个云团飞去。我喜不自禁，伸手一指："你们看，那一朵云好漂亮哟。"梁志河仰头看了一阵说："真的漂亮。"

莫非老天爷暗示我，一个美好的愿景就在眼前？

张连声检查完毕，弯腰把竹楼梯顺至地面，伸脚顺着梯子一步一步退着走了下来，我给他打招呼道别。走下敞坝，听见哏嘎一声，那只有着高高鹅峰包的公鹅，仿佛从天而降，伸着长长的颈子，张开两个翅膀，扑簌簌地朝向我们射过来。詹组长又要伸手去逮，不知几时从后面跟上来的张连声先他一步逮住了鹅颈子，递给詹组长说："你帮我逮着一下。"他又去把另一只被土壁遮住的母鹅逮了，返身去敞坝边上拿来一个稀眼眼背篼，把两只鹅一起装了进去，取下背上那个晚上吃饭都背在身上的草帽，卡在背篼口上；捡起一根竹篾，勒住草

帽顶拴紧，不让鹅伸出头来，端起背篼扬起笑脸递给我："杨主任，你和梁领导一人一只，拿回去尝尝土鹅味道。"

我一怔，急忙伸手拦住："要不得要不得。"郝老板说："杨主任，张老辈实心实意送你的，伸手容易缩手难。"我愣了愣，缩回手道："那我给钱，不然不要。"张连声阳光普照的脸骤然间乌云遍布："你这就见外了，那我也不要你帮扶了。"梁志河把我拍开，小声对我说："成全我'跳丰收舞'算了，推诿会伤张老辈的感情。值不到几个钱的东西，我们尽快把合作的事办好，十倍百倍地报答他不就行了？"我想想也是，勉为其难地对张连声说："老帅哥，多谢您的好意。"

哏啦嘎啦！哏啦嘎啦！两只鹅在背篼里突然发声大叫，叫得伏狮山甚至湾对面的石林，全是旗帜一样猎猎飘扬的鹅声。

（载《中国作家》2019 年第 2 期）

作品存目：

1. 短篇小说《无根藤》发《北京文学》2019 年 8 期，被微信平台"好看小说"推荐

2. 中篇小说《流泪并不是悲伤》发《长城》2019 年 5 期，被微信平台"佳作欣赏"推荐

3. 短篇小说《杀年猪》发《四川文学》2019 年 10 期，被《小说选刊》2019 年 11 期"佳作"推荐，2020 年 1 月 6 日被《四川文学》微信平台推荐